I promessi sposi

Alessandro Manzoni

Edizione originale
Con riassunti a fine libro

Redattore Franco Angelucci
Contributi di Luigi Carelli

Indice Generale

Introduzione

" L'Historia si può veramente deffinire una guerra illustre contro il Tempo, perché togliendoli di mano gl'anni suoi prigionieri, anzi già fatti cadaueri, li richiama in vita, li passa in rassegna, e li schiera di nuovo in battaglia. Ma gl'illustri Campioni che in tal Arringo fanno messe di Palme e d'Allori, rapiscono solo che le sole spoglie più sfarzose e brillanti, imbalsamando co' loro inchiostri le Imprese de Prencipi e Potentati, e qualificati Personaggj, e trapontando coll'ago finissimo dell'ingegno i fili d'oro e di seta, che formano un perpetuo ricamo di Attioni gloriose. Però alla mia debolezza non è lecito solleuarsi a tal'argomenti, e sublimità pericolose, con aggirarsi tra Labirinti de' Politici maneggj, et il rimbombo de' bellici Oricalchi: solo che hauendo hauuto notitia di fatti memorabili, se ben capitorno a gente meccaniche, e di piccol affare, mi accingo di lasciarne memoria a Posteri, con far di tutto schietta e genuinamente il Racconto, ouuero sia Relatione. Nella quale si vedrà in angusto Teatro luttuose Traggedie d'horrori, e Scene di malvaggità grandiosa, con

intermezi d'Imprese virtuose e buontà angeliche, opposte alle operationi diaboliche. E veramente, considerando che questi nostri climi sijno sotto l'amparo del Re Cattolico nostro Signore, che è quel Sole che mai tramonta, e che sopra di essi, con riflesso Lume, qual Luna giamai calante, risplenda l'Heroe di nobil Prosapia che pro tempore *ne tiene le sue parti, e gl'Amplissimi Senatori quali Stelle fisse, e gl'altri Spettabili Magistrati qual'erranti Pianeti spandino la luce per ogni doue, venendo così a formare un nobilissimo Cielo, altra causale trouar non si può del vederlo tramutato in inferno d'atti tenebrosi, malvaggità e sevitie che dagl'huomini temerarij si vanno moltiplicando, se non se arte e fattura diabolica, attesoché l'humana malitia per sé sola bastar non dourebbe a resistere a tanti Heroi, che con occhij d'Argo e braccj di Briareo, si vanno trafficando per li pubblici emolumenti. Per locché descriuendo questo Racconto auuenuto ne' tempi di mia verde staggione, abbenché la più parte delle persone che vi rappresentano le loro parti, sijno sparite dalla Scena del Mondo, con rendersi tributarij delle Parche, pure per degni rispetti, si tacerà li loro nomi, cioè la parentela, et il medesmo si farà de' luochi, solo indicando li Territorij generaliter. Né alcuno dirà questa sij imperfettione del Racconto, e defformità di questo mio rozzo Parto, a meno questo tale Critico non sij persona affatto diggiuna della Filosofia: che quanto agl'huomini in essa versati, ben vederanno nulla mancare alla sostanza di detta Narratione. Imperciocché, essendo cosa evidente, e da verun negata non essere i nomi se non puri purissimi accidenti... "*

" Ma, quando io avrò durata l'eroica fatica di trascriver questa storia da questo dilavato e graffiato autografo, e l'avrò data, come si suol dire, alla luce, si troverà poi chi duri la fatica di leggerla? "

Questa riflessione dubitativa, nata nel travaglio del decifrare uno scarabocchio che veniva dopo *accidenti*, mi fece sospender la copia, e pensar più seriamente a quello che convenisse di fare. " Ben è vero, dicevo tra me, scartabellando il manoscritto, ben è vero che quella grandine di concettini e di figure non continua così alla distesa per tutta l'opera. Il buon secentista ha voluto sul principio mettere in mostra la sua virtù; ma poi, nel corso della narrazione, e talvolta per lunghi tratti, lo stile cammina ben più naturale e più piano. Sì; ma com'è dozzinale! com'è sguaiato! com'è scorretto! Idiotismi lombardi a iosa, frasi della lingua adoperate a sproposito, grammatica arbitraria, periodi sgangherati. E poi, qualche eleganza spagnola seminata qua e là; e poi, ch'è peggio, ne' luoghi più terribili o più pietosi della storia, a ogni occasione d'eccitar maraviglia, o di far pensare, a tutti que' passi insomma che richiedono bensì un po' di rettorica, ma rettorica discreta, fine, di buon gusto, costui non manca mai di metterci di quella sua così fatta del proemio. E allora, accozzando, con un'abilità mirabile, le qualità più opposte, trova la maniera di riuscir rozzo insieme e affettato, nella stessa pagina, nello stesso periodo, nello stesso vocabolo. Ecco qui: declamazioni ampollose, composte a forza di solecismi pedestri, e da per tutto quella goffaggine ambiziosa, ch'è il proprio carattere degli scritti di quel secolo, in questo paese. In vero, non è cosa da presentare a lettori d'oggigiorno: son troppo ammaliziati, troppo disgustati di questo genere di stravaganze. Meno male, che il buon pensiero m'è venuto sul principio di questo sciagurato lavoro: e me ne lavo le mani ".

Nell'atto però di chiudere lo scartafaccio, per riporlo, mi sapeva male che una storia così bella dovesse rimanersi tuttavia sconosciuta; perché, in quanto storia, può essere che al lettore ne paia altrimenti, ma a me era parsa bella, come dico; molto bella. " Perché non si potrebbe, pensai, prender la serie de' fatti da questo manoscritto, e rifarne la dicitura? " Non essendosi presentato alcuna obiezion ragionevole, il partito fu subito abbracciato. Ed ecco l'origine del presente libro, esposta con un'ingenuità pari all'importanza del libro medesimo.

Taluni però di que' fatti, certi costumi descritti dal nostro autore, c'eran sembrati così nuovi, così strani, per non dir peggio, che, prima di prestargli fede, abbiam voluto interrogare altri testimoni; e ci siam messi a frugar nelle memorie di quel tempo, per chiarirci se veramente il mondo camminasse allora a quel modo. Una tale indagine dissipò tutti i nostri dubbi: a ogni passo ci abbattevamo in cose consimili, e in cose più forti: e, quello che ci parve più decisivo, abbiam perfino ritrovati alcuni personaggi, de' quali non avendo mai avuto notizia fuor che dal nostro manoscritto, eravamo in dubbio se fossero realmente esistiti. E, all'occorrenza, citeremo alcuna di quelle testimonianze, per procacciar fede alle cose, alle quali, per la loro stranezza, il lettore sarebbe più tentato di negarla.

Ma, rifiutando come intollerabile la dicitura del nostro autore, che dicitura vi abbiam noi sostituita? Qui sta il punto.

Chiunque, senza esser pregato, s'intromette a rifar l'opera altrui, s'espone a rendere uno stretto conto della sua, e ne contrae in certo modo l'obbligazione: è questa una regola di fatto e di diritto, alla quale non pretendiam punto di sottrarci. Anzi, per conformarci ad essa di buon grado, avevam proposto di dar qui minutamente ragione del modo di scrivere da noi tenuto; e, a questo fine, siamo andati, per tutto il tempo del lavoro, cercando d'indovinare le critiche possibili e contingenti, con intenzione di ribatterle tutte anticipatamente. Né in questo sarebbe stata la difficoltà; giacché (dobbiam dirlo a onor del vero) non ci si presentò alla mente una critica, che non le venisse insieme una risposta trionfante, di quelle risposte che, non dico risolvon le questioni, ma le mutano. Spesso anche, mettendo due critiche alle mani tra loro, le facevam battere l'una dall'altra; o, esaminandole ben a fondo, riscontrandole attentamente, riuscivamo a scoprire e a mostrare che, così opposte in apparenza, eran però d'uno stesso genere, nascevan tutt'e due dal non badare ai fatti e ai principi su cui il giudizio doveva esser fondato; e, messele, con loro gran sorpresa, insieme, le mandavamo insieme a spasso. Non ci sarebbe mai stato autore che provasse così ad evidenza d'aver fatto bene. Ma che? quando siamo stati al punto di raccapezzar tutte le dette obiezioni e risposte, per disporle con qualche ordine, misericordia! venivano a fare un libro. Veduta la qual cosa, abbiam messo da parte il pensiero, per due ragioni che il lettore troverà certamente buone: la prima, che un libro impiegato a giustificarne un altro, anzi lo stile d'un altro, potrebbe parer cosa ridicola: la seconda, che di libri basta uno per volta, quando non è d'avanzo.

Cap. I

Quel ramo del lago di Como, che volge a mezzogiorno, tra due catene non interrotte di monti, tutto a seni e a golfi, a seconda dello sporgere e del rientrare di quelli, vien, quasi a un tratto, a ristringersi, e a prender corso e figura di fiume, tra un promontorio a destra, e un'ampia costiera dall'altra parte; e il ponte, che ivi congiunge le due rive, par che renda ancor più sensibile all'occhio questa trasformazione, e segni il punto in cui il lago cessa, e l'Adda rincomincia, per ripigliar poi nome di lago dove le rive, allontanandosi di nuovo, lascian l'acqua distendersi e rallentarsi in nuovi golfi e in nuovi seni. La costiera, formata dal deposito di tre grossi torrenti, scende appoggiata a due monti contigui, l'uno detto di san Martino, l'altro, con voce lombarda, il *Resegone*, dai molti suoi cocuzzoli in fila, che in vero lo fanno somigliare a una sega: talché non è chi, al primo vederlo, purché sia di fronte, come per esempio di su le mura di Milano che guardano a settentrione, non lo discerna tosto, a un tal contrassegno, in quella lunga e vasta giogaia, dagli altri monti di nome più oscuro e di forma più comune. Per un buon pezzo, la costa sale con un pendìo lento e continuo; poi si rompe in poggi e in valloncelli, in erte e in ispianate, secondo l'ossatura de' due monti, e il lavoro dell'acque. Il lembo estremo, tagliato dalle foci de' torrenti, è quasi tutto ghiaia e ciottoloni; il resto, campi e vigne, sparse di terre, di ville, di casali; in qualche parte boschi, che si prolungano su per la montagna. Lecco, la principale di quelle terre, e che dà nome al territorio, giace poco discosto dal ponte, alla riva del lago, anzi viene in parte a trovarsi nel lago stesso, quando questo ingrossa: un gran borgo al giorno d'oggi, e che s'incammina a diventar città. Ai tempi in cui accaddero i fatti che prendiamo a raccontare, quel borgo, già considerabile, era anche un castello, e aveva perciò l'onore d'alloggiare un comandante, e il vantaggio di possedere una stabile guarnigione di soldati spagnoli, che insegnavan la modestia alle fanciulle e alle donne del paese, accarezzavan di tempo in tempo le spalle a qualche marito, a qualche padre; e, sul finir dell'estate, non mancavan mai di spandersi nelle vigne, per diradar l'uve, e alleggerire a' contadini le fatiche della vendemmia. Dall'una all'altra di quelle terre, dall'alture alla riva, da un poggio all'altro, correvano, e corrono tuttavia, strade e stradette, più o men ripide, o piane; ogni tanto affondate, sepolte tra due muri, donde, alzando lo sguardo, non iscoprite che un pezzo di cielo e qualche vetta di monte; ogni tanto elevate su terrapieni aperti: e da qui la vista spazia per prospetti più o meno estesi, ma ricchi sempre e sempre qualcosa nuovi, secondo che i diversi punti piglian più o meno della vasta scena circostante, e secondo che questa o quella parte campeggia o si scorcia, spunta o sparisce a vicenda. Dove un pezzo, dove un altro, dove una lunga distesa di quel vasto e variato specchio dell'acqua; di qua lago, chiuso all'estremità o piùttosto smarrito in un gruppo, in un andirivieni di montagne, e di mano in mano più allargato tra altri monti che si spiegano, a uno a uno, allo sguardo, e che l'acqua riflette capovolti, co' paesetti posti sulle rive; di là braccio di fiume, poi lago, poi fiume ancora, che va a perdersi in lucido serpeggiamento pur tra' monti che l'accompagnano, degradando via via, e perdendosi quasi anch'essi nell'orizzonte. Il luogo stesso da dove contemplate que' vari spettacoli, vi fa spettacolo da ogni parte: il monte di cui passeggiate le falde, vi svolge, al di sopra, d'intorno, le sue cime e le balze, distinte, rilevate, mutabili quasi a ogni passo, aprendosi e contornandosi in gioghi ciò che v'era sembrato prima un sol giogo, e comparendo in vetta ciò che poco innanzi vi si rappresentava sulla costa: e l'ameno, il domestico di quelle falde tempera gradevolmente il selvaggio, e orna vie più il magnifico dell'altre vedute.

Per una di queste stradicciole, tornava bel bello dalla passeggiata verso casa, sulla sera del giorno 7 novembre dell'anno 1628, don Abbondio, curato d'una delle terre accennate di sopra: il nome di questa, né il casato del personaggio, non si trovan nel manoscritto, né a questo luogo né altrove. Diceva tranquillamente il suo ufizio, e talvolta, tra un salmo e l'altro, chiudeva il breviario, tenendovi dentro, per segno, l'indice della mano destra, e, messa poi questa nell'altra dietro la schiena, proseguiva il suo cammino, guardando a terra, e buttando con un piede verso il muro i ciottoli che facevano inciampo nel sentiero: poi alzava il viso, e, girati oziosamente gli occhi all'intorno, li fissava alla parte d'un monte, dove la luce del sole già scomparso, scappando per i fessi del monte opposto, si dipingeva qua e là sui massi sporgenti, come a larghe e inuguali pezze di porpora. Aperto poi di nuovo il breviario, e recitato un altro squarcio, giunse a una voltata della stradetta, dov'era solito d'alzar sempre gli occhi dal libro, e di guardarsi dinanzi: e così fece anche quel giorno. Dopo la voltata, la strada correva diritta, forse un sessanta passi, e poi si divideva in due viottole, a foggia d'un ipsilon: quella a destra saliva verso il monte, e menava alla cura: l'altra scendeva nella valle fino a un torrente; e da questa parte il muro non arrivava che all'anche del passeggiero. I muri interni delle due viottole, in vece di riunirsi ad angolo, terminavano in un tabernacolo, sul quale eran dipinte certe figure lunghe, serpeggianti, che finivano in punta, e che, nell'intenzion dell'artista, e agli occhi degli abitanti del vicinato, volevan dir fiamme; e, alternate con le fiamme, cert'altre figure da non potersi descrivere, che volevan dire anime del purgatorio: anime e fiamme a color di mattone, sur un fondo bigiognolo, con qualche scalcinatura qua e là. Il curato, voltata la stradetta, e dirizzando, com'era solito, lo sguardo al tabernacolo, vide una cosa che non s'aspettava, e che non avrebbe voluto vedere. Due uomini stavano, l'uno dirimpetto all'altro, al confluente, per dir così, delle due viottole: un di costoro, a cavalcioni sul muricciolo basso, con una gamba spenzolata al di fuori, e l'altro piede posato sul terreno della strada; il compagno, in piedi, appoggiato al muro, con le braccia incrociate sul petto. L'abito, il portamento, e quello che, dal luogo ov'era giunto il curato, si poteva distinguer dell'aspetto, non lasciavan dubbio intorno alla lor condizione. Avevano entrambi intorno al capo una reticella verde, che cadeva sull'omero sinistro, terminata in una gran nappa, e dalla quale usciva sulla fronte un enorme ciuffo: due lunghi mustacchi arricciati in punta: una cintura lucida di cuoio, e a quella attaccate due pistole: un piccol corno ripieno di polvere, cascante sul petto, come una collana: un manico di coltellaccio che spuntava fuori d'un taschino degli ampi e gonfi calzoni: uno spadone, con una gran guardia traforata a lamine d'ottone, congegnate come in cifra, forbite e lucenti: a prima vista si davano a conoscere per individui della specie de' *bravi.*

Questa specie, ora del tutto perduta, era allora floridissima in Lombardia, e già molto antica. Chi non ne avesse idea, ecco alcuni squarci autentici, che potranno darne una bastante de' suoi caratteri principali, degli sforzi fatti per ispegnerla, e della sua dura e rigogliosa vitalità.

Fino dall'otto aprile dell'anno 1583, l'Illustrissimo ed Eccellentissimo signor don Carlo d'Aragon, Principe di Castelvetrano, Duca di Terranuova, Marchese d'Avola, Conte di Burgeto, grande Ammiraglio, e gran Contestabile di Sicilia, Governatore di Milano e Capitan Generale di Sua Maestà Cattolica in Italia, *pienamente informato della intollerabile miseria in che è vivuta e vive questa città di Milano, per cagione dei bravi e vagabondi,* pubblica un bando contro di essi. *Dichiara e diffinisce tutti coloro essere compresi in questo bando, e doversi ritenere bravi e vagabondi... i quali, essendo forestieri o del paese, non hanno esercizio alcuno, od avendolo, non lo fanno... ma, senza salario, o pur con esso, s'appoggiano a qualche cavaliere o gentiluomo, officiale o mercante... per fargli spalle e favore, o veramente, come si può presumere, per tendere insidie ad altri...* A tutti costoro ordina che, nel termine di giorni sei, abbiano a sgomberare il paese, intima la galera a' renitenti, e dà a tutti gli ufiziali della giustizia le più stranamente ampie e indefinite facoltà, per l'esecuzione dell'ordine. Ma, nell'anno seguente, il 12 aprile, scorgendo il detto signore, *che questa Città è tuttavia piena di detti bravi... tornati a vivere come prima vivevano, non punto mutato il costume loro, né scemato il numero,*dà fuori un'altra grida, ancor più vigorosa e notabile, nella quale, tra l'altre ordinazioni, prescrive:

Che qualsivoglia persona, così di questa Città, come forestiera, che per due testimonj consterà esser tenuto, e comunemente riputato per bravo, et aver tal nome, ancorché non si verifichi aver fatto delitto alcuno... per questa sola riputazione di bravo, senza altri indizj, possa dai detti giudici e da ognuno di loro esser posto alla corda et al tormento, per processo informativo... et ancorché non confessi delitto alcuno, tuttavia sia mandato alla galea, per detto triennio, per la sola opinione e nome di bravo, come di sopra. Tutto ciò, e il di più che si tralascia, perché *Sua Eccellenza è risoluta di voler essere obbedita da ognuno.*

All'udir parole d'un tanto signore, così gagliarde e sicure, e accompagnate da tali ordini, viene una gran voglia di credere che, al solo rimbombo di esse, tutti i bravi siano scomparsi per sempre. Ma la testimonianza d'un signore non meno autorevole, né meno dotato di nomi, ci obbliga a credere tutto il contrario. È questi l'Illustrissimo ed Eccellentissimo Signor Juan Fernandez de Velasco, Contestabile di Castiglia, Cameriero maggiore di Sua Maestà, Duca della Città di Frias, Conte di Haro e Castelnovo, Signore della Casa di Velasco, e di quella delli sette Infanti di Lara, Governatore dello Stato di Milano, etc. Il 5 giugno dell'anno 1593, pienamente informato anche lui *di quanto danno e rovine sieno... i bravi e vagabondi, e del pessimo effetto che tal sorta di gente, fa contra il ben pubblico, et in delusione della giustizia*, intima loro di nuovo che, nel termine di giorni sei, abbiano a sbrattare il paese, ripetendo a un dipresso le prescrizioni e le minacce medesime del suo predecessore. Il 23 maggio poi dell'anno 1598, *informato, con non poco dispiacere dell'animo suo, che... ogni dì più in questa Città e Stato va crescendo il numero di questi tali*(bravi e vagabondi), *né di loro, giorno e notte, altro si sente che ferite appostatamente date, omicidii e ruberie et ogni altra qualità di delitti, ai quali si rendono più facili, confidati essi bravi d'essere aiutati dai capi e fautori loro...* prescrive di nuovo gli stessi rimedi, accrescendo la dose, come s'usa nelle malattie ostinate. *Ognuno dunque,* conchiude poi, *onninamente si guardi di contravvenire in parte alcuna alla grida presente, perché, in luogo di provare la clemenza di Sua Eccellenza, proverà il rigore, e l'ira sua... essendo risoluta e determinata che questa sia l'ultima e perentoria monizione.*

Non fu però di questo parere l'Illustrissimo ed Eccellentissimo Signore, il Signor Don Pietro Enriquez de Acevedo, Conte di Fuentes, Capitano, e Governatore dello Stato di Milano; non fu di questo parere, e per buone ragioni. *Pienamente informato della miseria in che vive questa Città e Stato per cagione del gran numero di bravi che in esso abbonda... e risoluto di totalmente estirpare seme tanto pernizioso*, dà fuori, il 5 decembre 1600, una nuova grida piena anch'essa di severissime comminazioni, *con fermo proponimento che, con ogni rigore, e senza speranza di remissione, siano onninamente eseguite.*

Convien credere però che non ci si mettesse con tutta quella buona voglia che sapeva impiegare nell'ordir cabale, e nel suscitar nemici al suo gran nemico Enrico IV; giacché, per questa parte, la storia attesta come riuscisse ad armare contro quel re il duca di Savoia, a cui fece perder più d'una città; come riuscisse a far congiurare il duca di Biron, a cui fece perder la testa; ma, per ciò che riguarda quel seme tanto pernizioso de' bravi, certo è che esso continuava a germogliare, il 22 settembre dell'anno 1612. In quel giorno l'Illustrissimo ed Eccellentissimo Signore, il Signor Don Giovanni de Mendozza, Marchese de la Hynojosa, Gentiluomo etc., Governatore etc., pensò seriamente ad estirparlo. A quest'effetto, spedì a Pandolfo e Marco Tullio Malatesti, stampatori regii camerali, la solita grida, corretta ed accresciuta, perché la stampassero ad esterminio de' bravi. Ma questi vissero ancora per ricevere, il 24 decembre dell'anno 1618, gli stessi e più forti colpi dall'Illustrissimo ed Eccellentissimo Signore, il Signor Don Gomez Suarez de Figueroa, Duca di Feria, etc., Governatore etc. Però, non essendo essi morti neppur di quelli, l'Illustrissimo ed Eccellentissimo Signore, il Signor Gonzalo Fernandez di Cordova, sotto il cui governo accadde la passeggiata di don Abbondio, s'era trovato costretto a ricorreggere e ripubblicare la solita grida contro i bravi, il giorno 5 ottobre del 1627, cioè un anno, un mese e due giorni prima di quel memorabile avvenimento.

Né fu questa l'ultima pubblicazione; ma noi delle posteriori non crediamo dover far menzione, come di cosa che esce dal periodo della nostra storia. Ne accenneremo soltanto una del 13 febbraio dell'anno 1632, nella quale l'Illustrissimo ed Eccellentissimo Signore, *el Duque de Feria*, per la seconda volta governatore, ci avvisa che *le maggiori sceleraggini procedono da quelli che chiamano bravi.* Questo basta ad assicurarci che, nel tempo di cui noi trattiamo, c'era de' bravi tuttavia.

Che i due descritti di sopra stessero ivi ad aspettar qualcheduno, era cosa troppo evidente; ma quel che più dispiacque a don Abbondio fu il dover accorgersi, per certi atti, che l'aspettato era lui. Perché, al suo apparire, coloro s'eran guardati in viso, alzando la testa, con un movimento dal quale si scorgeva che tutt'e due a un tratto avevan detto: è lui; quello che stava a cavalcioni s'era alzato, tirando la sua gamba sulla strada; l'altro s'era staccato dal muro; e tutt'e due gli s'avviavano incontro. Egli, tenendosi sempre il breviario aperto dinanzi, come se leggesse, spingeva lo sguardo in su, per ispiar le mosse di coloro; e, vedendoseli venir proprio incontro, fu assalito a un tratto da mille pensieri. Domandò subito in fretta a se stesso, se, tra i bravi e lui, ci fosse qualche uscita di strada, a destra o a sinistra; e gli sovvenne subito di no. Fece un rapido esame, se avesse peccato contro qualche potente, contro qualche vendicativo; ma, anche in quel turbamento, il testimonio consolante della coscienza lo rassicurava alquanto: i bravi però s'avvicinavano, guardandolo fisso. Mise l'indice e il medio della mano sinistra nel collare, come per raccomodarlo; e, girando le due dita intorno al collo, volgeva intanto la faccia all'indietro, torcendo insieme la bocca, e guardando con la coda dell'occhio, fin dove poteva, se qualcheduno arrivasse; ma non vide nessuno. Diede un'occhiata, al di sopra del muricciolo, ne' campi: nessuno; un'altra più modesta sulla strada dinanzi; nessuno, fuorché i bravi. Che fare? tornare indietro, non era a tempo:

darla a gambe, era lo stesso che dire, inseguitemi, o peggio. Non potendo schivare il pericolo, vi corse incontro, perché i momenti di quell'incertezza erano allora così penosi per lui, che non desiderava altro che d'abbreviarli. Affrettò il passo, recitò un versetto a voce più alta, compose la faccia a tutta quella quiete e ilarità che poté, fece ogni sforzo per preparare un sorriso; quando si trovò a fronte dei due galantuomini, disse mentalmente: ci siamo; e si fermò su due piedi.

- Signor curato, - disse un di que' due, piantandogli gli occhi in faccia.

- Cosa comanda? - rispose subito don Abbondio, alzando i suoi dal libro, che gli restòspalancato nelle mani, come sur un leggìo.

- Lei ha intenzione, - proseguì l'altro, con l'atto minaccioso e iracondo di chi coglie un suoinferiore sull'intraprendere una ribalderia, - lei ha intenzione di maritar domani Renzo Tramaglino e Lucia Mondella!

- Cioè... - rispose, con voce tremolante, don Abbondio: - cioè. Lor signori son uomini dimondo, e sanno benissimo come vanno queste faccende. Il povero curato non c'entra: fanno i loro pasticci tra loro, e poi... e poi, vengon da noi, come s'anderebbe a un banco a riscotere; e noi... noi siamo i servitori del comune.

- Or bene, - gli disse il bravo, all'orecchio, ma in tono solenne di comando, - questomatrimonio non s'ha da fare, né domani, né mai.

- Ma, signori miei, - replicò don Abbondio, con la voce mansueta e gentile di chi vuolpersuadere un impaziente, - ma, signori miei, si degnino di mettersi ne' miei panni. Se la cosa dipendesse da me,... vedon bene che a me non me ne vien nulla in tasca...

- Orsù, - interruppe il bravo, - se la cosa avesse a decidersi a ciarle, lei ci metterebbe insacco. Noi non ne sappiamo, né vogliam saperne di più. Uomo avvertito... lei c'intende.

- Ma lor signori son troppo giusti, troppo ragionevoli...

- Ma, - interruppe questa volta l'altro compagnone, che non aveva parlato fin allora, - ma ilmatrimonio non si farà, o... - e qui una buona bestemmia, - o chi lo farà non se ne pentirà, perché non ne avrà tempo, e... - un'altra bestemmia.

- Zitto, zitto, - riprese il primo oratore: - il signor curato è un uomo che sa il viver delmondo; e noi siam galantuomini, che non vogliam fargli del male, purché abbia giudizio. Signor curato, l'illustrissimo signor don Rodrigo nostro padrone la riverisce caramente. Questo nome fu, nella mente di don Abbondio, come, nel forte d'un temporale notturno, un lampo che illumina momentaneamente e in confuso gli oggetti, e accresce il terrore. Fece, come per istinto, un grand'inchino, e disse: - se mi sapessero suggerire...

- Oh! suggerire a lei che sa di latino! - interruppe ancora il bravo, con un riso tra losguaiato e il feroce. - A lei tocca. E sopra tutto, non si lasci uscir parola su questo avviso che le abbiam dato per suo bene; altrimenti... ehm... sarebbe lo stesso che fare quel tal matrimonio. Via, che vuol che si dica in suo nome all'illustrissimo signor don Rodrigo?

- Il mio rispetto...

- Si spieghi meglio!

-... Disposto... disposto sempre all'ubbidienza -. E, proferendo queste parole, non sapeva nemmen lui se faceva una promessa, o un complimento. I bravi le presero, o mostraron di prenderle nel significato più serio.

- Benissimo, e buona notte, messere, - disse l'un d'essi, in atto di partir col compagno. DonAbbondio, che, pochi momenti prima, avrebbe dato un occhio per iscansarli, allora avrebbe voluto prolungar la conversazione e le trattative. - Signori... - cominciò, chiudendo il libro con le due mani; ma quelli, senza più dargli udienza, presero la strada dond'era lui venuto, e s'allontanarono, cantando una canzonaccia che non voglio trascrivere. Il povero don Abbondio rimase un momento a bocca aperta, come incantato; poi prese quella delle due stradette che conduceva a casa sua, mettendo innanzi a stento una gamba dopo l'altra, che parevano aggranchiate. Come stesse di dentro, s'intenderà meglio, quando avrem detto qualche cosa del suo naturale, e de' tempi in cui gli era toccato di vivere.

Don Abbondio (il lettore se n'è già avveduto) non era nato con un cuor di leone. Ma, fin da' primi suoi anni, aveva dovuto comprendere che la peggior condizione, a que' tempi, era quella d'un animale senza artigli e senza zanne, e che pure non si sentisse inclinazione d'esser divorato. La forza legale non proteggeva in alcun conto l'uomo tranquillo, inoffensivo, e che non avesse altri mezzi di far paura altrui. Non già che mancassero leggi e pene contro le violenze private. Le leggi anzi diluviavano; i delitti erano enumerati, e particolareggiati, con minuta prolissità; le pene, pazzamente esorbitanti e, se non basta, aumentabili, quasi per ogni caso, ad arbitrio del legislatore stesso e di cento esecutori; le procedure, studiate soltanto a liberare il giudice da ogni cosa che potesse essergli d'impedimento a proferire una condanna: gli squarci che abbiam riportati delle gride contro i bravi, ne sono un piccolo, ma fedel saggio. Con tutto ciò, anzi in gran parte a cagion di ciò, quelle gride, ripubblicate e rinforzate di governo in governo, non servivano ad altro che ad attestare ampollosamente l'impotenza de' loro autori; o, se producevan qualche effetto immediato, era principalmente d'aggiunger molte vessazioni a quelle che i pacifici e i deboli già soffrivano da' perturbatori, e d'accrescer le violenze e l'astuzia di questi. L'impunità era organizzata, e aveva radici che le gride non toccavano, o non potevano smovere. Tali eran gli asili, tali i privilegi d'alcune classi, in parte riconosciuti dalla forza legale, in parte tollerati con astioso silenzio, o impugnati con vane proteste, ma sostenuti in fatto e difesi da quelle classi, con attività d'interesse, e con gelosia di puntiglio. Ora, quest'impunità minacciata e insultata, ma non distrutta dalle gride, doveva naturalmente, a ogni minaccia, e a ogni insulto, adoperar nuovi sforzi e nuove invenzioni, per conservarsi. Così accadeva in effetto; e, all'apparire delle gride dirette a comprimere i violenti, questi cercavano nella loro forza reale i nuovi mezzi più opportuni, per continuare a far ciò che le gride venivano a proibire. Potevan ben esse inceppare a ogni passo, e molestare l'uomo bonario, che fosse senza forza propria e senza protezione; perché, col fine d'aver sotto la mano ogni uomo, per prevenire o per punire ogni delitto, assoggettavano ogni mossa del privato al volere arbitrario d'esecutori d'ogni genere. Ma chi, prima di commettere il delitto, aveva prese le sue misure per ricoverarsi a tempo in un convento, in un palazzo, dove i birri non avrebber mai osato metter piede; chi, senz'altre precauzioni, portava una livrea che impegnasse a difenderlo la vanità e l'interesse d'una famiglia potente, di tutto un ceto, era libero nelle sue operazioni, e poteva ridersi di tutto quel fracasso delle gride. Di quegli stessi ch'eran deputati a farle eseguire, alcuni appartenevano per nascita alla parte privilegiata, alcuni ne dipendevano per clientela; gli uni e gli altri, per educazione, per interesse, per consuetudine, per imitazione, ne avevano abbracciate le massime, e si sarebbero ben guardati dall'offenderle, per amor d'un pezzo di carta attaccato sulle cantonate. Gli uomini poi incaricati dell'esecuzione immediata, quando fossero stati intraprendenti come eroi, ubbidienti come monaci, e pronti a sacrificarsi come martiri, non avrebber però potuto venirne alla fine, inferiori com'eran di numero a quelli che si trattava di sottomettere, e con una gran probabilità d'essere abbandonati da chi, in astratto e, per così dire, in teoria, imponeva loro di operare. Ma, oltre di ciò, costoro eran generalmente de' più abbietti e ribaldi soggetti del loro tempo; l'incarico loro era tenuto a vile anche da quelli che potevano averne terrore, e il loro titolo un improperio. Era quindi ben naturale che costoro, in vece d'arrischiare, anzi di gettar la vita in un'impresa disperata, vendessero la loro inazione, o anche la loro connivenza ai potenti, e si riservassero a esercitare la loro esecrata autorità e la forza che pure avevano, in quelle occasioni dove non c'era pericolo; nell'opprimer cioè, e nel vessare gli uomini pacifici e senza difesa.

L'uomo che vuole offendere, o che teme, ogni momento, d'essere offeso, cerca naturalmente alleati e compagni. Quindi era, in que' tempi, portata al massimo punto la tendenza degl'individui a tenersi collegati in classi, a formarne delle nuove, e a procurare ognuno la maggior potenza di quella a cui apparteneva. Il clero vegliava a sostenere e ad estendere le sue immunità, la nobiltà i suoi privilegi, il militare le sue esenzioni. I mercanti, gli artigiani erano arrolati in maestranze e in confraternite, i giurisperiti formavano una lega, i medici stessi una corporazione. Ognuna di queste piccole oligarchie aveva una sua forza speciale e propria; in ognuna l'individuo trovava il vantaggio d'impiegar per sé, a proporzione della sua autorità e della sua destrezza, le forze riunite di molti. I più onesti si valevan di questo vantaggio a difesa soltanto; gli astuti e i facinorosi ne approfittavano, per condurre a termine ribalderie, alle quali i loro mezzi personali non sarebber bastati, e per assicurarsene l'impunità. Le forze però di queste varie leghe eran molto disuguali; e, nelle campagne principalmente, il nobile dovizioso e violento, con intorno uno stuolo di bravi, e una popolazione di contadini avvezzi, per tradizione famigliare, e interessati o forzati a riguardarsi quasi come sudditi e soldati del padrone, esercitava un potere, a cui difficilmente nessun'altra frazione di lega avrebbe ivi potuto resistere.

Il nostro Abbondio non nobile, non ricco, coraggioso ancor meno, s'era dunque accorto, prima quasi di toccar gli anni della discrezione, d'essere, in quella società, come un vaso di terra cotta, costretto a viaggiare in compagnia di molti vasi di ferro. Aveva quindi, assai di buon grado, ubbidito ai parenti, che lo vollero prete. Per dir la verità, non aveva gran fatto pensato agli obblighi e ai nobili fini del ministero al quale si dedicava: procacciarsi di che vivere con qualche agio, e mettersi in una classe riverita e forte, gli eran sembrate due ragioni più che sufficienti per una tale scelta. Ma una classe qualunque non protegge un individuo, non lo assicura, che fino a un certo segno: nessuna lo dispensa dal farsi un suo sistema particolare. Don Abbondio, assorbito continuamente ne' pensieri della propria quiete, non si curava di que' vantaggi, per ottenere i quali facesse bisogno d'adoperarsi molto, o d'arrischiarsi un poco. Il suo sistema consisteva principalmente nello scansar tutti i contrasti, e nel cedere, in quelli che non poteva scansare. Neutralità disarmata in tutte le guerre che scoppiavano intorno a lui, dalle contese, allora frequentissime, tra il clero e le podestà laiche, tra il militare e il civile, tra nobili e nobili, fino alle questioni tra due contadini, nate da una parola, e decise coi pugni, o con le coltellate. Se si trovava assolutamente costretto a prender parte tra due contendenti, stava col più forte, sempre però alla retroguardia, e procurando di far vedere all'altro ch'egli non gli era volontariamente nemico: pareva che gli dicesse: ma perché non avete saputo esser voi il più forte? ch'io mi sarei messo dalla vostra parte. Stando alla larga da' prepotenti, dissimulando le loro soverchierie passeggiere e capricciose, corrispondendo con sommissioni a quelle che venissero da un'intenzione più seria e più meditata, costringendo, a forza d'inchini e di rispetto gioviale, anche i più burberi e sdegnosi, a fargli un sorriso, quando gl'incontrava per la strada, il pover'uomo era riuscito a passare i sessant'anni, senza gran burrasche.

Non è però che non avesse anche lui il suo po' di fiele in corpo; e quel continuo esercitar la pazienza, quel dar così spesso ragione agli altri, que' tanti bocconi amari inghiottiti in silenzio, glielo avevano esacerbato a segno che, se non avesse, di tanto in tanto, potuto dargli un po' di sfogo, la sua salute n'avrebbe certamente sofferto. Ma siccome v'eran poi finalmente al mondo, e vicino a lui, persone ch'egli conosceva ben bene per incapaci di far male, così poteva con quelle sfogare qualche volta il mal umore lungamente represso, e cavarsi anche lui la voglia d'essere un po' fantastico, e di gridare a torto. Era poi un rigido censore degli uomini che non si regolavan come lui, quando però la censura potesse esercitarsi senza alcuno, anche lontano, pericolo. Il battuto era almeno un imprudente; l'ammazzato era sempre stato un uomo torbido. A chi, messosi a sostener le sue ragioni contro un potente, rimaneva col capo rotto, don Abbondio sapeva trovar sempre qualche torto; cosa non difficile, perché la ragione e il torto non si dividon mai con un taglio così netto, che ogni parte abbia soltanto dell'una o dell'altro. Sopra tutto poi, declamava contro que' suoi confratelli che, a loro rischio, prendevan le parti d'un debole oppresso, contro un soverchiatore potente. Questo chiamava un comprarsi gl'impicci a contanti, un voler raddirizzar le gambe ai cani; diceva anche severamente, ch'era un mischiarsi nelle cose profane, a danno della dignità del sacro ministero. E contro questi predicava, sempre però a quattr'occhi, o in un piccolissimo crocchio, con tanto più di veemenza, quanto più essi eran conosciuti per alieni dal risentirsi, in cosa che li toccasse personalmente. Aveva poi una sua sentenza prediletta, con la quale sigillava sempre i discorsi su queste materie: che a un galantuomo, il qual badi a sé, e stia ne' suoi panni, non accadon mai brutti incontri.

Pensino ora i miei venticinque lettori che impressione dovesse fare sull'animo del poveretto, quello che s'è raccontato. Lo spavento di que' visacci e di quelle parolacce, la minaccia d'un signore noto per non minacciare invano, un sistema di quieto vivere, ch'era costato tant'anni di studio e di pazienza, sconcertato in un punto, e un passo dal quale non si poteva veder come uscirne: tutti questi pensieri ronzavano tumultuariamente nel capo basso di don Abbondio. " Se Renzo si potesse mandare in pace con un bel no, via; ma vorrà delle ragioni; e cosa ho da rispondergli, per amor del cielo? E, e, e, anche costui è una testa: un agnello se nessun lo tocca, ma se uno vuol contraddirgli... ih! E poi, e poi, perduto dietro a quella Lucia, innamorato come... Ragazzacci, che, per non saper che fare, s'innamorano, voglion maritarsi, e non pensano ad altro; non si fanno carico de' travagli in che mettono un povero galantuomo. Oh povero me! vedete se quelle due figuracce dovevan proprio piantarsi sulla mia strada, e prenderla con me! Che c'entro io? Son io che voglio maritarmi? Perché non son andati piuttosto a parlare... Oh vedete un poco: gran destino è il mio, che le cose a proposito mi vengan sempre in mente un momento dopo l'occasione. Se avessi pensato di suggerir loro che andassero a portar la loro imbasciata... " Ma, a questo punto, s'accorse che il pentirsi di non essere stato consigliere e cooperatore dell'iniquità era cosa troppo iniqua; e rivolse tutta la stizza de' suoi pensieri contro quell'altro che veniva così a togliergli la sua pace. Non conosceva don Rodrigo che di vista e di fama, né aveva mai avuto che far con lui, altro che di toccare il petto col mento, e la terra con la punta del suo cappello, quelle poche volte che l'aveva incontrato per la strada. Gli era occorso di difendere, in più d'un'occasione, la riputazione di quel signore, contro coloro che, a bassa voce, sospirando, e alzando gli occhi al cielo, maledicevano qualche suo fatto: aveva detto cento volte ch'era un rispettabile cavaliere. Ma, in quel momento gli diede in cuor suo tutti que' titoli che non aveva mai udito applicargli da altri, senza interrompere in fretta con un oibò. Giunto, tra il tumulto di questi pensieri, alla porta di casa sua, ch'era in fondo del paesello, mise in fretta nella toppa la chiave, che già teneva in mano; aprì, entrò, richiuse diligentemente; e, ansioso di trovarsi in una compagnia fidata, chiamò subito: Perpetua! Perpetua! -, avviandosi pure verso il salotto, dove questa doveva esser certamente ad apparecchiar la tavola per la cena. Era Perpetua, come ognun se n'avvede, la serva di don Abbondio: serva affezionata e fedele, che sapeva ubbidire e comandare, secondo l'occasione, tollerare a tempo il brontolìo e le fantasticaggini del padrone, e fargli a tempo tollerar le proprie, che divenivan di giorno in giorno più frequenti, da che aveva passata l'età sinodale dei quaranta, rimanendo celibe, per aver rifiutati tutti i partiti che le si erano offerti, come diceva lei, o per non aver mai trovato un cane che la volesse, come dicevan le sue amiche.

- Vengo, - rispose, mettendo sul tavolino, al luogo solito, il fiaschetto del vino prediletto didon Abbondio, e si mosse lentamente; ma non aveva ancor toccata la soglia del salotto, ch'egli v'entrò, con un passo così legato, con uno sguardo così adombrato, con un viso così stravolto, che non ci sarebbero nemmen bisognati gli occhi esperti di Perpetua, per iscoprire a prima vista che gli era accaduto qualche cosa di straordinario davvero.
- Misericordia! cos'ha, signor padrone?
- Niente, niente, - rispose don Abbondio, lasciandosi andar tutto ansante sul suoseggiolone.
- Come, niente? La vuol dare ad intendere a me? così brutto com'è? Qualche gran caso èavvenuto.
- Oh, per amor del cielo! Quando dico niente, o è niente, o è cosa che non posso dire.- Che non può dir neppure a me? Chi si prenderà cura della sua salute? Chi le darà un parere?...
- Ohimè! tacete, e non apparecchiate altro: datemi un bicchiere del mio vino.
- E lei mi vorrà sostenere che non ha niente! - disse Perpetua, empiendo il bicchiere, etenendolo poi in mano, come se non volesse darlo che in premio della confidenza che si faceva tanto aspettare.
- Date qui, date qui, - disse don Abbondio, prendendole il bicchiere, con la mano non benferma, e votandolo poi in fretta, come se fosse una medicina.
- Vuol dunque ch'io sia costretta di domandar qua e là cosa sia accaduto al mio padrone? disse Perpetua, ritta dinanzi a lui, con le mani arrovesciate sui fianchi, e le gomita appuntate davanti, guardandolo fisso, quasi volesse succhiargli dagli occhi il segreto. - Per amor del cielo! non fate pettegolezzi, non fate schiamazzi: ne va... ne va la vita! - La vita!
- La vita.
- Lei sa bene che, ogni volta che m'ha detto qualche cosa sinceramente, in confidenza, ionon ho mai...
- Brava! come quando...

Perpetua s'avvide d'aver toccato un tasto falso; onde, cambiando subito il tono, - signor padrone, - disse, con voce commossa e da commovere, - io le sono sempre stata affezionata; e, se ora voglio sapere, è per premura, perché vorrei poterla soccorrere, darle un buon parere, sollevarle l'animo...

Il fatto sta che don Abbondio aveva forse tanta voglia di scaricarsi del suo doloroso segreto, quanta ne avesse Perpetua di conoscerlo; onde, dopo aver respinti sempre più debolmente i nuovi e più incalzanti assalti di lei, dopo averle fatto più d'una volta giurare che non fiaterebbe, finalmente, con molte sospensioni, con molti ohimè, le raccontò il miserabile caso. Quando si venne al nome terribile del mandante, bisognò che Perpetua proferisse un nuovo e più solenne giuramento; e don Abbondio, pronunziato quel nome, si rovesciò sulla spalliera della seggiola, con un gran sospiro, alzando le mani, in atto insieme di comando e di supplica, e dicendo: - per amor del cielo!

- Delle sue! - esclamò Perpetua. - Oh che birbone! oh che soverchiatore! oh che uomo senzatimor di Dio!
- Volete tacere? o volete rovinarmi del tutto?
- Oh! siam qui soli che nessun ci sente. Ma come farà, povero signor padrone?
- Oh vedete, - disse don Abbondio, con voce stizzosa: - vedete che bei pareri mi sa darcostei! Viene a domandarmi come farò, come farò; quasi fosse lei nell'impiccio, e toccasse a me di levarnela.
- Ma! io l'avrei bene il mio povero parere da darle; ma poi...
- Ma poi, sentiamo.

- Il mio parere sarebbe che, siccome tutti dicono che il nostro arcivescovo è un sant'uomo,e un uomo di polso, e che non ha paura di nessuno, e, quando può fare star a dovere un di questi prepotenti, per sostenere un curato, ci gongola; io direi, e dico che lei gli scrivesse una bella lettera, per informarlo come qualmente...
- Volete tacere? volete tacere? Son pareri codesti da dare a un pover'uomo? Quando mifosse toccata una schioppettata nella schiena, Dio liberi! l'arcivescovo me la leverebbe? - Eh! le schioppettate non si dànno via come confetti: e guai se questi cani dovessero mordere tutte le volte che abbaiano! E io ho sempre veduto che a chi sa mostrare i denti, e farsi stimare, gli si porta rispetto; e, appunto perché lei non vuol mai dir la sua ragione, siam ridotti a segno che tutti vengono, con licenza, a...
- Volete tacere?
- Io taccio subito; ma è però certo che, quando il mondo s'accorge che uno, sempre, in ogniincontro, è pronto a calar le...
- Volete tacere? È tempo ora di dir codeste baggianate?
- Basta: ci penserà questa notte; ma intanto non cominci a farsi male da sé, a rovinarsi lasalute; mangi un boccone.
- Ci penserò io, - rispose, brontolando, don Abbondio: - sicuro; io ci penserò, io ci ho dapensare - E s'alzò, continuando: - non voglio prender niente; niente: ho altra voglia: lo so anch'io che tocca a pensarci a me. Ma! la doveva accader per l'appunto a me.
- Mandi almen giù quest'altro gocciolo, - disse Perpetua, mescendo. - Lei sa che questo lerimette sempre lo stomaco.
- Eh! ci vuol altro, ci vuol altro, ci vuol altro. Così dicendo prese il lume, e, brontolandosempre: - una piccola bagattella! a un galantuomo par mio! e domani com'andrà? - e altre simili lamentazioni, s'avviò per salire in camera. Giunto su la soglia, si voltò indietro verso Perpetua, mise il dito sulla bocca, disse, con tono lento e solenne : - per amor del cielo! -, e disparve.

Cap. II

Si racconta che il principe di Condé dormì profondamente la notte avanti la giornata di Rocroi: ma, in primo luogo, era molto affaticato; secondariamente aveva già date tutte le disposizioni necessarie, e stabilito ciò che dovesse fare, la mattina. Don Abbondio in vece non sapeva altro ancora se non che l'indomani sarebbe giorno di battaglia; quindi una gran parte della notte fu spesa in consulte angosciose. Non far caso dell'intimazione ribalda, né delle minacce, e fare il matrimonio, era un partito, che non volle neppur mettere in deliberazione. Confidare a Renzo l'occorrente, e cercar con lui qualche mezzo... Dio liberi! Non si lasci scappar parola... altrimenti... *ehm!*- aveva detto un di que' bravi; e, al sentirsi rimbombar quell'*ehm!* nella mente, don Abbondio, non che pensare a trasgredire una tal legge, si pentiva anche dell'aver ciarlato con Perpetua. Fuggire? Dove? E poi! Quant'impicci, e quanti conti da rendere! A ogni partito che rifiutava, il pover'uomo si rivoltava nel letto. Quello che, per ogni verso, gli parve il meglio o il men male, fu di guadagnar tempo, menando Renzo per le lunghe. Si rammentò a proposito, che mancavan pochi giorni al tempo proibito per le nozze; " e, se posso tenere a bada, per questi pochi giorni, quel ragazzone, ho poi due mesi di respiro; e, in due mesi, può nascer di gran cose ".
Ruminò pretesti da metter in campo; e, benché gli paressero un po' leggieri, pur s'andava rassicurando col pensiero che la sua autorità gli avrebbe fatti parer di giusto peso, e che la sua antica esperienza gli darebbe gran vantaggio sur un giovanetto ignorante. " Vedremo, diceva tra sé: - egli pensa alla morosa; ma io penso alla pelle: il più interessato son io, lasciando stare che sono il più accorto. Figliuol caro, se tu ti senti il bruciore addosso, non so che dire; ma io non voglio andarne di mezzo ". Fermato così un poco l'animo a una deliberazione, poté finalmente chiuder occhio: ma che sonno! che sogni! Bravi, don Rodrigo, Renzo, viottole, rupi, fughe, inseguimenti, grida, schioppettate. Il primo svegliarsi, dopo una sciagura, e in un impiccio, è un momento molto amaro. La mente, appena risentita, ricorre all'idee abituali della vita tranquilla antecedente; ma il pensiero del nuovo stato di cose le si affaccia subito sgarbatamente; e il dispiacere ne è più vivo in quel paragone istantaneo. Assaporato dolorosamente

questo momento, don Abbondio ricapitolò subito i suoi disegni della notte, si confermò in essi, gli ordinò meglio, s'alzò, e stette aspettando Renzo con timore e, ad un tempo, con impazienza. Lorenzo o, come dicevan tutti, Renzo non si fece molto aspettare. Appena gli parve ora di poter, senza indiscrezione, presentarsi al curato, v'andò, con la lieta furia d'un uomo di vent'anni, che deve in quel giorno sposare quella che ama. Era, fin dall'adolescenza, rimasto privo de' parenti, ed esercitava la professione di filatore di seta, ereditaria, per dir così, nella sua famiglia; professione, negli anni indietro, assai lucrosa; allora già in decadenza, ma non però a segno che un abile operaio non potesse cavarne di che vivere onestamente. Il lavoro andava di giorno in giorno scemando; ma l'emigrazione continua de' lavoranti, attirati negli stati vicini da promesse, da privilegi e da grosse paghe, faceva sì che non ne mancasse ancora a quelli che rimanevano in paese. Oltre di questo, possedeva Renzo un poderetto che faceva lavorare e lavorava egli stesso, quando il filatoio stava fermo; di modo che, per la sua condizione, poteva dirsi agiato. E quantunque quell'annata fosse ancor più scarsa delle antecedenti, e già si cominciasse a provare una vera carestia, pure il nostro giovine, che, da quando aveva messi gli occhi addosso a Lucia, era divenuto massaio, si trovava provvisto bastantemente, e non aveva a contrastar con la fame. Comparve davanti a don Abbondio, in gran gala, con penne di vario colore al cappello, col suo pugnale del manico bello, nel taschino de' calzoni, con una cert'aria di festa e nello stesso tempo di braverìa, comune allora anche agli uomini più quieti. L'accoglimento incerto e misterioso di don Abbondio fece un contrapposto singolare ai modi gioviali e risoluti del giovinotto.

" Che abbia qualche pensiero per la testa ", argomentò Renzo tra sé; poi disse: - son venuto, signor curato, per sapere a che ora le comoda che ci troviamo in chiesa.

- Di che giorno volete parlare?
- Come, di che giorno? non si ricorda che s'è fissato per oggi?
- Oggi? - replicò don Abbondio, come se ne sentisse parlare per la prima volta. - Oggi,oggi... abbiate pazienza, ma oggi non posso.
- Oggi non può! Cos'è nato?
- Prima di tutto, non mi sento bene, vedete.
- Mi dispiace; ma quello che ha da fare è cosa di così poco tempo, e di così poca fatica...- E poi, e poi, e poi...
- E poi che cosa?
- E poi c'è degli imbrogli.
- Degl'imbrogli? Che imbrogli ci può essere?
- Bisognerebbe trovarsi nei nostri piedi, per conoscer quanti impicci nascono in questematerie, quanti conti s'ha da rendere. Io son troppo dolce di cuore, non penso che a levar di mezzo gli ostacoli, a facilitar tutto, a far le cose secondo il piacere altrui, e trascuro il mio dovere; e poi mi toccan de' rimproveri, e peggio.
- Ma, col nome del cielo, non mi tenga così sulla corda, e mi dica chiaro e netto cosa c'è.
- Sapete voi quante e quante formalità ci vogliono per fare un matrimonio in regola?
- Bisogna ben ch'io ne sappia qualche cosa, - disse Renzo, cominciando ad alterarsi, poiché me ne ha già rotta bastantemente la testa, questi giorni addietro. Ma ora non s'è sbrigato ogni cosa? non s'è fatto tutto ciò che s'aveva a fare?
- Tutto, tutto, pare a voi: perché, abbiate pazienza, la bestia son io, che trascuro il miodovere, per non far penare la gente. Ma ora... basta, so quel che dico. Noi poveri curati siamo tra l'ancudine e il martello: voi impaziente; vi compatisco, povero giovane; e i superiori... basta, non si può dir tutto. E noi siam quelli che ne andiam di mezzo.
- Ma mi spieghi una volta cos'è quest'altra formalità che s'ha a fare, come dice; e saràsubito fatta.
- Sapete voi quanti siano gl'impedimenti dirimenti?
- Che vuol ch'io sappia d'impedimenti?
- *Error, conditio, votum, cognatio, crimen,*

Cultus disparitas, vis, ordo, ligamen, honestas,

Si sis affinis,... - cominciava don Abbondio, contando sulla punta delle dita.

- Si piglia gioco di me? - interruppe il giovine. - Che vuol ch'io faccia del suo *latinorum*? - Dunque, se non sapete le cose, abbiate pazienza, e rimettetevi a chi le sa.
- Orsù!...
- Via, caro Renzo, non andate in collera, che son pronto a fare... tutto quello che dipende dame. Io, io vorrei vedervi contento; vi voglio bene io. Eh!... quando penso che stavate così bene; cosa vi mancava? V'è saltato il grillo di maritarvi...
- Che discorsi son questi, signor mio? - proruppe Renzo, con un volto tra l'attonito el'adirato.
- Dico per dire, abbiate pazienza, dico per dire. Vorrei vedervi contento.
- In somma...
- In somma, figliuol caro, io non ci ho colpa; la legge non l'ho fatta io. E, prima diconchiudere un matrimonio, noi siam proprio obbligati a far molte e molte ricerche, per assicurarci che non ci siano impedimenti.
- Ma via, mi dica una volta che impedimento è sopravvenuto?
- Abbiate pazienza, non son cose da potersi decifrare così su due piedi. Non ci sarà niente,così spero; ma, non ostante, queste ricerche noi le dobbiam fare. Il testo è chiaro e lampante: antequam matrimonium denunciet...
- Le ho detto che non voglio latino.
- Ma bisogna pur che vi spieghi...
- Ma non le ha già fatte queste ricerche?
- Non le ho fatte tutte, come avrei dovuto, vi dico.
- Perché non le ha fatte a tempo? perché dirmi che tutto era finito? perché aspettare...- Ecco! mi rimproverate la mia troppa bontà. Ho facilitato ogni cosa per servirvi più presto: ma... ma ora mi son venute... basta, so io.
- E che vorrebbe ch'io facessi?
- Che aveste pazienza per qualche giorno. Figliuol caro, qualche giorno non è poi l'eternità: abbiate pazienza.
- Per quanto?

" Siamo a buon porto ", pensò fra sé don Abbondio; e, con un fare più manieroso che mai, via, - disse: - in quindici giorni cercherò,... procurerò...

- Quindici giorni! oh questa sì ch'è nuova! S'è fatto tutto ciò che ha voluto lei; s'è fissato ilgiorno; il giorno arriva; e ora lei mi viene a dire che aspetti quindici giorni! Quindici... riprese poi, con voce più alta e stizzosa, stendendo il braccio, e battendo il pugno nell'aria; e chi sa qual diavoleria avrebbe attaccata a quel numero, se don Abbondio non l'avesse interrotto, prendendogli l'altra mano, con un'amorevolezza timida e premurosa: - via, via, non v'alterate, per amor del cielo. Vedrò, cercherò se, in una settimana...
- E a Lucia che devo dire?
- Ch'è stato un mio sbaglio.
- E i discorsi del mondo?
- Dite pure a tutti, che ho sbagliato io, per troppa furia, per troppo buon cuore: gettatetutta la colpa addosso a me. Posso parlar meglio? via, per una settimana. - E poi, non ci sarà più altri impedimenti?
- Quando vi dico...
- Ebbene: avrò pazienza per una settimana; ma ritenga bene che, passata questa, nonm'appagherò più di chiacchiere. Intanto la riverisco -. E così detto, se n'andò, facendo a don Abbondio un inchino men profondo del solito, e dandogli un'occhiata più espressiva che riverente.

Uscito poi, e camminando di mala voglia, per la prima volta, verso la casa della sua promessa, in mezzo alla stizza, tornava con la mente su quel colloquio; e sempre più lo trovava strano. L'accoglienza fredda e impicciata di don Abbondio, quel suo parlare stentato insieme e impaziente, que' due occhi grigi che, mentre parlava, eran sempre andati scappando qua e là, come se avesser avuto paura d'incontrarsi con le parole che gli uscivan di bocca, quel farsi quasi nuovo del matrimonio così espressamente concertato, e sopra tutto quell'accennar sempre qualche gran cosa, non dicendo mai nulla di chiaro; tutte queste circostanze messe insieme facevan pensare a Renzo che ci fosse sotto un mistero diverso da quello che don Abbondio aveva voluto far credere. Stette il giovine in forse un momento di tornare indietro, per metterlo alle strette, e farlo parlar più chiaro; ma, alzando gli occhi, vide Perpetua che camminava dinanzi a lui, ed entrava in un orticello pochi passi distante dalla casa. Le diede una voce, mentre essa apriva l'uscio; studiò il passo, la raggiunse, la ritenne sulla soglia, e, col disegno di scovar qualche cosa di più positivo, si fermò ad attaccar discorso con essa.

- Buon giorno, Perpetua: io speravo che oggi si sarebbe stati allegri insieme.
- Ma! quel che Dio vuole, il mio povero Renzo.
- Fatemi un piacere: quel benedett'uomo del signor curato m'ha impastocchiate certeragioni che non ho potuto ben capire: spiegatemi voi meglio perché non può o non vuole maritarci oggi.
- Oh! vi par egli ch'io sappia i segreti del mio padrone?

" L'ho detto io, che c'era mistero sotto ", pensò Renzo; e, per tirarlo in luce, continuò: - via, Perpetua; siamo amici; ditemi quel che sapete, aiutate un povero figliuolo.

- Mala cosa nascer povero, il mio caro Renzo.
- È vero, - riprese questo, sempre più confermandosi ne' suoi sospetti; e, cercandod'accostarsi più alla questione, - è vero, - soggiunse, - ma tocca ai preti a trattar male co' poveri?
- Sentite, Renzo; io non posso dir niente, perché... non so niente; ma quello che vi possoassicurare è che il mio padrone non vuol far torto, né a voi né a nessuno; e lui non ci ha colpa.
- Chi è dunque che ci ha colpa? - domandò Renzo, con un cert'atto trascurato, ma col cuorsospeso, e con l'orecchio all'erta.
- Quando vi dico che non so niente... In difesa del mio padrone, posso parlare; perché mi famale sentire che gli si dia carico di voler far dispiacere a qualcheduno. Pover'uomo! se pecca, è per troppa bontà. C'è bene a questo mondo de' birboni, de' prepotenti, degli uomini senza timor di Dio...

" Prepotenti! birboni! - pensò Renzo: - questi non sono i superiori ". - Via, - disse poi, nascondendo a stento l'agitazione crescente, - via, ditemi chi è.

- Ah! voi vorreste farmi parlare; e io non posso parlare, perché... non so niente: quandonon so niente, è come se avessi giurato di tacere. Potreste darmi la corda, che non mi cavereste nulla di bocca. Addio; è tempo perduto per tutt'e due -. Così dicendo, entrò in fretta nell'orto, e chiuse l'uscio. Renzo, rispostole con un saluto, tornò indietro pian piano, per non farla accorgere del cammino che prendeva; ma, quando fu fuor del tiro dell'orecchio della buona donna, allungò il passo; in un momento fu all'uscio di don Abbondio; entrò, andò diviato al salotto dove l'aveva lasciato, ve lo trovò, e corse verso lui, con un fare ardito, e con gli occhi stralunati.
- Eh! eh! che novità è questa? - disse don Abbondio.
- Chi è quel prepotente, - disse Renzo, con la voce d'un uomo ch'è risoluto d'ottenere unarisposta precisa, - chi è quel prepotente che non vuol ch'io sposi Lucia?
- Che? che? che? - balbettò il povero sorpreso, con un volto fatto in un istante bianco efloscio, come un cencio che esca del bucato. E, pur brontolando, spiccò un salto dal suo seggiolone, per lanciarsi all'uscio. Ma Renzo, che doveva aspettarsi quella mossa, e stava all'erta, vi balzò prima di lui, girò la chiave, e se la mise in tasca.
- Ah! ah! parlerà ora, signor curato? Tutti sanno i fatti miei, fuori di me. Voglio saperli, perbacco, anch'io. Come si chiama colui?
- Renzo! Renzo! per carità, badate a quel che fate; pensate all'anima vostra.
- Penso che lo voglio saper subito, sul momento -. E, così dicendo, mise, forse senzaavvedersene, la mano sul manico del coltello che gli usciva dal taschino.
- Misericordia! - esclamò con voce fioca don Abbondio.
- Lo voglio sapere.
- Chi v'ha detto...
- No, no; non più fandonie. Parli chiaro e subito.
- Mi volete morto?
- Voglio sapere ciò che ho ragion di sapere.

- Ma se parlo, son morto. Non m'ha da premere la mia vita?
- Dunque parli. Quel " dunque " fu proferito con una tale energia, l'aspetto di Renzodivenne così minaccioso, che don Abbondio non poté più nemmen supporre la possibilità di disubbidire.
- Mi promettete, mi giurate, - disse - di non parlarne con nessuno, di non dir mai...?
- Le prometto che fo uno sproposito, se lei non mi dice subito subito il nome di colui.A quel nuovo scongiuro, don Abbondio, col volto, e con lo sguardo di chi ha in bocca le tanaglie del cavadenti, proferì: - don...
- Don? - ripeté Renzo, come per aiutare il paziente a buttar fuori il resto; e stava curvo, conl'orecchio chino sulla bocca di lui, con le braccia tese, e i pugni stretti all'indietro.
- Don Rodrigo! - pronunziò in fretta il forzato, precipitando quelle poche sillabe, estrisciando le consonanti, parte per il turbamento, parte perché, rivolgendo pure quella poca attenzione che gli rimaneva libera, a fare una transazione tra le due paure, pareva che volesse sottrarre e fare scomparir la parola, nel punto stesso ch'era costretto a metterla fuori.
- Ah cane! - urlò Renzo. - E come ha fatto? Cosa le ha detto per...?
- Come eh? come? - rispose, con voce quasi sdegnosa, don Abbondio, il quale, dopo un cosìgran sagrifizio, si sentiva in certo modo divenuto creditore. - Come eh? Vorrei che la fosse toccata a voi, come è toccata a me, che non c'entro per nulla; che certamente non vi sarebber rimasti tanti grilli in capo -. E qui si fece a dipinger con colori terribili il brutto incontro; e, nel discorrere, accorgendosi sempre più d'una gran collera che aveva in corpo, e che fin allora era stata nascosta e involta nella paura, e vedendo nello stesso tempo che Renzo, tra la rabbia e la confusione, stava immobile, col capo basso, continuò allegramente: - avete fatta una bella azione! M'avete reso un bel servizio! Un tiro di questa sorte a un galantuomo, al vostro curato! in casa sua! in luogo sacro! Avete fatta una bella prodezza! Per cavarmi di bocca il mio malanno, il vostro malanno! ciò ch'io vi nascondevo per prudenza, per vostro bene! E ora che lo sapete? Vorrei vedere che mi faceste...! Per amor del cielo! Non si scherza. Non si tratta di torto o di ragione; si tratta di forza. E quando, questa mattina, vi davo un buon parere... eh! subito nelle furie. Io avevo giudizio per me e per voi; ma come si fa? Aprite almeno; datemi la mia chiave.
- Posso aver fallato, - rispose Renzo, con voce raddolcita verso don Abbondio, ma nellaquale si sentiva il furore contro il nemico scoperto: - posso aver fallato; ma si metta la mano al petto, e pensi se nel mio caso...

Così dicendo, s'era levata la chiave di tasca, e andava ad aprire. Don Abbondio gli andò dietro, e, mentre quegli girava la chiave nella toppa, se gli accostò, e, con volto serio e ansioso, alzandogli davanti agli occhi le tre prime dita della destra, come per aiutarlo anche lui dal canto suo, - giurate almeno... - gli disse.

- Posso aver fallato; e mi scusi, - rispose Renzo, aprendo, e disponendosi ad uscire.
- Giurate... - replicò don Abbondio, afferrandogli il braccio con la mano tremante.
- Posso aver fallato, - ripeté Renzo, sprigionandosi da lui; e partì in furia, troncando così laquestione, che, al pari d'una questione di letteratura o di filosofia o d'altro, avrebbe potuto durar dei secoli, giacché ognuna delle parti non faceva che replicare il suo proprio argomento.
- Perpetua! Perpetua! - gridò don Abbondio, dopo avere invano richiamato il fuggitivo.Perpetua non risponde: don Abbondio non sapeva più in che mondo si fosse.

È accaduto più d'una volta a personaggi di ben più alto affare che don Abbondio, di trovarsi in frangenti così fastidiosi, in tanta incertezza di partiti, che parve loro un ottimo ripiego mettersi a letto con la febbre. Questo ripiego, egli non lo dovette andare a cercare, perché gli si offerse da sé. La paura del giorno avanti, la veglia angosciosa della notte, la paura avuta in quel momento, l'ansietà dell'avvenire, fecero l'effetto. Affannato e balordo, si ripose sul suo seggiolone, cominciò a sentirsi qualche brivido nell'ossa, si guardava le unghie sospirando, e chiamava di tempo in tempo, con voce tremolante e stizzosa: Perpetua! - La venne finalmente, con un gran cavolo sotto il braccio, e con la faccia tosta, come se nulla fosse stato. Risparmio al lettore i lamenti, le condoglianze, le accuse, le difese, i " voi sola potete aver parlato ", e i " non ho parlato ", tutti i pasticci in somma di quel colloquio. Basti dire che don Abbondio ordinò a Perpetua di metter la stanga all'uscio, di non aprir più per nessuna cagione, e, se alcun bussasse, risponder dalla finestra che il curato era andato a letto con la febbre. Salì poi lentamente le scale, dicendo, ogni tre scalini, - son servito -; e si mise davvero a letto, dove lo lasceremo.

Renzo intanto camminava a passi infuriati verso casa, senza aver determinato quel che dovesse fare, ma con una smania addosso di far qualcosa di strano e di terribile. I provocatori, i soverchiatori, tutti coloro che, in qualunque modo, fanno torto altrui, sono rei, non solo del male che commettono, ma del pervertimento ancora a cui portano gli animi degli offesi. Renzo era un giovine pacifico e alieno dal sangue, un giovine schietto e nemico d'ogni insidia; ma, in que' momenti, il suo cuore non batteva che per l'omicidio, la sua mente non era occupata che a fantasticare un tradimento. Avrebbe voluto correre alla casa di don Rodrigo, afferrarlo per il collo, e... ma gli veniva in mente ch'era come una fortezza, guarnita di bravi al di dentro, e guardata al di fuori; che i soli amici e servitori ben conosciuti v'entravan liberamente, senza essere squadrati da capo a piedi; che un artigianello sconosciuto non vi potrebb'entrare senza un esame, e ch'egli sopra tutto... egli vi sarebbe forse troppo conosciuto. Si figurava allora di prendere il suo schioppo, d'appiattarsi dietro una siepe, aspettando se mai, se mai colui venisse a passar solo; e, internandosi, con feroce compiacenza, in quell'immaginazione, si figurava di sentire una pedata, quella pedata, d'alzar chetamente la testa; riconosceva lo scellerato, spianava lo schioppo, prendeva la mira, sparava, lo vedeva cadere e dare i tratti, gli lanciava una maledizione, e correva sulla strada del confine a mettersi in salvo. " E Lucia? " Appena questa parola si fu gettata a traverso di quelle bieche fantasie, i migliori pensieri a cui era avvezza la mente di Renzo, v'entrarono in folla. Si rammentò degli ultimi ricordi de' suoi parenti, si rammentò di Dio, della Madonna e de' santi, pensò alla consolazione che aveva tante volte provata di trovarsi senza delitti, all'orrore che aveva tante volte provato al racconto d'un omicidio; e si risvegliò da quel sogno di sangue, con ispavento, con rimorso, e insieme con una specie di gioia di non aver fatto altro che immaginare. Ma il pensiero di Lucia, quanti pensieri tirava seco! Tante speranze, tante promesse, un avvenire così vagheggiato, e così tenuto sicuro, e quel giorno così sospirato! E come, con che parole annunziarle una tal nuova? E poi, che partito prendere? Come farla sua, a dispetto della forza di quell'iniquo potente? E insieme a tutto questo, non un sospetto formato, ma un'ombra tormentosa gli passava per la mente. Quella soverchieria di don Rodrigo non poteva esser mossa che da una brutale passione per Lucia. E Lucia? Che avesse data a colui la più piccola occasione, la più leggiera lusinga, non era un pensiero che potesse fermarsi un momento nella testa di Renzo. Ma n'era informata? Poteva colui aver concepita quell'infame passione, senza che lei se n'avvedesse? Avrebbe spinte le cose tanto in là, prima d'averla tentata in qualche modo? E Lucia non ne aveva mai detta una parola a lui! al suo promesso!

Dominato da questi pensieri, passò davanti a casa sua, ch'era nel mezzo del villaggio, e, attraversatolo, s'avviò a quella di Lucia, ch'era in fondo, anzi un po' fuori. Aveva quella casetta un piccolo cortile dinanzi, che la separava dalla strada, ed era cinto da un murettino. Renzo entrò nel cortile, e sentì un misto e continuo ronzìo che veniva da una stanza di sopra. S'immaginò che sarebbero amiche e comari, venute a far corteggio a Lucia; e non si volle mostrare a quel mercato, con quella nuova in corpo e sul volto. Una fanciulletta che si trovava nel cortile, gli corse incontro gridando: - lo sposo! lo sposo! - Zitta, Bettina, zitta! - disse Renzo. - Vien qua; va' su da Lucia, tirala in disparte, e dille all'orecchio... ma che nessun senta, né sospetti di nulla, ve'... dille che ho da parlarle, che l'aspetto nella stanza terrena, e che venga subito -. La fanciulletta salì in fretta le scale, lieta e superba d'avere una commission segreta da eseguire.

Lucia usciva in quel momento tutta attillata dalle mani della madre. Le amiche si rubavano la sposa, e le facevan forza perché si lasciasse vedere; e lei s'andava schermendo, con quella modestia un po' guerriera delle contadine, facendosi scudo alla faccia col gomito, chinandola sul busto, e aggrottando i lunghi e neri sopraccigli, mentre però la bocca s'apriva al sorriso. I neri e giovanili capelli, spartiti sopra la fronte, con una bianca e sottile dirizzatura, si ravvolgevan, dietro il capo, in cerchi moltiplici di trecce, trapassate da lunghi spilli d'argento, che si dividevano all'intorno, quasi a guisa de' raggi d'un'aureola, come ancora usano le contadine nel Milanese. Intorno al collo aveva un vezzo di granati alternati con bottoni d'oro a filigrana: portava un bel busto di broccato a fiori, con le maniche separate e allacciate da bei nastri: una corta gonnella di filaticcio di seta, a pieghe fitte e minute, due calze vermiglie, due pianelle, di seta anch'esse, a ricami. Oltre a questo, ch'era l'ornamento particolare del giorno delle nozze, Lucia aveva quello quotidiano d'una modesta bellezza, rilevata allora e accresciuta dalle varie affezioni che le si dipingevan sul viso: una gioia temperata da un turbamento leggiero, quel placido accoramento che si mostra di quand'in quando sul volto delle spose, e, senza scompor la bellezza, le dà un carattere particolare. La piccola Bettina si cacciò nel crocchio, s'accostò a Lucia, le fece intendere accortamente che aveva qualcosa da comunicarle, e le disse la sua parolina all'orecchio.

- Vo un momento, e torno, - disse Lucia alle donne; e scese in fretta. Al veder la facciamutata, e il portamento inquieto di Renzo, - cosa c'è? - disse, non senza un presentimento di terrore.
- Lucia! - rispose Renzo, - per oggi, tutto è a monte; e Dio sa quando potremo esser maritoe moglie.
- Che? - disse Lucia tutta smarrita. Renzo le raccontò brevemente la storia di quellamattina: ella ascoltava con angoscia: e quando udì il nome di don Rodrigo, - ah! - esclamò, arrossendo e tremando, - fino a questo segno!
- Dunque voi sapevate...? - disse Renzo.
- Pur troppo! - rispose Lucia; - ma a questo segno!
- Che cosa sapevate?
- Non mi fate ora parlare, non mi fate piangere. Corro a chiamar mia madre, e a licenziar ledonne: bisogna che siam soli.

Mentre ella partiva, Renzo sussurrò: - non m'avete mai detto niente.

- Ah, Renzo! - rispose Lucia, rivolgendosi un momento, senza fermarsi. Renzo intesebenissimo che il suo nome pronunziato in quel momento, con quel tono, da Lucia, voleva dire: potete voi dubitare ch'io abbia taciuto se non per motivi giusti e puri?

Intanto la buona Agnese (così si chiamava la madre di Lucia), messa in sospetto e in curiosità dalla parolina all'orecchio, e dallo sparir della figlia, era discesa a veder cosa c'era di nuovo. La figlia la lasciò con Renzo, tornò alle donne radunate, e, accomodando l'aspetto e la voce, come poté meglio, disse: - il signor curato è ammalato; e oggi non si fa nulla -. Ciò detto, le salutò tutte in fretta, e scese di nuovo.

Le donne sfilarono, e si sparsero a raccontar l'accaduto. Due o tre andaron fin all'uscio del curato, per verificar se era ammalato davvero.

- Un febbrone, - rispose Perpetua dalla finestra; e la trista parola, riportata all'altre, troncòle congetture che già cominciavano a brulicar ne' loro cervelli, e ad annunziarsi tronche e misteriose ne' loro discorsi.

Cap. III

Lucia entrò nella stanza terrena, mentre Renzo stava angosciosamente informando Agnese, la quale angosciosamente lo ascoltava. Tutt'e due si volsero a chi ne sapeva più di loro, e da cui aspettavano uno schiarimento, il quale non poteva essere che doloroso: tutt'e due, lasciando travedere, in mezzo al dolore, e con l'amore diverso che ognun d'essi portava a Lucia, un cruccio pur diverso perché avesse taciuto loro qualche cosa, e una tal cosa. Agnese, benché ansiosa di sentir parlare la figlia, non poté tenersi di non farle un rimprovero. - A tua madre non dir niente d'una cosa simile!

- Ora vi dirò tutto, - rispose Lucia, asciugandosi gli occhi col grembiule.
- Parla, parla! - Parlate, parlate! - gridarono a un tratto la madre e lo sposo.
- Santissima Vergine! - esclamò Lucia: - chi avrebbe creduto che le cose potessero arrivarea questo segno! - E, con voce rotta dal pianto, raccontò come, pochi giorni prima, mentre tornava dalla filanda, ed era rimasta indietro dalle sue compagne, le era passato innanzi don Rodrigo, in compagnia d'un altro signore; che il primo aveva cercato di trattenerla con chiacchiere, com'ella diceva, non punto belle; ma essa, senza dargli retta, aveva affrettato il passo, e raggiunte le compagne; e intanto aveva sentito quell'altro signore rider forte, e don Rodrigo dire: scommettiamo. Il giorno dopo, coloro s'eran trovati ancora sulla strada; ma Lucia era nel mezzo delle compagne, con gli occhi bassi; e l'altro signore sghignazzava, e don Rodrigo diceva: vedremo, vedremo. - Per grazia del cielo, - continuò Lucia, - quel giorno era l'ultimo della filanda. Io raccontai subito...
- A chi hai raccontato? - domandò Agnese, andando incontro, non senza un po' di sdegno,al nome del confidente preferito.

- Al padre Cristoforo, in confessione, mamma, - rispose Lucia, con un accento soave discusa. - Gli raccontai tutto, l'ultima volta che siamo andate insieme alla chiesa del convento: e, se vi ricordate, quella mattina, io andava mettendo mano ora a una cosa, ora a un'altra, per indugiare, tanto che passasse altra gente del paese avviata a quella volta, e far la strada in compagnia con loro; perché, dopo quell'incontro, le strade mi facevan tanta paura...

Al nome riverito del padre Cristoforo, lo sdegno d'Agnese si raddolcì. - Hai fatto bene, disse, - ma perché non raccontar tutto anche a tua madre?

Lucia aveva avute due buone ragioni: l'una, di non contristare né spaventare la buona donna, per cosa alla quale essa non avrebbe potuto trovar rimedio; l'altra, di non metter a rischio di viaggiar per molte bocche una storia che voleva essere gelosamente sepolta: tanto più che Lucia sperava che le sue nozze avrebber troncata, sul principiare, quell'abbominata persecuzione. Di queste due ragioni però, non allegò che la prima. - E a voi, - disse poi, rivolgendosi a Renzo, con quella voce che vuol far riconoscere a un amico che ha avuto torto: - e a voi doveva io parlar di questo? Pur troppo lo sapete ora!

- E che t'ha detto il padre? - domandò Agnese.

- M'ha detto che cercassi d'affrettar le nozze il più che potessi, e intanto stessi rinchiusa;che pregassi bene il Signore; e che sperava che colui, non vedendomi, non si curerebbe più di me. E fu allora che mi sforzai, - proseguì, rivolgendosi di nuovo a Renzo, senza alzargli però gli occhi in viso, e arrossendo tutta, - fu allora che feci la sfacciata, e che vi pregai io che procuraste di far presto, e di concludere prima del tempo che s'era stabilito. Chi sa cosa avrete pensato di me! Ma io facevo per bene, ed ero stata consigliata, e tenevo per certo... e questa mattina, ero tanto lontana da pensare... - Qui le parole furon troncate da un violento scoppio di pianto.

- Ah birbone! ah dannato! ah assassino! - gridava Renzo, correndo innanzi e indietro per lastanza, e stringendo di tanto in tanto il manico del suo coltello.

- Oh che imbroglio, per amor di Dio! - esclamava Agnese. Il giovine si fermò d'improvvisodavanti a Lucia che piangeva; la guardò con un atto di tenerezza mesta e rabbiosa, e disse: questa è l'ultima che fa quell'assassino.

- Ah! no, Renzo, per amor del cielo! - gridò Lucia. - No, no, per amor del cielo! Il Signorec'è anche per i poveri; e come volete che ci aiuti, se facciam del male?

- No, no, per amor del cielo! - ripeteva Agnese.

- Renzo, - disse Lucia, con un'aria di speranza e di risoluzione più tranquilla: - voi avete unmestiere, e io so lavorare: andiamo tanto lontano, che colui non senta più parlar di noi. - Ah Lucia! e poi? Non siamo ancora marito e moglie! Il curato vorrà farci la fede di stato libero? Un uomo come quello? Se fossimo maritati, oh allora...!

Lucia si rimise a piangere; e tutt'e tre rimasero in silenzio, e in un abbattimento che faceva un tristo contrapposto alla pompa festiva de' loro abiti.

- Sentite, figliuoli; date retta a me, - disse, dopo qualche momento, Agnese. - Io son venutaal mondo prima di voi; e il mondo lo conosco un poco. Non bisogna poi spaventarsi tanto: il diavolo non è brutto quanto si dipinge. A noi poverelli le matasse paion più imbrogliate, perché non sappiam trovarne il bandolo; ma alle volte un parere, una parolina d'un uomo che abbia studiato... so ben io quel che voglio dire. Fate a mio modo, Renzo; andate a Lecco; cercate del dottor Azzecca-garbugli, raccontategli... Ma non lo chiamate così, per amor del cielo: è un soprannome. Bisogna dire il signor dottor... Come si chiama, ora? Oh to'! non lo so il nome vero: lo chiaman tutti a quel modo. Basta, cercate di quel dottore alto, asciutto, pelato, col naso rosso, e una voglia di lampone sulla guancia.

- Lo conosco di vista, - disse Renzo.

- Bene, - continuò Agnese: - quello è una cima d'uomo! Ho visto io più d'uno ch'era piùimpicciato che un pulcin nella stoppa, e non sapeva dove batter la testa, e, dopo essere stato un'ora a quattr'occhi col dottor Azzecca-garbugli (badate bene di non chiamarlo così!), l'ho visto, dico, ridersene. Pigliate quei quattro capponi, poveretti! a cui dovevo tirare il collo, per il banchetto di domenica, e portateglieli; perché non bisogna mai andar con le mani vote da que' signori. Raccontategli tutto l'accaduto; e vedrete che vi dirà, su due piedi, di quelle cose che a noi non verrebbero in testa, a pensarci un anno.

Renzo abbracciò molto volentieri questo parere; Lucia l'approvò; e Agnese, superba d'averlo dato, levò, a una a una, le povere bestie dalla stìa, riunì le loro otto gambe, come se facesse un mazzetto di fiori, le avvolse e le strinse con uno spago, e le consegnò in mano a Renzo; il quale, date e ricevute parole di

speranza, uscì dalla parte dell'orto, per non esser veduto da' ragazzi, che gli correrebber dietro, gridando: lo sposo! lo sposo! Così, attraversando i campi o, come dicon colà, i luoghi, se n'andò per viottole, fremendo, ripensando alla sua disgrazia, e ruminando il discorso da fare al dottor Azzecca-garbugli. Lascio poi pensare al lettore, come dovessero stare in viaggio quelle povere bestie, così legate e tenute per le zampe, a capo all'in giù, nella mano d'un uomo il quale, agitato da tante passioni, accompagnava col gesto i pensieri che gli passavan a tumulto per la mente. Ora stendeva il braccio per collera, ora l'alzava per disperazione, ora lo dibatteva in aria, come per minaccia, e, in tutti i modi, dava loro di fiere scosse, e faceva balzare quelle quattro teste spenzolate; le quali intanto s'ingegnavano a beccarsi l'una con l'altra, come accade troppo sovente tra compagni di sventura.
Giunto al borgo, domandò dell'abitazione del dottore; gli fu indicata, e v'andò. All'entrare, si sentì preso da quella suggezione che i poverelli illetterati provano in vicinanza d'un signore e d'un dotto, e dimenticò tutti i discorsi che aveva preparati; ma diede un'occhiata ai capponi, e si rincorò. Entrato in cucina, domandò alla serva se si poteva parlare al signor dottore. Adocchiò essa le bestie, e, come avvezza a somiglianti doni, mise loro le mani addosso, quantunque Renzo andasse tirando indietro, perché voleva che il dottore vedesse e sapesse ch'egli portava qualche cosa. Capitò appunto mentre la donna diceva: - date qui, e andate innanzi -. Renzo fece un grande inchino: il dottore l'accolse umanamente, con un venite, figliuolo, - e lo fece entrar con sé nello studio. Era questo uno stanzone, su tre pareti del quale eran distribuiti i ritratti de' dodici Cesari; la quarta, coperta da un grande scaffale di libri vecchi e polverosi: nel mezzo, una tavola gremita d'allegazioni, di suppliche, di libelli, di gride, con tre o quattro seggiole all'intorno, e da una parte un seggiolone a braccioli, con una spalliera alta e quadrata, terminata agli angoli da due ornamenti di legno, che s'alzavano a foggia di corna, coperta di vacchetta, con grosse borchie, alcune delle quali, cadute da gran tempo, lasciavano in libertà gli angoli della copertura, che s'accartocciava qua e là. Il dottore era in veste da camera, cioè coperto d'una toga ormai consunta, che gli aveva servito, molt'anni addietro, per perorare, ne' giorni d'apparato, quando andava a Milano, per qualche causa d'importanza. Chiuse l'uscio, e fece animo al giovine, con queste parole: - figliuolo, ditemi il vostro caso.

- Vorrei dirle una parola in confidenza.
- Son qui, - rispose il dottore: - parlate -. E s'accomodò sul seggiolone. Renzo, ritto davantialla tavola, con una mano nel cocuzzolo del cappello, che faceva girar con l'altra, ricominciò: - vorrei sapere da lei che ha studiato...
- Ditemi il fatto come sta, - interruppe il dottore.
- Lei m'ha da scusare: noi altri poveri non sappiamo parlar bene. Vorrei dunque sapere...- Benedetta gente! siete tutti così: in vece di raccontar il fatto, volete interrogare, perché avete già i vostri disegni in testa.
- Mi scusi, signor dottore. Vorrei sapere se, a minacciare un curato, perché non faccia unmatrimonio, c'è penale.

" Ho capito ", disse tra sé il dottore, che in verità non aveva capito. " Ho capito ". E subito si fece serio, ma d'una serietà mista di compassione e di premura; strinse fortemente le labbra, facendone uscire un suono inarticolato che accennava un sentimento, espresso poi più chiaramente nelle sue prime parole. - Caso serio, figliuolo; caso contemplato. Avete fatto bene a venir da me. È un caso chiaro, contemplato in cento gride, e... appunto, in una dell'anno scorso, dell'attuale signor governatore. Ora vi fo vedere, e toccar con mano.
Così dicendo, s'alzò dal suo seggiolone, e cacciò le mani in quel caos di carte, rimescolandole dal sotto in su, come se mettesse grano in uno staio.

- Dov'è ora? Vien fuori, vien fuori. Bisogna aver tante cose alle mani! Ma la dev'esser quisicuro, perché è una grida d'importanza. Ah! ecco, ecco -. La prese, la spiegò, guardò alla data, e, fatto un viso ancor più serio, esclamò: - il 15 d'ottobre 1627! Sicuro; è dell'anno passato: grida fresca; son quelle che fanno più paura. Sapete leggere, figliuolo?
- Un pochino, signor dottore.
- Bene, venitemi dietro con l'occhio, e vedrete. E, tenendo la grida sciorinata in aria,cominciò a leggere, borbottando a precipizio in alcuni passi, e fermandosi distintamente, con grand'espressione, sopra alcuni altri, secondo il bisogno:

- *Se bene, per la grida pubblicata d'ordine del signor Duca di Feria ai 14 di dicembre 1620, et confirmata dall'Illustriss. et Eccellentiss. Signore il Signor Gonzalo Fernandez de Cordova,* eccetera, *fu con rimedii straordinarii e rigorosi provvisto alle oppressioni, concussioni et atti tirannici che alcuni ardiscono di commettere contro questi Vassalli tanto divoti di S. M., ad ogni modo la frequenza degli eccessi, e la malitia, eccetera, è cresciuta a segno, che ha posto in necessità l'Eccell. Sua,* eccetera. *Onde, col parere del Senato et di una Giunta,* eccetera, *ha risoluto che si pubblichi la presente.*
- *E cominciando dagli atti tirannici, mostrando l'esperienza che molti, così nelle Città, come nelle Ville...* sentite? *di questo Stato, con tirannide esercitano concussioni et opprimono i più deboli in varii modi, come in operare che si facciano contratti violenti di compre, d'affitti... eccetera:* dove sei? ah! ecco; sentite: *che seguano o non seguano matrimonii.* Eh?

È il mio caso, - disse Renzo.

- Sentite, sentite, c'è ben altro; e poi vedremo la pena. *Si testifichi, o non si testifichi; che uno si parta dal luogo dove abita, eccetera; che quello paghi un debito; quell'altro non lo molesti, quello vada al suo molino:* tutto questo non ha che far con noi. Ah ci siamo: *quel prete non faccia quello che è obbligato per l'uficio suo, o faccia cose che non gli toccano.* Eh?
- *Pare che abbian fatta la grida apposta per me.*
- Eh? non è vero? sentite, sentite: *et altre simili violenze, quali seguono da feudatarii, nobili, mediocri, vili, et plebei.* Non se ne scappa: ci son tutti: è come la valle di Giosafat. Sentite ora la pena. *Tutte queste et altre simili male attioni, benché siano proibite, nondimeno, convenendo metter mano a maggior rigore, S. E., per la presente, non derogando,* eccetera, *ordina e comanda che contra li contravventori in qualsivoglia dei suddetti capi, o altro simile, si proceda da tutti li giudici ordinarii di questo Stato a pena pecuniaria e corporale, ancora di relegatione o di galera, e fino alla morte...* una piccola bagattella! *all'arbitrio dell'Eccellenza Sua, o del Senato, secondo la qualità dei casi, persone e circostanze. E questo ir-re-mis-si-bil-mente e con ogni rigore,* eccetera. Ce n'è della roba, eh? E vedete qui le sottoscrizioni: *Gonzalo Fernandez de Cordova*; e più in giù: *Platonus*; e qui ancora: *Vidit Ferrer*: non ci manca niente.

Mentre il dottore leggeva, Renzo gli andava dietro lentamente con l'occhio, cercando di cavar il costrutto chiaro, e di mirar proprio quelle sacrosante parole, che gli parevano dover esser il suo aiuto. Il dottore, vedendo il nuovo cliente più attento che atterrito, si maravigliava. " Che sia matricolato costui ", pensava tra sé. - Ah! ah! - gli disse poi: - vi siete però fatto tagliare il ciuffo. Avete avuto prudenza: però, volendo mettervi nelle mie mani, non faceva bisogno. Il caso è serio; ma voi non sapete quel che mi basti l'animo di fare, in un'occasione.

Per intender quest'uscita del dottore, bisogna sapere, o rammentarsi che, a quel tempo, i bravi di mestiere, e i facinorosi d'ogni genere, usavan portare un lungo ciuffo, che si tiravan poi sul volto, come una visiera, all'atto d'affrontar qualcheduno, ne' casi in cui stimasser necessario di travisarsi, e l'impresa fosse di quelle, che richiedevano nello stesso tempo forza e prudenza. Le gride non erano state in silenzio su questa moda.*Comanda Sua Eccellenza* (il marchese de la Hynojosa) *che chi porterà i capelli di tal lunghezza che coprano il fronte fino alli cigli esclusivamente, ovvero porterà la trezza, o avanti o dopo le orecchie, incorra la pena di trecento scudi; et in caso d'inhabilità, di tre anni di galera, per la prima volta, e per la seconda, oltre la suddetta, maggiore ancora, pecuniaria et corporale, all'arbitrio di Sua Eccellenza.*

Permette però che, per occasione di trovarsi alcuno calvo, o per altra ragionevole causa di segnale o ferita, possano quelli tali, per maggior decoro e sanità loro, portare i capelli tanto lunghi, quanto sia bisogno per coprire simili mancamenti e niente di più; avvertendo bene a non eccedere il dovere e pura necessità, per (non) *incorrere nella pena agli altri contraffacienti imposta.*

E parimente comanda a' barbieri, sotto pena di cento scudi o di tre tratti di corda da esser dati loro in pubblico, et maggiore anco corporale, all'arbitrio come sopra, che non lascino a quelli che toseranno, sorte alcuna di dette trezze, zuffi, rizzi, né capelli più lunghi dell'ordinario, così nella fronte come dalle bande, e dopo le orecchie, ma che siano tutti uguali, come sopra, salvo nel caso dei calvi, o altri difettosi, come si è detto. Il ciuffo era dunque quasi una parte dell'armatura, e un distintivo de' bravacci e degli scapestrati; i quali poi da ciò vennero comunemente chiamati ciuffi. Questo termine è rimasto e vive tuttavia, con significazione più mitigata, nel dialetto: e non ci sarà forse nessuno de' nostri lettori milanesi, che non si rammenti d'aver sentito, nella sua fanciullezza, o i parenti, o il maestro, o qualche amico di casa, o qualche persona di servizio, dir di lui: è un ciuffo, è un ciuffetto.

- In verità, da povero figliuolo, - rispose Renzo, - io non ho mai portato ciuffo in vita mia.- Non facciam niente, - rispose il dottore, scotendo il capo, con un sorriso, tra malizioso e impaziente. - Se non avete fede in me, non facciam niente. Chi dice le bugie al dottore, vedete figliuolo, è uno sciocco che dirà la verità al giudice. All'avvocato bisogna raccontar le cose chiare: a noi tocca poi a imbrogliarle. Se volete ch'io v'aiuti, bisogna dirmi tutto, dall'a fino alla zeta, col cuore in mano, come al confessore. Dovete nominarmi la persona da cui avete avuto il mandato: sarà naturalmente persona di riguardo; e, in questo caso, io anderò da lui, a fare un atto di dovere. Non gli dirò, vedete, ch'io sappia da voi, che v'ha mandato lui: fidatevi. Gli dirò che vengo ad implorar la sua protezione, per un povero giovine calunniato. E con lui prenderò i concerti opportuni, per finir l'affare lodevolmente. Capite bene che, salvando sé, salverà anche voi. Se poi la scappata fosse tutta vostra, via, non mi ritiro: ho cavato altri da peggio imbrogli... Purché non abbiate offeso persona di riguardo, intendiamoci, m'impegno a togliervi d'impiccio: con un po' di spesa, intendiamoci. Dovete dirmi chi sia l'offeso, come si dice: e, secondo la condizione, la qualità e l'umore dell'amico, si vedrà se convenga più di tenerlo a segno con le protezioni, o trovar qualche modo d'attaccarlo noi in criminale, e mettergli una pulce nell'orecchio; perché, vedete, a saper ben maneggiare le gride, nessuno è reo, e nessuno è innocente. In quanto al curato, se è persona di giudizio, se ne starà zitto; se fosse una testolina, c'è rimedio anche per quelle. D'ogni intrigo si può uscire; ma ci vuole un uomo: e il vostro caso è serio, vi dico, serio: la grida canta chiaro; e se la cosa si deve decider tra la giustizia e voi, così a quattr'occhi, state fresco. Io vi parlo da amico: le scappate bisogna pagarle: se volete passarvela liscia, danari e sincerità, fidarvi di chi vi vuol bene, ubbidire, far tutto quello che vi sarà suggerito.

Mentre il dottore mandava fuori tutte queste parole, Renzo lo stava guardando con un'attenzione estatica, come un materialone sta sulla piazza guardando al giocator di bussolotti, che, dopo essersi cacciata in bocca stoppa e stoppa e stoppa, ne cava nastro e nastro e nastro, che non finisce mai. Quand'ebbe però capito bene cosa il dottore volesse dire, e quale equivoco avesse preso, gli troncò il nastro in bocca, dicendo: - oh! signor dottore, come l'ha intesa? l'è proprio tutta al rovescio. Io non ho minacciato nessuno; io non fo di queste cose, io: e domandi pure a tutto il mio comune, che sentirà che non ho mai avuto che fare con la giustizia. La bricconeria l'hanno fatta a me; e vengo da lei per sapere come ho da fare per ottener giustizia; e son ben contento d'aver visto quella grida.

- Diavolo! - esclamò il dottore, spalancando gli occhi. - Che pasticci mi fate? Tant'è; sietetutti così: possibile che non sappiate dirle chiare le cose?

- Ma mi scusi; lei non m'ha dato tempo: ora le racconterò la cosa, com'è. Sappia dunquech'io dovevo sposare oggi, - e qui la voce di Renzo si commosse, - dovevo sposare oggi una giovine, alla quale discorrevo, fin da quest'estate; e oggi, come le dico, era il giorno stabilito col signor curato, e s'era disposto ogni cosa. Ecco che il signor curato comincia a cavar fuori certe scuse... basta, per non tediarla, io l'ho fatto parlar chiaro, com'era giusto; e lui m'ha confessato che gli era stato proibito, pena la vita, di far questo matrimonio. Quel prepotente di don Rodrigo...

- Eh via! - interruppe subito il dottore, aggrottando le ciglia, aggrinzando il naso rosso, estorcendo la bocca, - eh via! Che mi venite a rompere il capo con queste fandonie? Fate di questi discorsi tra voi altri, che non sapete misurar le parole; e non venite a farli con un galantuomo che sa quanto valgono. Andate, andate; non sapete quel che vi dite: io non m'impiccio con ragazzi; non voglio sentir discorsi di questa sorte, discorsi in aria.

- Le giuro...

- Andate, vi dico: che volete ch'io faccia de' vostri giuramenti? Io non c'entro: me ne lavo lemani -. E se le andava stropicciando, come se le lavasse davvero. - Imparate a parlare: non si viene a sorprender così un galantuomo.

- Ma senta, ma senta, - ripeteva indarno Renzo: il dottore, sempre gridando, lo spingevacon le mani verso l'uscio; e, quando ve l'ebbe cacciato, aprì, chiamò la serva, e le disse: restituite subito a quest'uomo quello che ha portato: io non voglio niente, non voglio niente.

Quella donna non aveva mai, in tutto il tempo ch'era stata in quella casa, eseguito un ordine simile: ma era stato proferito con una tale risoluzione, che non esitò a ubbidire. Prese le quattro povere bestie, e le diede a Renzo, con un'occhiata di compassione sprezzante, che pareva volesse dire: bisogna che tu l'abbia fatta bella. Renzo voleva far cerimonie; ma il dottore fu inespugnabile; e il giovine, più attonito e più stizzito che mai, dovette riprendersi le vittime rifiutate, e tornar al paese, a raccontar alle donne il bel costrutto della sua spedizione.

Le donne, nella sua assenza, dopo essersi tristamente levate il vestito delle feste e messo quello del giorno di lavoro, si misero a consultar di nuovo, Lucia singhiozzando e Agnese sospirando. Quando questa ebbe ben parlato de' grandi effetti che si dovevano sperare dai consigli del dottore, Lucia disse che bisognava veder d'aiutarsi in tutte le maniere; che il padre Cristoforo era uomo non solo da consigliare, ma da metter l'opera sua, quando si trattasse di sollevar poverelli; e che sarebbe una gran bella cosa potergli far sapere ciò ch'era accaduto. - Sicuro, - disse Agnese: e si diedero a cercare insieme la maniera; giacché andar esse al convento, distante di là forse due miglia, non se ne sentivano il coraggio, in quel giorno: e certo nessun uomo di giudizio gliene avrebbe dato il parere. Ma, nel mentre che bilanciavano i partiti, si sentì un picchietto all'uscio, e, nello stesso momento, un sommesso ma distinto - *Deo gratias* -. Lucia, immaginandosi chi poteva essere, corse ad aprire; e subito, fatto un piccolo inchino famigliare, venne avanti un laico cercatore cappuccino, con la sua bisaccia pendente alla spalla sinistra, e tenendone l'imboccatura attortigliata e stretta nelle due mani sul petto.

- Oh fra Galdino! - dissero le due donne.
- Il Signore sia con voi, - disse il frate. - Vengo alla cerca delle noci.
- Va' a prender le noci per i padri, - disse Agnese. Lucia s'alzò, e s'avviò all'altra stanza, ma,prima d'entrarvi, si trattenne dietro le spalle di fra Galdino, che rimaneva diritto nella medesima positura; e, mettendo il dito alla bocca, diede alla madre un'occhiata che chiedeva il segreto, con tenerezza, con supplicazione, e anche con una certa autorità.

Il cercatore, sbirciando Agnese così da lontano, disse: - e questo matrimonio? Si doveva pur fare oggi: ho veduto nel paese una certa confusione, come se ci fosse una novità. Cos'è stato?

- Il signor curato è ammalato, e bisogna differire, - rispose in fretta la donna. Se Lucia nonfaceva quel segno, la risposta sarebbe probabilmente stata diversa. - E come va la cerca? soggiunse poi, per mutar discorso.
- Poco bene, buona donna, poco bene. Le son tutte qui -. E, così dicendo, si levò la bisacciad'addosso, e la fece saltar tra le due mani. - Son tutte qui; e, per mettere insieme questa bella abbondanza, ho dovuto picchiare a dieci porte.
- Ma! le annate vanno scarse, fra Galdino; e, quando s'ha a misurar il pane, non si puòallargar la mano nel resto.
- E per far tornare il buon tempo, che rimedio c'è, la mia donna? L'elemosina. Sapete diquel miracolo delle noci, che avvenne, molt'anni sono, in quel nostro convento di Romagna?
- No, in verità; raccontatemelo un poco.
- Oh! dovete dunque sapere che, in quel convento, c'era un nostro padre, il quale era unsanto, e si chiamava il padre Macario. Un giorno d'inverno, passando per una viottola, in un campo d'un nostro benefattore, uomo dabbene anche lui, il padre Macario vide questo benefattore vicino a un suo gran noce; e quattro contadini, con le zappe in aria, che principiavano a scalzar la pianta, per metterle le radici al sole. " Che fate voi a quella povera pianta? " domandò il padre Macario. " Eh! padre, son anni e anni che la non mi vuol far noci; e io ne faccio legna ". " Lasciatela stare, disse il padre: sappiate che, quest'anno, la farà più noci che foglie ". Il benefattore, che sapeva chi era colui che aveva detta quella parola, ordinò subito ai lavoratori, che gettasser di nuovo la terra sulle radici; e, chiamato il padre, che continuava la sua strada, " padre Macario, gli disse, la metà della raccolta sarà per il convento ". Si sparse la voce della predizione; e tutti correvano a guardare il noce. In fatti, a primavera, fiori a bizzeffe, e, a suo tempo, noci a bizzeffe. Il buon benefattore non ebbe la consolazione di bacchiarle; perché andò, prima della raccolta, a ricevere il premio della sua carità. Ma il miracolo fu tanto più grande, come sentirete. Quel brav'uomo aveva lasciato un figliuolo di stampa ben diversa. Or dunque, alla raccolta, il cercatore andò per riscotere la metà ch'era dovuta al convento; ma colui se ne fece nuovo affatto, ed ebbe la temerità di rispondere che non aveva mai sentito dire che i cappuccini sapessero far noci. Sapete ora cosa avvenne? Un giorno, (sentite questa) lo scapestrato aveva invitato alcuni suoi amici dello stesso pelo, e, gozzovigliando, raccontava la storia del noce, e rideva de' frati. Que' giovinastri ebber voglia d'andar a vedere quello sterminato mucchio di noci; e lui li mena su in granaio. Ma sentite: apre l'uscio, va verso il cantuccio dov'era stato riposto il gran mucchio, e mentre dice: guardate, guarda egli stesso e vede... che cosa? Un bel mucchio di

foglie secche di noce. Fu un esempio questo? E il convento, in vece di scapitare, ci guadagnò; perché, dopo un così gran fatto, la cerca delle noci rendeva tanto, tanto, che un benefattore, mosso a compassione del povero cercatore, fece al convento la carità d'un asino, che aiutasse a portar le noci a casa. E si faceva tant'olio, che ogni povero veniva a prenderne, secondo il suo bisogno; perché noi siam come il mare, che riceve acqua da tutte le parti, e la torna a distribuire a tutti i fiumi. Qui ricomparve Lucia, col grembiule così carico di noci, che lo reggeva a fatica, tenendone le due cocche in alto, con le braccia tese e allungate. Mentre fra Galdino, levatasi di nuovo la bisaccia, la metteva giù, e ne scioglieva la bocca, per introdurvi l'abbondante elemosina, la madre fece un volto attonito e severo a Lucia, per la sua prodigalità; ma Lucia le diede un'occhiata, che voleva dire: mi giustificherò. Fra Galdino proruppe in elogi, in augùri, in promesse, in ringraziamenti, e, rimessa la bisaccia al posto, s'avviava. Ma Lucia, richiamatolo, disse: - vorrei un servizio da voi; vorrei che diceste al padre Cristoforo, che ho gran premura di parlargli, e che mi faccia la carità di venir da noi poverette, subito subito; perché non possiamo andar noi alla chiesa.

- Non volete altro? Non passerà un'ora che il padre Cristoforo saprà il vostro desiderio.

- Mi fido.

- Non dubitate -. E così detto, se n'andò, un po' più curvo e più contento, di quel che fossevenuto.

Al vedere che una povera ragazza mandava a chiamare, con tanta confidenza, il padre Cristoforo, e che il cercatore accettava la commissione, senza maraviglia e senza difficoltà, nessun si pensi che quel Cristoforo fosse un frate di dozzina, una cosa da strapazzo. Era anzi uomo di molta autorità, presso i suoi, e in tutto il contorno; ma tale era la condizione de' cappuccini, che nulla pareva per loro troppo basso, né troppo elevato. Servir gl'infimi, ed esser servito da' potenti, entrar ne' palazzi e ne' tuguri, con lo stesso contegno d'umiltà e di sicurezza, esser talvolta, nella stessa casa, un soggetto di passatempo, e un personaggio senza il quale non si decideva nulla, chieder l'elemosina per tutto, e farla a tutti quelli che la chiedevano al convento, a tutto era avvezzo un cappuccino. Andando per la strada, poteva ugualmente abbattersi in un principe che gli baciasse riverentemente la punta del cordone, o in una brigata di ragazzacci che, fingendo d'esser alle mani tra loro, gl'inzaccherassero la barba di fango. La parola " frate " veniva, in que' tempi, proferita col più gran rispetto, e col più amaro disprezzo: e i cappuccini, forse più d'ogni altr'ordine, eran oggetto de' due opposti sentimenti, e provavano le due opposte fortune; perché, non possedendo nulla, portando un abito più stranamente diverso dal comune, facendo più aperta professione d'umiltà, s'esponevan più da vicino alla venerazione e al vilipendio che queste cose possono attirare da' diversi umori, e dal diverso pensare degli uomini.

Partito fra Galdino, - tutte quelle noci! - esclamò Agnese: - in quest'anno!

- Mamma, perdonatemi, - rispose Lucia; - ma, se avessimo fatta un'elemosina come glialtri, fra Galdino avrebbe dovuto girare ancora, Dio sa quanto, prima d'aver la bisaccia piena; Dio sa quando sarebbe tornato al convento; e, con le ciarle che avrebbe fatte e sentite, Dio sa se gli sarebbe rimasto in mente...

- Hai pensato bene; e poi è tutta carità che porta sempre buon frutto, - disse Agnese, laquale, co' suoi difettucci, era una gran buona donna, e si sarebbe, come si dice, buttata nel fuoco per quell'unica figlia, in cui aveva riposta tutta la sua compiacenza.

In questa, arrivò Renzo, ed entrando con un volto dispettoso insieme e mortificato, gettò i capponi sur una tavola; e fu questa l'ultima trista vicenda delle povere bestie, per quel giorno.

- Bel parere che m'avete dato! - disse ad Agnese. - M'avete mandato da un buongalantuomo, da uno che aiuta veramente i poverelli! - E raccontò il suo abboccamento col dottore. La donna, stupefatta di così trista riuscita, voleva mettersi a dimostrare che il parere però era buono, e che Renzo non doveva aver saputo far la cosa come andava fatta; ma Lucia interruppe quella questione, annunziando che sperava d'aver trovato un aiuto migliore. Renzo accolse anche questa speranza, come accade a quelli che sono nella sventura e nell'impiccio. - Ma, se il padre, - disse, - non ci trova un ripiego, lo troverò io, in un modo o nell'altro.

Le donne consigliaron la pace, la pazienza, la prudenza. - Domani, - disse Lucia, - il padre Cristoforo verrà sicuramente; e vedrete che troverà qualche rimedio, di quelli che noi poveretti non sappiam nemmeno immaginare.

- Lo spero; - disse Renzo, - ma, in ogni caso, saprò farmi ragione, o farmela fare. A questomondo c'è giustizia finalmente.

Co' dolorosi discorsi, e con le andate e venute che si son riferite, quel giorno era passato; e cominciava a imbrunire.

- Buona notte, - disse tristamente Lucia a Renzo, il quale non sapeva risolversid'andarsene.

- Buona notte, - rispose Renzo, ancor più tristamente.

- Qualche santo ci aiuterà, - replicò Lucia: - usate prudenza, e rassegnatevi.

La madre aggiunse altri consigli dello stesso genere; e lo sposo se n'andò, col cuore in tempesta, ripetendo sempre quelle strane parole: - a questo mondo c'è giustizia, finalmente! - Tant'è vero che un uomo sopraffatto dal dolore non sa più quel che si dica.

Cap. IV

Il sole non era ancor tutto apparso sull'orizzonte, quando il padre Cristoforo uscì dal suo convento di Pescarenico, per salire alla casetta dov'era aspettato. È Pescarenico una terricciola, sulla riva sinistra dell'Adda, o vogliam dire del lago, poco discosto dal ponte: un gruppetto di case, abitate la più parte da pescatori, e addobbate qua e là di tramagli e di reti tese ad asciugare. Il convento era situato (e la fabbrica ne sussiste tuttavia) al di fuori, e in faccia all'entrata della terra, con di mezzo la strada che da Lecco conduce a Bergamo. Il cielo era tutto sereno: di mano in mano che il sole s'alzava dietro il monte, si vedeva la sua luce, dalle sommità de' monti opposti, scendere, come spiegandosi rapidamente, giù per i pendìi, e nella valle. Un venticello d'autunno, staccando da' rami le foglie appassite del gelso, le portava a cadere, qualche passo distante dall'albero. A destra e a sinistra, nelle vigne, sui tralci ancor tesi, brillavan le foglie rosseggianti a varie tinte; e la terra lavorata di fresco, spiccava bruna e distinta ne' campi di stoppie biancastre e luccicanti dalla guazza. La scena era lieta; ma ogni figura d'uomo che vi apparisse, rattristava lo sguardo e il pensiero. Ogni tanto, s'incontravano mendichi laceri e macilenti, o invecchiati nel mestiere, o spinti allora dalla necessità a tender la mano. Passavano zitti accanto al padre Cristoforo, lo guardavano pietosamente, e, benché non avesser nulla a sperar da lui, giacché un cappuccino non toccava mai moneta, gli facevano un inchino di ringraziamento, per l'elemosina che avevan ricevuta, o che andavano a cercare al convento. Lo spettacolo de' lavoratori sparsi ne' campi, aveva qualcosa d'ancor più doloroso. Alcuni andavan gettando le lor semente, rade, con risparmio, e a malincuore, come chi arrischia cosa che troppo gli preme; altri spingevan la vanga come a stento, e rovesciavano svogliatamente la zolla. La fanciulla scarna, tenendo per la corda al pascolo la vaccherella magra stecchita, guardava innanzi, e si chinava in fretta, a rubarle, per cibo della famiglia, qualche erba, di cui la fame aveva insegnato che anche gli uomini potevan vivere. Questi spettacoli accrescevano, a ogni passo, la mestizia del frate, il quale camminava già col tristo presentimento in cuore, d'andar a sentire qualche sciagura.

" Ma perché si prendeva tanto pensiero di Lucia? E perché, al primo avviso, s'era mosso con tanta sollecitudine, come a una chiamata del padre provinciale? E chi era questo padre Cristoforo? " Bisogna soddisfare a tutte queste domande.

Il padre Cristoforo da *** era un uomo più vicino ai sessanta che ai cinquant'anni. Il suo capo raso, salvo la piccola corona di capelli, che vi girava intorno, secondo il rito cappuccinesco, s'alzava di tempo in tempo, con un movimento che lasciava trasparire un non so che d'altero e d'inquieto; e subito s'abbassava, per riflessione d'umiltà. La barba bianca e lunga, che gli copriva le guance e il mento, faceva ancor più risaltare le forme rilevate della parte superiore del volto, alle quali un'astinenza, già da gran pezzo abituale, aveva assai più aggiunto di gravità che tolto d'espressione. Due occhi incavati eran per lo più chinati a terra, ma talvolta sfolgoravano, con vivacità repentina; come due cavalli bizzarri, condotti a mano da un cocchiere, col quale sanno, per esperienza, che non si può vincerla, pure fanno, di tempo in tempo, qualche sgambetto, che scontan subito, con una buona tirata di morso.

Il padre Cristoforo non era sempre stato così, né sempre era stato Cristoforo: il suo nome di battesimo era Lodovico. Era figliuolo d'un mercante di *** (questi asterischi vengon tutti dalla circospezione del mio anonimo) che, ne' suoi ultim'anni, trovandosi assai fornito di beni, e con quell'unico figliuolo, aveva rinunziato al traffico, e s'era dato a viver da signore. Nel suo nuovo ozio, cominciò a entrargli in corpo una gran vergogna di tutto quel tempo che aveva speso a far qualcosa in questo mondo. Predominato da una tal fantasia, studiava tutte le maniere di far dimenticare ch'era stato mercante: avrebbe voluto poterlo dimenticare anche lui. Ma il fondaco, le balle, il libro, il braccio, gli comparivan sempre nella memoria, come l'ombra di Banco a Macbeth, anche tra la pompa delle mense, e il sorriso de' parassiti. E non si potrebbe dire la cura che dovevano aver que' poveretti, per schivare ogni parola che potesse parere allusiva all'antica condizione del convitante. Un giorno, per raccontarne una, un giorno, sul finir della tavola, ne' momenti della più viva e schietta allegria, che non si sarebbe potuto dire chi più godesse, o la brigata di sparecchiare, o il padrone d'aver apparecchiato, andava stuzzicando, con superiorità amichevole, uno di que' commensali, il più onesto mangiatore del mondo. Questo, per corrispondere alla celia, senza la minima ombra di malizia, proprio col candore d'un bambino, rispose: - eh! io fo l'orecchio del mercante -. Egli stesso fu subito colpito dal suono della parola che gli era uscita di bocca: guardò, con faccia incerta, alla faccia del padrone, che s'era rannuvolata: l'uno e l'altro avrebber voluto riprender quella di prima; ma non era possibile. Gli altri convitati pensavano, ognun da sé, al modo di sopire il piccolo scandolo, e di fare una diversione; ma, pensando, tacevano, e, in quel silenzio, lo scandolo era più manifesto. Ognuno scansava d'incontrar gli occhi degli altri; ognuno sentiva che tutti eran occupati del pensiero che tutti volevan dissimulare. La gioia, per quel giorno, se n'andò; e l'imprudente o, per parlar con più giustizia, lo sfortunato, non ricevette più invito. Così il padre di Lodovico passò gli ultimi suoi anni in angustie continue, temendo sempre d'essere schernito, e non riflettendo mai che il vendere non è cosa più ridicola che il comprare, e che quella professione di cui allora si vergognava, l'aveva pure esercitata per tant'anni, in presenza del pubblico, e senza rimorso. Fece educare il figlio nobilmente, secondo la condizione de' tempi, e per quanto gli era concesso dalle leggi e dalle consuetudini; gli diede maestri di lettere e d'esercizi cavallereschi; e morì, lasciandolo ricco e giovinetto.

Lodovico aveva contratte abitudini signorili; e gli adulatori, tra i quali era cresciuto, l'avevano avvezzato ad esser trattato con molto rispetto. Ma, quando volle mischiarsi coi principali della sua città, trovò un fare ben diverso da quello a cui era accostumato; e vide che, a voler esser della lor compagnia, come avrebbe desiderato, gli conveniva fare una nuova scuola di pazienza e di sommissione, star sempre al di sotto, e ingozzarne una, ogni momento. Una tal maniera di vivere non s'accordava, né con l'educazione, né con la natura di Lodovico. S'allontanò da essi indispettito. Ma poi ne stava lontano con rammarico; perché gli pareva che questi veramente avrebber dovuto essere i suoi compagni; soltanto gli avrebbe voluti più trattabili. Con questo misto d'inclinazione e di rancore, non potendo frequentarli famigliarmente, e volendo pure aver che far con loro in qualche modo, s'era dato a competer con loro di sfoggi e di magnificenza, comprandosi così a contanti inimicizie, invidie e ridicolo. La sua indole, onesta insieme e violenta, l'aveva poi imbarcato per tempo in altre gare più serie. Sentiva un orrore spontaneo e sincero per l'angherie e per i soprusi: orrore reso ancor più vivo in lui dalla qualità delle persone che più ne commettevano alla giornata; ch'erano appunto coloro coi quali aveva più di quella ruggine. Per acquietare, o per esercitare tutte queste passioni in una volta, prendeva volentieri le parti d'un debole sopraffatto, si piccava di farci stare un soverchiatore, s'intrometteva in una briga, se ne tirava addosso un'altra; tanto che, a poco a poco, venne a costituirsi come un protettor degli oppressi, e un vendicatore de' torti. L'impiego era gravoso; e non è da domandare se il povero Lodovico avesse nemici, impegni e pensieri. Oltre la guerra esterna, era poi tribolato continuamente da contrasti interni; perché, a spuntarla in un impegno (senza parlare di quelli in cui restava al di sotto), doveva anche lui adoperar raggiri e violenze, che la sua coscienza non poteva poi approvare. Doveva tenersi intorno un buon numero di bravacci; e, così per la sua sicurezza, come per averne un aiuto più vigoroso, doveva scegliere i più arrischiati, cioè i più ribaldi; e vivere co' birboni, per amor della giustizia. Tanto che, più d'una volta, o scoraggito, dopo una trista riuscita, o inquieto per un pericolo imminente, annoiato del continuo guardarsi, stomacato della sua compagnia, in pensiero dell'avvenire, per le sue sostanze che se n'andavan, di giorno in giorno, in opere buone e in braverie, più d'una volta gli era saltata la fantasia di farsi frate; che, a que' tempi, era il ripiego più comune, per uscir d'impicci. Ma questa, che sarebbe forse stata una fantasia per tutta la sua vita, divenne una risoluzione, a causa d'un accidente, il più serio che gli fosse ancor capitato.

Andava un giorno per una strada della sua città, seguito da due bravi, e accompagnato da un tal Cristoforo, altre volte giovine di bottega e, dopo chiusa questa, diventato maestro di casa. Era un uomo di circa cinquant'anni, affezionato, dalla gioventù, a Lodovico, che aveva veduto nascere, e che, tra salario e regali, gli dava non solo da vivere, ma di che mantenere e tirar su una numerosa famiglia. Vide Lodovico spuntar da lontano un signor tale, arrogante e soverchiatore di professione, col quale non aveva mai parlato in vita sua, ma che gli era cordiale nemico, e al quale rendeva, pur di cuore, il contraccambio: giacché è uno de' vantaggi di questo mondo, quello di poter odiare ed esser odiati, senza conoscersi. Costui, seguito da quattro bravi, s'avanzava diritto, con passo superbo, con la testa alta, con la bocca composta all'alterigia e allo sprezzo. Tutt'e due camminavan rasente al muro; ma Lodovico (notate bene) lo strisciava col lato destro; e ciò, secondo una consuetudine, gli dava il diritto (dove mai si va a ficcare il diritto!) di non istaccarsi dal detto muro, per dar passo a chi si fosse; cosa della quale allora si faceva gran caso. L'altro pretendeva, all'opposto, che quel diritto competesse a lui, come a nobile, e che a Lodovico toccasse d'andar nel mezzo; e ciò in forza d'un'altra consuetudine. Perocché, in questo, come accade in molti altri affari, erano in vigore due consuetudini contrarie, senza che fosse deciso qual delle due fosse la buona; il che dava opportunità di fare una guerra, ogni volta che una testa dura s'abbattesse in un'altra della stessa tempra. Que' due si venivano incontro, ristretti alla muraglia, come due figure di basso rilievo ambulanti. Quando si trovarono a viso a viso, il signor tale, squadrando Lodovico, a capo alto, col cipiglio imperioso, gli disse, in un tono corrispondente di voce: - fate luogo.

- Fate luogo voi, - rispose Lodovico. - La diritta è mia.
- Co' vostri pari, è sempre mia.
- Sì, se l'arroganza de' vostri pari fosse legge per i pari miei. I bravi dell'uno e dell'altro eranrimasti fermi, ciascuno dietro il suo padrone, guardandosi in cagnesco, con le mani alle daghe, preparati alla battaglia. La gente che arrivava di qua e di là, si teneva in distanza, a osservare il fatto; e la presenza di quegli spettatori animava sempre più il puntiglio de' contendenti.
- Nel mezzo, vile meccanico; o ch'io t'insegno una volta come si tratta co' gentiluomini.
- Voi mentite ch'io sia vile.
- Tu menti ch'io abbia mentito -. Questa risposta era di prammatica. - E, se tu fossicavaliere, come son io, - aggiunse quel signore, - ti vorrei far vedere, con la spada e con la cappa, che il mentitore sei tu.
- E un buon pretesto per dispensarvi di sostener co' fatti l'insolenza delle vostre parole.
- Gettate nel fango questo ribaldo, - disse il gentiluomo, voltandosi a' suoi.
- Vediamo! - disse Lodovico, dando subitamente un passo indietro, e mettendo mano allaspada.
- Temerario! - gridò l'altro, sfoderando la sua: - io spezzerò questa, quando sarà macchiatadel tuo vil sangue.

Così s'avventarono l'uno all'altro; i servitori delle due parti si slanciarono alla difesa de' loro padroni. Il combattimento era disuguale, e per il numero, e anche perché Lodovico mirava piùttosto a scansare i colpi, e a disarmare il nemico, che ad ucciderlo; ma questo voleva la morte di lui, a ogni costo. Lodovico aveva già ricevuta al braccio sinistro una pugnalata d'un bravo, e una sgraffiatura leggiera in una guancia, e il nemico principale gli piombava addosso per finirlo; quando Cristoforo, vedendo il suo padrone nell'estremo pericolo, andò col pugnale addosso al signore. Questo, rivolta tutta la sua ira contro di lui, lo passò con la spada. A quella vista, Lodovico, come fuor di sé, cacciò la sua nel ventre del feritore, il quale cadde moribondo, quasi a un punto col povero Cristoforo. I bravi del gentiluomo, visto ch'era finita, si diedero alla fuga, malconci: quelli di Lodovico, tartassati e sfregiati anche loro, non essendovi più a chi dare, e non volendo trovarsi impicciati nella gente, che già accorreva, scantonarono dall'altra parte: e Lodovico si trovò solo, con que' due funesti compagni ai piedi, in mezzo a una folla.

- Com'è andata? - È uno. - Son due. - Gli ha fatto un occhiello nel ventre. - Chi è statoammazzato? - Quel prepotente. - Oh santa Maria, che sconquasso! - Chi cerca trova. - Una le paga tutte. - Ha finito anche lui. - Che colpo! - Vuol essere una faccenda seria. - E quell'altro disgraziato! - Misericordia! che spettacolo! - Salvatelo, salvatelo. - Sta fresco anche lui. - Vedete com'è concio! butta sangue da tutte le parti. - Scappi, scappi. Non si lasci prendere.

Queste parole, che più di tutte si facevan sentire nel frastono confuso di quella folla, esprimevano il voto comune; e, col consiglio, venne anche l'aiuto. Il fatto era accaduto vicino a una chiesa di cappuccini, asilo, come ognun sa, impenetrabile allora a' birri, e a tutto quel complesso di cose e di persone, che si chiamava la giustizia. L'uccisore ferito fu quivi condotto o portato dalla folla, quasi fuor di sentimento; e i frati lo ricevettero dalle mani del popolo, che glielo raccomandava, dicendo: - è un uomo dabbene che ha freddato un birbone superbo: l'ha fatto per sua difesa: c'è stato tirato per i capelli. Lodovico non aveva mai, prima d'allora, sparso sangue; e, benché l'omicidio fosse, a que' tempi, cosa tanto comune, che gli orecchi d'ognuno erano avvezzi a sentirlo raccontare, e gli occhi a vederlo, pure l'impressione ch'egli ricevette dal veder l'uomo morto per lui, e l'uomo morto da lui, fu nuova e indicibile; fu una rivelazione di sentimenti ancora sconosciuti. Il cadere del suo nemico, l'alterazione di quel volto, che passava, in un momento, dalla minaccia e dal furore, all'abbattimento e alla quiete solenne della morte, fu una vista che cambiò, in un punto, l'animo dell'uccisore. Strascinato al convento, non sapeva quasi dove si fosse, né cosa si facesse; e, quando fu tornato in sé, si trovò in un letto dell'infermeria, nelle mani del frate chirurgo (i cappuccini ne avevano ordinariamente uno in ogni convento), che accomodava faldelle e fasce sulle due ferite ch'egli aveva ricevute nello scontro. Un padre, il cui impiego particolare era d'assistere i moribondi, e che aveva spesso avuto a render questo servizio sulla strada, fu chiamato subito al luogo del combattimento. Tornato, pochi minuti dopo, entrò nell'infermeria, e, avvicinatosi al letto dove Lodovico giaceva, - consolatevi - gli disse: - almeno è morto bene, e m'ha incaricato di chiedere il vostro perdono, e di portarvi il suo -. Questa parola fece rinvenire affatto il povero Lodovico, e gli risvegliò più vivamente e più distintamente i sentimenti ch'eran confusi e affollati nel suo animo: dolore dell'amico, sgomento e rimorso del colpo che gli era uscito di mano, e, nello stesso tempo, un'angosciosa compassione dell'uomo che aveva ucciso. - E l'altro? - domandò ansiosamente al frate.

- L'altro era spirato, quand'io arrivai. Frattanto, gli accessi e i contorni del conventoformicolavan di popolo curioso: ma, giunta la sbirraglia, fece smaltir la folla, e si postò a una certa distanza dalla porta, in modo però che nessuno potesse uscirne inosservato. Un fratello del morto, due suoi cugini e un vecchio zio, vennero pure, armati da capo a piedi, con grande accompagnamento di bravi; e si misero a far la ronda intorno, guardando, con aria e con atti di dispetto minaccioso, que' curiosi, che non osavan dire: gli sta bene; ma l'avevano scritto in viso.

Appena Lodovico ebbe potuto raccogliere i suoi pensieri, chiamato un frate confessore, lo pregò che cercasse della vedova di Cristoforo, le chiedesse in suo nome perdono d'essere stato lui la cagione, quantunque ben certo involontaria, di quella desolazione, e, nello stesso tempo, l'assicurasse ch'egli prendeva la famiglia sopra di sé. Riflettendo quindi a' casi suoi, sentì rinascere più che mai vivo e serio quel pensiero di farsi frate, che altre volte gli era passato per la mente: gli parve che Dio medesimo l'avesse messo sulla strada, e datogli un segno del suo volere, facendolo capitare in un convento, in quella congiuntura; e il partito fu preso. Fece chiamare il guardiano, e gli manifestò il suo desiderio. N'ebbe in risposta, che bisognava guardarsi dalle risoluzioni precipitate; ma che, se persisteva, non sarebbe rifiutato. Allora, fatto venire un notaro, dettò una donazione di tutto ciò che gli rimaneva (ch'era tuttavia un bel patrimonio) alla famiglia di Cristoforo: una somma alla vedova, come se le costituisse una contraddote, e il resto a otto figliuoli che Cristoforo aveva lasciati.

La risoluzione di Lodovico veniva molto a proposito per i suoi ospiti, i quali, per cagion sua, erano in un bell'intrigo. Rimandarlo dal convento, ed esporlo così alla giustizia, cioè alla vendetta de' suoi nemici, non era partito da metter neppure in consulta. Sarebbe stato lo stesso che rinunziare a' propri privilegi, screditare il convento presso il popolo, attirarsi il biasimo di tutti i cappuccini dell'universo, per aver lasciato violare il diritto di tutti, concitarsi contro tutte l'autorità ecclesiastiche, le quali si consideravan come tutrici di questo diritto. Dall'altra parte, la famiglia dell'ucciso, potente assai, e per sé, e per le sue aderenze, s'era messa al punto di voler vendetta; e dichiarava suo nemico chiunque s'attentasse di mettervi ostacolo. La storia non dice che a loro dolesse molto dell'ucciso, e nemmeno che una lagrima fosse stata sparsa per lui, in tutto il parentado: dice soltanto ch'eran tutti smaniosi d'aver nell'unghie l'uccisore, o vivo o morto. Ora questo, vestendo l'abito di cappuccino, accomodava ogni cosa. Faceva, in certa maniera, un'emenda, s'imponeva una penitenza, si chiamava implicitamente in colpa, si ritirava da ogni gara; era in somma un nemico che depon l'armi. I parenti del morto potevan poi anche, se loro piacesse, credere e vantarsi che s'era fatto frate per disperazione, e per terrore del loro sdegno. E, ad ogni modo, ridurre un uomo a spropriarsi del suo, a tosarsi la testa, a camminare a piedi nudi, a dormir sur un saccone, a viver d'elemosina, poteva parere una punizione competente, anche all'offeso il più borioso.

Il padre guardiano si presentò, con un'umiltà disinvolta, al fratello del morto, e, dopo mille proteste di rispetto per l'illustrissima casa, e di desiderio di compiacere ad essa in tutto ciò che fosse fattibile, parlò del pentimento di Lodovico, e della sua risoluzione, facendo garbatamente sentire che la casa poteva esserne contenta, e insinuando poi soavemente, e con maniera ancor più destra, che, piacesse o non piacesse, la cosa doveva essere. Il fratello diede in ismanie, che il cappuccino lasciò svaporare, dicendo di tempo in tempo: - è un troppo giusto dolore -. Fece intendere che, in ogni caso, la sua famiglia avrebbe saputo prendersi una soddisfazione: e il cappuccino, qualunque cosa ne pensasse, non disse di no. Finalmente richiese, impose come una condizione, che l'uccisor di suo fratello partirebbe subito da quella città. Il guardiano, che aveva già deliberato che questo fosse fatto, disse che si farebbe, lasciando che l'altro credesse, se gli piaceva, esser questo un atto d'ubbidienza: e tutto fu concluso. Contenta la famiglia, che ne usciva con onore; contenti i frati, che salvavano un uomo e i loro privilegi, senza farsi alcun nemico; contenti i dilettanti di cavalleria, che vedevano un affare terminarsi lodevolmente; contento il popolo, che vedeva fuor d'impiccio un uomo ben voluto, e che, nello stesso tempo, ammirava una conversione; contento finalmente, e più di tutti, in mezzo al dolore, il nostro Lodovico, il quale cominciava una vita d'espiazione e di servizio, che potesse, se non riparare, pagare almeno il mal fatto, e rintuzzare il pungolo intollerabile del rimorso. Il sospetto che la sua risoluzione fosse attribuita alla paura, l'afflisse un momento; ma si consolò subito, col pensiero che anche quell'ingiusto giudizio sarebbe un gastigo per lui, e un mezzo d'espiazione. Così, a trent'anni, si ravvolse nel sacco; e, dovendo, secondo l'uso, lasciare il suo nome, e prenderne un altro, ne scelse uno che gli rammentasse, ogni momento, ciò che aveva da espiare: e si chiamò fra Cristoforo.

Appena compita la cerimonia della vestizione, il guardiano gl'intimò che sarebbe andato a fare il suo noviziato a ***, sessanta miglia lontano, e che partirebbe all'indomani. Il novizio s'inchinò profondamente, e chiese una grazia. - Permettetemi, padre, - disse, - che, prima di partir da questa città, dove ho sparso il sangue d'un uomo, dove lascio una famiglia crudelmente offesa, io la ristori almeno dell'affronto, ch'io mostri almeno il mio rammarico di non poter risarcire il danno, col chiedere scusa al fratello dell'ucciso, e gli levi, se Dio benedice la mia intenzione, il rancore dall'animo -. Al guardiano parve che un tal passo, oltre all'esser buono in sé, servirebbe a riconciliar sempre più la famiglia col convento; e andò diviato da quel signor fratello, ad esporgli la domanda di fra Cristoforo. A proposta così inaspettata, colui sentì, insieme con la maraviglia, un ribollimento di sdegno, non però senza qualche compiacenza. Dopo aver pensato un momento, - venga domani, - disse; e assegnò l'ora. Il guardiano tornò, a portare al novizio il consenso desiderato.

Il gentiluomo pensò subito che, quanto più quella soddisfazione fosse solenne e clamorosa, tanto più accrescerebbe il suo credito presso tutta la parentela, e presso il pubblico; e sarebbe (per dirla con un'eleganza moderna) una bella pagina nella storia della famiglia. Fece avvertire in fretta tutti i parenti che, all'indomani, a mezzogiorno, restassero serviti (così si diceva allora) di venir da lui, a ricevere una soddisfazione comune. A mezzogiorno, il palazzo brulicava di signori d'ogni età e d'ogni sesso: era un girare, un rimescolarsi di gran cappe, d'alte penne, di durlindane pendenti, un moversi librato di gorgiere inamidate e crespe, uno strascico intralciato di rabescate zimarre. Le anticamere, il cortile e la strada formicolavan di servitori, di paggi, di bravi e di curiosi. Fra Cristoforo vide quell'apparecchio, ne indovinò il motivo, e provò un leggier turbamento; ma, dopo un istante, disse tra sé: " sta bene: l'ho ucciso in pubblico, alla presenza di tanti suoi nemici: quello fu scandalo, questa è riparazione ". Così, con gli occhi bassi, col padre compagno al fianco, passò la porta di quella casa, attraversò il cortile, tra una folla che lo squadrava con una curiosità poco cerimoniosa; salì le scale, e, di mezzo all'altra folla signorile, che fece ala al suo passaggio, seguito da cento sguardi, giunse alla presenza del padron di casa; il quale, circondato da' parenti più prossimi, stava ritto nel mezzo della sala, con lo sguardo a terra, e il mento in aria, impugnando, con la mano sinistra, il pomo della spada, e stringendo con la destra il bavero della cappa sul petto.

C'è talvolta, nel volto e nel contegno d'un uomo, un'espressione così immediata, si direbbe quasi un'effusione dell'animo interno, che, in una folla di spettatori, il giudizio sopra quell'animo sarà un solo. Il volto e il contegno di fra Cristoforo disser chiaro agli astanti, che non s'era fatto frate, né veniva a quell'umiliazione per timore umano: e questo cominciò a conciliarglieli tutti. Quando vide l'offeso, affrettò il passo, gli si pose inginocchioni ai piedi, incrociò le mani sul petto, e, chinando la testa rasa, disse queste parole: - io sono l'omicida di suo fratello. Sa Iddio se vorrei restituirglielo a costo del mio sangue; ma, non potendo altro che farle inefficaci e tarde scuse, la supplico d'accettarle per l'amor di Dio -. Tutti gli occhi erano immobili sul novizio, e sul personaggio a cui egli parlava; tutti gli orecchi eran tesi. Quando fra Cristoforo tacque, s'alzò, per tutta la sala, un mormorìo di pietà e di rispetto. Il gentiluomo, che stava in atto di degnazione forzata, e d'ira compressa, fu turbato da quelle parole; e, chinandosi verso l'inginocchiato, - alzatevi, - disse, con voce alterata: - l'offesa... il fatto veramente... ma l'abito che portate... non solo questo, ma anche per voi... S'alzi, padre... Mio fratello... non lo posso negare... era un cavaliere... era un uomo... un po' impetuoso... un po' vivo. Ma tutto accade per disposizion di Dio. Non se ne parli più... Ma, padre, lei non deve stare in codesta positura -. E, presolo per le braccia, lo sollevò. Fra Cristoforo, in piedi, ma col capo chino, rispose: - io posso dunque sperare che lei m'abbia concesso il suo perdono! E se l'ottengo da lei, da chi non devo sperarlo? Oh! s'io potessi sentire dalla sua bocca questa parola, perdono!

- Perdono? - disse il gentiluomo. - Lei non ne ha più bisogno. Ma pure, poiché lo desidera,certo, certo, io le perdono di cuore, e tutti...

- Tutti! tutti! - gridarono, a una voce, gli astanti. Il volto del frate s'aprì a una gioiariconoscente, sotto la quale traspariva però ancora un'umile e profonda compunzione del male a cui la remissione degli uomini non poteva riparare. Il gentiluomo, vinto da quell'aspetto, e trasportato dalla commozione generale, gli gettò le braccia al collo, e gli diede e ne ricevette il bacio di pace. Un - bravo! bene! - scoppiò da tutte le parti della sala; tutti si mossero, e si strinsero intorno al frate. Intanto vennero servitori, con gran copia di rinfreschi. Il gentiluomo si raccostò al nostro Cristoforo, il quale faceva segno di volersi licenziare, e gli disse: - padre, gradisca qualche cosa; mi dia questa prova d'amicizia -. E si mise per servirlo prima d'ogni altro; ma egli, ritirandosi, con una certa resistenza cordiale, - queste cose, - disse, - non fanno più per me; ma non sarà mai ch'io rifiuti i suoi doni. Io sto per mettermi in viaggio: si degni di farmi portare un pane, perché io possa dire d'aver goduto la sua carità, d'aver mangiato il suo pane, e avuto un segno del suo perdono -. Il gentiluomo, commosso, ordinò che così si facesse; e venne subito un cameriere, in gran gala, portando un pane sur un piatto d'argento, e lo presentò al padre; il quale, presolo e ringraziato, lo mise nella sporta. Chiese quindi licenza; e, abbracciato di nuovo il padron di casa, e tutti quelli che, trovandosi più vicini a lui, poterono impadronirsene un momento, si liberò da essi a fatica; ebbe a combatter nell'anticamere, per isbrigarsi da' servitori, e anche da' bravi, che gli baciavano il lembo dell'abito, il cordone, il cappuccio; e si trovò nella strada, portato come in trionfo, e accompagnato da una folla di popolo, fino a una porta della città; d'onde uscì, cominciando il suo pedestre viaggio, verso il luogo del suo noviziato.

Il fratello dell'ucciso, e il parentado, che s'erano aspettati d'assaporare in quel giorno la trista gioia dell'orgoglio, si trovarono in vece ripieni della gioia serena del perdono e della benevolenza. La compagnia si trattenne ancor qualche tempo, con una bonarietà e con una cordialità insolita, in ragionamenti ai quali nessuno era preparato, andando là. In vece di soddisfazioni prese, di soprusi vendicati, d'impegni spuntati, le lodi del novizio, la riconciliazione, la mansuetudine furono i temi della conversazione. E taluno, che, per la cinquantesima volta, avrebbe raccontato come il conte Muzio suo padre aveva saputo, in quella famosa congiuntura, far stare a dovere il marchese Stanislao, ch'era quel rodomonte che ognun sa, parlò in vece delle penitenze e della pazienza mirabile d'un fra Simone, morto molt'anni prima. Partita la compagnia, il padrone, ancor tutto commosso, riandava tra sé, con maraviglia, ciò che aveva in teso, ciò ch'egli medesimo aveva detto; e borbottava tra i denti: - diavolo d'un frate! - (bisogna bene che noi trascriviamo le sue precise parole) diavolo d'un frate! se rimaneva lì in ginocchio, ancora per qualche momento, quasi quasi gli chiedevo scusa io, che m'abbia ammazzato il fratello -. La nostra storia nota espressamente che, da quel giorno in poi, quel signore fu un po' men precipitoso, e un po' più alla mano.

Il padre Cristoforo camminava, con una consolazione che non aveva mai più provata, dopo quel giorno terribile, ad espiare il quale tutta la sua vita doveva esser consacrata. Il silenzio ch'era imposto a' novizi, l'osservava, senza avvedersene, assorto com'era, nel pensiero delle fatiche, delle privazioni e dell'umiliazioni che avrebbe sofferte, per iscontare il suo fallo. Fermandosi, all'ora della refezione, presso un benefattore, mangiò, con una specie di voluttà, del pane del perdono: ma ne serbò un pezzo, e lo ripose nella sporta, per tenerlo, come un ricordo perpetuo.

Non è nostro disegno di far la storia della sua vita claustrale: diremo soltanto che, adempiendo, sempre con gran voglia, e con gran cura, gli ufizi che gli venivano ordinariamente assegnati, di predicare e d'assistere i moribondi, non lasciava mai sfuggire un'occasione d'esercitarne due altri, che s'era imposti da sé: accomodar differenze, e proteggere oppressi. In questo genio entrava, per qualche parte, senza ch'egli se n'avvedesse, quella sua vecchia abitudine, e un resticciolo di spiriti guerreschi, che l'umiliazioni e le macerazioni non avevan potuto spegner del tutto. Il suo linguaggio era abitualmente umile e posato; ma, quando si trattasse di giustizia o di verità combattuta, l'uomo s'animava, a un tratto, dell'impeto antico, che, secondato e modificato da un'enfasi solenne, venutagli dall'uso del predicare, dava a quel linguaggio un carattere singolare. Tutto il suo contegno, come l'aspetto, annunziava una lunga guerra, tra un'indole focosa, risentita, e una volontà opposta, abitualmente vittoriosa, sempre all'erta, e diretta da motivi e da ispirazioni superiori. Un suo confratello ed amico, che lo conosceva bene, l'aveva una volta paragonato a quelle parole troppo espressive nella loro forma naturale, che alcuni, anche ben

educati, pronunziano, quando la passione trabocca, smozzicate, con qualche lettera mutata; parole che, in quel travisamento, fanno però ricordare della loro energia primitiva.
Se una poverella sconosciuta, nel tristo caso di Lucia, avesse chiesto l'aiuto del padre Cristoforo, egli sarebbe corso immediatamente. Trattandosi poi di Lucia, accorse con tanta più sollecitudine, in quanto conosceva e ammirava l'innocenza di lei, era già in pensiero per i suoi pericoli, e sentiva un'indegnazione santa, per la turpe persecuzione della quale era divenuta l'oggetto. Oltre di ciò, avendola consigliata, per il meno male, di non palesar nulla, e di starsene quieta, temeva ora che il consiglio potesse aver prodotto qualche tristo effetto; e alla sollecitudine di carità, ch'era in lui come ingenita, s'aggiungeva, in questo caso, quell'angustia scrupolosa che spesso tormenta i buoni.
Ma, intanto che noi siamo stati a raccontare i fatti del padre Cristoforo, è arrivato, s'è affacciato all'uscio; e le donne, lasciando il manico dell'aspo che facevan girare e stridere, si sono alzate, dicendo, a una voce: - oh padre Cristoforo! sia benedetto!

Cap. V

Il qual padre Cristoforo si fermò ritto sulla soglia, e, appena ebbe data un'occhiata alle donne, dovette accorgersi che i suoi presentimenti non eran falsi. Onde, con quel tono d'interrogazione che va incontro a una trista risposta, alzando la barba con un moto leggiero della testa all'indietro, disse: - ebbene? - Lucia rispose con uno scoppio di pianto. La madre cominciava a far le scuse d'aver osato... ma il frate s'avanzò, e, messosi a sedere sur un panchetto a tre piedi, troncò i complimenti, dicendo a Lucia: - quietatevi, povera figliuola. E voi, - disse poi ad Agnese, - raccontatemi cosa c'è! - Mentre la buona donna faceva alla meglio la sua dolorosa relazione, il frate diventava di mille colori, e ora alzava gli occhi al cielo, ora batteva i piedi. Terminata la storia, si coprì il volto con le mani, ed esclamò: - o Dio benedetto! fino a quando...! - Ma, senza compir la frase, voltandosi di nuovo alle donne: - poverette! - disse: - Dio vi ha visitate. Povera Lucia!

- Non ci abbandonerà, padre? - disse questa, singhiozzando.
- Abbandonarvi! - rispose. - E con che faccia potrei io chieder a Dio qualcosa per me,quando v'avessi abbandonata? voi in questo stato! voi, ch'Egli mi confida! Non vi perdete d'animo: Egli v'assisterà: Egli vede tutto: Egli può servirsi anche d'un uomo da nulla come son io, per confondere un... Vediamo, pensiamo quel che si possa fare.

Così dicendo, appoggiò il gomito sinistro sul ginocchio, chinò la fronte nella palma, e con la destra strinse la barba e il mento, come per tener ferme e unite tutte le potenze dell'animo. Ma la più attenta considerazione non serviva che a fargli scorgere più distintamente quanto il caso fosse pressante e intrigato, e quanto scarsi, quanto incerti e pericolosi i ripieghi. " Mettere un po' di vergogna a don Abbondio, e fargli sentire quanto manchi al suo dovere? Vergogna e dovere sono un nulla per lui, quando ha paura. E fargli paura? Che mezzi ho io mai di fargliene una che superi quella che ha d'una schioppettata? Informar di tutto il cardinale arcivescovo, e invocar la sua autorità? Ci vuol tempo: e intanto? e poi? Quand'anche questa povera innocente fosse maritata, sarebbe questo un freno per quell'uomo? Chi sa a qual segno possa arrivare?... E resistergli? Come? Ah! se potessi, pensava il povero frate, se potessi tirar dalla mia i miei frati di qui, que' di Milano! Ma! non è un affare comune; sarei abbandonato. Costui fa l'amico del convento, si spaccia per partigiano de' cappuccini: e i suoi bravi non son venuti più d'una volta a ricoverarsi da noi? Sarei solo in ballo; mi buscherei anche dell'inquieto, dell'imbroglione, dell'accattabrighe; e, quel ch'è più, potrei fors'anche, con un tentativo fuor di tempo, peggiorar la condizione di questa poveretta ". Contrappesato il pro e il contro di questo e di quel partito, il migliore gli parve d'affrontar don Rodrigo stesso, tentar di smoverlo dal suo infame proposito, con le preghiere, coi terrori dell'altra vita, anche di questa, se fosse possibile. Alla peggio, si potrebbe almeno conoscere, per questa via, più distintamente quanto colui fosse ostinato nel suo sporco impegno, scoprir di più le sue intenzioni, e prender consiglio da ciò. Mentre il frate stava così meditando, Renzo, il quale, per tutte le ragioni che ognun può indovinare, non sapeva star lontano da quella casa, era comparso sull'uscio; ma, visto il padre sopra pensiero, e le donne che facevan cenno di non disturbarlo, si fermò sulla soglia, in silenzio. Alzando la faccia, per comunicare alle donne il suo progetto, il frate s'accorse di lui, e lo salutò in un modo ch'esprimeva un'affezione consueta, resa più intensa dalla pietà.

- Le hanno detto..., padre? - gli domandò Renzo, con voce commossa.
- Pur troppo; e per questo son qui.

Che dice di quel birbone...?

- Che vuoi ch'io dica di lui? Non è qui a sentire: che gioverebbero le mie parole? Dico a te, ilmio Renzo, che tu confidi in Dio, e che Dio non t'abbandonerà.
- Benedette le sue parole! - esclamò il giovane. - Lei non è di quelli che dan sempre torto a'poveri. Ma il signor curato, e quel signor dottor delle cause perse...
- Non rivangare quello che non può servire ad altro che a inquietarti inutilmente. Io sonoun povero frate; ma ti ripeto quel che ho detto a queste donne: per quel poco che posso, non v'abbandonerò.
- Oh, lei non è come gli amici del mondo! Ciarloni! Chi avesse creduto alle proteste che mifacevan costoro, nel buon tempo; eh eh! Eran pronti a dare il sangue per me; m'avrebbero sostenuto contro il diavolo. S'io avessi avuto un nemico?... bastava che mi lasciassi intendere; avrebbe finito presto di mangiar pane. E ora, se vedesse come si ritirano... - A questo punto, alzando gli occhi al volto del padre, vide che s'era tutto rannuvolato, e s'accorse d'aver detto ciò che conveniva tacere. Ma volendo raccomodarla, s'andava intrigando e imbrogliando: - volevo dire... non intendo dire... cioè, volevo dire...
- Cosa volevi dire? E che? tu avevi dunque cominciato a guastar l'opera mia, prima chefosse intrapresa! Buon per te che sei stato disingannato in tempo. Che! tu andavi in cerca d'amici... quali amici!... che non t'avrebber potuto aiutare, neppur volendo! E cercavi di perder Quel solo che lo può e lo vuole! Non sai tu che Dio è l'amico de' tribolati, che confidano in Lui? Non sai tu che, a metter fuori l'unghie, il debole non ci guadagna? E quando pure... - A questo punto, afferrò fortemente il braccio di Renzo: il suo aspetto, senza perder d'autorità, s'atteggiò d'una compunzione solenne, gli occhi s'abbassarono, la voce divenne lenta e come sotterranea: - quando pure... è un terribile guadagno! Renzo! vuoi tu confidare in me?... che dico in me, omiciattolo, fraticello? Vuoi tu confidare in Dio?
- Oh sì! - rispose Renzo. - Quello è il Signore davvero.
- Ebbene; prometti che non affronterai, che non provocherai nessuno, che ti lascerai guidarda me.
- Lo prometto. Lucia fece un gran respiro, come se le avesser levato un peso d'addosso; eAgnese disse: - bravo figliuolo.
- Sentite, figliuoli, - riprese fra Cristoforo: - io anderò oggi a parlare a quell'uomo. Se Diogli tocca il cuore, e dà forza alle mie parole, bene: se no, Egli ci farà trovare qualche altro rimedio. Voi intanto, statevi quieti, ritirati, scansate le ciarle, non vi fate vedere. Stasera, o domattina al più tardi, mi rivedrete -. Detto questo, troncò tutti i ringraziamenti e le benedizioni, e partì. S'avviò al convento, arrivò a tempo d'andare in coro a cantar sesta, desinò, e si mise subito in cammino, verso il covile della fiera che voleva provarsi d'ammansare.

Il palazzotto di don Rodrigo sorgeva isolato, a somiglianza d'una bicocca, sulla cima d'uno de' poggi ond'è sparsa e rilevata quella costiera. A questa indicazione l'anonimo aggiunge che il luogo (avrebbe fatto meglio a scriverne alla buona il nome) era più in su del paesello degli sposi, discosto da questo forse tre miglia, e quattro dal convento. Appiè del poggio, dalla parte che guarda a mezzogiorno, e verso il lago, giaceva un mucchietto di casupole, abitate da contadini di don Rodrigo; ed era come la piccola capitale del suo piccol regno. Bastava passarvi, per esser chiarito della condizione e de' costumi del paese. Dando un'occhiata nelle stanze terrene, dove qualche uscio fosse aperto, si vedevano attaccati al muro schioppi, tromboni, zappe, rastrelli, cappelli di paglia, reticelle e fiaschetti da polvere, alla rinfusa. La gente che vi s'incontrava erano omacci tarchiati e arcigni, con un gran ciuffo arrovesciato sul capo, e chiuso in una reticella; vecchi che, perdute le zanne, parevan sempre pronti, chi nulla gli aizzasse, a digrignar le gengive; donne con certe facce maschie, e con certe braccia nerborute, buone da venire in aiuto della lingua, quando questa non bastasse: ne' sembianti e nelle mosse de' fanciulli stessi, che giocavan per la strada, si vedeva un non so che di petulante e di provocativo.

Fra Cristoforo attraversò il villaggio, salì per una viuzza a chiocciola, e pervenne su una piccola spianata, davanti al palazzotto. La porta era chiusa, segno che il padrone stava desinando, e non voleva esser frastornato. Le rade e piccole finestre che davan sulla strada, chiuse da imposte sconnesse e consunte dagli anni, eran però difese da grosse inferriate, e quelle del pian terreno tant'alte che appena vi sarebbe arrivato un uomo sulle spalle d'un altro. Regnava quivi un gran silenzio; e un passeggiero avrebbe potuto credere che fosse una casa abbandonata, se quattro creature, due vive e due morte, collocate in simmetria, di fuori, non avesser dato un indizio d'abitanti. Due grand'avoltoi, con l'ali spalancate, e co' teschi penzoloni, l'uno spennacchiato e mezzo roso dal tempo, l'altro ancor saldo e pennuto, erano inchiodati, ciascuno sur un battente del portone; e due bravi, sdraiati, ciascuno sur una delle panche poste a destra e a sinistra, facevan la guardia, aspettando d'esser chiamati a goder gli avanzi della tavola del signore. Il padre si fermò ritto, in atto di chi si dispone ad aspettare; ma un de' bravi s'alzò, e gli disse: - padre, padre, venga pure avanti: qui non si fanno aspettare i cappuccini: noi siamo amici del convento: e io ci sono stato in certi momenti che fuori non era troppo buon'aria per me; e se mi avesser tenuta la porta chiusa, la sarebbe andata male -. Così dicendo, diede due picchi col martello. A quel suono risposer subito di dentro gli urli e le strida di mastini e di cagnolini; e, pochi momenti dopo, giunse borbottando un vecchio servitore; ma, veduto il padre, gli fece un grand'inchino, acquietò le bestie, con le mani e con la voce, introdusse l'ospite in un angusto cortile, e richiuse la porta. Accompagnatolo poi in un salotto, e guardandolo con una cert'aria di maraviglia e di rispetto, disse: - non è lei... il padre Cristoforo di Pescarenico?

- Per l'appunto.

- Lei qui?

- Come vedete, buon uomo.

- Sarà per far del bene. Del bene, - continuò mormorando tra i denti, e rincamminandosi, se ne può far per tutto -. Attraversati due o tre altri salotti oscuri, arrivarono all'uscio della sala del convito. Quivi un gran frastono confuso di forchette, di coltelli, di bicchieri, di piatti, e sopra tutto di voci discordi, che cercavano a vicenda di soverchiarsi. Il frate voleva ritirarsi, e stava contrastando dietro l'uscio col servitore, per ottenere d'essere lasciato in qualche canto della casa, fin che il pranzo fosse terminato; quando l'uscio s'aprì. Un certo conte Attilio, che stava seduto in faccia (era un cugino del padron di casa; e abbiam già fatta menzione di lui, senza nominarlo), veduta una testa rasa e una tonaca, e accortosi dell'intenzione modesta del buon frate, - ehi! ehi! - gridò: - non ci scappi, padre riverito: avanti, avanti -. Don Rodrigo, senza indovinar precisamente il soggetto di quella visita, pure, per non so qual presentimento confuso, n'avrebbe fatto di meno. Ma, poiché lo spensierato d'Attilio aveva fatta quella gran chiamata, non conveniva a lui di tirarsene indietro; e disse: - venga, padre, venga -. Il padre s'avanzò, inchinandosi al padrone, e rispondendo, a due mani, ai saluti de' commensali.

L'uomo onesto in faccia al malvagio, piace generalmente (non dico a tutti) immaginarselo con la fronte alta, con lo sguardo sicuro, col petto rilevato, con lo scilinguagnolo bene sciolto. Nel fatto però, per fargli prender quell'attitudine, si richiedon molte circostanze, le quali ben di rado si riscontrano insieme. Perciò, non vi maravigliate se fra Cristoforo, col buon testimonio della sua coscienza, col sentimento fermissimo della giustizia della causa che veniva a sostenere, con un sentimento misto d'orrore e di compassione per don Rodrigo, stesse con una cert'aria di suggezione e di rispetto, alla presenza di quello stesso don Rodrigo, ch'era lì in capo di tavola, in casa sua, nel suo regno, circondato d'amici, d'omaggi, di tanti segni della sua potenza, con un viso da far morire in bocca a chi si sia una preghiera, non che un consiglio, non che una correzione, non che un rimprovero. Alla sua destra sedeva quel conte Attilio suo cugino, e, se fa bisogno di dirlo, suo collega di libertinaggio e di soverchieria, il quale era venuto da Milano a villeggiare, per alcuni giorni, con lui. A sinistra, e a un altro lato della tavola, stava, con gran rispetto, temperato però d'una certa sicurezza, e d'una certa saccenteria, il signor podestà, quel medesimo a cui, in teoria, sarebbe toccato a far giustizia a Renzo Tramaglino, e a fare star a dovere don Rodrigo, come s'è visto di sopra. In faccia al podestà, in atto d'un rispetto il più puro, il più sviscerato, sedeva il nostro dottor Azzecca-garbugli, in cappa nera, e col naso più rubicondo del solito: in faccia ai due cugini, due convitati oscuri, de' quali la nostra storia dice soltanto che non facevano altro che mangiare, chinare il capo, sorridere e approvare ogni cosa che dicesse un commensale, e a cui un altro non contraddicesse.

- Da sedere al padre, - disse don Rodrigo. Un servitore presentò una sedia, sulla quale simise il padre Cristoforo, facendo qualche scusa al signore, d'esser venuto in ora inopportuna. - Bramerei di parlarle da solo a solo, con suo comodo, per un affare d'importanza, - soggiunse poi, con voce più sommessa, all'orecchio di don Rodrigo. - Bene, bene, parleremo; - rispose questo: - ma intanto si porti da bere al padre. Il padre voleva schermirsi; ma don Rodrigo, alzando la voce, in mezzo al trambusto ch'era ricominciato, gridava: - no, per bacco, non mi farà questo torto; non sarà mai vero che un cappuccino vada via da questa casa, senza aver gustato del mio vino, né un creditore insolente, senza aver assaggiate le legna de' miei boschi -. Queste parole eccitarono un riso universale, e interruppero un momento la questione che s'agitava caldamente tra i commensali. Un servitore, portando sur una sottocoppa un'ampolla di vino, e un lungo bicchiere in forma di calice, lo presentò al padre; il quale, non volendo resistere a un invito tanto pressante dell'uomo che gli premeva tanto di farsi propizio, non esitò a mescere, e si mise a sorbir lentamente il vino.

- L'autorità del Tasso non serve al suo assunto, signor podestà riverito; anzi è contro di lei;- riprese a urlare il conte Attilio: - perché quell'uomo erudito, quell'uomo grande, che sapeva a menadito tutte le regole della cavalleria, ha fatto che il messo d'Argante, prima d'esporre la sfida ai cavalieri cristiani, chieda licenza al pio Buglione...
- Ma questo - replicava, non meno urlando, il podestà, - questo è un di più, un mero di più,un ornamento poetico, giacché il messaggiero è di sua natura inviolabile, per diritto delle genti, *jure gentium*: e, senza andar tanto a cercare, lo dice anche il proverbio: ambasciator non porta pena. E, i proverbi, signor conte, sono la sapienza del genere umano. E, non avendo il messaggiero detto nulla in suo proprio nome, ma solamente presentata la sfida in iscritto...
- Ma quando vorrà capire che quel messaggiero era un asino temerario, che non conoscevale prime...?
- Con buona licenza di lor signori, - interruppe don Rodrigo, il quale non avrebbe volutoche la questione andasse troppo avanti: - rimettiamola nel padre Cristoforo; e si stia alla sua sentenza.
- Bene, benissimo, - disse il conte Attilio, al quale parve cosa molto garbata di far decidereun punto di cavalleria da un cappuccino; mentre il podestà, più infervorato di cuore nella questione, si chetava a stento, e con un certo viso, che pareva volesse dire: ragazzate. - Ma, da quel che mi pare d'aver capito, - disse il padre, - non son cose di cui io mi deva intendere.
- Solite scuse di modestia di loro padri; - disse don Rodrigo: - ma non mi scapperà. Eh via! sappiam bene che lei non è venuta al mondo col cappuccio in capo, e che il mondo l'ha conosciuto. Via, via: ecco la questione.
- Il fatto è questo, - cominciava a gridare il conte Attilio.
- Lasciate dir a me, che son neutrale, cugino, - riprese don Rodrigo. - Ecco la storia. Uncavaliere spagnolo manda una sfida a un cavalier milanese: il portatore, non trovando il provocato in casa, consegna il cartello a un fratello del cavaliere; il qual fratello legge la sfida, e in risposta dà alcune bastonate al portatore. Si tratta...
- Ben date, ben applicate, - gridò il conte Attilio. - Fu una vera ispirazione.
- Del demonio, - soggiunse il podestà. - Battere un ambasciatore! persona sacra! Anche lei,padre, mi dirà se questa è azione da cavaliere.
- Sì, signore, da cavaliere, - gridò il conte: - e lo lasci dire a me, che devo intendermi di ciòche conviene a un cavaliere. Oh, se fossero stati pugni, sarebbe un'altra faccenda; ma il bastone non isporca le mani a nessuno. Quello che non posso capire è perché le premano tanto le spalle d'un mascalzone.
- Chi le ha parlato delle spalle, signor conte mio? Lei mi fa dire spropositi che non mi sonmai passati per la mente. Ho parlato del carattere, e non di spalle, io. Parlo sopra tutto del diritto delle genti. Mi dica un poco, di grazia, se i feciali che gli antichi Romani mandavano a intimar le sfide agli altri popoli, chiedevan licenza d'esporre l'ambasciata: e mi trovi un poco uno scrittore che faccia menzione che un feciale sia mai stato bastonato.
- Che hanno a far con noi gli ufiziali degli antichi Romani? gente che andava alla buona, eche, in queste cose, era indietro, indietro. Ma, secondo le leggi della cavalleria moderna, ch'è la vera, dico e sostengo che un messo il quale ardisce di porre in mano a un cavaliere una sfida, senza avergliene chiesta licenza, è un temerario, violabile violabilissimo, bastonabile bastonabilissimo...
- Risponda un poco a questo sillogismo.
- Niente, niente, niente.
- Ma ascolti, ma ascolti, ma ascolti. Percotere un disarmato è atto proditorio; *atqui* il messo *de quo* era senz'arme; *ergo*...
- Piano, piano, signor podestà.
- Che piano?

- Piano, le dico: cosa mi viene a dire? Atto proditorio è ferire uno con la spada, per didietro, o dargli una schioppettata nella schiena: e, anche per questo, si posson dar certi casi... ma stiamo nella questione. Concedo che questo generalmente possa chiamarsi atto proditorio; ma appoggiar quattro bastonate a un mascalzone! Sarebbe bella che si dovesse dirgli: guarda che ti bastono: come si direbbe a un galantuomo: mano alla spada. E lei, signor dottor riverito, in vece di farmi de' sogghigni, per farmi capire ch'è del mio parere, perché non sostiene le mie ragioni, con la sua buona tabella, per aiutarmi a persuader questo signore?
- Io... - rispose confusetto il dottore: - io godo di questa dotta disputa; e ringrazio ilbell'accidente che ha dato occasione a una guerra d'ingegni così graziosa. E poi, a me non compete di dar sentenza: sua signoria illustrissima ha già delegato un giudice... qui il padre...
- È vero; - disse don Rodrigo: - ma come volete che il giudice parli, quando i litiganti nonvogliono stare zitti?
- Ammutolisco, - disse il conte Attilio. Il podestà strinse le labbra, e alzò la mano, come inatto di rassegnazione.
- Ah sia ringraziato il cielo! A lei, padre, - disse don Rodrigo, con una serietà mezzocanzonatoria.
- Ho già fatte le mie scuse, col dire che non me n'intendo, - rispose fra Cristoforo, rendendoil bicchiere a un servitore.
- Scuse magre: - gridarono i due cugini: - vogliamo la sentenza!
- Quand'è così, - riprese il frate, - il mio debole parere sarebbe che non vi fossero né sfide,né portatori, né bastonate.

I commensali si guardarono l'un con l'altro maravigliati.

- Oh questa è grossa! - disse il conte Attilio. - Mi perdoni, padre, ma è grossa. Si vede chelei non conosce il mondo.
- Lui? - disse don Rodrigo: - me lo volete far ridire: lo conosce, cugino mio, quanto voi: nonè vero, padre? Dica, dica, se non ha fatta la sua carovana?

In vece di rispondere a quest'amorevole domanda, il padre disse una parolina in segreto a sé medesimo: " queste vengono a te; ma ricordati, frate, che non sei qui per te, e che tutto ciò che tocca te solo, non entra nel conto ".

- Sarà, - disse il cugino: - ma il padre... come si chiama il padre?
- Padre Cristoforo - rispose più d'uno.
- Ma, padre Cristoforo, padron mio colendissimo, con queste sue massime, lei vorrebbemandare il mondo sottosopra. Senza sfide! Senza bastonate! Addio il punto d'onore: impunità per tutti i mascalzoni. Per buona sorte che il supposto è impossibile.
- Animo, dottore, - scappò fuori don Rodrigo, che voleva sempre più divertire la disputa daidue primi contendenti, - animo, a voi, che, per dar ragione a tutti, siete un uomo. Vediamo un poco come farete per dar ragione in questo al padre Cristoforo.
- In verità, - rispose il dottore, tenendo brandita in aria la forchetta, e rivolgendosi alpadre, - in verità io non so intendere come il padre Cristoforo, il quale è insieme il perfetto religioso e l'uomo di mondo, non abbia pensato che la sua sentenza, buona, ottima e di giusto peso sul pulpito, non val niente, sia detto col dovuto rispetto, in una disputa cavalleresca. Ma il padre sa, meglio di me, che ogni cosa è buona a suo luogo; e io credo che, questa volta, abbia voluto cavarsi, con una celia, dall'impiccio di proferire una sentenza.

Che si poteva mai rispondere a ragionamenti dedotti da una sapienza così antica, e sempre nuova? Niente: e così fece il nostro frate.

Ma don Rodrigo, per voler troncare quella questione, ne venne a suscitare un'altra. - A proposito, - disse, - ho sentito che a Milano correvan voci d'accomodamento.

Il lettore sa che in quell'anno si combatteva per la successione al ducato di Mantova, del quale, alla morte di Vincenzo Gonzaga, che non aveva lasciata prole legittima, era entrato in possesso il duca di Nevers, suo parente più prossimo. Luigi XIII, ossia il cardinale di Richelieu, sosteneva quel principe, suo ben affetto, e naturalizzato francese: Filippo IV, ossia il conte d'Olivares, comunemente chiamato il conte duca, non lo voleva lì, per le stesse ragioni; e gli aveva mosso guerra. Siccome poi quel ducato era feudo dell'impero, così le due parti s'adoperavano, con pratiche, con istanze, con minacce, presso l'imperator Ferdinando II, la prima perché accordasse l'investitura al nuovo duca; la seconda perché gliela negasse, anzi aiutasse a cacciarlo da quello stato.

- Non son lontano dal credere, - disse il conte Attilio, - che le cose si possano accomodare.Ho certi indizi...

- Non creda, signor conte, non creda, - interruppe il podestà. - Io, in questo cantuccio,posso saperle le cose; perché il signor castellano spagnolo, che, per sua bontà, mi vuole un po' di bene, e per esser figliuolo d'un creato del conte duca, è informato d'ogni cosa... - Le dico che a me accade ogni giorno di parlare in Milano con ben altri personaggi; e so di buon luogo che il papa, interessatissimo, com'è, per la pace, ha fatto proposizioni... - Così dev'essere; la cosa è in regola; sua santità fa il suo dovere; un papa deve sempre metter bene tra i principi cristiani; ma il conte duca ha la sua politica, e...

- E, e, e; sa lei, signor mio, come la pensi l'imperatore, in questo momento? Crede lei chenon ci sia altro che Mantova a questo mondo? le cose a cui si deve pensare son molte, signor mio. Sa lei, per esempio, fino a che segno l'imperatore possa ora fidarsi di quel suo principe di Valdistano o di Vallistai, o come lo chiamano, e se...

- Il nome legittimo in lingua alemanna, - interruppe ancora il podestà, - è Vagliensteino,come l'ho sentito proferir più volte dal nostro signor castellano spagnolo. Ma stia pur di buon animo, che...

- Mi vuole insegnare...? - riprendeva il conte; ma don Rodrigo gli dié d'occhio, per fargliintendere che, per amor suo, cessasse di contraddire. Il conte tacque, e il podestà, come un bastimento disimbrogliato da una secca, continuò, a vele gonfie, il corso della sua eloquenza. - Vagliensteino mi dà poco fastidio; perché il conte duca ha l'occhio a tutto, e per tutto; e se Vagliensteino vorrà fare il bell'umore, saprà ben lui farlo rigar diritto, con le buone, o con le cattive. Ha l'occhio per tutto, dico, e le mani lunghe; e, se ha fisso il chiodo, come l'ha fisso, e giustamente, da quel gran politico che è, che il signor duca di Nivers non metta le radici in Mantova, il signor duca di Nivers non ce le metterà; e il signor cardinale di Riciliù farà un buco nell'acqua. Mi fa pur ridere quel caro signor cardinale, a voler cozzare con un conte duca, con un Olivares. Dico il vero, che vorrei rinascere di qui a dugent'anni, per sentir cosa diranno i posteri, di questa bella pretensione. Ci vuol altro che invidia; testa vuol esser: e teste come la testa d'un conte duca, ce n'è una sola al mondo. Il conte duca, signori miei, - proseguiva il podestà, sempre col vento in poppa, e un po' maravigliato anche lui di non incontrar mai uno scoglio: - il conte duca è una volpe vecchia, parlando col dovuto rispetto, che farebbe perder la traccia a chi si sia: e, quando accenna a destra, si può esser sicuri che batterà a sinistra: ond'è che nessuno può mai vantarsi di conoscere i suoi disegni; e quegli stessi che devon metterli in esecuzione, quegli stessi che scrivono i dispacci, non ne capiscon niente. Io posso parlare con qualche cognizion di causa; perché quel brav'uomo del signor castellano si degna di trattenersi meco, con qualche confidenza. Il conte duca, viceversa, sa appuntino cosa bolle in pentola di tutte l'altre corti; e tutti que' politiconi (che ce n'è di diritti assai, non si può negare) hanno appena immaginato un disegno, che il conte duca te l'ha già indovinato, con quella sua testa, con quelle sue strade coperte, con que' suoi fili tesi per tutto. Quel pover'uomo del cardinale di Riciliù tenta di qua, fiuta di là, suda, s'ingegna: e poi? quando gli è riuscito di scavare una mina, trova la contrammina già bell'e fatta dal conte duca...

Sa il cielo quando il podestà avrebbe preso terra; ma don Rodrigo, stimolato anche da' versacci che faceva il cugino, si voltò all'improvviso, come se gli venisse un'ispirazione, a un servitore, e gli accennò che portasse un certo fiasco.

- Signor podestà, e signori miei! - disse poi: - un brindisi al conte duca; e mi sapranno direse il vino sia degno del personaggio -. Il podestà rispose con un inchino, nel quale traspariva un sentimento di riconoscenza particolare; perché tutto ciò che si faceva o si diceva in onore del conte duca, lo riteneva in parte come fatto a sé.

- Viva mill'anni don Gasparo Guzman, conte d'Olivares, duca di san Lucar, gran privato delre don Filippo il grande, nostro signore! - esclamò, alzando il bicchiere.

Privato, chi non lo sapesse, era il termine in uso, a que' tempi, per significare il favorito d'un principe.

- Viva mill'anni! - risposer tutti.

- Servite il padre, - disse don Rodrigo.

- Mi perdoni; - rispose il padre: - ma ho già fatto un disordine, e non potrei...

- Come! - disse don Rodrigo: - si tratta d'un brindisi al conte duca. Vuol dunque far crederech'ella tenga dai navarrini?

Così si chiamavano allora, per ischerno, i Francesi, dai principi di Navarra, che avevan cominciato, con Enrico IV, a regnar sopra di loro.

A tale scongiuro, convenne bere. Tutti i commensali proruppero in esclamazioni, e in elogi del vino; fuor che il dottore, il quale, col capo alzato, con gli occhi fissi, con le labbra strette, esprimeva molto più che non avrebbe potuto far con parole.

- Che ne dite eh, dottore? - domandò don Rodrigo. Tirato fuor del bicchiere un naso piùvermiglio e più lucente di quello, il dottore rispose, battendo con enfasi ogni sillaba: - dico, proferisco, e sentenzio che questo è l'Olivares de' vini: *censui, et in eam ivi sententiam*, che un liquor simile non si trova in tutti i ventidue regni del re nostro signore, che Dio guardi: dichiaro e definisco che i pranzi dell'illustrissimo signor don Rodrigo vincono le cene d'Eliogabalo; e che la carestia è bandita e confinata in perpetuo da questo palazzo, dove siede e regna la splendidezza.

- Ben detto! ben definito! - gridarono, a una voce, i commensali: ma quella parola, carestia,che il dottore aveva buttata fuori a caso, rivolse in un punto tutte le menti a quel tristo soggetto; e tutti parlarono della carestia. Qui andavan tutti d'accordo, almeno nel principale; ma il fracasso era forse più grande che se ci fosse stato disparere. Parlavan tutti insieme. - Non c'è carestia, - diceva uno: - sono gl'incettatori...

- E i fornai, - diceva un altro: - che nascondono il grano. Impiccarli.

- Appunto; impiccarli, senza misericordia.

- De' buoni processi, - gridava il podestà.

- Che processi? - gridava più forte il conte Attilio: - giustizia sommaria. Pigliarne tre oquattro o cinque o sei, di quelli che, per voce pubblica, son conosciuti come i più ricchi e i più cani, e impiccarli.

- Esempi! esempi! senza esempi non si fa nulla.

- Impiccarli! impiccarli!; e salterà fuori grano da tutte le parti. Chi, passando per una fiera,s'è trovato a goder l'armonia che fa una compagnia di cantambanchi, quando, tra una sonata e l'altra, ognuno accorda il suo stromento, facendolo stridere quanto più può, affine di sentirlo distintamente, in mezzo al rumore degli altri, s'immagini che tale fosse la consonanza di quei, se si può dire, discorsi. S'andava intanto mescendo e rimescendo di quel tal vino; e le lodi di esso venivano, com'era giusto, frammischiate alle sentenze di giurisprudenza economica; sicché le parole che s'udivan più sonore e più frequenti, erano: ambrosia, e impiccarli.

Don Rodrigo intanto dava dell'occhiate al solo che stava zitto; e lo vedeva sempre lì fermo, senza dar segno d'impazienza né di fretta, senza far atto che tendesse a ricordare che stava aspettando; ma in aria di non voler andarsene, prima d'essere stato ascoltato. L'avrebbe mandato a spasso volentieri, e fatto di meno di quel colloquio; ma congedare un cappuccino, senza avergli dato udienza, non era secondo le regole della sua politica. Poiché la seccatura non si poteva scansare, si risolvette d'affrontarla subito, e di liberarsene; s'alzò da tavola, e seco tutta la rubiconda brigata, senza interrompere il chiasso. Chiesta poi licenza agli ospiti, s'avvicinò, in atto contegnoso, al frate, che s'era subito alzato con gli altri; gli disse: - eccomi a' suoi comandi -; e lo condusse in un'altra sala.

Cap. VI

- In che posso ubbidirla? - disse don Rodrigo, piantandosi in piedi nel mezzo della sala. Ilsuono delle parole era tale; ma il modo con cui eran proferite, voleva dir chiaramente: bada a chi sei davanti, pesa le parole, e sbrigati.

Per dar coraggio al nostro fra Cristoforo, non c'era mezzo più sicuro e più spedito, che prenderlo con maniera arrogante. Egli che stava sospeso, cercando le parole, e facendo scorrere tra le dita le ave marie della corona che teneva a cintola, come se in qualcheduna di quelle sperasse di trovare il suo esordio; a quel fare di don Rodrigo, si sentì subito venir sulle labbra più parole del bisogno. Ma pensando quanto importasse di non guastare i fatti suoi o, ciò ch'era assai più, i fatti altrui, corresse e temperò le frasi che gli si eran presentate alla mente, e disse, con guardinga umiltà: - vengo a proporle un atto di giustizia, a pregarla d'una carità. Cert'uomini di mal affare hanno messo innanzi il nome di vossignoria illustrissima, per far paura a un povero curato, e impedirgli di compire il suo dovere, e per soverchiare due innocenti. Lei può, con una parola, confonder coloro, restituire al diritto la sua forza, e sollevar quelli a cui è fatta una così crudel violenza. Lo può; e potendolo... la coscienza, l'onore...

- Lei mi parlerà della mia coscienza, quando verrò a confessarmi da lei. In quanto al mioonore, ha da sapere che il custode ne son io, e io solo; e che chiunque ardisce entrare a parte con me di questa cura, lo riguardo come il temerario che l'offende.

Fra Cristoforo, avvertito da queste parole che quel signore cercava di tirare al peggio le sue, per volgere il discorso in contesa, e non dargli luogo di venire alle strette, s'impegnò tanto più alla sofferenza, risolvette di mandar giù qualunque cosa piacesse all'altro di dire, e rispose subito, con un tono sommesso: - se ho detto cosa che le dispiaccia, è stato certamente contro la mia intenzione. Mi corregga pure, mi riprenda, se non so parlare come si conviene; ma si degni ascoltarmi. Per amor del cielo, per quel Dio, al cui cospetto dobbiam tutti comparire... - e, così dicendo, aveva preso tra le dita, e metteva davanti agli occhi del suo accigliato ascoltatore il teschietto di legno attaccato alla sua corona, - non s'ostini a negare una giustizia così facile, e così dovuta a de' poverelli. Pensi che Dio ha sempre gli occhi sopra di loro, e che le loro grida, i loro gemiti sono ascoltati lassù. L'innocenza è potente al suo...

- Eh, padre! - interruppe bruscamente don Rodrigo: - il rispetto ch'io porto al suo abito ègrande: ma se qualche cosa potesse farmelo dimenticare, sarebbe il vederlo indosso a uno che ardisse di venire a farmi la spia in casa.

Questa parola fece venir le fiamme sul viso del frate: il quale però, col sembiante di chi inghiottisce una medicina molto amara, riprese: - lei non crede che un tal titolo mi si convenga. Lei sente in cuor suo, che il passo ch'io fo ora qui, non è né vile né spregevole. M'ascolti, signor don Rodrigo; e voglia il cielo che non venga un giorno in cui si penta di non avermi ascoltato. Non voglia metter la sua gloria... qual gloria, signor don Rodrigo! qual gloria dinanzi agli uomini! E dinanzi a Dio! Lei può molto quaggiù; ma...

- Sa lei, - disse don Rodrigo, interrompendo, con istizza, ma non senza qualcheraccapriccio, - sa lei che, quando mi viene lo schiribizzo di sentire una predica, so benissimo andare in chiesa, come fanno gli altri? Ma in casa mia! Oh! - e continuò, con un sorriso forzato di scherno: - lei mi tratta da più di quel che sono. Il predicatore in casa! Non l'hanno che i principi.

- E quel Dio che chiede conto ai principi della parola che fa loro sentire, nelle loro regge;quel Dio le usa ora un tratto di misericordia, mandando un suo ministro, indegno e miserabile, ma un suo ministro, a pregar per una innocente...

- In somma, padre, - disse don Rodrigo, facendo atto d'andarsene, - io non so quel che leivoglia dire: non capisco altro se non che ci dev'essere qualche fanciulla che le preme molto. Vada a far le sue confidenze a chi le piace; e non si prenda la libertà d'infastidir più a lungo un gentiluomo.

Al moversi di don Rodrigo, il nostro frate gli s'era messo davanti, ma con gran rispetto; e, alzate le mani, come per supplicare e per trattenerlo ad un punto, rispose ancora: - la mi preme, è vero, ma non più di lei; son due anime che, l'una e l'altra, mi premon più del mio sangue. Don Rodrigo! io non posso far altro per lei, che pregar Dio; ma lo farò ben di cuore. Non mi dica di no: non voglia tener nell'angoscia e nel terrore una povera innocente. Una parola di lei può far tutto.

- Ebbene, - disse don Rodrigo, - giacché lei crede ch'io possa far molto per questa persona;giacché questa persona le sta tanto a cuore...

- Ebbene? - riprese ansiosamente il padre Cristoforo, al quale l'atto e il contegno di donRodrigo non permettevano d'abbandonarsi alla speranza che parevano annunziare quelle parole.

- Ebbene, la consigli di venire a mettersi sotto la mia protezione. Non le mancherà piùnulla, e nessuno ardirà d'inquietarla, o ch'io non son cavaliere.

A siffatta proposta, l'indegnazione del frate, rattenuta a stento fin allora, traboccò. Tutti que' bei proponimenti di prudenza e di pazienza andarono in fumo: l'uomo vecchio si trovò d'accordo col nuovo; e, in que' casi, fra Cristoforo valeva veramente per due.

- La vostra protezione! - esclamò, dando indietro due passi, postandosi fieramente sulpiede destro, mettendo la destra sull'anca, alzando la sinistra con l'indice teso verso don Rodrigo, e piantandogli in faccia due occhi infiammati: - la vostra protezione! È meglio che abbiate parlato così, che abbiate fatta a me una tale proposta. Avete colmata la misura; e non vi temo più. - Come parli, frate?...

- Parlo come si parla a chi è abbandonato da Dio, e non può più far paura. La vostraprotezione! Sapevo bene che quella innocente è sotto la protezione di Dio; ma voi, voi me lo fate sentire ora, con tanta certezza, che non ho più bisogno di riguardi a parlarvene. Lucia, dico: vedete come io pronunzio questo nome con la fronte alta, e con gli occhi immobili.
- Come! in questa casa...!
- Ho compassione di questa casa: la maledizione le sta sopra sospesa. State a vedere che lagiustizia di Dio avrà riguardo a quattro pietre, e suggezione di quattro sgherri. Voi avete creduto che Dio abbia fatta una creatura a sua immagine, per darvi il piacere di tormentarla! Voi avete creduto che Dio non saprebbe difenderla! Voi avete disprezzato il suo avviso! Vi siete giudicato. Il cuore di Faraone era indurito quanto il vostro; e Dio ha saputo spezzarlo. Lucia è sicura da voi: ve lo dico io povero frate; e in quanto a voi, sentite bene quel ch'io vi prometto. Verrà un giorno...

Don Rodrigo era fin allora rimasto tra la rabbia e la maraviglia, attonito, non trovando parole; ma, quando sentì intonare una predizione, s'aggiunse alla rabbia un lontano e misterioso spavento.

Afferrò rapidamente per aria quella mano minacciosa, e, alzando la voce, per troncar quella dell'infausto profeta, gridò: - escimi di tra' piedi, villano temerario, poltrone incappucciato.

Queste parole così chiare acquietarono in un momento il padre Cristoforo. All'idea di strapazzo e di villanià, era, nella sua mente, così bene, e da tanto tempo, associata l'idea di sofferenza e di silenzio, che, a quel complimento, gli cadde ogni spirito d'ira e d'entusiasmo, e non gli restò altra risoluzione che quella d'udir tranquillamente ciò che a don Rodrigo piacesse d'aggiungere. Onde, ritirata placidamente la mano dagli artigli del gentiluomo, abbassò il capo, e rimase immobile, come, al cader del vento, nel forte della burrasca, un albero agitato ricompone naturalmente i suoi rami, e riceve la grandine come il ciel la manda.

- Villano rincivilito! - proseguì don Rodrigo: - tu tratti da par tuo. Ma ringrazia il saio che ticopre codeste spalle di mascalzone, e ti salva dalle carezze che si fanno a' tuoi pari, per insegnar loro a parlare. Esci con le tue gambe, per questa volta; e la vedremo. Così dicendo, additò, con impero sprezzante, un uscio in faccia a quello per cui erano entrati; il padre Cristoforo chinò il capo, e se n'andò, lasciando don Rodrigo a misurare, a passi infuriati, il campo di battaglia.

Quando il frate ebbe serrato l'uscio dietro a sé, vide nell'altra stanza dove entrava, un uomo ritirarsi pian piano, strisciando il muro, come per non esser veduto dalla stanza del colloquio; e riconobbe il vecchio servitore ch'era venuto a riceverlo alla porta di strada. Era costui in quella casa, forse da quarant'anni, cioè prima che nascesse don Rodrigo; entratovi al servizio del padre, il quale era stato tutt'un'altra cosa. Morto lui, il nuovo padrone, dando lo sfratto a tutta la famiglia, e facendo brigata nuova, aveva però ritenuto quel servitore, e per esser già vecchio, e perché, sebben di massime e di costume diverso interamente dal suo, compensava però questo difetto con due qualità: un'alta opinione della dignità della casa, e una gran pratica del cerimoniale, di cui conosceva, meglio d'ogni altro, le più antiche tradizioni, e i più minuti particolari. In faccia al signore, il povero vecchio non si sarebbe mai arrischiato d'accennare, non che d'esprimere la sua disapprovazione di ciò che vedeva tutto il giorno: appena ne faceva qualche esclamazione, qualche rimprovero tra i denti a' suoi colleghi di servizio; i quali se ne ridevano, e prendevano anzi piacere qualche volta a toccargli quel tasto, per fargli dir di più che non avrebbe voluto, e per sentirlo ricantar le lodi dell'antico modo di vivere in quella casa. Le sue censure non arrivavano agli orecchi del padrone che accompagnate dal racconto delle risa che se n'eran fatte; dimodoché riuscivano anche per lui un soggetto di scherno, senza risentimento. Ne' giorni poi d'invito e di ricevimento, il vecchio diventava un personaggio serio e d'importanza.

Il padre Cristoforo lo guardò, passando, lo salutò, e seguitava la sua strada; ma il vecchio se gli accostò misteriosamente, mise il dito alla bocca, e poi, col dito stesso, gli fece un cenno, per invitarlo a entrar con lui in un andito buio. Quando furon lì, gli disse sotto voce: padre, ho sentito tutto, e ho bisogno di parlarle.

- Dite presto, buon uomo.
- Qui no: guai se il padrone s'avvede... Ma io so molte cose; e vedrò di venir domani alconvento.
- C'è qualche disegno?

- Qualcosa per aria c'è di sicuro: già me ne son potuto accorgere. Ma ora starò sull'intesa, espero di scoprir tutto. Lasci fare a me. Mi tocca a vedere e a sentir cose...! cose di fuoco! Sono in una casa...! Ma io vorrei salvar l'anima mia.

- Il Signore vi benedica! - e, proferendo sottovoce queste parole, il frate mise la mano sulcapo bianco del servitore, che, quantunque più vecchio di lui, gli stava curvo dinanzi, nell'attitudine d'un figliuolo. - Il Signore vi ricompenserà, - proseguì il frate: - non mancate di venir domani.

- Verrò, - rispose il servitore: - ma lei vada via subito e... per amor del cielo... non minomini -. Così dicendo, e guardando intorno, uscì, per l'altra parte dell'andito, in un salotto, che rispondeva nel cortile; e, visto il campo libero, chiamò fuori il buon frate, il volto del quale rispose a quell'ultima parola più chiaro che non avrebbe potuto fare qualunque protesta. Il servitore gli additò l'uscita; e il frate, senza dir altro, partì.

Quell'uomo era stato a sentire all'uscio del suo padrone: aveva fatto bene? E fra Cristoforo faceva bene a lodarlo di ciò? Secondo le regole più comuni e men contraddette, è cosa molto brutta; ma quel caso non poteva riguardarsi come un'eccezione? E ci sono dell'eccezioni alle regole più comuni e men contraddette? Questioni importanti; ma che il lettore risolverà da sé, se ne ha voglia. Noi non intendiamo di dar giudizi: ci basta d'aver dei fatti da raccontare.

Uscito fuori, e voltate le spalle a quella casaccia, fra Cristoforo respirò più liberamente, e s'avviò in fretta per la scesa, tutto infocato in volto, commosso e sottosopra, come ognuno può immaginarsi, per quel che aveva sentito, e per quel che aveva detto. Ma quella così inaspettata esibizione del vecchio era stata un gran ristorativo per lui: gli pareva che il cielo gli avesse dato un segno visibile della sua protezione. " Ecco un filo, - pensava, - un filo che la provvidenza mi mette nelle mani. E in quella casa medesima! E senza ch'io sognassi neppure di cercarlo! " Così ruminando, alzò gli occhi verso l'occidente, vide il sole inclinato, che già già toccava la cima del monte, e pensò che rimaneva ben poco del giorno. Allora, benché sentisse le ossa gravi e fiaccate da' vari strapazzi di quella giornata, pure studiò di più il passo, per poter riportare un avviso, qual si fosse, a' suoi protetti, e arrivar poi al convento, prima di notte: che era una delle leggi più precise, e più severamente mantenute del codice cappuccinesco.

Intanto, nella casetta di Lucia, erano stati messi in campo e ventilati disegni, de' quali ci conviene informare il lettore. Dopo la partenza del frate, i tre rimasti erano stati qualche tempo in silenzio; Lucia preparando tristamente il desinare; Renzo sul punto d'andarsene ogni momento, per levarsi dalla vista di lei così accorata, e non sapendo staccarsi; Agnese tutta intenta, in apparenza, all'aspo che faceva girare. Ma, in realtà, stava maturando un progetto; e, quando le parve maturo, ruppe il silenzio in questi termini:

- Sentite, figliuoli! Se volete aver cuore e destrezza, quanto bisogna, se vi fidate di vostramadre, - a quel vostra Lucia si riscosse, - io m'impegno di cavarvi di quest'impiccio, meglio forse, e più presto del padre Cristoforo, quantunque sia quell'uomo che è -. Lucia rimase lì, e la guardò con un volto ch'esprimeva più maraviglia che fiducia in una promessa tanto magnifica; e Renzo disse subitamente: - cuore? destrezza? dite, dite pure quel che si può fare.

- Non è vero, - proseguì Agnese, - che, se foste maritati, si sarebbe già un pezzo avanti? Eche a tutto il resto si troverebbe più facilmente ripiego?

- C'è dubbio? - disse Renzo: - maritati che fossimo... tutto il mondo è paese; e, a due passidi qui, sul bergamasco, chi lavora seta è ricevuto a braccia aperte. Sapete quante volte Bortolo mio cugino m'ha fatto sollecitare d'andar là a star con lui, che farei fortuna, com'ha fatto lui: e se non gli ho mai dato retta, gli è... che serve? perché il mio cuore era qui. Maritati, si va tutti insieme, si mette su casa là, si vive in santa pace, fuor dell'unghie di questo ribaldo, lontano dalla tentazione di fare uno sproposito. N'è vero, Lucia?

- Sì, - disse Lucia: - ma come...?

- Come ho detto io, - riprese la madre: - cuore e destrezza; e la cosa è facile.

- Facile! - dissero insieme que' due, per cui la cosa era divenuta tanto stranamente edolorosamente difficile.

- Facile, a saperla fare, - replicò Agnese. - Ascoltatemi bene, che vedrò di farvela intendere.Io ho sentito dire da gente che sa, e anzi ne ho veduto io un caso, che, per fare un matrimonio, ci vuole bensì il curato, ma non è necessario che voglia; basta che ci sia.

- Come sta questa faccenda? - domandò Renzo.
- Ascoltate e sentirete. Bisogna aver due testimoni ben lesti e ben d'accordo. Si va dalcurato: il punto sta di chiapparlo all'improvviso, che non abbia tempo di scappare. L'uomo dice: signor curato, questa è mia moglie; la donna dice: signor curato, questo è mio marito. Bisogna che il curato senta, che i testimoni sentano; e il matrimonio è bell'e fatto, sacrosanto come se l'avesse fatto il papa. Quando le parole son dette, il curato può strillare, strepitare, fare il diavolo; è inutile; siete marito e moglie.
- Possibile? - esclamò Lucia.
- Come! - disse Agnese: - state a vedere che, in trent'anni che ho passati in questo mondo,prima che nasceste voi altri, non avrò imparato nulla. La cosa è tale quale ve la dico: per segno tale che una mia amica, che voleva prender uno contro la volontà de' suoi parenti, facendo in quella maniera, ottenne il suo intento. Il curato, che ne aveva sospetto, stava all'erta; ma i due diavoli seppero far così bene, che lo colsero in un punto giusto, dissero le parole, e furon marito e moglie: benché la poveretta se ne pentì poi, in capo a tre giorni. Agnese diceva il vero, e riguardo alla possibilità, e riguardo al pericolo di non ci riuscire: ché, siccome non ricorrevano a un tale espediente, se non persone che avesser trovato ostacolo o rifiuto nella via ordinaria, così i parrochi mettevan gran cura a scansare quella cooperazione forzata; e, quando un d'essi venisse pure sorpreso da una di quelle coppie, accompagnata da testimoni, faceva di tutto per iscapolarsene, come Proteo dalle mani di coloro che volevano farlo vaticinare per forza.
- Se fosse vero, Lucia! - disse Renzo, guardandola con un'aria d'aspettazione supplichevole.- Come! se fosse vero! - disse Agnese. - Anche voi credete ch'io dica fandonie. Io m'affanno per voi, e non sono creduta: bene bene; cavatevi d'impiccio come potete: io me ne lavo le mani.
- Ah no! non ci abbandonate, - disse Renzo. - Parlo così, perché la cosa mi par troppo bella.

Sono nelle vostre mani; vi considero come se foste proprio mia madre.

Queste parole fecero svanire il piccolo sdegno d'Agnese, e dimenticare un proponimento che, per verità, non era stato serio.

- Ma perché dunque, mamma, - disse Lucia, con quel suo contegno sommesso, - perchéquesta cosa non è venuta in mente al padre Cristoforo?
- In mente? - rispose Agnese: - pensa se non gli sarà venuta in mente! Ma non ne avràvoluto parlare.
- Perché? - domandarono a un tratto i due giovani.
- Perché... perché, quando lo volete sapere, i religiosi dicono che veramente è cosa che nonistà bene.
- Come può essere che non istia bene, e che sia ben fatta, quand'è fatta? - disse Renzo.
- Che volete ch'io vi dica? - rispose Agnese. - La legge l'hanno fatta loro, come gli è piaciuto;e noi poverelli non possiamo capir tutto. E poi quante cose... Ecco; è come lasciar andare un pugno a un cristiano. Non istà bene; ma, dato che gliel abbiate, né anche il papa non glielo può levare.
- Se è cosa che non istà bene, - disse Lucia, - non bisogna farla.
- Che! - disse Agnese, - ti vorrei forse dare un parere contro il timor di Dio? Se fosse controla volontà de' tuoi parenti, per prendere un rompicollo... ma, contenta me, e per prender questo figliuolo; e chi fa nascer tutte le difficoltà è un birbone; e il signor curato...
- L'è chiara, che l'intenderebbe ognuno, - disse Renzo.
- Non bisogna parlarne al padre Cristoforo, prima di far la cosa, - proseguì Agnese: - ma,fatta che sia, e ben riuscita, che pensi tu che ti dirà il padre? " Ah figliuola! è una scappata grossa; me l'avete fatta ". I religiosi devon parlar così. Ma credi pure che, in cuor suo, sarà contento anche lui.

Lucia, senza trovar che rispondere a quel ragionamento, non ne sembrava però capacitata: ma Renzo, tutto rincorato, disse: - quand'è così, la cosa è fatta.

- Piano, - disse Agnese. - E i testimoni? Trovar due che vogliano, e che intanto sappianostare zitti! E poter cogliere il signor curato che, da due giorni, se ne sta rintanato in casa? E farlo star lì? ché, benché sia pesante di sua natura, vi so dir io che, al vedervi comparire in quella conformità, diventerà lesto come un gatto, e scapperà come il diavolo dall'acqua santa.
- L'ho trovato io il verso, l'ho trovato, - disse Renzo, battendo il pugno sulla tavola, efacendo balzellare le stoviglie apparecchiate per il desinare. E seguitò esponendo il suo pensiero, che Agnese approvò in tutto e per tutto.

- Son imbrogli, - disse Lucia: - non son cose lisce. Finora abbiamo operato sinceramente: tiriamo avanti con fede, e Dio ci aiuterà: il padre Cristoforo l'ha detto. Sentiamo il suo parere.

- Lasciati guidare da chi ne sa più di te, - disse Agnese, con volto grave. - Che bisogno c'è dichieder pareri? Dio dice: aiutati, ch'io t'aiuto. Al padre racconteremo tutto, a cose fatte.

- Lucia, - disse Renzo, - volete voi mancarmi ora? Non avevamo noi fatto tutte le cose dabuon cristiani? Non dovremmo esser già marito e moglie? Il curato non ci aveva fissato lui il giorno e l'ora? E di chi è la colpa, se dobbiamo ora aiutarci con un po' d'ingegno? No, non mi mancherete. Vado e torno con la risposta -. E, salutando Lucia, con un atto di preghiera, e Agnese, con un'aria d'intelligenza, partì in fretta.

Le tribolazioni aguzzano il cervello: e Renzo il quale, nel sentiero retto e piano di vita percorso da lui fin allora, non s'era mai trovato nell'occasione d'assottigliar molto il suo, ne aveva, in questo caso, immaginata una, da far onore a un giureconsulto. Andò addirittura, secondo che aveva disegnato, alla casetta d'un certo Tonio, ch'era lì poco distante; e lo trovò in cucina, che, con un ginocchio sullo scalino del focolare, e tenendo, con una mano, l'orlo d'un paiolo, messo sulle ceneri calde, dimenava, col matterello ricurvo, una piccola polenta bigia, di gran saraceno. La madre, un fratello, la moglie di Tonio, erano a tavola; e tre o quattro ragazzetti, ritti accanto al babbo, stavano aspettando, con gli occhi fissi al paiolo, che venisse il momento di scodellare. Ma non c'era quell'allegria che la vista del desinare suol pur dare a chi se l'è meritato con la fatica. La mole della polenta era in ragion dell'annata, e non del numero e della buona voglia de' commensali: e ognun d'essi, fissando, con uno sguardo bieco d'amor rabbioso, la vivanda comune, pareva pensare alla porzione d'appetito che le doveva sopravvivere. Mentre Renzo barattava i saluti con la famiglia, Tonio scodellò la polenta sulla tafferìa di faggio, che stava apparecchiata a riceverla: e parve una piccola luna, in un gran cerchio di vapori. Nondimeno le donne dissero cortesemente a Renzo : - volete restar servito? -, complimento che il contadino di Lombardia, e chi sa di quant'altri paesi! non lascia mai di fare a chi lo trovi a mangiare, quand'anche questo fosse un ricco epulone alzatosi allora da tavola, e lui fosse all'ultimo boccone.

- Vi ringrazio, - rispose Renzo: - venivo solamente per dire una parolina a Tonio; e, se vuoi,
Tonio, per non disturbar le tue donne, possiamo andar a desinare all'osteria, e lì parleremo -. La proposta fu per Tonio tanto più gradita, quanto meno aspettata; e le donne, e anche i bimbi (giacché, su questa materia, principian presto a ragionare) non videro mal volentieri che si sottraesse alla polenta un concorrente, e il più formidabile. L'invitato non istette a domandar altro, e andò con Renzo.

Giunti all'osteria del villaggio; seduti, con tutta libertà, in una perfetta solitudine, giacché la miseria aveva divezzati tutti i frequentatori di quel luogo di delizie; fatto portare quel poco che si trovava; votato un boccale di vino; Renzo, con aria di mistero, disse a Tonio: se tu vuoi farmi un piccolo servizio, io te ne voglio fare uno grande.

- Parla, parla; comandami pure, - rispose Tonio, mescendo.

- Oggi mi butterei nel fuoco per te.

- Tu hai un debito di venticinque lire col signor curato, per fitto del suo campo, chelavoravi, l'anno passato.

- Ah, Renzo, Renzo! tu mi guasti il benefizio. Con che cosa mi vieni fuori? M'hai fatto andarvia il buon umore.

- Se ti parlo del debito, - disse Renzo, - è perché, se tu vuoi, io intendo di darti il mezzo dipagarlo.

- Dici davvero?

- Davvero. Eh? saresti contento?

- Contento? Per diana. se sarei contento! Se non foss'altro, per non veder più que' versacci,e que' cenni col capo, che mi fa il signor curato, ogni volta che c'incontriamo. E poi sempre: Tonio, ricordatevi: Tonio, quando ci vediamo, per quel negozio? A tal segno che quando, nel predicare, mi fissa quegli occhi addosso, io sto quasi in timore che abbia a dirmi, lì in pubblico: quelle venticinque lire! Che maledette siano le venticinque lire! E poi, m'avrebbe a restituir la collana d'oro di mia moglie, che la baratterei in tanta polenta. Ma... - Ma, ma, se tu mi vuoi fare un servizietto, le venticinque lire son preparate.

- Di' su.

- Ma...! - disse Renzo, mettendo il dito alla bocca.

- Fa bisogno di queste cose? tu mi conosci.
- Il signor curato va cavando fuori certe ragioni senza sugo, per tirare in lungo il miomatrimonio; e io in vece vorrei spicciarmi. Mi dicon di sicuro che, presentandosegli davanti i due sposi, con due testimoni, e dicendo io: questa è mia moglie, e Lucia: questo è mio marito, il matrimonio è bell'e fatto. M'hai tu inteso?
- Tu vuoi ch'io venga per testimonio?
- Per l'appunto.
- E pagherai per me le venticinque lire?
- Così l'intendo.
- Birba chi manca.
- Ma bisogna trovare un altro testimonio.
- L'ho trovato. Quel sempliciotto di mio fratel Gervaso farà quello che gli dirò io. Tu glipagherai da bere?
- E da mangiare, - rispose Renzo. - Lo condurremo qui a stare allegro con noi. Ma sapràfare?
- Gl'insegnerò io: tu sai bene ch'io ho avuta anche la sua parte di cervello.- Domani...

Bene.
- Verso sera...
- Benone.
- Ma...! - disse Renzo, mettendo di nuovo il dito alla bocca.
- Poh...! - rispose Tonio, piegando il capo sulla spalla destra, e alzando la mano sinistra,con un viso che diceva: mi fai torto.
- Ma, se tua moglie ti domanda, come ti domanderà, senza dubbio...
- Di bugie, sono in debito io con mia moglie, e tanto tanto, che non so se arriverò mai asaldare il conto. Qualche pastocchia la troverò, da metterle il cuore in pace.
- Domattina, - disse Renzo, - discorreremo con più comodo, per intenderci bene su tutto.Con questo, uscirono dall'osteria, Tonio avviandosi a casa, e studiando la fandonia che racconterebbe alle donne, e Renzo, a render conto de' concerti presi.

In questo tempo Agnese, s'era affaticata invano a persuader la figliuola. Questa andava opponendo a ogni ragione, ora l'una, ora l'altra parte del suo dilemma: o la cosa è cattiva, e non bisogna farla; o non è, e perché non dirla al padre Cristoforo?

Renzo arrivò tutto trionfante, fece il suo rapporto, e terminò con un ahn? interiezione che significa: sono o non sono un uomo io? si poteva trovar di meglio? vi sarebbe venuta in mente? e cento cose simili.

Lucia tentennava mollemente il capo; ma i due infervorati le badavan poco, come si suol fare con un fanciullo, al quale non si spera di far intendere tutta la ragione d'una cosa, e che s'indurrà poi, con le preghiere e con l'autorità, a ciò che si vuol da lui.
- Va bene, - disse Agnese: - va bene; ma... non avete pensato a tutto.
- Cosa ci manca? - rispose Renzo.
- E Perpetua? non avete pensato a Perpetua. Tonio e suo fratello, li lascerà entrare; ma voi! voi due! pensate! avrà ordine di tenervi lontani, più che un ragazzo da un pero che ha le frutte mature.
- Come faremo? - disse Renzo, un po' imbrogliato.
- Ecco: ci ho pensato io. Verrò io con voi; e ho un segreto per attirarla, e per incantarla dimaniera che non s'accorga di voi altri, e possiate entrare. La chiamerò io, e le toccherò una corda... vedrete.
- Benedetta voi! - esclamò Renzo: - l'ho sempre detto che siete nostro aiuto in tutto.- Ma tutto questo non serve a nulla, - disse Agnese, - se non si persuade costei, che si ostina a dire che è peccato.

Renzo mise in campo anche lui la sua eloquenza; ma Lucia non sl lasciava smovere. - Io non so che rispondere a queste vostre ragioni, - diceva: - ma vedo che, per far questa cosa, come dite voi, bisogna andar avanti a furia di sotterfugi, di bugie, di finzioni. Ah Renzo! non abbiam cominciato così. Io voglio esser vostra moglie, - e non c'era verso che potesse proferir quella parola, e spiegar quell'intenzione, senza fare il viso rosso: - io voglio esser vostra moglie, ma per la strada diritta, col timor di Dio, all'altare. Lasciamo fare a Quello lassù. Non volete che sappia trovar Lui il bandolo d'aiutarci, meglio che non possiamo far noi, con tutte codeste furberie? E perché far misteri al padre Cristoforo? La disputa durava tuttavia, e non pareva vicina a finire, quando un calpestìo affrettato di sandali, e un rumore di tonaca sbattuta, somigliante a quello che fanno in una vela allentata i soffi ripetuti del vento, annunziarono il padre Cristoforo. Si chetaron tutti; e Agnese ebbe appena tempo di susurrare all'orecchio di Lucia: - bada bene, ve', di non dirgli nulla.

Cap. VII

Il padre Cristoforo arrivava nell'attitudine d'un buon capitano che, perduta, senza sua colpa, una battaglia importante, afflitto ma non scoraggito, sopra pensiero ma non sbalordito, di corsa e non in fuga, si porta dove il bisogno lo chiede, a premunire i luoghi minacciati, a raccoglier le truppe, a dar nuovi ordini.

- La pace sia con voi, - disse, nell'entrare. - Non c'è nulla da sperare dall'uomo: tanto piùbisogna confidare in Dio: e già ho qualche pegno della sua protezione.

Sebbene nessuno dei tre sperasse molto nel tentativo del padre Cristoforo, giacché il vedere un potente ritirarsi da una soverchieria, senza esserci costretto, e per mera condiscendenza a preghiere disarmate, era cosa piùttosto inaudita che rara; nulladimeno la trista certezza fu un colpo per tutti. Le donne abbassarono il capo; ma nell'animo di Renzo, l'ira prevalse all'abbattimento. Quell'annunzio lo trovava già amareggiato da tante sorprese dolorose, da tanti tentativi andati a vòto, da tante speranze deluse, e, per di più, esacerbato, in quel momento, dalle ripulse di Lucia.

- Vorrei sapere, - gridò, digrignando i denti, e alzando la voce, quanto non aveva mai fattoprima d'allora, alla presenza del padre Cristoforo; - vorrei sapere che ragioni ha dette quel cane, per sostenere... per sostenere che la mia sposa non dev'essere la mia sposa.
- Povero Renzo! - rispose il frate, con una voce grave e pietosa, e con uno sguardo checomandava amorevolmente la pacatezza : - se il potente che vuol commettere l'ingiustizia fosse sempre obbligato a dir le sue ragioni, le cose non anderebbero come vanno.
- Ha detto dunque quel cane, che non vuole, perché non vuole?

Non ha detto nemmen questo, povero Renzo! Sarebbe ancora un vantaggio se, per commetter l'iniquità, dovessero confessarla apertamente. - Ma qualcosa ha dovuto dire: cos'ha detto quel tizzone d'inferno?

- Le sue parole, io l'ho sentite, e non te le saprei ripetere. Le parole dell'iniquo che è forte,penetrano e sfuggono. Può adirarsi che tu mostri sospetto di lui, e, nello stesso tempo, farti sentire che quello di che tu sospetti è certo: può insultare e chiamarsi offeso, schernire e chieder ragione, atterrire e lagnarsi, essere sfacciato e irreprensibile. Non chieder più in là. Colui non ha proferito il nome di questa innocente, né il tuo; non ha figurato nemmen di conoscervi, non ha detto di pretender nulla; ma... ma pur troppo ho dovuto intendere ch'è irremovibile. Nondimeno, confidenza in Dio! Voi, poverette, non vi perdete d'animo; e tu, Renzo... oh! credi pure, ch'io so mettermi ne' tuoi panni, ch'io sento quello che passa nel tuo cuore. Ma, pazienza! È una magra parola, una parola amara, per chi non crede; ma tu...! non vorrai tu concedere a Dio un giorno, due giorni, il tempo che vorrà prendere, per far trionfare la giustizia? Il tempo è suo; e ce n'ha promesso tanto! Lascia fare a Lui, Renzo; e sappi... sappiate tutti ch'io ho già in mano un filo, per aiutarvi. Per ora, non posso dirvi di più. Domani io non verrò quassù; devo stare al convento tutto il giorno, per voi. Tu, Renzo, procura di venirci: o se, per caso impensato, tu non potessi, mandate un uomo fidato, un garzoncello di giudizio, per mezzo del quale io possa farvi sapere quello che occorrerà. Si fa buio; bisogna ch'io corra al convento. Fede, coraggio; e addio.

Detto questo, uscì in fretta, e se n'andò, correndo, e quasi saltelloni, giù per quella viottola storta e sassosa, per non arrivar tardi al convento, a rischio di buscarsi una buona sgridata, o quel che gli sarebbe pesato ancor più, una penitenza, che gl'impedisse, il giorno dopo, di trovarsi pronto e spedito a ciò che potesse richiedere il bisogno de' suoi protetti.

- Avete sentito cos'ha detto d'un non so che... d'un filo che ha, per aiutarci? - disse Lucia. Convien fidarsi a lui; è un uomo che, quando promette dieci...

- Se non c'è altro...! - interruppe Agnese. - Avrebbe dovuto parlar più chiaro, o chiamar meda una parte, e dirmi cosa sia questo...
- Chiacchiere! la finirò io: io la finirò! - interruppe Renzo, questa volta, andando in su e ingiù per la stanza, e con una voce, con un viso, da non lasciar dubbio sul senso di quelle parole.
- Oh Renzo! - esclamò Lucia.
- Cosa volete dire? - esclamò Agnese.
- Che bisogno c'è di dire? La finirò io. Abbia pur cento, mille diavoli nell'anima, finalmenteè di carne e ossa anche lui...
- No, no, per amor del cielo...! - cominciò Lucia; ma il pianto le troncò la voce.
- Non son discorsi da farsi, neppur per burla, - disse Agnese.
- Per burla? - gridò Renzo, fermandosi ritto in faccia ad Agnese seduta, e piantandole infaccia due occhi stralunati. - Per burla! vedrete se sarà burla.
- Oh Renzo! - disse Lucia, a stento, tra i singhiozzi: - non v'ho mai visto così.
- Non dite queste cose, per amor del cielo, - riprese ancora in fretta Agnese, abbassando lavoce. - Non vi ricordate quante braccia ha al suo comando colui? E quand'anche... Dio liberi!... contro i poveri c'è sempre giustizia.
- La farò io, la giustizia, io! È ormai tempo. La cosa non è facile: lo so anch'io. Si guardabene, il cane assassino: sa come sta; ma non importa. Risoluzione e pazienza... e il momento arriva. Sì, la farò io, la giustizia: lo libererò io, il paese: quanta gente mi benedirà...! e poi in tre salti...!

L'orrore che Lucia sentì di queste più chiare parole, le sospese il pianto, e le diede forza di parlare. Levando dalle palme il viso lagrimoso, disse a Renzo, con voce accorata, ma risoluta: - non v'importa più dunque d'avermi per moglie. Io m'era promessa a un giovine che aveva il timor di Dio; ma un uomo che avesse... Fosse al sicuro d'ogni giustizia e d'ogni vendetta, foss'anche il figlio del re...

E bene! - gridò Renzo, con un viso più che mai stravolto: - io non v'avrò; ma non v'avrà né anche lui. Io qui senza di voi, e lui a casa del...

- Ah no! per carità, non dite così, non fate quegli occhi: no, non posso vedervi così, esclamò Lucia, piangendo, supplicando, con le mani giunte; mentre Agnese chiamava e richiamava il giovine per nome, e gli palpava le spalle, le braccia, le mani, per acquietarlo. Stette egli immobile e pensieroso, qualche tempo, a contemplar quella faccia supplichevole di Lucia; poi, tutt'a un tratto, la guardò torvo, diede addietro, tese il braccio e l'indice verso di essa, e gridò: - questa! sì questa egli vuole. Ha da morire!
- E io che male v'ho fatto, perché mi facciate morire? - disse Lucia, buttandoseglinginocchioni davanti.
- Voi! - rispose, con una voce ch'esprimeva un'ira ben diversa, ma un'ira tuttavia: - voi! Chebene mi volete voi? Che prova m'avete data? Non v'ho io pregata, e pregata, e pregata? E voi: no! no!
- Sì sì, - rispose precipitosamente Lucia: - verrò dal curato, domani, ora, se volete; verrò.Tornate quello di prima; verrò.
- Me lo promettete? - disse Renzo, con una voce e con un viso divenuto, tutt'a un tratto, piùumano.
- Ve lo prometto.
- Me l'avete promesso.
- Signore, vi ringrazio! - esclamò Agnese, doppiamente contenta.

In mezzo a quella sua gran collera, aveva Renzo pensato di che profitto poteva esser per lui lo spavento di Lucia? E non aveva adoperato un po' d'artifizio a farlo crescere, per farlo fruttare? Il nostro autore protesta di non ne saper nulla; e io credo che nemmen Renzo non lo sapesse bene. Il fatto sta ch'era realmente infuriato contro don Rodrigo, e che bramava ardentemente il consenso di Lucia; e quando due forti passioni schiamazzano insieme nel cuor d'un uomo, nessuno, neppure il paziente, può sempre distinguer chiaramente una voce dall'altra, e dir con sicurezza qual sia quella che predomini.

- Ve l'ho promesso, - rispose Lucia, con un tono di rimprovero timido e affettuoso: - maanche voi avevate promesso di non fare scandoli, di rimettervene al padre...
- Oh via! per amor di chi vado in furia? Volete tornare indietro, ora? e farmi fare unosproposito?

- No no, - disse Lucia, cominciando a rispaventarsi. - Ho promesso, e non mi ritiro. Mavedete voi come mi avete fatto promettere. Dio non voglia...
- Perché volete far de' cattivi augùri, Lucia? Dio sa che non facciam male a nessuno.
- Promettetemi almeno che questa sarà l'ultima.
- Ve lo prometto, da povero figliuolo.
- Ma, questa volta, mantenete poi, - disse Agnese.

Qui l'autore confessa di non sapere un'altra cosa: se Lucia fosse, in tutto e per tutto, malcontenta d'essere stata spinta ad acconsentire. Noi lasciamo, come lui, la cosa in dubbio.

Renzo avrebbe voluto prolungare il discorso, e fissare, a parte a parte, quello che si doveva fare il giorno dopo; ma era già notte, e le donne gliel'augurarono buona; non parendo loro cosa conveniente che, a quell'ora, si trattenesse più a lungo.

La notte però fu a tutt'e tre così buona come può essere quella che succede a un giorno pieno d'agitazione e di guai, e che ne precede uno destinato a un'impresa importante, e d'esito incerto. Renzo si lasciò veder di buon'ora, e concertò con le donne, o piuttosto con Agnese, la grand'operazione della sera, proponendo e sciogliendo a vicenda difficoltà, antivedendo contrattempi, e ricominciando, ora l'uno ora l'altra, a descriver la faccenda, come si racconterebbe una cosa fatta. Lucia ascoltava; e, senza approvar con parole ciò che non poteva approvare in cuor suo, prometteva di far meglio che saprebbe.

- Anderete voi giù al convento, per parlare al padre Cristoforo, come v'ha detto ier sera? domandò Agnese a Renzo.
- Le zucche! - rispose questo: - sapete che diavoli d'occhi ha il padre: mi leggerebbe in viso,come sur un libro, che c'è qualcosa per aria; e se cominciasse a farmi dell'interrogazioni, non potrei uscirne a bene. E poi, io devo star qui, per accudire all'affare. Sarà meglio che mandiate voi qualcheduno.
- Manderò Menico.
- Va bene, - rispose Renzo; e partì, per accudire all'affare, come aveva detto.

Agnese andò a una casa vicina, a cercar Menico, ch'era un ragazzetto di circa dodici anni, sveglio la sua parte, e che, per via di cugini e di cognati, veniva a essere un po' suo nipote. Lo chiese ai parenti, come in prestito, per tutto quel giorno, - per un certo servizio, diceva. Avutolo, lo condusse nella sua cucina, gli diede da colazione, e gli disse che andasse a Pescarenico, e si facesse vedere al padre Cristoforo, il quale lo rimanderebbe poi, con una risposta, quando sarebbe tempo. - Il padre Cristoforo, quel bel vecchio, tu sai, con la barba bianca, quello che chiamano il santo...

- Ho capito, - disse Menico: - quello che ci accarezza sempre, noi altri ragazzi, e ci dà, ognitanto, qualche santino.
- Appunto, Menico. E se ti dirà che tu aspetti qualche poco, lì vicino al convento, non tisviare: bada di non andar, con de' compagni, al lago, a veder pescare, né a divertirti con le reti attaccate al muro ad asciugare, né a far quell'altro tuo giochetto solito...

Bisogna saper che Menico era bravissimo per fare a rimbalzello; e si sa che tutti, grandi e piccoli, facciam volentieri le cose alle quali abbiamo abilità: non dico quelle sole.

- Poh! zia; non son poi un ragazzo.
- Bene, abbi giudizio; e, quando tornerai con la risposta... guarda; queste due belleparpagliole nuove son per te.
- Datemele ora, ch'è lo stesso.
- No, no, tu le giocheresti. Va, e portati bene; che n'avrai anche di più.

Nel rimanente di quella lunga mattinata, si videro certe novità che misero non poco in sospetto l'animo già conturbato delle donne. Un mendico, né rifinito né cencioso come i suoi pari, e con un non so che d'oscuro e di sinistro nel sembiante, entrò a chieder la carità, dando in qua e in là cert'occhiate da spione. Gli fu dato un pezzo di pane, che ricevette e ripose, con un'indifferenza mal dissimulata. Si trattenne poi, con una certa sfacciataggine, e, nello stesso tempo, con esitazione, facendo molte domande, alle quali Agnese s'affrettò di risponder sempre il contrario di quello che era. Movendosi, come per andar via, finse di sbagliar l'uscio, entrò in quello che metteva alla scala, e lì diede un'altra occhiata in fretta, come poté. Gridatogli dietro: - ehi ehi! dove andate galantuomo? di qua! di qua! - tornò indietro, e uscì dalla parte che gli veniva indicata, scusandosi, con una sommissione, con un'umiltà affettata, che stentava a collocarsi nei lineamenti duri di quella faccia. Dopo costui, continuarono a farsi vedere, di tempo in tempo, altre strane figure. Che razza d'uomini fossero, non si sarebbe potuto dir facilmente; ma non si poteva creder neppure che fossero quegli onesti viandanti che volevan parere. Uno entrava col pretesto di farsi insegnar la strada; altri, passando davanti all'uscio, rallentavano il passo, e guardavan sott'occhio nella stanza, a traverso il cortile, come chi vuol vedere senza dar sospetto. Finalmente, verso il mezzogiorno, quella fastidiosa processione finì. Agnese s'alzava ogni tanto, attraversava il cortile, s'affacciava all'uscio di strada, guardava a destra e a sinistra, e tornava dicendo: - nessuno - : parola che proferiva con piacere, e che Lucia con piacere sentiva, senza che né l'una né l'altra ne sapessero ben chiaramente il perché. Ma ne rimase a tutt'e due una non so quale inquietudine, che levò loro, e alla figliuola principalmente, una gran parte del coraggio che avevan messo in serbo per la sera.

Convien però che il lettore sappia qualcosa di più preciso, intorno a que' ronzatori misteriosi: e, per informarlo di tutto, dobbiam tornare un passo indietro, e ritrovar don Rodrigo, che abbiam lasciato ieri, solo in una sala del suo palazzotto, al partir del padre Cristoforo.

Don Rodrigo, come abbiam detto, misurava innanzi e indietro, a passi lunghi, quella sala, dalle pareti della quale pendevano ritratti di famiglia, di varie generazioni. Quando si trovava col viso a una parete, e voltava, si vedeva in faccia un suo antenato guerriero, terrore de' nemici e de' suoi soldati, torvo nella guardatura, co' capelli corti e ritti, co' baffi tirati e a punta, che sporgevan dalle guance, col mento obliquo: ritto in piedi l'eroe, con le gambiere, co' cosciali, con la corazza, co' bracciali, co' guanti, tutto di ferro; con la destra sul fianco, e la sinistra sul pomo della spada. Don Rodrigo lo guardava; e quando gli era arrivato sotto, e voltava, ecco in faccia un altro antenato, magistrato, terrore de' litiganti e degli avvocati, a sedere sur una gran seggiola coperta di velluto rosso, ravvolto in un'ampia toga nera; tutto nero, fuorché un collare bianco, con due larghe facciole, e una fodera di zibellino arrovesciata (era il distintivo de' senatori, e non lo portavan che l'inverno, ragion per cui non si troverà mai un ritratto di senatore vestito d'estate); macilento, con le ciglia aggrottate: teneva in mano una supplica, e pareva che dicesse: vedremo. Di qua una matrona, terrore delle sue cameriere; di là un abate, terrore de' suoi monaci: tutta gente in somma che aveva fatto terrore, e lo spirava ancora dalle tele. Alla presenza di tali memorie, don Rodrigo tanto più s'arrovellava, si vergognava, non poteva darsi pace, che un frate avesse osato venirgli addosso, con la prosopopea di Nathan. Formava un disegno di vendetta, l'abbandonava, pensava come soddisfare insieme alla passione, e a ciò che chiamava onore; e talvolta (vedete un poco!) sentendosi fischiare ancora agli orecchi quell'esordio di profezia, si sentiva venir, come si dice, i bordoni, e stava quasi per deporre il pensiero delle due soddisfazioni. Finalmente, per far qualche cosa, chiamò un servitore, e gli ordinò che lo scusasse con la compagnia, dicendo ch'era trattenuto da un affare urgente. Quando quello tornò a riferire che que' signori eran partiti, lasciando i loro rispetti: - e il conte Attilio? - domandò, sempre camminando, don Rodrigo.

- È uscito con que' signori, illustrissimo.

- Bene: sei persone di seguito, per la passeggiata: subito. La spada, la cappa, il cappello: subito.

Il servitore partì, rispondendo con un inchino; e, poco dopo, tornò, portando la ricca spada, che il padrone si cinse; la cappa, che si buttò sulle spalle; il cappello a gran penne, che mise e inchiodò, con una manata, fieramente sul capo: segno di marina torbida. Si mosse, e, alla porta, trovò i sei ribaldi tutti armati, i quali, fatto ala, e inchinatolo, gli andaron dietro. Più burbero, più superbioso, più accigliato del solito, uscì, e andò passeggiando verso Lecco. I contadini, gli artigiani, al vederlo venire, si ritiravan rasente al muro, e di lì facevano scappellate e inchini profondi, ai quali non rispondeva. Come inferiori, l'inchinavano anche quelli che da questi eran detti signori; ché, in que' contorni, non ce n'era uno che potesse, a mille miglia, competer con lui, di nome, di ricchezze, d'aderenze e della voglia di servirsi di tutto ciò, per istare al di sopra degli altri. E a questi corrispondeva con una degnazione contegnosa. Quel giorno non avvenne, ma quando avveniva che s'incontrasse col signor castellano spagnolo, l'inchino allora era ugualmente profondo dalle due parti; la cosa era come tra due potentati, i quali non abbiano nulla da spartire tra loro; ma, per convenienza, fanno onore al grado l'uno dell'altro. Per passare un poco la mattana, e per contrapporre all'immagine del frate che gli assediava la fantasia, immagini in tutto diverse, don Rodrigo entrò, quel giorno, in una casa, dove andava, per il solito, molta gente, e dove fu ricevuto con quella cordialità affaccendata e rispettosa, ch'è riserbata agli uomini che si fanno molto amare o molto temere; e, a notte già fatta, tornò al suo palazzotto. Il conte Attilio era anche lui tornato in quel momento; e fu messa in tavola la cena, durante la quale, don Rodrigo fu sempre sopra pensiero, e parlò poco.

- Cugino, quando pagate questa scommessa? - disse, con un fare di malizia e di scherno, ilconte Attilio, appena sparecchiato, e andati via i servitori.
- San Martino non è ancor passato.
- Tant'è che la paghiate subito; perché passeranno tutti i santi del lunario, prima che...
- Questo è quel che si vedrà.
- Cugino, voi volete fare il politico; ma io ho capito tutto, e son tanto certo d'aver vinta lascommessa, che son pronto a farne un'altra.
- Sentiamo.
- Che il padre... il padre... che so io? quel frate in somma v'ha convertito.
- Eccone un'altra delle vostre.
- Convertito, cugino; convertito, vi dico. Io per me, ne godo. Sapete che sarà un bellospettacolo vedervi tutto compunto, e con gli occhi bassi! E che gloria per quel padre! Come sarà tornato a casa gonfio e pettoruto! Non son pesci che si piglino tutti i giorni, né con tutte le reti. Siate certo che vi porterà per esempio; e, quando anderà a far qualche missione un po' lontano, parlerà de' fatti vostri. Mi par di sentirlo -. E qui, parlando col naso, accompagnando le parole con gesti caricati, continuò, in tono di predica: - in una parte di questo mondo, che, per degni rispetti, non nomino, viveva, uditori carissimi, e vive tuttavia, un cavaliere scapestrato, più amico delle femmine, che degli uomini dabbene, il quale, avvezzo a far d'ogni erba un fascio, aveva messo gli occhi...
- Basta, basta, - interruppe don Rodrigo, mezzo sogghignando, e mezzo annoiato. - Sevolete raddoppiar la scommessa, son pronto anch'io.
- Diavolo! che aveste voi convertito il padre!
- Non mi parlate di colui: e in quanto alla scommessa, san Martino deciderà -. La curiositàdel conte era stuzzicata; non gli risparmiò interrogazioni, ma don Rodrigo le seppe eluder tutte, rimettendosi sempre al giorno della decisione, e non volendo comunicare alla parte avversa disegni che non erano né incamminati, né assolutamente fissati.

La mattina seguente, don Rodrigo si destò don Rodrigo. L'apprensione che quel *verrà un giorno* gli aveva messa in corpo, era svanita del tutto, co' sogni della notte; e gli rimaneva la rabbia sola, esacerbata anche dalla vergogna di quella debolezza passeggiera. L'immagini più recenti della passeggiata trionfale, degl'inchini, dell'accoglienze, e il canzonare del cugino, avevano contribuito non poco a rendergli l'animo antico. Appena alzato, fece chiamare il Griso. " Cose grosse ", disse tra sé il servitore a cui fu dato l'ordine; perché l'uomo che aveva quel soprannome, non era niente meno che il capo de' bravi, quello a cui s'imponevano le imprese più rischiose e più inique, il fidatissimo del padrone, l'uomo tutto suo, per gratitudine e per interesse. Dopo aver ammazzato uno, di giorno, in piazza, era andato ad implorar la protezione di don Rodrigo; e questo, vestendolo della sua livrea, l'aveva messo al coperto da ogni ricerca della giustizia. Cosi, impegnandosi a ogni delitto che gli venisse comandato, colui si era assicurata l'impunità del primo. Per don Rodrigo, l'acquisto non era stato di poca importanza; perché il Griso, oltre all'essere, senza paragone, il più valente della famiglia, era anche una prova di ciò che il suo padrone aveva potuto attentar felicemente contro le leggi; di modo che la sua potenza ne veniva ingrandita, nel fatto e nell'opinione.

- Griso! - disse don Rodrigo: - in questa congiuntura, si vedrà quel che tu vali. Prima didomani, quella Lucia deve trovarsi in questo palazzo.
- Non si dirà mai che il Griso si sia ritirato da un comando dell'illustrissimo signorpadrone.
- Piglia quanti uomini ti possono bisognare, ordina e disponi, come ti par meglio; purché lacosa riesca a buon fine. Ma bada sopra tutto, che non le sia fatto male.
- Signore, un po' di spavento, perché la non faccia troppo strepito... non si potrà far dimeno.
- Spavento... capisco... è inevitabile. Ma non le si torca un capello; e sopra tutto, le si portirispetto in ogni maniera. Hai inteso?
- Signore, non si può levare un fiore dalla pianta, e portarlo a vossignoria, senza toccarlo.Ma non si farà che il puro necessario.
- Sotto la tua sicurtà. E... come farai?

- Ci stavo pensando, signore. Siam fortunati che la casa è in fondo al paese. Abbiambisogno d'un luogo per andarci a postare. e appunto c'è, poco distante di là, quel casolare disabitato e solo, in mezzo ai campi, quella casa... vossignoria non saprà niente di queste cose... una casa che bruciò, pochi anni sono, e non hanno avuto danari da riattarla, e l'hanno abbandonata, e ora ci vanno le streghe: ma non è sabato, e me ne rido. Questi villani, che son pieni d'ubbie, non ci bazzicherebbero, in nessuna notte della settimana, per tutto l'oro del mondo: sicché possiamo andare a fermarci là, con sicurezza che nessuno verrà a guastare i fatti nostri.

- Va bene; e poi?

Qui, il Griso a proporre, don Rodrigo a discutere, finché d'accordo ebbero concertata la maniera di condurre a fine l'impresa, senza che rimanesse traccia degli autori, la maniera anche di rivolgere, con falsi indizi, i sospetti altrove, d'impor silenzio alla povera Agnese, d'incutere a Renzo tale spavento, da fargli passare il dolore, e il pensiero di ricorrere alla giustizia, e anche la volontà di lagnarsi; e tutte l'altre bricconerie necessarie alla riuscita della bricconeria principale. Noi tralasciamo di riferir que' concerti, perché, come il lettore vedrà, non son necessari all'intelligenza della storia; e siam contenti anche noi di non doverlo trattener più lungamente a sentir parlamentare que' due fastidiosi ribaldi. Basta che, mentre il Griso se n'andava, per metter mano all'esecuzione, don Rodrigo lo richiamò, e gli disse: - senti: se per caso, quel tanghero temerario vi desse nell'unghie questa sera, non sarà male che gli sia dato anticipatamente un buon ricordo sulle spalle. Così, l'ordine che gli verrà intimato domani di stare zitto, farà più sicuramente l'effetto. Ma non l'andate a cercare, per non guastare quello che più importa: tu m'hai inteso.

- Lasci fare a me, - rispose il Griso, inchinandosi, con un atto d'ossequio e di millanteria; ese n'andò. La mattina fu spesa in giri, per riconoscere il paese. Quel falso pezzente che s'era inoltrato a quel modo nella povera casetta, non era altro che il Griso, il quale veniva per levarne a occhio la pianta: i falsi viandanti eran suoi ribaldi, ai quali, per operare sotto i suoi ordini, bastava una cognizione più superficiale del luogo. E, fatta la scoperta, non s'eran più lasciati vedere, per non dar troppo sospetto.

Tornati che furon tutti al palazzotto, il Griso rese conto, e fissò definitivamente il disegno dell'impresa; assegnò le parti, diede istruzioni. Tutto ciò non si poté fare, senza che quel vecchio servitore, il quale stava a occhi aperti, e a orecchi tesi, s'accorgesse che qualche gran cosa si macchinava. A forza di stare attento e di domandare; accattando una mezza notizia di qua, una mezza di là, commentando tra sé una parola oscura, interpretando un andare misterioso, tanto fece, che venne in chiaro di ciò che si doveva eseguir quella notte. Ma quando ci fu riuscito, essa era già poco lontana, e già una piccola vanguardia di bravi era andata a imboscarsi in quel casolare diroccato. Il povero vecchio, quantunque sentisse bene a che rischioso giuoco giocava, e avesse anche paura di portare il soccorso di Pisa, pure non volle mancare: uscì, con la scusa di prendere un po' d'aria, e s'incamminò in fretta in fretta al convento, per dare al padre Cristoforo l'avviso promesso. Poco dopo, si mossero gli altri bravi, e discesero spicciolati, per non parere una compagnia: il Griso venne dopo; e non rimase indietro che una bussola, la quale doveva esser portata al casolare, a sera inoltrata; come fu fatto. Radunati che furono in quel luogo, il Griso spedì tre di coloro all'osteria del paesetto; uno che si mettesse sull'uscio, a osservar ciò che accadesse nella strada, e a veder quando tutti gli abitanti fossero ritirati: gli altri due che stessero dentro a giocare e a bere, come dilettanti; e attendessero intanto a spiare, se qualche cosa da spiare ci fosse. Egli, col grosso della truppa, rimase nell'agguato ad aspettare.

Il povero vecchio trottava ancora; i tre esploratori arrivavano al loro posto; il sole cadeva; quando Renzo entrò dalle donne, e disse: - Tonio e Gervaso m'aspettan fuori: vo con loro all'osteria, a mangiare un boccone; e, quando sonerà l'ave maria, verremo a prendervi. Su, coraggio, Lucia! tutto dipende da un momento -. Lucia sospirò, e ripeté: - coraggio, - con una voce che smentiva la parola.

Quando Renzo e i due compagni giunsero all'osteria, vi trovaron quel tale già piantato in sentinella, che ingombrava mezzo il vano della porta, appoggiata con la schiena a uno stipite, con le braccia incrociate sul petto; e guardava e riguardava, a destra e a sinistra, facendo lampeggiare ora il bianco, ora il nero di due occhi grifagni. Un berretto piatto di velluto chermisi, messo storto, gli copriva la metà del ciuffo, che, dividendosi sur una fronte fosca, girava, da una parte e dall'altra, sotto gli orecchi, e terminava in trecce, fermate con un pettine sulla nuca. Teneva sospeso in una mano un grosso randello; arme propriamente, non ne portava in vista; ma, solo a guardargli in viso, anche un fanciullo avrebbe pensato che doveva averne sotto quante ce ne poteva stare. Quando Renzo, ch'era innanzi agli altri, fu lì per entrare, colui, senza scomodarsi, lo guardò fisso fisso; ma il giovine, intento a schivare ogni questione, come suole ognuno che abbia un'impresa scabrosa alle mani, non fece vista d'accorgersene, non disse neppure: fatevi in là; e, rasentando l'altro stipite, passò per isbieco, col fianco innanzi, per l'apertura lasciata da quella cariatide. I due compagni dovettero far la stessa evoluzione, se vollero entrare. Entrati, videro gli altri, de' quali avevan già sentita la voce, cioè que' due bravacci, che seduti a un canto della tavola, giocavano alla mora, gridando tutt'e due insieme (lì, è il giuoco che lo richiede), e mescendosi or l'uno or l'altro da bere, con un gran fiasco ch'era tra loro. Questi pure guardaron fisso la nuova compagnia; e un de' due specialmente, tenendo una mano in aria, con tre ditacci tesi e allargati, e avendo la bocca ancora aperta, per un gran " sei " che n'era scoppiato fuori in quel momento, squadrò Renzo da capo a piedi; poi diede d'occhio al compagno, poi a quel dell'uscio, che rispose con un cenno del capo. Renzo insospettito e incerto guardava ai suoi due convitati, come se volesse cercare ne' loro aspetti un'interpretazione di tutti que' segni: ma i loro aspetti non indicavano altro che un buon appetito. L'oste guardava in viso a lui, come per aspettar gli ordini: egli lo fece venir con sé in una stanza vicina, e ordinò la cena.

- Chi sono que' forestieri? - gli domandò poi a voce bassa, quando quello tornò, con unatovaglia grossolana sotto il braccio, e un fiasco in mano.
- Non li conosco, - rispose l'oste, spiegando la tovaglia.
- Come? né anche uno?
- Sapete bene, - rispose ancora colui, stirando, con tutt'e due le mani, la tovaglia sullatavola, - che la prima regola del nostro mestiere, è di non domandare i fatti degli altri: tanto che, fin le nostre donne non son curiose. Si starebbe freschi, con tanta gente che va e viene: è sempre un porto di mare: quando le annate son ragionevoli, voglio dire; ma stiamo allegri, che tornerà il buon tempo. A noi basta che gli avventori siano galantuomini: chi siano poi, o chi non siano, non fa niente. E ora vi porterò un piatto di polpette, che le simili non le avete mai mangiate.
- Come potete sapere...? - ripigliava Renzo; ma l'oste, già avviato alla cucina, seguitò la suastrada. E lì, mentre prendeva il tegame delle polpette summentovate, gli s'accostò pian piano quel bravaccio che aveva squadrato il nostro giovine, e gli disse sottovoce: - Chi sono que' galantuomini?
- Buona gente qui del paese, - rispose l'oste, scodellando le polpette nel piatto.
- Va bene; ma come si chiamano? chi sono? - insistette colui, con voce alquanto sgarbata.
- Uno si chiama Renzo, - rispose l'oste, pur sottovoce: - un buon giovine, assestato; filatoredi seta, che sa bene il suo mestiere. L'altro è un contadino che ha nome Tonio: buon camerata, allegro: peccato che n'abbia pochi; che gli spenderebbe tutti qui. L'altro è un sempliciotto, che mangia però volentieri, quando gliene danno. Con permesso.

E, con uno sgambetto, uscì tra il fornello e l'interrogante; e ando a portare il piatto a chi si doveva. - Come potete sapere, - riattaccò Renzo, quando lo vide ricomparire, - che siano galantuomini, se non li conoscete?

- Le azioni, caro mio: l'uomo si conosce all'azioni. Quelli che bevono il vino senza criticarlo,che pagano il conto senza tirare, che non metton su lite con gli altri avventori, e se hanno una coltellata da consegnare a uno, lo vanno ad aspettar fuori, e lontano dall'osteria, tanto che il povero oste non ne vada di mezzo, quelli sono i galantuomini. Però, se si può conoscer la gente bene, come ci conosciamo tra noi quattro, è meglio. E che diavolo vi vien voglia di saper tante cose, quando siete sposo, e dovete aver tutt'altro in testa? e con davanti quelle polpette, che farebbero resuscitare un morto? - Così dicendo, se ne tornò in cucina.

Il nostro autore, osservando al diverso modo che teneva costui nel soddisfare alle domande, dice ch'era un uomo così fatto, che, in tutti i suoi discorsi, faceva professione d'esser molto amico de' galantuomini in generale; ma, in atto pratico, usava molto maggior compiacenza con quelli che avessero riputazione o sembianza di birboni. Che carattere singolare! eh?

La cena non fu molto allegra. I due convitati avrebbero voluto godersela con tutto loro comodo; ma l'invitante, preoccupato di ciò che il lettore sa, e infastidito, e anche un po' inquieto del contegno strano di quegli sconosciuti, non vedeva l'ora d'andarsene. Si parlava sottovoce, per causa loro; ed eran parole tronche e svogliate.

- Che bella cosa, - scappò fuori di punto in bianco Gervaso, - che Renzo voglia prendermoglie, e abbia bisogno...! - Renzo gli fece un viso brusco. - Vuoi stare zitto, bestia? - gli disse Tonio, accompagnando il titolo con una gomitata. La conversazione fu sempre più fredda, fino alla fine.

Renzo, stando indietro nel mangiare, come nel bere, attese a mescere ai due testimoni, con discrezione, in maniera di dar loro un po' di brio, senza farli uscir di cervello. Sparecchiato, pagato il conto da colui che aveva fatto men guasto, dovettero tutti e tre passar novamente davanti a quelle facce, le quali tutte si voltarono a Renzo, come quand'era entrato. Questo, fatti ch'ebbe pochi passi fuori dell'osteria, si voltò indietro, e vide che i due che aveva lasciati seduti in cucina, lo seguitavano: si fermò allora, co' suoi compagni, come se dicesse: vediamo cosa voglion da me costoro. Ma i due, quando s'accorsero d'essere osservati, si fermarono anch'essi, si parlaron sottovoce, e tornarono indietro. Se Renzo fosse stato tanto vicino da sentir le loro parole, gli sarebbero parse molto strane. - Sarebbe però un bell'onore, senza contar la mancia, - diceva uno de' malandrini, - se, tornando al palazzo, potessimo raccontare d'avergli spianate le costole in fretta in fretta, e così da noi, senza che il signor Griso fosse qui a regolare.

- E guastare il negozio principale! - rispondeva l'altro. - Ecco: s'è avvisto di qualche cosa; siferma a guardarci. Ih! se fosse più tardi! Torniamo indietro, per non dar sospetto. Vedi che vien gente da tutte le parti: lasciamoli andar tutti a pollaio.

C'era in fatti quel brulichìo, quel ronzìo che si sente in un villaggio, sulla sera, e che, dopo pochi momenti, dà luogo alla quiete solenne della notte. Le donne venivan dal campo, portandosi in collo i bambini, e tenendo per la mano i ragazzi più grandini, ai quali facevan dire le divozioni della sera; venivan gli uomini, con le vanghe, e con le zappe sulle spalle. All'aprirsi degli usci, si vedevan luccicare qua e là i fuochi accesi per le povere cene: si sentiva nella strada barattare i saluti, e qualche parola, sulla scarsità della raccolta, e sulla miseria dell'annata; e più delle parole, si sentivano i tocchi misurati e sonori della campana, che annunziava il finir del giorno. Quando Renzo vide che i due indiscreti s'eran ritirati, continuò la sua strada nelle tenebre crescenti, dando sottovoce ora un ricordo, ora un altro, ora all'uno, ora all'altro fratello. Arrivarono alla casetta di Lucia, ch'era già notte.

Tra il primo pensiero d'una impresa terribile, e l'esecuzione di essa (ha detto un barbaro che non era privo d'ingegno), l'intervallo è un sogno, pieno di fantasmi e di paure. Lucia era, da molte ore, nell'angosce d'un tal sogno: e Agnese, Agnese medesima, l'autrice del consiglio, stava sopra pensiero, e trovava a stento parole per rincorare la figlia. Ma, al momento di destarsi, al momento cioè di dar principio all'opera, l'animo si trova tutto trasformato. Al terrore e al coraggio che vi contrastavano, succede un altro terrore e un altro coraggio: l'impresa s'affaccia alla mente, come una nuova apparizione: ciò che prima spaventava di più, sembra talvolta divenuto agevole tutt'a un tratto: talvolta comparisce grande l'ostacolo a cui s'era appena badato; l'immaginazione dà indietro sgomentata; le membra par che ricusino d'ubbidire; e il cuore manca alle promesse che aveva fatte con più sicurezza. Al picchiare sommesso di Renzo, Lucia fu assalita da tanto terrore, che risolvette, in quel momento, di soffrire ogni cosa, di star sempre divisa da lui, piùttosto ch'eseguire quella risoluzione; ma quando si fu fatto vedere, ed ebbe detto: - son qui, andiamo -; quando tutti si mostraron pronti ad avviarsi, senza esitazione, come a cosa stabilita, irrevocabile; Lucia non ebbe tempo né forza di far difficoltà, e, come strascinata, prese tremando un braccio della madre, un braccio del promesso sposo, e si mosse con la brigata avventuriera.

Zitti zitti, nelle tenebre, a passo misurato, usciron dalla casetta, e preser la strada fuori del paese. La più corta sarebbe stata d'attraversarlo: che s'andava diritto alla casa di don Abbondio; ma scelsero quella, per non esser visti. Per viottole, tra gli orti e i campi, arrivaron vicino a quella casa, e lì si divisero. I due promessi rimaser nascosti dietro l'angolo di essa; Agnese con loro, ma un po' più innanzi, per accorrere in tempo a fermar Perpetua, e a impadronirsene; Tonio, con lo scempiato di Gervaso, che non sapeva far nulla da sé, e senza il quale non si poteva far nulla, s'affacciaron bravamente alla porta, e picchiarono.

- Chi è, a quest'ora? - gridò una voce dalla finestra, che s'aprì in quel momento: era la vocedi Perpetua. - Ammalati non ce n'è, ch'io sappia. È forse accaduta qualche disgrazia? - Son io, - rispose Tonio, - con mio fratello, che abbiam bisogno di parlare al signor curato. - È ora da cristiani questa? - disse bruscamente Perpetua. - Che discrezione? Tornate domani.

- Sentite: tornerò o non tornerò: ho riscosso non so che danari, e venivo a saldar queldebituccio che sapete: aveva qui venticinque belle berlinghe nuove; ma se non si può, pazienza: questi, so come spenderli, e tornerò quando n'abbia messi insieme degli altri.

- Aspettate, aspettate: vo e torno. Ma perché venire a quest'ora?

- Gli ho ricevuti, anch'io, poco fa; e ho pensato, come vi dico, che, se li tengo a dormir conme, non so di che parere sarò domattina. Però, se l'ora non vi piace, non so che dire: per me, son qui; e se non mi volete, me ne vo.
- No, no, aspettate un momento: torno con la risposta. Così dicendo, richiuse la finestra. Aquesto punto, Agnese si staccò dai promessi, e, detto sottovoce a Lucia: - coraggio; è un momento; è come farsi cavar un dente, - si riunì ai due fratelli, davanti all'uscio; e si mise a ciarlare con Tonio, in maniera che Perpetua, venendo ad aprire, dovesse credere che si fosse abbattuta lì a caso, e che Tonio l'avesse trattenuta un momento.

Cap. VIII

" Carneade! Chi era costui? " ruminava tra se don Abbondio seduto sul suo seggiolone, in una stanza del piano superiore, con un libricciolo aperto davanti, quando Perpetua entrò a portargli l'imbasciata. " Carneade! questo nome mi par bene d'averlo letto o sentito; doveva essere un uomo di studio, un letteratone del tempo antico: è un nome di quelli; ma chi diavolo era costui? " Tanto il pover'uomo era lontano da prevedere che burrasca gli si addensasse sul capo!

Bisogna sapere che don Abbondio si dilettava di leggere un pochino ogni giorno; e un curato suo vicino, che aveva un po' di libreria, gli prestava un libro dopo l'altro, il primo che gli veniva alle mani. Quello su cui meditava in quel momento don Abbondio, convalescente della febbre dello spavento, anzi più guarito (quanto alla febbre) che non volesse lasciar credere, era un panegirico in onore di san Carlo, detto con molta enfasi, e udito con molta ammirazione nel duomo di Milano, due anni prima. Il santo v'era paragonato, per l'amore allo studio, ad Archimede; e fin qui don Abbondio non trovava inciampo; perché Archimede ne ha fatte di così curiose, ha fatto dir tanto di sé, che, per saperne qualche cosa, non c'è bisogno d'un'erudizione molto vasta. Ma, dopo Archimede, l'oratore chiamava a paragone anche Carneade: e lì il lettore era rimasto arrenato. In quel momento entrò Perpetua ad annunziar la visita di Tonio.

- A quest'ora? - disse anche don Abbondio, com'era naturale.
- Cosa vuole? Non hanno discrezione: ma se non lo piglia al volo...
- Già: se non lo piglio ora, chi sa quando lo potrò pigliare! Fatelo venire... Ehi! ehi! siete poiben sicura che sia proprio lui?
- Diavolo! - rispose Perpetua, e scese; aprì l'uscio, e disse: - dove siete? - Tonio si fecevedere; e, nello stesso tempo, venne avanti anche Agnese, e salutò Perpetua per nome.
- Buona sera, Agnese, - disse Perpetua: - di dove si viene, a quest'ora?
- Vengo da... - e nominò un paesetto vicino. - E se sapeste... - continuò: - mi son fermata dipiù, appunto in grazia vostra.
- Oh perché? - domandò Perpetua; e voltandosi a' due fratelli, - entrate, - disse, - che vengoanch'io.
- Perché, - rispose Agnese, - una donna di quelle che non sanno le cose, e voglion parlare...credereste? s'ostinava a dire che voi non vi siete maritata con Beppe Suolavecchia, né con Anselmo Lunghigna, perché non v'hanno voluta. Io sostenevo che siete stata voi che gli avete rifiutati, l'uno e l'altro...
- Sicuro. Oh la bugiarda! la bugiardona! Chi è costei?
- Non me lo domandate, che non mi piace metter male.
- Me lo direte, me l'avete a dire: oh la bugiarda!
- Basta... ma non potete credere quanto mi sia dispiaciuto di non saper bene tutta la storia,per confonder colei.
- Guardate se si può inventare, a questo modo! - esclamò di nuovo Perpetua; e ripresesubito: - in quanto a Beppe, tutti sanno, e hanno potuto vedere... Ehi, Tonio! accostate l'uscio, e salite pure, che vengo -. Tonio, di dentro, rispose di sì; e Perpetua continuò la sua narrazione appassionata.

In faccia all'uscio di don Abbondio, s'apriva, tra due casipole, una stradetta, che, finite quelle, voltava in un campo. Agnese vi s'avviò, come se volesse tirarsi alquanto in disparte, per parlar più liberamente; e

Perpetua dietro. Quand'ebbero voltato, e furono in luogo, donde non si poteva più veder ciò che accadesse davanti alla casa di don Abbondio, Agnese tossì forte. Era il segnale: Renzo lo sentì, fece coraggio a Lucia, con una stretta di braccio; e tutt'e due, in punta di piedi, vennero avanti, rasentando il muro, zitti zitti; arrivarono all'uscio, lo spinsero adagino adagino; cheti e chinati, entraron nell'andito, dov'erano i due fratelli ad aspettarli. Renzo accostò di nuovo l'uscio pian piano; e tutt'e quattro su per le scale, non facendo rumore neppur per uno. Giunti sul pianerottolo, i due fratelli s'avvicinarono all'uscio della stanza, ch'era di fianco alla scala; gli sposi si strinsero al muro.

- *Deo gratias*, - disse Tonio, a voce chiara.

- Tonio, eh? Entrate, - rispose la voce di dentro. Il chiamato aprì l'uscio, appena quantobastava per poter passar lui e il fratello, a un per volta. La striscia di luce, che uscì d'improvviso per quella apertura, e si disegnò sul pavimento oscuro del pianerottolo, fece riscoter Lucia, come se fosse scoperta. Entrati i fratelli, Tonio si tirò dietro l'uscio: gli sposi rimasero immobili nelle tenebre, con l'orecchie tese, tenendo il fiato: il rumore più forte era il martellar che faceva il povero cuore di Lucia.

Don Abbondio stava, come abbiam detto, sur una vecchia seggiola, ravvolto in una vecchia zimarra, con in capo una vecchia papalina, che gli faceva cornice intorno alla faccia, al lume scarso d'una piccola lucerna. Due folte ciocche di capelli, che gli scappavano fuor della papalina, due folti sopraccigli, due folti baffi, un folto pizzo, tutti canuti, e sparsi su quella faccia bruna e rugosa, potevano assomigliarsi a cespugli coperti di neve, sporgenti da un dirupo, al chiaro di luna.

- Ah! ah! - fu il suo saluto, mentre si levava gli occhiali, e li riponeva nel libricciolo.- Dirà il signor curato, che son venuto tardi, - disse Tonio, inchinandosi, come pure fece, ma più goffamente, Gervaso.

- Sicuro ch'è tardi: tardi in tutte le maniere. Lo sapete, che sono ammalato?

- Oh! mi dispiace.

- L'avrete sentito dire; sono ammalato, e non so quando potrò lasciarmi vedere... Maperché vi siete condotto dietro quel... quel figliuolo?

- Così per compagnia, signor curato.

- Basta, vediamo.

- Son venticinque berlinghe nuove, di quelle col sant'Ambrogio a cavallo, - disse Tonio,levandosi un involtino di tasca.

- Vediamo, - replicò don Abbondio: e, preso l'involtino, si rimesse gli occhiali, l'aprì, cavò leberlinghe, le contò, le voltò, le rivoltò, le trovò senza difetto.

- Ora, signor curato, mi darà la collana della mia Tecla.

- È giusto, - rispose don Abbondio; poi andò a un armadio, si levò una chiave di tasca, e,guardandosi intorno, come per tener lontani gli spettatori, aprì una parte di sportello, riempì l'apertura con la persona, mise dentro la testa, per guardare, e un braccio, per prender la collana; la prese, e, chiuso l'armadio, la consegnò a Tonio, dicendo: - va bene?

- Ora, - disse Tonio, - si contenti di mettere un po' di nero sul bianco.

- Anche questa! - disse don Abbondio: - le sanno tutte. Ih! com'è divenuto sospettoso ilmondo! Non vi fidate di me?

- Come, signor curato! s'io mi fido? Lei mi fa torto. Ma siccome il mio nome è sul suolibraccio, dalla parte del debito... dunque, giacché ha già avuto l'incomodo di scrivere una volta, così... dalla vita alla morte...

- Bene bene, - interruppe don Abbondio, e brontolando, tirò a sé una cassetta del tavolino,levò fuori carta, penna e calamaio, e si mise a scrivere, ripetendo a viva voce le parole, di mano in mano che gli uscivan dalla penna. Frattanto Tonio e, a un suo cenno, Gervaso, si piantaron ritti davanti al tavolino, in maniera d'impedire allo scrivente la vista dell'uscio; e, come per ozio, andavano stropicciando, co' piedi, il pavimento, per dar segno a quei ch'erano fuori, d'entrare, e per confondere nello stesso tempo il rumore delle loro pedate. Don Abbondio, immerso nella sua scrittura, non badava ad altro. Allo stropiccìo de' quattro piedi, Renzo prese un braccio di Lucia, lo strinse, per darle coraggio, e si mosse, tirandosela dietro tutta tremante, che da sé non vi sarebbe potuta venire. Entraron pian piano, in punta di piedi, rattenendo il respiro; e si nascosero dietro i due fratelli. Intanto don Abbondio, finito di scrivere, rilesse attentamente, senza alzar gli occhi dalla carta; la piegò in quattro, dicendo: -

ora, sarete contento? - e, levatosi con una mano gli occhiali dal naso, la porse con l'altra a Tonio, alzando il viso. Tonio, allungando la mano per prender la carta, si ritirò da una parte; Gervaso, a un suo cenno, dall'altra; e, nel mezzo, come al dividersi d'una scena, apparvero Renzo e Lucia. Don Abbondio, vide confusamente, poi vide chiaro, si spaventò, si stupì, s'infuriò, pensò, prese una risoluzione: tutto questo nel tempo che Renzo mise a proferire le parole: - signor curato, in presenza di questi testimoni, quest'è mia moglie -. Le sue labbra non erano ancora tornate al posto, che don Abbondio, lasciando cader la carta, aveva già afferrata e alzata, con la mancina, la lucerna, ghermito, con la diritta, il tappeto del tavolino, e tiratolo a sé, con furia, buttando in terra libro, carta, calamaio e polverino; e, balzando tra la seggiola e il tavolino, s'era avvicinato a Lucia. La poveretta, con quella sua voce soave, e allora tutta tremante, aveva appena potuto proferire: - e questo... - che don Abbondio le aveva buttato sgarbatamente il tappeto sulla testa e sul viso, per impedirle di pronunziare intera la formola. E subito, lasciata cader la lucerna che teneva nell'altra mano, s'aiutò anche con quella a imbacuccarla col tappeto, che quasi la soffogava; e intanto gridava quanto n'aveva in canna: - Perpetua! Perpetua! tradimento! aiuto! - Il lucignolo, che moriva sul pavimento, mandava una luce languida e saltellante sopra Lucia, la quale, affatto smarrita, non tentava neppure di svolgersi, e poteva parere una statua abbozzata in creta, sulla quale l'artefice ha gettato un umido panno. Cessata ogni luce, don Abbondio lasciò la poveretta, e andò cercando a tastoni l'uscio che metteva a una stanza più interna; lo trovò, entrò in quella, si chiuse dentro, gridando tuttavia: - Perpetua! tradimento! aiuto! fuori di questa casa! fuori di questa casa! - Nell'altra stanza, tutto era confusione: Renzo, cercando di fermare il curato, e remando con le mani, come se facesse a mosca cieca, era arrivato all'uscio, e picchiava, gridando: - apra, apra; non faccia schiamazzo -. Lucia chiamava Renzo, con voce fioca, e diceva, pregando: - andiamo, andiamo, per l'amor di Dio -. Tonio, carpone, andava spazzando con le mani il pavimento, per veder di raccapezzare la sua ricevuta. Gervaso, spiritato, gridava e saltellava, cercando l'uscio di scala, per uscire a salvamento.

In mezzo a questo serra serra, non possiam lasciar di fermarci un momento a fare una riflessione. Renzo, che strepitava di notte in casa altrui, che vi s'era introdotto di soppiatto, e teneva il padrone stesso assediato in una stanza, ha tutta l'apparenza d'un oppressore; eppure, alla fin de' fatti, era l'oppresso. Don Abbondio, sorpreso, messo in fuga, spaventato, mentre attendeva tranquillamente a' fatti suoi, parrebbe la vittima; eppure, in realtà, era lui che faceva un sopruso. Così va spesso il mondo... voglio dire, così andava nel secolo decimo settimo.

L'assediato, vedendo che il nemico non dava segno di ritirarsi, aprì una finestra che guardava sulla piazza della chiesa, e si diede a gridare: - aiuto! aiuto! - Era il più bel chiaro di luna; l'ombra della chiesa, e più in fuori l'ombra lunga ed acuta del campanile, si stendeva bruna e spiccata sul piano erboso e lucente della piazza: ogni oggetto si poteva distinguere, quasi come di giorno. Ma, fin dove arrivava lo sguardo, non appariva indizio di persona vivente. Contiguo però al muro laterale della chiesa, e appunto dal lato che rispondeva verso la casa parrocchiale, era un piccolo abituro, un bugigattolo, dove dormiva il sagrestano. Fu questo riscosso da quel disordinato grido, fece un salto, scese il letto in furia, aprì l'impannata d'una sua finestrina, mise fuori la testa, con gli occhi tra' peli, e disse: - cosa c'è?

- Correte, Ambrogio! aiuto! gente in casa, - gridò verso lui don Abbondio. - Vengo subito, rispose quello; tirò indietro la testa, richiuse la sua impannata, e, quantunque mezzo tra 'l sonno, e più che mezzo sbigottito, trovò su due piedi un espediente per dar più aiuto di quello che gli si chiedeva, senza mettersi lui nel tafferuglio, quale si fosse. Dà di piglio alle brache, che teneva sul letto; se le caccia sotto il braccio, come un cappello di gala, e giù balzelloni per una scaletta di legno; corre al campanile, afferra la corda della più grossa di due campanette che c'erano, e suona a martello.

Ton, ton, ton, ton: i contadini balzano a sedere sul letto; i giovinetti sdraiati sul fenile, tendon l'orecchio, si rizzano. - Cos'è? Cos'è? Campana a martello! fuoco? ladri? banditi? Molte donne consigliano, pregano i mariti, di non moversi, di lasciar correre gli altri: alcuni s'alzano, e vanno alla finestra: i poltroni, come se si arrendessero alle preghiere, ritornan sotto: i più curiosi e più bravi scendono a prender le forche e gli schioppi, per correre al rumore: altri stanno a vedere.

Ma, prima che quelli fossero all'ordine, prima anzi che fosser ben desti, il rumore era giunto agli orecchi d'altre persone che vegliavano, non lontano, ritte e vestite: i bravi in un luogo, Agnese e Perpetua in un altro. Diremo prima brevemente ciò che facesser coloro, dal momento in cui gli abbiamo lasciati, parte nel casolare e parte all'osteria. Questi tre, quando videro tutti gli usci chiusi e la strada deserta, uscirono in fretta, come se si fossero avvisti d'aver fatto tardi, e dicendo di voler andar subito a casa; diedero una giravolta per il paese, per venire in chiaro se tutti eran ritirati- e in fatti, non incontrarono anima vivente, né sentirono il più piccolo strepito. Passarono anche, pian piano, davanti alla nostra povera casetta: la più quieta di tutte, giacché non c'era più nessuno. Andarono allora diviato al casolare, e fecero la loro relazione al signor Griso. Subito, questo si mise in testa un cappellaccio, sulle spalle un sanrocchino di tela incerata, sparso di conchiglie; prese un bordone da pellegrino, disse: - andiamo da bravi: zitti, e attenti agli ordini -, s'incamminò il primo, gli altri dietro; e, in un momento, arrivarono alla casetta, per una strada opposta a quella per cui se n'era allontanata la nostra brigatella, andando anch'essa alla sua spedizione. Il Griso trattenne la truppa, alcuni passi lontano, andò innanzi solo ad esplorare, e, visto tutto deserto e tranquillo di fuori fece venire avanti due di quei tristi, diede loro ordine di scalar adagino il muro che chiudeva il cortiletto, e, calati dentro, nascondersi in un angolo, dietro un folto fico, sul quale aveva messo l'occhio, la mattina. Ciò fatto, picchiò pian piano, con intenzione di dirsi un pellegrino smarrito, che chiedeva ricovero, fino a giorno. Nessun risponde: ripicchia un po' più forte; nemmeno uno zitto. Allora, va a chiamare un terzo malandrino, lo fa scendere nel cortiletto, come gli altri due, con l'ordine di sconficcare adagio il paletto, per aver libero l'ingresso e la ritirata. Tutto s'eseguisce con gran cautela, e con prospero successo. Va a chiamar gli altri, li fa entrar con sé, li manda a nascondersi accanto ai primi; accosta adagio adagio l'uscio di strada, vi posta due sentinelle di dentro; e va diritto all'uscio del terreno. Picchia anche lì, e aspetta: e' poteva ben aspettare. Sconficca pian pianissimo anche quell'uscio: nessuno di dentro dice: chi va là?; nessuno si fa sentire: meglio non può andare. Avanti dunque : - st -, chiama quei del fico, entra con loro nella stanza terrena, dove, la mattina, aveva scelleratamente accattato quel pezzo di pane. Cava fuori esca, pietra, acciarino e zolfanelli, accende un suo lanternino, entra nell'altra stanza più interna, per accertarsi che nessun ci sia: non c'è nessuno. Torna indietro, va all'uscio di scala, guarda, porge l'orecchio: solitudine e silenzio. Lascia due altre sentinelle a terreno, si fa venir dietro il Grignapoco, ch'era un bravo del contado di Bergamo, il quale solo doveva minacciare, acchetare, comandare, essere in somma il dicitore, affinché il suo linguaggio potesse far credere ad Agnese che la spedizione veniva da quella parte. Con costui al fianco, e gli altri dietro, il Griso sale adagio adagio, bestemmiando in cuor suo ogni scalino che scricchiolasse, ogni passo di que' mascalzoni che facesse rumore. Finalmente è in cima. Qui giace la lepre. Spinge mollemente l'uscio che mette alla prima stanza; l'uscio cede, si fa spiraglio: vi mette l'occhio; è buio: vi mette l'orecchio, per sentire se qualcheduno russa, fiata, brulica là dentro; niente. Dunque avanti: si mette la lanterna davanti al viso, per vedere, senza esser veduto, spalanca l'uscio, vede un letto; addosso: il letto è fatto e spianato, con la rimboccatura arrovesciata, e composta sul capezzale. Si stringe nelle spalle, si volta alla compagnia, accenna loro che va a vedere nell'altra stanza, e che gli vengan dietro pian piano; entra, fa le stesse cerimonie, trova la stessa cosa. - Che diavolo è questo? - dice allora: - che qualche cane traditore abbia fatto la spia? - Si metton tutti, con men cautela, a guardare, a tastare per ogni canto, buttan sottosopra la casa. Mentre costoro sono in tali faccende, i due che fan la guardia all'uscio di strada, sentono un calpestìo di passini frettolosi, che s'avvicinano in fretta; s'immaginano che, chiunque sia, passerà diritto; stan quieti, e, a buon conto, si mettono all'erta. In fatti, il calpestìo si ferma appunto all'uscio. Era Menico che veniva di corsa, mandato dal padre Cristoforo ad avvisar le due donne che, per l'amor del cielo, scappassero subito di casa, e si rifugiassero al convento, perché... il perché lo sapete. Prende la maniglia del paletto, per picchiare, e se lo sente tentennare in mano, schiodato e sconficcato. " Che è questo? " pensa; e spinge l'uscio con paura: quello s'apre. Menico mette il piede dentro, in gran sospetto, e si sente a un punto acchiappar per le braccia, e due voci sommesse, a destra e a sinistra, che dicono, in tono minaccioso: zitto! o sei morto -. Lui in vece caccia un urlo: uno di que' malandrini gli mette una mano alla bocca; l'altro tira fuori un coltellaccio, per fargli paura. Il garzoncello trema come una foglia, e non tenta neppur di gridare; ma, tutt'a un tratto, in vece di lui, e con ben altro tono, si fa sentir quel primo tocco di campana così fatto, e dietro una tempesta di rintocchi in fila. Chi è in difetto è in sospetto, dice il proverbio milanese: all'uno e all'altro furfante parve di sentire in que' tocchi il suo nome, cognome e soprannome: lasciano andar le braccia di Menico, ritirano le loro in furia, spalancan la mano e la bocca, si guardano in viso, e corrono alla casa, dov'era il grosso della compagnia. Menico, via a gambe per la strada, alla volta del campanile, dove a buon conto qualcheduno ci doveva essere. Agli altri furfanti che frugavan la casa, dall'alto al basso, il terribile tocco fece la stessa impressione: si confondono, si scompigliano, s'urtano a vicenda: ognuno cerca la strada più corta, per arrivare all'uscio. Eppure era tutta gente provata e avvezza a mostrare il viso; ma non poterono star saldi contro un pericolo indeterminato, e che non s'era fatto vedere un po' da lontano, prima di venir loro addosso. Ci volle tutta la superiorità del Griso a tenerli insieme, tanto che fosse ritirata e non fuga. Come il cane che scorta una mandra di porci, corre or qua or là a quei che si sbandano; ne addenta uno per un orecchio, e lo tira in ischiera; ne spinge un altro col muso; abbaia a un altro che esce di fila in quel momento; così il pellegrino acciuffa un di coloro, che già toccava la soglia, e lo strappa indietro; caccia indietro col bordone uno e un altro che s'avviavan da quella parte: grida agli altri che corron qua e là, senza saper dove; tanto che li raccozzò tutti nel mezzo del cortiletto. Presto, presto! pistole in mano, coltelli in pronto, tutti insieme; e poi anderemo: così si va. Chi volete che ci tocchi, se stiam ben insieme, sciocconi? Ma, se ci lasciamo acchiappare a uno a uno, anche i villani ce ne daranno. Vergogna! Dietro a me, e uniti -. Dopo questa breve aringa, si mise alla fronte, e uscì il primo. La casa, come abbiam detto, era in fondo al villaggio; il Griso prese la strada che metteva fuori, e tutti gli andaron dietro in buon ordine.

Lasciamoli andare, e torniamo un passo indietro a prendere Agnese e Perpetua, che abbiam lasciate in una certa stradetta. Agnese aveva procurato d'allontanar l'altra dalla casa di don Abbondio, il più che fosse possibile; e, fino a un certo punto, la cosa era andata bene. Ma tutt'a un tratto, la serva s'era ricordata dell'uscio rimasto aperto, e aveva voluto tornare indietro. Non c'era che ridire: Agnese, per non farle nascere qualche sospetto, aveva dovuto voltar con lei, e andarle dietro, cercando di trattenerla, ogni volta che la vedesse riscaldata ben bene nel racconto di que' tali matrimoni andati a monte. Mostrava di darle molta udienza, e, ogni tanto, per far vedere che stava attenta, o per ravviare il cicalìo, diceva: - sicuro: adesso capisco: va benissimo: è chiara: e poi? e lui? e voi? - Ma intanto, faceva un altro discorso con sé stessa. " Saranno usciti a quest'ora? o saranno ancor dentro? Che sciocchi che siamo stati tutt'e tre, a non concertar qualche segnale, per avvisarmi, quando la cosa fosse riuscita! È stata proprio grossa! Ma è fatta: ora non c'è altro che tener costei a bada, più che posso: alla peggio, sarà un po' di tempo perduto ". Così, a corserelle e a fermatine, eran tornate poco distante dalla casa di don Abbondio, la quale però non vedevano, per ragione di quella cantonata: e Perpetua, trovandosi a un punto importante del racconto, s'era lasciata fermare senza far resistenza, anzi senza avvedersene; quando, tutt'a un tratto, si sentì venir rimbombando dall'alto, nel vano immoto dell'aria, per l'ampio silenzio della notte, quel primo sgangherato grido di don Abbondio: - aiuto! aiuto!

- Misericordia! cos'è stato? - gridò Perpetua, e volle correre.
- Cosa c'è? cosa c'è? - disse Agnese, tenendola per la sottana.
- Misericordia! non avete sentito? - replicò quella, svincolandosi.
- Cosa c'è? cosa c'è? - ripeté Agnese, afferrandola per un braccio.
- Diavolo d'una donna! - esclamò Perpetua, rispingendola, per mettersi in libertà; e presela rincorsa. Quando, più lontano, più acuto, più istantaneo, si sente l'urlo di Menico. - Misericordia! - grida anche Agnese; e di galoppo dietro l'altra. Avevan quasi appena alzati i calcagni, quando scoccò la campana: un tocco, e due, e tre, e seguita: sarebbero stati sproni, se quelle ne avessero avuto bisogno. Perpetua arriva, un momento prima dell'altra; mentre vuole spinger l'uscio, l'uscio si spalanca di dentro, e sulla soglia compariscono Tonio, Gervaso, Renzo, Lucia, che, trovata la scala, eran venuti giù saltelloni; e, sentendo poi quel terribile scampanìo, correvano in furia, a mettersi in salvo.
- Cosa c'è? cosa c'è? - domandò Perpetua ansante ai fratelli, che le risposero con un urtone,e scantonarono. - E voi! come! che fate qui voi? - domandò poscia all'altra coppia, quando l'ebbe raffigurata. Ma quelli pure usciron senza rispondere. Perpetua, per accorrere dove il bisogno era maggiore, non domandò altro, entrò in fretta nell'andito, e corse, come poteva al buio, verso la scala. I due sposi rimasti promessi si trovarono in faccia Agnese, che arrivava tutt'affannata. - Ah siete qui! - disse questa, cavando fuori la parola a stento: com'è andata? cos'è la campana? mi par d'aver sentito...
- A casa, a casa, - diceva Renzo, - prima che venga gente -. E s avviavano; ma arriva Menicodi corsa, li riconosce, li ferma, e, ancor tutto tremante, con voce mezza fioca, dice: - dove andate? indietro, indietro! per di qua, al convento!
- Sei tu che...? - cominciava Agnese.
- Cosa c'è d'altro? - domandava Renzo. Lucia, tutta smarrita, taceva e tremava.
- C'è il diavolo in casa, - riprese Menico ansante. - Gli ho visti io: m'hanno volutoammazzare: l'ha detto il padre Cristoforo: e anche voi, Renzo, ha detto che veniate subito: e poi gli ho visti io: provvidenza che vi trovo qui tutti! vi dirò poi, quando saremo fuori. Renzo, ch'era il più in sé di tutti, pensò che, di qua o di là, conveniva andar subito, prima che la gente accorresse; e che la più sicura era di far ciò che Menico consigliava, anzi comandava, con la forza d'uno spaventato. Per istrada poi, e fuor del pericolo, si potrebbe domandare al ragazzo una spiegazione più chiara. - Cammina avanti, - gli disse. -

Andiam con lui, - disse alle donne. Voltarono, s'incamminarono in fretta verso la chiesa, attraversaron la piazza, dove per grazia del eielo, non c'era ancora anima vivente; entrarono in una stradetta che era tra la chiesa e la casa di don Abbondio; al primo buco che videro in una siepe, dentro, e via per i campi.

Non s'eran forse allontanati un cinquanta passi, quando la gente cominciò ad accorrere sulla piazza, e ingrossava ogni momento. Si guardavano in viso gli uni con gli altri: ognuno aveva una domanda da fare, nessuno una risposta da dare. I primi arrivati corsero alla porta della chiesa: era serrata. Corsero al campanile di fuori; e uno di quelli, messa la bocca a un finestrino, una specie di feritoia, cacciò dentro un: - che diavolo c'è? - Quando Ambrogio sentì una voce conosciuta, lasciò andar la corda; e assicurato dal ronzìo, ch'era accorso molto popolo, rispose: - vengo ad aprire -. Si mise in fretta l'arnese che aveva portato sotto il braccio, venne, dalla parte di dentro, alla porta della chiesa, e l'aprì.

- Cos'è tutto questo fracasso? - Cos'è? - Dov'è? - Chi è?

- Come, chi è? - disse Ambrogio, tenendo con una mano un battente della porta, e, conl'altra, il lembo di quel tale arnese, che s'era messo così in fretta: - come! non lo sapete? gente in casa del signor curato. Animo, figliuoli: aiuto -. Si voltan tutti a quella casa, vi s'avvicinano in folla, guardano in su, stanno in orecchi: tutto quieto. Altri corrono dalla parte dove c'era l'uscio: è chiuso, e non par che sia stato toccato. Guardano in su anche loro: non c'è una finestra aperta: non si sente uno zitto. - Chi è là dentro? - Ohe, ohe! - Signor curato! - Signor curato!

Don Abbondio, il quale, appena accortosi della fuga degl'invasori, s'era ritirato dalla finestra, e l'aveva richiusa, e che in questo momento stava a bisticciar sottovoce con Perpetua, che l'aveva lasciato solo in quell'imbroglio, dovette, quando si sentì chiamare a voce di popolo, venir di nuovo alla finestra; e visto quel gran soccorso, si pentì d'averlo chiesto.

- Cos'è stato? - Che le hanno fatto? - Chi sono costoro? - Dove sono? - gli veniva gridato dacinquanta voci a un tratto.

- Non c'è più nessuno: vi ringrazio: tornate pure a casa.

- Ma chi è stato? - Dove sono andati? - Che è accaduto?

- Cattiva gente, gente che gira di notte; ma sono fuggiti: tornate a casa; non c'è più niente: un'altra volta, figliuoli: vi ringrazio del vostro buon cuore -. E, detto questo, si ritirò, e chiuse la finestra. Qui alcuni cominciarono a brontolare, altri a canzonare, altri a sagrare; altri si stringevan nelle spalle, e se n'andavano: quando arriva uno tutto trafelato, che stentava a formar le parole. Stava costui di casa quasi dirimpetto alle nostre donne, ed essendosi, al rumore, affacciato alla finestra, aveva veduto nel cortiletto quello scompiglio de' bravi, quando il Griso s'affannava a raccoglierli. Quand'ebbe ripreso fiato, gridò: - che fate qui, figliuoli? non è qui il diavolo; è giù in fondo alla strada, alla casa d'Agnese Mondella: gente armata; son dentro; par che vogliano ammazzare un pellegrino; chi sa che diavolo c'è!

- Che? - Che? - Che? - E comincia una consulta tumultuosa. - Bisogna andare. - Bisognavedere. - Quanti sono? - Quanti siamo? - Chi sono? - Il console! il console!

- Son qui, - risponde il console, di mezzo alla folla: - son qui; ma bisogna aiutarmi, bisognaubbidire. Presto: dov'è il sagrestano? Alla campana, alla campana. Presto: uno che corra a Lecco a cercar soccorso: venite qui tutti...

Chi accorre, chi sguizza tra uomo e uomo, e se la batte; il tumulto era grande, quando arriva un altro, che gli aveva veduti partire in fretta, e grida: - correte, figliuoli: ladri, o banditi che scappano con un pellegrino: son già fuori del paese: addosso! addosso! - A quest'avviso, senza aspettar gli ordini del capitano, si movono in massa, e giù alla rinfusa per la strada; di mano in mano che l'esercito s'avanza, qualcheduno di quei della vanguardia rallenta il passo, si lascia sopravanzare, e si ficca nel corpo della battaglia: gli ultimi spingono innanzi: lo sciame confuso giunge finalmente al luogo indicato. Le tracce dell'invasione eran fresche e manifeste: l'uscio spalancato, la serratura sconficcata; ma gl'invasori erano spariti. S'entra nel cortile; si va all'uscio del terreno: aperto e sconficcato anche quello: si chiama: - Agnese! Lucia! Il pellegrino! Dov'è il pellegrino? L'avrà sognato Stefano, il pellegrino. - No, no: l'ha visto anche Carlandrea. Ohe, pellegrino! - Agnese! Lucia! - Nessuno risponde. - Le hanno portate via! Le hanno portate via! - Ci fu allora di quelli che, alzando la voce, proposero d'inseguire i rapitori: che era un'infamità; e sarebbe una vergogna per il paese, se ogni birbone potesse a man salva venire a portar via le donne, come il nibbio i pulcini da un'aia deserta. Nuova consulta e più tumultuosa: ma uno (e non si seppe mai bene chi fosse stato) gettò nella brigata una voce, che Agnese e Lucia s'eran messe in salvo

in una casa. La voce corse rapidamente, ottenne credenza; non si parlò più di dar la caccia ai fuggitivi; e la brigata si sparpagliò, andando ognuno a casa sua. Era un bisbiglio, uno strepito, un picchiare e un aprir d'usci, un apparire e uno sparir di lucerne, un interrogare di donne dalle finestre, un rispondere dalla strada. Tornata questa deserta e silenziosa, i discorsi continuaron nelle case, e moriron negli sbadigli, per ricominciar poi la mattina. Fatti però, non ce ne fu altri; se non che, quella medesima mattina, il console, stando nel suo campo, col mento in una mano, e il gomito appoggiato sul manico della vanga mezza ficcata nel terreno, e con un piede sul vangile; stando, dico, a speculare tra sé sui misteri della notte passata, e sulla ragion composta di ciò che gli toccase a fare, e di ciò che gli convenisse fare, vide venirsi incontro due uomini d'assai gagliarda presenza, chiomati come due re de' Franchi della prima razza, e somigliantissimi nel resto a que' due che cinque giorni prima avevano affrontato don Abbondio, se pur non eran que' medesimi. Costoro, con un fare ancor men cerimonioso, intimarono al console che guardasse bene di non far deposizione al podestà dell'accaduto, di non rispondere il vero, caso che ne venisse interrogato, di non ciarlare, di non fomentar le ciarle de' villani, per quanto aveva cara la speranza di morir di malattia.
I nostri fuggiaschi camminarono un pezzo di buon trotto, in silenzio, voltandosi, ora l'uno ora l'altro, a guardare se nessuno gl'inseguiva, tutti in affanno per la fatica della fuga, per il batticuore e per la sospensione in cui erano stati, per il dolore della cattiva riuscita, per l'apprensione confusa del nuovo oscuro pericolo. E ancor più in affanno li teneva l'incalzare continuo di que' rintocchi, i quali, quanto, per l'allontanarsi, venivan più fiochi e ottusi, tanto pareva che prendessero un non so che di più lugubre e sinistro. Finalmente cessarono. I fuggiaschi allora, trovandosi in un campo disabitato, e non sentendo un alito all'intorno, rallentarono il passo; e fu la prima Agnese che, ripreso fiato, ruppe il silenzio, domandando a Renzo com'era andata, domandando a Menico cosa fosse quel diavolo in casa. Renzo raccontò brevemente la sua trista storia; e tutt'e tre si voltarono al fanciullo, il quale riferì più espressamente l'avviso del padre, e raccontò quello ch'egli stesso aveva veduto e rischiato, e che pur troppo confermava l'avviso. Gli ascoltatori compresero più di quel che Menico avesse saputo dire: a quella scoperta, si sentiron rabbrividire; si fermaron tutt'e tre a un tratto, si guardarono in viso l'un con l'altro, spaventati; e subito, con un movimento unanime, tutt'e tre posero una mano, chi sul capo, chi sulle spalle del ragazzo, come per accarezzarlo, per ringraziarlo tacitamente che fosse stato per loro un angelo tutelare, per dimostrargli la compassione che sentivano dell'angoscia da lui sofferta, e del pericolo corso per la loro salvezza; e quasi per chiedergliene scusa. - Ora torna a casa, perché i tuoi non abbiano a star più in pena per te, - gli disse Agnese; e rammentandosi delle due parpagliole promesse, se ne levò quattro di tasca, e gliele diede, aggiungendo: basta; prega il Signore che ci rivediamo presto: e allora... - Renzo gli diede una berlinga nuova, e gli raccomandò molto di non dir nulla della commissione avuta dal frate; Lucia l'accarezzò di nuovo, lo salutò con voce accorata; il ragazzo li salutò tutti, intenerito; e tornò indietro. Quelli ripresero la loro strada, tutti pensierosi; le donne innanzi, e Renzo dietro, come per guardia. Lucia stava stretta al braccio della madre, e scansava dolcemente, e con destrezza, l'aiuto che il giovine le offriva ne' passi malagevoli di quel viaggio fuor di strada; vergognosa in sé, anche in un tale turbamento, d'esser già stata tanto sola con lui, e tanto famigliarmente, quando s'aspettava di divenir sua moglie, tra pochi momenti. Ora, svanito così dolorosamente quel sogno, si pentiva d'essere andata troppo avanti, e, tra tante cagioni di tremare, tremava anche per quel pudore che non nasce dalla trista scienza del male, per quel pudore che ignora se stesso, somigliante alla paura del fanciullo, che trema nelle tenebre, senza saper di che.

- E la casa? - disse a un tratto Agnese. Ma, per quanto la domanda fosse importante,nessuno rispose, perché nessuno poteva darle una risposta soddisfacente. Continuarono in silenzio la loro strada, e poco dopo, sboccarono finalmente sulla piazzetta davanti alla chiesa del convento.

Renzo s'affacciò alla porta, e la sospinse bel bello. La porta di fatto s'aprì; e la luna, entrando per lo spiraglio, illuminò la faccia pallida, e la barba d'argento del padre Cristoforo, che stava quivi ritto in aspettativa. Visto che non ci mancava nessuno, - Dio sia benedetto! - disse, e fece lor cenno ch'entrassero. Accanto a lui, stava un altro cappuccino; ed era il laico sagrestano, ch'egli, con preghiere e con ragioni, aveva persuaso a vegliar con lui, a lasciar socchiusa la porta, e a starci in sentinella, per accogliere que' poveri minacciati: e non si richiedeva meno dell'autorità del padre, della sua fama di santo, per ottener dal laico una condiscendenza incomoda, pericolosa e irregolare. Entrati che furono, il padre Cristoforo riaccostò la porta adagio adagio. Allora il sagrestano non poté più reggere, e, chiamato il padre da una parte, gli andava susurrando all'orecchio: - ma padre, padre! di notte... in chiesa... con donne... chiudere... la regola... ma padre! - E tentennava la testa. Mentre diceva stentatamente quelle parole, " vedete un poco! " pensava il padre Cristoforo, " se fosse un masnadiero inseguito, fra Fazio non gli farebbe una difficoltà al mondo; e una povera innocente, che scappa dagli artigli del lupo... " - *Omnia munda mundis*, - disse poi, voltandosi tutt'a un tratto a fra Fazio, e dimenticando che questo non intendeva il latino. Ma una tale dimenticanza fu appunto quella che fece l'effetto. Se il padre si fosse messo a questionare con ragioni, a fra Fazio non sarebber mancate altre ragioni da opporre; e sa il cielo quando e come la cosa sarebbe finita. Ma, al sentir quelle parole gravide d'un senso misterioso, e proferite così risolutamente, gli parve che in quelle dovesse contenersi la soluzione di tutti i suoi dubbi. S'acquietò, e disse: - basta! lei ne sa più di me.

- Fidatevi pure, - rispose il padre Cristoforo; e, all'incerto chiarore della lampada cheardeva davanti all'altare, s'accostò ai ricoverati, i quali stavano sospesi aspettando, e disse loro: - figliuoli! ringraziate il Signore, che v'ha scampati da un gran pericolo. Forse in questo momento...! - E qui si mise a spiegare ciò che aveva fatto accennare dal piccol messo: giacché non sospettava ch'essi ne sapesser più di lui, e supponeva che Menico gli avesse trovati tranquilli in casa, prima che arrivassero i malandrini. Nessuno lo disingannò, nemmeno Lucia, la quale però sentiva un rimorso segreto d'una tale dissimulazione, con un tal uomo; ma era la notte degl'imbrogli e de' sotterfugi.

- Dopo di ciò, - continuò egli, - vedete bene, figliuoli, che ora questo paese non è sicuro pervoi. ' il vostro; ci siete nati; non avete fatto male a nessuno; ma Dio vuol così. È una prova, figliuoli: sopportatela con pazienza, con fiducia, senza odio, e siate sicuri che verrà un tempo in cui vi troverete contenti di ciò che ora accade. Io ho pensato a trovarvi un rifugio, per questi primi momenti. Presto, io spero, potrete ritornar sicuri a casa vostra; a ogni modo, Dio vi provvederà, per il vostro meglio; e io certo mi studierò di non mancare alla grazia che mi fa, scegliendomi per suo ministro, nel servizio di voi suoi poveri cari tribolati. Voi, - continuò volgendosi alle due donne, - potrete fermarvi a ***. Là sarete abbastanza fuori d'ogni pericolo, e, nello stesso tempo, non troppo lontane da casa vostra. Cercate del nostro convento, fate chiamare il padre guardiano, dategli questa lettera: sarà per voi un altro fra Cristoforo. E anche tu, il mio Renzo, anche tu devi metterti, per ora, in salvo dalla rabbia degli altri, e dalla tua. Porta questa lettera al padre Bonaventura da Lodi, nel nostro convento di Porta Orientale in Milano. Egli ti farà da padre, ti guiderà, ti troverà del lavoro, per fin che tu non possa tornare a viver qui tranquillamente. Andate alla riva del lago, vicino allo sbocco del Bione -. È un torrente a pochi passi da Pescarenico. - Lì vedrete un battello fermo; direte: barca; vi sarà domandato per chi; risponderete: san Francesco. La barca vi riceverà, vi trasporterà all'altra riva, dove troverete un baroccio che vi condurrà addirittura fino a ***.

Chi domandasse come fra Cristoforo avesse così subito a sua disposizione que' mezzi di trasporto, per acqua e per terra, farebbe vedere di non conoscere qual fosse il potere d'un cappuccino tenuto in concetto di santo.

Restava da pensare alla custodia delle case. Il padre ne ricevette le chiavi, incaricandosi di consegnarle a quelli che Renzo e Agnese gl'indicarono. Quest'ultima, levandosi di tasca la sua, mise un gran sospiro, pensando che, in quel momento, la casa era aperta, che c'era stato il diavolo, e chi sa cosa ci rimaneva da custodire!

- Prima che partiate, - disse il padre, - preghiamo tutti insieme il Signore, perché sia convoi, in codesto viaggio, e sempre; e sopra tutto vi dia forza, vi dia amore di volere ciò ch'Egli ha voluto -. Così dicendo s'inginocchiò nel mezzo della chiesa; e tutti fecer lo stesso. Dopo ch'ebbero pregato, alcuni momenti, in silenzio, il padre, con voce sommessa, ma distinta, articolò queste parole: - noi vi preghiamo ancora per quel poveretto che ci ha condotti a questo passo. Noi saremmo indegni della vostra misericordia, se non ve la chiedessimo di cuore per lui; ne ha tanto bisogno! Noi, nella nostra tribolazione, abbiamo questo conforto, che siamo nella strada dove ci avete messi Voi: possiamo offrirvi i nostri guai; e diventano un guadagno. Ma lui!... è vostro nemico. Oh disgraziato! compete con Voi! Abbiate pietà di lui, o Signore, toccategli il cuore, rendetelo vostro amico, concedetegli tutti i beni che noi possiamo desiderare a noi stessi.

Alzatosi poi, come in fretta, disse: - via, figliuoli, non c'è tempo da perdere: Dio vi guardi, il suo angelo v'accompagni: andate -. E mentre s'avviavano, con quella commozione che non trova parole, e che si manifesta senza di esse, il padre soggiunse, con voce alterata: - il cuor mi dice che ci rivedremo presto.

Certo, il cuore, chi gli dà retta, ha sempre qualche cosa da dire su quello che sarà. Ma che sa il cuore? Appena un poco di quello che è già accaduto.

Senza aspettar risposta, fra Cristoforo, andò verso la sagrestia; i viaggiatori usciron di chiesa; e fra Fazio chiuse la porta, dando loro un addio, con la voce alterata anche lui. Essi s'avviarono zitti zitti alla rivá ch'era stata loro indicata; videro il battello pronto, e data e barattata la parola, c'entrarono. Il barcaiolo, puntando un remo alla proda, se ne staccò; afferrato poi l'altro remo, e vogando a due braccia, prese il largo, verso la spiaggia opposta. Non tirava un alito di vento; il lago giaceva liscio e piano, e sarebbe parso immobile, se non fosse stato il tremolare e l'ondeggiar leggiero della luna, che vi si specchiava da mezzo il cielo. S'udiva soltanto il fiotto morto e lento frangersi sulle ghiaie del lido, il gorgoglìo più lontano dell'acqua rotta tra le pile del ponte, e il tonfo misurato di que' due remi, che tagliavano la superficie azzurra del lago, uscivano a un colpo grondanti, e si rituffavano. L'onda segata dalla barca, riunendosi dietro la poppa, segnava una striscia increspata, che s'andava allontanando dal lido. I passeggieri silenziosi, con la testa voltata indietro, guardavano i monti, e il paese rischiarato dalla luna, e variato qua e là di grand'ombre. Si distinguevano i villaggi, le case, le capanne: il palazzotto di don Rodrigo, con la sua torre piatta, elevato sopra le casucce ammucchiate alla falda del promontorio, pareva un feroce che, ritto nelle tenebre, in mezzo a una compagnia d'addormentati, vegliasse, meditando un delitto. Lucia lo vide, e rabbrividì; scese con l'occhio giù giù per la china, fino al suo paesello, guardò fisso all'estremità, scoprì la sua casetta, scoprì la chioma folta del fico che sopravanzava il muro del cortile, scoprì la finestra della sua camera; e, seduta, com'era, nel fondo della barca, posò il braccio sulla sponda, posò sul braccio la fronte, come per dormire, e pianse segretamente.

Addio, monti sorgenti dall'acque, ed elevati al cielo; cime inuguali, note a chi è cresciuto tra voi, e impresse nella sua mente, non meno che lo sia l'aspetto de' suoi più familiari; torrenti, de' quali distingue lo scroscio, come il suono delle voci domestiche; ville sparse e biancheggianti sul pendìo, come branchi di pecore pascenti; addio! Quanto è tristo il passo di chi, cresciuto tra voi, se ne allontana! Alla fantasia di quello stesso che se ne parte volontariamente, tratto dalla speranza di fare altrove fortuna, si disabbelliscono, in quel momento, i sogni della ricchezza; egli si maraviglia d'essersi potuto risolvere, e tornerebbe allora indietro, se non pensasse che, un giorno, tornerà dovizioso. Quanto più si avanza nel piano, il suo occhio si ritira, disgustato e stanco, da quell'ampiezza uniforme; l'aria gli par gravosa e morta; s'inoltra mesto e disattento nelle città tumultuose; le case aggiunte a case, le strade che sboccano nelle strade, pare che gli levino il respiro; e davanti agli edifizi ammirati dallo straniero, pensa, con desiderio inquieto, al campicello del suo paese, alla casuccia a cui ha già messo gli occhi addosso, da gran tempo, e che comprerà, tornando ricco a' suoi monti.

Ma chi non aveva mai spinto al di là di quelli neppure un desiderio fuggitivo, chi aveva composti in essi tutti i disegni dell'avvenire, e n'è sbalzato lontano, da una forza perversa! Chi, staccato a un tempo dalle più care abitudini, e disturbato nelle più care speranze, lascia que' monti, per avviarsi in traccia di sconosciuti che non ha mai desiderato di conoscere, e non può con l'immaginazione arrivare a un momento stabilito per il ritorno! Addio, casa natìa, dove, sedendo, con un pensiero occulto, s'imparò a distinguere dal rumore de' passi comuni il rumore d'un passo aspettato con un misterioso timore. Addio, casa ancora straniera, casa sogguardata tante volte alla sfuggita, passando, e non senza rossore; nella quale la mente si figurava un soggiorno tranquillo e perpetuo di sposa. Addio, chiesa, dove l'animo tornò tante volte sereno, cantando le lodi del Signore; dov'era promesso, preparato un rito; dove il sospiro segreto del cuore doveva essere solennemente benedetto, e l'amore venir comandato, e chiamarsi santo; addio! Chi dava a voi tanta giocondità è per tutto; e non turba mai la gioia de' suoi figli, se non per prepararne loro una più certa e più grande.

Di tal genere, se non tali appunto, erano i pensieri di Lucia, e poco diversi i pensieri degli altri due pellegrini, mentre la barca gli andava avvicinando alla riva destra dell'Adda.

Cap. IX

L'urtar che fece la barca contro la proda, scosse Lucia, la quale, dopo aver asciugate in segreto le lacrime, alzò la testa, come se si svegliasse. Renzo uscì il primo, e diede la mano ad Agnese, la quale, uscita pure, la diede alla figlia; e tutt'e tre resero tristamente grazie al barcaiolo. - Di che cosa? - rispose quello: - siam quaggiù per aiutarci l'uno con l'altro, - e ritirò la mano, quasi con ribrezzo, come se gli fosse proposto di rubare, allorché Renzo cercò di farvi sdrucciolare una parte de' quattrinelli che si trovava indosso, e che aveva presi quella sera, con intenzione di regalar generosamente don Abbondio, quando questo l'avesse, suo malgrado, servito. Il baroccio era lì pronto; il conduttore salutò i tre aspettati, li fece salire, diede una voce alla bestia, una frustata, e via.

Il nostro autore non descrive quel viaggio notturno, tace il nome del paese dove fra Cristoforo aveva indirizzate le due donne; anzi protesta espressamente di non lo voler dire. Dal progresso della storia si rileva poi la cagione di queste reticenze. Le avventure di Lucia in quel soggiorno, si trovano avviluppate in un intrigo tenebroso di persona appartenente a una famiglia, come pare, molto potente, al tempo che l'autore scriveva. Per render ragione della strana condotta di quella persona, nel caso particolare, egli ha poi anche dovuto raccontarne in succinto la vita antecedente; e la famiglia ci fa quella figura che vedrà chi vorrà leggere. Ma ciò che la circospezione del pover'uomo ci ha voluto sottrarre, le nostre diligenze ce l'hanno fatto trovare in altra parte. Uno storico milanese (Josephi Ripamontii, Historiae Patriae, Decadis V, Lib. VI, Cap. III, pag. 358 et seq.) che ha avuto a far menzione di quella persona medesima, non nomina, è vero, né lei, né il paese; ma di questo dice ch'era un borgo antico e nobile, a cui di città non mancava altro che il nome; dice altrove, che ci passa il Lambro; altrove, che c'è un arciprete. Dal riscontro di questi dati noi deduciamo che fosse Monza senz'altro. Nel vasto tesoro dell'induzioni erudite, ce ne potrà ben essere delle più fine, ma delle più sicure, non crederei. Potremmo anche, sopra congetture molto fondate, dire il nome della famiglia; ma, sebbene sia estinta da un pezzo, ci par meglio lasciarlo nella penna, per non metterci a rischio di far torto neppure ai morti, e per lasciare ai dotti qualche soggetto di ricerca.

I nostri viaggiatori arrivaron dunque a Monza, poco dopo il levar del sole: il conduttore entrò in un'osteria, e lì, come pratico del luogo, e conoscente del padrone, fece assegnar loro una stanza, e ve gli accompagnò. Tra i ringraziamenti, Renzo tentò pure di fargli ricevere qualche danaro; ma quello, al pari del barcaiolo, aveva in mira un'altra ricompensa, più lontana, ma più abbondante: ritirò le mani, anche lui, e, come fuggendo, corse a governare la sua bestia.

Dopo una sera quale l'abbiamo descritta, e una notte quale ognuno può immaginarsela, passata in compagnia di que' pensieri, col sospetto incessante di qualche incontro spiacevole, al soffio di una brezzolina più che autunnale, e tra le continue scosse della disagiata vettura, che ridestavano sgarbatamente chi di loro cominciasse appena a velar l'occhio, non parve vero a tutt'e tre di sedersi sur una panca che stava ferma, in una stanza, qualunque fosse. Fecero colazione, come permetteva la penuria de' tempi, e i mezzi scarsi in proporzione de' contingenti bisogni d'un avvenire incerto, e il poco appetito. A tutt'e tre passò per la mente il banchetto che, due giorni prima, s'aspettavan di fare; e ciascuno mise un gran sospiro. Renzo avrebbe voluto fermarsi lì, almeno tutto quel giorno, veder le donne allogate, render loro i primi servizi; ma il padre aveva raccomandato a queste di mandarlo subito per la sua strada. Addussero quindi esse e quegli ordini, e cento altre ragioni; che la gente ciarlerebbe, che la separazione più ritardata sarebbe più dolorosa, ch'egli potrebbe venir presto a dar nuove e a sentirne; tanto che si risolvette di partire. Si concertaron, come poterono, sulla maniera di rivedersi, più presto che fosse possibile. Lucia non nascose le lacrime; Renzo trattenne a stento le sue, e, stringendo forte forte la mano a Agnese, disse con voce soffogata: - a rivederci, - e partì.

Le donne si sarebber trovate ben impicciate, se non fosse stato quel buon barocciaio, che aveva ordine di guidarle al convento de' cappuccini, e di dar loro ogn'altro aiuto che potesse bisognare. S'avviaron dunque con lui a quel convento; il quale, come ognun sa, era pochi passi distante da Monza. Arrivati alla porta, il conduttore tirò il campanello, fece chiamare il padre guardiano; questo venne subito, e ricevette la lettera, sulla soglia. - Oh! fra Cristoforo! - disse, riconoscendo il carattere. Il tono della voce e i movimenti del volto indicavano manifestamente che proferiva il nome d'un grand'amico. Convien poi dire che il nostro buon Cristoforo avesse, in quella lettera, raccomandate le donne con molto calore, e riferito il loro caso con molto sentimento, perché il guardiano, faceva, di tanto in tanto, atti di sorpresa e d'indegnazione; e, alzando gli occhi dal foglio, li fissava sulle donne con una certa espressione di pietà e d'interesse. Finito ch'ebbe di leggere, stette lì alquanto a pensare; poi disse: - non c'è che la signora: se la signora vuol prendersi quest'impegno... Tirata quindi Agnese in disparte, sulla piazza davanti al convento, le fece alcune interrogazioni, alle quali essa soddisfece; e, tornato verso Lucia, disse a tutt'e due: - donne mie, io tenterò; e spero di potervi trovare un ricovero più che sicuro, più che onorato, fin che Dio non v'abbia provvedute in miglior maniera. Volete venir con me?

Le donne accennarono rispettosamente di sì; e il frate riprese: - bene; io vi conduco subito al monastero della signora. State però discoste da me alcuni passi, perché la gente si diletta di dir male; e Dio sa

quante belle chiacchiere si farebbero, se si vedesse il padre guardiano per la strada, con una bella giovine... con donne voglio dire.
Così dicendo, andò avanti. Lucia arrossì; il barocciaio sorrise, guardando Agnese, la quale non poté tenersi di non fare altrettanto; e tutt'e tre si mossero, quando il frate si fu avviato; e gli andaron dietro, dieci passi discosto. Le donne allora domandarono al barocciaio, ciò che non avevano osato al padre guardiano, chi fosse la signora.
- La signora, - rispose quello, - è una monaca; ma non è una monaca come l'altre. Non è che sia la badessa, né la prioráche anzi, a quel che dicono, è una delle più giovani: ma è della costola d'Adamo; e i suoi del tempo antico erano gente grande, venuta di Spagna, dove son quelli che comandano; e per questo la chiamano la signora, per dire ch'è una gran signora; e tutto il paese la chiama con quel nome, perché dicono che in quel monastero non hanno avuto mai una persona simile; e i suoi d'adesso, laggiù a Milano, contan molto, e son di quelli che hanno sempre ragione, e in Monza anche di più, perché suo padre, quantunque non ci stia, è il primo del paese; onde anche lei può far alto e basso nel monastero; e anche la gente di fuori le porta un gran rispetto; e quando prende un impegno, le riesce anche di spuntarlo; e perciò, se quel buon religioso lì, ottiene di mettervi nelle sue mani, e che lei v'accetti, vi posso dire che sarete sicure come sull'altare.
Quando fu vicino alla porta del borgo, fiancheggiata allora da un antico torracchione mezzo rovinato, e da un pezzo di castellaccio, diroccato anch'esso, che forse dieci de' miei lettori possono ancor rammentarsi d'aver veduto in piedi, il guardiano si fermò, e si voltò a guardar se gli altri venivano; quindi entrò, e s'avviò al monastero, dove arrivato, si fermò di nuovo sulla soglia, aspettando la piccola brigata. Pregò il barocciaio che, tra un par d'ore, tornasse da lui, a prender la risposta: questo lo promise, e si licenziò dalle donne, che lo caricaron di ringraziamenti, e di commissioni per il padre Cristoforo. Il guardiano fece entrare la madre e la figlia nel primo cortile del monastero, le introdusse nelle camere della fattoressa; e andò solo a chieder la grazia. Dopo qualche tempo, ricomparve giulivo, a dir loro che venissero avanti con lui; ed era ora, perché la figlia e la madre non sapevan più come fare a distrigarsi dall'interrogazioni pressanti della fattoressa. Attraversando un secondo cortile, diede qualche avvertimento alle donne, sul modo di portarsi con la signora. - E ben disposta per voi altre, - disse, - e vi può far del bene quanto vuole. Siate umili e rispettose, rispondete con sincerità alle domande che le piacerà di farvi, e quando non siete interrogate, lasciate fare a me -. Entrarono in una stanza terrena, dalla quale si passava nel parlatorio: prima di mettervi il piede, il guardiano, accennando l'uscio, disse sottovoce alle donne: - è qui, - come per rammentar loro tutti quegli avvertimenti. Lucia, che non aveva mai visto un monastero, quando fu nel parlatorio, guardò in giro dove fosse la signora a cui fare il suo inchino, e, non iscorgendo persona, stava come incantata; quando, visto il padre e Agnese andar verso un angolo, guardò da quella parte, e vide una finestra d'una forma singolare, con due grosse e fitte grate di ferro, distanti l'una dall'altra un palmo; e dietro quelle una monaca ritta. Il suo aspetto, che poteva dimostrar venticinque anni, faceva a prima vista un'impressione di bellezza, ma d'una bellezza sbattuta, sfiorita e, direi quasi, scomposta. Un velo nero, sospeso e stirato orizzontalmente sulla testa, cadeva dalle due parti, discosto alquanto dal viso; sotto il velo, una bianchissima benda di lino cingeva, fino al mezzo, una fronte di diversa, ma non d'inferiore bianchezza; un'altra benda a pieghe circondava il viso, e terminava sotto il mento in un soggolo, che si stendeva alquanto sul petto, a coprire lo scollo d'un nero saio. Ma quella fronte si raggrinzava spesso, come per una contrazione dolorosa; e allora due sopraccigli neri si ravvicinavano, con un rapido movimento. Due occhi, neri neri anch'essi, si fissavano talora in viso alle persone, con un'investigazione superba; talora si chinavano in fretta, come per cercare un nascondiglio; in certi momenti, un attento osservatore avrebbe argomentato che chiedessero affetto, corrispondenza, pietà; altre volte avrebbe creduto coglierci la rivelazione istantanea d'un odio inveterato e compresso, un non so che di minaccioso e di feroce: quando restavano immobili e fissi senza attenzione, chi ci avrebbe immaginata una svogliatezza orgogliosa, chi avrebbe potuto sospettarci il travaglio d'un pensiero nascosto, d'una preoccupazione familiare all'animo, e più forte su quello che gli oggetti circostanti. Le gote pallidissime scendevano con un contorno delicato e grazioso, ma alterato e reso mancante da una lenta estenuazione. Le labbra, quantunque appena tinte d'un roseo sbiadito, pure, spiccavano in quel pallore: i loro moti erano, come quelli degli occhi, subitanei, vivi, pieni d'espressione e di mistero. La grandezza ben formata della persona scompariva in un certo abbandono del portamento, o compariva sfigurata in certe mosse repentine, irregolari e troppo risolute per una donna, non che per una monaca. Nel vestire stesso c'era qua e là qualcosa di studiato o di negletto, che annunziava una monaca singolare: la vita era attillata con una certa cura secolaresca, e dalla benda usciva

sur una tempia una ciocchettina di neri capelli; cosa che dimostrava o dimenticanza o disprezzo della regola che prescriveva di tenerli sempre corti, da quando erano stati tagliati, nella cerimonia solenne del vestimento.
Queste cose non facevano specie alle due donne, non esercitate a distinguer monaca da monaca: e il padre guardiano, che non vedeva la signora per la prima volta, era già avvezzo, come tant'altri, a quel non so che di strano, che appariva nella sua persona, come nelle sue maniere.
Era essa, in quel momento, come abbiam detto, ritta vicino alla grata, con una mano appoggiata languidamente a quella, e le bianchissime dita intrecciate ne' vòti; e guardava fisso Lucia, che veniva avanti esitando. - Reverenda madre, e signora illustrissima, - disse il guardiano, a capo basso, e con la mano al petto: - questa è quella povera giovine, per la quale m'ha fatto sperare la sua valida protezione; e questa è la madre.
Le due presentate facevano grand'inchini: la signora accennò loro con la mano, che bastava, e disse, voltandosi, al padre: - è una fortuna per me il poter fare un piacere a' nostri buoni amici i padri cappuccini. Ma, - continuò; - mi dica un po' più particolarmente il caso di questa giovine, per veder meglio cosa si possa fare per lei.
Lucia diventò rossa, e abbassò la testa.

- Deve sapere, reverenda madre... - incominciava Agnese; ma il guardiano le troncò, conun'occhiata, le parole in bocca, e rispose: - questa giovine, signora illustrissima, mi vien raccomandata, come le ho detto, da un mio confratello. Essa ha dovuto partir di nascosto dal suo paese, per sottrarsi a de' gravi pericoli; e ha bisogno, per qualche tempo, d'un asilo nel quale possa vivere sconosciuta, e dove nessuno ardisca venire a disturbarla, quand'anche...
- Quali pericoli? - interruppe la signora. - Di grazia, padre guardiano, non mi dica la cosacosì in enimma. Lei sa che noi altre monache, ci piace di sentir le storie per minuto. - Sono pericoli, - rispose il guardiano, - che all'orecchie purissime della reverenda madre devon essere appena leggermente accennati...
- Oh certamente, - disse in fretta la signora, arrossendo alquanto. Era verecondia? Chiavesse osservata una rapida espressione di dispetto che accompagnava quel rossore, avrebbe potuto dubitarne; e tanto più se l'avesse paragonato con quello che di tanto in tanto si spandeva sulle gote di Lucia.
- Basterà dire, - riprese il guardiano, - che un cavalier prepotente... non tutti i grandi delmondo si servono dei doni di Dio, a gloria sua, e in vantaggio del prossimo, come vossignoria illustrissima: un cavalier prepotente, dopo aver perseguitata qualche tempo questa creatura con indegne lusinghe, vedendo ch'erano inutili, ebbe cuore di perseguitarla apertamente con la forza, di modo che la poveretta è stata ridotta a fuggir da casa sua.
- Accostatevi, quella giovine, - disse la signora a Lucia, facendole cenno col dito. - So che ilpadre guardiano è la bocca della verità; ma nessuno può esser meglio informato di voi, in quest'affare. Tocca a voi a dirci se questo cavaliere era un persecutore odioso -. In quanto all'accostarsi, Lucia ubbidì subito; ma rispondere era un'altra faccenda. Una domanda su quella materia, quand'anche le fosse stata fatta da una persona sua pari, l'avrebbe imbrogliata non poco: proferita da quella signora, e con una cert'aria di dubbio maligno, le levò ogni coraggio a rispondere. - Signora... madre... reverenda... - balbettò, e non dava segno d'aver altro a dire. Qui Agnese, come quella che, dopo di lei, era certamente la meglio informata, si credé autorizzata a venirle in aiuto. - Illustrissima signora, - disse, - io posso far testimonianza che questa mia figlia aveva in odio quel cavaliere, come il diavolo l'acqua santa: voglio dire, il diavolo era lui; ma mi perdonerà se parlo male, perché noi siam gente alla buona. Il fatto sta che questa povera ragazza era promessa a un giovine nostro pari, timorato di Dio, e ben avviato; e se il signor curato fosse stato un po' più un uomo di quelli che m'intendo io... so che parlo d'un religioso, ma il padre Cristoforo, amico qui del padre guardiano, è religioso al par di lui, e quello è un uomo pieno di carità, e, se fosse qui, potrebbe attestare...
- Siete ben pronta a parlare senz'essere interrogata, - interruppe la signora, con un attoaltero e iracondo, che la fece quasi parer brutta. - State zitta voi: già lo so che i parenti hanno sempre una risposta da dare in nome de' loro figliuoli!

Agnese mortificata diede a Lucia una occhiata che voleva dire: vedi quel che mi tocca, per esser tu tanto impicciata. Anche il guardiano accennava alla giovine, dandole d'occhio e tentennando il capo, che quello era il momento di sgranchirsi, e di non lasciare in secco la povera mamma.

- Reverenda signora, - disse Lucia, - quanto le ha detto mia madre è la pura verità. Ilgiovine che mi discorreva, - e qui diventò rossa rossa, - lo prendevo io di mia volontà. Mi scusi se parlo da sfacciata, ma è per non lasciar pensar male di mia madre. E in quanto a quel signore (Dio gli perdoni!) vorrei piuttosto morire, che cader nelle sue mani. E se lei fa questa carità di metterci al sicuro, giacché siam ridotte a far questa faccia di chieder ricovero, e ad incomodare le persone dabbene; ma sia fatta la volontà di Dio; sia certa, signora, che nessuno potrà pregare per lei più di cuore che noi povere donne.

- A voi credo, - disse la signora con voce raddolcita. - Ma avrò piacere di sentirvi da solo asolo. Non che abbia bisogno d'altri schiarimenti, né d'altri motivi, per servire alle premure del padre guardiano, - aggiunse subito, rivolgendosi a lui, con una compitezza studiata. Anzi, - continuò, - ci ho già pensato; ed ecco ciò che mi pare di poter far di meglio, per ora. La fattoressa del monastero ha maritata, pochi giorni sono, l'ultima sua figliuola. Queste donne potranno occupar la camera lasciata in libertà da quella, e supplire a que' pochi servizi che faceva lei. Veramente... - e qui accennò al guardiano che s'avvicinasse alla grata, e continuò sottovoce: - veramente, attesa la scarsezza dell'annate, non si pensava di sostituir nessuno a quella giovine; ma parlerò io alla madre badessa, e una mia parola... e per una premura del padre guardiano... In somma do la cosa per fatta.

Il guardiano cominciava a ringraziare, ma la signora l'interruppe: - non occorron cerimonie: anch'io, in un caso, in un bisogno, saprei far capitale dell'assistenza de' padri cappuccini. Alla fine, - continuò, con un sorriso, nel quale traspariva un non so che d'ironico e d'amaro, - alla fine, non siam noi fratelli e sorelle?

Così detto, chiamò una conversa (due di queste erano, per una distinzione singolare, assegnate al suo servizio privato), e le ordinò che avvertisse di ciò la badessa, e prendesse poi i concerti opportuni, con la fattoressa e con Agnese. Licenziò questa, accommiatò il guardiano, e ritenne Lucia. Il guardiano accompagnò Agnese alla porta, dandole nuove istruzioni, e se n'andò a scriver la lettera di ragguaglio all'amico Cristoforo. " Gran cervellino che è questa signora! " pensava tra sé, per la strada: " curiosa davvero! Ma chi la sa prendere per il suo verso, le fa far ciò che vuole. Il mio Cristoforo non s'aspetterà certamente ch'io l'abbia servito così presto e bene. Quel brav'uomo! non c'è rimedio: bisogna che si prenda sempre qualche impegno; ma lo fa per bene. Buon per lui questa volta, che ha trovato un amico, il quale, senza tanto strepito, senza tanto apparato, senza tante faccende, ha condotto l'aflare a buon porto, in un batter d'occhio. Sarà contento quel buon Cristoforo, e s'accorgerà che, anche noi qui, siam buoni a qualche cosa ".

La signora, che, alla presenza d'un provetto cappuccino, aveva studiati gli atti e le parole, rimasta poi sola con una giovine contadina inesperta, non pensava più tanto a contenersi; e i suoi discorsi divennero a poco a poco così strani, che, in vece di riferirli, noi crediam più opportuno di raccontar brevemente la storia antecedente di questa infelice; quel tanto cioè che basti a render ragione dell'insolito e del misterioso che abbiam veduto in lei, e a far comprendere i motivi della sua condotta, in quello che avvenne dopo.

Era essa l'ultima figlia del principe ***, gran gentiluomo milanese, che poteva contarsi tra i più doviziosi ddla città. Ma l'alta opinione che aveva del suo titolo gli faceva parer le sue sostanze appena sufficienti, anzi scarse, a sostenerne il decoro; e tutto il suo pensiero era di conservarle, almeno quali erano, unite in perpetuo, per quanto dipendeva da lui. Quanti figliuoli avesse, la storia non lo dice espressamente; fa solamente intendere che aveva destinati al chiostro tutti i cadetti dell'uno e dell'altro sesso, per lasciare intatta la sostanza al primogenito, destinato a conservar la famiglia, a procrear cioè de' figliuoli, per tormentarsi a tormentarli nella stessa maniera. La nostra infelice era ancor nascosta nel ventre della madre, che la sua condizione era già irrevocabilmente stabilita. Rimaneva soltanto da decidersi se sarebbe un monaco o una monaca; decisione per la quale faceva bisogno, non il suo consenso, ma la sua presenza. Quando venne alla luce, il principe suo padre, volendo darle un nome che risvegliasse immediatamente l'idea del chiostro, e che fosse stato portato da una santa d'alti natali, la chiamò Gertrude. Bambole vestite da monaca furono i primi balocchi che le si diedero in mano; poi santini che rappresentavan monache; e que' regali eran sempre accompagnati con gran raccomandazioni di tenerli ben di conto; come cosa preziosa, e con quell'interrogare affermativo: - bello eh? - Quando il principe, o la principessa o il principino, che solo de' maschi veniva allevato in casa, volevano lodar l'aspetto prosperoso della fanciullina, pareva che non trovasser modo d'esprimer bene la loro idea, se non con le parole: - che madre badessa! - Nessuno però le disse mai direttamente: tu devi farti monaca. Era un'idea sottintesa e toccata incidentemente, in ogni discorso che riguardasse i suoi destini futuri. Se qualche

volta la Gertrudina trascorreva a qualche atto un po' arrogante e imperioso, al che la sua indole la portava molto facilmente, - tu sei una ragazzina, - le si diceva: - queste maniere non ti convengono: quando sarai madre badessa, allora comanderai a bacchetta, farai alto e basso -. Qualche altra volta il principe, riprendendola di cert'altre maniere troppo libere e famigliari alle quali essa trascorreva con uguale facilità, - ehi! ehi! - le diceva; - non è questo il fare d'una par tua: se vuoi che un giorno ti si porti il rispetto che ti sarà dovuto, impara fin d'ora a star sopra di te: ricordati che tu devi essere, in ogni cosa, la prima del monastero; perché il sangue si porta per tutto dove si va.
Tutte le parole di questo genere stampavano nel cervello della fanciullina l'idea che già lei doveva esser monaca; ma quelle che venivan dalla bocca del padre, facevan più effetto di tutte l'altre insieme. Il contegno del principe era abitualmente quello d'un padrone austero; ma quando si trattava dello stato futuro de' suoi figli, dal suo volto e da ogni sua parola traspariva un'immobilità di risoluzione, una ombrosa gelosia di comando, che imprimeva il sentimento d'una necessità fatale.
A sei anni, Gertrude fu collocata, per educazione e ancor più per istradamento alla vocazione impostale, nel monastero dove l'abbiamo veduta: e la scelta del luogo non fu senza disegno. Il buon conduttore delle due donne ha detto che il padre ddla signora era il primo in Monza: e, accozzando questa qualsisia testimonianza con alcune altre indicazioni che l'anonimo lascia scappare sbadatamente qua e là, noi potremmo anche asserire che fosse il feudatario di quel paese. Comunque sia, vi godeva d'una grandissima autorità; e pensò che lì, meglio che altrove, la sua figlia sarebbe trattata con quelle distinzioni e con quelle finezze che potesser più allettarla a scegliere quel monastero per sua perpetua dimora. Né s'ingannava: la badessa e alcune altre monache faccendiere, che avevano, come si suol dire, il mestolo in mano, esultarono nel vedersi offerto il pegno d'una protezione tanto utile in ogni occorrenza, tanto gloriosa in ogni momento; accettaron la proposta, con espressioni di riconoscenza, non esagerate, per quanto fossero forti; e corrisposero pienamente all'intenzioni che il principe aveva lasciate trasparire sul collocamento stabile della figliuola: intenzioni che andavan così d'accordo con le loro. Gertrude, appena entrata nel monastero, fu chiamata per antonomasia la signorina; posto distinto a tavola, nel dormitorio; la sua condotta proposta all'altre per esemplare; chicche e carezze senza fine, e condite con quella famigliarità un po' rispettosa, che tanto adesca i fanciulli, quando la trovano in coloro che vedon trattare gli altri fanciulli con un contegno abituale di superiorità. Non che tutte le monache fossero congiurate a tirar la poverina nel laccio; ce n'eran molte delle semplici e lontane da ogni intrigo, alle quali il pensiero di sacrificare una figlia a mire interessate avrebbe fatto ribrezzo; ma queste, tutte attente alle loro occupazioni particolari, parte non s'accorgevan bene di tutti que' maneggi, parte non distinguevano quanto vi fosse di cattivo, parte s'astenevano dal farvi sopra esame, parte stavano zitte, per non fare scandoli inutili. Qualcheduna anche, rammentandosi d'essere stata, con simili arti, condotta a quello di cui s'era pentita poi, sentiva compassione della povera innocentina, e si sfogava col farle carezze tenere e malinconiche: ma questa era ben lontana dal sospettare che ci fosse sotto mistero; e la faccenda camminava. Sarebbe forse camminata così fino alla fine, se Gertrude fosse stata la sola ragazza in quel monastero. Ma, tra le sue compagne d'educazione, ce n'erano alcune che sapevano d'esser destinate al matrimonio. Gertrudina, nudrita nelle idee della sua superiorità, parlava magnificamente de' suoi destini futuri di badessa, di principessa del monastero, voleva a ogni conto esser per le altre un soggetto d'invidia; e vedeva con maraviglia e con dispetto, che alcune di quelle non ne sentivano punto. All'immagini maestose, ma circoscritte e fredde, che può somministrare il primato in un monastero, contrapponevan esse le immagini varie e luccicanti, di nozze, di pranzi, di conversazioni, di festini, come dicevano allora, di villeggiature, di vestiti, di carrozze. Queste immagini cagionarono nel cervello di Gertrude quel movimento, quel brulichìo che produrrebbe un gran paniere di fiori appena colti, messo davanti a un alveare. I parenti e l'educatrici avevan coltivata e accresciuta in lei la vanità naturale, per farle piacere il chiostro; ma quando questa passione fu stuzzicata da idee tanto più omogenee ad essa, si gettò su quelle, con un ardore ben più vivo e più spontaneo. Per non restare al di sotto di quelle sue compagne, e per condiscendere nello stesso tempo al suo nuovo genio, rispondeva che, alla fin de' conti, nessuno le poteva mettere il velo in capo senza il suo consenso, che anche lei poteva maritarsi, abitare un palazzo, godersi il mondo, e meglio di tutte loro; che lo poteva, pur che l'avesse voluto, che lo vorrebbe, che lo voleva; e lo voleva in fatti. L'idea della necessità del suo consenso, idea che, fino a quel tempo, era stata come inosservata e rannicchiata in un angolo della sua mente, si sviluppò allora, e si manifestò, con tutta la sua importanza. Essa la chiamava ogni momento in aiuto, per godersi più tranquillamente l'immagini d'un avvenire gradito. Dietro questa idea però, ne compariva sempre infallibilmente un'altra: che quel consenso si trattava di negarlo al principe padre, il

quale lo teneva già, o mostrava di tenerlo per dato; e, a questa idea, l'animo della figlia era ben lontano dalla sicurezza che ostentavano le sue parole. Si paragonava allora con le compagne, ch'erano ben altrimenti sicure, e provava per esse dolorosamente l'invidia che, da principio, aveva creduto di far loro provare. Invidiandole, le odiava: talvolta l'odio s'esalava in dispetti, in isgarbatezze, in motti pungenti; talvolta l'uniformità dell'inclinazioni e delle speranze lo sopiva, e faceva nascere un'intrinsichezza apparente e passeggiera. Talvolta, volendo pure godersi intanto qualche cosa di reale e di presente, si compiaceva delle preferenze che le venivano accordate, e faceva sentire all'altre quella sua superiorità; talvolta, non potendo più tollerar la solitudine de' suoi timori e de' suoi desidèri, andava, tutta buona, in cerca di quelle, quasi ad implorar benevolenza, consigli, coraggio. Tra queste deplorabili guerricciole con sé e con gli altri, aveva varcata la puerizia, e s'inoltrava in quell'età così critica, nella quale par che entri nell'animo quasi una potenza misteriosa, che solleva, adorna, rinvigorisce tutte l'inclinazioni, tutte l'idee, e qualche volta le trasforma, o le rivolge a un corso impreveduto. Ciò che Gertrude aveva fino allora più distintamente vagheggiato in que' sogni dell'avvenire, era lo splendore esterno e la pompa: un non so che di molle e d'affettuoso, che da prima v'era diffuso leggermente e come in nebbia, cominciò allora a spiegarsi e a primeggiare nelle sue fantasie. S'era fatto, nella parte più riposta della mente, come uno splendido ritiro: ivi si rifugiava dagli oggetti presenti, ivi accoglieva certi personaggi stranamente composti di confuse memorie della puerizia, di quel poco che poteva vedere del mondo esteriore, di ciò che aveva imparato dai discorsi delle compagne; si tratteneva con essi, parlava loro, e si rispondeva in loro nome; ivi dava ordini, e riceveva omaggi d'ogni genere. Di quando in quando, i pensieri della religione venivano a disturbare quelle feste brillanti e faticose. Ma la religione, come l'avevano insegnata alla nostra poveretta, e come essa l'aveva ricevuta, non bandiva l'orgoglio, anzi lo santificava e lo proponeva come un mezzo per ottenere una felicità terrena. Privata così della sua essenza, non era più la religione, ma una larva come l'altre. Negl'intervalli in cui questa larva prendeva il primo posto, e grandeggiava nella fantasia di Gertrude, l'infelice, sopraffatta da terrori confusi, e compresa da una confusa idea di doveri, s'immaginava che la sua ripugnanza al chiostro, e la resistenza all'insinuazioni de' suoi maggiori, nella scelta dello stato, fossero una colpa; e prometteva in cuor suo d'espiarla, chiudendosi volontariamente nel chiostro.

Era legge che una giovine non potesse venire accettata monaca, prima d'essere stata esaminata da un ecclesiastico, chiamato il vicario delle monache, o da qualche altro deputato a ciò, affinché fosse certo che ci andava di sua libera scelta: e questo esame non poteva aver luogo, se non un anno dopo ch'ella avesse esposto a quel vicario il suo desiderio, con una supplica in iscritto. Quelle monache che avevan preso il tristo incarico di far che Gertrude s'obbligasse per sempre, con la minor possibile cognizione di ciò che faceva, colsero un de' momenti che abbiam detto, per farle trascrivere e sottoscrivere una tal supplica. E a fine d'indurla più facilmente a ciò, non mancaron di dirle e di ripeterle, che finalmente era una mera formalità, la quale (e questo era vero) non poteva avere efficacia, se non da altri atti posteriori, che dipenderebbero dalla sua volontà. Con tutto ciò, la supplica non era forse ancor giunta al suo destino, che Gertrude s'era già pentita d'averla sottoscritta. Si pentiva poi d'essersi pentita, passando così i giorni e i mesi in un'incessante vicenda di sentimenti contrari. Tenne lungo tempo nascosto alle compagne quel passo, ora per timore d'esporre alle contraddizioni una buona risoluzione, ora per vergogna di palesare uno sproposito. Vinse finalmente il desiderio di sfogar l'animo, e d'accattar consiglio e coraggio. C'era un'altra legge, che una giovine non fosse ammessa a quell'esame della vocazione, se non dopo aver dimorato almeno un mese fuori del monastero dove era stata in educazione. Era già scorso l'anno da che la supplica era stata mandata; e Gertrude fu avvertita che tra poco verrebbe levata dal monastero, e condotta nella casa paterna, per rimanervi quel mese, e far tutti i passi necessari al compimento dell'opera che aveva di fatto cominciata. Il principe e il resto della famiglia tenevano tutto ciò per certo, come se fosse già avvenuto; ma la giovine aveva tutt'altro in testa: in vece di far gli altri passi pensava alla maniera di tirare indietro il primo. In tali angustie, si risolvette d'aprirsi con una delle sue compagne, la più franca, e pronta sempre a dar consigli risoluti. Questa suggerì a Gertrude d'informar con una lettera il padre della sua nuova risoluzione; giacché non le bastava l'animo di spiattellargli sul viso un bravo: non voglio. E perché i pareri gratuiti, in questo mondo, son molto rari, la consigliera fece pagar questo a Gertrude, con tante beffe sulla sua dappocaggine. La lettera fu concertata tra quattro o cinque confidenti, scritta di nascosto, e fatta ricapitare per via d'artifizi molto studiati. Gertrude stava con grand'ansietà, aspettando una risposta che non venne mai. Se non che, alcuni giorni dopo, la badessa, la fece venir nella sua cella, è, con un contegno di mistero, di disgusto e di compassione, le diede un cenno oscuro d'una gran collera del

principe, e d'un fallo ch'ella doveva aver commesso, lasciandole però intendere che, portandosi bene, poteva sperare che tutto sarebbe dimenticato. La giovinetta intese, e non osò domandar più in là.
Venne finalmente il giorno tanto temuto e bramato. Quantunque Gertrude sapesse che andava a un combattimento, pure l'uscir di monastero, il lasciar quelle mura nelle quali era stata ott'anni rinchiusa, lo scorrere in carrozza per l'aperta campagna, il riveder la città, la casa, furon sensazioni piene d'una gioia tumultuosa. In quanto al combattimento, la poveretta, con la direzione di quelle confidenti, aveva già prese le sue misure, e fatto, com'ora si direbbe, il suo piano. " O mi vorranno forzare ", pensava, " e io starò dura; sarò umile, rispettosa, ma non acconsentirò: non si tratta che di non dire un altro sì; e non lo dirò. Ovvero mi prenderanno con le buone; e io sarò più buona di loro; piangerò, pregherò, li moverò a compassione: finalmente non pretendo altro che di non esser sacrificata ". Ma, come accade spesso di simili previdenze, non avvenne né una cosa né l'altra. I giorni passavano, senza che il padre né altri le parlasse della supplica, né della ritrattazione, senza che le venisse fatta proposta nessuna, né con carezze, né con minacce. I parenti eran seri, tristi, burberi con lei, senza mai dirne il perché. Si vedeva solamente che la riguardavano come una rea, come un'indegna: un anatema misterioso pareva che pesasse sopra di lei, e la segregasse dalla famiglia, lasciandovela soltanto unita quanto bisognava per farle sentire la sua suggezione. Di rado, e solo a certe ore stabilite, era ammessa alla compagnia de' parenti e del primogenito. Tra loro tre pareva che regnasse una gran confidenza, la quale rendeva più sensibile e più doloroso l'abbandono in cui era lasciata Gertrude. Nessuno le rivolgeva il discorso; e quando essa arrischiava timidamente qualche parola, che non fosse per cosa necessaria, o non attaccava, o veniva corrisposta con uno sguardo distratto, o sprezzante, o severo. Che se, non potendo più soffrire una così amara e umiliante distinzione, insisteva, e tentava di famigliarizzarsi; se implorava un po' d'amore, si sentiva subito toccare, in maniera indiretta ma chiara, quel tasto della scelta dello stato; le si faceva copertamente sentire che c'era un mezzo di riacquistar l'affetto della famiglia. Allora Gertrude, che non l'avrebbe voluto a quella condizione, era costretta di tirarsi indietro, di rifiutar quasi i primi segni di benevolenza che aveva tanto desiderati, di rimettersi da sé al suo posto di scomunicata; e per di più, vi rimaneva con una certa apparenza del torto. Tali sensazioni d'oggetti presenti facevano un contrasto doloroso con quelle ridenti visioni delle quali Gertrude s'era già tanto occupata, e s'occupava tuttavia, nel segreto della sua mente. Aveva sperato che, nella splendida e frequentata casa paterna, avrebbe potuto godere almeno qualche saggio reale delle cose immaginate; ma si trovò del tutto ingannata. La clausura era stretta e intera, come nel monastero; d'andare a spasso non si parlava neppure; e un coretto che, dalla casa, guardava in una chiesa contigua, toglieva anche l'unica necessità che ci sarebbe stata d'uscire. La compagnia era più trista, più scarsa, meno variata che nel monastero. A ogni annunzio d'una visita, Gertrude doveva salire all'ultimo piano, per chiudersi con alcune vecchie donne di servizio: e lì anche desinava, quando c'era invito. I servitori s'uniformavano, nelle maniere e ne' discorsi, all'esempio e all'intenzioni de' padroni: e Gertrude, che, per sua inclinazione, avrebbe voluto trattarli con una famigliarità signorile, e che, nello stato in cui si trovava, avrebbe avuto di grazia che le facessero qualche dimostrazione d'affetto, come a una loro pari, e scendeva anche a mendicarne, rimaneva poi umiliata, e sempre più afflitta di vedersi corrisposta con una noncuranza manifesta, benché accompagnata da un leggiero ossequio di formalità. Dovette però accorgersi che un paggio, ben diverso da coloro, le portava un rispetto, e sentiva per lei una compassione d'un genere particolare. Il contegno di quel ragazzotto era ciò che Gertrude aveva fino allora visto di più somigliante a quell'ordine di cose tanto contemplato nella sua immaginativa, al contegno di quelle sue creature ideali. A poco a poco si scoprì un non so che di nuovo nelle maniere della giovinetta: una tranquillità e un'inquietudine diversa dalla solita, un fare di chi ha trovato qualche cosa che gli preme, che vorrebbe guardare ogni momento, e non lasciar vedere agli altri. Le furon tenuti gli occhi addosso più che mai: che è che non è, una mattina, fu sorpresa da una di quelle cameriere, mentre stava piegando alla sfuggita una carta, sulla quale avrebbe fatto meglio a non iscriver nulla. Dopo un breve tira tira, la carta rimase nelle mani della cameriera, e da queste passò in quelle del principe.
Il terrore di Gertrude, al rumor de' passi di lui, non si può descrivere né immaginare: era quel padre, era irritato, e lei si sentiva colpevole. Ma quando lo vide comparire, con quel cipiglio, con quella carta in mano, avrebbe voluto esser cento braccia sotto terra, non che in un chiostro. Le parole non furon molte, ma terribili: il gastigo intimato subito non fu che d'esser rinchiusa in quella camera, sotto la guardia della donna che aveva fatta la scoperta; ma questo non era che un principio, che un ripiego del momento; si prometteva, si lasciava vedere per aria, un altro gastigo oscuro, indeterminato, e quindi più spaventoso.

Il paggio fu subito sfrattato, com'era naturale; e fu minacciato anche a lui qualcosa di terribile, se, in qualunque tempo, avesse osato fiatar nulla dell'avvenuto. Nel fargli questa intimazione, il principe gli appoggiò due solenni schiaffi, per associare a quell'avventura un ricordo, che togliesse al ragazzaccio ogni tentazion di vantarsene. Un pretesto qualunque, per coonestare la licenza data a un paggio, non era difficile a trovarsi; in quanto alla figlia, si disse ch'era incomodata.
Rimase essa dunque col batticuore, con la vergogna, col rimorso, col terrore dell'avvenire, e con la sola compagnia di quella donna odiata da lei, come il testimonio della sua colpa, e la cagione della sua disgrazia. Costei odiava poi a vicenda Gertrude, per la quale si trovava ridotta, senza saper per quanto tempo, alla vita noiosa di carceriera, e divenuta per sempre custode d'un segreto pericoloso.
Il primo confuso tumulto di que' sentimenti s'acquietò a poco a poco; ma tornando essi poi a uno per volta nell'animo, vi s'ingrandivano, e si fermavano a tormentarlo più distintamente e a bell'agio. Che poteva mai esser quella punizione minacciata in enimma? Molte e varie e strane se ne affacciavano alla fantasia ardente e inesperta di Gertrude. Quella che pareva più probabile, era di venir ricondotta al monastero di Monza, di ricomparirvi, non più come la signorina, ma in forma di colpevole, e di starvi rinchiusa, chi sa fino a quando! chi sa con quali trattamenti! Ciò che una tale immaginazione, tutta piena di dolori, aveva forse di più doloroso per lei, era l'apprensione della vergogna. Le frasi, le parole, le virgole di quel foglio sciagurato, passavano e ripassavano nella sua memoria: le immaginava osservate, pesate da un lettore tanto impreveduto, tanto diverso da quello a cui eran destinate; si figurava che avesser potuto cader sotto gli occhi anche della madre o del fratello, o di chi sa altri: e, al paragon di ciò, tutto il rimanente le pareva quasi un nulla. L'immagine di colui ch'era stato la prima origine di tutto lo scandolo, non lasciava di venire spesso anch'essa ad infestar la povera rinchiusa: e pensate che strana comparsa doveva far quel fantasma, tra quegli altri così diversi da lui, seri, freddi, minacciosi. Ma, appunto perché non poteva separarlo da essi, né tornare un momento a quelle fuggitive compiacenze, senza che subito non le s'affacciassero i dolori presenti che n'erano la conseguenza, cominciò a poco a poco a tornarci più di rado, a rispingerne la rimembranza, a divezzarsene. Né più a lungo, o più volentieri, si fermava in quelle liete e brillanti fantasie d'una volta: eran troppo opposte alle circostanze reali, a ogni probabilità dell'avvenire. Il solo castello nel quale Gertrude potesse immaginare un rifugio tranquillo e onorevole, e che non fosse in aria, era il monastero, quando si risolvesse d'entrarci per sempre. Una tal risoluzione (non poteva dubitarne) avrebbe accomodato ogni cosa, saldato ogni debito, e cambiata in un attimo la sua situazione. Contro questo proposito insorgevano, è vero, i pensieri di tutta la sua vita: ma i tempi eran mutati; e, nell'abisso in cui Gertrude era caduta, e al paragone di ciò che poteva temere in certi momenti, la condizione di monaca festeggiata, ossequiata, ubbidita, le pareva uno zuccherino. Due sentimenti di ben diverso genere contribuivan pure a intervalli a scemare quella sua antica avversione: talvolta il rimorso del fallo, e una tenerezza fantastica di divozione; talvolta l'orgoglio amareggiato e irritato dalle maniere della carceriera, la quale (spesso, a dire il vero, provocata da lei) si vendicava, ora facendole paura di quel minacciato gastigo, ora svergognandola del fallo. Quando poi voleva mostrarsi benigna, prendeva un tono di protezione, più odioso ancora dell'insulto. In tali diverse occasioni, il desiderio che Gertrude sentiva d'uscir dall'unghie di colei, e di comparirle in uno stato al di sopra della sua collera e della sua pietà, questo desiderio abituale diveniva tanto vivo e pungente, da far parere amabile ogni cosa che potesse condurre ad appagarlo.
In capo a quattro o cinque lunghi giorni di prigionia, una mattina, Gertrude stuccata ed invelenita all'eccesso, per un di que' dispetti della sua guardiana, andò a cacciarsi in un angolo della camera, e lì, con la faccia nascosta tra le mani, stette qualche tempo a divorar la sua rabbia. Sentì allora un bisogno prepotente di vedere altri visi, di sentire altre parole, d'esser trattata diversamente. Pensò al padre, alla famiglia: il pensiero se ne arretrava spaventato. Ma le venne in mente che dipendeva da lei di trovare in loro degli amici; e provò una gioia improvvisa. Dietro questa, una confusione e un pentimento straordinario del suo fallo, e un ugual desiderio d'espiarlo. Non già che la sua volontà si fermasse in quel proponimento, ma giammai non c'era entrata con tanto ardore. S'alzò di lì, andò a un tavolino, riprese quella penna fatale, e scrisse al padre una lettera piena d'entusiasmo e d'abbattimento, d'afflizione e di speranza, implorando il perdono, e mostrandosi indeterminatamente pronta a tutto ciò che potesse piacere a chi doveva accordarlo.

Cap. X

Vi son de' momenti in cui l'animo, particolarmente de' giovani, è disposto in maniera che ogni poco d'istanza basta a ottenerne ogni cosa che abbia un'apparenza di bene e di sacrifizio: come un fiore appena sbocciato, s'abbandona mollemente sul suo fragile stelo, pronto a concedere le sue fragranze alla prim'aria che gli aliti punto d'intorno. Questi momenti, che si dovrebbero dagli altri ammirare con timido rispetto, son quelli appunto che l'astuzia interessata spia attentamente, e coglie di volo, per legare una volontà che non si guarda.

Al legger quella lettera, il principe *** vide subito lo spiraglio aperto alle sue antiche e costanti mire. Mandò a dire a Gertrude che venisse da lui; e aspettandola, si dispose a batter il ferro, mentre era caldo. Gertrude comparve, e, senza alzar gli occhi in viso al padre, gli si buttò in ginocchioni davanti, ed ebbe appena fiato di dire: - perdono! - Egli le fece cenno che s'alzasse; ma, con una voce poco atta a rincorare, le rispose che il perdono non bastava desiderarlo né chiederlo; ch'era cosa troppo agevole e troppo naturale a chiunque sia trovato in colpa, e tema la punizione; che in somma bisognava meritarlo. Gertrude domando, sommessamente e tremando, che cosa dovesse fare. Il principe (non ci regge il cuore di dargli in questo momento il titolo di padre) non rispose direttamente, ma cominciò a parlare a lungo del fallo di Gertrude: e quelle parole frizzavano sull'animo della poveretta, come lo scorrere d'una mano ruvida sur una ferita. Continuò dicendo che, quand'anche... caso mai... che avesse avuto prima qualche intenzione di collocarla nel secolo, lei stessa ci aveva messo ora un ostacolo insuperabile; giacché a un cavalier d'onore, com'era lui, non sarebbe mai bastato l'animo di regalare a un galantuomo una signorina che aveva dato un tal saggio di sé. La misera ascoltatrice era annichilata: allora il principe, raddolcendo a grado a grado la voce e le parole, proseguì dicendo che però a ogni fallo c'era rimedio e misericordia; che il suo era di quelli per i quali il rimedio è più chiaramente indicato: ch'essa doveva vedere, in questo tristo accidente, come un avviso che la vita del secolo era troppo piena di pericoli per lei...

- Ah sì! - esclamò Gertrude, scossa dal timore, preparata dalla vergogna, e mossa in quelpunto da una tenerezza istantanea.

- Ah! lo capite anche voi, - riprese incontanente il principe. - Ebbene, non si parli più delpassato: tutto è cancellato. Avete preso il solo partito onorevole, conveniente, che vi rimanesse; ma perché l'avete preso di buona voglia, e con buona maniera, tocca a me a farvelo riuscir gradito in tutto e per tutto: tocca a me a farne tornare tutto il vantaggio e tutto il merito sopra di voi. Ne prendo io la cura -. Così dicendo, scosse un campanello che stava sul tavolino, e al servitore che entrò, disse: - la principessa e il principino subito -. E seguitò poi con Gertrude: - voglio metterli subito a parte della mia consolazione; voglio che tutti comincin subito a trattarvi come si conviene. Avete sperimentato in parte il padre severo; ma da qui innanzi proverete tutto il padre amoroso.

A queste parole, Gertrude rimaneva come sbalordita. Ora ripensava come mai quel sì che le era scappato, avesse potuto significar tanto, ora cercava se ci fosse maniera di riprenderlo, di ristringerne il senso; ma la persuasione del principe pareva così intera, la sua gioia così gelosa, la benignità così condizionata, che Gertrude non osò proferire una parola che potesse turbarle menomamente.

Dopo pochi momenti, vennero i due chiamati, e vedendo lì Gertrude, la guardarono in viso, incerti e maravigliati. Ma il principe, con un contegno lieto e amorevole, che ne prescriveva loro un somigliante, - ecco, - disse, - la pecora smarrita: e sia questa l'ultima parola che richiami triste memorie. Ecco la consolazione della famiglia. Gertrude non ha più bisogno di consigli; ciò che noi desideravamo per suo bene, l'ha voluto lei spontaneamente. È risoluta, m'ha fatto intendere che è risoluta... - A questo passo, alzò essa verso il padre uno sguardo tra atterrito e supplichevole, come per chiedergli che sospendesse, ma egli proseguì francamente: - che è risoluta di prendere il velo.

- Brava! bene! - esclamarono, a una voce, la madre e il figlio, e l'uno dopo l'altraabbracciaron Gertrude; la quale ricevette queste accoglienze con lacrime, che furono interpretate per lacrime di consolazione. Allora il principe si diffuse a spiegar ciò che farebbe per render lieta e splendida la sorte della figlia. Parlò delle distinzioni di cui goderebbe nel monastero e nel paese; che, là sarebbe come una principessa, come la rappresentante della famiglia; che, appena l'età l'avrebbe permesso, sarebbe innalzata alla prima dignità; e, intanto, non sarebbe soggetta che di nome. La principessa e il principino rinnovavano, ogni momento, le congratulazioni e gli applausi: Gertrude era come dominata da un sogno.

- Converrà poi fissare il giorno, per andare a Monza, a far la richiesta alla badessa, - disse ilprincipe. - Come sarà contenta! Vi so dire che tutto il monastero saprà valutar l'onore che Gertrude gli fa. Anzi... perché non ci andiamo oggi? Gertrude prenderà volentieri un po' d'aria.
- Andiamo pure, - disse la principessa.
- Vo a dar gli ordini, - disse il principino.
- Ma... - proferì sommessamente Gertrude.
- Piano, piano, - riprese il principe: - lasciam decidere a lei: forse oggi non si senteabbastanza disposta, e le piacerebbe più aspettar fino a domani. Dite: volete che andiamo oggi o domani?
- Domani, - rispose, con voce fiacca, Gertrude, alla quale pareva ancora di far qualche cosa,prendendo un po' di tempo.
- Domani, - disse solennemente il principe: - ha stabilito che si vada domani. Intanto io vodal vicario delle monache, a fissare un giorno per l'esame -. Detto fatto, il principe uscì, e andò veramente (che non fu piccola degnazione) dal detto vicario; e concertarono che verrebbe di lì a due giorni.

In tutto il resto di quella giornata, Gertrude non ebbe un minuto di bene. Avrebbe desiderato riposar l'animo da tante commozioni, lasciar, per dir così, chiarire i suoi pensieri, render conto a se stessa di ciò che aveva fatto, di ciò che le rimaneva da fare, sapere ciò che volesse, rallentare un momento quella macchina che, appena avviata, andava così precipitosamente; ma non ci fu verso. L'occupazioni si succedevano senza interruzione, s'incastravano l'una con l'altra. Subito dopo partito il principe, fu condotta nel gabinetto della principessa, per essere, sotto la sua direzione, pettinata e rivestita dalla sua propria cameriera. Non era ancor terminato di dar l'ultima mano, che furon avvertite ch'era in tavola. Gertrude passò in mezzo agl'inchini della servitù, che accennava di congratularsi per la guarigione, e trovò alcuni parenti più prossimi, ch'erano stati invitati in fretta, per farle onore, e per rallegrarsi con lei de' due felici avvenimenti, la ricuperata salute, e la spiegata vocazione.

La sposina (così si chiamavan le giovani monacande, e Gertrude, al suo apparire, fu da tutti salutata con quel nome), la sposina ebbe da dire e da fare a rispondere a' complimenti che le fioccavan da tutte le parti. Sentiva bene che ognuna delle sue risposte era come un'accettazione e una conferma; ma come rispondere diversamente? Poco dopo alzati da tavola, venne l'ora della trottata. Gertrude entrò in carrozza con la madre, e con due zii ch'erano stati al pranzo. Dopo un solito giro, si riuscì alla strada Marina, che allora attraversava lo spazio occupato ora dal giardin pubblico, ed era il luogo dove i signori venivano in carrozza a ricrearsi delle fatiche della giornata. Gli zii parlarono anche a Gertrude, come portava la convenienza in quel giorno: e uno di loro, il qual pareva che, più dell'altro, conoscesse ogni persona, ogni carrozza, ogni livrea, e aveva ogni momento qualcosa da dire del signor tale e della signora tal altra, si voltò a lei tutt'a un tratto, e le disse: - ah furbetta! voi date un calcio a tutte queste corbellerie; siete una dirittona voi; piantate negl'impicci noi poveri mondani, vi ritirate a fare una vita beata, e andate in paradiso in carrozza.

Sul tardi, si tornò a casa; e i servitori, scendendo in fretta con le torce, avvertirono che molte visite stavano aspettando. La voce era corsa; e i parenti e gli amici venivano a fare il loro dovere. S'entrò nella sala della conversazione. La sposina ne fu l'idolo, il trastullo, la vittima. Ognuno la voleva per sé: chi si faceva prometter dolci, chi prometteva visite, chi parlava della madre tale sua parente, chi della madre tal altra sua conoscente, chi lodava il cielo di Monza, chi discorreva, con gran sapore, della gran figura ch'essa avrebbe fatta là. Altri, che non avevan potuto ancora avvicinarsi a Gertrude così assediata, stavano spiando l'occasione di farsi innanzi, e sentivano un certo rimorso, fin che non avessero fatto il loro dovere. A poco a poco, la compagnia s'andò dileguando; tutti se n'andarono senza rimorso, e Gertrude rimase sola co' genitori e il fratello.

- Finalmente, - disse il principe, - ho avuto la consolazione di veder mia figlia trattata dapar sua. Bisogna però confessare che anche lei s'è portata benone, e ha fatto vedere che non sarà impicciata a far la prima figura, e a sostenere il decoro della famiglia. Si cenò in fretta, per ritirarsi subito, ed esser pronti presto la mattina seguente.

Gertrude contristata, indispettita e, nello stesso tempo, un po' gonfiata da tutti que' complimenti, si rammentò in quel punto ciò che aveva patito dalla sua carceriera; e, vedendo il padre così disposto a compiacerla in tutto, fuor che in una cosa, volle approfittare dell'auge in cui si trovava, per acquietare almeno una delle passioni che la tormentavano. Mostrò quindi una gran ripugnanza a trovarsi con colei, lagnandosi fortemente delle sue maniere.

- Come! - disse il principe: - v'ha mancato di rispetto colei! Domani, domani, le laverò ilcapo come va. Lasciate fare a me, che le farò conoscere chi è lei, e chi siete voi. E a ogni modo, una figlia della quale io son contento, non deve vedersi intorno una persona che le dispiaccia -. Così detto, fece chiamare un'altra donna, e le ordinò di servir Gertrude; la quale intanto, masticando e assaporando la soddisfazione che aveva ricevuta, si stupiva di trovarci così poco sugo, in paragone del desiderio che n'aveva avuto. Ciò che, anche suo malgrado, s'impossessava di tutto il suo animo, era il sentimento de' gran progressi che aveva fatti, in quella giornata, sulla strada del chiostro, il pensiero che a ritirarsene ora ci vorrebbe molta più forza e risolutezza di quella che sarebbe bastata pochi giorni prima, e che pure non s'era sentita d'avere.

La donna che andò ad accompagnarla in camera, era una vecchia di casa, stata già governante del principino, che aveva ricevuto appena uscito dalle fasce, e tirato su fino all'adolescenza, e nel quale aveva riposte tutte le sue compiacenze, le sue speranze, la sua gloria. Era essa contenta della decisione fatta in quel giorno, come d'una sua propria fortuna; e Gertrude, per ultimo divertimento, dovette succiarsi le congratulazioni, le lodi, i consigli della vecchia, e sentir parlare di certe sue zie e prozie, le quali s'eran trovate ben contente d'esser monache, perché, essendo di quella casa, avevan sempre goduto i primi onori, avevan sempre saputo tenere uno zampino di fuori, e, dal loro parlatorio, avevano ottenuto cose che le più gran dame, nelle loro sale, non c'eran potute arrivare. Le parlò delle visite che avrebbe ricevute: un giorno poi, verrebbe il signor principino con la sua sposa, la quale doveva esser certamente una gran signorona; e allora, non solo il monastero, ma tutto il paese sarebbe in moto. La vecchia aveva parlato mentre spogliava Gertrude, quando Gertrude era a letto; parlava ancora, che Gertrude dormiva. La giovinezza e la fatica erano state più forti de' pensieri. Il sonno fu affannoso, torbido, pieno di sogni penosi, ma non fu rotto che dalla voce strillante della vecchia, che venne a svegliarla, perché si preparasse per la gita di Monza.

- Andiamo, andiamo, signora sposina: è giorno fatto; e prima che sia vestita e pettinata, civorrà un'ora almeno. La signora principessa si sta vestendo; e l'hanno svegliata quattr'ore prima del solito. Il signor principino è già sceso alle scuderie, poi è tornato su, ed è all'ordine per partire quando si sia. Vispo come una lepre, quel diavoletto: ma! è stato così fin da bambino; e io posso dirlo, che l'ho portato in collo. Ma quand'è pronto, non bisogna farlo aspettare, perché, sebbene sia della miglior pasta del mondo, allora s'impazientisce e strepita. Poveretto! bisogna compatirlo: è il suo naturale; e poi questa volta avrebbe anche un po' di ragione, perché s'incomoda per lei. Guai chi lo tocca in que' momenti! non ha riguardo per nessuno, fuorché per il signor principe. Ma finalmente non ha sopra di sé che il signor principe, e un giorno, il signor principe sarà lui; più tardi che sia possibile, però. Lesta, lesta, signorina! Perché mi guarda così incantata? A quest'ora dovrebbe esser fuor della cuccia.

All'immagine del principino impaziente, tutti gli altri pensieri che s'erano affollati alla mente risvegliata di Gertrude, si levaron subito, come uno stormo di passere all'apparir del nibbio. Ubbidì, si vestì in fretta, si lasciò pettinare, e comparve nella sala, dove i genitori e il fratello eran radunati. Fu fatta sedere sur una sedia a braccioli, e le fu portata una chicchera di cioccolata: il che, a que' tempi, era quel che già presso i Romani il dare la veste virile.

Quando vennero a avvertir ch'era attaccato, il principe tirò la figlia in disparte, e le disse: orsù, Gertrude, ieri vi siete fatta onore: oggi dovete superar voi medesima. Si tratta di fare una comparsa solenne nel monastero e nel paese dove siete destinata a far la prima figura. V'aspettano... - È inutile dire che il principe aveva spedito un avviso alla badessa, il giorno avanti. - V'aspettano, e tutti gli occhi saranno sopra di voi. Dignità e disinvoltura. La badessa vi domanderà cosa volete: è una formalità. Potete rispondere che chiedete d'essere ammessa a vestir l'abito in quel monastero, dove siete stata educata così amorevolmente, dove avete ricevute tante finezze: che è la pura verità. Dite quelle poche parole, con un fare sciolto: che non s'avesse a dire che v'hanno imboccata, e che non sapete parlare da voi. Quelle buone madri non sanno nulla dell'accaduto: è un segreto che deve restar sepolto nella famiglia; e perciò non fate una faccia contrita e dubbiosa, che potesse dar qualche sospetto. Fate vedere di che sangue uscite: manierosa, modesta; ma ricordatevi che, in quel luogo, fuor della famiglia, non ci sarà nessuno sopra di voi.

Senza aspettar risposta, il principe si mosse; Gertrude, la principessa e il principino lo seguirono; scesero tutti le scale, e montarono in carrozza. Gl'impicci e le noie del mondo, e la vita beata del chiostro, principalmente per le giovani di sangue nobilissimo, furono il tema della conversazione, durante il tragitto. Sul finir della strada, il principe rinnovò l'istruzioni alla figlia, e le ripeté più volte la formola della risposta. All'entrare in Monza, Gertrude si sentì stringere il cuore; ma la sua attenzione fu attirata per un istante da non so quali signori che, fatta fermar la carrozza, recitarono non so qual complimento. Ripreso il cammino, s'andò quasi di passo al monastero, tra gli sguardi de' curiosi, che accorrevano da tutte le parti sulla strada. Al fermarsi della carrozza, davanti a quelle mura, davanti a quella porta, il cuore si strinse ancor più a Gertrude. Si smontò tra due ale di popolo, che i servitori facevano stare indietro. Tutti quegli occhi addosso alla poveretta l'obbligavano a studiar continuamente il suo contegno: ma più di tutti quelli insieme, la tenevano in suggezione i due del padre, a' quali essa, quantunque ne avesse così gran paura, non poteva lasciar di rivolgere i suoi, ogni momento. E quegli occhi governavano le sue mosse e il suo volto, come per mezzo di redini invisibili. Attraversato il primo cortile, s'entrò in un altro, e lì si vide la porta del chiostro interno, spalancata e tutta occupata da monache. Nella prima fila, la badessa circondata da anziane; dietro, altre monache alla rinfusa, alcune in punta di piedi; in ultimo le converse ritte sopra panchetti. Si vedevan pure qua e là luccicare a mezz'aria alcuni occhietti, spuntar qualche visino tra le tonache: eran le più destre, e le più coraggiose tra l'educande, che, ficcandosi e penetrando tra monaca e monaca, eran riuscite a farsi un po' di pertugio, per vedere anch'esse qualche cosa. Da quella calca uscivano acclamazioni; si vedevan molte braccia dimenarsi, in segno d'accoglienza e di gioia. Giunsero alla porta; Gertrude si trovò a viso a viso con la madre badessa. Dopo i primi complimenti, questa, con una maniera tra il giulivo e il solenne, le domandò cosa desiderasse in quel luogo, dove non c'era chi le potesse negar nulla.

- Son qui..., - cominciò Gertrude; ma, al punto di proferir le parole che dovevano deciderquasi irrevocabilmente del suo destino, esitò un momento, e rimase con gli occhi fissi sulla folla che le stava davanti. Vide, in quel momento, una di quelle sue note compagne, che la guardava con un'aria di compassione e di malizia insieme, e pareva che dicesse: ah! la c'è cascata la brava. Quella vista, risvegliando più vivi nell'animo suo tutti gli antichi sentimenti, le restituì anche un po' di quel poco antico coraggio: e già stava cercando una risposta qualunque, diversa da quella che le era stata dettata; quando, alzato lo sguardo alla faccia del padre, quasi per esperimentar le sue forze, scorse su quella un'inquietudine così cupa, un'impazienza così minaccevole, che, risoluta per paura, con la stessa prontezza che avrebbe preso la fuga dinanzi un oggetto terribile, proseguì: - son qui a chiedere d'esser ammessa a vestir l'abito religioso, in questo monastero, dove sono stata allevata così amorevolmente - . La badessa rispose subito, che le dispiaceva molto, in una tale occasione, che le regole non le permettessero di dare immediatamente una risposta, la quale doveva venire dai voti comuni delle suore, e alla quale doveva precedere la licenza de' superiori. Che però Gertrude, conoscendo i sentimenti che s'avevan per lei in quel luogo, poteva preveder con certezza qual sarebbe questa risposta; e che intanto nessuna regola proibiva alla badessa e alle suore di manifestare la consolazione che sentivano di quella richiesta. S'alzò allora un frastono confuso di congratulazioni e d'acclamazioni. Vennero subito gran guantiere colme di dolci, che furon presentati, prima alla sposina, e dopo ai parenti. Mentre alcune monache facevano a rubarsela, e altre complimentavan la madre, altre il principino, la badessa fece pregare il principe che volesse venire alla grata del parlatorio, dove l'attendeva. Era accompagnata da due anziane; e quando lo vide comparire, - signor principe, - disse: - per ubbidire alle regole... per adempire una formalità indispensabile, sebbene in questo caso... pure devo dirle... che, ogni volta che una figlia chiede d'essere ammessa a vestir l'abito,... la superiora, quale io sono indegnamente,... è obbligata d'avvertire i genitori... che se, per caso... forzassero la volontà della figlia, incorrerebbero nella scomunica. Mi scuserà...

- Benissimo, benissimo, reverenda madre. Lodo la sua esattezza: è troppo giusto... Ma leinon può dubitare... - Oh! pensi, signor principe,... ho parlato per obbligo preciso,... del resto...

- Certo, certo, madre badessa.

Barattate queste poche parole, i due interlocutori s'inchinarono vicendevolmente, e si separarono, come se a tutt'e due pesasse di rimaner lì testa testa; e andarono a riunirsi ciascuno alla sua compagnia, l'uno fuori, l'altra dentro la soglia claustrale. Dato luogo a un po' d'altre ciarle, - Oh via, - disse il principe: - Gertrude potrà presto godersi a suo bell'agio la compagnia di queste madri. Per ora le abbiamo incomodate abbastanza -. Così detto, fece un inchino; la famiglia si mosse con lui; si rinnovarono i complimenti, e si partì. Gertrude, nel tornare, non aveva troppa voglia di discorrere. Spaventata del passo che aveva fatto, vergognosa della sua dappocaggine, indispettita contro gli altri e contro sé stessa, faceva tristamente il conto dell'occasioni, che le rimanevano ancora di dir di no; e prometteva debolmente e confusamente a sé stessa che, in questa, o in quella, o in quell'altra, sarebbe più destra e più forte. Con tutti questi pensieri, non le era però cessato affatto il terrore di quel cipiglio del padre; talché, quando, con un'occhiata datagli alla sfuggita, poté chiarirsi che sul volto di lui non c'era più alcun vestigio di collera, quando anzi vide che si mostrava soddisfattissimo di lei, le parve una bella cosa, e fu, per un istante, tutta contenta.

Appena arrivati, bisognò rivestirsi e rilisciarsi; poi il desinare, poi alcune visite, poi la trottata, poi la conversazione, poi la cena. Sulla fine di questa, il principe mise in campo un altro affare, la scelta della madrina. Così si chiamava una dama, la quale, pregata da' genitori, diventava custode e scorta della giovane monacanda, nel tempo tra la richiesta e l'entratura nel monastero; tempo che veniva speso in visitar le chiese, i palazzi pubblici, le conversazioni, le ville, i santuari: tutte le cose in somma più notabili della città e de' contorni; affinché le giovani, prima di proferire un voto irrevocabile, vedessero bene a cosa davano un calcio. - Bisognerà pensare a una madrina, - disse il principe: - perché domani verrà il vicario delle monache, per la formalità dell'esame, e subito dopo, Gertrude verrà proposta in capitolo, per esser accettata dalle madri -. Nel dir questo, s'era voltato verso la principessa; e questa, credendo che fosse un invito a proporre, cominciava: - ci sarebbe... Ma il principe interruppe: - No, no, signora principessa: la madrina deve prima di tutto piacere alla sposina; e benché l'uso universale dia la scelta ai parenti, pure Gertrude ha tanto giudizio, tanta assennatezza, che merita bene che si faccia un'eccezione per lei -. E qui, voltandosi a Gertrude, in atto di chi annunzia una grazia singolare, continuò: - ognuna delle dame che si son trovate questa sera alla conversazione, ha quel che si richiede per esser madrina d'una figlia della nostra casa; non ce n'è nessuna, crederei, che non sia per tenersi onorata della preferenza: scegliete voi.

Gertrude vedeva bene che far questa scelta era dare un nuovo consenso; ma la proposta veniva fatta con tanto apparato, che il rifiuto, per quanto fosse umile, poteva parer disprezzo, o almeno capriccio e leziosaggine. Fece dunque anche quel passo; e nominò la dama che, in quella sera, le era andata più a genio; quella cioè che le aveva fatto più carezze, che l'aveva più lodata, che l'aveva trattata con quelle maniere famigliari, affettuose e premurose, che, ne' primi momenti d'una conoscenza, contraffanno una antica amicizia. Ottima scelta, - disse il principe, che desiderava e aspettava appunto quella. Fosse arte o caso, era avvenuto come quando il giocator di bussolotti facendovi scorrere davanti agli occhi le carte d'un mazzo, vi dice che ne pensiate una, e lui poi ve la indovinerà; ma le ha fatte scorrere in maniera che ne vediate una sola. Quella dama era stata tanto intorno a Gertrude tutta la sera, l'aveva tanto occupata di sé, che a questa sarebbe bisognato uno sforzo di fantasia per pensarne un'altra. Tante premure poi non eran senza motivo: la dama aveva, da molto tempo, messo gli occhi addosso al principino, per farlo suo genero: quindi riguardava le cose di quella casa come sue proprie; ed era ben naturale che s'interessasse per quella cara Gertrude, niente meno de' suoi parenti più prossimi. Il giorno dopo, Gertrude si svegliò col pensiero dell'esaminatore che doveva venire; e mentre stava ruminando se potesse cogliere quella occasione così decisiva, per tornare indietro, e in qual maniera, il principe la fece chiamare. - Orsù, figliuola, - le disse: - finora vi siete portata egregiamente: oggi si tratta di coronar l'opera. Tutto quel che s'è fatto finora, s'è fatto di vostro consenso. Se in questo tempo vi fosse nato qualche dubbio, qualche pentimentuccio, grilli di gioventù, avreste dovuto spiegarvi; ma al punto a cui sono ora le cose, non è più tempo di far ragazzate. Quell'uomo dabbene che deve venire stamattina, vi farà cento domande sulla vostra vocazione: e se vi fate monaca di vostra volontà, e il perché e il per come, e che so io? Se voi titubate nel rispondere, vi terrà sulla corda chi sa quanto. Sarebbe un'uggia, un tormento per voi; ma ne potrebbe anche venire un altro guaio più serio. Dopo tutte le dimostrazioni pubbliche che si son fatte, ogni più piccola esitazione che si vedesse in voi, metterebbe a repentaglio il mio onore, potrebbe far credere ch'io avessi presa una vostra leggerezza per una ferma risoluzione, che avessi precipitato la cosa, che avessi... che so io? In questo caso, mi troverei nella necessità di scegliere tra due partiti dolorosi: o lasciar che il mondo formi un tristo concetto della mia condotta: partito che non può stare assolutamente con ciò che devo a me stesso. O svelare il vero motivo della vostra risoluzione e... - Ma qui, vedendo che Gertrude era diventata scarlatta, che le si gonfiavan gli occhi, e il viso si contraeva, come le foglie d'un fiore, nell'afa che precede la burrasca, troncò quel discorso, e, con aria serena, riprese: - via, via, tutto dipende da voi, dal vostro buon giudizio. So che n'avete molto, e non siete ragazza da guastar sulla fine una cosa fatta bene; ma io doveva preveder tutti i casi. Non se ne parli più; e restiam d'accordo che voi risponderete con franchezza, in maniera di non far nascer dubbi nella testa di quell'uomo dabbene. Così anche voi ne sarete fuori più presto -. E qui, dopo aver suggerita qualche risposta all'interrogazioni più probabili, entrò nel solito discorso delle dolcezze e de' godimenti ch'eran preparati a Gertrude nel monastero; e la trattenne in quello, fin che venne un servitore ad annunziare il vicario. Il principe rinnovò in fretta gli avvertimenti più importanti, e lasciò la figlia sola con lui, com'era prescritto.

L'uomo dabbene veniva con un po' d'opinione già fatta che Gertrude avesse una gran vocazione al chiostro: perché così gli aveva detto il principe, quando era stato a invitarlo. È vero che il buon prete, il quale sapeva che la diffidenza era una delle virtù più necessarie nel suo ufizio, aveva per massima d'andar adagio nel credere a simili proteste, e di stare in guardia contro le preoccupazioni; ma ben di rado avviene che le parole affermative e sicure d'una persona autorevole, in qualsivoglia genere, non tingano del loro colore la mente di chi le ascolta.

Dopo i primi complimenti, - signorina, - le disse, - io vengo a far la parte del diavolo; vengo a mettere in dubbio ciò che, nella sua supplica lei ha dato per certo; vengo a metterle davanti agli occhi le difficoltà, e ad accertarmi se le ha ben considerate. Si contenti ch'io le faccia qualche interrogazione. - Dica pure, - rispose Gertrude.

Il buon prete cominciò allora a interrogarla, nella forma prescritta dalle regole. - Sente lei in cuor suo una libera, spontanea risoluzione di farsi monaca? Non sono state adoperate minacce, o lusinghe? Non s'è fatto uso di nessuna autorità, per indurla a questo? Parli senza riguardi, e con sincerità, a un uomo il cui dovere è di conoscere la sua vera volontà, per impedire che non le venga usata violenza in nessun modo.

La vera risposta a una tale domanda s'affacciò subito alla mente di Gertrude, con un'evidenza terribile. Per dare quella risposta, bisognava venire a una spiegazione, dire di che era stata minacciata, raccontare una storia... L'infelice rifuggì spaventata da questa idea; cercò in fretta un'altra risposta; ne trovò una sola che potesse liberarla presto e sicuramente da quel supplizio, la più contraria al vero. - Mi fo monaca, - disse, nascondendo il suo turbamento, - mi fo monaca, di mio genio, liberamente. - Da quanto tempo le è nato codesto pensiero? - domandò ancora il buon prete.

- L'ho sempre avuto, - rispose Gertrude, divenuta, dopo quel primo passo, più franca amentire contro se stessa.
- Ma quale è il motivo principale che la induce a farsi monaca?

Il buon prete non sapeva che terribile tasto toccasse; e Gertrude si fece una gran forza per non lasciar trasparire sul viso l'effetto che quelle parole le producevano nell'animo. - Il motivo, - disse, - è di servire a Dio, e di fuggire i pericoli del mondo.

- Non sarebbe mai qualche disgusto? qualche... mi scusi... capriccio? Alle volte, unacagione momentanea può fare un'impressione che par che deva durar sempre; e quando poi la cagione cessa, e l'animo si muta, allora...
- No, no, - rispose precipitosamente Gertrude: - la cagione è quella che le ho detto.

Il vicario, più per adempire interamente il suo obbligo, che per la persuasione che ce ne fosse bisogno, insistette con le domande; ma Gertrude era determinata d'ingannarlo. Oltre il ribrezzo che le cagionava il pensiero di render consapevole della sua debolezza quel grave e dabben prete, che pareva così lontano dal sospettar tal cosa di lei; la poveretta pensava poi anche ch'egli poteva bene impedire che si facesse monaca; ma lì finiva la sua autorità sopra di lei, e la sua protezione. Partito che fosse, essa rimarrebbe sola col principe. E qualunque cosa avesse poi a patire in quella casa, il buon prete non n'avrebbe saputo nulla, o sapendolo, con tutta la sua buona intenzione, non avrebbe potuto far altro che aver compassione di lei, quella compassione tranquilla e misurata, che, in generale, s'accorda, come per cortesia, a chi abbia dato cagione o pretesto al male che gli fanno. L'esaminatore fu prima stanco d'interrogare, che la sventurata di mentire: e, sentendo quelle risposte sempre conformi, e non avendo alcun motivo di dubitare della loro schiettezza, mutò finalmente linguaggio; si rallegrò con lei, le chiese, in certo modo, scusa d'aver tardato tanto a far questo suo dovere; aggiunse ciò che credeva più atto a confermarla nel buon proposito; e si licenziò.

Attraversando le sale per uscire, s'abbatté nel principe, il quale pareva che passasse di là a caso; e con lui pure si congratulò delle buone disposizioni in cui aveva trovata la sua figliuola. Il principe era stato fino allora in una sospensione molto penosa: a quella notizia, respirò, e dimenticando la sua gravità consueta, andò quasi di corsa da Gertrude, la ricolmò di lodi, di carezze e di promesse, con un giubilo cordiale, con una tenerezza in gran parte sincera: così fatto è questo guazzabuglio del cuore umano.

Noi non seguiremo Gertrude in quel giro continuato di spettacoli e di divertimenti. E neppure descriveremo, in particolare e per ordine, i sentimenti dell'animo suo in tutto quel tempo: sarebbe una storia di dolori e di fluttuazioni, troppo monotona, e troppo somigliante alle cose già dette. L'amenità

de' luoghi, la varietà degli oggetti, quello svago che pur trovava nello scorrere in qua e in là all'aria aperta, le rendevan più odiosa l'idea del luogo dove alla fine si smonterebbe per l'ultima volta, per sempre. Più pungenti ancora eran l'impressioni che riceveva nelle conversazioni e nelle feste. La vista delle spose alle quali si dava questo titolo nel senso più ovvio e più usitato, le cagionava un'invidia, un rodimento intollerabile; e talvolta l'aspetto di qualche altro personaggio le faceva parere che, nel sentirsi dare quel titolo, dovesse trovarsi il colmo d'ogni felicità. Talvolta la pompa de' palazzi, lo splendore degli addobbi, il brulichìo e il fracasso giulivo delle feste, le comunicavano un'ebbrezza, un ardor tale di viver lieto, che prometteva a se stessa di disdirsi, di soffrir tutto, piuttosto che tornare all'ombra fredda e morta del chiostro. Ma tutte quelle risoluzioni sfumavano alla considerazione più riposata delle difficoltà, al solo fissar gli occhi in viso al principe. Talvolta anche, il pensiero di dover abbandonare per sempre que' godimenti, gliene rendeva arnaro e penoso quel piccol saggio; come l'infermo assetato guarda con rabbia, e quasi rispinge con dispetto il cucchiaio d'acqua che il medico gli concede a fatica.
Intanto il vicario delle monache ebbe rilasciata l'attestazione necessaria, e venne la licenza di tenere il capitolo per l'accettazione di Gertrude. Il capitolo si tenne; concorsero, com'era da aspettarsi, i due terzi de' voti segreti ch'eran richiesti da' regolamenti; e Gertrude fu accettata. Lei medesima, stanca di quel lungo strazio, chiese allora d'entrar più presto che fosse possibile, nel monastero. Non c'era sicuramente chi volesse frenare una tale impazienza. Fu dunque fatta la sua volontà; e, condotta pomposamente al monastero, vestì l'abito. Dopo dodici mesi di noviziato, pieni di pentimenti e di ripentimenti, si trovò al momento della professione, al momento cioè in cui conveniva, o dire un no più strano, più inaspettato, più scandaloso che mai, o ripetere un sì tante volte detto; lo ripeté, e fu monaca per sempre.

È una delle facoltà singolari e incomunicabili della religione cristiana, il poter indirizzare e consolare chiunque, in qualsivoglia congiuntura, a qualsivoglia termine, ricorra ad essa. Se al passato c'è rimedio, essa lo prescrive, lo somministra, dà lume e vigore per metterlo in opera, a qualunque costo; se non c'è, essa dà il modo di far realmente e in effetto, ciò che si dice in proverbio, di necessita virtù. Insegna a continuare con sapienza ciò ch'è stato intrapreso per leggerezza; piega l'animo ad abbracciar con propensione ciò che è stato imposto dalla prepotenza, e dà a una scelta che fu temeraria, ma che è irrevocabile, tutta la santità, tutta la saviezza, diciamolo pur francamente, tutte le gioie della vocazione. È una strada così fatta che, da qualunque laberinto, da qualunque precipizio, l'uomo capiti ad essa, e vi faccia un passo, può d'allora in poi camminare con sicurezza e di buona voglia, e arrivar lietamente a un lieto fine. Con questo mezzo, Gertrude avrebbe potuto essere una monaca santa e contenta, comunque lo fosse divenuta. Ma l'infelice si dibatteva in vece sotto il giogo, e così ne sentiva più forte il peso e le scosse. Un rammarico incessante della libertà perduta, l'abborrimento dello stato presente, un vagar faticoso dietro a desidèri che non sarebbero mai soddisfatti, tali erano le principali occupazioni dell'animo suo. Rimasticava quell'amaro passato, ricomponeva nella memoria tutte le circostanze per le quali si trovava lì; e disfaceva mille volte inutilmente col pensiero ciò che aveva fatto con l'opera; accusava sé di dappocaggine, altri di tirannia e di perfidia; e si rodeva. Idolatrava insieme e piangeva la sua bellezza, deplorava una gioventù destinata a struggersi in un lento martirio, e invidiava, in certi momenti, qualunque donna, in qualunque condizione, con qualunque coscienza, potesse liberamente godersi nel mondo que' doni.

La vista di quelle monache che avevan tenuto di mano a tirarla là dentro, le era odiosa. Si ricordava l'arti e i raggiri che avevan messi in opera, e le pagava con tante sgarbatezze, con tanti dispetti, e anche con aperti rinfacciamenti. A quelle conveniva le più volte mandar giù e tacere: perché il principe aveva ben voluto tiranneggiar la figlia quanto era necessario per ispingerla al chiostro; ma ottenuto l'intento, non avrebbe così facilmente sofferto che altri pretendesse d'aver ragione contro il suo sangue: e ogni po' di rumore che avesser fatto, poteva esser cagione di far loro perdere quella gran protezione, o cambiar per avventura il protettore in nemico. Pare che Gertrude avrebbe dovuto sentire una certa propensione per l'altre suore, che non avevano avuto parte in quegl'intrighi, e che, senza averla desiderata per compagna, l'amavano come tale; e pie, occupate e ilari, le mostravano col loro esempio come anche là dentro si potesse non solo vivere, ma starci bene. Ma queste pure le erano odiose, per un altro verso. La loro aria di pietà e di contentezza le riusciva come un rimprovero della sua inquietudine, e della sua condotta bisbetica; e non lasciava sfuggire occasione di deriderle dietro le spalle, come pinzochere, o di morderle come ipocrite. Forse sarebbe stata meno avversa ad esse, se avesse saputo o indovinato che le poche palle nere, trovate nel bossolo che decise della sua accettazione, c'erano appunto state messe da quelle.

Qualche consolazione le pareva talvolta di trovar nel comandare, nell'esser corteggiata in monastero, nel ricever visite di complimento da persone di fuori, nello spuntar qualche impegno, nello spendere la sua protezione, nel sentirsi chiamar la signora; ma quali consolazioni! Il cuore, trovandosene così poco appagato, avrebbe voluto di quando in quando aggiungervi, e goder con esse le consolazioni della religione; ma queste non vengono se non a chi trascura quell'altre: come il naufrago, se vuole afferrar la tavola che può condurlo in salvo sulla riva, deve pure allargare il pugno, e abbandonar l'alghe, che aveva prese, per una rabbia d'istinto.

Poco dopo la professione, Gertrude era stata fatta maestra dell'educande; ora pensate come dovevano stare quelle giovinette, sotto una tal disciplina. Le sue antiche confidenti eran tutte uscite; ma lei serbava vive tutte le passioni di quel tempo; e, in un modo o in un altro, l'allieve dovevan portarne il peso. Quando le veniva in mente che molte di loro eran destinate a vivere in quel mondo dal quale essa era esclusa per sempre, provava contro quelle poverine un astio, un desiderio quasi di vendetta; e le teneva sotto, le bistrattava, faceva loro scontare anticipatamente i piaceri che avrebber goduti un giorno. Chi avesse sentito, in que' momenti, con che sdegno magistrale le gridava, per ogni piccola scappatella, l'avrebbe creduta una donna d'una spiritualità salvatica e indiscreta. In altri momenti, lo stesso orrore per il chiostro, per la regola, per l'ubbidienza, scoppiava in accessi d'umore tutto opposto. Allora, non solo sopportava la svagatezza clamorosa delle sue allieve, ma l'eccitava; si mischiava ne' loro giochi, e li rendeva più sregolati; entrava a parte de' loro discorsi, e li spingeva più in là dell'intenzioni con le quali esse gli avevano incominciati. Se qualcheduna diceva una parola sul cicalìo della madre badessa, la maestra lo imitava lungamente, e ne faceva una scena di commedia; contraffaceva il volto d'una monaca, l'andatura d'un'altra: rideva allora sgangheratamente; ma eran risa che non la lasciavano più allegra di prima. Così era vissuta alcuni anni, non avendo comodo, né occasione di far di più; quando la sua disgrazia volle che un'occasione si presentasse. Tra l'altre distinzioni e privilegi che le erano stati concessi, per compensarla di non poter esser badessa, c'era anche quello di stare in un quartiere a parte. Quel lato del monastero era contiguo a una casa abitata da un giovine, scellerato di professione, uno de' tanti, che, in que' tempi, e co' loro sgherri, e con l'alleanze d'altri scellerati, potevano, fino a un certo segno, ridersi della forza pubblica e delle leggi. Il nostro manoscritto lo nomina Egidio, senza parlar del casato. Costui, da una sua finestrina che dominava un cortiletto di quel quartiere, avendo veduta Gertrude qualche volta passare o girandolar lì, per ozio, allettato anzi che atterrito dai pericoli e dall'empietà dell'impresa, un giorno osò rivolgerle il discorso. La sventurata rispose.

In que' primi momenti, provò una contentezza, non schietta al certo, ma viva. Nel vòto uggioso dell'animo suo s'era venuta a infondere un'occupazione forte, continua e, direi quasi, una vita potente; ma quella contentezza era simile alla bevanda ristorativa che la crudeltà ingegnosa degli antichi mesceva al condannato, per dargli forza a sostenere i tormenti. Si videro, nello stesso tempo, di gran novità in tutta la sua condotta: divenne, tutt'a un tratto, più regolare, più tranquilla, smesse gli scherni e il brontolìo, si mostrò anzi carezzevole e manierosa, dimodoché le suore si rallegravano a vicenda del cambiamento felice; lontane com'erano dall'immaginarne il vero motivo, e dal comprendere che quella nuova virtù non era altro che ipocrisia aggiunta all'antiche magagne. Quell'apparenza però, quella, per dir così, imbiancatura esteriore, non durò gran tempo, almeno con quella continuità e uguaglianza: ben presto tornarono in campo i soliti dispetti e i soliti capricci, tornarono a farsi sentire l'imprecazioni e gli scherni contro la prigione claustrale, e talvolta espressi in un linguaggio insolito in quel luogo, e anche in quella bocca. Però, ad ognuna di queste scappate veniva dietro un pentimento, una gran cura di farle dimenticare, a forza di moine e buone parole. Le suore sopportavano alla meglio tutti questi alt'e bassi, e gli attribuivano all'indole bisbetica e leggiera della signora.

Per qualche tempo, non parve che nessuna pensasse più in là; ma un giorno che la signora, venuta a parole con una conversa, per non so che pettegolezzo, si lasciò andare a maltrattarla fuor di modo, e non la finiva più, la conversa, dopo aver sofferto, ed essersi morse le labbra un pezzo, scappatale finalmente la pazienza, buttò là una parola, che lei sapeva qualche cosa, e, che, a tempo e luogo, avrebbe parlato. Da quel momento in poi, la signora non ebbe più pace. Non passò però molto tempo, che la conversa fu aspettata in vano, una mattina, a' suoi ufizi consueti: si va a veder nella sua cella, e non si trova: è chiamata ad alta voce; non risponde: cerca di qua, cerca di là, gira e rigira, dalla cima al fondo; non c'è in nessun luogo. E chi sa quali congetture si sarebber fatte, se, appunto nel cercare, non si fosse scoperto una buca nel muro dell'orto; la qual cosa fece pensare a tutte, che fosse sfrattata di là. Si fecero gran ricerche in Monza e ne' contorni, e principalmente a Meda, di dov'era quella conversa; si scrisse in varie parti: non se n'ebbe mai la più piccola notizia. Forse se ne sarebbe potuto saper di più, se, in vece di cercar lontano, si fosse scavato vicino. Dopo molte maraviglie, perché nessuno l'avrebbe creduta capace di ciò, e dopo molti discorsi, si concluse che doveva essere andata lontano, lontano. E perché scappò detto a una suora: - s'è rifugiata in Olanda di sicuro, - si disse subito, e si ritenne per un pezzo, nel monastero e fuori, che si fosse rifugiata in Olanda. Non pare però che la signora fosse di questo parere. Non già che mostrasse di non credere, o combattesse l'opinion comune, con sue ragioni particolari: se ne aveva, certo, ragioni non furono mai così ben dissimulate; né c'era cosa da cui s'astenesse più volentieri che da rimestar quella storia, cosa di cui si curasse meno che di toccare il fondo di quel mistero. Ma quanto meno ne parlava, tanto più ci pensava. Quante volte al giorno l'immagine di quella donna veniva a cacciarsi d'improvviso nella sua mente, e si piantava lì, e non voleva moversi! Quante volte avrebbe desiderato di vedersela dinanzi viva e reale, piuttosto che averla sempre fissa nel pensiero, piuttosto che dover trovarsi, giorno e notte, in compagnia di quella forma vana, terribile, impassibile! Quante volte avrebbe voluto sentir davvero la voce di colei, qualunque cosa avesse potuto minacciare, piuttosto che aver sempre nell'intimo dell'orecchio mentale il susurro fantastico di quella stessa voce, e sentirne parole ripetute con una pertinacia, con un'insistenza infaticabile, che nessuna persona vivente non ebbe mai!

Era scorso circa un anno dopo quel fatto, quando Lucia fu presentata alla signora, ed ebbe con lei quel colloquio al quale siam rimasti col racconto. La signora moltiplicava le domande intorno alla persecuzione di don Rodrigo, e entrava in certi particolari, con una intrepidezza, che riuscì e doveva riuscire più che nuova a Lucia, la quale non aveva mai pensato che la curiosità delle monache potesse esercitarsi intorno a simili argomenti. I giudizi poi che quella frammischiava all'interrogazioni, o che lasciava trasparire, non eran meno strani. Pareva quasi che ridesse del gran ribrezzo che Lucia aveva sempre avuto di quel signore, e domandava se era un mostro, da far tanta paura: pareva quasi che avrebbe trovato irragionevole e sciocca la ritrosia della giovine, se non avesse avuto per ragione la preferenza data a Renzo. E su questo pure s'avanzava a domande, che facevano stupire e arrossire l'interrogata. Avvedendosi poi d'aver troppo lasciata correr la lingua dietro agli svagamenti del cervello, cercò di correggere e d'interpretare in meglio quelle sue ciarle; ma non poté fare che a Lucia non ne rimanesse uno stupore dispiacevole, e come un confuso spavento. E appena poté trovarsi sola con la madre, se n'aprì con lei; ma Agnese, come più esperta, sciolse, con poche parole, tutti que' dubbi, e spiegò tutto il mistero. - Non te ne far maraviglia, - disse: - quando avrai conosciuto il mondo quanto me, vedrai che non son cose da farsene maraviglia. I signori, chi più, chi meno, chi per un verso, chi per un altro, han tutti un po' del matto. Convien lasciarli dire, principalmente quando s'ha bisogno di loro; far vista d'ascoltarli sul serio, come se dicessero delle cose giuste. Hai sentito come m'ha dato sulla voce, come se avessi detto qualche gran sproposito? Io non me ne son fatta caso punto. Son tutti così. E con tutto ciò, sia ringraziato il cielo, che pare che questa signora t'abbia preso a ben volere, e voglia proteggerci davvero. Del resto, se camperai, figliuola mia, e se t'accaderà ancora d'aver che fare con de' signori, ne sentirai, ne sentirai, ne sentirai.

Il desiderio d'obbligare il padre guardiano, la compiacenza di proteggere, il pensiero del buon concetto che poteva fruttare la protezione impiegata così santamente, una certa inclinazione per Lucia, e anche un certo sollievo nel far del bene a una creatura innocente, nel soccorrere e consolare oppressi, avevan realmente disposta la signora a prendersi a petto la sorte delle due povere fuggitive. A sua richiesta, e a suo riguardo, furono alloggiate nel quartiere della fattoressa attiguo al chiostro, e trattate come se fossero addette al servizio del monastero. La madre e la figlia si rallegravano insieme d'aver trovato così presto un asilo sicuro e onorato. Avrebber anche avuto molto piacere di rimanervi ignorate da ogni persona; ma la cosa non era facile in un monastero: tanto più che c'era un uomo troppo premuroso d'aver notizie d'una di loro, e nell'animo del quale, alla passione e alla picca di prima s'era aggiunta anche la stizza d'essere stato prevenuto e deluso. E noi, lasciando le donne nel loro ricovero, torneremo al palazzotto di costui, nell'ora in cui stava attendendo l'esito della sua scellerata spedizione.

Cap. XI

Come un branco di segugi, dopo aver inseguita invano una lepre, tornano mortificati verso il padrone, co' musi bassi, e con le code ciondoloni, così, in quella scompigliata notte, tornavano i bravi al palazzotto di don Rodrigo. Egli camminava innanzi e indietro, al buio, per una stanzaccia disabitata dell'ultimo piano, che rispondeva sulla spianata. Ogni tanto si fermava, tendeva l'orecchio, guardava dalle fessure dell'imposte intarlate, pieno d'impazienza e non privo d'inquietudine, non solo per l'incertezza della riuscita, ma anche per le conseguenze possibili; perché era la più grossa e la più arrischiata a cui il brav'uomo avesse ancor messo mano. S'andava però rassicurando col pensiero delle precauzioni prese per distrugger gl'indizi, se non i sospetti. " In quanto ai sospetti ", pensava, " me ne rido. Vorrei un po' sapere chi sarà quel voglioso che venga quassù a veder se c'è o non c'è una ragazza. Venga, venga quel tanghero, che sarà ben ricevuto. Venga il frate, venga. La vecchia? Vada a Bergamo la vecchia. La giustizia? Poh la giustizia! Il podestà non è un ragazzo, né un matto. E a Milano? Chi si cura di costoro a Milano? Chi gli darebbe retta? Chi sa che ci siano? Son come gente perduta sulla terra; non hanno né anche un padrone: gente di nessuno. Via, via, niente paura. Come rimarrà Attilio, domattina! Vedrà, vedrà s'io fo ciarle o fatti. E poi... se mai nascesse qualche imbroglio... che so io? qualche nemico che volesse cogliere quest'occasione,... anche Attilio saprà consigliarmi: c'è impegnato l'onore di tutto il parentado ". Ma il pensiero sul quale si fermava di più, perché in esso trovava insieme un acquietamento de' dubbi, e un pascolo alla passion principale, era il pensiero delle lusinghe, delle promesse che adoprerebbe per abbonire Lucia. " Avrà tanta paura di trovarsi qui sola, in mezzo a costoro, a queste facce, che... il viso più umano qui son io, per bacco... che dovrà ricorrere a me, toccherà a lei a pregare; e se prega ".

Mentre fa questi bei conti, sente un calpestìo, va alla finestra, apre un poco, fa capolino; son loro. " E la bussola? Diavolo! dov'è la bussola? Tre, cinque, otto: ci son tutti; c'è anche il Griso; la bussola non c'è: diavolo! diavolo! il Griso me ne renderà conto ".

Entrati che furono, il Griso posò in un angolo d'una stanza terrena il suo bordone, posò il cappellaccio e il sanrocchino, e, come richiedeva la sua carica, che in quel momento nessuno gl'invidiava, salì a render quel conto a don Rodrigo. Questo l'aspettava in cima alla scala; e vistolo apparire con quella goffa e sguaiata presenza del birbone deluso, - ebbene, gli disse, o gli gridò: - signore spaccone, signor capitano, signor*lascifareame*?

- L'è dura, - rispose il Griso, restando con un piede sul primo scalino, - l'è dura di riceverde' rimproveri, dopo aver lavorato fedelmente, e cercato di fare il proprio dovere, e arrischiata anche la pelle.
- Com'è andata? Sentiremo, sentiremo, - disse don Rodrigo, e s'avviò verso la sua camera,dove il Griso lo seguì, e fece subito la relazione di ciò che aveva disposto, fatto, veduto e non veduto, sentito, temuto, riparato; e la fece con quell'ordine e con quella confusione, con quella dubbiezza e con quello sbalordimento, che dovevano per forza regnare insieme nelle sue idee.
- Tu non hai torto, e ti sei portato bene, - disse don Rodrigo: - hai fatto quello che si poteva;ma... ma, che sotto questo tetto ci fosse una spia! Se c'è, se lo arrivo a scoprire, e lo scopriremo se c'è, te l'accomodo io; ti so dir io, Griso, che lo concio per il dì delle feste. - Anche a me, signore, - disse il Griso, - è passato per la mente un tal sospetto: e se fosse vero, se si venisse a scoprire un birbone di questa sorte, il signor padrone lo deve metter nelle mie mani. Uno che si fosse preso il divertimento di farmi passare una notte come questa! toccherebbe a me a pagarlo. Però, da varie cose m'è parso di poter rilevare che ci dev'essere qualche altro intrigo, che per ora non si può capire. Domani, signore, domani se ne verrà in chiaro.
- Non siete stati riconosciuti almeno?

Il Griso rispose che sperava di no; e la conclusione del discorso fu che don Rodrigo gli ordinò, per il giorno dopo, tre cose che colui avrebbe sapute ben pensare anche da sé. Spedire la mattina presto due uomini a fare al console quella tale intimazione, che fu poi fatta, come abbiam veduto; due altri al casolare a far la ronda, per tenerne lontano ogni ozioso che vi capitasse, e sottrarre a ogni sguardo la bussola fino alla notte prossima, in cui si manderebbe a prenderla; giacché per allora non conveniva fare altri movimenti da dar sospetto; andar poi lui, e mandare anche altri, de' più disinvolti e di buona testa, a mescolarsi con la gente, per scovar qualcosa intorno all'imbroglio di quella notte. Dati tali ordini, don Rodrigo se n'andò a dormire, e ci lasciò andare anche il Griso, congedandolo con molte lodi, dalle quali traspariva evidentemente l'intenzione di risarcirlo degl'improperi precipitati coi quali lo aveva accolto.

Va a dormire, povero Griso, che tu ne devi aver bisogno. Povero Griso! In faccende tutto il giorno, in faccende mezza la notte, senza contare il pericolo di cader sotto l'unghie de' villani, o di buscarti una taglia *per rapto di donna honesta*, per giunta di quelle che hai già addosso; e poi esser ricevuto in quella maniera! Ma! così pagano spesso gli uomini. Tu hai però potuto vedere, in questa circostanza, che qualche volta la giustizia, se non arriva alla prima, arriva, o presto o tardi anche in questo mondo. Va a dormire per ora: che un giorno avrai forse a somministrarcene un'altra prova, e più notabile di questa.

La mattina seguente, il Griso era fuori di nuovo in faccende, quando don Rodrigo s'alzò. Questo cercò subito del conte Attilio, il quale, vedendolo spuntare, fece un viso e un atto canzonatorio, e gli gridò: - san Martino!

- Non so cosa vi dire, - rispose don Rodrigo, arrivandogli accanto: - pagherò la scommessa;ma non è questo quel che più mi scotta. Non v'avevo detto nulla, perche, lo confesso, pensavo di farvi rimanere stamattina. Ma... basta, ora vi racconterò tutto.
- Ci ha messo uno zampino quel frate in quest'affare, - disse il cugino, dopo aver sentitotutto, con più serietà che non si sarebbe aspettato da un cervello così balzano. - Quel frate, - continuò, - con quel suo fare di gatta morta, e con quelle sue proposizioni sciocche, io l'ho per un dirittone, e per un impiccione. E voi non vi siete fidato di me, non m'avete mai detto chiaro cosa sia venuto qui a impastocchiarvi l'altro giorno -. Don Rodrigo riferì il dialogo. E voi avete avuto tanta sofferenza? - esclamò il conte Attilio: - e l'avete lasciato andare com'era venuto?
- Che volevate ch'io mi tirassi addosso tutti i cappuccini d'Italia?
- Non so, - disse il conte Attilio, - se, in quel momento, mi sarei ricordato che ci fossero almondo altri cappuccini che quel temerario birbante; ma via, anche nelle regole della prudenza, manca la maniera di prendersi soddisfazione anche d'un cappuccino? Bisogna saper raddoppiare a tempo le gentilezze a tutto il corpo, e allora si può impunemente dare un carico di bastonate a un membro. Basta; ha scansato la punizione che gli stava più bene; ma lo prendo io sotto la mia protezione, e voglio aver la consolazione d'insegnargli come si parla co' pari nostri.
- Non mi fate peggio.
- Fidatevi una volta, che vi servirò da parente e da amico.
- Cosa pensate di fare?
- Non lo so ancora; ma lo servirò io di sicuro il frate. Ci penserò, e... il signor conte zio delConsiglio segreto è lui che mi deve fare il servizio. Caro signor conte zio! Quanto mi diverto ogni volta che lo posso far lavorare per me, un politicone di quel calibro! Doman l'altro sarò a Milano, e, in una maniera o in un'altra, il frate sarà servito.

Venne intanto la colazione, la quale non interruppe il discorso d'un affare di quell'importanza. Il conte Attilio ne parlava con disinvoltura; e, sebbene ci prendesse quella parte che richiedeva la sua amicizia per il cugino, e l'onore del nome comune, secondo le idee che aveva d'amicizia e d'onore, pure ogni tanto non poteva tenersi di non rider sotto i baffi, di quella bella riuscita. Ma don Rodrigo, ch'era in causa propria, e che, credendo di far quietamente un gran colpo, gli era andato fallito con fracasso, era agitato da passioni più gravi, e distratto da pensieri più fastidiosi. - Di belle ciarle, - diceva, faranno questi mascalzoni, in tutto il contorno. Ma che m'importa? In quanto alla giustizia, me ne rido: prove non ce n'è; quando ce ne fosse, me ne riderei ugualmente: a buon conto, ho fatto stamattina avvertire il console che guardi bene di non far deposizione dell'avvenuto. Non ne seguirebbe nulla; ma le ciarle, quando vanno in lungo, mi seccano. È anche troppo ch'io sia stato burlato così barbaramente.

- Avete fatto benissimo, - rispondeva il conte Attilio. - Codesto vostro podestà... grancaparbio, gran testa vota, gran seccatore d'un podestà... è poi un galantuomo, un uomo che sa il suo dovere; e appunto quando s'ha che fare con persone tali, bisogna aver più riguardo di non metterle in impicci. Se un mascalzone di console fa una deposizione, il podestà, per quanto sia ben intenzionato, bisogna pure che...
- Ma voi, - interruppe, con un po' di stizza, don Rodrigo, - voi guastate le mie faccende, conquel vostro contraddirgli in tutto, e dargli sulla voce, e canzonarlo anche, all'occorrenza. Che diavolo, che un podestà non possa esser bestia e ostinato, quando nel rimanente è un galantuomo!
- Sapete, cugino, - disse guardandolo, maravigliato, il conte Attilio, - sapete, che comincio acredere che abbiate un po' di paura? Mi prendete sul serio anche il podestà...
- Via via, non avete detto voi stesso che bisogna tenerlo di conto?
- L'ho detto: e quando si tratta d'un affare serio, vi farò vedere che non sono un ragazzo.Sapete cosa mi basta l'animo di far per voi? Son uomo da andare in persona a far visita al signor podestà. Ah! sarà contento dell'onore? E son uomo da lasciarlo parlare per mezz'ora del conte duca, e del nostro signor castellano spagnolo, e da dargli ragione in tutto, anche quando ne dirà di quelle così massicce. Butterò poi là qualche parolina sul conte zio del Consiglio segreto: e sapete che efletto fanno quelle paroline

nell'orecchio del signor podestà. Alla fin de' conti, ha più bisogno lui della nostra protezione, che voi della sua condiscendenza. Farò di buono, e ci anderò, e ve lo lascerò meglio disposto che mai. Dopo queste e altre simili parole, il conte Attilio uscì, per andare a caccia; e don Rodrigo stette aspettando con ansietà il ritorno del Griso. Venne costui finalmente, sull'ora del desinare, a far la sua relazione.

Lo scompiglio di quella notte era stato tanto clamoroso, la sparizione di tre persone da un paesello era un tal avvenimento, che le ricerche, e per premura e per curiosità, dovevano naturalmente esser molte e calde e insistenti; e dall'altra parte, gl'informati di qualche cosa eran troppi, per andar tutti d'accordo a tacer tutto. Perpetua non poteva farsi veder sull'uscio, che non fosse tempestata da quello e da quell'altro, perché dicesse chi era stato a far quella gran paura al suo padrone: e Perpetua, ripensando a tutte le circostanze del fatto, e raccapezzandosi finalmente ch'era stata infinocchiata da Agnese, sentiva tanta rabbia di quella perfidia, che aveva proprio bisogno d'un po' di sfogo. Non già che andasse lamentandosi col terzo e col quarto della maniera tenuta per infinocchiar lei: su questo non fiatava; ma il tiro fatto al suo povero padrone non lo poteva passare affatto sotto silenzio; e sopra tutto, che un tiro tale fosse stato concertato e tentato da quel giovine dabbene, da quella buona vedova, da quella madonnina infilzata. Don Abbondio poteva ben comandarle risolutamente, e pregarla cordialmente che stesse zitta; lei poteva bene ripetergli che non faceva bisogno di suggerirle una cosa tanto chiara e tanto naturale; certo è che un così gran segreto stava nel cuore della povera donna, come, in una botte vecchia e mal cerchiata, un vino molto giovine, che grilla e gorgoglia e ribolle, e, se non manda il tappo per aria, gli geme all'intorno, e vien fuori in ischiuma, e trapela tra doga e doga, e gocciola di qua e di là, tanto che uno può assaggiarlo, e dire a un di presso che vino è. Gervaso, a cui non pareva vero d'essere una volta più informato degli altri, a cui non pareva piccola gloria l'avere avuta una gran paura, a cui, per aver tenuto dl mano a una cosa che puzzava di criminale, pareva d'esser diventato un uomo come gli altri, crepava di voglia di vantarsene. E quantunque Tonio, che pensava seriamente all'inquisizioni e ai processi possibili e al conto da rendere, gli comandasse, co' pugni sul viso, di non dir nulla a nessuno, pure non ci fu verso di soffogargli in bocca ogni parola. Del resto Tonio, anche lui, dopo essere stato quella notte fuor di casa in ora insolita, tornandovi, con un passo e con un sembiante insolito, e con un'agitazion d'animo che lo disponeva alla sincerità, non poté dissimulare il fatto a sua moglie; la quale non era muta. Chi parlò meno, fu Menico; perché, appena ebbe raccontata ai genitori la storia e il motivo della sua spedizione, parve a questi una cosa così terribile che un loro figliuolo avesse avuto parte a buttare all'aria un'impresa di don Rodrigo, che quasi quasi non lasciaron finire al ragazzo il suo racconto. Gli fecero poi subito i più forti e minacciosi comandi che guardasse bene di non far neppure un cenno di nulla: e la mattina seguente, non parendo loro d'essersi abbastanza assicurati, risolvettero di tenerlo chiuso in casa, per quel giorno, e per qualche altro ancora. Ma che? essi medesimi poi, chiacchierando con la gente del paese, e senza voler mostrar di saperne più di loro, quando si veniva a quel punto oscuro della fuga de' nostri tre poveretti, e del come, e del perché, e del dove, aggiungevano, come cosa conosciuta, che s'eran rifugiati a Pescarenico. Così anche questa circostanza entrò ne' discorsi comuni.

Con tutti questi brani di notizie, messi poi insieme e cuciti come s'usa, e con la frangia che ci s'attacca naturalmente nel cucire, c'era da fare una storia d'una certezza e d'una chiarezza tale, da esserne pago ogni intelletto più critico. Ma quella invasion de' bravi, accidente troppo grave e troppo rumoroso per esser lasciato fuori, e del quale nessuno aveva una conoscenza un po' positiva, quell'accidente era ciò che imbrogliava tutta la storia. Si mormorava il nome di don Rodrigo: in questo andavan tutti d'accordo; nel resto tutto era oscurità e congetture diverse. Si parlava molto de' due bravacci ch'erano stati veduti nella strada, sul far della sera, e dell'altro che stava sull'uscio dell'osteria; ma che lume si poteva ricavare da questo fatto così asciutto? Si domandava bene all'oste chi era stato da lui la sera avanti; ma l'oste, a dargli retta, non sl rammentava neppure se avesse veduto gente quella sera; e badava a dire che l'osteria è un porto di mare. Sopra tutto, confondeva le teste, e disordinava le congetture quel pellegrino veduto da Stefano e da Carlandrea, quel pellegrino che i malandrini volevano ammazzare, e che se n'era andato con loro, o che essi avevan portato via. Cos'era venuto a fare? Era un'anima del purgatorio, comparsa per aiutar le donne; era un'anima dannata d'un pellegrino birbante e impostore, che veniva sempre di notte a unirsi con chi facesse di quelle che lui aveva fatte vivendo; era un pellegrino vivo e vero, che coloro avevan voluto ammazzare, per timor che gridasse, e destasse il paese; era (vedete un po' cosa si va a pensare!) uno di quegli stessi malandrini travestito da pellegrino; era questo, era quello, era tante cose che tutta la sagacità e l'esperienza del Griso non sarebbe bastata a scoprire chi fosse, se il Griso avesse dovuto rilevar questa parte della storia da' discorsi altrui. Ma, come il lettore sa, ciò che la rendeva imbrogliata agli altri, era appunto il più chiaro per lui: servendosene di chiave per interpretare le altre notizie raccolte da lui immediatamente, o col mezzo degli esploratori subordinati, poté di tutto comporne per don Rodrigo una relazione bastantemente distinta. Si chiuse subito con lui, e l'informò del colpo tentato dai poveri sposi, il che spiegava naturalmente la casa trovata vota e il sonare a martello, senza che facesse bisogno di supporre che in casa ci fosse qualche traditore, come dicevano que' due galantuomini. L'informò della fuga; e anche a questa era facile trovarci le sue ragioni: il timore degli sposi colti in fallo, o qualche avviso dell'invasione, dato loro quand'era scoperta, e il paese tutto a soqquadro. Disse finalmente che s'eran ricoverati a Pescarenico; più in là non andava la sua scienza. Piacque a don Rodrigo l'esser certo che nessuno l'aveva tradito, e il vedere che non rimanevano tracce del suo fatto; ma fu quella una rapida e leggiera compiacenza. Fuggiti insieme! - gridò: - insieme! E quel frate birbante! Quel frate! - la parola gli usciva arrantolata dalla gola, e smozzicata tra' denti, che mordevano il dito: il suo aspetto era brutto come le sue passioni. - Quel frate me la pagherà. Griso! non son chi sono... voglio sapere, voglio trovare... questa sera, voglio saper dove sono. Non ho pace. A Pescarenico, subito, a sapere, a vedere, a trovare... Quattro scudi subito, e la mia protezione per sempre. Questa sera lo voglio sapere. E quel birbone...! quel frate...!

Il Griso di nuovo in campo; e, la sera di quel giorno medesimo, poté riportare al suo degno padrone la notizia desiderata: ed ecco in qual maniera.

Una delle più gran consolazioni di questa vita è l'amicizia; e una delle consolazioni dell'amicizia è quell'avere a cui confidare un segreto. Ora, gli amici non sono a due a due, come gli sposi; ognuno, generalmente parlando, ne ha più d'uno: il che forma una catena, di cui nessuno potrebbe trovar la fine. Quando dunque un amico si procura quella consolazione di deporre un segreto nel seno d'un altro, dà a costui la voglia di procurarsi la stessa consolazione anche lui. Lo prega, è vero, di non dir nulla a nessuno; e una tal condizione, chi la prendesse nel senso rigoroso delle parole, troncherebbe immediatamente il corso delle consolazioni. Ma la pratica generale ha voluto che obblighi soltanto a non confidare il segreto, se non a chi sia un amico ugualmente fidato, e imponendogli la stessa condizione. Così, d'amico fidato in amico fidato, il segreto gira e gira per quell'immensa catena, tanto che arriva all'orecchio di colui o di coloro a cui il primo che ha parlato intendeva appunto di non lasciarlo arrivar mai. Avrebbe però ordinariamente a stare un gran pezzo in cammino, se ognuno non avesse che due amici: quello che gli dice, e quello a cui ridice la cosa da tacersi. Ma ci son degli uomini privilegiati che li contano a centinaia; e quando il segreto è venuto a uno di questi uomini, i giri divengon sì rapidi e sì moltiplici, che non è più possibile di seguirne la traccia. Il nostro autore non ha potuto accertarsi per quante bocche fosse passato il segreto che il Griso aveva ordine di scovare: il fatto sta che il buon uomo da cui erano state scortate le donne a Monza, tornando, verso le ventitre, col suo baroccio, a Pescarenico, s'abbatté, prima d'arrivare a casa, in un amico fidato, al quale raccontò, in gran confidenza, l'opera buona che aveva fatta, e il rimanente; e il fatto sta che il Griso poté, due ore dopo, correre al palazzotto, a riferire a don Rodrigo che Lucia e sua madre s'eran ricoverate in un convento di Monza, e che Renzo aveva seguitata la sua strada fino a Milano.

Don Rodrigo provò una scellerata allegrezza di quella separazione, e sentì rinascere un po' di quella scellerata speranza d'arrivare al suo intento. Pensò alla maniera, gran parte della notte; e s'alzò presto, con due disegni, l'uno stabilito, l'altro abbozzato. Il primo era di spedire immantinente il Griso a Monza, per aver più chiare notizie di Lucia, e sapere se ci fosse da tentar qualche cosa. Fece dunque chiamar subito quel suo fedele, gli mise in mano i quattro scudi, lo lodò di nuovo dell'abilità con cui gli aveva guadagnati, e gli diede l'ordine che aveva premeditato.

- Signore... - disse, tentennando, il Griso.
- Che? non ho io parlato chiaro?
- Se potesse mandar qualchedun altro...
- Come?
- Signore illustrissimo, io son pronto a metterci la pelle per il mio padrone: è il mio dovere;ma so anche che lei non vuole arrischiar troppo la vita de' suoi sudditi.
- Ebbene?
- Vossignoria illustrissima sa bene quelle poche taglie ch'io ho addosso: e... Qui son sotto lasua protezione; siamo una brigata; il signor podestà è amico di casa; i birri mi portan rispetto; e anch'io... è cosa che fa poco onore, ma per viver quieto... li tratto da amici. In Milano la livrea di vossignoria è

conosciuta; ma in Monza... ci sono conosciuto io in vece. E sa vossignoria che, non fo per dire, chi mi potesse consegnare alla giustizia, o presentar la mia testa, farebbe un bel colpo? Cento scudi l'uno sull'altro, e la facoltà di liberar due banditi.

- Che diavolo! - disse don Rodrigo: - tu mi riesci ora un can da pagliaio che ha cuoreappena d'avventarsi alle gambe di chi passa sulla porta, guardandosi indietro se quei di casa lo spalleggiano, e non si sente d'allontanarsi!
- Credo, signor padrone, d'aver date prove...
- Dunque!
- Dunque, - ripigliò francamente il Griso, messo così al punto, - dunque vossignoria facciaconto ch'io non abbia parlato: cuor di leone, gamba di lepre, e son pronto a partire. - E io non ho detto che tu vada solo. Piglia con te un paio de' meglio... lo Sfregiato, e il Tiradritto; e va di buon animo, e sii il Griso. Che diavolo! Tre figure come le vostre, e che vanno per i fatti loro, chi vuoi che non sia contento di lasciarle passare? Bisognerebbe che a' birri di Monza fosse ben venuta a noia la vita, per metterla su contro cento scudi a un gioco così rischioso. E poi, e poi, non credo d'esser così sconosciuto da quelle parti, che la qualità di mio servitore non ci si conti per nulla.

Svergognato così un poco il Griso, gli diede poi più ampie e particolari istruzioni. Il Griso prese i due compagni, e partì con faccia allegra e baldanzosa, ma bestemmiando in cuor suo Monza e le taglie e le donne e i capricci de' padroni; e camminava come il lupo, che spinto dalla fame, col ventre raggrinzato, e con le costole che gli si potrebber contare, scende da' suoi monti, dove non c'è che neve, s'avanza sospettosamente nel piano, si ferma ogni tanto, con una zampa sospesa, dimenando la coda spelacchiata, Leva il muso, adorando il vento infido,

se mai gli porti odore d'uomo o di ferro, rizza gli orecchi acuti, e gira due occhi sanguigni, da cui traluce insieme l'ardore della preda e il terrore della caccia. Del rimanente, quel bel verso, chi volesse saper donde venga, è tratto da una diavoleria inedita di crociate e di lombardi, che presto non sarà più inedita, e farà un bel rumore; e io l'ho preso, perche mi veniva in taglio; e dico dove, per non farmi bello della roba altrui: che qualcheduno non pensasse che sia una mia astuzia per far sapere che l'autore di quella diavoleria ed io siamo come fratelli, e ch'io frugo a piacer mio ne' suoi manoscritti.

L'altra cosa che premeva a don Rodrigo, era di trovar la maniera che Renzo non potesse più tornar con Lucia, né metter piede in paese; e a questo fine, macchinava di fare sparger voci di minacce e d'insidie, che, venendogli all'orecchio, per mezzo di qualche amico, gli facessero passar la voglia di tornar da quelle parti. Pensava però che la più sicura sarebbe se si potesse farlo sfrattar dallo stato: e per riuscire in questo, vedeva che più della forza gli avrebbe potuto servir la giustizia. Si poteva, per esempio, dare un po' di colore al tentativo fatto nella casa parrocchiale, dipingerlo come un'aggressione, un atto sedizioso, e, per mezzo del dottore, fare intendere al podestà ch'era il caso di spedir contro Renzo una buona cattura. Ma pensò che non conveniva a lui di rimestar quella brutta faccenda; e senza star altro a lambiccarsi il cervello, si risolvette d'aprirsi col dottor Azzecca-garbugli, quanto era necessario per fargli comprendere il suo desiderio. " Le gride son tante! " pensava: " e il dottore non è un'oca: qualcosa che faccia al caso mio saprà trovare, qualche garbuglio da azzeccare a quel villanaccio: altrimenti gli muto nome ". Ma (come vanno alle volte le cose di questo mondo!) intanto che colui pensava al dottore, come all'uomo più abile a servirlo in questo, un altr'uomo, l'uomo che nessuno s'immaginerebbe, Renzo medesimo, per dirla, lavorava di cuore a servirlo, in un modo più certo e più spedito di tutti quelli che il dottore avrebbe mai saputi trovare.

Ho visto più volte un caro fanciullo, vispo, per dire il vero, più del bisogno, ma che, a tutti i segnali, mostra di voler riuscire un galantuomo; l'ho visto, dico, più volte affaccendato sulla sera a mandare al coperto un suo gregge di porcellini d'India, che aveva lasciati scorrer liberi il giorno, in un giardinetto. Avrebbe voluto fargli andar tutti insieme al covile; ma era fatica buttata: uno si sbandava a destra, e mentre il piccolo pastore correva per cacciarlo nel branco, un altro, due, tre ne uscivano a sinistra, da ogni parte. Dimodoché, dopo essersi un po' impazientito, s'adattava al loro genio, spingeva prima dentro quelli ch'eran più vicini all'uscio, poi andava a prender gli altri, a uno, a due, a tre, come gli riusciva. Un gioco simile ci convien fare co' nostri personaggi: ricoverata Lucia, siam corsi a don Rodrigo; e ora lo dobbiamo abbandonare, per andar dietro a Renzo, che avevam perduto di vista.

Dopo la separazione dolorosa che abbiam raccontata, camminava Renzo da Monza verso Milano, in quello stato d'animo che ognuno può immaginarsi facilmente. Abbandonar la casa, tralasciare il -

mestiere, e quel ch'era più di tutto, allontanarsi da Lucia, trovarsi sur una strada, senza saper dove anderebbe a posarsi; e tutto per causa di quel birbone! Quando si tratteneva col pensiero sull'una o sull'altra di queste cose, s'ingolfava tutto nella rabbia, e nel desiderio della vendetta; ma gli tornava poi in mente quella preghiera che aveva recitata anche lui col suo buon frate, nella chiesa di Pescarenico; e si ravvedeva: gli si risvegliava ancora la stizza; ma vedendo un'immagine sul muro, si levava il cappello, e si fermava un momento a pregar di nuovo: tanto che, in quel viaggio, ebbe ammazzato in cuor suo don Rodrigo, e risuscitatolo, almeno venti volte. La strada era allora tutta sepolta tra due alte rive, fangosa, sassosa, solcata da rotaie profonde, che, dopo una pioggia, divenivan rigagnoli; e in certe parti più basse, s'allagava tutta, che si sarebbe potuto andarci in barca. A que' passi, un piccol sentiero erto, a scalini, sulla riva, indicava che altri passeggieri s'eran fatta una strada ne' campi. Renzo, salito per un di que' valichi sul terreno più elevato, vide quella gran macchina del duomo sola sul piano, come se, non di mezzo a una città, ma sorgesse in un deserto; e si fermò su due piedi, dimenticando tutti i suoi guai, a contemplare anche da lontano quell'ottava maraviglia, di cui aveva tanto sentito parlare fin da bambino. Ma dopo qualche momento, voltandosi indietro, vide all'orizzonte quella cresta frastagliata di montagne, vide distinto e alto tra quelle il suo Resegone, si sentì tutto rimescolare il sangue, stette lì alquanto a guardar tristamente da quella parte, poi tristamente si voltò, e seguitò la sua strada. A poco a poco cominciò poi a scoprir campanili e torri e cupole e tetti; scese allora nella strada, camminò ancora qualche tempo, e quando s'accorse d'esser ben vicino alla città, s'accostò a un viandante, e, inchinatolo, con tutto quel garbo che seppe, gli disse: - di grazia, quel signore. - Che volete, bravo giovine? - Saprebbe insegnarmi la strada più corta, per andare al convento de' cappuccini dove sta il padre Bonaventura?

L'uomo a cui Renzo s'indirizzava, era un agiato abitante del contorno, che, andato quella mattina a Milano, per certi suoi affari, se ne tornava, senza aver fatto nulla, in gran fretta, ché non vedeva l'ora di trovarsi a casa, e avrebbe fatto volentieri di meno di quella fermata. Con tutto ciò, senza dar segno d'impazienza, rispose molto gentilmente: - figliuol caro, de' conventi ce n'è più d'uno: bisognerebbe che mi sapeste dir più chiaro quale è quello che voi cercate -. Renzo allora si levò di seno la lettera del padre Cristoforo, e la fece vedere a quel signore, il quale, lettovi: porta orientale, gliela rendette dicendo: - siete fortunato, bravo giovine; il convento che cercate è poco lontano di qui. Prendete per questa viottola a mancina: è una scorciatoia: in pochi minuti arriverete a una cantonata d'una fabbrica lunga e bassa: è il lazzeretto; costeggiate il fossato che lo circonda, e riuscirete a porta orientale. Entrate, e, dopo tre o quattrocento passi, vedrete una piazzetta con de' begli olmi: là è il convento: non potete sbagliare. Dio v'assista, bravo giovine -. E, accompagnando l'ultime parole con un gesto grazioso della mano, se n'andò. Renzo rimase stupefatto e edificato della buona maniera de' cittadini verso la gente di campagna; e non sapeva ch'era un giorno fuor dell'ordinario, un giorno in cui le cappe s'inchinavano ai farsetti. Fece la strada che gli era stata insegnata, e si trovò a porta orientale. Non bisogna però che, a questo nome, il lettore si lasci correre alla fantasia l'immagini che ora vi sono associate. Quando Renzo entrò per quella porta, la strada al di fuori non andava diritta che per tutta la lunghezza del lazzeretto; poi scorreva serpeggiante e stretta, tra due siepi. La porta consisteva in due pilastri, con sopra una tettoia, per riparare i battenti, e da una parte, una casuccia per i gabellini. I bastioni scendevano in pendìo irregolare, e il terreno era una superficie aspra e inuguale di rottami e di cocci buttati là a caso. La strada che s'apriva dinanzi a chi entrava per quella porta, non si paragonerebbe male a quella che ora si presenta a chi entri da porta Tosa. Un fossatello le scorreva nel mezzo, fino a poca distanza dalla porta, e la divideva così in due stradette tortuose, ricoperte di polvere o di fango, secondo la stagione. Al punto dov'era, e dov'è tuttora quella viuzza chiamata di Borghetto, il fossatello si perdeva in una fogna. Lì c'era una colonna, con sopra una croce, detta di san Dionigi: a destra e a sinistra, erano orti cinti di siepe e, ad intervalli, casucce, abitate per lo più da lavandai. Renzo entra, passa; nessuno de' gabellini gli bada: cosa che gli parve strana, giacché, da que' pochi del suo paese che potevan vantarsi d'essere stati a Milano, aveva sentito raccontar cose grosse de' frugamenti e dell'interrogazioni a cui venivan sottoposti quelli che arrivavan dalla campagna. La strada era deserta, dimodoché, se non avesse sentito un ronzìo lontano che indicava un gran movimento, gli sarebbe parso d'entrare in una città disabitata. Andando avanti, senza saper cosa si pensare, vide per terra certe strisce bianche e soffici, come di neve; ma neve non poteva essere; che non viene a strisce, né, per il solito, in quella stagione. Si chinò sur una di quelle, guardò, toccò, e trovò ch'era farina. " Grand'abbondanza ", disse tra sé, " ci dev'essere in Milano, se straziano in questa maniera la grazia di Dio. Ci davan poi ad intendere che la carestia è per tutto. Ecco come fanno, per tener quieta la povera gente di campagna ". Ma, dopo pochi altri passi, arrivato a fianco della colonna, vide, appiè di quella, qualcosa di più strano; vide sugli scalini del piedestallo certe cose sparse, che certamente non eran ciottoli, e se fossero state sul banco d'un fornaio, non si sarebbe esitato un momento a chiamarli pani. Ma Renzo non ardiva creder così presto a' suoi occhi; perché, diamine! non era luogo da pani quello. " Vediamo un po' che affare è questo ", disse ancora tra sé; andò verso la colonna, si chinò, ne raccolse uno: era veramente un pan tondo, bianchissimo, di quelli che Renzo non era solito mangiarne che nelle solennità. - È pane davvero! - disse ad alta voce; tanta era la sua maraviglia: - così lo seminano in questo paese? in quest'anno? e non si scomodano neppure per raccoglierlo, quando cade? Che sia il paese di cuccagna questo? - Dopo dieci miglia di strada, all'aria fresca della mattina, quel pane, insieme con la maraviglia, gli risvegliò l'appetito. " Lo piglio? " deliberava tra sé: " poh! l'hanno lasciato qui alla discrezion de' cani; tant'è che ne goda anche un cristiano. Alla fine, se comparisce il padrone, glielo pagherò ". Così pensando, si mise in una tasca quello che aveva in mano, ne prese un secondo, e lo mise nell'altra; un terzo, e cominciò a mangiare; e si rincamminò, più incerto che mai, e desideroso di chiarirsi che storia fosse quella. Appena mosso, vide spuntar gente che veniva dall'interno della città, e guardò attentamente quelli che apparivano i primi. Erano un uomo, una donna e, qualche passo indietro, un ragazzotto; tutt'e tre con un carico addosso, che pareva superiore alle loro forze, e tutt'e tre in una figura strana. I vestiti o gli stracci infarinati; infarinati i visi, e di più stravolti e accesi; e andavano, non solo curvi, per il peso, ma sopra doglia, come se gli fossero state peste l'ossa. L'uomo reggeva a stento sulle spalle un gran sacco di farina, il quale, bucato qua e là, ne seminava un poco, a ogni intoppo, a ogni mossa disequilibrata. Ma più sconcia era la figura della donna: un pancione smisurato, che pareva tenuto a fatica da due braccia piegate: come una pentolaccia a due manichi; e di sotto a quel pancione uscivan due gambe, nude fin sopra il ginocchio, che venivano innanzi barcollando. Renzo guardò più attentamente, e vide che quel gran corpo era la sottana che la donna teneva per il lembo, con dentro farina quanta ce ne poteva stare, e un po' di più; dimodoché, quasi a ogni passo, ne volava via una ventata. Il ragazzotto teneva con tutt'e due le mani sul capo una paniera colma di pani; ma, per aver le gambe più corte de' suoi genitori, rimaneva a poco a poco indietro, e, allungando poi il passo ogni tanto, per raggiungerli, la paniera perdeva l'equilibrio, e qualche pane cadeva.

- Buttane via ancor un altro, buono a niente che sei, - disse la madre, digrignando i dentiverso il ragazzo.
- Io non li butto via; cascan da sé: com'ho a fare? - rispose quello.
- Ih! buon per te, che ho le mani impicciate, - riprese la donna, dimenando i pugni, come sedesse una buona scossa al povero ragazzo; e, con quel movimento, fece volar via più farina, di quel che ci sarebbe voluto per farne i due pani lasciati cadere allora dal ragazzo. - Via, via, - disse l'uomo: - torneremo indietro a raccoglierli, o qualcheduno li raccoglierà. Si stenta da tanto tempo: ora che viene un po' d'abbondanza, godiamola in santa pace. In tanto arrivava altra gente dalla porta; e uno di questi, accostatosi alla donna, le domandò: - dove si va a prendere il pane?
- Più avanti, - rispose quella; e quando furon lontani dieci passi, soggiunse borbottando: questi contadini birboni verranno a spazzar tutti i forni e tutti i magazzini, e non resterà più niente per noi.
- Un po' per uno, tormento che sei, - disse il marito: - abbondanza, abbondanza.

Da queste e da altrettali cose che vedeva e sentiva, Renzo cominciò a raccapezzarsi ch'era arrivato in una città sollevata, e che quello era un giorno di conquista, vale a dire che ognuno pigliava, a proporzione della voglia e della forza, dando busse in pagamento. Per quanto noi desideriamo di far fare buona figura al nostro povero montanaro, la sincerità storica ci obbliga a dire che il suo primo sentimento fu di piacere. Aveva così poco da lodarsi dell'andamento ordinario delle cose, che si trovava inclinato ad approvare ciò che lo mutasse in qualunque maniera. E del resto, non essendo punto un uomo superiore al suo secolo, viveva anche lui in quell'opinione o in quella passione comune, che la scarsezza del pane fosse cagionata dagl'incettatori e da' fornai; ed era disposto a trovar giusto ogni modo di strappar loro dalle mani l'alimento che essi, secondo quell'opinione, negavano crudelmente alla fame di tutto un popolo. Pure, si propose di star fuori del tumulto, e si rallegrò d'esser diretto a un cappuccino, che gli troverebbe ricovero, e gli farebbe da padre. Così pensando, e guardando intanto i nuovi conquistatori che venivano carichi di preda, fece quella po' di strada che gli rimaneva per arrivare al convento.

Dove ora sorge quel bel palazzo, con quell'alto loggiato, c'era allora, e c'era ancora non son molt'anni, una piazzetta, e in fondo a quella la chiesa e il convento de' cappuccini, con quattro grand'olmi davanti.

Noi ci rallegriamo, non senza invidia, con que' nostri lettori che non han visto le cose in quello stato: ciò vuol dire che son molto giovani, e non hanno avuto tempo di far molte corbellerie. Renzo andò diritto alla porta, si ripose in seno il mezzo pane che gli rimaneva, levò fuori e tenne preparata in mano la lettera, e tirò il campanello. S'aprì uno sportellino che aveva una grata, e vi comparve la faccia del frate portinaio a domandar chi era.

- Uno di campagna, che porta al padre Bonaventura una lettera pressante del padreCristoforo.
- Date qui, - disse il portinaio, mettendo una mano alla grata.
- No, no, - disse Renzo: - gliela devo consegnare in proprie mani.
- Non è in convento.
- Mi lasci entrare, che l'aspetterò.
- Fate a mio modo, - rispose il frate: - andate a aspettare in chiesa, che intanto potrete fareun po' di bene. In convento, per adesso, non s'entra -. E detto questo, richiuse lo sportello. Renzo rimase lì, con la sua lettera in mano. Fece dieci passi verso la porta della chiesa, per seguire il consiglio del portinaio; ma poi pensò di dar prima un'altra occhiata al tumulto. Attraversò la piazzetta, si portò sull'orlo della strada, e si fermò, con le braccia incrociate sul petto, a guardare a sinistra, verso l'interno della città, dove il brulichìo era più folto e più rumoroso. Il vortice attrasse lo spettatore. " Andiamo a vedere ", disse tra sé; tirò fuori il suo mezzo pane, e sbocconcellando, si mosse verso quella parte. Intanto che s'incammina, noi racconteremo, più brevemente che sia possibile, le cagioni e il principio di quello sconvolgimento.

Cap. XII

Era quello il second'anno di raccolta scarsa. Nell'antecedente, le provvisioni rimaste degli anni addietro avevan supplito, fino a un certo segno, al difetto; e la popolazione era giunta, non satolla né affamata, ma, certo, affatto sprovveduta, alla messe del 1628, nel quale siamo con la nostra storia. Ora, questa messe tanto desiderata riuscì ancor più misera della precedente, in parte per maggior contrarietà delle stagioni (e questo non solo nel milanese, ma in un buon tratto di paese circonvicino); in parte per colpa degli uomini. Il guasto e lo sperperìo della guerra, di quella bella guerra di cui abbiam fatto menzione di sopra, era tale, che, nella parte dello stato più vicina ad essa, molti poderi più dell'ordinario rimanevano incolti e abbandonati da' contadini, i quali, in vece di procacciar col lavoro pane per sé e per gli altri, eran costretti d'andare ad accattarlo per carità. Ho detto: più dell'ordinario; perché le insopportabili gravezze, imposte con una cupidigia e con un'insensatezza del pari sterminate, la condotta abituale, anche in piena pace, delle truppe alloggiate ne' paesi, condotta che i dolorosi documenti di que' tempi uguagliano a quella d'un nemico invasore, altre cagioni che non è qui il luogo di mentovare, andavano già da qualche tempo operando lentamente quel tristo effetto in tutto il milanese: le circostanze particolari di cui ora parliamo, erano come una repentina esacerbazione d'un mal cronico. E quella qualunque raccolta non era ancor finita di riporre, che le provvisioni per l'esercito, e lo sciupinìo che sempre le accompagna, ci fecero dentro un tal vòto, che la penuria si fece subito sentire, e con la penuria quel suo doloroso, ma salutevole come inevitabile effetto, il rincaro.
Ma quando questo arriva a un certo segno, nasce sempre (o almeno è sempre nata finora; e se ancora, dopo tanti scritti di valentuomini, pensate in quel tempo!), nasce un'opinione ne' molti, che non ne sia cagione la scarsezza. Si dimentica d'averla temuta, predetta; si suppone tutt'a un tratto che ci sia grano abbastanza, e che il male venga dal non vendersene abbastanza per il consumo: supposizioni che non stanno né in cielo, né in terra; ma che lusingano a un tempo la collera e la speranza. Gl'incettatori di grano, reali o immaginari, i possessori di terre, che non lo vendevano tutto in un giorno, i fornai che ne compravano, tutti coloro in somma che ne avessero o poco o assai, o che avessero il nome d'averne, a questi si dava la colpa della penuria e del rincaro, questi erano il bersaglio del lamento universale, l'abbominio della moltitudine male e ben vestita. Si diceva di sicuro dov'erano i magazzini, i granai, colmi, traboccanti, appuntellati; s'indicava il numero de' sacchi, spropositato; si parlava con certezza dell'immensa quantità di granaglie che veniva spedita segretamente in altri paesi; ne' quali probabilmente si gridava, con altrettanta sicurezza e con fremito uguale, che le granaglie di là venivano a Milano.

S'imploravan da' magistrati que' provvedimenti, che alla moltitudine paion sempre, o almeno sono sempre parsi finora, così giusti, così semplici, così atti a far saltar fuori il grano, nascosto, murato, sepolto, come dicevano, e a far ritornar l'abbondanza. I magistrati qualche cosa facevano: come di stabilire il prezzo massimo d'alcune derrate, d'intimar pene a chi ricusasse di vendere, e altri editti di quel genere. Siccome però tutti i provvedimenti di questo mondo, per quanto siano gagliardi, non hanno virtù di diminuire il bisogno del cibo, né di far venire derrate fuor di stagione; e siccome questi in ispecie non avevan certamente quella d'attirarne da dove ce ne potesse essere di soprabbondanti; così il male durava e cresceva. La moltitudine attribuiva un tale effetto alla scarsezza e alla debolezza de' rimedi, e ne sollecitava ad alte grida de' più generosi e decisivi. E per sua sventura, trovò l'uomo secondo il suo cuore.

Nell'assenza del governatore don Gonzalo Fernandez de Cordova, che comandava l'assedio di Casale del Monferrato, faceva le sue veci in Milano il gran cancelliere Antonio Ferrer, pure spagnolo. Costui vide, e chi non l'avrebbe veduto? che l'essere il pane a un prezzo giusto, è per sé una cosa molto desiderabile; e pensò, e qui fu lo sbaglio, che un suo ordine potesse bastare a produrla. Fissò la *meta* (così chiamano qui la tariffa in materia di commestibili), fissò la meta del pane al prezzo che sarebbe stato il giusto, se il grano si fosse comunemente venduto trentatre lire il moggio: e si vendeva fino a ottanta. Fece come una donna stata giovine, che pensasse di ringiovinire, alterando la sua fede di battesimo. Ordini meno insensati e meno iniqui eran, più d'una volta, per la resistenza delle cose stesse, rimasti ineseguiti; ma all'esecuzione di questo vegliava la moltitudine, che, vedendo finalmente convertito in legge il suo desiderio, non avrebbe sofferto che fosse per celia. Accorse subito ai forni, a chieder pane al prezzo tassato; e lo chiese con quel fare di risolutezza e di minaccia, che dànno la passione, la forza e la legge riunite insieme. Se i fornai strillassero, non lo domandate. Intridere, dimenare, infornare e sfornare senza posa; perché il popolo, sentendo in confuso che l'era una cosa violenta, assediava i forni di continuo, per goder quella cuccagna fin che durava; affacchinarsi, dico, e scalmanarsi più del solito, per iscapitarci, ognun vede che bel piacere dovesse essere. Ma, da una parte i magistrati che intimavan pene, dall'altra il popolo che voleva esser servito, e, punto punto che qualche fornaio indugiasse, pressava e brontolava, con quel suo vocione, e minacciava una di quelle sue giustizie, che sono delle peggio che si facciano in questo mondo; non c'era redenzione, bisognava rimenare, infornare, sfornare e vendere. Però, a farli continuare in quell'impresa, non bastava che fosse lor comandato, né che avessero molta paura; bisognava potere: e un po' più che la cosa fosse durata, non avrebbero più potuto. Facevan vedere ai magistrati l'iniquità e l'insopportabilità del carico imposto loro, protestavano di voler gettar la pala nel forno, e andarsene; e intanto tiravano avanti come potevano, sperando, sperando che, una volta o l'altra, il gran cancelliere avrebbe inteso la ragione. Ma Antonio Ferrer, il quale era quel che ora si direbbe un uomo di carattere, rispondeva che i fornai s'erano avvantaggiati molto e poi molto nel passato, che s'avvantaggerebbero molto e poi molto col ritornar dell'abbondanza; che anche si vedrebbe, si penserebbe forse a dar loro qualche risarcimento; e che intanto tirassero ancora avanti. O fosse veramente persuaso lui di queste ragioni che allegava agli altri, o che, anche conoscendo dagli effetti l'impossibilità di mantener quel suo editto, volesse lasciare agli altri l'odiosità di rivocarlo; giacché, chi può ora entrar nel cervello d'Antonio Ferrer? il fatto sta che rimase fermo su ciò che aveva stabilito. Finalmente i decurioni (un magistrato municipale composto di nobili, che durò fino al novantasei del secolo scorso) informaron per lettera il governatore, dello stato in cui eran le cose: trovasse lui qualche ripiego, che le facesse andare.

Don Gonzalo, ingolfato fin sopra i capelli nelle faccende della guerra, fece ciò che il lettore s'immagina certamente: nominò una giunta, alla quale conferì l'autorità di stabilire al pane un prezzo che potesse correre; una cosa da poterci campar tanto una parte che l'altra. I deputati si radunarono, o come qui si diceva spagnolescamente nel gergo segretariesco d'allora, si giuntarono; e dopo mille riverenze, complimenti, preamboli, sospiri, sospensioni, proposizioni in aria, tergiversazioni, strascinati tutti verso una deliberazione da una necessità sentita da tutti, sapendo bene che giocavano una gran carta, ma convinti che non c'era da far altro, conclusero di rincarare il pane. I fornai respirarono; ma il popolo imbestialì.

La sera avanti questo giorno in cui Renzo arrivò in Milano, le strade e le piazze brulicavano d'uomini, che trasportati da una rabbia comune, predominati da un pensiero comune, conoscenti o estranei, si riunivano in crocchi, senza essersi dati l'intesa, quasi senza avvedersene, come gocciole sparse sullo stesso pendìo. Ogni discorso accresceva la persuasione e la passione degli uditori, come di colui che l'aveva proferito. Tra tanti appassionati, c'eran pure alcuni più di sangue freddo, i quali stavano osservando con molto piacere, che l'acqua s'andava intorbidando; e s'ingegnavano d'intorbidarla di più, con que' ragionamenti, e con quelle storie che i furbi sanno comporre, e che gli animi alterati sanno credere; e si proponevano di non lasciarla posare, quell'acqua, senza farci un po' di pesca. Migliaia d'uomini andarono a letto col sentimento indeterminato che qualche cosa bisognava fare, che qualche cosa si farebbe. Avanti giorno, le strade eran di nuovo sparse di crocchi: fanciulli, donne, uomini, vecchi, operai, poveri, si radunavano a sorte: qui era un bisbiglio confuso di molte voci; là uno predicava, e gli altri applaudivano; questo faceva al più vicino la stessa domanda ch'era allora stata fatta a lui; quest'altro ripeteva l'esclamazione che s'era sentita risonare agli orecchi; per tutto lamenti, minacce, maraviglie: un piccol numero di vocaboli era il materiale di tanti discorsi.

Non mancava altro che un'occasione, una spinta, un avviamento qualunque, per ridurre le parole a fatti; e non tardò molto. Uscivano, sul far del giorno, dalle botteghe de' fornai i garzoni che, con una gerla carica di pane, andavano a portarne alle solite case. Il primo comparire d'uno di que' malcapitati ragazzi dov'era un crocchio di gente, fu come il cadere d'un salterello acceso in una polveriera. - Ecco se c'è il pane! - gridarono cento voci insieme. - Sì, per i tiranni, che notano nell'abbondanza, e voglion far morir noi di fame, dice uno; s'accosta al ragazzetto, avventa la mano all'orlo della gerla, dà una stratta, e dice: - lascia vedere -. Il ragazzetto diventa rosso, pallido, trema, vorrebbe dire: lasciatemi andare; ma la parola gli muore in bocca; allenta le braccia, e cerca di liberarle in fretta dalle cigne. - Giù quella gerla, - si grida intanto. Molte mani l'afferrano a un tempo: è in terra; si butta per aria il canovaccio che la copre: una tepida fragranza si diffonde all'intorno. - Siam cristiani anche noi: dobbiamo mangiar pane anche noi, - dice il primo; prende un pan tondo, l'alza, facendolo vedere alla folla, l'addenta: mani alla gerla, pani per aria; in men che non si dice, fu sparecchiato. Coloro a cui non era toccato nulla, irritati alla vista del guadagno altrui, e animati dalla facilità dell'impresa, si mossero a branchi, in cerca d'altre gerle: quante incontrate, tante svaligiate. E non c'era neppur bisogno di dar l'assalto ai portatori: quelli che, per loro disgrazia, si trovavano in giro, vista la mala parata, posavano volontariamente il carico, e via a gambe. Con tutto ciò, coloro che rimanevano a denti secchi, erano senza paragone i più; anche i conquistatori non eran soddisfatti di prede così piccole, e, mescolati poi con gli uni e con gli altri, c'eran coloro che avevan fatto disegno sopra un disordine più co' fiocchi. - Al forno! al forno! - si grida. Nella strada chiamata la Corsia de' Servi, c'era, e c'è tuttavia un forno, che conserva lo stesso nome; nome che in toscano viene a dire il forno delle grucce, e in milanese è composto di parole così eteroclite, così bisbetiche, così salvatiche, che l'alfabeto della lingua non ha i segni per indicarne il suono (El prestin di scansc.). A quella parte s'avventò la gente. Quelli della bottega stavano interrogando il garzone tornato scarico, il quale, tutto sbigottito e abbaruffato, riferiva balbettando la sua trista avventura; quando si sente un calpestìo e un urlio insieme; cresce e s'avvicina; compariscono i forieri della masnada.

Serra, serra; presto, presto: uno corre a chiedere aiuto al capitano di giustizia; gli altri chiudono in fretta la bottega, e appuntellano i battenti. La gente comincia a affollarsi di fuori, e a gridare: - pane! pane! aprite! aprite!

Pochi momenti dopo, arriva il capitano di giustizia, con una scorta d'alabardieri. - Largo, largo, figliuoli: a casa, a casa; fate luogo al capitano di giustizia, - grida lui e gli alabardieri. La gente, che non era ancor troppo fitta, fa un po' di luogo; dimodoche quelli poterono arrivare, e postarsi, insieme, se non in ordine, davanti alla porta della bottega.

- Ma figliuoli, - predicava di lì il capitano, - che fate qui? A casa, a casa. Dov'è il timor di
Dio? Che dirà il re nostro signore? Non vogliam farvi male; ma andate a casa. Da bravi! Che diamine volete far qui, così ammontati? Niente di bene, ne per l'anima, né per il corpo. A casa, a casa.

Ma quelli che vedevan la faccia del dicitore, e sentivan le sue parole, quand'anche avessero voluto ubbidire, dite un poco in che maniera avrebber potuto, spinti com'erano, e incalzati da quelli di dietro, spinti anch'essi da altri, come flutti da flutti, via via fino al l'estremità della folla, che andava sempre crescendo. Al capitano, cominciava a mancargli il respiro. Fateli dare addietro ch'io possa riprender fiato, - diceva agli alabardieri: - ma non fate male a nessuno. Vediamo d'entrare in bottega: picchiate; fateli stare indietro.

- Indietro! indietro! - gridano gli alabardieri, buttandosi tutti insieme addosso ai primi, erespingendoli con l'aste dell'alabarde. Quelli urlano, si tirano indietro, come possono; dànno con le schiene ne' petti, co' gomiti nelle pance, co' calcagni sulle punte de' piedi a quelli che son dietro a loro: si fa un pigìo, una calca, che quelli che si trovavano in mezzo, avrebbero pagato qualcosa a essere altrove. Intanto un po' di vòto s'è fatto davanti alla porta: il capitano picchia, ripicchia, urla che gli aprano: quelli di dentro vedono dalle finestre, scendon di corsa, aprono; il capitano entra, chiama gli alabardieri, che si ficcan dentro anch'essi l'un dopo l'altro, gli ultimi rattenendo la folla con l'alabarde. Quando sono entrati tutti, si mette tanto di catenaccio, si riappuntella; il capitano sale di corsa, e s'affaccia a una finestra. Uh, che formicolaio!

- Figliuoli, - grida: molti si voltano in su; - figliuoli, andate a casa. Perdono generale a chitorna subito a casa.
- Pane! pane! aprite! aprite! - eran le parole più distinte nell'urlìo orrendo, che la follamandava in risposta.
- Giudizio, figliuoli! badate bene! siete ancora a tempo. Via, andate, tornate a casa. Pane,ne avrete; ma non è questa la maniera. Eh!... eh! che fate laggiu! Eh! a quella porta! Oibò oibò! Vedo, vedo: giudizio! badate bene! è un delitto grosso. Or ora vengo io. Eh! eh! smettete con que' ferri; giu quelle mani. Vergogna! Voi altri milanesi, che, per la bontà, siete nominati in tutto il mondo! Sentite, sentite: siete sempre stati buoni fi... Ah canaglia! Questa rapida mutazione di stile fu cagionata da una pietra che, uscita dalle mani d'uno di que' buoni figliuoli, venne a batter nella fronte del capitano, sulla protuberanza sinistra della profondità metafisica. - Canaglia! canaglia! - continuava a gridare, chiudendo presto presto la finestra, e ritirandosi. Ma quantunque avesse gridato quanto n'aveva in canna, le sue parole, buone e cattive, s'eran tutte dileguate e disfatte a mezz'aria, nella tempesta delle grida che venivan di giù. Quello poi che diceva di vedere, era un gran lavorare di pietre, di ferri (i primi che coloro avevano potuto procacciarsi per la strada), che si faceva alla porta, per sfondarla, e alle finestre, per svellere l'inferriate: e già l'opera era molto avanzata.

Intanto, padroni e garzoni della bottega, ch'erano alle finestre de' piani di sopra, con una munizione di pietre (avranno probabilmente disselciato un cortile), urlavano e facevan versacci a quelli di giù, perché smettessero; facevan vedere le pietre, accennavano di volerle buttare. Visto ch'era tempo perso, cominciarono a buttarle davvero. Neppur una ne cadeva in fallo; giacché la calca era tale, che un granello di miglio, come si suol dire, non sarebbe andato in terra.

- Ah birboni! ah furfantoni! È questo il pane, che date alla povera gente? Ahi! Ahimè! Ohi! Ora, ora! - s'urlava di giù. Più d'uno fu conciato male; due ragazzi vi rimasero morti. Il furore accrebbe le forze della moltitudine: la porta fu sfondata, l'inferriate, svelte; e il torrente penetrò per tutti i varchi. Quelli di dentro, vedendo la mala parata, scapparono in soffitta: il capitano, gli alabardieri, e alcuni della casa stettero lì rannicchiati ne' cantucci; altri, uscendo per gli abbaini, andavano su pe' tetti, come i gatti.

La vista della preda fece dimenticare ai vincitori i disegni di vendette sanguinose. Si slanciano ai cassoni; il pane è messo a ruba. Qualcheduno in vece corre al banco, butta giù la serratura, agguanta le ciotole, piglia a manate, intasca, ed esce carico di quattrini, per tornar poi a rubar pane, se ne rimarrà. La folla si sparge ne' magazzini. Metton mano ai sacchi, li strascicano, li rovesciano: chi se ne caccia uno tra le gambe, gli scioglie la bocca, e, per ridurlo a un carico da potersi portare, butta via una parte della farina: chi, gridando: aspetta, aspetta, - si china a parare il grembiule, un fazzoletto, il cappello, per ricever quella grazia di Dio; uno corre a una madia, e prende un pezzo di pasta, che s'allunga, e gli scappa da ogni parte; un altro, che ha conquistato un burattello, lo porta per aria: chi va, chi viene: uomini, donne, fanciulli, spinte, rispinte, urli, e un bianco polverìo che per tutto si posa, per tutto si solleva, e tutto vela e annebbia. Di fuori, una calca composta di due processioni opposte, che si rompono e s'intralciano a vicenda, di chi esce con la preda, e di chi vuol entrare a farne.

Mentre quel forno veniva così messo sottosopra, nessun altro della città era quieto e senza pericolo. Ma a nessuno la gente accorse in numero tale da potere intraprender tutto; in alcuni, i padroni avevan raccolto degli ausiliari, e stavan sulle difese; altrove, trovandosi in pochi, venivano in certo modo a patti: distribuivan pane a quelli che s'eran cominciati a affollare davanti alle botteghe, con questo che se n'andassero. E quelli se n'andavano, non tanto perché fosser soddisfatti, quanto perché gli alabardieri e la sbirraglia, stando alla larga da quel tremendo forno delle grucce, si facevan però vedere altrove, in forza bastante a tenere in rispetto i tristi che non fossero una folla. Così il trambusto andava sempre crescendo a quel primo disgraziato forno; perché tutti coloro che gli pizzicavan le mani di far qualche bell'impresa, correvan là, dove gli amici erano i più forti, e l'impunità sicura.

A questo punto eran le cose, quando Renzo, avendo ormai sgranocchiato il suo pane, veniva avanti per il borgo di porta orientale, e s'avviava, senza saperlo, proprio al luogo centrale del tumulto. Andava, ora lesto, ora ritardato dalla folla; e andando, guardava e stava in orecchi, per ricavar da quel ronzìo confuso di discorsi qualche notizia più positiva dello stato delle cose. Ed ecco a un di presso le parole che gli riuscì di rilevare in tutta la strada che fece.

- Ora è scoperta, - gridava uno, - l'impostura infame di que' birboni, che dicevano che nonc'era né pane, né farina, né grano. Ora si vede la cosa chiara e lampante; e non ce la potranno più dare ad intendere. Viva l'abbondanza!

- Vi dico io che tutto questo non serve a nulla, - diceva un altro: - è un buco nell'acqua; anzisarà peggio, se non si fa una buona giustizia. Il pane verrà a buon mercato, ma ci metteranno il veleno, per far morir la povera gente, come mosche. Già lo dicono che siam troppi; l'hanno detto nella giunta; e lo so di certo, per averlo sentito dir io, con quest'orecchi, da una mia comare, che è amica d'un parente d'uno sguattero d'uno di que' signori.

Parole da non ripetersi diceva, con la schiuma alla bocca, un altro, che teneva con una mano un cencio di fazzoletto su' capelli arruffati e insanguinati. E qualche vicino, come per consolarlo, gli faceva eco.

- Largo, largo, signori, in cortesia; lascin passare un povero padre di famiglia, che porta damangiare a cinque figliuoli -. Così diceva uno che veniva barcollando sotto un gran sacco di farina; e ognuno s'ingegnava di ritirarsi, per fargli largo.

- Io? - diceva un altro, quasi sottovoce, a un suo compagno: - io me la batto. Son uomo dimondo, e so come vanno queste cose. Questi merlotti che fanno ora tanto fracasso, domani o doman l'altro, se ne staranno in casa, tutti pieni di paura. Ho già visto certi visi, certi galantuomini che giran, facendo l'indiano, e notano chi c'è e chi non c'è: quando poi tutto è finito, si raccolgono i conti, e a chi tocca, tocca.

- Quello che protegge i fornai, - gridava una voce sonora, che attirò l'attenzione di Renzo, è il vicario di provvisione.

- Son tutti birboni, - diceva un vicino.

- Sì; ma il capo è lui, - replicava il primo.

Il vicario di provvisione, eletto ogn'anno dal governatore tra sei nobili proposti dal Consiglio de' decurioni, era il presidente di questo, e del tribunale di provvisione; il quale, composto di dodici, anche questi nobili, aveva, con altre attribuzioni, quella principalmente dell'annona. Chi occupava un tal posto doveva necessariamente, in tempi di fame e d'ignoranza, esser detto l'autore de' mali: meno che non avesse fatto ciò che fece Ferrer; cosa che non era nelle sue facoltà, se anche fosse stata nelle sue idee.

- Scellerati! - esclamava un altro: - si può far di peggio? sono arrivati a dire che il grancancelliere è un vecchio rimbambito, per levargli il credito, e comandar loro soli. Bisognerebbe fare una gran stia, e metterli dentro, a viver di vecce e di loglio, come volevano trattar noi.

- Pane eh? - diceva uno che cercava d'andar in fretta: - sassate di libbra: pietre di questafatta, che venivan giù come la grandine. E che schiacciata di costole! Non vedo l'ora d'essere a casa mia.

Tra questi discorsi, dai quali non saprei dire se fosse più informato o sbalordito, e tra gli urtoni, arrivò Renzo finalmente davanti a quel forno. La gente era già molto diradata, dimodoché poté contemplare il brutto e recente soqquadro. Le mura scalcinate e ammaccate da sassi, da mattoni, le finestre sgangherate, diroccata la porta.

" Questa poi non è una bella cosa ", disse Renzo tra sé: " se concian così tutti i forni, dove voglion fare il pane? Ne' pozzi? "

Ogni tanto, usciva dalla bottega qualcheduno che portava un pezzo di cassone, o di madia, o di frullone, la stanga d'una gramola, una panca, una paniera, un libro di conti, qualche cosa in somma di quel povero forno; e gridando: - largo, largo, - passava tra la gente. Tutti questi s'incamminavano dalla stessa parte, e a un luogo convenuto, si vedeva. " Cos'è quest'altra storia? " pensò di nuovo Renzo; e andò dietro a uno che, fatto un fascio d'asse spezzate e di schegge, se lo mise in ispalla, avviandosi, come gli altri, per la strada che costeggia il fianco settentrionale del duomo, e ha preso nome dagli scalini che c'erano, e da poco in qua non ci son più. La voglia d'osservar gli avvenimenti non poté fare che il montanaro, quando gli si scoprì davanti la gran mole, non si soffermasse a guardare in su, con la bocca aperta. Studiò poi il passo, per raggiunger colui che aveva preso come per guida; voltò il canto, diede un'occhiata anche alla facciata del duomo, rustica allora in gran parte e ben lontana dal compimento; e sempre dietro a colui, che andava verso il mezzo della piazza. La gente era più fitta quanto più s'andava avanti, ma al portatore gli si faceva largo: egli fendeva l'onda del popolo, e Renzo, standogli sempre attaccato, arrivò con lui al centro della folla. Lì c'era uno spazio vòto, e in mezzo, un mucchio di brace,

reliquie degli attrezzi detti di sopra. All'intorno era un batter di mani e di piedi, un frastono di mille grida di trionfo e d'imprecazione.
L'uomo del fascio lo buttò su quel mucchio; un altro, con un mozzicone di pala mezzo abbruciacchiato, sbracia il fuoco: il fumo cresce e s'addensa; la fiamma si ridesta; con essa le grida sorgon più forti. - Viva l'abbondanza! Moiano gli affamatori! Moia la carestia! Crepi la Provvisione! Crepi la giunta! Viva il pane! Veramente, la distruzion de' frulloni e delle madie, la devastazion de' forni, e lo scompiglio de' fornai, non sono i mezzi più spicci per far vivere il pane; ma questa è una di quelle sottigliezze metafisiche, che una moltitudine non ci arriva. Però, senza essere un gran metafisico, un uomo ci arriva talvolta alla prima, finch'è nuovo nella questione; e solo a forza di parlarne, e di sentirne parlare, diventerà inabile anche a intenderle. A Renzo in fatti quel pensiero gli era venuto, come abbiam visto, da principio, e gli tornava ogni momento. Lo tenne per altro in sé; perché, di tanti visi, non ce n'era uno che sembrasse dire: fratello, se fallo, correggimi, che l'avrò caro.
Già era di nuovo finita la fiamma; non si vedeva più venir nessuno con altra materia, e la gente cominciava a annoiarsi; quando si sparse la voce, che, al Cordusio (una piazzetta o un crocicchio non molto distante di lì), s'era messo l'assedio a un forno. Spesso, in simili circostanze, l'annunzio d'una cosa la fa essere. Insieme con quella voce, si diffuse nella moltitudine una voglia di correr là: - io vo; tu, vai? vengo; andiamo, - si sentiva per tutto: la calca si rompe, e diventa una processione. Renzo rimaneva indietro, non movendosi quasi, se non quanto era strascinato dal torrente; e teneva intanto consiglio in cuor suo, se dovesse uscir dal baccano, e ritornare al convento, in cerca del padre Bonaventura, o andare a vedere anche quest'altra. Prevalse di nuovo la curiosità. Però risolvette di non cacciarsi nel fitto della mischia, a farsi ammaccar l'ossa, o a risicar qualcosa di peggio; ma di tenersi in qualche distanza, a osservare. E trovandosi già un poco al largo, si levò di tasca il secondo pane, e attaccandoci un morso, s'avviò alla coda dell'esercito tumultuoso. Questo, dalla piazza, era già entrato nella strada corta e stretta di Pescheria vecchia, e di là, per quell'arco a sbieco, nella piazza de' Mercanti. E lì eran ben pochi quelli che, nel passar davanti alla nicchia che taglia il mezzo della loggia dell'edifizio chiamato allora il collegio de' dottori, non dessero un'occhiatina alla grande statua che vi campeggiava, a quel viso serio, burbero, accipigliato, e non dico abbastanza, di don Filippo II, che, anche dal marmo, imponeva un non so che di rispetto, e, con quel braccio teso, pareva che fosse lì per dire: ora vengo io, marmaglia.
Quella statua non c'è più, per un caso singolare. Circa cento settant'anni dopo quello che stiam raccontando, un giorno le fu cambiata la testa, le fu levato di mano lo scettro, e sostituito a questo un pugnale; e alla statua fu messo nome Marco Bruto. Così accomodata stette forse un par d'anni; ma, una mattina, certuni che non avevan simpatia con Marco Bruto, anzi dovevano avere con lui una ruggine segreta, gettarono una fune intorno alla statua, la tiraron giù, le fecero cento angherie; e, mutilata e ridotta a un torso informe, la strascicarono, con gli occhi in fuori, e con le lingue fuori, per le strade, e, quando furon stracchi bene, la ruzzolarono non so dove. Chi l'avesse detto a Andrea Biffi, quando la scolpiva!
Dalla piazza de' Mercanti, la marmaglia insaccò, per quell'altr'arco, nella via de' fustagnai, e di lì si sparpagliò nel Cordusio. Ognuno, al primo sboccarvi, guardava subito verso il forno ch'era stato indicato. Ma in vece della moltitudine d'amici che s'aspettavano di trovar lì già al lavoro, videro soltanto alcuni starsene, come esitando, a qualche distanza della bottega, la quale era chiusa, e alle finestre gente armata, in atto di star pronti a difendersi. A quella vista, chi si maravigliava, chi sagrava, chi rideva; chi si voltava, per informar quelli che arrivavan via via; chi si fermava, chi voleva tornare indietro, chi diceva: - avanti, avanti -. C'era un incalzare e un rattenere, come un ristagno, una titubazione, un ronzìo confuso di contrasti e di consulte. In questa, scoppiò di mezzo alla folla una maledetta voce: - c'è qui vicino la casa del vicario di provvisione: andiamo a far giustizia, e a dare il sacco -. Parve il rammentarsi comune d'un concerto preso, piuttosto che l'accettazione d'una proposta. - Dal vicario! dal vicario! - è il solo grido che si possa sentire. La turba si move, tutta insieme, verso la strada dov'era la casa nominata in un così cattivo punto.

Cap. XIII

Lo sventurato vicario stava, in quel momento, facendo un chilo agro e stentato d'un desinare biascicato senza appetito, e senza pan fresco, e attendeva, con gran sospensione, come avesse a finire quella burrasca, lontano però dal sospettar che dovesse cader così spaventosamente addosso a lui. Qualche galantuomo precorse di galoppo la folla, per avvertirlo di quel che gli sovrastava. I servitori, attirati già dal rumore sulla porta, guardavano sgomentati lungo la strada, dalla parte donde il rumore veniva avvicinandosi. Mentre ascoltan l'avviso, vedon comparire la vanguardia: in fretta e in furia, si porta l'avviso al padrone: mentre questo pensa a fuggire, e come fuggire, un altro viene a dirgli che non è più a tempo. I servitori ne hanno appena tanto che basti per chiuder la porta. Metton la stanga, metton puntelli, corrono a chiuder le finestre, come quando si vede venire avanti un tempo nero, e s'aspetta la grandine, da un momento all'altro. L'urlìo crescente, scendendo dall'alto come un tuono, rimbomba nel vòto cortile; ogni buco della casa ne rintrona: e di mezzo al vasto e confuso strepito, si senton forti e fitti colpi di pietre alla porta.

- Il vicario! Il tiranno! L'affamatore! Lo vogliamo! vivo o morto!

Il meschino girava di stanza in stanza, pallido, senza fiato, battendo palma a palma, raccomandandosi a Dio, e a' suoi servitori, che tenessero fermo, che trovassero la maniera di farlo scappare. Ma come, e di dove? Salì in soffitta; da un pertugio, guardò ansiosamente nella strada, e la vide piena zeppa di furibondi; sentì le voci che chiedevan la sua morte; e più smarrito che mai, si ritirò, e andò a cercare il più sicuro e riposto nascondiglio. Lì rannicchiato, stava attento, attento, se mai il funesto rumore s'affievolisse, se il tumulto s'acquietasse un poco; ma sentendo in vece il muggito alzarsi più feroce e più rumoroso, e raddoppiare i picchi, preso da un nuovo soprassalto al cuore, si turava gli orecchi in fretta. Poi, come fuori di sé, stringendo i denti, e raggrinzando il viso, stendeva le braccia, e puntava i pugni, come se volesse tener ferma la porta... Del resto, quel che facesse precisamente non si può sapere, giacché era solo; e la storia è costretta a indovinare. Fortuna che c'è avvezza.

Renzo, questa volta, si trovava nel forte del tumulto, non già portatovi dalla piena, ma cacciatovisi deliberatamente. A quella prima proposta di sangue, aveva sentito il suo rimescolarsi tutto: in quanto al saccheggio, non avrebbe saputo dire se fosse bene o male in quel caso; ma l'idea dell'omicidio gli cagionò un orrore pretto e immediato. E quantunque, per quella funesta docilità degli animi appassionati all'affermare appassionato di molti, fosse persuasissimo che il vicario era la cagion principale della fame, il nemico de' poveri, pure, avendo, al primo moversi della turba, sentita a caso qualche parola che indicava la volontà di fare ogni sforzo per salvarlo, s'era subito proposto d'aiutare anche lui un'opera tale; e, con quest'intenzione, s'era cacciato, quasi fino a quella porta, che veniva travagliata in cento modi. Chi con ciottoli picchiava su' chiodi della serratura, per isconficcarla; altri, con pali e scarpelli e martelli, cercavano di lavorar più in regola: altri poi, con pietre, con coltelli spuntati, con chiodi, con bastoni, con l'unghie, non avendo altro, scalcinavano e sgretolavano il muro, e s'ingegnavano di levare i mattoni, e fare una breccia. Quelli che non potevano aiutare, facevan coraggio con gli urli; ma nello stesso tempo, con lo star lì a pigiare, impicciavan di più il lavoro già impicciato dalla gara disordinata de' lavoranti: giacché, per grazia del cielo, accade talvolta anche nel male quella cosa troppo frequente nel bene, che i fautori più ardenti divengano un impedimento.

I magistrati ch'ebbero i primi l'avviso di quel che accadeva, spediron subito a chieder soccorso al comandante del castello, che allora si diceva di porta Giovia; il quale mandò alcuni soldati. Ma, tra l'avviso, e l'ordine, e il radunarsi, e il mettersi in cammino, e il cammino, essi arrivarono che la casa era già cinta di vasto assedio; e fecero alto lontano da quella, all'estremità della folla. L'ufiziale che li comandava, non sapeva che partito prendere. Lì non era altro che una, lasciatemi dire, accozzaglia di gente varia d'età e di sesso, che stava a vedere. All'intimazioni che gli venivan fatte, di sbandarsi, e di dar luogo, rispondevano con un cupo e lungo mormorìo; nessuno si moveva. Far fuoco sopra quella ciurma, pareva all'ufiziale cosa non solo crudele, ma piena di pericolo; cosa che, offendendo i meno terribili, avrebbe irritato i molti violenti: e del resto, non aveva una tale istruzione. Aprire quella prima folla, rovesciarla a destra e a sinistra, e andare avanti a portar la guerra a chi la faceva, sarebbe stata la meglio; ma riuscirvi, lì stava il punto. Chi sapeva se i soldati avrebber potuto avanzarsi uniti e ordinati? Che se, in vece di romper la folla, si fossero sparpagliati loro tra quella, si sarebber trovati a sua discrezione, dopo averla aizzata. L'irresolutezza del comandante e l'immobilità de' soldati parve, a diritto o a torto, paura. La gente che si trovavan vicino a loro, si contentavano di guardargli in viso, con un'aria, come si dice, di me n'impipo; quelli ch'erano un po' più lontani, non se ne stavano di provocarli,

con visacci e con grida di scherno; più in là, pochi sapevano o si curavano che ci fossero; i guastatori seguitavano a smurare, senz'altro pensiero che di riuscir presto nell'impresa; gli spettatori non cessavano d'animarla con gli urli.
Spiccava tra questi, ed era lui stesso spettacolo, un vecchio mal vissuto, che, spalancando due occhi affossati e infocati, contraendo le grinze a un sogghigno di compiacenza diabolica, con le mani alzate sopra una canizie vituperosa, agitava in aria un martello, una corda, quattro gran chiodi, con che diceva di volere attaccare il vicario a un battente della sua porta, ammazzato che fosse.

- Oibò! vergogna! - scappò fuori Renzo, inorridito a quelle parole, alla vista di tant'altri visiche davan segno d'approvarle, e incoraggito dal vederne degli altri, sui quali, benché muti, traspariva lo stesso orrore del quale era compreso lui. - Vergogna! Vogliam noi rubare il mestiere al boia? assassinare un cristiano? Come volete che Dio ci dia del pane, se facciamo di queste atrocità? Ci manderà de' fulmini, e non del pane!

- Ah cane! ah traditor della patria! - gridò, voltandosi a Renzo, con un viso da indemoniato,un di coloro che avevan potuto sentire tra il frastono quelle sante parole. - Aspetta, aspetta! È un servitore del vicario, travestito da contadino: è una spia: dàlli, dàlli! - Cento voci si spargono all'intorno. - Cos'è? dov'è? chi è? Un servitore del vicario. Una spia. Il vicario travestito da contadino, che scappa. Dov'è? dov'è? dàlli, dàlli!
Renzo ammutolisce, diventa piccino piccino, vorrebbe sparire; alcuni suoi vicini lo prendono in mezzo; e con alte e diverse grida cercano di confondere quelle voci nemiche e omicide. Ma ciò che più di tutto lo servì fu un - largo, largo, - che si sentì gridar lì vicino: largo! è qui l'aiuto: largo, ohe!
Cos'era? Era una lunga scala a mano, che alcuni portavano, per appoggiarla alla casa, e entrarci da una finestra. Ma per buona sorte, quel mezzo, che avrebbe resa la cosa facile, non era facile esso a mettere in opera. I portatori, all'una e all'altra cima, e di qua e di là della macchina, urtati, scompigliati, divisi dalla calca, andavano a onde: uno, con la testa tra due scalini, e gli staggi sulle spalle, oppresso come sotto un giogo scosso, mugghiava; un altro veniva staccato dal carico con una spinta; la scala abbandonata picchiava spalle, braccia, costole: pensate cosa dovevan dire coloro de' quali erano. Altri sollevano con le mani il peso morto, vi si caccian sotto, se lo mettono addosso, gridando: - animo! andiamo! - La macchina fatale s'avanza balzelloni, e serpeggiando. Arrivò a tempo a distrarre e a disordinare i nemici di Renzo, il quale profittò della confusione nata nella confusione; e, quatto quatto sul principio, poi giocando di gomita a più non posso, s'allontanò da quel luogo, dove non c'era buon'aria per lui, con l'intenzione anche d'uscire, più presto che potesse, dal tumulto, e d'andar davvero a trovare o a aspettare il padre Bonaventura. Tutt'a un tratto, un movimento straordinario cominciato a una estremità, si propaga per la folla, una voce si sparge, viene avanti di bocca in bocca: - Ferrer! Ferrer! - Una maraviglia, una gioia, una rabbia, un'inclinazione, una ripugnanza, scoppiano per tutto dove arriva quel nome; chi lo grida, chi vuol soffogarlo; chi afferma, chi nega, chi benedice, chi bestemmia.

- È qui Ferrer! - Non è vero, non è vero! - Sì, sì; viva Ferrer! quello che ha messo il pane abuon mercato. - No, no! - E qui, è qui in carrozza. - Cosa importa? che c'entra lui? non vogliamo nessuno! - Ferrer! viva Ferrer! l'amico della povera gente! viene per condurre in prigione il vicario. - No, no: vogliamo far giustizia noi: indietro, indietro! - Sì, sì: Ferrer! venga Ferrer! in prigione il vicario!
E tutti, alzandosi in punta di piedi, si voltano a guardare da quella parte donde s'annunziava l'inaspettato arrivo. Alzandosi tutti, vedevano né più né meno che se fossero stati tutti con le piante in terra; ma tant'è, tutti s'alzavano.
In fatti, all'estremità della folla, dalla parte opposta a quella dove stavano i soldati, era arrivato in carrozza Antonio Ferrer, il gran cancelliere; il quale, rimordendogli probabilmente la coscienza d'essere co' suoi spropositi e con la sua ostinazione, stato causa, o almeno occasione di quella sommossa, veniva ora a cercar d'acquietarla, e d'impedirne almeno il più terribile e irreparabile effetto: veniva a spender bene una popolarità mal acquistata.
Ne' tumulti popolari c'è sempre un certo numero d'uomini che, o per un riscaldamento di passione, o per una persuasione fanatica, o per un disegno scellerato, o per un maledetto gusto del soqquadro, fanno di tutto per ispinger le cose al peggio; propongono o promovono i più spietati consigli, soffian nel fuoco ogni volta che principia a illanguidire: non è mai troppo per costoro; non vorrebbero che il tumulto avesse né fine né misura. Ma per contrappeso, c'è sempre anche un certo numero d'altri uomini che, con pari ardore e con insistenza pari, s'adoprano per produr l'effetto contrario: taluni mossi da amicizia o da parzialità per le persone minacciate; altri senz'altro impulso che d'un pio e spontaneo

orrore del sangue e de' fatti atroci. Il cielo li benedica. In ciascuna di queste due parti opposte, anche quando non ci siano concerti antecedenti, l'uniformità de' voleri crea un concerto istantaneo nell'operazioni. Chi forma poi la massa, e quasi il materiale del tumulto, è un miscuglio accidentale d'uomini, che, più o meno, per gradazioni indefinite, tengono dell'uno e dell'altro estremo: un po' riscaldati, un po' furbi, un po' inclinati a una certa giustizia, come l'intendon loro, un po' vogliosi di vederne qualcheduna grossa, pronti alla ferocia e alla misericordia, a detestare e ad adorare, secondo che si presenti l'occasione di provar con pienezza l'uno o l'altro sentimento; avidi ogni momento di sapere, di credere qualche cosa grossa, bisognosi di gridare, d'applaudire a qualcheduno, o d'urlargli dietro. Viva e moia, son le parole che mandan fuori più volentieri; e chi è riuscito a persuaderli che un tale non meriti d'essere squartato, non ha bisogno di spender più parole per convincerli che sia degno d'esser portato in trionfo: attori, spettatori, strumenti, ostacoli, secondo il vento; pronti anche a stare zitti, quando non sentan più grida da ripetere, a finirla, quando manchino gl'istigatori, a sbandarsi, quando molte voci concordi e non contraddette abbiano detto: andiamo; e a tornarsene a casa, domandandosi l'uno con l'altro: cos'è stato? Siccome però questa massa, avendo la maggior forza, la può dare a chi vuole, così ognuna delle due parti attive usa ogni arte per tirarla dalla sua, per impadronirsene: sono quasi due anime nemiche, che combattono per entrare in quel corpaccio, e farlo movere. Fanno a chi saprà sparger le voci più atte a eccitar le passioni, a dirigere i movimenti a favore dell'uno o dell'altro intento; a chi saprà più a proposito trovare le nuove che riaccendano gli sdegni, o gli affievoliscano, risveglino le speranze o i terrori; a chi saprà trovare il grido, che ripetuto dai più e più forte, esprima, attesti e crei nello stesso tempo il voto della pluralità, per l'una o per l'altra parte.

Tutta questa chiacchierata s'è fatta per venire a dire che, nella lotta tra le due parti che si contendevano il voto della gente affollata alla casa del vicario, l'apparizione d'Antonio Ferrer diede, quasi in un momento, un gran vantaggio alla parte degli umani, la quale era manifestamente al di sotto, e, un po' più che quel soccorso fosse tardato, non avrebbe avuto più, né forza, né motivo di combattere. L'uomo era gradito alla moltitudine, per quella tariffa di sua invenzione così favorevole a' compratori, e per quel suo eroico star duro contro ogni ragionamento in contrario. Gli animi già propensi erano ora ancor più innamorati dalla fiducia animosa del vecchio che, senza guardie, senza apparato, veniva così a trovare, ad affrontare una moltitudine irritata e procellosa. Faceva poi un effetto mirabile il sentire che veniva a condurre in prigione il vicario: così il furore contro costui, che si sarebbe scatenato peggio, chi l'avesse preso con le brusche, e non gli avesse voluto conceder nulla, ora, con quella promessa di soddisfazione, con quell'osso in bocca, s'acquietava un poco, e dava luogo agli altri opposti sentimenti, che sorgevano in una gran parte degli animi.

I partigiani della pace, ripreso fiato, secondavano Ferrer in cento maniere: quelli che si trovavan vicini a lui, eccitando e rieccitando col loro il pubblico applauso, e cercando insieme di far ritirare la gente, per aprire il passo alla carrozza; gli altri, applaudendo, ripetendo e facendo passare le sue parole, o quelle che a lor parevano le migliori che potesse dire, dando sulla voce ai furiosi ostinati, e rivolgendo contro di loro la nuova passione della mobile adunanza. - Chi è che non vuole che si dica: viva Ferrer? Tu non vorresti eh, che il pane fosse a buon mercato? Son birboni che non vogliono una giustizia da cristiani: e c'è di quelli che schiamazzano più degli altri, per fare scappare il vicario. In prigione il vicario! Viva Ferrer! Largo a Ferrer! - E crescendo sempre più quelli che parlavan così, s'andava a proporzione abbassando la baldanza della parte contraria; di maniera che i primi dal predicare vennero anche a dar sulle mani a quelli che diroccavano ancora, a cacciarli indietro, a levar loro dall'unghie gli ordigni. Questi fremevano, minacciavano anche, cercavan di rifarsi; ma la causa del sangue era perduta: il grido che predominava era: prigione, giustizia, Ferrer! Dopo un po' di dibattimento, coloro furon respinti: gli altri s'impadroniron della porta, e per tenerla difesa da nuovi assalti, e per prepararvi l'adito a Ferrer; e alcuno di essi, mandando dentro una voce a quelli di casa (fessure non ne mancava), gli avvisò che arrivava soccorso, e che facessero star pronto il vicario, - per andar subito... in prigione: ehm, avete inteso?

- È quel Ferrer che aiuta a far le gride? - domandò a un nuovo vicino il nostro Renzo, che sirammentò del *vidit Ferrer* che il dottore gli aveva gridato all'orecchio, facendoglielo vedere in fondo di quella tale.
- Già: il gran cancelliere - gli fu risposto.
- È un galantuomo, n'è vero?
- Eccome se è un galantuomo! è quello che aveva messo il pane a buon mercato; e gli altrinon hanno voluto; e ora viene a condurre in prigione il vicario, che non ha fatto le cose giuste.

Non fa bisogno di dire che Renzo fu subito per Ferrer. Volle andargli incontro addirittura: la cosa non era facile; ma con certe sue spinte e gomitate da alpigiano, riuscì a farsi far largo, e a arrivare in prima fila, proprio di fianco alla carrozza.
Era questa già un po' inoltrata nella folla; e in quel momento stava ferma, per uno di quegl'incagli inevitabili e frequenti, in un'andata di quella sorte. Il vecchio Ferrer presentava ora all'uno, ora all'altro sportello, un viso tutto umile, tutto ridente, tutto amoroso, un viso che aveva tenuto sempre in serbo per quando si trovasse alla presenza di don Filippo IV; ma fu costretto a spenderlo anche in quest'occasione. Parlava anche; ma il chiasso e il ronzlo di tante voci, gli evviva stessi che si facevano a lui, lasciavano ben poco e a ben pochi sentir le sue parole. S'aiutava dunque co' gesti, ora mettendo la punta delle mani sulle labbra, a prendere un bacio che le mani, separandosi subito, distribuivano a destra e a sinistra in ringraziamento alla pubblica benevolenza; ora stendendole e movendole lentamente fuori d'uno sportello, per chiedere un po' di luogo; ora abbassandole garbatamente, per chiedere un po' di silenzio. Quando n'aveva ottenuto un poco, i più vicini sentivano e ripetevano le sue parole: - pane, abbondanza: vengo a far giustizia: un po' di luogo di grazia -. Sopraffatto poi e come soffogato dal fracasso di tante voci, dalla vista di tanti visi fitti, di tant'occhi addosso a lui, si tirava indietro un momento, gonfiava le gote, mandava un gran soffio, e diceva tra sé: " *por mi vida' que de gente!*
" Viva Ferrer! Non abbia paura. Lei è un galantuomo. Pane, pane!

- Sì; pane, pane, - rispondeva Ferrer: - abbondanza; lo prometto io, - e metteva la mano alpetto.
- Un po' di luogo, - aggiungeva subito: - vengo per condurlo in prigione, per dargli il giustogastigo che si merita: - e soggiungeva sottovoce: - *si es culpable*-. Chinandosi poi innanzi verso il cocchiere, gli diceva in fretta: -*adelante' Pedro' si puedes*.

Il cocchiere sorrideva anche lui alla moltitudine, con una grazia affettuosa, come se fosse stato un gran personaggio; e con un garbo ineffabile, dimenava adagio adagio la frusta, a destra e a sinistra, per chiedere agl'incomodi vicini che si ristringessero e si ritirassero un poco. - Di grazia, - diceva anche lui, - signori miei, un po' di luogo, un pochino; appena appena da poter passare.
Intanto i benevoli più attivi s'adopravano a far fare il luogo chiesto così gentilmente. Alcuni davanti ai cavalli facevano ritirar le persone, con buone parole, con un mettere le mani sui petti, con certe spinte soavi: - in là, via, un po' di luogo, signori -; alcuni facevan lo stesso dalle due parti della carrozza, perché potesse passare senza arrotar piedi, né ammaccar mostacci; che, oltre il male delle persone, sarebbe stato porre a un gran repentaglio l'auge d'Antonio Ferrer.
Renzo, dopo essere stato qualche momento a vagheggiare quella decorosa vecchiezza, conturbata un po' dall'angustia, aggravata dalla fatica, ma animata dalla sollecitudine, abbellita, per dir così, dalla speranza di togliere un uomo all'angosce mortali, Renzo, dico, mise da parte ogni pensiero d'andarsene; e si risolvette d'aiutare Ferrer, e di non abbandonarlo, fin che non fosse ottenuto l'intento. Detto fatto, si mise con gli altri a far far largo; e non era certo de' meno attivi. Il largo si fece; - venite pure avanti, - diceva più d'uno al cocchiere, ritirandosi o andando a fargli un po' di strada più innanzi. - *Adelante, presto, con juicio*, - gli disse anche il padrone; e la carrozza si mosse. Ferrer, in mezzo ai saluti che scialacquava al pubblico in massa, ne faceva certi particolari di ringraziamento, con un sorriso d'intelligenza, a quelli che vedeva adoprarsi per lui: e di questi sorrisi ne toccò più d'uno a Renzo, il quale per verità se li meritava, e serviva in quel giorno il gran cancelliere meglio che non avrebbe potuto fare il più bravo de' suoi segretari. Al giovane montanaro invaghito di quella buona grazia, pareva quasi d'aver fatto amicizia con Antonio Ferrer.
La carrozza, una volta incamminata, seguitò poi, più o meno adagio, e non senza qualche altra fermatina. Il tragitto non era forse più che un tiro di schioppo; ma riguardo al tempo impiegatovi, avrebbe potuto parere un viaggetto, anche a chi non avesse avuto la santa fretta di Ferrer. La gente si moveva, davanti e di dietro, a destra e a sinistra della carrozza, a guisa di cavalloni intorno a una nave che avanza nel forte della tempesta. Più acuto, più scordato, più assordante di quello della tempesta era il frastono. Ferrer, guardando ora da una parte, ora dall'altra; atteggiandosi e gestendo insieme, cercava d'intender qualche cosa, per accomodar le risposte al bisogno; voleva far alla meglio un po' di dialogo con quella brigata d'amici; ma la cosa era difficile, la più difficile forse che gli fosse ancora capitata, in tant'anni di gran-cancellierato. Ogni tanto però, qualche parola, anche qualche frase, ripetuta da un crocchio nel suo passaggio, gli si faceva sentire, come lo scoppio d'un razzo più forte si fa sentire nell'immenso scoppiettìo d'un fuoco artifiziale. E lui, ora ingegnandosi di rispondere in modo soddisfacente a queste grida, ora dicendo a buon conto le parole che sapeva dover esser più accette, o

che qualche necessità istantanea pareva richiedere, parlò anche lui per tutta la strada. - Sì, signori; pane, abbondanza. Lo condurrò io in prigione: sarà gastigato... *si es culpable.* Sì, sì, comanderò io: il pane a buon mercato. *Asi es...* così è, voglio dire: il re nostro signore non vuole che codesti fedelissimi vassalli patiscan la fame. *Ox! ox! guardaos*: non si facciano male, signori. *Pedro' adelante con juicio.* Abbondanza, abbondanza. Un po' di luogo, per carità. Pane, pane. In prigione, in prigione. Cosa? - domandava poi a uno che s'era buttato mezzo dentro lo sportello, a urlargli qualche suo consiglio o preghiera o applauso che fosse. Ma costui, senza poter neppure ricevere il " cosa? " era stato tirato indietro da uno che lo vedeva lì lì per essere schiacciato da una rota. Con queste botte e risposte, tra le incessanti acclamazioni, tra qualche fremito anche d'opposizione, che si faceva sentire qua e là, ma era subito soffogato, ecco alla fine Ferrer arrivato alla casa, per opera principalmente di que' buoni ausiliari. Gli altri che, come abbiam detto, eran già lì con le medesime buone intenzioni, avevano intanto lavorato a fare e a rifare un po' di piazza. Prega, esorta, minaccia; pigia, ripigia, incalza di qua e di là, con quel raddoppiare di voglia, e con quel rinnovamento di forze che viene dal veder vicino il fine desiderato; gli era finalmente riuscito di divider la calca in due, e poi di spingere indietro le due calche; tanto che, tra la porta e la carrozza, che vi si fermò davanti, v'era un piccolo spazio voto. Renzo, che, facendo un po' da battistrada, un po' da scorta, era arrivato con la carrozza, poté collocarsi in una di quelle due frontiere di benevoli, che facevano, nello stesso tempo, ala alla carrozza e argine alle due onde prementi di popolo. E aiutando a rattenerne una con le poderose sue spalle, si trovò anche in un bel posto per poter vedere.

Ferrer mise un gran respiro, quando vide quella piazzetta libera, e la porta ancor chiusa. Chiusa qui vuol dire non aperta; del resto i gangheri eran quasi sconficcati fuor de' pilastri: i battenti scheggiati, ammaccati, sforzati e scombaciati nel mezzo lasciavano veder fuori da un largo spiraglio un pezzo di catenaccio storto, allentato, e quasi divelto, che, se vogliam dir così, li teneva insieme. Un galantuomo s'era affacciato a quel fesso, a gridar che aprissero; un altro spalancò in fretta lo sportello della carrozza: il vecchio mise fuori la testa, s'alzò, e afferrando con la destra il braccio di quel galantuomo, uscì, e scese sul predellino.

La folla, da una parte e dall'altra, stava tutta in punta di piedi per vedere: mille visi, mille barbe in aria: la curiosità e l'attenzione generale creò un momento di generale silenzio. Ferrer, fermatosi quel momento sul predellino, diede un'occhiata in giro, salutò con un inchino la moltitudine, come da un pulpito, e messa la mano sinistra al petto, gridò: - pane e giustizia -; e franco, diritto, togato, scese in terra, tra l'acclamazioni che andavano alle stelle. Intanto quelli di dentro avevano aperto, ossia avevan finito d'aprire, tirando via il catenaccio insieme con gli anelli già mezzi sconficcati, e allargando lo spiraglio, appena quanto bastava per fare entrare il desideratissimo ospite. - Presto, presto, - diceva lui: aprite bene, ch'io possa entrare: e voi, da bravi, tenete indietro la gente; non mi lasciate venire addosso... per l'amor del cielo! Serbate un po' di largo per tra poco. Ehi! ehi! signori, un momento, - diceva poi ancora a quelli di dentro: - adagio con quel battente, lasciatemi passare: eh! le mie costole; vi raccomando le mie costole. Chiudete ora: no; eh! eh! la toga! la toga! - Sarebbe in fatti rimasta presa tra i battenti, se Ferrer non n'avesse ritirato con molta disinvoltura lo strascico, che disparve come la coda d'una serpe, che si rimbuca inseguita.

Riaccostati i battenti, furono anche riappuntellati alla meglio. Di fuori, quelli che s'eran costituiti guardia del corpo di Ferrer, lavoravano di spalle, di braccia e di grida, a mantener la piazza vota, pregando in cuor loro il Signore che lo facesse far presto.

- Presto, presto, - diceva anche Ferrer di dentro, sotto il portico, ai servitori, che gli si eranmessi d'intorno ansanti, gridando: - sia benedetto! ah eccellenza! oh eccellenza! uh eccellenza!
- Presto, presto, - ripeteva Ferrer: - dov'è questo benedett'uomo?

Il vicario scendeva le scale, mezzo strascicato e mezzo portato da altri suoi servitori, bianco come un panno lavato. Quando vide il suo aiuto, mise un gran respiro; gli tornò il polso, gli scorse un po' di vita nelle gambe, un po' di colore sulle gote; e corse, come poté, verso Ferrer, dicendo: - sono nelle mani di Dio e di vostra eccellenza. Ma come uscir di qui? Per tutto c'è gente che mi vuol morto.

- *Venga usted con migo*, e si faccia coraggio: qui fuori c'è la mia carrozza; presto, presto -. Lo prese per la mano, e lo condusse verso la porta, facendogli coraggio tuttavia; ma diceva intanto tra sé: " *aqui està el busilis; Dios nos valga!*"

La porta s'apre; Ferrer esce il primo; l'altro dietro, rannicchiato, attaccato, incollato alla toga salvatrice, come un bambino alla sottana della mamma. Quelli che avevan mantenuta la piazza vota, fanno ora, con un alzar di mani, di cappelli, come una rete, una nuvola, per sottrarre alla vista pericolosa della

moltitudine il vicario; il quale entra il primo nella carrozza, e vi si rimpiatta in un angolo. Ferrer sale dopo; lo sportello vien chiuso. La moltitudine vide in confuso, riseppe, indovinò quel ch'era accaduto; e mandò un urlo d'applausi e d'imprecazioni.
La parte della strada che rimaneva da farsi, poteva parer la più difficile e la più pericolosa. Ma il voto pubblico era abbastanza spiegato per lasciar andare in prigione il vicario; e nel tempo della fermata, molti di quelli che avevano agevolato l'arrivo di Ferrer, s'eran tanto ingegnati a preparare e a mantener come una corsìa nel mezzo della folla, che la carrozza poté, questa seconda volta, andare un po' più lesta, e di seguito. Di mano in mano che s'avanzava, le due folle rattenute dalle parti, si ricadevano addosso e si rimischiavano, dietro a quella.
Ferrer, appena seduto, s'era chinato per avvertire il vicario, che stesse ben rincantucciato nel fondo, e non si facesse vedere, per l'amor del cielo; ma l'avvertimento era superfluo. Lui, in vece, bisognava che si facesse vedere, per occupare e attirare a sé tutta l'attenzione del pubblico. E per tutta questa gita, come nella prima, fece al mutabile uditorio un discorso, il più continuo nel tempo, e il più sconnesso nel senso, che fosse mai; interrompendolo però ogni tanto con qualche parolina spagnola, che in fretta in fretta si voltava a bisbigliar nell'orecchio del suo acquattato compagno. - Sì, signori; pane e giustizia: in castello, in prigione, sotto la mia guardia. Grazie, grazie, grazie tante. No, no: non iscapperà. *Por ablandarlos.* E troppo giusto; s'esaminerà, si vedrà. Anch'io voglio bene a lor signori. Un gastigo severo. *Esto lo digo por su bien.* Una meta giusta, una meta onesta, e gastigo agli affamatori. Si tirin da parte, di grazia. Sì, sì; io sono un galantuomo, amico del popolo. Sarà gastigato: è vero, è un birbante, uno scellerato. *Perdone, usted.* La passerà male, la passerà male... *si es culpable.* Sì, sì, li faremo rigar diritto i fornai. Viva il re, e i buoni milanesi, suoi fedelissimi vassalli! Sta fresco, sta fresco. *Animo; estamos ya quasi fuera.*
Avevano in fatti attraversata la maggior calca, e già eran vicini a uscir al largo, del tutto. Lì Ferrer, mentre cominciava a dare un po' di riposo a' suoi polmoni, vide il soccorso di Pisa, que' soldati spagnoli, che però sulla fine non erano stati affatto inutili, giacché sostenuti e diretti da qualche cittadino, avevano cooperato a mandare in pace un po' di gente, e a tenere il passo libero all'ultima uscita. All'arrivar della carrozza, fecero ala, e presentaron l'arme al gran cancelliere, il quale fece anche qui un saluto a destra, un saluto a sinistra; e all'ufiziale, che venne più vicino a fargli il suo, disse, accompagnando le parole con un cenno della destra: - *beso a usted las manos*-: parole che l'ufiziale intese per quel che volevano dir realmente, cioè: m'avete dato un bell'aiuto! In risposta, fece un altro saluto, e si ristrinse nelle spalle. Era veramente il caso di dire: *cedant arma togae*; ma Ferrer non aveva in quel momento la testa a citazioni: e del resto sarebbero state parole buttate via, perché l'ufiziale non intendeva il latino.
A Pedro, nel passar tra quelle due file di micheletti, tra que' moschetti così rispettosamente alzati, gli tornò in petto il cuore antico. Si riebbe affatto dallo sbalordimento, si rammentò chi era, e chi conduceva; e gridando: - ohe! ohe! - senz'aggiunta d'altre cerimonie, alla gente ormai rada abbastanza per poter esser trattata così, e sferzando i cavalli, fece loro prender la rincorsa verso il castello.

- *Levantese' levantese; estàmos ya fuera*, - disse Ferrer al vicario; il quale, rassicurato dal cessar delle grida, e dal rapido moto della carrozza, e da quelle parole, si svolse, si sgruppò, s'alzò; e riavutosi alquanto, cominciò a render grazie, grazie e grazie al suo liberatore. Questi, dopo essersi condoluto con lui del pericolo e rallegrato della salvezza: - ah! esclamò, battendo la mano sulla sua zucca monda, - *que dirà de esto su excelencia*, che ha già tanto la luna a rovescio, per quel maledetto Casale, che non vuole arrendersi? *Que dirà el conde duque*, che piglia ombra se una foglia fa più rumore del solito? *Que dirà el rey nuestro señor*, che pur qualche cosa bisognerà che venga a risapere d'un fracasso così? E sarà poi finito? *Dios lo sabe.* - Ah! per me, non voglio più impicciarmene, - diceva il vicario: - me ne chiamo fuori; rassegno la mia carica nelle mani di vostra eccellenza, e vo a vivere in una grotta, sur una montagna, a far l'eremita, lontano, lontano da questa gente bestiale.

- *Usted* farà quello che sarà più conveniente *por el servicio de su magestad*, - rispose gravemente il gran cancelliere.

- Sua maestà non vorrà la mia morte, - replicava il vicario: - in una grotta, in una grotta;lontano da costoro.

Che avvenisse poi di questo suo proponimento non lo dice il nostro autore, il quale, dopo avere accompagnato il pover'uomo in castello, non fa più menzione de' fatti suoi.

Cap. XIV

La folla rimasta indietro cominciò a sbandarsi, a diramarsi a destra e a sinistra, per questa e per quella strada. Chi andava a casa, a accudire anche alle sue faccende; chi s'allontanava, per respirare un po' al largo, dopo tante ore di stretta; chi, in cerca d'amici, per ciarlare de' gran fatti della giornata. Lo stesso sgombero s'andava facendo dall'altro sbocco della strada, nella quale la gente restò abbastanza rada perché quel drappello di spagnoli potesse, senza trovar resistenza, avanzarsi, e postarsi alla casa del vicario. Accosto a quella stava ancor condensato il fondaccio, per dir così, del tumulto; un branco di birboni, che malcontenti d'una fine così fredda e così imperfetta d'un così grand'apparato, parte brontolavano, parte bestemmiavano, parte tenevan consiglio, per veder se qualche cosa si potesse ancora intraprendere; e, come per provare, andavano urtacchiando e pigiando quella povera porta, ch'era stata di nuovo appuntellata alla meglio. All'arrivar del drappello, tutti coloro, chi diritto diritto, chi baloccandosi, e come a stento, se n'andarono dalla parte opposta, lasciando il campo libero a' soldati, che lo presero, e vi si postarono, a guardia della casa e della strada. Ma tutte le strade del contorno erano seminate di crocchi: dove c'eran due o tre persone ferme, se ne fermavano tre, quattro, venti altre: qui qualcheduno si staccava; là tutto un crocchio si moveva insieme: era come quella nuvolaglia che talvolta rimane sparsa, e gira per l'azzurro del cielo, dopo una burrasca; e fa dire a chi guarda in su: questo tempo non è rimesso bene. Pensate poi che babilonia di discorsi. Chi raccontava con enfasi i casi particolari che aveva visti; chi raccontava ciò che lui stesso aveva fatto; chi si rallegrava che la cosa fosse finita bene, e lodava Ferrer, e pronosticava guai seri per il vicario; chi, sghignazzando, diceva: - non abbiate paura, che non l'ammazzeranno: il lupo non mangia la carne del lupo -; chi più stizzosamente mormorava che non s'eran fatte le cose a dovere, ch'era un inganno, e ch'era stata una pazzia il far tanto chiasso, per lasciarsi poi canzonare in quella maniera.

Intanto il sole era andato sotto, le cose diventavan tutte d'un colore; e molti, stanchi della giornata e annoiati di ciarlare al buio, tornavano verso casa. Il nostro giovine, dopo avere aiutato il passaggio della carrozza, finché c'era stato bisogno d'aiuto, e esser passato anche lui dietro a quella, tra le file de' soldati, come in trionfo, si rallegrò quando la vide correr liberamente, e fuor di pericolo; fece un po' di strada con la folla, e n'uscì, alla prima cantonata, per respirare anche lui un po' liberamente. Fatto ch'ebbe pochi passi al largo, in mezzo all'agitazione di tanti sentimenti, di tante immagini, recenti e confuse, sentì un gran bisogno di mangiare e di riposarsi; e cominciò a guardare in su, da una parte e dall'altra, cercando un'insegna d'osteria; giacché, per andare al convento de' cappuccini, era troppo tardi. Camminando così con la testa per aria, si trovò a ridosso a un crocchio; e fermatosi, sentì che vi discorrevan di congetture, di disegni, per il giorno dopo. Stato un momento a sentire, non poté tenersi di non dire anche lui la sua; parendogli che potesse senza presunzione proporre qualche cosa chi aveva fatto tanto. E persuaso, per tutto ciò che aveva visto in quel giorno, che ormal, per mandare a effetto una cosa, bastasse farla entrare in grazia a quelli che giravano per le strade, - signori miei! - gridò, in tono d'esordio: - devo dire anch'io il mio debol parere? Il mio debol parere è questo: che non è solamente nell'affare del pane che si fanno delle bricconerie: e giacché oggi s'è visto chiaro che, a farsi sentire, s'ottiene quel che è giusto; bisogna andar avanti così, fin che non si sia messo rimedio a tutte quelle altre scelleratezze, e che il mondo vada un po' più da cristiani. Non è vero, signori miei, che c'è una mano di tiranni, che fanno proprio al rovescio de' dieci comandamenti, e vanno a cercar la gente quieta, che non pensa a loro, per farle ogni male, e poi hanno sempre ragione? anzi quando n'hanno fatta una più grossa del solito, camminano con la testa più alta, che par che gli s'abbia a rifare il resto? Già anche in Milano ce ne dev'essere la sua parte.

- Pur troppo, - disse una voce.
- Lo dicevo io, - riprese Renzo: - già le storie si raccontano anche da noi. E poi la cosa parlada sé. Mettiamo, per esempio, che qualcheduno di costoro che voglio dir io stia un po' in campagna, un po' in Milano: se è un diavolo là, non vorrà esser un angiolo qui; mi pare. Dunque mi dicano un poco, signori miei, se hanno mai visto uno di questi *col muso all'inferriata.* E quel che è peggio (e questo lo posso dir io di sicuro), è che le gride ci sono, stampate, per gastigarli: e non già gride senza costrutto; fatte benissimo, che noi non potremmo trovar niente di meglio; ci son nominate le bricconerie chiare, proprio come succedono; e a ciascheduna, il suo buon gastigo. E dice: sia chi si sia, vili e plebei, e che so io. Ora, andate a dire ai dottori, scribi e farisei, che vi facciano far giustizia, secondo che canta la grida: vi dànno retta come il papa ai furfanti: cose da far girare il cervello a qualunque galantuomo. Si

vede dunque chiaramente che il re, e quelli che comandano, vorrebbero che i birboni fossero gastigati; ma non se ne fa nulla, perché c'è una lega. Dunque bisogna romperla; bisogna andar domattina da Ferrer, che quello è un galantuomo, un signore alla mano; e oggi s'è potuto vedere com'era contento di trovarsi con la povera gente, e come cercava di sentir le ragioni che gli venivan dette, e rispondeva con buona grazia. Bisogna andar da Ferrer, e dirgli come stanno le cose; e io, per la parte mia, gliene posso raccontar delle belle; che ho visto io, co' miei occhi, una grida con tanto d'arme in cima, ed era stata fatta da tre di quelli che possono, che d'ognuno c'era sotto il suo nome bell'e stampato, e uno di questi nomi era Ferrer, visto da me, co' miei occhi: ora, questa grida diceva proprio le cose giuste per me; e un dottore al quale io gli dissi che dunque mi facesse render giustizia, com'era l'intenzione di que' tre signori, tra i quali c'era anche Ferrer, questo signor dottore, che m'aveva fatto veder la grida lui medesimo, che è il più bello, ah! ah! pareva che gli dicessi delle pazzie. Son sicuro che, quando quel caro vecchione sentirà queste belle cose; che lui non le può saper tutte, specialmente quelle di fuori; non vorrà più che il mondo vada così, e ci metterà un buon rimedio. E poi, anche loro, se fanno le gride, devono aver piacere che s'ubbidisca: che è anche un disprezzo, un pitaffio col loro nome, contarlo per nulla. E se i prepotenti non vogliono abbassar la testa, e fanno il pazzo, siam qui noi per aiutarlo, come s'è fatto oggi. Non dico che deva andar lui in giro, in carrozza, ad acchiappar tutti i birboni, prepotenti e tiranni: sì; ci vorrebbe l'arca di Noè. Bisogna che lui comandi a chi tocca, e non solamente in Milano, ma per tutto, che faccian le cose conforme dicon le gride; e formare un buon processo addosso a tutti quelli che hanno commesso di quelle bricconerie; e dove dice prigione, prigione; dove dice galera, galera; e dire ai podestà che faccian davvero; se no, mandarli a spasso, e metterne de' meglio: e poi, come dico, ci saremo anche noi a dare una mano. E ordinare a' dottori che stiano a sentire i poveri e parlino in difesa della ragione. Dico bene, signori miei?

Renzo aveva parlato tanto di cuore, che, fin dall'esordio, una gran parte de' radunati, sospeso ogni altro discorso, s'eran rivoltati a lui; e, a un certo punto, tutti erano divenuti suoi uditori. Un grido confuso d'applausi, di - bravo: sicuro: ha ragione: è vero pur troppo, - fu come la risposta dell'udienza. Non mancaron però i critici. - Eh sì, - diceva uno: - dar retta a' montanari: son tutti avvocati -; e se ne andava. - Ora, - mormorava un altro, - ogni scalzacane vorrà dir la sua; e a furia di metter carne a fuoco, non s'avrà il pane a buon mercato; che è quello per cui ci siam mossi -. Renzo però non sentì che i complimenti; chi gli prendeva una mano, chi gli prendeva l'altra. - A rivederci a domani. - Dove? - Sulla piazza del duomo. - Va bene. - Va bene. - E qualcosa si farà. - E qualcosa si farà.

- Chi è di questi bravi signori che voglia insegnarmi un'osteria, per mangiare un boccone, edormire da povero figliuolo? - disse Renzo.
- Son qui io a servirvi, quel bravo giovine, - disse uno, che aveva ascoltata attentamente lapredica, e non aveva detto ancor nulla. - Conosco appunto un'osteria che farà al caso vostro; e vi raccomanderò al padrone, che è mio amico, e galantuomo.
- Qui vicino? - domandò Renzo. - Poco distante, - rispose colui.

La radunata si sciolse; e Renzo, dopo molte strette di mani sconosciute, s'avviò con lo sconosciuto, ringraziandolo della sua cortesia.

- Di che cosa? - diceva colui: - una mano lava l'altra, e tutt'e due lavano il viso. Non siamoobbligati a far servizio al prossimo? - E camminando, faceva a Renzo, in aria di discorso, ora una, ora un'altra domanda. - Non per sapere i fatti vostri; ma voi mi parete molto stracco: da che paese venite?
- Vengo, - rispose Renzo, - fino, fino da Lecco.
- Fin da Lecco? Di Lecco siete?
- Di Lecco... cioè del territorio.
- Povero giovine! per quanto ho potuto intendere da' vostri discorsi, ve n'hanno fatte dellegrosse.
- Eh! caro il mio galantuomo! ho dovuto parlare con un po' di politica, per non dire inpubblico i fatti miei; ma... basta, qualche giorno si saprà; e allora... Ma qui vedo un'insegna d'osteria; e, in fede mia, non ho voglia d'andar più lontano.
- No, no! venite dov'ho detto io, che c'è poco, - disse la guida: - qui non istareste bene.- Eh, sì; - rispose il giovine: - non sono un signorino avvezzo a star nel cotone: qualcosa alla buona da mettere in castello, e un saccone, mi basta: quel che mi preme è di trovar presto l'uno e l'altro. Alla provvidenza!

- Ed entrò in un usciaccio, sopra il quale pendeva l'insegna della luna piena. - Bene; vi condurrò qui, giacché vi piace così, - disse lo sconosciuto; e gli andò dietro.

- Non occorre che v'incomodiate di più, - rispose Renzo. - Però, - soggiunse, - se venite abere un bicchiere con me, mi fate piacere.

- Accetterò le vostre grazie, - rispose colui; e andò, come più pratico del luogo, innanzi aRenzo, per un cortiletto; s'accostò all'uscio che metteva in cucina, alzò il saliscendi, aprì, e v'entrò col suo compagno. Due lumi a mano, pendenti da due pertiche attaccate alla trave del palco, vi spandevano una mezza luce. Molta gente era seduta, non però in ozio, su due panche, di qua e di là d'una tavola stretta e lunga, che teneva quasi tutta una parte della stanza: a intervalli, tovaglie e piatti; a intervalli, carte voltate e rivoltate, dadi buttati e raccolti; fiaschi e bicchieri per tutto. Si vedevano anche correre *berlinghe, reali e parpagliole*, che, se avessero potuto parlare, avrebbero detto probabilmente: " noi eravamo stamattina nella ciotola d'un fornaio, o nelle tasche di qualche spettatore del tumulto, che tutt'intento a vedere come andassero gli affari pubblici, si dimenticava di vigilar le sue faccendole private ". Il chiasso era grande. Un garzone girava innanzi e indietro, in fretta e in furia, al servizio di quella tavola insieme e tavoliere: l'oste era a sedere sur una piccola panca, sotto la cappa del cammino, occupato, in apparenza, in certe figure che faceva e disfaceva nella cenere, con le molle; ma in realtà intento a tutto ciò che accadeva intorno a lui. S'alzò, al rumore del saliscendi; e andò incontro ai soprarrivati. Vista ch'ebbe la guida, " maledetto! " disse tra sé: " che tu m'abbia a venir sempre tra' piedi, quando meno ti vorrei! " Data poi un'occhiata in fretta a Renzo, disse, ancora tra sé: " non ti conosco; ma venendo con un tal cacciatore, o cane o lepre sarai: quando avrai detto due parole, ti conoscerò ". Però, di queste riflessioni nulla trasparve sulla faccia dell'oste, la quale stava immobile come un ritratto: una faccia pienotta e lucente, con una barbetta folta, rossiccia, e due occhietti chiari e fissi.

- Cosa comandan questi signori? - disse ad alta voce.

- Prima di tutto, un buon fiasco di vino sincero, - disse Renzo: - e poi un boccone -. Cosìdicendo, si buttò a sedere sur una panca, verso la cima della tavola, e mandò un - ah! sonoro, come se volesse dire: fa bene un po' di panca, dopo essere stato, tanto tempo, ritto e in faccende. Ma gli venne subito in mente quella panca e quella tavola, a cui era stato seduto l'ultima volta, con Lucia e con Agnese: e mise un sospiro. Scosse poi la testa, come per iscacciar quel pensiero: e vide venir l'oste col vino. Il compagno s'era messo a sedere in faccia a Renzo. Questo gli mescé subito da bere, dicendo: per bagnar le labbra -. E riempito l'altro bicchiere, lo tracannò in un sorso.

- Cosa mi darete da mangiare? - disse poi all'oste.

- Ho dello stufato: vi piace? - disse questo.

- Sì, bravo; dello stufato.

- Sarete servito, - disse l'oste a Renzo; e al garzone: - servite questo forestiero -. E s'avviòverso il cammino. - Ma... - riprese poi, tornando verso Renzo: - ma pane, non ce n'ho in questa giornata.

- Al pane, - disse Renzo, ad alta voce e ridendo, - ci ha pensato la provvidenza -. E tiratofuori il terzo e ultimo di que' pani raccolti sotto la croce di san Dionigi, l'alzò per aria, gridando: - ecco il pane della provvidenza!

All'esclamazione, molti si voltarono; e vedendo quel trofeo in aria, uno gridò: - viva il pane a buon mercato!

- A buon mercato? - disse Renzo: - *gratis et amore*.

- Meglio, meglio.

- Ma, - soggiunse subito Renzo, - non vorrei che lor signori pensassero a male. Non è ch'iol'abbia, come si suol dire, sgraffignato. L'ho trovato in terra; e se potessi trovare anche il padrone, son pronto a pagarglielo.

- Bravo! bravo! - gridarono, sghignazzando più forte, i compagnoni; a nessuno de' qualipassò per la mente che quelle parole fossero dette davvero.

- Credono ch'io canzoni; ma l'è proprio così, - disse Renzo alla sua guida; e, girando inmano quel pane, soggiunse: - vedete come l'hanno accomodato; pare una schiacciata: ma ce n'era del prossimo! Se ci si trovavan di quelli che han l'ossa un po' tenere, saranno stati freschi -. E subito, divorati tre o quattro bocconi di quel pane, gli mandò dietro un secondo bicchier di vino; e soggiunse: - da sé non vuol andar giù questo pane. Non ho avuto mai la gola tanto secca. S'è fatto un gran gridare!

- Preparate un buon letto a questo bravo giovine, - disse la guida: - perché ha intenzione didormir qui.
- Volete dormir qui? - domandò l'oste a Renzo, avvicinandosi alla tavola.
- Sicuro, - rispose Renzo: - un letto alla buona; basta che i lenzoli sian di bucato; perchéson povero figliuolo, ma avvezzo alla pulizia.
- Oh, in quanto a questo! - disse l'oste: andò al banco, ch'era in un angolo della cucina; eritornò, con un calamaio e un pezzetto di carta bianca in una mano, e una penna nell'altra. - Cosa vuol dir questo? - esclamò Renzo, ingoiando un boccone dello stufato che il garzone gli aveva messo davanti, e sorridendo poi con maraviglia, soggiunse: - è il lenzolo di bucato, codesto?

L'oste, senza rispondere, posò sulla tavola il calamaio e la carta; poi appoggiò sulla tavola medesima il braccio sinistro e il gomito destro; e, con la penna in aria, e il viso alzato verso Renzo, gli disse: - fatemi il piacere di dirmi il vostro nome, cognome e patria.

- Cosa? - disse Renzo: - cosa c'entrano codeste storie col letto?
- Io fo il mio dovere, - disse l'oste, guardando in viso alla guida: - noi siamo obbligati arender conto di tutte le persone che vengono a alloggiar da noi: *nome e cognome, e di che nazione sarà, a che negozio viene, se ha seco armi... quanto tempo ha di fermarsi in questa città...* Son parole della grida.

Prima di rispondere, Renzo votò un altro bicchiere: era il terzo; e d'ora in poi ho paura che non li potremo più contare. Poi disse: - ah ah! avete la grida! E io fo conto d'esser dottor di legge; e allora so subito che caso si fa delle gride.

- Dico davvero, - disse l'oste, sempre guardando il muto compagno di Renzo; e, andato dinuovo al banco, ne levò dalla cassetta un gran foglio, un proprio esemplare della grida; e venne a spiegarlo davanti agli occhi di Renzo.
- Ah! ecco! - esclamò questo, alzando con una mano il bicchiere riempito di nuovo, erivotandolo subito, e stendendo poi l'altra mano, con un dito teso, verso la grida: - ecco quel bel foglio di messale. Me ne rallegro moltissimo. La conosco quell'arme; so cosa vuol dire quella faccia d'ariano, con la corda al collo -. (In cima alle gride si metteva allora l'arme del governatore; e in quella di don Gonzalo Fernandez de Cordova, spiccava un re moro incatenato per la gola). - Vuol dire, quella faccia: comanda chi può, e ubbidisce chi vuole. Quando questa faccia avrà fatto andare in galera il signor don... basta, lo so io; come dice in un altro foglio di messale compagno a questo; quando avrà fatto in maniera che un giovine onesto possa sposare una giovine onesta che è contenta di sposarlo, allora le dirò il mio nome a questa faccia; le darò anche un bacio per di più. Posso aver delle buone ragioni per non dirlo, il mio nome. Oh bella! E se un furfantone, che avesse al suo comando una mano d'altri furfanti: perché se fosse solo... - e qui finì la frase con un gesto: - se un furfantone volesse saper dov'io sono, per farmi qualche brutto tiro, domando io se questa faccia si moverebbe per aiutarmi. Devo dire i fatti miei! Anche questa è nuova. Son venuto a Milano per confessarmi, supponiamo; ma voglio confessarmi da un padre cappuccino, per modo di dire, e non da un oste.

L'oste stava zitto, e seguitava a guardar la guida, la quale non faceva dimostrazione di sorte veruna. Renzo, ci dispiace il dirlo, tracannò un altro bicchiere, e proseguì: - ti porterò una ragione, il mio caro oste, che ti capaciterà. Se le gride che parlan bene, in favore de' buoni cristiani, non contano; tanto meno devon contare quelle che parlan male. Dunque leva tutti quest'imbrogli, e porta in vece un altro fiasco; perché questo è fesso -. Così dicendo, lo percosse leggermente con le nocca, e soggiunse: - senti, senti, oste, come crocchia.

Anche questa volta, Renzo aveva, a poco a poco, attirata l'attenzione di quelli che gli stavan d'intorno: e anche questa volta, fu applaudito dal suo uditorio.

- Cosa devo fare? - disse l'oste, guardando quello sconosciuto, che non era tale per lui.- Via, via, - gridaron molti di que' compagnoni: - ha ragione quel giovine: son tutte angherie, trappole, impicci: legge nuova Oggi, legge nuova. In mezzo a queste grida, lo sconosciuto, dando all'oste un'occhiata di rimprovero, per quell'interrogazione troppo scoperta, disse: - lasciatelo un po' fare a suo modo: non fate scene.
- Ho fatto il mio dovere, - disse l'oste, forte; e poi tra se: " ora *ho le spalle al muro*". E prese la carta, la penna, il calamaio, la grida, e il fiasco voto, per consegnarlo al garzone. - Porta del medesimo, - disse

Renzo: - che lo trovo galantuomo; e lo metteremo a letto come l'altro, senza domandargli nome e cognome, e di che nazione sarà, e cosa viene a fare, e se ha a stare un pezzo in questa città.

- Del medesimo, - disse l'oste al garzone, dandogli il fiasco; e ritornò a sedere sotto la cappadel cammino. " Altro che lepre! " pensava, istoriando di nuovo la cenere: " e in che mani sei capitato! Pezzo d'asino! se vuoi affogare, affoga; ma l'oste della luna piena non deve andarne di mezzo, per le tue pazzie ".

Renzo ringraziò la guida, e tutti quegli altri che avevan prese le sue parti. - Bravi amici! disse: - ora vedo proprio che i galantuomini si dànno la mano, e si sostengono -. Poi, spianando la destra per aria sopra la tavola, e mettendosi di nuovo in attitudine di predicatore, - gran cosa, - esclamò, - che tutti quelli che regolano il mondo, voglian fare entrar per tutto carta, penna e calamaio! Sempre la penna per aria! Grande smania che hanno que' signori d'adoprar la penna!

- Ehi, quel galantuomo di campagna! volete saperne la ragione? - disse ridendo uno di que'giocatori, che vinceva.

- Sentiamo un poco, - rispose Renzo.

- La ragione è questa, - disse colui: - che que' signori son loro che mangian l'oche, e sitrovan lì tante penne, tante penne, che qualcosa bisogna che ne facciano.

Tutti si misero a ridere, fuor che il compagno che perdeva.

- To', - disse Renzo: - è un poeta costui. Ce n'è anche qui de' poeti: già ne nasce per tutto.N'ho una vena anch'io, e qualche volta ne dico delle curiose... ma quando le cose vanno bene.

Per capire questa baggianata del povero Renzo, bisogna sapere che, presso il volgo di Milano, e del contado ancora più, poeta non significa già, come per tutti i galantuomini, un sacro ingegno, un abitator di Pindo, un allievo delle Muse; vuol dire un cervello bizzarro e un po' balzano, che, ne' discorsi e ne' fatti, abbia più dell'arguto e del singolare che del ragionevole. Tanto quel guastamestieri del volgo è ardito a manomettere le parole, e a far dir loro le cose più lontane dal loro legittimo significato! Perché, vi domando io, cosa ci ha che fare poeta con cervello balzano?

- Ma la ragione giusta la dirò io, - soggiunse Renzo: - è perché la penna la tengon loro: ecosì, le parole che dicon loro, volan via, e spariscono; le parole che dice un povero figliuolo, stanno attenti bene, e presto presto le infilzan per aria, con quella penna, e te le inchiodano sulla carta, per servirsene, a tempo e luogo. Hanno poi anche un'altra malizia; che, quando vogliono imbrogliare un povero figliuolo, che non abbia studiato, ma che abbia un po' di... so io quel che voglio dire... - e, per farsi intendere, andava picchiando, e come arietando la fronte con la punta dell'indice; - e s'accorgono che comincia a capir l'imbroglio, taffete, buttan dentro nel discorso qualche parola in latino, per fargli perdere il filo, per confondergli la testa. Basta; se ne deve smetter dell'usanze! Oggi, a buon conto, s'è fatto tutto in volgare, e senza carta, penna e calamaio; e domani, se la gente saprà regolarsi, se ne farà anche delle meglio: senza torcere un capello a nessuno, però; tutto per via di giustizia.

Intanto alcuni di que' compagnoni s'eran rimessi a giocare, altri a mangiare, molti a gridare; alcuni se n'andavano; altra gente arrivava; l'oste badava agli uni e agli altri: tutte cose che non hanno che fare con la nostra storia. Anche la sconosciuta guida non vedeva l'ora d'andarsene; non aveva, a quel che paresse, nessun affare in quel luogo; eppure non voleva partire prima d'aver chiacchierato un altro poco con Renzo in particolare. Si voltò a lui, riattaccò il discorso del pane; e dopo alcune di quelle frasi che, da qualche tempo, correvano per tutte le bocche, venne a metter fuori un suo progetto. - Eh! se comandassi io, - disse, - lo troverei il verso di fare andar le cose bene.

- Come vorreste fare? - domandò Renzo, guardandolo con due occhietti brillanti più deldovere, e storcendo un po' la bocca, come per star più attento.

- Come vorrei fare? - disse colui: - vorrei che ci fosse pane per tutti; tanto per i poveri,come per i ricchi.

- Ah! così va bene, - disse Renzo.

- Ecco come farei. Una meta onesta, che tutti ci potessero campare. E poi, distribuire ilpane in ragione delle bocche: perché c'è degl'ingordi indiscreti, che vorrebbero tutto per loro, e fanno a ruffa raffa, pigliano a buon conto; e poi manca il pane alla povera gente. Dunque dividere il pane. E come si fa? Ecco: dare un bel biglietto a ogni famiglia, in proporzion delle bocche, per andare a prendere il pane dal fornaio. A me, per esempio, dovrebbero rilasciare un biglietto in questa forma: Ambrogio Fusella, di professione spadaio, con moglie e quattro figliuoli, tutti in età da mangiar pane (notate bene): gli si dia pane tanto, e paghi soldi tanti. Ma far le cose giuste, sempre in ragion delle bocche. A voi, per esempio, dovrebbero fare un biglietto per... il vostro nome?

- Lorenzo Tramaglino, - disse il giovine; il quale, invaghito del progetto, non feceattenzione ch'era tutto fondato su carta, penna e calamaio; e che, per metterlo in opera, la prima cosa doveva essere di raccogliere i nomi delle persone. - Benissimo, - disse lo sconosciuto: - ma avete moglie e figliuoli?
- Dovrei bene... figliuoli no... troppo presto... ma la moglie... se il mondo andasse comedovrebbe andare...
- Ah siete solo! Dunque abbiate pazienza, ma una porzione più piccola.
- È giusto; ma se presto, come spero... e con l'aiuto di Dio.. Basta; quando avessi moglieanch'io?
- Allora si cambia il biglietto, e si cresce la porzione. Come v'ho detto; sempre in ragiondelle bocche, - disse lo sconosciuto, alzandosi.
- Così va bene, - gridò Renzo; e continuò, gridando e battendo il pugno sulla tavola: - eperché non la fanno una legge così?
- Cosa volete che vi dica? Intanto vi do la buona notte, e me ne vo; perché penso che lamoglie e i figliuoli m'aspetteranno da un pezzo.
- Un altro gocciolino, un altro gocciolino, - gridava Renzo, riempiendo in fretta il bicchieredi colui; e subito alzatosi, e acchiappatolo per una falda del farsetto, tirava forte, per farlo seder di nuovo. - Un altro gocciolino: non mi fate quest'affronto.

Ma l'amico, con una stratta, si liberò, e lasciando Renzo fare un guazzabuglio d'istanze e di rimproveri, disse di nuovo: - buona notte, - e se n'andò. Renzo seguitava ancora a predicargli, che quello era già in istrada; e poi ripiombò sulla panca. Fissò gli occhi su quel bicchiere che aveva riempito; e, vedendo passar davanti alla tavola il garzone, gli accennò di fermarsi, come se avesse qualche affare da comunicargli; poi gli accennò il bicchiere, e con una pronunzia lenta e solenne, spiccando le parole in un certo modo particolare, disse: - ecco, l'avevo preparato per quel galantuomo: vedete; pieno raso, proprio da amico; ma non l'ha voluto. Alle volte, la gente ha dell'idee curiose. Io non ci ho colpa: il mio buon cuore l'ho fatto vedere. Ora, giacché la cosa è fatta, non bisogna lasciarlo andare a male -.

Così detto, lo prese, e lo votò in un sorso.

- Ho inteso, - disse il garzone, andandosene.
- Ah! avete inteso anche voi, - riprese Renzo: - dunque è vero. Quando le ragioni songiuste...!

Qui è necessario tutto l'amore, che portiamo alla verità, per farci proseguire fedelmente un racconto di così poco onore a un personaggio tanto principale, si potrebbe quasi dire al primo uomo della nostra storia. Per questa stessa ragione d'imparzialità, dobbiamo però anche avvertire ch'era la prima volta, che a Renzo avvenisse un caso simile: e appunto questo suo non esser uso a stravizi fu cagione in gran parte che il primo gli riuscisse così fatale. Que' pochi bicchieri che aveva buttati giù da principio, l'uno dietro l'altro, contro il suo solito, parte per quell'arsione che si sentiva, parte per una certa alterazione d'animo, che non gli lasciava far nulla con misura, gli diedero subito alla testa: a un bevitore un po' esercitato non avrebbero fatto altro che levargli la sete. Su questo il nostro anonimo fa una osservazione, che noi ripeteremo: e conti quel che può contare. Le abitudini temperate e oneste, dice, recano anche questo vantaggio, che, quanto più sono inveterate e radicate in un uomo, tanto più facilmente, appena appena se n'allontani, se ne risente subito; dimodoché se ne ricorda poi per un pezzo; e anche uno sproposito gli serve di scola. Comunque sia, quando que' primi fumi furono saliti alla testa di Renzo, vino e parole continuarono a andare, l'uno in giù e l'altre in su, senza misura né regola: e, al punto a cui l'abbiam lasciato, stava già come poteva. Si sentiva una gran voglia di parlare: ascoltatori, o almeno uomini presenti che potesse prender per tali, non ne mancava; e, per qualche tempo, anche le parole eran venute via senza farsi pregare, e s'eran lasciate collocare in un certo qual ordine. Ma a poco a poco, quella faccenda di finir le frasi cominciò a divenirgli fieramente difficile. Il pensiero, che s'era presentato vivo e risoluto alla sua mente, s'annebbiava e svaniva tutt'a un tratto; e la parola, dopo essersi fatta aspettare un pezzo, non era quella che fosse al caso. In queste angustie, per uno di que' falsi istinti che, in tante cose, rovinan gli uomini, ricorreva a quel benedetto fiasco. Ma di che aiuto gli potesse essere il fiasco, in una tale circostanza, chi ha fior di senno lo dica.

Noi riferiremo soltanto alcune delle moltissime parole che mandò fuori, in quella sciagurata sera: le molte più che tralasciamo, disdirebbero troppo; perché, non solo non hanno senso, ma non fanno vista d'averlo: condizione necessaria in un libro stampato. - Ah oste, oste! - ricominciò, accompagnandolo

con l'occhio intorno alla tavola, o sotto la cappa del cammino; talvolta fissandolo dove non era, e parlando sempre in mezzo al chiasso della brigata: - oste che tu sei! Non posso mandarla giù... quel tiro del nome, cognome e negozio. A un figliuolo par mio...! Non ti sei portato bene. Che soddisfazione, che sugo, che gusto... di mettere in carta un povero figliuolo? Parlo bene, signori? Gli osti dovrebbero tenere dalla parte de' buoni figliuoli... Senti, senti, oste; ti voglio fare un paragone... per la ragione... Ridono eh? Ho un po' di brio, sì... ma le ragioni le dico giuste. Dimmi un poco; chi è che ti manda avanti la bottega? I poveri figliuoli, n'è vero? dico bene?
Guarda un po' se que' signori delle gride vengono mai da te a bere un bicchierino.

- Tutta gente che beve acqua, - disse un vicino di Renzo.
- Vogliono stare in sé, - soggiunse un altro, - per poter dir le bugie a dovere.
- Ah! - gridò Renzo: - ora è il poeta che ha parlato. Dunque intendete anche voi altri le mieragioni. Rispondi dunque, oste: e Ferrer, che è il meglio di tutti, è mai venuto qui a fare un brindisi, e a spendere un becco d'un quattrino? E quel cane assassino di don...? Sto zitto, perché sono in cervello anche troppo. Ferrer e il padre Crrr... so io, son due galantuomini; ma ce n'è pochi de' galantuomini. I vecchi peggio de' giovani; e i giovani... peggio ancora de' vecchi. Però, son contento che non si sia fatto sangue: oibò; barbarie, da lasciarle fare al boia. Pane; oh questo sì. Ne ho ricevuti degli urtoni; ma... ne ho anche dati. Largo! abbondanza! viva!... Eppure, anche Ferrer... qualche parolina in latino... *siés baraòs trapolorum*... Maledetto vizio! Viva! giustizia! pane! ah, ecco le parole giuste!... Là ci volevano que' galantuomini... quando scappò fuori quel maledetto ton ton ton, e poi ancora ton ton ton. Non si sarebbe fuggiti, ve', allora. Tenerlo lì quel signor curato... So io a chi penso!

A questa parola, abbassò la testa, e stette qualche tempo, come assorto in un pensiero: poi mise un gran sospiro, e alzò il viso, con due occhi inumiditi e lustri, con un certo accoramento così svenevole, così sguaiato, che guai se chi n'era l'oggetto avesse potuto vederlo un momento. Ma quegli omacci che già avevan cominciato a prendersi spasso dell'eloquenza appassionata e imbrogliata di Renzo, tanto più se ne presero della sua aria compunta; i più vicini dicevano agli altri: guardate; e tutti si voltavano a lui; tanto che divenne lo zimbello della brigata. Non già che tutti fossero nel loro buon senno, o nel loro qual si fosse senno ordinario; ma, per dire il vero, nessuno n'era tanto uscito, quanto il povero Renzo: e per di più era contadino. Si misero, or l'uno or l'altro, a stuzzicarlo con domande sciocche e grossolane, con cerimonie canzonatorie. Renzo, ora dava segno d'averselo per male, ora prendeva la cosa in ischerzo, ora, senza badare a tutte quelle voci, parlava di tutt'altro, ora rispondeva, ora interrogava; sempre a salti, e fuor di proposito. Per buona sorte, in quel vaneggiamento, gli era però rimasta come un'attenzione istintiva a scansare i nomi delle persone; dimodoché anche quello che doveva esser più altamente fitto nella sua memoria, non fu proferito: ché troppo ci dispiacerebbe se quel nome, per il quale anche noi sentiamo un po' d'affetto e di riverenza, fosse stato strascinato per quelle boccacce, fosse divenuto trastullo di quelle lingue sciagurate.

Cap. XV

L'oste, vedendo che il gioco andava in lungo, s'era accostato a Renzo; e pregando, con buona grazia, quegli altri che lo lasciassero stare, l'andava scotendo per un braccio, e cercava di fargli intendere e di persuaderlo che andasse a dormire. Ma Renzo tornava sempre da capo col nome e cognome, e con le gride, e co' buoni figliuoli. Però quelle parole: letto e dormire, ripetute al suo orecchio, gli entraron finalmente in testa; gli fecero sentire un po' più distintamente il bisogno di ciò che significavano, e produssero un momento di lucido intervallo. Quel po' di senno che gli tornò, gli fece in certo modo capire che il più se n'era andato: a un di presso come l'ultimo moccolo rimasto acceso d'un'illuminazione, fa vedere gli altri spenti. Si fece coraggio; stese le mani, e le appuntellò sulla tavola; tentò, una e due volte, d'alzarsi; sospirò, barcollò; alla terza, sorretto dall'oste, si rizzò. Quello, reggendolo tuttavia, lo fece uscire di tra la tavola e la panca; e, preso con una mano un lume, con l'altra, parte lo condusse, parte lo tirò, alla meglio, verso l'uscio di scala. Lì Renzo, al chiasso de' saluti che coloro gli urlavan dietro, si voltò in fretta; e se il suo sostenitore non fosse stato ben lesto a tenerlo per un braccio, la voltata sarebbe stata un capitombolo; si voltò dunque, e, con l'altro braccio che gli rimaneva libero, andava trinciando e iscrivendo nell'aria certi saluti, a guisa d'un nodo di Salomone.

- Andiamo a letto, a letto, - disse l'oste, strascicandolo; gli fece imboccar l'uscio; e con piùfatica ancora, lo tirò in cima di quella scaletta, e poi nella camera che gli aveva destinata. Renzo, visto il letto che l'aspettava, si rallegrò; guardò amorevolmente l'oste, con due occhietti che ora scintillavan più che mai, ora s'eclissavano, come due lucciole; cercò d'equilibrarsi sulle gambe; e stese la mano al viso dell'oste, per prendergli il ganascino, in segno d'amicizia e di riconoscenza; ma non gli riuscì. - Bravo oste! - gli riuscì però di dire: ora vedo che sei un galantuomo: questa è un'opera buona, dare un letto a un buon figliuolo; ma quella figura che m'hai fatta, sul nome e cognome, quella non era da galantuomo. Per buona sorte che anch'io son furbo la mia parte...

L'oste, il quale non pensava che colui potesse ancor tanto connettere; l'oste che, per lunga esperienza, sapeva quanto gli uomini, in quello stato, sian più soggetti del solito a cambiar di parere, volle approfittare di quel lucido intervallo, per fare un altro tentativo. - Figliuolo caro, - disse, con una voce e con un fare tutto gentile: - non l'ho fatto per seccarvi, né per sapere i fatti vostri. Cosa volete? è legge: anche noi bisogna ubbidire; altrimenti siamo i primi a portarne la pena. È meglio contentarli, e... Di che si tratta finalmente? Gran cosa! dir due parole. Non per loro, ma per fare un piacere a me: via; qui tra noi, a quattr'occhi, facciam le nostre cose; ditemi il vostro nome, e... e poi andate a letto col cuor quieto.
- Ah birbone! - esclamò Renzo: - mariolo! tu mi torni ancora in campo con quell'infamità del nome, cognome e negozio!

- Sta' zitto, buffone; va' a letto, - diceva l'oste.

Ma Renzo continuava più forte: - ho inteso: sei della lega anche tu. Aspetta, aspetta, che t'accomodo io - . E voltando la testa verso la scaletta, cominciava a urlare più forte ancora: amici! l'oste è della...

- Ho detto per celia, - gridò questo sul viso di Renzo, spingendolo verso il letto: - per celia;non hai inteso che ho detto per celia?

- Ah! per celia: ora parli bene. Quando hai detto per celia... Son proprio celie -. E caddebocconi sul letto.

- Animo; spogliatevi; presto, - disse l'oste, e al consiglio aggiunse l'aiuto; che ce n'erabisogno. Quando Renzo si fu levato il farsetto (e ce ne volle), l'oste l'agguantò subito, e corse con le mani alle tasche, per vedere se c'era il morto. Lo trovò: e pensando che, il giorno dopo, il suo ospite avrebbe avuto a fare i conti con tutt'altri

E che con lui, e che quel morto sarebbe probabilmente caduto in mani di dove un oste non avrebbe potuto farlo uscire; volle provarsi se almeno gli riusciva di concluder quest'altro affare.

- Voi siete un buon figliuolo, un galantuomo; n'è vero? - disse.

- Buon figliuolo, galantuomo, - rispose Renzo, facendo tuttavia litigar le dita co' bottoni de'panni che non s'era ancor potuto levare.

- Bene, - replicò l'oste: - saldate ora dunque quel poco conticino, perché domani io devouscire per certi miei affari...

- Quest'è giusto, - disse Renzo. - Son furbo, ma galantuomo... Ma i danari? Andare acercare i danari ora!

- Eccoli qui, - disse l'oste: e, mettendo in opera tutta la sua pratica, tutta la sua pazienza,tutta la sua destrezza, gli riuscì di fare il conto con Renzo, e di pagarsi.

- Dammi una mano, ch'io possa finir di spogliarmi, oste, - disse Renzo. - Lo vedo anch'io,ve', che ho addosso un gran sonno.

L'oste gli diede l'aiuto richiesto; gli stese per di più la coperta addosso, e gli disse sgarbatamente - buona notte, - che già quello russava. Poi, per quella specie d'attrattiva, che alle volte ci tiene a considerare un oggetto di stizza, al pari che un oggetto d'amore, e che forse non è altro che il desiderio di conoscere ciò che opera fortemente sull'animo nostro, si fermò un momento a contemplare l'ospite così noioso per lui, alzandogli il lume sul viso, e facendovi, con la mano stesa, ribatter sopra la luce; in quell'atto a un di presso che vien dipinta Psiche, quando sta a spiare furtivamente le forme del consorte sconosciuto. - Pezzo d'asino! - disse nella sua mente al povero addormentato: - sei andato proprio a cercartela. Domani poi, mi saprai dire che bel gusto ci avrai. Tangheri, che volete girare il mondo, senza saper da che parte si levi il sole; per imbrogliar voi e il prossimo. Così detto o pensato, ritirò il lume, si mosse, uscì dalla camera, e chiuse l'uscio a chiave. Sul pianerottolo della scala, chiamò l'ostessa; alla quale disse che lasciasse i figliuoli in guardia a una loro servetta, e scendesse in cucina, a far le sue veci. - Bisogna ch'io vada fuori, in grazia d'un forestiero capitato qui, non so come diavolo, per mia disgrazia, soggiunse; e le raccontò in compendio il noioso accidente. Poi soggiunse ancora: - occhio a tutto; e sopra tutto prudenza, in questa maledetta giornata. Abbiamo laggiù una mano di scapestrati che, tra il bere, e tra che di natura sono sboccati, ne dicon di tutti i colori. Basta, se qualche temerario...

- Oh! non sono una bambina, e so anch'io quel che va fatto. Finora, mi pare che non sipossa dire...
- Bene, bene; e badar che paghino; e tutti que' discorsi che fanno, sul vicario di provvisionee il governatore e Ferrer e i decurioni e i cavalieri e Spagna e Francia e altre simili corbellerie, far vista di non sentire; perché, se si contraddice, la può andar male subito; e se si dà ragione, la può andar male in avvenire: e già sai anche tu che qualche volta quelli che le dicon più grosse... Basta; quando si senton certe proposizioni, girar la testa, e dire: vengo; come se qualcheduno chiamasse da un'altra parte. Io cercherò di tornare più presto che posso.

Ciò detto, scese con lei in cucina, diede un'occhiata in giro, per veder se c'era novità di rilievo; staccò da un cavicchio il cappello e la cappa, prese un randello da un cantuccio, ricapitolò, con un'altra occhiata alla moglie, l'istruzioni che le aveva date; e uscì. Ma, già nel far quelle operazioni, aveva ripreso, dentro di sé, il filo dell'apostrofe cominciata al letto del povero Renzo; e la proseguiva, camminando in istrada.

" Testardo d'un montanaro! " Ché, per quanto Renzo avesse voluto tener nascosto l'esser suo, questa qualità si manifestava da sé, nelle parole, nella pronunzia, nell'aspetto e negli atti. " Una giornata come questa, a forza di politica, a forza d'aver giudizio, io n'uscivo netto; e dovevi venir tu sulla fine, a guastarmi l'uova nel paniere. Manca osterie in Milano, che tu dovessi proprio capitare alla mia? Fossi almeno capitato solo; che avrei chiuso un occhio, per questa sera; e domattina t'avrei fatto intender la ragione. Ma no signore; in compagnia ci vieni; e in compagnia d'un bargello, per far meglio! "

A ogni passo, l'oste incontrava o passeggieri scompagnati, o coppie, o brigate di gente, che giravano susurrando. A questo punto della sua muta allocuzione, vide venire una pattuglia di soldati; e tirandosi da parte, per lasciarli passare, li guardò con la coda dell'occhio, e continuò tra sé: " eccoli i gastigamatti. E tu, pezzo d'asino, per aver visto un po' di gente in giro a far baccano, ti sei cacciato in testa che il mondo abbia a mutarsi. E su questo bel fondamento, ti sei rovinato te, e volevi anche rovinar me; che non è giusto. Io facevo di tutto per salvarti; e tu, bestia, in contraccambio, c'è mancato poco che non m'hai messo sottosopra l'osteria. Ora toccherà a te a levarti d'impiccio: per me ci penso io. Come se io volessi sapere il tuo nome per una mia curiosità! Cosa m'importa a me che tu ti chiami Taddeo o Bartolommeo? Ci ho un bel gusto anch'io a prender la penna in mano! ma non siete voi altri soli a voler le cose a modo vostro. Lo so anch'io che ci son delle gride che non contan nulla: bella novità, da venircela a dire un montanaro! Ma tu non sai che le gride contro gli osti contano. E pretendi girare il mondo, e parlare; e non sai che, a voler fare a modo suo, e impiparsi delle gride, la prima cosa è di parlarne con gran riguardo. E per un povero oste che fosse del tuo parere, e non domandasse il nome di chi capita a favorirlo, sai tu, bestia, cosa c'è di bello? *Sotto pena a qual si voglia dei detti osti, tavernai ed altri, come sopra, di trecento scudi*: sì, son lì che covano trecento scudi; e per ispenderli così bene; *da esser applicati, per i due terzi alla regia Camera, e l'altro all'accusatore o delatore*: quel bel cecino! *Ed in caso di inabilità, cinque anni di galera, e maggior pena, pecuniaria o corporale, all'arbitrio di sua eccellenza*. Obbligatissimo alle sue grazie ".

A queste parole, l'oste toccava la soglia del palazzo di giustizia.

Lì, come a tutti gli altri ufizi, c'era un gran da fare: per tutto s'attendeva a dar gli ordini che parevan più atti a preoccupare il giorno seguente, a levare i pretesti e l'ardire agli animi vogliosi di nuovi tumulti, ad assicurare la forza nelle mani solite a adoprarla. S'accrebbe la soldatesca alla casa del vicario; gli sbocchi della strada furono sbarrati di travi, trincerati di carri. S'ordinò a tutti i fornai che facessero pane senza intermissione; si spedirono staffette a' paesi circonvicini, con ordini di mandar grano alla città; a ogni forno furono deputati nobili, che vi si portassero di buon mattino, a invigilare sulla distribuzione e a tenere a freno gl'inquieti, con l'autorità della presenza, e con le buone parole. Ma per dar, come si dice, un colpo al cerchio e uno alla botte, e render più efficaci i consigli con un po' di spavento, si pensò anche a trovar la maniera di metter le mani addosso a qualche sedizioso: e questa era principalmente la parte del capitano di giustizia; il quale, ognuno può pensare che sentimenti avesse per le sollevazioni e per i sollevati, con una pezzetta d'acqua vulneraria sur uno degli organi della profondità metafisica. I suoi bracchi erano in campo fino dal principio del tumulto: e quel sedicente Ambrogio Fusella era, come ha detto l'oste, un bargello travestito, mandato in giro appunto per cogliere sul fatto qualcheduno da potersi riconoscere, e tenerlo in petto, e appostarlo, e acchiapparlo poi, a notte affatto quieta, o il giorno dopo. Sentite quattro parole di quella predica di Renzo, colui gli aveva fatto subito assegnamento sopra; parendogli quello un reo buon uomo, proprio quel che ci voleva. Trovandolo poi nuovo affatto del paese, aveva tentato il colpo maestro di condurlo caldo caldo alle carceri, come alla locanda più sicura della città; ma gli andò fallito, come avete visto. Poté però portare a casa la notizia sicura del nome, cognome e patria, oltre cent'altre belle notizie congetturali; dimodoché, quando l'oste capitò lì, a dir ciò che sapeva intorno a Renzo, ne sapevan già più di lui. Entrò nella solita stanza, e fece la sua deposizione: come era giunto ad alloggiar da lui un forestiero, che non aveva mai voluto manifestare il suo nome.

- Avete fatto il vostro dovere a informar la giustizia -; disse un notaio criminale, mettendogiu la penna, - ma già lo sapevamo.

" Bel segreto! " pensò l'oste: " ci vuole un gran talento! " - E sappiamo anche, - continuò il notaio, - quel riverito nome.

" Diavolo! il nome poi, com'hanno fatto? " pensò l'oste questa volta.

- Ma voi, - riprese l'altro, con volto serio, - voi non dite tutto sinceramente.
- Cosa devo dire di più?
- Ah! ah! sappiamo benissimo che colui ha portato nella vostra osteria una quantità di panerubato, e rubato con violenza, per via di saccheggio e di sedizione.
- Vien uno con un pane in tasca; so assai dov'è andato a prenderlo. Perché, a parlar come inpunto di morte, posso dire di non avergli visto che un pane solo.
- Già; sempre scusare, difendere: chi sente voi altri, son tutti galantuomini. Come poteteprovare che quel pane fosse di buon acquisto? - Cosa ho da provare io? io non c'entro: io fo l'oste.
- Non potrete però negare che codesto vostro avventore non abbia avuta la temerità diproferir parole ingiuriose contro le gride, e di fare atti mali e indecenti contro l'arme di sua eccellenza.
- Mi faccia grazia, vossignoria: come può mai essere mio avventore, se lo vedo per la primavolta? È il diavolo, con rispetto parlando, che l'ha mandato a casa mia: e se lo conoscessi, vossignoria vede bene che non avrei avuto bisogno di domandargli il suo nome.
- Però, nella vostra osteria, alla vostra presenza, si son dette cose di fuoco: paroletemerarie, proposizioni sediziose, mormorazioni, strida, clamori.
- Come vuole vossignoria ch'io badi agli spropositi che posson dire tanti urloni che parlantutti insieme? Io devo attendere a' miei interessi, che sono un pover'uomo. E poi vossignoria sa bene che chi è di lingua sciolta, per il solito è anche lesto di mano, tanto più quando sono una brigata, e...
- Sì, sì; lasciateli fare e dire: domani, domani, vedrete se gli sarà passato il ruzzo. Cosacredete?
- Io non credo nulla.
- Che la canaglia sia diventata padrona di Milano?
- Oh giusto!
- Vedrete, vedrete.
- Intendo benissimo: il re sarà sempre il re; ma chi avrà riscosso, avrà riscosso: enaturalmente un povero padre di famiglia non ha voglia di riscotere. Lor signori hanno la forza: a lor signori tocca.
- Avete ancora molta gente in casa?
- Un visibilio.
- E quel vostro avventore cosa fa? Continua a schiamazzare, a metter su la gente, apreparar tumulti per domani?
- Quel forestiero, vuol dire vossignoria: è andato a letto.
- Dunque avete molta gente... Basta; badate a non lasciarlo scappare.

" Che devo fare il birro io? " pensò l'oste; ma non disse né sì né no.

- Tornate pure a casa; e abbiate giudizio, - riprese il notaio.
- Io ho sempre avuto giudizio. Vossignoria può dire se ho mai dato da fare alla giustizia.
- E non crediate che la giustizia abbia perduta la sua forza.
- Io? per carità! io non credo nulla: abbado a far l'oste.

- La solita canzone: non avete mai altro da dire.
- Che ho da dire altro? La verità è una sola.
- Basta; per ora riteniamo ciò che avete deposto; se verrà poi il caso, informerete piùminutamente la giustizia, intorno a ciò che vi potrà venir domandato.
- Cosa ho da informare? io non so nulla; appena appena ho la testa da attendere ai fattimiei.
- Badate a non lasciarlo partire.
- Spero che l'illustrissimo signor capitano saprà che son venuto subito a fare il mio dovere.Bacio le mani a vossignoria.

Allo spuntar del giorno, Renzo russava da circa sett'ore, ed era ancora, poveretto! sul più bello, quando due forti scosse alle braccia, e una voce che dappiè del letto gridava : Lorenzo Tramaglino! - , lo fecero riscotere. Si risentì, ritirò le braccia, aprì gli occhi a stento; e vide ritto appiè del letto un uomo vestito di nero, e due armati, uno di qua, uno di là del capezzale. E, tra la sorpresa, e il non esser desto bene, e la spranghetta di quel vino che sapete, rimase un momento come incantato; e credendo di sognare, e non piacendogli quel sogno, si dimenava, come per isvegliarsi affatto.

- Ah! avete sentito una volta, Lorenzo Tramaglino? - disse l'uomo dalla cappa nera, quelnotaio medesimo della sera avanti. - Animo dunque; levatevi, e venite con noi.
- Lorenzo Tramaglino! - disse Renzo Tramaglino: - cosa vuol dir questo? Cosa volete dame? Chi v'ha detto il mio nome?
- Meno ciarle, e fate presto, - disse uno de' birri che gli stavano a fianco, prendendogli dinuovo il braccio.
- Ohe! che prepotenza è questa? - gridò Renzo, ritirando il braccio. - Oste! o l'oste!
- Lo portiam via in camicia? - disse ancora quel birro, voltandosi al notaio.
- Avete inteso? - disse questo a Renzo: - si farà così, se non vi levate subito subito, per venircon noi.
- E perché? - domandò Renzo.
- Il perché lo sentirete dal signor capitano di giustizia.
- Io? Io sono un galantuomo: non ho fatto nulla; e mi maraviglio...
- Meglio per voi, meglio per voi; così, in due parole sarete spicciato, e potrete andarveneper i fatti vostri.
- Mi lascino andare ora, - disse Renzo: - io non ho che far nulla con la giustizia.
- Orsù, finiamola! - disse un birro.
- Lo portiamo via davvero? - disse l'altro.
- Lorenzo Tramaglino! - disse il notaio.
- Come sa il mio nome, vossignoria?
- Fate il vostro dovere, - disse il notaio a' birri; i quali misero subito le mani addosso aRenzo, per tirarlo fuori del letto.
- Eh! non toccate la carne d'un galantuomo, che...! Mi so vestir da me.
- Dunque vestitevi subito, - disse il notaio.
- Mi vesto, - rispose Renzo; e andava di fatti raccogliendo qua e là i panni sparsi sul letto,come gli avanzi d'un naufragio sul lido. E cominciando a metterseli, proseguiva tuttavia dicendo: - ma io non ci voglio andare dal capitano di giustizia. Non ho che far nulla con lui.

Giacché mi si fa quest'affronto ingiustamente, voglio esser condotto da Ferrer. Quello lo conosco, so che è un galantuomo; e m'ha dell'obbligazioni.

- Sì, sì, figliuolo, sarete condotto da Ferrer, - rispose il notaio. In altre circostanze, avrebberiso, proprio di gusto, d'una richiesta simile; ma non era momento da ridere. Già nel venire, aveva visto per le strade un certo movimento, da non potersi ben definire se fossero rimasugli d'una sollevazione non del tutto sedata, o princìpi d'una nuova: uno sbucar di persone, un accozzarsi, un andare a brigate, un far crocchi. E ora, senza farne sembiante, o cercando almeno di non farlo, stava in orecchi, e gli pareva che il ronzìo andasse crescendo. Desiderava dunque di spicciarsi; ma avrebbe anche voluto condur via Renzo d'amore e d'accordo; giacché, se si fosse venuti a guerra aperta con lui, non poteva esser certo, quando fossero in istrada, di trovarsi tre contr'uno. Perciò dava d'occhio a' birri, che avessero pazienza, e non inasprissero il giovine; e dalla parte sua, cercava di persuaderlo con buone parole. Il giovine intanto, mentre si vestiva adagino adagino, richiamandosi, come poteva, alla memoria gli avvenimenti del giorno avanti, indovinava bene, a un di presso, che le gride e il nome e il cognome dovevano esser la causa di tutto; ma come diamine colui lo sapeva quel nome? E che diamine era accaduto in quella notte, perché la giustizia avesse preso tant'animo, da venire a colpo sicuro, a metter le mani addosso a uno de' buoni figliuoli che, il giorno avanti, avevan tanta voce in capitolo? e che non dovevano esser tutti addormentati, poiché Renzo s'accorgeva anche lui d'un ronzìo crescente nella strada. Guardando poi in viso il notaio, vi scorgeva in pelle in pelle la titubazione che costui si sforzava invano di tener nascosta. Onde, così per venire in chiaro delle sue congetture, e scoprir paese, come per tirare in lungo, e anche per tentare un colpo, disse: - vedo bene cos'è l'origine di tutto questo: gli è per amor del nome e del cognome. Ier sera veramente ero un po' allegro: questi osti alle volte hanno certi vini traditori; e alle volte, come dico, si sa, quando il vino è giù, è lui che parla. Ma, se non si tratta d'altro, ora son pronto a darle ogni soddisfazione. E poi, già lei lo sa il mio nome. Chi diamine gliel ha detto?

- Bravo, figliuolo, bravo! - rispose il notaio, tutto manieroso: - vedo che avete giudizio; e,credete a me che son del mestiere, voi siete più furbo che tant'altri. È la miglior maniera d'uscirne presto e bene: con codeste buone disposizioni, in due parole siete spicciato, e lasciato in libertà. Ma io, vedete figliuolo, ho le mani legate, non posso rilasciarvi qui, come vorrei. Via, fate presto, e venite pure senza timore; che quando vedranno chi siete; e poi io dirò... Lasciate fare a me... Basta; sbrigatevi, figliuolo.
- Ah! lei non può: intendo, - disse Renzo; e continuava a vestirsi, rispingendo con de' cennii cenni che i birri facevano di mettergli le mani addosso, per farlo spicciare.
- Passeremo dalla piazza del duomo? - domandò poi al notaio.
- Di dove volete; per la più corta, affine di lasciarvi più presto in libertà, - disse quello,rodendosi dentro di sé, di dover lasciar cadere in terra quella domanda misteriosa di Renzo, che poteva divenire un tema di cento interrogazioni. " Quando uno nasce disgraziato! " pensava. " Ecco; mi viene alle mani uno che, si vede, non vorrebbe altro che cantare; e, un po' di respiro che s'avesse, così *extra formam*, accademicamente, in via di discorso amichevole, gli si farebbe confessar, senza corda, quel che uno volesse; un uomo da condurlo in prigione già bell'e esaminato, senza che se ne fosse accorto: e un uomo di questa sorte mi deve per l'appunto capitare in un momento così angustiato. Eh! non c'è scampo ", continuava a pensare, tendendo gli orecchi, e piegando la testa all'indietro: " non c'è rimedio; e' risica d'essere una giornata peggio di ieri ". Ciò che lo fece pensar così, fu un rumore straordinario che si sentì nella strada: e non poté tenersi di non aprir l'impannata, per dare un'occhiatina. Vide ch'era un crocchio di cittadini, i quali, all'intimazione di sbandarsi, fatta loro da una pattuglia, avevan da principio risposto con cattive parole, e finalmente si separavan continuando a brontolare; e quel che al notaio parve un segno mortale, i soldati eran pieni di civiltà. Chiuse l'impannata, e stette un momento in forse, se dovesse condur l'impresa a termine, o lasciar Renzo in guardia de' due birri, e correr dal capitano di giustizia, a render conto di ciò che accadeva. " Ma ", pensò subito, " mi si dirà che sono un buon a nulla, un pusillanime, e che dovevo eseguir gli ordini. Siamo in ballo; bisogna ballare. Malannaggia la furia! Maledetto il mestiere! "

Renzo era levato; i due satelliti gli stavano a' fianchi. Il notaio accennò a costoro che non lo sforzasser troppo, e disse a lui: - da bravo, figliuolo; a noi, spicciatevi.

Anche Renzo sentiva, vedeva e pensava. Era ormai tutto vestito, salvo il farsetto, che teneva con una mano, frugando con l'altra nelle tasche. - Ohe! - disse, guardando il notaio, con un viso molto significante: - qui c'era de' soldi e una lettera. Signor mio!

- Vi sarà dato ogni cosa puntualmente, - disse il notaio, dopo adempite quelle pocheformalità. Andiamo, andiamo.
- No, no, no, - disse Renzo, tentennando il capo: - questa non mi va: voglio la roba mia,signor mio. Renderò conto delle mie azioni; ma voglio la roba mia.
- Voglio farvi vedere che mi fido di voi: tenete, e fate presto, - disse il notaio, levandosi diseno, e consegnando, con un sospiro, a Renzo le cose sequestrate. Questo, riponendole al loro posto, mormorava tra' denti: - alla larga! bazzicate tanto co' ladri, che avete un poco imparato il mestiere -. I

birri non potevan più stare alle mosse; ma il notaio li teneva a freno con gli occhi, e diceva intanto tra sé: " se tu arrivi a metter piede dentro quella soglia, l'hai da pagar con usura, l'hai da pagare ".

Mentre Renzo si metteva il farsetto, e prendeva il cappello, il notaio fece cenno a un de' birri, che s'avviasse per la scala; gli mandò dietro il prigioniero, poi l'altro amico; poi si mosse anche lui. In cucina che furono, mentre Renzo dice: - e quest'oste benedetto dove s'è cacciato? - il notaio fa un altro cenno a' birri; i quali afferrano, l'uno la destra, l'altro la sinistra del giovine, e in fretta in fretta gli legano i polsi con certi ordigni, per quell'ipocrita figura d'eufemismo, chiamati manichini. Consistevano questi (ci dispiace di dover dlscendere a particolari indegni della gravità storica; ma la chiarezza lo richiede), consistevano in una cordicella lunga un po' più che il giro d'un polso ordinario, la quale aveva nelle cime due pezzetti di legno, come due piccole stanghette. La cordicella circondava il polso del paziente; i legnetti, passati tra il medio e l'anulare del prenditore, gli rimanevano chiusi in pugno, di modo che, girandoli, ristringeva la legatura, a volontà; e con ciò aveva mezzo, non solo d'assicurare la presa, ma anche di martirizzare un ricalcitrante: e a questo fine, la cordicella era sparsa di nodi.

Renzo si divincola, grida: - che tradimento è questo? A un galantuomo...! - Ma il notaio, che per ogni tristo fatto aveva le sue buone parole, - abbiate pazienza, - diceva: - fanno il loro dovere. Cosa volete? son tutte formalità; e anche noi non possiamo trattar la gente a seconda del nostro cuore. Se non si facesse quello che ci vien comandato, staremmo freschi noi altri, peggio di voi. Abbiate pazienza.

Mentre parlava, i due a cui toccava a fare, diedero una girata a' legnetti. Renzo s'acquietò, come un cavallo bizzarro che si sente il labbro stretto tra le morse, e esclamò: - pazienza! - Bravo figliuolo! - disse il notaio: - questa è la vera maniera d'uscirne a bene. Cosa volete? è una seccatura; lo vedo anch'io; ma, portandovi bene, in un momento ne siete fuori. E giacché vedo che siete ben disposto, e io mi sento inclinato a aiutarvi, voglio darvi anche un altro parere, per vostro bene. Credete a me, che son pratico di queste cose: andate via diritto diritto, senza guardare in qua e in là, senza farvi scorgere: così nessuno bada a voi, nessuno s'avvede di quel che è; e voi conservate il vostro onore. Di qui a un'ora voi siete in libertà: c'è tanto da fare, che avranno fretta anche loro di sbrigarvi: e poi parlerò io... Ve n'andate per i fatti vostri; e nessuno saprà che siete stato nelle mani della giustizia. E voi altri, - continuò poi, voltandosi a' birri, con un viso severo: - guardate bene di non fargli male, perché lo proteggo io: il vostro dovere bisogna che lo facciate; ma ricordatevi che è un galantuomo, un giovine civile, il quale, di qui a poco, sarà in libertà; e che gli deve premere il suo onore. Andate in maniera che nessuno s'avveda di nulla: come se foste tre galantuomini che vanno a spasso -. E, con tono imperativo, e con sopracciglio minaccioso, concluse: - m'avete inteso -. Voltatosi poi a Renzo, col sopracciglio spianato, e col viso divenuto a un tratto ridente, che pareva volesse dire: oh noi sì che siamo amici!, gli bisbigliò di nuovo: - giudizio; fate a mio modo: andate raccolto e quieto; fidatevi di chi vi vuol bene: andiamo -. E la comitiva s'avviò.

Però, di tante belle parole Renzo, non ne credette una: né che il notaio volesse più bene a lui che a' birri, né che prendesse tanto a cuore la sua riputazione, né che avesse intenzion d'aiutarlo: capì benissimo che il galantuomo, temendo che si presentasse per la strada qualche buona occasione di scappargli dalle mani, metteva innanzi que' bei motivi, per istornar lui dallo starci attento e da approfittarne. Dimodoché tutte quelle esortazioni non servirono ad altro che a confermarlo nel disegno che già aveva in testa, di far tutto il contrario.

Nessuno concluda da ciò che il notaio fosse un furbo inesperto e novizio; perché s'ingannerebbe. Era un furbo matricolato, dice il nostro storico, il quale pare che fosse nel numero de' suoi amici: ma, in quel momento, si trovava con l'animo agitato. A sangue freddo, vi so dir io come si sarebbe fatto beffe di chi, per indurre un altro a fare una cosa per sé sospetta, fosse andato suggerendogliela e inculcandogliela caldamente, con quella miserabile finta di dargli un parere disinteressato, da amico. Ma è una tendenza generale degli uomini, quando sono agitati e angustiati, e vedono ciò che un altro potrebbe fare per levarli d'impiccio, di chiederglielo con istanza e ripetutamente e con ogni sorte di pretesti; e i furbi, quando sono angustiati e agitati, cadono anche loro sotto questa legge comune. Quindi è che, in simili circostanze, fanno per lo più una così meschina figura. Que' ritrovati maestri, quelle belle malizie, con le quali sono avvezzi a vincere, che son diventate per loro quasi una seconda natura, e che, messe in opera a tempo, e condotte con la pacatezza d'animo, con la serenità di mente necessarie, fanno il colpo così bene e così nascostamente, e conosciute anche, dopo la riuscita, riscotono l'applauso universale; i poverini quando sono alle strette, le adoprano in fretta, all'impazzata, senza garbo né grazia. Di maniera che a uno che li veda ingegnarsi e arrabattarsi a quel modo, fanno pietà e movon le risa, e l'uomo che pretendono allora di mettere in mezzo, quantunque meno accorto di

loro, scopre benissimo tutto il loro gioco, e da quegli artifizi ricava lume per sé, contro di loro. Perciò non si può mai abbastanza raccomandare a' furbi di professione di conservar sempre il loro sangue freddo, o d'esser sempre i più forti, che è la più sicura.
Renzo adunque, appena furono in istrada, cominciò a girar gli occhi in qua e in là, a sporgersi con la persona, a destra e a sinistra, a tender gli orecchi. Non c'era però concorso straordinario; e benché sul viso di più d'un passeggiero si potesse legger facilmente un certo non so che di sedizioso, pure ognuno andava diritto per la sua strada; e sedizione propriamente detta, non c'era.

- Giudizio, giudizio! - gli susurrava il notaio dietro le spalle: - il vostro onore; l'onore,figliuolo -. Ma quando Renzo, badando attentamente a tre che venivano con visi accesi, sentì che parlavan d'un forno, di farina nascosta, di giustizia, cominciò anche a far loro de' cenni col viso, e a tossire in quel modo che indica tutt'altro che un raffreddore. Quelli guardarono più attentamente la comitiva, e si fermarono; con loro si fermarono altri che arrivavano; altri, che gli eran passati davanti, voltatisi al bisbiglìo, tornavano indietro, e facevan coda.

- Badate a voi; giudizio, figliuolo; peggio per voi vedete; non guastate i fatti vostri; l'onore,la riputazione, - continuava a susurrare il notaio. Renzo faceva peggio. I birri, dopo essersi consultati con l'occhio, pensando di far bene (ognuno è soggetto a sbagliare), gli diedero una stretta di manichini.

- Ahi! ahi! ahi! - grida il tormentato: al grido, la gente s'affolla intorno; n'accorre da ogniparte della strada: la comitiva si trova incagliata. - È un malvivente, - bisbigliava il notaio a quelli che gli erano a ridosso: - è un ladro colto sul fatto. Si ritirino, lascin passar la giustizia -. Ma Renzo, visto il bel momento, visti i birri diventar bianchi, o almeno pallidi, " se non m'aiuto ora, pensò, mio danno ". E subito alzò la voce: - figliuoli! mi menano in prigione, perché ieri ho gridato: pane e giustizia. Non ho fatto nulla; son galantuomo: aiutatemi, non m'abbandonate, figliuoli!
Un mormorìo favorevole, voci più chiare di protezione s'alzano in risposta: i birri sul principio comandano, poi chiedono, poi pregano i più vicini d'andarsene, e di far largo: la folla in vece incalza e pigia sempre più. Quelli, vista la mala parata, lascian andare i manichini, e non si curan più d'altro che di perdersi nella folla, per uscirne inosservati. Il notaio desiderava ardentemente di far lo stesso; ma c'era de' guai, per amor della cappa nera. Il pover'uomo, pallido e sbigottito, cercava di farsi piccino piccino, s'andava storcendo, per isgusciar fuor della folla; ma non poteva alzar gli occhi, che non se ne vedesse venti addosso. Studiava tutte le maniere di comparire un estraneo che, passando di lì a caso, si fosse trovato stretto nella calca, come una pagliucola nel ghiaccio; e riscontrandosi a viso a viso con uno che lo guardava fisso, con un cipiglio peggio degli altri, lui, composta la bocca al sorriso, con un suo fare sciocco, gli domandò: - cos'è stato? - Uh corvaccio! - rispose colui. - Corvaccio! corvaccio! - risonò all'intorno. Alle grida s'aggiunsero gli urtoni; di maniera che, in poco tempo, parte con le gambe proprie, parte con le gomita altrui, ottenne ciò che più gli premeva in quel momento, d'esser fuori di quel serra serra.

Cap. XVI

- Scappa, scappa, galantuomo: lì c'è un convento, ecco là una chiesa; di qui, di là, - si gridaa Renzo da ogni parte. In quanto allo scappare, pensate se aveva bisogno di consigli. Fin dal primo momento che gli era balenato in mente una speranza d'uscir da quell'unghie, aveva cominciato a fare i suoi conti, e stabilito, se questo gli riusciva, d'andare senza fermarsi, fin che non fosse fuori, non solo della città, ma del ducato. " Perché ", aveva pensato, " il mio nome l'hanno su' loro libracci, in qualunque maniera l'abbiano avuto; e col nome e cognome, mi vengono a prendere quando vogliono ". E in quanto a un asilo, non vi si sarebbe cacciato che quando avesse avuto i birri alle spalle. " Perché, se posso essere uccel di bosco ", aveva anche pensato, " non voglio diventare uccel di gabbia ". Aveva dunque disegnato per suo rifugio quel paese nel territorio di Bergamo, dov'era accasato quel suo cugino Bortolo, se ve ne rammentate, che più volte l'aveva invitato a andar là. Ma trovar la strada, lì stava il male. Lasciato in una parte sconosciuta d'una città si può dire sconosciuta, Renzo non sapeva neppure da che porta s'uscisse per andare a Bergamo; e quando l'avesse saputo, non sapeva poi andare alla porta. Fu lì lì per farsi insegnar la strada da qualcheduno de' suoi liberatori; ma siccome nel poco tempo che aveva avuto per meditare su' casi suoi, gli eran passate per la mente certe idee su quello spadaio così obbligante, padre di quattro figliuoli, così, a buon conto, non volle manifestare i suoi disegni a una gran brigata, dove ce ne poteva essere qualche altro di quel conio; e risolvette subito d'allontanarsi in fretta di lì: che la strada se la farebbe poi insegnare, in luogo dove nessuno sapesse chi era, né il perché la domandasse. Disse a' suoi liberatori: - grazie tante, figliuoli: siate benedetti, - e, uscendo per il largo che gli fu fatto immediatamente, prese la rincorsa, e via; dentro per un vicolo, giù per una stradetta, galoppò un pezzo, senza saper dove. Quando gli parve d'essersi allontanato abbastanza, rallentò il passo, per non dar sospetto; e cominciò a guardare in qua e in là, per isceglier la persona a cui far la sua domanda, una faccia che ispirasse confidenza. Ma anche qui c'era dell'imbroglio. La domanda per sé era sospetta; il tempo stringeva; i birri, appena liberati da quel piccolo intoppo, dovevan senza dubbio essersi rimessi in traccia del loro fuggitivo; la voce di quella fuga poteva essere arrivata fin là; e in tali strette, Renzo dovette fare forse dieci giudizi fisionomici, prima di trovar la figura che gli paresse a proposito. Quel grassotto, che stava ritto sulla soglia della sua bottega, a gambe larghe, con le mani di dietro, con la pancia in fuori, col mento in aria, dal quale pendeva una gran pappagorgia, e che, non avendo altro che fare, andava alternativamente sollevando sulla punta de' piedi la sua massa tremolante, e lasciandola ricadere sui calcagni, aveva un viso di cicalone curioso, che, in vece di dar delle risposte, avrebbe fatto delle interrogazioni. Quell'altro che veniva innanzi, con gli occhi fissi, e col labbro in fuori, non che insegnar presto e bene la strada a un altro, appena pareva conoscer la sua. Quel ragazzotto, che, a dire il vero, mostrava d'esser molto sveglio, mostrava però d'essere anche più malizioso; e probabilmente avrebbe avuto un gusto matto a far andare un povero contadino dalla parte opposta a quella che desiderava. Tant'è vero che all'uomo impicciato, quasi ogni cosa è un nuovo impiccio! Visto finalmente uno che veniva in fretta, pensò che questo, avendo probabilmente qualche affare pressante, gli risponderebbe subito, senz'altre chiacchiere; e sentendolo parlar da sé, giudicò che dovesse essere un uomo sincero. Gli s'accostò, e disse: - di grazia, quel signore, da che parte si va per andare a Bergamo?

- Per andare a Bergamo? Da porta orientale.
- Grazie tante; e per andare a porta orientale?
- Prendete questa strada a mancina; vi troverete sulla piazza del duomo; poi...
- Basta, signore; il resto lo so. Dio gliene renda merito -. E diviato s'incamminò dalla parteche gli era stata indicata. L'altro gli guardò dietro un momento, e, accozzando nel suo pensiero quella maniera di camminare con la domanda, disse tra sé: " o n'ha fatta una, o qualcheduno la vuol fare a lui ".

Renzo arriva sulla piazza del duomo; l'attraversa, passa accanto a un mucchio di cenere e di carboni spenti, e riconosce gli avanzi del falò di cui era stato spettatore il giorno avanti; costeggia gli scalini del duomo, rivede il forno delle grucce, mezzo smantellato, e guardato da soldati; e tira diritto per la strada da cui era venuto insieme con la folla; arriva al convento de' cappuccini; dà un'occhiata a quella piazza e alla porta della chiesa, e dice tra sé, sospirando: " m'aveva però dato un buon parere quel frate di ieri: che stessi in chiesa a aspettare, e a fare un po' di bene ".

Qui, essendosi fermato un momento a guardare attentamente alla porta per cui doveva passare, e vedendovi, così da lontano, molta gente a guardia, e avendo la fantasia un po' riscaldata (bisogna compatirlo; aveva i suoi motivi), provò una certa ripugnanza ad affrontare quel passo. Si trovava così a mano un luogo d'asilo, e dove, con quella lettera, sarebbe ben raccomandato; fu tentato fortemente d'entrarvi. Ma, subito ripreso animo, pensò: " uccel di bosco, fin che si può. Chi mi conosce? Di ragione, i birri non si saran fatti in pezzi, per andarmi ad aspettare a tutte le porte ". Si voltò, per vedere se mai venissero da quella parte: non vide né quelli, né altri che paressero occuparsi di lui. Va innanzi; rallenta quelle gambe benedette, che volevan sempre correre, mentre conveniva soltanto camminare; e adagio adagio, fischiando in semitono, arriva alla porta.

C'era, proprio sul passo, un mucchio di gabellini, e, per rinforzo, anche de' micheletti spagnoli; ma stavan tutti attenti verso il di fuori, per non lasciare entrar di quelli che, alla notizia d'una sommossa, v'accorrono, come i corvi al campo dove è stata data battaglia; di maniera che Renzo, con un'aria indifferente, con gli occhi bassi, e con un andare così tra il viandante e uno che vada a spasso, uscì, senza che nessuno gli dicesse nulla; ma il cuore di dentro faceva un gran battere. Vedendo a diritta una viottola, entrò in quella, per evitare la strada maestra; e camminò un pezzo prima di voltarsi neppure indietro.

Cammina, cammina; trova cascine, trova villaggi, tira innanzi senza domandarne il nome; è certo d'allontanarsi da Milano, spera d'andar verso Bergamo; questo gli basta per ora. Ogni tanto, si voltava indietro; ogni tanto, andava anche guardando e strofinando or l'uno or l'altro polso, ancora un po' indolenziti, e segnati in giro d'una striscia rosseggiante, vestigio della cordicella. I suoi pensieri erano, come ognuno può immaginarsi, un guazzabuglio di pentimenti, d'inquietudini, di rabbie, di tenerezze; era uno studio faticoso di raccapezzare le cose dette e fatte la sera avanti, di scoprir la parte segreta della sua dolorosa storia, e sopra tutto come avean potuto risapere il suo nome. I suoi sospetti cadevan naturalmente sullo spadaio, al quale si rammentava bene d'averlo spiattellato. E ripensando alla maniera con cui gliel aveva cavato di bocca, e a tutto il fare di colui, e a tutte quell'esibizioni che riuscivan sempre a voler saper qualcosa, il sospetto diveniva quasi certezza. Se non che si rammentava poi anche, in confuso, d'aver, dopo la partenza dello spadaio, continuato a cicalare; con chi, indovinala grillo; di cosa, la memoria, per quanto venisse esaminata, non lo sapeva dire: non sapeva dir altro che d'essersi in quel tempo trovata fuor di casa. Il poverino si smarriva in quella ricerca: era come un uomo che ha sottoscritti molti fogli bianchi, e gli ha affidati a uno che credeva il fior de' galantuomini; e scoprendolo poi un imbroglione, vorrebbe conoscere lo stato de' suoi affari: che conoscere? è un caos. Un altro studio penoso era quello di far sull'avvenire un disegno che gli potesse piacere: quelli che non erano in aria, eran tutti malinconici.

Ma ben presto, lo studio più penoso fu quello di trovar la strada. Dopo aver camminato un pezzo, si può dire, alla ventura, vide che da sé non ne poteva uscire. Provava bensì una certa ripugnanza a metter fuori quella parola Bergamo, come se avesse un non so che di sospetto, di sfacciato; ma non si poteva far di meno. Risolvette dunque di rivolgersi, come aveva fatto in Milano, al primo viandante la cui fisonomia gli andasse a genio; e così fece. - Siete fuor di strada, - gli rispose questo; e, pensatoci un poco, parte con parole, parte co' cenni, gl'indicò il giro che doveva fare, per rimettersi sulla strada maestra. Renzo lo ringraziò, fece le viste di far come gli era stato detto, prese in fatti da quella parte, con intenzione però d'avvicinarsi bensì a quella benedetta strada maestra, di non perderla di vista, di costeggiarla più che fosse possibile; ma senza mettervi piede. Il disegno era più facile da concepirsi che da eseguirsi. La conclusione fu che, andando così da destra a sinistra, e, come si dice, a zig zag, parte seguendo l'altre indicazioni che si faceva coraggio a pescar qua e là, parte correggendole secondo i suoi lumi, e adattandole al suo intento, parte lasciandosi guidar dalle strade in cui si trovava incamminato, il nostro fuggitivo aveva fatte forse dodici miglia, che non era distante da Milano più di sei; e in quanto a Bergamo, era molto se non se n'era allontanato. Cominciò a persuadersi che, anche in quella maniera, non se n'usciva a bene; e pensò a trovar qualche altro ripiego. Quello che gli venne in mente, fu di scovar, con qualche astuzia, il nome di qualche paese vicino al confine, e al quale si potesse andare per istrade comunali: e domandando di quello, si farebbe insegnar la strada, senza seminar qua e là quella domanda di Bergamo, che gli pareva puzzar tanto di fuga, di sfratto, di criminale.

Mentre cerca la maniera di pescar tutte quelle notizie, senza dar sospetto, vede pendere una frasca da una casuccia solitaria, fuori d'un paesello. Da qualche tempo, sentiva anche crescere il bisogno di ristorar le sue forze; pensò che lì sarebbe il luogo di fare i due servizi in una volta; entrò. Non c'era che una vecchia, con la rocca al fianco, e col fuso in mano. Chiese un boccone; gli fu offerto un po' di stracchino e del vin buono: accettò lo stracchino, del vino la ringraziò (gli era venuto in odio, per quello scherzo che gli aveva fatto la sera avanti); e si mise a sedere, pregando la donna che facesse presto. Questa, in un momento, ebbe messo in tavola; e subito dopo cominciò a tempestare il suo ospite di domande, e sul suo essere, e sui gran fatti di Milano: ché la voce n'era arrivata fin là. Renzo, non solo seppe schermirsi dalle domande, con molta disinvoltura; ma, approfittandosi della difficoltà medesima, fece servire al suo intento la curiosità della vecchia, che gli domandava dove fosse incamminato.

- Devo andare in molti luoghi, - rispose: - e, se trovo un ritaglio di tempo, vorrei anchepassare un momento da quel paese, piuttosto grosso, sulla strada di Bergamo, vicino al confine, però nello stato di Milano... Come si chiama? - " Qualcheduno ce ne sarà ", pensava intanto tra sé.
- Gorgonzola, volete dire, - rispose la vecchia.
- Gorgonzola! - ripeté Renzo, quasi per mettersi meglio in mente la parola. - È moltolontano di qui? - riprese poi.
- Non lo so precisamente: saranno dieci, saranno dodici miglia. Se ci fosse qualcheduno de'miei figliuoli, ve lo saprebbe dire.

- E credete che ci si possa andare per queste belle viottole, senza prender la stradamaestra? dove c'è una polvere, una polvere! Tanto tempo che non piove!

- A me mi par di sì: potete domandare nel primo paese che troverete andando a diritta -. Eglielo nominò.

- Va bene; - disse Renzo; s'alzò, prese un pezzo di pane che gli era avanzato della magracolazione, un pane ben diverso da quello che aveva trovato, il giorno avanti, appiè della croce di san Dionigi; pagò il conto, uscì, e prese a diritta. E, per non ve l'allungar più del bisogno, col nome di Gorgonzola in bocca, di paese in paese, ci arrivò, un'ora circa prima di sera.

Già cammin facendo, aveva disegnato di far lì un'altra fermatina, per fare un pasto un po' più sostanzioso. Ilcorpo avrebbe anche gradito un po' di letto; ma prima che contentarlo in questo, Renzo l'avrebbe lasciato cader rifinito sulla strada. Il suo proposito era d'informarsi all'osteria, della distanza dell'Adda, di cavar destramente notizia di qualche traversa che mettesse là, e di rincamminarsi da quella parte, subito dopo essersi rinfrescato. Nato e cresciuto alla seconda sorgente, per dir così, di quel fiume, aveva sentito dir più volte, che, a un certo punto, e per un certo tratto, esso faceva confine tra lo stato milanese e il veneto: del punto e del tratto non aveva un'idea precisa; ma, allora come allora, l'affar più urgente era di passarlo, dovunque si fosse. Se non gli riusciva in quel giorno, era risoluto di camminare fin che l'ora e la lena glielo permettessero: e d'aspettar poi l'alba, in un campo, in un deserto; dove piacesse a Dio; pur che non fosse un'osteria. Fatti alcuni passi in Gorgonzola, vide un'insegna, entrò; e all'oste, che gli venne incontro, chiese un boccone, e una mezzetta di vino: le miglia di più, e il tempo gli avevan fatto passare quell'odio così estremo e fanatico. - Vi prego di far presto, soggiunse: - perché ho bisogno di rimettermi subito in istrada -. E questo lo disse, non solo perché era vero, ma anche per paura che l'oste, immaginandosi che volesse dormir lì, non gli uscisse fuori a domandar del nome e del cognome, e donde veniva, e per che negozio... Alla larga! L'oste rispose a Renzo, che sarebbe servito; e questo si mise a sedere in fondo della tavola, vicino all'uscio: il posto de' vergognosi.

C'erano in quella stanza alcuni sfaccendati del paese, i quali, dopo aver discusse e commentate le gran notizie di Milano del giorno avanti, si struggevano di sapere un poco come fosse andata anche in quel giorno; tanto più che quelle prime eran più atte a stuzzicar la curiosità, che a soddisfarla: una sollevazione, né soggiogata né vittoriosa, sospesa più che terminata dalla notte; una cosa tronca, la fine d'un atto piuttosto che d'un dramma. Un di coloro si staccò dalla brigata, s'accostò al soprarrivato, e gli domandò se veniva da Milano.

- Io? - disse Renzo sorpreso, per prender tempo a rispondere.

- Voi, se la domanda è lecita.

Renzo, tentennando il capo, stringendo le labbra, e facendone uscire un suono inarticolato, disse: - Milano, da quel che ho sentito dire... non dev'essere un luogo da andarci in questi momenti, meno che per una gran necessità.

- Continua dunque anche oggi il fracasso? - domandò, con più istanza, il curioso.

- Bisognerebbe esser là, per saperlo, - disse Renzo.

- Ma voi, non venite da Milano?

- Vengo da Liscate, - rispose lesto il giovine, che intanto aveva pensata la sua risposta. Neveniva in fatti, a rigor di termini, perché c'era passato; e il nome l'aveva saputo, a un certo punto della strada, da un viandante che gli aveva indicato quel paese come il primo che doveva attraversare, per arrivare a Gorgonzola.

- Oh! - disse l'amico; come se volesse dire: faresti meglio a venir da Milano, ma pazienza. E a Liscate, - soggiunse, - non si sapeva niente di Milano?

- Potrebb'essere benissimo che qualcheduno là sapesse qualche cosa, - rispose ilmontanaro: - ma io non ho sentito dir nulla.

E queste parole le proferì in quella maniera particolare che par che voglia dire: ho finito. Il curioso ritornò al suo posto; e, un momento dopo, l'oste venne a mettere in tavola. - Quanto c'è di qui all'Adda? - gli disse Renzo, mezzo tra' denti, con un fare da addormentato, che gli abbiam visto qualche altra volta.

- All'Adda, per passare? - disse l'oste.

- Cioè... sì... all'Adda.

- Volete passare dal ponte di Cassano, o sulla chiatta di Canonica?
- Dove si sia... Domando così per curiosità.
- Eh, volevo dire, perché quelli sono i luoghi dove passano i galantuomini, la gente che puòdar conto di sé.
- Va bene: e quanto c'è?
- Fate conto che, tanto a un luogo, come all'altro, poco più, poco meno, ci sarà sei miglia.- Sei miglia! non credevo tanto, - disse Renzo. - E già, - e già, chi avesse bisogno di prendere una scorciatoia, ci saranno altri luoghi da poter passare?
- Ce n'è sicuro, - rispose l'oste, ficcandogli in viso due occhi pieni d'una curiosità maliziosa.Bastò questo per far morir tra' denti al giovine l'altre domande che aveva preparate. Si tirò davanti il piatto; e guardando la mezzetta che l'oste aveva posata, insieme con quello, sulla tavola, disse: - il vino è sincero?

Come l'oro, - disse l'oste: - domandatene pure a tutta la gente del paese e del contorno, che se n'intende: e poi, lo sentirete -. E così dicendo, tornò verso la brigata.

" Maledetti gli osti! " esclamò Renzo tra sé: " più ne conosco, peggio li trovo ". Non ostante, si mise a mangiare con grand'appetito, stando, nello stesso tempo, in orecchi, senza che paresse suo fatto, per veder di scoprir paese, di rilevare come si pensasse colà sul grand'avvenimento nel quale egli aveva avuta non piccola parte, e d'osservare specialmente se, tra que' parlatori, ci fosse qualche galantuomo, a cui un povero figliuolo potesse fidarsi di domandar la strada, senza timore d'esser messo alle strette, e forzato a ciarlare de' fatti suoi.

- Ma! - diceva uno: - questa volta par proprio che i milanesi abbian voluto far davvero.

Basta; domani al più tardi, si saprà qualcosa.

- Mi pento di non esser andato a Milano stamattina, - diceva un altro.
- Se vai domani, vengo anch'io, - disse un terzo; poi un altro, poi un altro.
- Quel che vorrei sapere, - riprese il primo, - è se que' signori di Milano penseranno anchealla povera gente di campagna, o se faranno far la legge buona solamente per loro. Sapete come sono eh? Cittadini superbi, tutto per loro: gli altri, come se non ci fossero.
- La bocca l'abbiamo anche noi, sia per mangiare, sia per dir la nostra ragione, - disse unaltro, con voce tanto più modesta, quanto più la proposizione era avanzata: - e quando la cosa sia incamminata... - Ma credette meglio di non finir la frase.
- Del grano nascosto, non ce n'è solamente in Milano, - cominciava un altro, con un'ariacupa e maliziosa; quando sentono avvicinarsi un cavallo. Corron tutti all'uscio; e, riconosciuto colui che arrivava, gli vanno incontro. Era un mercante di Milano, che, andando più volte l'anno a Bergamo, per i suoi traffichi, era solito passar la notte in quell'osteria; e siccome ci trovava quasi sempre la stessa compagnia, li conosceva tutti. Gli s'affollano intorno; uno prende la briglia, un altro la staffa. - Ben arrivato, ben arrivato!
- Ben trovati.
- Avete fatto buon viaggio?
- Bonissimo; e voi altri, come state?
- Bene, bene. Che nuove ci portate di Milano?
- Ah! ecco quelli delle novità, - disse il mercante, smontando, e lasciando il cavallo in manod'un garzone. - E poi, e poi, continuò, entrando con la compagnia, - a quest'ora le saprete forse meglio di me.
- Non sappiamo nulla, davvero, - disse più d'uno, mettendosi la mano al petto.
- Possibile? - disse il mercante. - Dunque ne sentirete delle belle... o delle brutte. Ehi, oste,il mio letto solito è in libertà? Bene: un bicchier di vino, e il mio solito boccone, subito; perché voglio andare a letto presto, per partir presto domattina, e arrivare a Bergamo per l'ora del desinare. E voi altri, - continuò, mettendosi a sedere, dalla parte opposta a quella dove stava Renzo, zitto e attento, - voi altri non sapete di tutte quelle diavolerie di ieri?
- Di ieri sì.

- Vedete dunque, - riprese il mercante, - se le sapete le novità. Lo dicevo io che, stando quisempre di guardia, per frugar quelli che passano...
- Ma oggi, com'è andata oggi?
- Ah oggi. Non sapete niente d'oggi?
- Niente affatto: non è passato nessuno.
- Dunque lasciatemi bagnar le labbra; e poi vi dirò le cose d'oggi. Sentirete -. Empì ilbicchiere, lo prese con una mano, poi con le prime due dita dell'altra sollevò i baffi, poi si lisciò la barba, bevette, e riprese: - oggi, amici cari, ci mancò poco, che non fosse una giornata brusca come ieri, o peggio. E non mi par quasi vero d'esser qui a chiacchierar con voi altri; perché avevo già messo da parte ogni pensiero di viaggio, per restare a guardar la mia povera bottega.
- Che diavolo c'era? - disse uno degli ascoltanti.
- Proprio il diavolo: sentirete -. E trinciando la pietanza che gli era stata messa davanti, epoi mangiando, continuò il suo racconto. I compagni, ritti di qua e di là della tavola, lo stavano a sentire, con la bocca aperta; Renzo, al suo posto, senza che paresse suo fatto, stava attento, forse più di tutti, masticando adagio adagio gli ultimi suoi bocconi.
- Stamattina dunque que' birboni che ieri avevano fatto quel chiasso orrendo, si trovaronoa' posti convenuti (già c'era un'intelligenza: tutte cose preparate); si riunirono, e ricominciarono quella bella storia di girare di strada in strada, gridando per tirar altra gente. Sapete che è come quando si spazza, con riverenza parlando, la casa; il mucchio del sudiciume ingrossa quanto più va avanti. Quando parve loro d'esser gente abbastanza, s'avviarono verso la casa del signor vicario di provvisione; come se non bastassero le tirannie che gli hanno fatte ieri: a un signore di quella sorte! oh che birboni! E la roba che dicevan contro di lui! Tutte invenzioni: un signor dabbene, puntuale; e io lo posso dire, che son tutto di casa, e lo servo di panno per le livree della servitù. S'incamminaron dunque verso quella casa: bisognava veder che canaglia, che facce: figuratevi che son passati davanti alla mia bottega: facce che... i giudei della *Via Crucis* non ci son per nulla. E le cose che uscivan da quelle bocche! da turarsene gli orecchi, se non fosse stato che non tornava conto di farsi scorgere. Andavan dunque con la buona intenzione di dare il sacco; ma... - E qui, alzata in aria, e stesa la mano sinistra, si mise la punta del pollice alla punta del naso.
- Ma? - dissero forse tutti gli ascoltatori.
- Ma, - continuò il mercante, - trovaron la strada chiusa con travi e con carri, e, dietroquella barricata, una bella fila di micheletti, con gli archibusi spianati, per riceverli come si meritavano. Quando videro questo bell'apparato... Cosa avreste fatto voi altri?
- Tornare indietro.
- Sicuro; e così fecero. Ma vedete un poco se non era il demonio che li portava. Son lì sulCordusio, vedon lì quel forno che fin da ieri, avevan voluto saccheggiare; e cosa si faceva in quella bottega? si distribuiva il pane agli avventori; c'era de' cavalieri, e fior di cavalieri, a invigilare che tutto andasse bene; e costoro (avevano il diavolo addosso vi dico, e poi c'era chi gli aizzava), costoro, dentro come disperati; piglia tu, che piglio anch'io: in un batter d'occhio, cavalieri, fornai, avventori, pani, banco, panche, madie, casse, sacchi, frulloni, crusca, farina, pasta, tutto sottosopra.
- E i micheletti?
- I micheletti avevan la casa del vicario da guardare: non si può cantare e portar la croce.

Fu in un batter d'occhio, vi dico: piglia piglia; tutto ciò che c'era buono a qualcosa, fu preso. E poi torna in campo quel bel ritrovato di ieri, di portare il resto sulla piazza, e di farne una fiammata. E già cominciavano, i manigoldi, a tirar fuori roba; quando uno più manigoldo degli altri, indovinate un po' con che bella proposta venne fuori.

- Con che cosa?
- Di fare un mucchio di tutto nella bottega, e di dar fuoco al mucchio e alla casa insieme.Detto fatto...
- Ci han dato fuoco?
- Aspettate. Un galantuomo del vicinato ebbe un'ispirazione dal cielo. Corse su nellestanze, cercò d'un Crocifisso, lo trovò, l'attaccò all'archetto d'una finestra, prese da capo d'un letto due candele benedette, le accese, e le mise sul davanzale, a destra e a sinistra del Crocifisso. La gente guarda in su.

In un Milano, bisogna dirla, c'è ancora del timor di Dio; tutti tornarono in sé. La più parte, voglio dire; c'era bensì de' diavoli che, per rubare, avrebbero dato fuoco anche al paradiso; ma visto che la gente non era del loro parere, dovettero smettere, e star cheti. Indovinate ora chi arrivò all'improvviso. Tutti i monsignori del duomo, in processione, a croce alzata, in abito corale; e monsignor Mazenta, arciprete, comincio a predicare da una parte, e monsignor Settala, penitenziere, da un'altra, e gli altri anche loro: ma, brava gente! ma cosa volete fare? ma è questo l'esempio che date a' vostri figliuoli? ma tornate a casa; ma non sapete che il pane è a buon mercato, più di prima? ma andate a vedere, che c'è l'avviso sulle cantonate.

- Era vero?
- Diavolo! Volete che i monsignori del duomo venissero in cappa magna a dir dellefandonie?
- E la gente cosa fece?
- A poco a poco se n'andarono; corsero alle cantonate; e, chi sapeva leggere, la c'era propriola meta. Indovinate un poco: un pane d'ott'once, per un soldo.
- Che bazza!
- La vigna è bella; pur che la duri. Sapete quanta farina hanno mandata a male, tra ieri estamattina? Da mantenerne il ducato per due mesi. - E per fuori di Milano, non s'è fatta nessuna legge buona?
- Quel che s'è fatto per Milano, è tutto a spese della città. Non so che vi dire: per voi altrisarà quel che Dio vorrà. A buon conto, i fracassi son finiti. Non v'ho detto tutto; ora viene il buono.
- Cosa c'è ancora?
- C'è che, ier sera o stamattina che sia, ne sono stati agguantati molti; e subito s'è saputoche i capi saranno impiccati. Appena cominciò a spargersi questa voce, ognuno andava a casa per la più corta, per non arrischiare d'esser nel numero. Milano, quand'io ne sono uscito, pareva un convento di frati.
- Gl'impiccheranno poi davvero?
- Eccome! e presto, - rispose il mercante.
- E la gente cosa farà? - domandò ancora colui che aveva fatta l'altra domanda.
- La gente? anderà a vedere, - disse il mercante. - Avevan tanta voglia di veder morire uncristiano all'aria aperta, che volevano, birboni! far la festa al signor vicario di provvisione. In vece sua, avranno quattro tristi, serviti con tutte le formalità, accompagnati da' cappuccini, e da' confratelli della buona morte; e gente che se l'è meritato. È una provvidenza, vedete; era una cosa necessaria. Cominciavan già a prender il vizio d'entrar nelle botteghe, e di servirsi, senza metter mano alla borsa; se li lasciavan fare, dopo il pane sarebbero venuti al vino, e così di mano in mano... Pensate se coloro volevano smettere, di loro spontanea volontà, una usanza così comoda. E vi so dir io che, per un galantuomo che ha bottega aperta, era un pensier poco allegro.
- Davvero, - disse uno degli ascoltatori. - Davvero, - ripeteron gli altri, a una voce.
- E, - continuò il mercante, asciugandosi la barba col tovagliolo, - l'era ordita da un pezzo: c'era una lega, sapete?
- C'era una lega?
- C'era una lega. Tutte cabale ordite da' navarrini, da quel cardinale là di Francia, sapetechi voglio dire, che ha un certo nome mezzo turco, e che ogni giorno ne pensa una, per far qualche dispetto alla corona di Spagna. Ma sopra tutto, tende a far qualche tiro a Milano; perché vede bene, il furbo, che qui sta la forza del re.
- Già.
- Ne volete una prova? Chi ha fatto il più gran chiasso, eran forestieri; andavano in girofacce, che in Milano non s'eran mai vedute. Anzi mi dimenticavo di dirvene una che m'è stata data per certa. La giustizia aveva acchiappato uno in un'osteria... - Renzo, il quale non perdeva un ette di quel discorso, al tocco di questa corda, si sentì venir freddo, e diede un guizzo, prima che potesse pensare a contenersi. Nessuno però se n'avvide; e il dicitore, senza interrompere il filo del racconto, seguitò: - uno che non si sa bene ancora da che parte fosse venuto, da chi fosse mandato, né che razza d'uomo si fosse; ma certo era uno de' capi. Già ieri, nel forte del baccano, aveva fatto il diavolo; e poi, non contento di questo, s'era messo a predicare, e a proporre, così una galanteria, che s'ammazzassero tutti i signori. Birbante! Chi farebbe viver la povera gente, quando i signori fossero ammazzati? La

giustizia, che l'aveva appostato, gli mise l'unghie addosso; gli trovarono un fascio di lettere; e lo menavano in gabbia; ma che? i suoi compagni, che facevan la ronda intorno all'osteria, vennero in gran numero, e lo liberarono, il manigoldo.

- E cosa n'è stato?
- Non si sa; sarà scappato, o sarà nascosto in Milano: son gente che non ha né casa né tetto,e trovan per tutto da alloggiare e da rintanarsi: però finché il diavolo può, e vuole aiutarli: ci dan poi dentro quando meno se lo pensano; perché, quando la pera è matura, convien che caschi. Per ora si sa di sicuro che le lettere son rimaste in mano della giustizia, e che c'è descritta tutta la cabala; e si dice che n'anderà di mezzo molta gente. Peggio per loro; che hanno messo a soqquadro mezzo Milano, e volevano anche far peggio. Dicono che i fornai son birboni. Lo so anch'io; ma bisogna impiccarli per via di giustizia. C'è del grano nascosto. Chi non lo sa? Ma tocca a chi comanda a tener buone spie, e andarlo a disotterrare, e mandare anche gl'incettatori a dar calci all'aria, in compagnia de' fornai. E se chi comanda non fa nulla, tocca alla città a ricorrere; e se non dànno retta alla prima, ricorrere ancora; ché a forza di ricorrere s'ottiene; e non metter su un'usanza così scellerata d'entrar nelle botteghe e ne' fondachi, a prender la roba a man salva.

A Renzo quel poco mangiare era andato in tanto veleno. Gli pareva mill'anni d'esser fuori e lontano da quell'osteria, da quel paese; e più di dieci volte aveva detto a sé stesso: andiamo, andiamo. Ma quella paura di dar sospetto, cresciuta allora oltremodo, e fatta tiranna di tutti i suoi pensieri, l'aveva tenuto sempre inchiodato sulla panca. In quella perplessità, pensò che il ciarlone doveva poi finire di parlar di lui; e concluse tra sé, di moversi, appena sentisse attaccare qualche altro discorso.

- E per questo, - disse uno della brigata, - io che so come vanno queste faccende, e che ne'tumulti i galantuomini non ci stanno bene, non mi son lasciato vincere dalla curiosità, e son rimasto a casa mia.
- E io, mi son mosso? - disse un altro.
- Io? - soggiunse un terzo: - se per caso mi fossi trovato in Milano, avrei lasciato imperfettoqualunque affare, e sarei tornato subito a casa mia. Ho moglie e figliuoli; e poi, dico la verità, i baccani non mi piacciono.

A questo punto, l'oste, ch'era stato anche lui a sentire, andò verso l'altra cima della tavola, per veder cosa faceva quel forestiero. Renzo colse l'occasione, chiamò l'oste con un cenno, gli chiese il conto, lo saldò senza tirare, quantunque l'acque fossero molto basse; e, senza far altri discorsi, andò diritto all'uscio, passò la soglia, e, a guida della Provvidenza, s'incamminò dalla parte opposta a quella per cui era venuto.

Cap. XVII

Basta spesso una voglia, per non lasciar ben avere un uomo; pensate poi due alla volta, l'una in guerra coll'altra. Il povero Renzo n'aveva, da molte ore, due tali in corpo, come sapete: la voglia di correre, e quella di star nascosto: e le sciagurate parole del mercante gli avevano accresciuta oltremodo l'una e l'altra a un colpo. Dunque la sua avventura aveva fatto chiasso; dunque lo volevano a qualunque patto; chi sa quanti birri erano in campo per dargli la caccia! quali ordini erano stati spediti di frugar ne' paesi, nell'osterie, per le strade! Pensava bensì che finalmente i birri che lo conoscevano, eran due soli, e che il nome non lo portava scritto in fronte; ma gli tornavano in mente certe storie che aveva sentite raccontare, di fuggitivi colti e scoperti per istrane combinazioni, riconosciuti all'andare, all'aria sospettosa, ad altri segnali impensati: tutto gli faceva ombra. Quantunque, nel momento che usciva di Gorgonzola, scoccassero le ventiquattro, e le tenebre che venivano innanzi, diminuissero sempre più que' pericoli, ciò non ostante prese contro voglia la strada maestra, e si propose d'entrar nella prima viottola che gli paresse condur dalla parte dove gli premeva di riuscire. Sul principio, incontrava qualche viandante; ma, pieno la fantasia di quelle brutte apprensioni, non ebbe cuore d'abbordarne nessuno, per informarsi della strada. " Ha detto sei miglia, colui, - pensava: - se andando fuor di strada, dovessero anche diventar otto o dieci, le gambe che hanno fatte l'altre, faranno anche queste. Verso Milano non vo di certo; dunque vo verso l'Adda. Cammina, cammina, o presto o tardi ci arriverò. L'Adda ha buona voce; e, quando le sarò vicino, non ho più bisogno di chi me l'insegni. Se qualche barca c'è, da poter

passare, passo subito, altrimenti mi fermerò fino alla mattina, in un campo, sur una pianta, come le passere: meglio sur una pianta, che in prigione ".
Ben presto vide aprirsi una straducola a mancina; e v'entrò. A quell'ora, se si fosse abbattuto in qualcheduno, non avrebbe più fatte tante cerimonie per farsi insegnar la strada; ma non sentiva anima vivente. Andava dunque dove la strada lo conduceva; e pensava.
" Io fare il diavolo! Io ammazzare tutti i signori! Un fascio di lettere, io! I miei compagni che mi stavano a far la guardia! Pagherei qualche cosa a trovarmi a viso a viso con quel mercante, di là dall'Adda (ah quando l'avrò passata quest'Adda benedetta!), e fermarlo, e domandargli con comodo dov'abbia pescate tutte quelle belle notizie. Sappiate ora, mio caro signore, che la cosa è andata così e così, e che il diavolo ch'io ho fatto, è stato d'aiutar Ferrer, come se fosse stato un mio fratello; sappiate che que' birboni che, a sentir voi, erano i miei amici, perché, in un certo momento, io dissi una parola da buon cristiano, mi vollero fare un brutto scherzo; sappiate che, intanto che voi stavate a guardar la vostra bottega, io mi faceva schiacciar le costole, per salvare il vostro signor vicario di provvisione, che non l'ho mai né visto né conosciuto. Aspetta che mi mova un'altra volta, per aiutar signori... È vero che bisogna farlo per l'anima: son prossimo anche loro. E quel gran fascio di lettere, dove c'era tutta la cabala, e che adesso è in mano della giustizia, come voi sapete di certo; scommettiamo che ve lo fo comparir qui, senza l'aiuto del diavolo? Avreste curiosità di vederlo quel fascio? Eccolo qui... Una lettera sola?... Sì signore, una lettera sola; e questa lettera, se lo volete sapere, l'ha scritta un religioso che vi può insegnar la dottrina, quando si sia; un religioso che, senza farvi torto, val più un pelo della sua barba che tutta la vostra; e è scritta, questa lettera, come vedete, a un altro religioso, un uomo anche lui... Vedete ora quali sono i furfanti miei amici. E imparate a parlare un'altra volta; principalmente quando si tratta del prossimo ".
Ma dopo qualche tempo, questi pensieri ed altri simili cessarono affatto: le circostanze presenti occupavan tutte le facoltà del povero pellegrino. La paura d'essere inseguito o scoperto, che aveva tanto amareggiato il viaggio in pieno giorno, non gli dava ormai più fastidio; ma quante cose rendevan questo molto più noioso! Le tenebre, la solitudine, la stanchezza cresciuta, e ormai dolorosa; tirava una brezzolina sorda, uguale, sottile, che doveva far poco servizio a chi si trovava ancora indosso quegli stessi vestiti che s'era messi per andare a nozze in quattro salti, e tornare subito trionfante a casa sua; e, ciò che rendeva ogni cosa più grave, quell'andare alla ventura, e, per dir così, al tasto, cercando un luogo di riposo e di sicurezza.
Quando s'abbatteva a passare per qualche paese, andava adagio adagio, guardando però se ci fosse ancora qualche uscio aperto; ma non vide mai altro segno di gente desta, che qualche lumicino trasparente da qualche impannata. Nella strada fuor dell'abitato, si soffermava ogni tanto; stava in orecchi, per veder se sentiva quella benedetta voce dell'Adda; ma invano. Altre voci non sentiva, che un mugolìo di cani, che veniva da qualche cascina isolata, vagando per l'aria, lamentevole insieme e minaccioso. Al suo avvicinarsi a qualcheduna di quelle, il mugolìo si cambiava in un abbaiar frettoloso e rabbioso: nel passar davanti alla porta, sentiva, vedeva quasi, il bestione, col muso al fessolino della porta, raddoppiar gli urli: cosa che gli faceva andar via la tentazione di picchiare, e di chieder ricovero. E forse, anche senza i cani, non ci si sarebbe risolto. " Chi è là? - pensava: - cosa volete a quest'ora? Come siete venuto qui? Fatevi conoscere. Non c'è osterie da alloggiare? Ecco, andandomi bene, quel che mi diranno, se picchio: quand'anche non ci dorma qualche pauroso che, a buon conto, si metta a gridare: aiuto! al ladro! Bisogna aver subito qualcosa di chiaro da rispondere: e cosa ho da rispondere io? Chi sente un rumore la notte, non gli viene in testa altro che ladri, malviventi, trappole: non si pensa mai che un galantuomo possa trovarsi in istrada di notte, se non è un cavaliere in carrozza ". Allora serbava quel partito all'estrema necessità, e tirava innanzi, con la speranza di scoprire almeno l'Adda, se non passarla, in quella notte; e di non dover andarne alla cerca, di giorno chiaro.
Cammina, cammina; arrivò dove la campagna coltivata moriva in una sodaglia sparsa di felci e di scope. Gli parve, se non indizio, almeno un certo qual argomento di fiume vicino, e s'inoltrò per quella, seguendo un sentiero che l'attraversava. Fatti pochi passi, si fermò ad ascoltare; ma ancora invano. La noia del viaggio veniva accresciuta dalla salvatichezza del luogo, da quel non veder più né un gelso, né una vite, né altri segni di coltura umana, che prima pareva quasi che gli facessero una mezza compagnia. Ciò non ostante andò avanti; e siccome nella sua mente cominciavano a suscitarsi certe immagini, certe apparizioni, lasciatevi in serbo dalle novelle sentite raccontar da bambino, così, per discacciarle, o per acquietarle, recitava, camminando, dell'orazioni per i morti.
A poco a poco, si trovò tra macchie più alte, di pruni, di quercioli, di marruche. Seguitando a andare avanti, e allungando il passo, con più impazienza che voglia, cominciò a veder tra le macchie qualche

albero sparso; e andando ancora, sempre per lo stesso sentiero, s'accorse d'entrare in un bosco. Provava un certo ribrezzo a inoltrarvisi; ma lo vinse, e contro voglia andò avanti; ma più che s'inoltrava, più il ribrezzo cresceva, più ogni cosa gli dava fastidio. Gli alberi che vedeva in lontananza, gli rappresentavan figure strane, deformi, mostruose; l'annoiava l'ombra delle cime leggermente agitate, che tremolava sul sentiero illuminato qua e là dalla luna; lo stesso scrosciar delle foglie secche che calpestava o moveva camminando, aveva per il suo orecchio un non so che d'odioso. Le gambe provavano come una smania, un impulso di corsa, e nello stesso tempo pareva che durassero fatica a regger la persona. Sentiva la brezza notturna batter più rigida e maligna sulla fronte e sulle gote; se la sentiva scorrer tra i panni e le carni, e raggrinzarle, e penetrar più acuta nelle ossa rotte dalla stanchezza, e spegnervi quell'ultimo rimasuglio di vigore. A un certo punto, quell'uggia, quell'orrore indefinito con cui l'animo combatteva da qualche tempo, parve che a un tratto lo soverchiasse. Era per perdersi affatto; ma atterrito, più che d'ogni altra cosa, del suo terrore, richiamò al cuore gli antichi spiriti, e gli comandò che reggesse. Così rinfrancato un momento, si fermò su due piedi a deliberare; risolveva d'uscir subito di lì per la strada già fatta, d'andar diritto all'ultimo paese per cui era passato, di tornar tra gli uomini, e di cercare un ricovero, anche all'osteria. E stando così fermo, sospeso il fruscìo de' piedi nel fogliame, tutto tacendo d'intorno a lui, cominciò a sentire un rumore, un mormorìo, un mormorìo d'acqua corrente. Sta in orecchi; n'è certo; esclama: è l'Adda! - Fu il ritrovamento d'un amico, d'un fratello, d'un salvatore. La stanchezza quasi scomparve, gli tornò il polso, sentì il sangue scorrer libero e tepido per tutte le vene, sentì crescer la fiducia de' pensieri, e svanire in gran parte quell'incertezza e gravità delle cose; e non esitò a internarsi sempre più nel bosco, dietro all'amico rumore.
Arrivò in pochi momenti all'estremità del piano, sull'orlo d'una riva profonda; e guardando in giù tra le macchie che tutta la rivestivano, vide l'acqua luccicare e correre. Alzando poi lo sguardo, vide il vasto piano dell'altra riva, sparso di paesi, e al di là i colli, e sur uno di quelli una gran macchia biancastra, che gli parve dover essere una città, Bergamo sicuramente. Scese un po' sul pendìo, e, separando e diramando, con le mani e con le braccia, il prunaio, guardò giù, se qualche barchetta si movesse nel fiume, ascoltò se sentisse batter de' remi; ma non vide né sentì nulla. Se fosse stato qualcosa di meno dell'Adda, Renzo scendeva subito, per tentarne il guado; ma sapeva bene che l'Adda non era fiume da trattarsi così in confidenza.
Perciò si mise a consultar tra sé, molto a sangue freddo, sul partito da prendere. Arrampicarsi sur una pianta, e star lì a aspettar l'aurora, per forse sei ore che poteva ancora indugiare, con quella brezza, con quella brina, vestito così, c'era più che non bisognasse per intirizzir davvero. Passeggiare innanzi e indietro, tutto quel tempo, oltre che sarebbe stato poco efficace aiuto contro il rigore del sereno, era un richieder troppo da quelle povere gambe, che già avevano fatto più del loro dovere. Gli venne in mente d'aver veduto, in uno de' campi più vicini alla sodaglia, una di quelle capanne coperte di paglia, costrutte di tronchi e di rami, intonacati poi con la mota, dove i contadini del milanese usan, l'estate, depositar la raccolta, e ripararsi la notte a guardarla: nell'altre stagioni, rimangono abbandonate. La disegnò subito per suo albergo; si rimise sul sentiero, ripassò il bosco, le macchie, la sodaglia; e andò verso la capanna. Un usciaccio intarlato e sconnesso, era rabbattuto, senza chiave né catenaccio; Renzo l'aprì, entrò; vide sospeso per aria, e sostenuto da ritorte di rami, un graticcio, a foggia d'hamac; ma non sl curò di salirvi. Vide in terra un po' di paglia; e pensò che, anche lì, una dormitina sarebbe ben saporita.
Prima però di sdraiarsi su quel letto che la Provvidenza gli aveva preparato, vi s'inginocchiò, a ringraziarla di quel benefizio, e di tutta l'assistenza che aveva avuta da essa, in quella terribile giornata. Disse poi le sue solite divozioni; e per di più, chiese perdono a Domeneddio di non averle dette la sera avanti; anzi, per dir le sue parole, d'essere andato a dormire come un cane, e peggio. " E per questo, - soggiunse poi tra sé; appoggiando le mani sulla paglia, e d'inginocchioni mettendosi a giacere: - per questo, m'è toccata, la mattina, quella bella svegliata ". Raccolse poi tutta la paglia che rimaneva all'intorno, e se l'accomodò addosso, facendosene, alla meglio, una specie di coperta, per temperare il freddo, che anche là dentro si faceva sentir molto bene; e vi si rannicchiò sotto, con l'intenzione di dormire un bel sonno, parendogli d'averlo comprato anche più caro del dovere.
Ma appena ebbe chiusi gli occhi, cominciò nella sua memoria o nella sua fantasia (il luogo preciso non ve lo saprei dire), cominciò, dico, un andare e venire di gente, così affollato, così incessante, che addio sonno. Il mercante, il notaio, i birri, lo spadaio, l'oste, Ferrer, il vicario, la brigata dell'osteria, tutta quella turba delle strade, poi don Abbondio, poi don Rodrigo: tutta gente con cui Renzo aveva che dire.
Tre sole immagini gli si presentavano non accompagnate da alcuna memoria amara, nette d'ogni sospetto, amabili in tutto; e due principalmente, molto differenti al certo, ma strettamente legate nel

cuore del giovine: una treccia nera e una barba bianca. Ma anche la consolazione che provava nel fermare sopra di esse il pensiero, era tutt'altro che pretta e tranquilla. Pensando al buon frate, sentiva più vivamente la vergogna delle proprie scappate, della turpe intemperanza, del bel caso che aveva fatto de' paterni consigli di lui; e contemplando l'immagine di Lucia! non ci proveremo a dire ciò che sentisse: il lettore conosce le circostanze; se lo figuri. E quella povera Agnese, come l'avrebbe potuta dimenticare? Quell'Agnese, che l'aveva scelto, che l'aveva già considerato come una cosa sola con la sua unica figlia, e prima di ricever da lui il titolo di madre, n'aveva preso il linguaggio e il cuore, e dimostrata co' fatti la premura. Ma era un dolore di più, e non il meno pungente, quel pensiero, che, in grazia appunto di così amorevoli intenzioni, di tanto bene che voleva a lui, la povera donna si trovava ora snidata, quasi raminga, incerta dell'avvenire, e raccoglieva guai e travagli da quelle cose appunto da cui aveva sperato il riposo e la giocondità degli ultimi suoi anni. Che notte, povero Renzo! Quella che doveva esser la quinta delle sue nozze! Che stanza! Che letto matrimoniale! E dopo qual giornata! E per arrivare a qual domani, a qual serie di giorni! " Quel che Dio vuole, - rispondeva ai pensieri che gli davan più noia: - quel che Dio vuole. Lui sa quel che fa: c'è anche per noi. Vada tutto in isconto de' miei peccati. Lucia è tanto buona! non vorrà poi farla patire un pezzo, un pezzo, un pezzo! "

Tra questi pensieri, e disperando ormai d'attaccar sonno, e facendosegli il freddo sentir sempre più, a segno ch'era costretto ogni tanto a tremare e a battere i denti, sospirava la venuta del giorno, e misurava con impazienza il lento scorrer dell'ore. Dico misurava, perché, ogni mezz'ora, sentiva in quel vasto silenzio, rimbombare i tocchi d'un orologio: m'immagino che dovesse esser quello di Trezzo. E la prima volta che gli ferì gli orecchi quello scocco, così inaspettato, senza che potesse avere alcuna idea del luogo donde venisse, gli fece un senso misterioso e solenne, come d'un avvertimento che venisse da persona non vista, con una voce sconosciuta.

Quando finalmente quel martello ebbe battuto undici tocchi, ch'era l'ora disegnata da Renzo per levarsi, s'alzò mezzo intirizzito, si mise inginocchioni, disse, e con più fervore del solito, le divozioni della mattina, si rizzò, si stirò in lungo e in largo, scosse la vita e le spalle, come per mettere insieme tutte le membra, che ognuno pareva che facesse da sé, soffiò in una mano, poi nell'altra, se le stropicciò, aprì l'uscio della capanna; e, per la prima cosa, diede un'occhiata in qua e in là, per veder se c'era nessuno. E non vedendo nessuno, cercò con l'occhio il sentiero della sera avanti; lo riconobbe subito, e prese per quello. Il cielo prometteva una bella giornata: la luna, in un canto, pallida e senza raggio, pure spiccava nel campo immenso d'un bigio ceruleo, che, giù giù verso l'oriente, s'andava sfumando leggermente in un giallo roseo. Più giù, all'orizzonte, si stendevano, a lunghe falde ineguali, poche nuvole, tra l'azzurro e il bruno, le più basse orlate al di sotto d'una striscia quasi di fuoco, che di mano in mano si faceva più viva e tagliente: da mezzogiorno, altre nuvole ravvolte insieme, leggieri e soffici, per dir così, s'andavan lumeggiando di mille colori senza nome: quel cielo di Lombardia, così bello quand'è bello, così splendido, così in pace. Se Renzo si fosse trovato lì andando a spasso, certo avrebbe guardato in su, e ammirato quell'albeggiare così diverso da quello ch'era solito vedere ne' suoi monti; ma badava alla sua strada, e camminava a passi lunghi, per riscaldarsi, e per arrivar presto. Passa i campi, passa la sodaglia, passa le macchie, attraversa il bosco, guardando in qua e in là, e ridendo e vergognandosi nello stesso tempo, del ribrezzo che vi aveva provato poche ore prima; è sul ciglio della riva, guarda giù; e, di tra i rami, vede una barchetta di pescatore, che veniva adagio, contr'acqua, radendo quella sponda. Scende subito per la più corta, tra i pruni; è sulla riva; dà una voce leggiera leggiera al pescatore; e, con l'intenzione di far come se chiedesse un servizio di poca importanza, ma, senza avvedersene, in una maniera mezzo supplichevole, gli accenna che approdi. Il pescatore gira uno sguardo lungo la riva, guarda attentamente lungo l'acqua che viene, si volta a guardare indietro, lungo l'acqua che va, e poi dirizza la prora verso Renzo, e approda. Renzo che stava sull'orlo della riva, quasi con un piede nell'acqua, afferra la punta del battello, ci salta dentro, e dice: - mi fareste il servizio, col pagare, di tragittarmi di là? - Il pescatore l'aveva indovinato, e già voltava da quella parte. Renzo, vedendo sul fondo della barca un altro remo, si china, e l'afferra.

- Adagio, adagio, - disse il padrone; ma nel veder poi con che garbo il giovine aveva presolo strumento, e sl disponeva a maneggiarlo, - ah, ah, - riprese: - siete del mestiere. - Un pochino, - rispose Renzo, e ci si mise con un vigore e con una maestria, più che da dilettante. E senza mai rallentare, dava ogni tanto un'occhiata ombrosa alla riva da cui s'allontanavano, e poi una impaziente a quella dov'eran rivolti, e si coceva di non poterci andar per la più corta; ché la corrente era, in quel luogo, troppo rapida, per tagliarla direttamente; e la barca, parte rompendo, parte secondando il filo dell'acqua, doveva fare un tragitto diagonale. Come accade in tutti gli affari un po' imbrogliati, che le difficoltà alla prima si presentino all'ingrosso, e nell'eseguire poi, vengan fuori per minuto, Renzo, ora che l'Adda era, si può dir, passata, gli dava fastidio il non saper di certo se lì essa fosse confine, o se, superato quell'ostacolo, gliene rimanesse un altro da superare. Onde, chiamato il pescatore, e accennando col capo quella macchia biancastra che aveva veduta la notte avanti, e che allora gli appariva ben più distinta, disse: - è Bergamo, quel paese? - La città di Bergamo, - rispose il pescatore.

- E quella riva lì, è bergamasca?
- Terra di san Marco.
- Viva san Marco! - esclamò Renzo. Il pescatore non disse nulla.

Toccano finalmente quella riva; Renzo vi si slancia; ringrazia Dio tra sé, e poi con la bocca il barcaiolo; mette le mani in tasca, tira fuori una berlinga, che, attese le circostanze, non fu un piccolo sproprio, e la porge al galantuomo; il quale, data ancora una occhiata alla riva milanese, e al fiume di sopra e di sotto, stese la mano, prese la mancia, la ripose, poi strinse le labbra, e per di più ci mise il dito in croce, accompagnando quel gesto con un'occhiata espressiva; e disse poi : - buon viaggio - , e tornò indietro.

Perché la così pronta e discreta cortesia di costui verso uno sconosciuto non faccia troppo maravigliare il lettore, dobbiamo informarlo che quell'uomo, pregato spesso d'un simile servizio da contrabbandieri e da banditi, era avvezzo a farlo; non tanto per amore del poco e incerto guadagno che gliene poteva venire, quanto per non farsi de' nemici in quelle classi. Lo faceva, dico, ogni volta che potesse esser sicuro che non lo vedessero né gabellieri, né birri, né esploratori. Così, senza voler più bene ai primi che ai secondi, cercava di soddisfarli tutti, con quell'imparzialità, che è la dote ordinaria di chi è obbligato a trattar con cert'uni, e soggetto a render conto a cert'altri.

Renzo si fermò un momentino sulla riva a contemplar la riva opposta, quella terra che poco prima scottava tanto sotto i suoi piedi. " Ah! ne son proprio fuori! - fu il suo primo pensiero. - Sta' lì, maledetto paese ", fu il secondo, l'addio alla patria. Ma il terzo corse a chi lasciava in quel paese. Allora incrociò le braccia sul petto, mise un sospiro, abbassò gli occhi sull'acqua che gli scorreva a' piedi, e pensò " è passata sotto il ponte! " Così, all'uso del suo paese, chiamava, per antonomasia, quello di Lecco. " Ah mondo birbone! Basta; quel che Dio vuole ".

Voltò le spalle a que' tristi oggetti, e s'incamminò, prendendo per punto di mira la macchia biancastra sul pendìo del monte, finché trovasse qualcheduno da farsi insegnar la strada giusta. E bisognava vedere con che disinvoltura s'accostava a' viandanti, e, senza tanti rigiri, nominava il paese dove abitava quel suo cugino. Dal primo a cui si rivolse, seppe che gli rimanevano ancor nove miglia da fare.

Quel viaggio non fu lieto. Senza parlare de' guai che Renzo portava con sé, il suo occhio veniva ogni momento rattristato da oggetti dolorosi, da' quali dovette accorgersi che troverebbe nel paese in cui s'inoltrava, la penuria che aveva lasciata nel suo. Per tutta la strada, e più ancora nelle terre e ne' borghi, incontrava a ogni passo poveri, che non eran poveri di mestiere, e mostravan la miseria più nel viso che nel vestiario: contadini, montanari, artigiani, famiglie intere; e un misto ronzìo di preghiere, di lamenti e di vagiti. Quella vista, oltre la compassione e la malinconia, lo metteva anche in pensiero de' casi suoi.

" Chi sa, - andava meditando, - se trovo da far bene? se c'è lavoro, come negli anni passati? Basta; Bortolo mi voleva bene, è un buon figliuolo, ha fatto danari, m'ha invitato tante volte; non m'abbandonerà. E poi, la Provvidenza m'ha aiutato finora; m'aiuterà anche per l'avvenire ".

Intanto l'appetito, risvegliato già da qualche tempo, andava crescendo di miglio in miglio; e quantunque Renzo, quando cominciò a dargli retta, sentisse di poter reggere, senza grand'incomodo, per quelle due o tre che gli potevan rimanere; pensò, da un'altra parte, che non sarebbe una bella cosa di presentarsi al cugino, come un pitocco, e dirgli, per primo complimento: dammi da mangiare. Si levò di tasca tutte le sue ricchezze, le fece scorrere sur una mano, tirò la somma. Non era un conto che richiedesse una grande aritmetica; ma però c'era abbondantemente da fare una mangiatina. Entrò in un'osteria a ristorarsi lo stomaco; e in fatti, pagato che ebbe, gli rimase ancor qualche soldo.

Nell'uscire, vide, accanto alla porta, che quasi v'inciampava, sdraiate in terra, più che sedute, due donne, una attempata, un'altra più giovine, con un bambino, che, dopo aver succhiata invano l'una e l'altra mammella, piangeva, piangeva; tutti del color della morte: e ritto, vicino a loro, un uomo, nel viso del quale e nelle membra, si potevano ancora vedere i segni d'un'antica robustezza, domata e quasi spenta dal lungo disagio. Tutt'e tre stesero la mano verso colui che usciva con passo franco, e con l'aspetto rianimato: nessuno parlò; che poteva dir di più una preghiera?

- La c'è la Provvidenza! - disse Renzo; e, cacciata subito la mano in tasca, la votò di que'pochi soldi; li mise nella mano che si trovò più vicina, e riprese la sua strada.

La refezione e l'opera buona (giacché siam composti d'anima e di corpo) avevano riconfortati e rallegrati tutti i suoi pensieri. Certo, dall'essersi così spogliato degli ultimi danari, gli era venuto più di confidenza per l'avvenire, che non gliene avrebbe dato il trovarne dieci volte tanti. Perché, se a sostenere in quel giorno que' poverini che mancavano sulla strada, la Provvidenza aveva tenuti in serbo proprio gli ultimi quattrini d'un estraneo, fuggitivo, incerto anche lui del come vivrebbe; chi poteva credere che volesse poi lasciare in secco colui del quale s'era servita a ciò, e a cui aveva dato un sentimento così vivo di sé stessa, così efficace, così risoluto? Questo era, a un di presso, il pensiero del giovine; però men chiaro ancora di quello ch'io l'abbia saputo esprimere. Nel rimanente della strada, ripensando a' casi suoi, tutto gli si spianava. La carestia doveva poi finire: tutti gli anni si miete: intanto aveva il cugino Bortolo e la propria abilità: aveva, per di più, a casa un po' di danaro, che si farebbe mandar subito. Con quello, alla peggio, camperebbe, giorno per giorno, finché tornasse l'abbondanza. " Ecco poi tornata finalmente l'abbondanza, - proseguiva Renzo nella sua fantasia: - rinasce la furia de' lavori: i padroni fanno a gara per aver degli operai milanesi, che son quelli che sanno bene il mestiere; gli operai milanesi alzan la cresta; chi vuol gente abile, bisogna che la paghi; si guadagna da vivere per più d'uno, e da metter qualcosa da parte; e si fa scrivere alle donne che vengano... E poi, perché aspettar tanto? Non è vero che, con quel poco che abbiamo in serbo, si sarebbe campati là, anche quest'inverno? Così camperemo qui. De' curati ce n'è per tutto. Vengono quelle due care donne: si mette su casa. Che piacere, andar passeggiando su questa stessa strada tutti insieme! andar fino all'Adda in baroccio, e far merenda sulla riva, proprio sulla riva, e far vedere alle donne il luogo dove mi sono imbarcato, il prunaio da cui sono sceso, quel posto dove sono stato a guardare se c'era un battello ".

Arriva al paese del cugino; nell'entrare, anzi prima di mettervi piede, distingue una casa alta alta, a più ordini di finestre lunghe lunghe; riconosce un filatoio, entra, domanda ad alta voce, tra il rumore dell'acqua cadente e delle rote, se stia lì un certo Bortolo Castagneri. - Il signor Bortolo! Eccolo là.

" Signore? buon segno ", pensa Renzo; vede il cugino, gli corre incontro. Quello si volta, riconosce il giovine, che gli dice: - son qui -. Un oh! di sorpresa, un alzar di braccia, un gettarsele al collo scambievolmente. Dopo quelle prime accoglienze, Bortolo tira il nostro giovine lontano dallo strepito degli ordigni, e dagli occhi de' curiosi, in un'altra stanza, e gli dice: - ti vedo volentieri; ma sei un benedetto figliuolo. T'avevo invitato tante volte; non sei mai voluto venire; ora arrivi in un momento un po' critico.

- Se te lo devo dire, non sono venuto via di mia volontà, disse Renzo; e, con la più granbrevità, non però senza molta commozione, gli raccontò la dolorosa storia.

È un altro par di maniche, - disse Bortolo. - Oh povero Renzo! Ma tu hai fatto capitale di me; e io non t'abbandonerò. Veramente, ora non c'è ricerca d'operai; anzi appena appena ognuno tiene i suoi, per non perderli e disviare il negozio; ma il padrone mi vuol bene, e ha della roba. E, a dirtela, in gran parte la deve a me, senza vantarmi: lui il capitale, e io quella poca abilità. Sono il primo lavorante, sai? e poi, a dirtela, sono il *factotum*. Povera Lucia Mondella! Me ne ricordo, come se fosse ieri: una buona ragazza! sempre la più composta in chiesa; e quando si passava da quella sua casuccia... Mi par di vederla, quella casuccia, appena fuor del paese, con un bel fico che passava il muro...

- No, no; non ne parliamo.

- Volevo dire che, quando si passava da quella casuccia, sempre si sentiva quell'aspo, chegirava, girava, girava. E quel don Rodrigo! già, anche al mio tempo, era per quella strada; ma ora fa il diavolo affatto, a quel che vedo: fin che Dio gli lascia la briglia sul collo.

Dunque, come ti dicevo, anche qui si patisce un po' la fame... A proposito, come stai d'appetito?

- Ho mangiato poco fa, per viaggio.

- E a danari, come stiamo?

Renzo stese una mano, l'avvicinò alla bocca, e vi fece scorrer sopra un piccol soffio. - Non importa, - disse Bortolo: - n'ho io: e non ci pensare, che, presto presto, cambiandosi le cose, se Dio vorrà, me li renderai, e te n'avanzerà anche per te.

- Ho qualcosina a casa; e me li farò mandare.

- Va bene; e intanto fa' conto di me. Dio m'ha dato del bene, perché faccia del bene; e senon ne fo a' parenti e agli amici, a chi ne farò?

- L'ho detto io della Provvidenza! - esclamò Renzo, stringendo affettuosamente la mano albuon cugino.

- Dunque, - riprese questo, - in Milano hanno fatto tutto quel chiasso. Mi paiono un po'matti coloro. Già, n'era corsa la voce anche qui; ma voglio che tu mi racconti poi la cosa più minutamente. Eh! n'abbiamo delle cose da discorrere. Qui però, vedi, la va più quietamente, e si fanno le cose con un po' più di giudizio. La citta ha comprate duemila some di grano da un mercante che sta a Venezia: grano che vien di Turchia; ma, quando si tratta di mangiare, la non si guarda tanto per il sottile. Ora senti un po' cosa nasce: nasce che i rettori di Verona e di Brescia chiudono i passi, e dicono: di qui non passa grano. Che ti fanno i bergamaschi? Spediscono a Venezia Lorenzo Torre, un dottore, ma di quelli! È partito in fretta, s'è presentato al doge, e ha detto: che idea è venuta a que' signori rettori? Ma un discorso! un discorso, dicono, da dare alle stampe. Cosa vuol dire avere un uomo che sappia parlare! Subito un ordine che si lasci passare il grano; e i rettori, non solo lasciarlo passare, ma bisogna che lo facciano scortare; ed è in viaggio. E s'è pensato anche al contado. Giovanbatista Biava, nunzio di Bergamo in Venezia (un uomo anche quello!) ha fatto intendere al senato che, anche in campagna, si pativa la fame; e il senato ha concesso quattro mila staia di miglio. Anche questo aiuta a far pane. E poi, lo vuoi sapere? se non ci sarà pane, mangeremo del companatico. Il Signore m'ha dato del bene, come ti dico. Ora ti condurrò dal mio padrone: gli ho parlato di te tante volte, e ti farà buona accoglienza. Un buon bergamascone all'antica, un uomo di cuor largo. Veramente, ora non t'aspettava; ma quando sentirà la storia... E poi gli operai sa tenerli di conto, perché la carestia passa, e il negozio dura. Ma prima di tutto, bisogna che t'avverta d'una cosa. Sai come ci chiamano in questo paese, noi altri dello stato di Milano?
- Come ci chiamano?
- Ci chiaman baggiani.
- Non è un bel nome.
- Tant'è: chi è nato nel milanese, e vuol vivere nel bergamasco, bisogna prenderselo insanta pace. Per questa gente, dar del baggiano a un milanese, è come dar dell'illustrissimo a un cavaliere.
- Lo diranno, m'immagino, a chi se lo vorrà lasciar dire.
- Figliuolo mio, se tu non sei disposto a succiarti del baggiano a tutto pasto, non far contodi poter viver qui. Bisognerebbe esser sempre col coltello in mano: e quando, supponiamo, tu n'avessi ammazzati due, tre, quattro, verrebbe poi quello che ammazzerebbe te: e allora, che bel gusto di comparire al tribunal di Dio, con tre o quattro omicidi sull'anima!
- E un milanese che abbia un po' di... - e qui picchiò la fronte col dito, come aveva fattonell'osteria della luna piena. - Voglio dire, uno che sappia bene il suo mestiere?
- Tutt'uno: qui è un baggiano anche lui. Sai come dice il mio padrone, quando parla di meco' suoi amici? " Quel baggiano è stato la man di Dio, per il mio negozio; se non avessi quel baggiano, sarei ben impicciato ". L'è usanza così.
- L'è un'usanza sciocca. E vedendo quello che sappiam fare (ché finalmente chi ha portataqui quest'arte, e chi la fa andare, siamo noi), possibile che non si sian corretti?
- Finora no: col tempo può essere; i ragazzi che vengon su; ma gli uomini fatti, non c'èrimedio: hanno preso quel vizio; non lo smetton più. Cos'è poi finalmente? Era ben un'altra cosa quelle galanterie che t'hanno fatte, e il di più che ti volevan fare i nostri cari compatriotti.
- Già, è vero: se non c'è altro di male...
- Ora che sei persuaso di questo, tutto anderà bene. Vieni dal padrone, e coraggio.

Tutto in fatti andò bene, e tanto a seconda delle promesse di Bortolo, che crediamo inutile di farne particolar relazione. E fu veramente provvidenza; perché la roba e i quattrini che Renzo aveva lasciati in casa, vedremo or ora quanto fosse da farci assegnamento.

Cap. XVIII

Quello stesso giorno, 13 di novembre, arriva un espresso al signor podestà di Lecco, e gli presenta un dispaccio del signor capitano di giustizia, contenente un ordine di fare ogni possibile e più opportuna inquisizione, per iscoprire se un certo giovine nominato Lorenzo Tramaglino, filatore di seta, scappato dalle forze *praedicti egregii domini capitanei*, sia tornato, *palam vel clam*, al suo paese, *ignotum* quale per l'appunto, *verum in territorio Leuci: quod si compertum fuerit sic esse*, cerchi il detto signor podestà, *quanta maxima diligentia fieri poterit*, d'averlo nelle mani, e, legato a dovere, *videlizet* con buone manette, attesa l'esperimentata insufficienza de' manichini per il nominato soggetto, lo faccia condurre nelle carceri, e lo ritenga lì, sotto buona custodia, per farne consegna a chi sarà spedito a prenderlo; e tanto nel caso del sì, come nel caso del no,*accedatis ad domum praedicti Laurentii Tramaliini; et, facta debita diligentia, quidquid ad rem repertum fuerit auferatis; et informationes de illius prava qualitate, vita, et complicibus sumatis*; e di tutto il detto e il fatto, il trovato e il non trovato, il preso e il lasciato, *diligenter referatis*. Il signor podestà, dopo essersi umanamente cerziorato che il soggetto non era tornato in paese, fa chiamare il console del villaggio, e si fa condur da lui alla casa indicata, con gran treno di notaio e di birri. La casa è chiusa; chi ha le chiavi non c'è, o non si lascia trovare. Si sfonda l'uscio; si fa la debita diligenza, vale a dire che si fa come in una città presa d'assalto. La voce di quella spedizione si sparge immediatamente per tutto il contorno; viene agli orecchi del padre Cristoforo; il quale, attonito non meno che afflitto, domanda al terzo e al quarto, per aver qualche lume intorno alla cagione d'un fatto così inaspettato; ma non raccoglie altro che congetture in aria, e scrive subito al padre Bonaventura, dal quale spera di poter ricevere qualche notizia più precisa. Intanto i parenti e gli amici di Renzo vengono citati a deporre ciò che posson sapere della sua *prava qualità*: aver nome Tramaglino è una disgrazia, una vergogna, un delitto: il paese è sottosopra. A poco a poco, si viene a sapere che Renzo è scappato dalla giustizia, nel bel mezzo di Milano, e poi scomparso; corre voce che abbia fatto qualcosa di grosso; ma la cosa poi non si sa dire, o si racconta in cento maniere. Quanto più è grossa, tanto meno vien creduta nel paese, dove Renzo è conosciuto per un bravo giovine: i più presumono, e vanno susurrandosi agli orecchi l'uno con l'altro, che è una macchina mossa da quel prepotente di don Rodrigo, per rovinare il suo povero rivale. Tant'è vero che, a giudicar per induzione, e senza la necessaria cognizione de' fatti, si fa alle volte gran torto anche ai birbanti.

Ma noi, co' fatti alla mano, come si suol dire, possiamo affermare che, se colui non aveva avuto parte nella sciagura di Renzo, se ne compiacque però, come se fosse opera sua, e ne trionfò co' suoi fidati, e principalmente col conte Attilio. Questo, secondo i suoi primi disegni, avrebbe dovuto a quell'ora trovarsi già in Milano; ma, alle prime notizie del tumulto, e della canaglia che girava per le strade, in tutt'altra attitudine che di ricever bastonate, aveva creduto bene di trattenersi in campagna, fino a cose quiete. Tanto più che, avendo offeso molti, aveva qualche ragion di temere che alcuno de' tanti, che solo per impotenza stavano cheti, non prendesse animo dalle circostanze, e giudicasse il momento buono da far le vendette di tutti. Questa sospensione non fu di lunga durata: l'ordine venuto da Milano dell'esecuzione da farsi contro Renzo era già un indizio che le cose avevan ripreso il corso ordinario; e, quasi nello stesso tempo, se n'ebbe la certezza positiva. Il conte Attilio partì immediatamente, animando il cugino a persister nell'impresa, a spuntar l'impegno, e promettendogli che, dal canto suo, metterebbe subito mano a sbrigarlo dal frate; al qual affare, il fortunato accidente dell'abietto rivale doveva fare un gioco mirabile. Appena partito Attilio, arrivò il Griso da Monza sano e salvo, e riferì al suo padrone ciò che aveva potuto raccogliere: che Lucia era ricoverata nel tal monastero, sotto la protezione della tal signora; e stava sempre nascosta, come se fosse una monaca anche lei, non mettendo mai piede fuor della porta, e assistendo alle funzioni di chiesa da una finestrina con la grata: cosa che dispiaceva a molti, i quali avendo sentito motivar non so che di sue avventure, e dir gran cose del suo viso, avrebbero voluto un poco vedere come fosse fatto.

Questa relazione mise il diavolo addosso a don Rodrigo, o, per dir meglio, rendé più cattivo quello che già ci stava di casa. Tante circostanze favorevoli al suo disegno infiammavano sempre più la sua passione, cioè quel misto di puntiglio, di rabbia e d'infame capriccio, di cui la sua passione era composta. Renzo assente, sfrattato, bandito, di maniera che ogni cosa diventava lecita contro di lui, e anche la sua sposa poteva esser considerata, in certo modo, come roba di rubello: il solo uomo al mondo che volesse e potesse prender le sue parti, e fare un rumore da esser sentito anche lontano e da persone alte, l'arrabbiato frate, tra poco sarebbe probabilmente anche lui fuor del caso di nuocere. Ed ecco che un nuovo impedimento, non che contrappesare tutti que' vantaggi, li rendeva, si può dire, inutili. Un monastero di Monza, quand'anche non ci fosse stata una principessa, era un osso troppo duro per i denti di don Rodrigo; e per quanto egli ronzasse con la fantasia intorno a quel ricovero, non sapeva immaginar né via né verso d'espugnarlo, né con la forza, né per insidie. Fu quasi quasi per abbandonar l'impresa; fu per risolversi d'andare a Milano, allungando anche la strada, per non passar neppure da Monza; e a Milano, gettarsi in mezzo agli amici e ai divertimenti, per discacciar, con pensieri affatto allegri, quel pensiero divenuto ormai tutto tormentoso. Ma, ma, ma, gli amici; piano un poco con questi amici. In vece d'una distrazione, poteva aspettarsi di trovar nella loro compagnia, nuovi dispiaceri: perché Attilio certamente avrebbe già preso la tromba, e messo tutti in aspettativa. Da ogni parte gli verrebbero domandate notizie della montanara: bisognava render ragione. S'era voluto, s'era tentato; cosa s'era ottenuto? S'era preso un impegno: un impegno un po' ignobile, a dire il vero: ma, via, uno non può alle volte regolare i suoi capricci; il punto è di soddisfarli; e come s'usciva da quest'impegno? Dandola vinta a un villano e a un frate! Uh! E quando una buona sorte inaspettata, senza fatica del buon a nulla, aveva tolto di mezzo l'uno, e un abile amico l'altro, il buon a nulla non aveva saputo valersi della congiuntura, - e si ritirava vilmente dall'impresa. Ce n'era più del bisogno, per non alzar mai più il viso tra i galantuomini, o avere ogni momento la spada alle mani. E poi, come tornare, o come rimanere in quella villa, in quel paese, dove, lasciando da parte i ricordi incessanti e pungenti della passione, si porterebbe lo sfregio d'un colpo fallito? dove, nello stesso tempo, sarebbe cresciuto l'odio pubblico, e scemata la riputazion del potere? dove sul viso d'ogni mascalzone, anche in mezzo agl'inchini, si potrebbe leggere un amaro: l'hai ingoiata, ci ho gusto? La strada dell'iniquità, dice qui il manoscritto, è larga; ma questo non vuol dire che sia comoda: ha i suoi buoni intoppi, i suoi passi scabrosi; è noiosa la sua parte, e faticosa, benché vada all'ingiù.

A don Rodrigo, il quale non voleva uscirne, né dare addietro, né fermarsi, e non poteva andare avanti da sé, veniva bensì in mente un mezzo con cui potrebbe: ed era di chieder l'aiuto d'un tale, le cui mani arrivavano spesso dove non arrivava la vista degli altri: un uomo o un diavolo, per cui la difficoltà dell'imprese era spesso uno stimolo a prenderle sopra di sé. Ma questo partito aveva anche i suoi inconvenienti e i suoi rischi, tanto più gravi quanto meno si potevano calcolar prima; giacché nessuno avrebbe saputo prevedere fin dove anderebbe, una volta che si fosse imbarcato con quell'uomo, potente ausiliario certamente, ma non meno assoluto e pericoloso condottiere.

Tali pensieri tennero per più giorni don Rodrigo tra un sì e un no, l'uno e l'altro più che noiosi. Venne intanto una lettera del cugino, la quale diceva che la trama era ben avviata. Poco dopo il baleno, scoppiò il tuono; vale a dire che, una bella mattina, si sentì che il padre Cristoforo era partito dal convento di Pescarenico. Questo buon successo così pronto, la lettera d'Attilio che faceva un gran coraggio, e minacciava di gran canzonature, fecero inclinar sempre più don Rodrigo al partito rischioso: ciò che gli diede l'ultima spinta, fu la notizia inaspettata che Agnese era tornata a casa sua: un impedimento di meno vicino a Lucia. Rendiam conto di questi due avvenimenti, cominciando dall'ultimo. Le due povere donne s'erano appena accomodate nel loro ricovero, che si sparse per Monza, e per conseguenza anche nel monastero, la nuova di quel gran fracasso di Milano; e dietro alla nuova grande, una serie infinita di particolari, che andavano crescendo e variandosi ogni momento. La fattoressa, che, dalla sua casa, poteva tenere un orecchio alla strada, e uno al monastero, raccoglieva notizie di qui, notizie di lì, e ne faceva parte all'ospiti.

- Due, sei, otto, quattro, sette ne hanno messi in prigione; gl'impiccheranno, parte davantial forno delle grucce, parte in cima alla strada dove c'è la casa del vicario di provvisione... Ehi, ehi, sentite questa! n'è scappato uno, che è di Lecco, o di quelle parti. Il nome non lo so; ma verrà qualcheduno che me lo saprà dire; per veder se lo conoscete.

Quest'annunzio, con la circostanza d'esser Renzo appunto arrivato in Milano nel giorno fatale, diede qualche inquietudine alle donne, e principalmente a Lucia; ma pensate cosa fu quando la fattoressa venne a dir loro: - e proprio del vostro paese quello che se l'è battuta, per non essere impiccato; un filatore di seta, che si chiama Tramaglino: lo conoscete? A Lucia, ch'era a sedere, orlando non so che cosa, cadde il lavoro di mano; impallidì, si cambiò tutta, di maniera che la fattoressa se ne sarebbe avvista certamente, se le fosse stata più vicina. Ma era ritta sulla soglia con Agnese; la quale, conturbata anche lei, però non tanto, poté star forte; e, per risponder qualcosa, disse che, in un piccolo paese, tutti si conoscono, e che lo conosceva; ma che non sapeva pensare come mai gli fosse potuta seguire una cosa simile; perché era un giovine posato. Domandò poi se era scappato di certo, e dove.

- Scappato, lo dicon tutti; dove, non si sa; può essere che l'accalappino ancora, può essereche sia in salvo; ma se gli torna sotto l'unghie, il vostro giovine posato...

Qui, per buona sorte, la fattoressa fu chiamata, e se n'andò: figuratevi come rimanessero la madre e la figlia. Più d'un giorno, dovettero la povera donna e la desolata fanciulla stare in una tale incertezza, a mulinare sul come, sul perché, sulle conseguenze di quel fatto doloroso, a commentare, ognuna tra sé, o sottovoce tra loro, quando potevano, quelle terribili parole.

Un giovedì finalmente, capitò al monastero un uomo a cercar d'Agnese. Era un pesciaiolo di Pescarenico, che andava a Milano, secondo l'ordinario, a spacciar la sua mercanzia; e il buon frate Cristoforo l'aveva pregato che, passando per Monza, facesse una scappata al monastero, salutasse le donne da parte sua, raccontasse loro quel che si sapeva del tristo caso di Renzo, raccomandasse loro d'aver pazienza, e confidare in Dio; e che lui povero frate non si dimenticherebbe certamente di loro, e spierebbe l'occasione di poterle aiutare; e intanto non mancherebbe, ogni settimana, di far loro saper le sue nuove, per quel mezzo, o altrimenti. Intorno a Renzo, il messo non seppe dir altro di nuovo e di certo, se non la visita fattagli in casa, e le ricerche per averlo nelle mani; ma insieme ch'erano andate tutte a voto, e si sapeva di certo che s'era messo in salvo sul bergamasco. Una tale certezza, e non fa bisogno di dirlo, fu un gran balsamo per Lucia: d'allora in poi le sue lacrime scorsero più facili e più dolci; provò maggior conforto negli sfoghi segreti con la madre; e in tutte le sue preghiere, c'era mescolato un ringraziamento.

Gertrude la faceva venire spesso in un suo parlatorio privato, e la tratteneva talvolta lungamente, compiacendosi dell'ingenuità e della dolcezza della poverina, e nel sentirsi ringraziare e benedire ogni momento. Le raccontava anche, in confidenza, una parte (la parte netta) della sua storia, di ciò che aveva patito, per andar lì a patire; e quella prima maraviglia sospettosa di Lucia s'andava cambiando in compassione. Trovava in quella storia ragioni più che sufficienti a spiegar ciò che c'era d'un po' strano nelle maniere della sua benefattrice; tanto più con l'aiuto di quella dottrina d'Agnese su' cervelli de' signori. Per quanto però si sentisse portata a contraccambiare la confidenza che Gertrude le dimostrava, non le passò neppur per la testa di parlarle delle sue nuove inquietudini, della sua nuova disgrazia, di dirle chi fosse quel filatore scappato; per non rischiare di spargere una voce così piena di dolore e di scandolo. Si schermiva anche, quanto poteva, dal rispondere alle domande curiose di quella, sulla storia antecedente alla promessa; ma qui non eran ragioni di prudenza. Era perché alla povera innocente quella storia pareva più spinosa, più difficile da raccontarsi, di tutte quelle che aveva sentite, e che credesse di poter sentire dalla signora. In queste c'era tirannia, insidie, patimenti; cose brutte e dolorose, ma che pur si potevan nominare: nella sua c'era mescolato per tutto un sentimento, una parola, che non le pareva possibile di proferire, parlando di sé; e alla quale non avrebbe mai trovato da sostituire una perifrasi che non le paresse sfacciata: l'amore!

Qualche volta, Gertrude quasi s'indispettiva di quello star così sulle difese; ma vi traspariva tanta amorevolezza, tanto rispetto, tanta riconoscenza, e anche tanta fiducia! Qualche volta forse, quel pudore così delicato, così ombroso, le dispiaceva ancor più per un altro verso; ma tutto si perdeva nella soavità d'un pensiero che le tornava ogni momento, guardando Lucia: " a questa fo del bene ". Ed era vero; perché, oltre il ricovero, que' discorsi, quelle carezze famigliari erano di non poco conforto a Lucia. Un altro ne trovava nel lavorar di continuo; e pregava sempre che le dessero qualcosa da fare: anche nel parlatorio, portava sempre qualche lavoro da tener le mani in esercizio: ma, come i pensieri dolorosi si caccian per tutto! cucendo, cucendo, ch'era un mestiere quasi nuovo per lei, le veniva ogni poco in mente il suo aspo; e dietro all'aspo, quante cose!

Il secondo giovedì, tornò quel pesciaiolo o un altro messo, co' saluti del padre Cristoforo, e con la conferma della fuga felice di Renzo. Notizie più positive intorno a' suoi guai, nessuna; perché, come abbiam detto al lettore, il cappuccino aveva sperato d'averle dal suo confratello di Milano, a cui l'aveva raccomandato; e questo rispose di non aver veduto né la persona, né la lettera; che uno di campagna era bensì venuto al convento, a cercar di lui; ma che, non avendocelo trovato, era andato via, e non era più comparso.

Il terzo giovedì, non si vide nessuno; e, per le povere donne, fu non solo una privazione d'un conforto desiderato e sperato, ma, come accade per ogni piccola cosa a chi è afflitto e impicciato, una cagione d'inquietudine, di cento sospetti molesti. Già prima d'allora, Agnese aveva pensato a fare una scappata a casa; questa novità di non vedere l'ambasciatore promesso, la fece risolvere. Per Lucia era una faccenda seria il rimanere distaccata dalla gonnella della madre; ma la smania di saper qualche cosa, e la sicurezza che trovava in quell'asilo così guardato e sacro, vinsero le sue ripugnanze. E fu deciso tra loro che Agnese anderebbe il giorno seguente ad aspettar sulla strada il pesciaiolo che doveva passar di lì, tornando da Milano; e gli chiederebbe in cortesia un posto sul baroccio, per farsi condurre a' suoi monti. Lo trovò in fatti, gli domandò se il padre Cristoforo non gli aveva data qualche commissione per lei: il pesciaiolo, tutto il giorno avanti la sua partenza era stato a pescare, e non aveva saputo niente del padre. La donna non ebbe bisogno di pregare, per ottenere il piacere che desiderava: prese congedo dalla signora e dalla figlia, non senza lacrime, promettendo di mandar subito le sue nuove, e di tornar presto; e partì. Nel viaggio, non accadde nulla di particolare. Riposarono parte della notte in un'osteria, secondo il solito; ripartirono innanzi giorno; e arrivaron di buon'ora a Pescarenico. Agnese smontò sulla piazzetta del convento, lasciò andare il suo conduttore con molti: Dio ve ne renda merito; e giacché era lì, volle, prima d'andare a casa, vedere il suo buon frate benefattore. Sonò il campanello; chi venne a aprire, fu fra Galdino, quel delle noci.

- Oh! la mia donna, che vento v'ha portata?
- Vengo a cercare il padre Cristoforo.
- Il padre Cristoforo? Non c'è.
- Oh! starà molto a tornare?
- Ma...? - disse il frate, alzando le spalle, e ritirando nel cappuccio la testa rasa.- Dov'è andato?
- A Rimini.- A?
- A Rimini.
- Dov'è questo paese?
- Eh eh eh! - rispose il frate, trinciando verticalmente l'aria con la mano distesa, persignificare una gran distanza.
- Oh povera me! Ma perché è andato via così all'improvviso?
- Perché ha voluto così il padre provinciale.
- E perché mandarlo via? che faceva tanto bene qui? Oh Signore!
- Se i superiori dovessero render conto degli ordini che dànno, dove sarebbe l'ubbidienza,la mia donna?
- Sì; ma questa e la mia rovina.
- Sapete cosa sarà? Sarà che a Rimini avranno avuto bisogno d'un buon predicatore (cen'abbiamo per tutto; ma alle volte ci vuol quell'uomo fatto apposta); il padre provinciale di là avrà scritto al padre provinciale di qui, se aveva un soggetto così e così; e il padre provinciale avrà detto: qui ci vuole il padre Cristoforo. Dev'esser proprio così, vedete. - Oh poveri noi! Ouand'è partito?
- Ierlaltro.
- Ecco! s'io davo retta alla mia ispirazione di venir via qualche giorno prima! E non si saquando possa tornare? così a un di presso?
- Eh la mia donna! lo sa il padre provinciale; se lo sa anche lui. Quando un nostro padrepredicatore ha preso il volo, non si può prevedere su che ramo potrà andarsi a posare. Li cercan di qua, li cercan di là: e abbiamo conventi in tutte le quattro parti del mondo. Supponete che, a Rimini, il padre Cristoforo faccia un gran fracasso col suo quaresimale: perché non predica sempre a braccio, come faceva qui, per i pescatori e i contadini: per i pulpiti delle città, ha le sue belle prediche scritte; e fior di roba. Si sparge la voce, da quelle parti, di questo gran predicatore; e lo possono cercare da... da che so io? E allora, bisogna mandarlo; perché noi viviamo della carità di tutto il mondo, ed è giusto che serviamo tutto il mondo.

Oh Signore! Signore! - esclamò di nuovo Agnese, quasi piangendo: - come devo fare, senza quell'uomo? Era quello che ci faceva da padre! Per noi è una rovina.

- Sentite, buona donna; il padre Cristoforo era veramente un uomo; ma ce n'abbiamo deglialtri, sapete? pieni di carità e di talento, e che sanno trattare ugualmente co' signori e co' poveri. Volete il padre Atanasio? volete il padre Girolamo? volete il padre Zaccaria? È un uomo di vaglia, vedete, il padre Zaccaria. E non istate a badare, come fanno certi ignoranti, che sia così mingherlino, con una vocina fessa, e una barbetta misera misera: non dico per predicare, perché ognuno ha i suoi doni; ma per dar pareri, è un uomo, sapete?
- Oh per carità! - esclamò Agnese, con quel misto di gratitudine e d'impazienza, che siprova a un'esibizione in cui si trovi più la buona volontà altrui, che la propria convenienza: - cosa m'importa a me che uomo sia o non sia un altro, quando quel pover'uomo che non c'è più, era quello che sapeva le nostre cose, e aveva preparato tutto per aiutarci?
- Allora, bisogna aver pazienza.

- Questo lo so, - rispose Agnese: - scusate dell'incomodo.
- Di che cosa, la mia donna? mi dispiace per voi. E se vi risolvete di cercar qualcheduno de'nostri padri, il convento è qui che non si move. Ehi, mi lascerò poi veder presto, per la cerca dell'olio.
- State bene, - disse Agnese; e s'incamminò verso il suo paesetto, desolata, confusa,sconcertata, come il povero cieco che avesse perduto il suo bastone.

Un po' meglio informati che fra Galdino, noi possiamo dire come andò veramente la cosa. Attilio, appena arrivato a Milano, andò, come aveva promesso a don Rodrigo, a far visita al loro comune zio del Consiglio segreto. (Era una consulta, composta allora di tredici personaggi di toga e di spada, da cui il governatore prendeva parere, e che, morendo uno di questi, o venendo mutato, assumeva temporaneamente il governo). Il conte zio, togato, e uno degli anziani del consiglio, vi godeva un certo credito; ma nel farlo valere, e nel farlo rendere con gli altri, non c'era il suo compagno. Un parlare ambiguo, un tacere significativo, un restare a mezzo, uno stringer d'occhi che esprimeva: non posso parlare; un lusingare senza promettere, un minacciare in cerimonia; tutto era diretto a quel fine; e tutto, o più o meno, tornava in pro. A segno che fino a un: io non posso niente in questo affare: detto talvolta per la pura verità, ma detto in modo che non gli era creduto, serviva ad accrescere il concetto, e quindi la realtà del suo potere: come quelle scatole che si vedono ancora in qualche bottega di speziale, con su certe parole arabe, e dentro non c'è nulla; ma servono a mantenere il credito alla bottega. Quello del conte zio, che, da gran tempo, era sempre andato crescendo a lentissimi gradi, ultimamente aveva fatto in una volta un passo, come si dice, di gigante, per un'occasione straordinaria, un viaggio a Madrid, con una missione alla corte; dove, che accoglienza gli fosse fatta, bisognava sentirlo raccontar da lui. Per non dir altro, il conte duca l'aveva trattato con una degnazione particolare, e ammesso alla sua confidenza, a segno d'avergli una volta domandato, in presenza, si può dire, di mezza la corte come gli piacesse Madrid, e d'avergli un'altra volta detto a quattr'occhi, nel vano d'una finestra, che il duomo di Milano era il tempio più grande che fosse negli stati del re.

Fatti i suoi complimenti al conte zio, e presentatigli quelli del cugino, Attilio, con un suo contegno serio, che sapeva prendere a tempo, disse: - credo di fare il mio dovere, senza mancare alla confidenza di Rodrigo, avvertendo il signore zio d'un affare che, se lei non ci mette una mano, può diventar serio, e portar delle conseguenze...
- Qualcheduna delle sue, m'immagino.
- Per giustizia, devo dire che il torto non è dalla parte di mio cugino. Ma è riscaldato; e,come dico, non c'è che il signore zio, che possa...
- Vediamo, vediamo.
- C'è da quelle parti un frate cappuccino che l'ha con Rodrigo e la cosa è arrivata a un puntoche...
- Quante volte v'ho detto, all'uno e all'altro, che i frati bisogna lasciarli cuocere nel lorobrodo? Basta il da fare che dànno a chi deve... a chi tocca... - E qui soffiò. - Ma voi altri che potete scansarli...
- Signore zio, in questo, è mio dovere di dirle che Rodrigo l'avrebbe scansato, se avessepotuto. E il frate che l'ha con lui, che l'ha preso a provocarlo in tutte la maniere...
- Che diavolo ha codesto frate con mio nipote?
- Prima di tutto, è una testa inquieta, conosciuto per tale, e che fa professione diprendersela coi cavalieri. Costui protegge, dirige, che so io? una contadinotta di là; e ha per questa creatura una carità, una carità... non dico pelosa, ma una carità molto gelosa, sospettosa, permalosa.
- Intendo, - disse il conte zio; e sur un certo fondo di goffaggine, dipintogli in viso dallanatura, velato poi e ricoperto, a più mani, di politica, balenò un raggio di malizia, che vi faceva un bellissimo vedere.
- Ora, da qualche tempo, - continuò Attilio, - s'è cacciato in testa questo frate, che Rodrigoavesse non so che disegni sopra questa...
- S'è cacciato in testa, s'è cacciato in testa: lo conosco anch'io il signor don Rodrigo; e civuol altro avvocato che vossignoria, per giustificarlo in queste materie.
- Signore zio, che Rodrigo possa aver fatto qualche scherzo a quella creatura, incontrandolaper la strada, non sarei lontano dal crederlo: è giovine, e finalmente non è cappuccino; ma queste son bazzecole da non trattenerne il signore zio; il serio è che il frate s'è messo a parlar di Rodrigo come si farebbe d'un mascalzone, cerca d'aizzargli contro tutto il paese... - E gli altri frati?

- Non se ne impicciano, perché lo conoscono per una testa calda, e hanno tutto il rispettoper Rodrigo; ma, dall'altra parte, questo frate ha un gran credito presso i villani, perché fa poi anche il santo, e...
- M'immagino che non sappia che Rodrigo è mio nipote.
- Se lo sa! Anzi questo è quel che gli mette più il diavolo addosso.
- Come? Come?
- Perché, e lo va dicendo lui, ci trova più gusto a farla vedere a Rodrigo, appunto perchéquesto ha un protettor naturale, di tanta autorita come vossignoria: e che lui se la ride de' grandi e de' politici, e che il cordone di san Francesco tien legate anche le spade, e che...
- Oh frate temerario! Come si chiama costui?
- Fra Cristoforo da *** - disse Attilio; e il conte zio, preso da una cassetta del suo tavolino,un libriccino di memorie, vi scrisse, soffiando, soffiando, quel povero nome. Intanto Attilio seguitava: - è sempre stato di quell'umore, costui: si sa la sua vita. Era un plebeo che, trovandosi aver quattro soldi, voleva competere coi cavalieri del suo paese; e, per rabbia di non poterla vincer con tutti, ne ammazzò uno; onde, per iscansar la forca, si fece frate. - Ma bravo! ma bene! La vedremo, la vedremo, - diceva il conte zio, seguitando a soffiare. - Ora poi, - continuava Attilio, - è più arrabbiato che mai, perché gli è andato a monte un disegno che gli premeva molto molto: e da questo il signore zio capirà che uomo sia. Voleva costui maritare quella sua creatura: fosse per levarla dai pericoli del mondo, lei m'intende, o per che altro si fosse, la voleva maritare assolutamente; e aveva trovato il... l'uomo: un'altra sua creatura, un soggetto, che, forse e senza forse, anche il signore zio lo conoscerà di nome; perché tengo per certo che il Consiglio segreto avrà dovuto occuparsi di quel degno soggetto.
- Chi è costui?
- Un filatore di seta, Lorenzo Tramaglino, quello che...
- Lorenzo Tramaglino! - esclamò il conte zio. - Ma bene! ma bravo, padre! Sicuro...infatti..., aveva una lettera per un... Peccato che... Ma non importa; va bene. E perché il signor don Rodrigo non mi dice nulla di tutto questo? perché lascia andar le cose tant'avanti, e non si rivolge a chi lo può e vuole dirigere e sostenere?
- Dirò il vero anche in questo, - proseguiva Attilio. - Da una parte, sapendo quante brighe,quante cose ha per la testa il signore zio... - (questo, soffiando, vi mise la mano, come per significare la gran fatica ch'era a farcele star tutte) - s'è fatto scrupolo di darle una briga di più. E poi, dirò tutto: da quello che ho potuto capire, è così irritato, così fuor de' gangheri, così stucco delle villanie di quel frate, che ha più voglia di farsi giustizia da sé, in qualche maniera sommaria, che d'ottenerla in una maniera regolare, dalla prudenza e dal braccio del signore zio. Io ho cercato di smorzare; ma vedendo che la cosa andava per le brutte, ho creduto che fosse mio dovere d'avvertir di tutto il signore zio, che alla fine è il capo e la colonna della casa...
- Avresti fatto meglio a parlare un poco prima.
- È vero; ma io andavo sperando che la cosa svanirebbe da sé, o che il frate tornerebbefinalmente in cervello, o che se n'anderebbe da quel convento, come accade di questi frati, che ora sono qua, ora sono là; e allora tutto sarebbe finito. Ma...
- Ora toccherà a me a raccomodarla.
- Così ho pensato anch'io. Ho detto tra me: il signore zio, con la sua avvedutezza, con la suaautorità, saprà lui prevenire uno scandolo, e insieme salvar l'onore di Rodrigo, che è poi anche il suo. Questo frate, dicevo io, l'ha sempre col cordone di san Francesco; ma per adoprarlo a proposito, il cordone di san Francesco, non è necessario d'averlo intorno alla pancia. Il signore zio ha cento mezzi ch'io non conosco: so che il padre provinciale ha, com'è giusto, una gran deferenza per lui; e se il signore zio crede che in questo caso il miglior ripiego sia di far cambiar aria al frate, lui con due parole...
- Lasci il pensiero a chi tocca, vossignoria, - disse un po' ruvidamente il conte zio.
- Ah è vero! - esclamò Attilio, con una tentennatina di testa, e con un sogghigno dicompassione per sé stesso. - Son io l'uomo da dar pareri al signore zio! Ma è la passione che ho della riputazione del casato che mi fa parlare. E ho anche paura d'aver fatto un altro male, - soggiunse con un'aria pensierosa: - ho paura d'aver fatto torto a Rodrigo nel concetto del signore zio. Non mi darei pace, se

fossi cagione di farle pensare che Rodrigo non abbia tutta quella fede in lei, tutta quella sommissione che deve avere. Creda, signore zio, che in questo caso è proprio...

- Via, via; che torto, che torto tra voi altri due? che sarete sempre amici, finché l'uno nonmetta giudizio. Scapestrati, scapestrati, che sempre ne fate una; e a me tocca di rattopparle: che... mi fareste dire uno sproposito, mi date più da pensare voi altri due, che, - e qui immaginatevi che soffio mise, - tutti questi benedetti affari di stato.

Attilio fece ancora qualche scusa, qualche promessa, qualche complimento; poi si licenziò, e se n'andò, accompagnato da un - e abbiamo giudizio, - ch'era la formola di commiato del conte zio per i suoi nipoti.

Cap. XIX

Chi, vedendo in un campo mal coltivato, un'erbaccia, per esempio un bel lapazio, volesse proprio sapere se sia venuto da un seme maturato nel campo stesso, o portatovi dal vento, o lasciatovi cader da un uccello, per quanto ci pensasse, non ne verrebbe mai a una conclusione. Così anche noi non sapremmo dire se dal fondo naturale del suo cervello, o dall'insinuazione d'Attilio, venisse al conte zio la risoluzione di servirsi del padre provinciale per troncare nella miglior maniera quel nodo imbrogliato. Certo è che Attilio non aveva detta a caso quella parola; e quantunque dovesse aspettarsi che, a un suggerimento così scoperto, la boria ombrosa del conte zio avrebbe ricalcitrato, a ogni modo volle fargli balenar dinanzi l'idea di quel ripiego, e metterlo sulla strada, dove desiderava che andasse. Dall'altra parte, il ripiego era talmente adattato all'umore del conte zio, talmente indicato dalle circostanze, che, senza suggerimento di chi si sia, si può scommettere che l'avrebbe trovato da sé. Si trattava che, in una guerra pur troppo aperta, uno del suo nome, un suo nipote, non rimanesse al di sotto: punto essenzialissimo alla riputazione del potere che gli stava tanto a cuore. La soddisfazione che il nipote poteva prendersi da sé, sarebbe stata un rimedio peggior del male, una sementa di guai; e bisognava impedirla, in qualunque maniera, e senza perder tempo. Comandargli che partisse in quel momento dalla sua villa; già non avrebbe ubbidito; e quand'anche avesse, era un cedere il campo, una ritirata della casa dinanzi a un convento. Ordini, forza legale, spauracchi di tal genere, non valevano contro un avversario di quella condizione: il clero regolare e secolare era affatto immune da ogni giurisdizione laicale; non solo le persone, ma i luoghi ancora abitati da esso: come deve sapere anche chi non avesse letta altra storia che la presente; che starebbe fresco. Tutto quel che si poteva contro un tale avversario era cercar d'allontanarlo, e il mezzo a ciò era il padre provinciale, in arbitrio del quale era l'andare e lo stare di quello.

Ora, tra il padre provinciale e il conte zio passava un'antica conoscenza: s'eran veduti di rado, ma sempre con gran dimostrazioni d'amicizia, e con esibizioni sperticate di servizi. E alle volte, è meglio aver che fare con uno che sia sopra a molti individui, che con un solo di questi, il quale non vede che la sua causa, non sente che la sua passione, non cura che il suo punto; mentre l'altro vede in un tratto cento relazioni, cento conseguenze, cento interessi, cento cose da scansare, cento cose da salvare; e si può quindi prendere da cento parti. Tutto ben ponderato, il conte zio invitò un giorno a pranzo il padre provinciale, e gli fece trovare una corona di commensali assortiti con un intendimento sopraffino. Oualche parente de' più titolati, di quelli il cui solo casato era un gran titolo; e che, col solo contegno, con una certa sicurezza nativa, con una sprezzatura signorile, parlando di cose grandi con termini famigliari, riuscivano, anche senza farlo apposta, a imprimere e rinfrescare, ogni momento, l'idea della superiorità e della potenza; e alcuni clienti legati alla casa per una dipendenza ereditaria, e al personaggio per una servitù di tutta la vita; i quali, cominciando dalla minestra a dir di sì, con la bocca, con gli occhi, con gli orecchi, con tutta la testa, con tutto il corpo, con tutta l'anima, alle frutte v'avevan ridotto un uomo a non ricordarsi più come si facesse a dir di no.

A tavola, il conte padrone fece cader ben presto il discorso sul tema di Madrid. A Roma si va per più strade; a Madrid egli andava per tutte. Parlò della corte, del conte duca, de' ministri, della famiglia del governatore; delle cacce del toro, che lui poteva descriver benissimo, perché le aveva godute da un posto distinto; dell'Escuriale di cui poteva render conto a un puntino, perché un creato del conte duca l'aveva condotto per tutti i buchi. Per qualche tempo, tutta la compagnia stette, come un uditorio, attenta a lui solo, poi si divise in colloqui particolari; e lui allora continuò a raccontare altre di quelle belle cose, come in confidenza, al padre provinciale che gli era accanto, e che lo lasciò dire, dire e dire. Ma a un certo punto, diede una giratina al discorso, lo staccò da Madrid, e di corte in corte, di dignità in dignità, lo tirò sul cardinal Barberini, ch'era cappuccino, e fratello del papa allora sedente, Urbano VIII: niente meno. Il conte zio dovette anche lui lasciar parlare un poco, e stare a sentire, e ricordarsi che finalmente, in questo mondo, non c'era soltanto i personaggi che facevan per lui. Poco dopo alzati da tavola, pregò il padre provinciale di passar con lui in un'altra stanza.

Due potestà, due canizie, due esperienze consumate si trovavano a fronte. Il magnifico signore fece sedere il padre molto reverendo, sedette anche lui, e cominciò: - stante l'amicizia che passa tra di noi, ho creduto di far parola a vostra paternità d'un affare di comune interesse, da concluder tra di noi, senz'andar per altre strade, che potrebbero... E perciò, alla buona, col cuore in mano, le dirò di che si tratta; e in due parole son certo che anderemo d'accordo. Mi dica: nel loro convento di Pescarenico c'è un padre Cristoforo da ***?

Il provinciale fece cenno di sì.

- Mi dica un poco vostra paternità, schiettamente, da buon amico... questo soggetto...questo padre... Di persona io non lo conosco; e sì che de' padri cappuccini ne conosco parecchi: uomini d'oro, zelanti, prudenti, umili: sono stato amico dell'ordine fin da ragazzo... Ma in tutte le famiglie un po' numerose... c'è sempre qualche individuo, qualche testa... E questo padre Cristoforo, so da certi ragguagli che è un uomo... un po' amico de' contrasti... che non ha tutta quella prudenza, tutti que' riguardi... Scommetterei che ha dovuto dar più d'una volta da pensare a vostra paternità.

" Ho inteso: è un impegno, - pensava intanto il provinciale: - colpa mia; lo sapevo che quel benedetto Cristoforo era un soggetto da farlo girare di pulpito in pulpito, e non lasciarlo fermare mesi in un luogo, specialmente in conventi di campagna ".

- Oh! - disse poi: - mi dispiace davvero di sentire che vostra magnificenza abbia in un talconcetto il padre Cristoforo; mentre, per quanto ne so io, è un religioso... esemplare in convento, e tenuto in molta stima anche di fuori.

- Intendo benissimo; vostra paternità deve... Però, però, da amico sincero, voglio avvertirlad'una cosa che le sarà utile di sapere; e se anche ne fosse già informata, posso, senza mancare ai miei doveri, metterle sott'occhio certe conseguenze... possibili: non dico di più. Questo padre Cristoforo, sappiamo che proteggeva un uomo di quelle parti, un uomo... vostra paternità n'avrà sentito parlare; quello che, con tanto scandolo, scappò dalle mani della giustizia, dopo aver fatto, in quella terribile giornata di san Martino, cose... cose... Lorenzo Tramaglino!

" Ahi! " pensò il provinciale; e disse: - questa circostanza mi riesce nuova; ma vostra magnificenza sa bene che una parte del nostro ufizio è appunto d'andare in cerca de' traviati, per ridurli...

- Va bene; ma la protezione de' traviati d'una certa specie...! Son cose spinose, affaridelicati... - E qui, in vece di gonfiar le gote e di soffiare, strinse le labbra, e tirò dentro tant'aria quanta ne soleva mandar fuori, soffiando. E riprese: - ho creduto bene di darle un cenno su questa circostanza, perché se mai sua eccellenza... Potrebbe esser fatto qualche passo a Roma... non so niente... e da Roma venirle...

- Son ben tenuto a vostra magnificenza di codesto avviso; però son certo che, se siprenderanno informazioni su questo proposito, si troverà che il padre Cristoforo non avrà avuto che fare con l'uomo che lei dice, se non a fine di mettergli il cervello a partito. Il padre Cristoforo, lo conosco.

- Già lei sa meglio di me che soggetto fosse al secolo, le cosette che ha fatte in gioventù.- È la gloria dell'abito questa, signor conte, che un uomo, il quale al secolo ha potuto far dir di sé, con questo indosso, diventi un altro. E da che il padre Cristoforo porta quest'abito... - Vorrei crederlo: lo dico di cuore: vorrei crederlo; ma alle volte, come dice il proverbio... l'abito non fa il monaco.

Il proverbio non veniva in taglio esattamente; ma il conte l'aveva sostituito in fretta a un altro che gli era venuto sulla punta della lingua: il lupo cambia il pelo, ma non il vizio.

- Ho de' riscontri, - continuava, - ho de' contrassegni...

- Se lei sa positivamente, - disse il provinciale, - che questo religioso abbia commessoqualche errore (tutti si può mancare), avrò per un vero favore l'esserne informato. Son superiore: indegnamente; ma lo sono appunto per correggere, per rimediare.

- Le dirò: insieme con questa circostanza dispiacevole della protezione aperta di questopadre per chi le ho detto, c'è un'altra cosa disgustosa, e che potrebbe... Ma, tra di noi, accomoderemo tutto in una volta. C'è, dico, che lo stesso padre Cristoforo ha preso a cozzare con mio nipote, don Rodrigo ***.
- Oh! questo mi dispiace, mi dispiace, mi dispiace davvero.
- Mio nipote è giovine, vivo, si sente quello che è, non è avvezzo a esser provocato...- Sarà mio dovere di prender buone informazioni d'un fatto simile. Come ho già detto a vostra magnificenza, e parlo con un signore che non ha meno giustizia che pratica di mondo, tutti siamo di carne, soggetti a sbagliare... tanto da una parte, quanto dall'altra: e se il padre Cristoforo avrà mancato...
- Veda vostra paternità; son cose, come io le dicevo, da finirsi tra di noi, da seppellirsi qui,cose che a rimestarle troppo... si fa peggio. Lei sa cosa segue: quest'urti, queste picche, principiano talvolta da una bagattella, e vanno avanti, vanno avanti... A voler trovarne il fondo, o non se ne viene a capo, o vengon fuori cent'altri imbrogli. Sopire, troncare, padre molto reverendo: troncare, sopire. Mio nipote è giovine; il religioso, da quel che sento, ha ancora tutto lo spirito, le... inclinazioni d'un giovine: e tocca a noi, che abbiamo i nostri anni... pur troppo eh, padre molto reverendo?...

Chi fosse stato lì a vedere, in quel punto, fu come quando, nel mezzo d'un'opera seria, s'alza, per isbaglio, uno scenario, prima del tempo, e si vede un cantante che, non pensando, in quel momento, che ci sia un pubblico al mondo, discorre alla buona con un suo compagno. Il viso, l'atto, la voce del conte zio, nel dir quel *pur troppo!*, tutto fu naturale: lì non c'era politica: era proprio vero che gli dava noia d'avere i suoi anni. Non già che piangesse i passatempi, il brio, l'avvenenza della gioventù: frivolezze, sciocchezze, miserie! La cagion del suo dispiacere era ben più soda e importante: era che sperava un certo posto più alto, quando fosse vacato; e temeva di non arrivare a tempo. Ottenuto che l'avesse, si poteva esser certi che non si sarebbe più curato degli anni, non avrebbe desiderato altro, e sarebbe morto contento, come tutti quelli che desideran molto una cosa, assicurano di voler fare, quando siano arrivati a ottenerla.

Ma per lasciarlo parlar lui, - tocca a noi, - continuò, - a aver giudizio per i giovani, e a rassettar le loro malefatte. Per buona sorte, siamo ancora a tempo; la cosa non ha fatto chiasso; è ancora il caso d'un buon *principiis obsta*. Allontanare il fuoco dalla paglia. Alle volte un soggetto che, in un luogo, non fa bene, o che può esser causa di qualche inconveniente, riesce a maraviglia in un altro. Vostra paternità saprà ben trovare la nicchia conveniente a questo religioso. C'è giusto anche l'altra circostanza, che possa esser caduto in sospetto di chi... potrebbe desiderare che fosse rimosso: e, collocandolo in qualche posto un po' lontanetto, facciamo un viaggio e due servizi; tutto s'accomoda da sé, o per dir meglio, non c'è nulla di guasto.

Questa conclusione, il padre provinciale se l'aspettava fino dal principio del discorso. " Eh già! - pensava tra sé: - vedo dove vuoi andar a parare: delle solite; quando un povero frate è preso a noia da voi altri, o da uno di voi altri, o vi dà ombra, subito, senza cercar se abbia torto o ragione, il superiore deve farlo sgomberare ".

E quando il conte ebbe finito, e messo un lungo soffio, che equivaleva a un punto fermo, intendo benissimo, - disse il provinciale, - quel che il signor conte vuol dire; ma prima di fare un passo...

È un passo e non è un passo, padre molto reverendo: è una cosa naturale, una cosa ordinaria; e se non si prende questo ripiego, e subito, prevedo un monte di disordini, un'iliade di guai. Uno sproposito... mio nipote non crederei... ci son io, per questo... Ma, al punto a cui la cosa è arrivata, se non la tronchiamo noi, senza perder tempo, con un colpo netto, non è possibile che si fermi, che resti segreta... e allora non è più solamente mio nipote... Si stuzzica un vespaio, padre molto reverendo. Lei vede; siamo una casa, abbiamo attinenze... - Cospicue.

- Lei m'intende: tutta gente che ha sangue nelle vene, e che, a questo mondo... è qualchecosa. C'entra il puntiglio; diviene un affare comune; e allora... anche chi è amico della pace... Sarebbe un vero crepacuore per me, di dovere... di trovarmi... io che ho sempre avuta tanta propensione per i padri cappuccini...! Loro padri, per far del bene, come fanno con tanta edificazione del pubblico, hanno bisogno di pace, di non aver contese, di stare in buona armonia con chi... E poi, hanno de' parenti al secolo... e questi affaracci di puntiglio, per poco che vadano in lungo, s'estendono, si ramificano, tiran dentro... mezzo mondo. Io mi trovo in questa benedetta carica, che m'obbliga a sostenere un certo decoro... Sua eccellenza... i miei signori colleghi... tutto diviene affar di corpo... tanto più con quell'altra circostanza... Lei sa come vanno queste cose.

- Veramente, - disse il padre provinciale, - il padre Cristoforo è predicatore; e avevo giàqualche pensiero... Mi si richiede appunto... Ma in questo momento, in tali circostanze, potrebbe parere una punizione; e una punizione prima d'aver ben messo in chiaro... - No punizione, no: un provvedimento prudenziale, un ripiego di comune convenienza, per impedire i sinistri che potrebbero... mi sono spiegato.
- Tra il signor conte e me, la cosa rimane in questi termini; intendo. Ma, stando il fattocome fu riferito a vostra magnificenza, è impossibile, mi pare, che nel paese non sia traspirato qualcosa. Per tutto c'è degli aizzatori, de' mettimale, o almeno de' curiosi maligni che, se posson vedere alle prese signori e religiosi, ci hanno un gusto matto; e fiutano, interpretano, ciarlano... Ognuno ha il suo decoro da conservare; e io poi, come superiore (indegno), ho un dovere espresso... L'onor dell'abito... non è cosa mia... è un deposito del quale... Il suo signor nipote, giacché è così alterato, come dice vostra magnificenza, potrebbe prender la cosa come una soddisfazione data a lui, e... non dico vantarsene, trionfarne, ma...
- Le pare, padre molto reverendo? Mio nipote è un cavaliere che nel mondo è considerato...secondo il suo grado e il dovere: ma davanti a me è un ragazzo; e non farà né più né meno di quello che gli prescriverò io. Le dirò di più: mio nipote non ne saprà nulla. Che bisogno abbiamo noi di render conto? Son cose che facciamo tra di noi, da buoni amici; e tra di noi hanno da rimanere. Non si dia pensiero di ciò. Devo essere avvezzo a non parlare -. E soffiò. - In quanto ai cicaloni, - riprese, - che vuol che dicano? Un religioso che vada a predicare in un altro paese, è cosa così ordinaria! E poi, noi che vediamo... noi che prevediamo... noi che ci tocca... non dobbiamo poi curarci delle ciarle.
- Però, affine di prevenirle, sarebbe bene che, in quest'occasione, il suo signor nipotefacesse qualche dimostrazione, desse qualche segno palese d'amicizia, di riguardo... non per noi, ma per l'abito...
- Sicuro, sicuro; quest'è giusto... Però non c'è bisogno: so che i cappuccini son sempreaccolti come si deve da mio nipote. Lo fa per inclinazione: è un genio in famiglia: e poi sa di far cosa grata a me. Del resto, in questo caso... qualcosa di straordinario... è troppo giusto. Lasci fare a me, padre molto reverendo; che comanderò a mio nipote... Cioè bisognerà insinuargli con prudenza, affinché non s'avveda di quel che è passato tra di noi. Perché non vorrei alle volte che mettessimo un impiastro dove non c'è ferita. E per quel che abbiamo concluso, quanto più presto sarà, meglio. E se si trovasse qualche nicchia un po' lontana... per levar proprio ogni occasione...
- Mi vien chiesto per l'appunto un predicatore da Rimini; e fors'anche, senz'altro motivo,avrei potuto metter gli occhi...
- Molto a proposito, molto a proposito. E quando...?
- Giacché la cosa si deve fare, si farà presto.
- Presto, presto, padre molto reverendo: meglio oggi che domani. E, - continuava poi,alzandosi da sedere, - se posso qualche cosa, tanto io, come la mia famiglia, per i nostri buoni padri cappuccini...
- Conosciamo per prova la bontà della casa, - disse il padre provinciale, alzatosi anche lui, eavviandosi verso l'uscio, dietro al suo vincitore.
- Abbiamo spento una favilla, - disse questo, soffermandosi, - una favilla, padre moltoreverendo, che poteva destare un grand'incendio. Tra buoni amici, con due parole s'accomodano di gran cose.

Arrivato all'uscio, lo spalancò, e volle assolutamente che il padre provinciale andasse avanti: entrarono nell'altra stanza, e si riunirono al resto della compagnia.

Un grande studio, una grand'arte, di gran parole, metteva quel signore nel maneggio d'un affare; ma produceva poi anche effetti corrispondenti. Infatti, col colloquio che abbiam riferito, riuscì a far andar fra Cristoforo a piedi da Pescarenico a Rimini, che è una bella passeggiata.

Una sera, arriva a Pescarenico un cappuccino di Milano, con un plico per il padre guardiano. C'è dentro l'obbedienza per fra Cristoforo, di portarsi a Rimini, dove predicherà la quaresima. La lettera al guardiano porta l'istruzione d'insinuare al detto frate che deponga ogni pensiero d'affari che potesse avere avviati nel paese da cui deve partire, e che non vi mantenga corrispondenze: il frate latore dev'essere il compagno di viaggio. Il guardiano non dice nulla la sera; la mattina, fa chiamar fra Cristoforo, gli fa vedere l'obbedienza, gli dice che vada a prender la sporta, il bastone, il sudario e la cintura, e con quel padre compagno che gli presenta, si metta poi subito in viaggio.

Se fu un colpo per il nostro frate, lo lascio pensare a voi. Renzo, Lucia, Agnese, gli vennero subito in mente; e esclamò, per dir così, dentro di sé: " oh Dio! cosa faranno que' meschini, quando io non sarò più qui! " Ma alzò gli occhi al cielo, e s'accusò d'aver mancato di fiducia, d'essersi creduto necessario a qualche cosa. Mise le mani in croce sul petto, in segno d'ubbidienza, e chinò la testa davanti al padre guardiano; il quale lo tirò poi in disparte, e gli diede quell'altro avviso, con parole di consiglio, e con significazione di precetto. Fra Cristoforo andò alla sua cella, prese la sporta, vi ripose il breviario, il suo quaresimale, e il pane del perdono, s'allacciò la tonaca con la sua cintura di pelle, si licenziò da' suoi confratelli che si trovavano in convento, andò da ultimo a prender la benedizione del guardiano, e col compagno, prese la strada che gli era stata prescritta. Abbiamo detto che don Rodrigo, intestato più che mai di venire a fine della sua bella impresa, s'era risoluto di cercare il soccorso d'un terribile uomo. Di costui non possiam dare né il nome, né il cognome, né un titolo, e nemmeno una congettura sopra nulla di tutto ciò: cosa tanto più strana, che del personaggio troviamo memoria in più d'un libro (libri stampati, dico) di quel tempo. Che il personaggio sia quel medesimo, l'identità de' fatti non lascia luogo a dubitarne; ma per tutto un grande studio a scansarne il nome, quasi avesse dovuto bruciar la penna, la mano dello scrittore. Francesco Rivola, nella vita del cardinal Federigo Borromeo, dovendo parlar di quell'uomo, lo chiama " un signore altrettanto potente per ricchezze, quanto nobile per nascita ", e fermi lì. Giuseppe Ripamonti, che, nel quinto libro della quinta decade della sua *Storia Patria*, ne fa più distesa menzione, lo nomina uno, costui, colui, quest'uomo, quel personaggio. " Riferirò ", dice, nel suo bel latino, da cui traduciamo come ci riesce, " il caso d'un tale che, essendo de' primi tra i grandi della città, aveva stabilita la sua dimora in una campagna, situata sul confine; e lì, assicurandosi a forza di delitti, teneva per niente i giudizi, i giudici, ogni magistratura, la sovranità; menava una vita affatto indipendente; ricettatore di forusciti, foruscito un tempo anche lui; poi tornato, come se niente fosse... " Da questo scrittore prenderemo qualche altro passo, che ci venga in taglio per confermare e per dilucidare il racconto del nostro anonimo; col quale tiriamo avanti

Fare ciò ch'era vietato dalle leggi, o impedito da una forza qualunque; esser arbitro, padrone negli affari altrui, senz'altro interesse che il gusto di comandare; esser temuto da tutti, aver la mano da coloro ch'eran soliti averla dagli altri; tali erano state in ogni tempo le passioni principali di costui. Fino dall'adolescenza, allo spettacolo e al rumore di tante prepotenze, di tante gare, alla vista di tanti tiranni, provava un misto sentimento di sdegno e d'invidia impaziente. Giovine, e vivendo in città, non tralasciava occasione, anzi n'andava in cerca, d'aver che dire co' più famosi di quella professione, d'attraversarli, per provarsi con loro, e farli stare a dovere, o tirarli a cercare la sua amicizia. Superiore di ricchezze e di seguito alla più parte, e forse a tutti d'ardire e di costanza, ne ridusse molti a ritirarsi da ogni rivalità, molti ne conciò male, molti n'ebbe amici; non già amici del pari, ma, come soltanto potevan piacere a lui, amici subordinati, che si riconoscessero suoi inferiori, che gli stessero alla sinistra. Nel fatto però, veniva anche lui a essere il faccendiere, lo strumento di tutti coloro: essi non mancavano di richiedere ne' loro impegni l'opera d'un tanto ausiliario; per lui, tirarsene indietro sarebbe stato decadere dalla sua riputazione, mancare al suo assunto. Di maniera che, per conto suo, e per conto d'altri, tante ne fece che, non bastando né il nome, né il parentado, né gli amici, né la sua audacia a sostenerlo contro i bandi pubblici, e contro tante animosità potenti, dovette dar luogo, e uscir dallo stato. Credo che a questa circostanza si riferisca un tratto notabile raccontato dal Ripamonti. " Una volta che costui ebbe a sgomberare il paese, la segretezza che usò, il rispetto, la timidezza, furon tali: attraversò la città a cavallo, con un seguito di cani, a suon di tromba; e passando davanti al palazzo di corte, lasciò alla guardia un'imbasciata d'impertinenze per il governatore ".

Nell'assenza, non ruppe le pratiche, né tralasciò le corrispondenze con que' suoi tali amici, i quali rimasero uniti con lui, per tradurre letteralmente dal Ripamonti, " in lega occulta di consigli atroci, e di cose funeste ". Pare anzi che allora contraesse con più alte persone, certe nuove terribili pratiche, delle quali lo storico summentovato parla con una brevità misteriosa. " Anche alcuni principi esteri, - dice, - si valsero più volte dell'opera sua, per qualche importante omicidio, e spesso gli ebbero a mandar da lontano rinforzi di gente che servisse sotto i suoi ordini ".

Finalmente (non si sa dopo quanto tempo), o fosse levato il bando, per qualche potente intercessione, o l'audacia di quell'uomo gli tenesse luogo d'immunità, si risolvette di tornare a casa, e vi tornò difatti; non però in Milano, ma in un castello confinante col territorio bergamasco, che allora era, come ognun sa, stato veneto. " Quella casa - cito ancora il Ripamonti, - era come un'officina di mandati sanguinosi: servitori, la cui testa era messa a taglia, e che avevan per mestiere di troncar teste: né cuoco, né sguattero dispensati dall'omicidio: le mani de' ragazzi insanguinate". Oltre questa bella famiglia domestica, n'aveva, come afferma lo stesso storico, un'altra di soggetti simili, dispersi e posti come a quartiere in vari luoghi de' due stati sul lembo de' quali viveva, e pronti sempre a' suoi ordini.

Tutti i tiranni, per un bel tratto di paese all'intorno, avevan dovuto, chi in un'occasione e chi in un'altra, scegliere tra l'amicizia e l'inimicizia di quel tiranno straordinario. Ma ai primi che avevano voluto provar di resistergli, la gli era andata così male, che nessuno si sentiva più di mettersi a quella prova. E neppur col badare a' fatti suoi, con lo stare a sé, uno non poteva rimanere indipendente da lui. Capitava un suo messo a intimargli che abbandonasse la tale impresa, che cessasse di molestare il tal debitore, o cose simili: bisognava rispondere sì o no. Quando una parte, con un omaggio vassallesco, era andata a rimettere in lui un affare qualunque, l'altra parte si trovava a quella dura scelta, o di stare alla sua sentenza, o di dichiararsi suo nemico; il che equivaleva a esser, come si diceva altre volte, tisico in terzo grado. Molti, avendo il torto, ricorrevano a lui per aver ragione in effetto; molti anche, avendo ragione, per preoccupare un così gran patrocinio, e chiuderne l'adito all'avversario: gli uni e gli altri divenivano più specialmente suoi dipendenti. Accadde qualche volta che un debole oppresso, vessato da un prepotente, si rivolse a lui; e lui, prendendo le parti del debole, forzò il prepotente a finirla, a riparare il mal fatto, a chiedere scusa; o, se stava duro, gli mosse tal guerra, da costringerlo a sfrattar dai luoghi che aveva tiranneggiati, o gli fece anche pagare un più pronto e più terribile fio. E in quei casi, quel nome tanto temuto e abborrito era stato benedetto un momento: perché, non dirò quella giustizia, ma quel rimedio, quel compenso qualunque, non si sarebbe potuto, in que' tempi, aspettarlo da nessun'altra forza né privata, né pubblica. Più spesso, anzi per l'ordinario, la sua era stata ed era ministra di voleri iniqui, di soddisfazioni atroci, di capricci superbi. Ma gli usi così diversi di quella forza producevan sempre l'effetto medesimo, d'imprimere negli animi una grand'idea di quanto egli potesse volere e eseguire in onta dell'equità e dell'iniquità, quelle due cose che metton tanti ostacoli alla volontà degli uomini, e li fanno così spesso tornare indietro. La fama de' tiranni ordinari rimaneva per lo più ristretta in quel piccolo tratto di paese dov'erano i più ricchi e i più forti: ogni distretto aveva i suoi; e si rassomigliavan tanto, che non c'era ragione che la gente s'occupasse di quelli che non aveva a ridosso. Ma la fama di questo nostro era già da gran tempo diffusa in ogni parte del milanese: per tutto, la sua vita era un soggetto di racconti popolari; e il suo nome significava qualcosa d'irresistibile, di strano, di favoloso. Il sospetto che per tutto s'aveva de' suoi collegati e de' suoi sicari, contribuiva anch'esso a tener viva per tutto la memoria di lui. Non eran più che sospetti; giacché chi avrebbe confessata apertamente una tale dipendenza? ma ogni tiranno poteva essere un suo collegato, ogni malandrino, uno de' suoi; e l'incertezza stessa rendeva più vasta l'opinione, e più cupo il terrore della cosa. E ogni volta che in qualche parte si vedessero comparire figure di bravi sconosciute e più brutte dell'ordinario, a ogni fatto enorme di cui non si sapesse alla prima indicare o indovinar l'autore, si proferiva, si mormorava il nome di colui che noi, grazie a quella benedetta, per non dir altro, circospezione de' nostri autori, saremo costretti a chiamare l'innominato.
Dal castellaccio di costui al palazzotto di don Rodrigo, non c'era più di sette miglia: e quest'ultimo, appena divenuto padrone e tiranno, aveva dovuto vedere che, a così poca distanza da un tal personaggio, non era possibile far quel mestiere senza venire alle prese, o andar d'accordo con lui. Gli s'era perciò offerto e gli era divenuto amico, al modo di tutti gli altri, s'intende; gli aveva reso più d'un servizio (il manoscritto non dice di più); e n'aveva riportate ogni volta promesse di contraccambio e d'aiuto, in qualunque occasione. Metteva però molta cura a nascondere una tale amicizia, o almeno a non lasciare scorgere quanto stretta, e di che natura fosse. Don Rodrigo voleva bensì fare il tiranno, ma non il tiranno salvatico: la professione era per lui un mezzo, non uno scopo: voleva dimorar liberamente in città, godere i comodi, gli spassi, gli onori della vita civile; e perciò bisognava che usasse certi riguardi, tenesse di conto parenti, coltivasse l'amicizia di persone alte, avesse una mano sulle bilance della giustizia, per farle a un bisogno traboccare dalla sua parte, o per farle sparire, o per darle anche, in qualche occasione, sulla testa di qualcheduno che in quel modo si potesse servir più facilmente che con l'armi della violenza privata. Ora, l'intrinsichezza, diciam meglio, una lega con un uomo di quella sorte, con un aperto nemico della forza pubblica, non gli avrebbe certamente fatto buon gioco a ciò, specialmente presso il conte zio. Però quel tanto d'una tale amicizia che non era possibile di nascondere, poteva passare per una relazione indispensabile con un uomo la cui inimicizia era troppo pericolosa; e così ricevere scusa dalla necessità: giacché chi ha l'assunto di provvedere, e non n'ha la volontà, o non ne trova il verso, alla lunga acconsente che altri provveda da sé, fino a un certo segno, a' casi suoi; e se non acconsente espressamente, chiude un occhio.
Una mattina, don Rodrigo uscì a cavallo, in treno da caccia, con una piccola scorta di bravi a piedi; il Griso alla staffa, e quattro altri in coda; e s'avviò al castello dell'innominato.

Cap. XX

Il castello dell'innominato era a cavaliere a una valle angusta e uggiosa, sulla cima d'un poggio che sporge in fuori da un'aspra giogaia di monti, ed è, non si saprebbe dir bene, se congiunto ad essa o separatone, da un mucchio di massi e di dirupi, e da un andirivieni di tane e di precipizi, che si prolungano anche dalle due parti. Quella che guarda la valle è la sola praticabile; un pendìo piuttosto erto, ma uguale e continuato; a prati in alto; nelle falde a campi, sparsi qua e là di casucce. Il fondo è un letto di ciottoloni, dove scorre un rigagnolo o torrentaccio, secondo la stagione: allora serviva di confine ai due stati. I gioghi opposti, che formano, per dir così, l'altra parete della valle, hanno anch'essi un po' di falda coltivata; il resto è schegge e macigni, erte ripide, senza strada e nude, meno qualche cespuglio ne' fessi e sui ciglioni.

Dall'alto del castellaccio, come l'aquila dal suo nido insanguinato, il selvaggio signore dominava all'intorno tutto lo spazio dove piede d'uomo potesse posarsi, e non vedeva mai nessuno al di sopra di sé, né più in alto. Dando un'occhiata in giro, scorreva tutto quel recinto, i pendii, il fondo, le strade praticate là dentro. Quella che, a gomiti e a giravolte, saliva al terribile domicilio, si spiegava davanti a chi guardasse di lassù, come un nastro serpeggiante: dalle finestre, dalle feritoie, poteva il signore contare a suo bell'agio i passi di chi veniva, e spianargli l'arme contro, cento volte. E anche d'una grossa compagnia, avrebbe potuto, con quella guarnigione di bravi che teneva lassù, stenderne sul sentiero, o farne ruzzolare al fondo parecchi, prima che uno arrivasse a toccar la cima. Del resto, non che lassù, ma neppure nella valle, e neppur di passaggio, non ardiva metter piede nessuno che non fosse ben visto dal padrone del castello. Il birro poi che vi si fosse lasciato vedere, sarebbe stato trattato come una spia nemica che venga colta in un accampamento. Si raccontavano le storie tragiche degli ultimi che avevano voluto tentar l'impresa; ma eran già storie antiche; e nessuno de' giovani si rammentava d'aver veduto nella valle uno di quella razza, né vivo, né morto.

Tale è la descrizione che l'anonimo fa del luogo: del nome, nulla; anzi, per non metterci sulla strada di scoprirlo, non dice niente del viaggio di don Rodrigo, e lo porta addirittura nel mezzo della valle, appiè del poggio, all'imboccatura dell'erto e tortuoso sentiero. Lì c'era una taverna, che si sarebbe anche potuta chiamare un corpo di guardia. Sur una vecchia insegna che pendeva sopra l'uscio, era dipinto da tutt'e due le parti un sole raggiante; ma la voce pubblica, che talvolta ripete i nomi come le vengono insegnati, talvolta li rifà a modo suo, non chiamava quella taverna che col nome della Malanotte.

Al rumore d'una cavalcatura che s'avvicinava, comparve sulla soglia un ragazzaccio, armato come un saracino; e data un'occhiata, entrò ad informare tre sgherri, che stavan giocando, con certe carte sudice e piegate in forma di tegoli. Colui che pareva il capo s'alzò, s'affacciò all'uscio, e, riconosciuto un amico del suo padrone, lo salutò rispettosamente. Don Rodrigo, resogli con molto garbo il saluto, domandò se il signore si trovasse al castello; e rispostogli da quel caporalaccio, che credeva di sì, smontò da cavallo, e buttò la briglia al Tiradritto, uno del suo seguito. Si levò lo schioppo, e lo consegnò al Montanarolo, come per isgravarsi d'un peso inutile, e salir più lesto; ma, in realtà, perché sapeva bene, che su quell'erta non era permesso d'andar con lo schioppo. Si cavò poi di tasca alcune berlinghe, e le diede al Tanabuso, dicendogli: - voi altri state ad aspettarmi; e intanto starete un po' allegri con questa brava gente -. Cavò finalmente alcuni scudi d'oro, e li mise in mano al caporalaccio, assegnandone metà a lui, e metà da dividersi tra i suoi uomini. Finalmente, col Griso, che aveva anche lui posato lo schioppo, cominciò a piedi la salita. Intanto i tre bravi sopraddetti, e lo Squinternotto ch'era il quarto (oh! vedete che bei nomi, da serbarceli con tanta cura), rimasero coi tre dell'innominato, e con quel ragazzo allevato alle forche, a giocare, a trincare, e a raccontarsi a vicenda le loro prodezze.

Un altro bravaccio dell'innominato, che saliva, raggiunse poco dopo don Rodrigo; lo guardò, lo riconobbe, e s'accompagnò con lui; e gli risparmiò così la noia di dire il suo nome, e di rendere altro conto di sé a quant'altri avrebbe incontrati, che non lo conoscessero. Arrivato al castello, e introdotto (lasciando però il Griso alla porta), fu fatto passare per un andirivieni di corridoi bui, e per varie sale tappezzate di moschetti, di sciabole e di partigiane, e in ognuna delle quali c'era di guardia qualche bravo; e, dopo avere alquanto aspettato, fu ammesso in quella dove si trovava l'innominato.

Questo gli andò incontro, rendendogli il saluto, e insieme guardandogli le mani e il viso, come faceva per abitudine, e ormai quasi involontariamente, a chiunque venisse da lui, per quanto fosse de' più vecchi e provati amici. Era grande, bruno, calvo; bianchi i pochi capelli che gli rimanevano; rugosa la faccia: a prima vista, gli si sarebbe dato più de' sessant'anni che aveva; ma il contegno, le mosse, la

durezza risentita de' lineamenti, il lampeggiar sinistro, ma vivo degli occhi, indicavano una forza di corpo e di animo, che sarebbe stata straordinaria in un giovine.
Don Rodrigo disse che veniva per consiglio e per aiuto; che, trovandosi in un impegno difficile, dal quale il suo onore non gli permetteva di ritirarsi, s'era ricordato delle promesse di quell'uomo che non prometteva mai troppo, né invano; e si fece ad esporre il suo scellerato imbroglio. L'innominato che ne sapeva già qualcosa, ma in confuso, stette a sentire con attenzione, e come curioso di simili storie, e per essere in questa mischiato un nome a lui noto e odiosissimo, quello di fra Cristoforo, nemico aperto de' tiranni, e in parole e, dove poteva, in opere. Don Rodrigo, sapendo con chi parlava, si mise poi a esagerare le difficoltà dell'impresa; la distanza del luogo, un monastero, la signora!... A questo, l'innominato, come se un demonio nascosto nel suo cuore gliel avesse comandato, interruppe subitamente, dicendo che prendeva l'impresa sopra di sé. Prese l'appunto del nome della nostra povera Lucia, e licenziò don Rodrigo, dicendo: - tra poco avrete da me l'avviso di quel che dovrete fare.
Se il lettore si ricorda di quello sciagurato Egidio che abitava accanto al monastero dove la povera Lucia stava ricoverata, sappia ora che costui era uno de' più stretti ed intimi colleghi di scelleratezze che avesse l'innominato: perciò questo aveva lasciata correre così prontamente e risolutamente la sua parola. Ma appena rimase solo, si trovò, non dirò pentito, ma indispettito d'averla data. Già da qualche tempo cominciava a provare, se non un rimorso, una cert'uggia delle sue scelleratezze. Quelle tante ch'erano ammontate, se non sulla sua coscienza, almeno nella sua memoria, si risvegliavano ogni volta che ne commettesse una di nuovo, e si presentavano all'animo brutte e troppe: era come il crescere e crescere d'un peso già incomodo. Una certa ripugnanza provata ne' primi delitti, e vinta poi, e scomparsa quasi affatto, tornava ora a farsi sentire. Ma in que' primi tempi, l'immagine d'un avvenire lungo, indeterminato, il sentimento d'una vitalità vigorosa, riempivano l'animo d'una fiducia spensierata: ora all'opposto, i pensieri dell'avvenire eran quelli che rendevano più noioso il passato. " Invecchiare! morire! e poi? " E, cosa notabile! l'immagine della morte, che, in un pericolo vicino, a fronte d'un nemico, soleva raddoppiar gli spiriti di quell'uomo, e infondergli un'ira piena di coraggio, quella stessa immagine, apparendogli nel silenzio della notte, nella sicurezza del suo castello, gli metteva addosso una costernazione repentina. Non era la morte minacciata da un avversario mortale anche lui; non si poteva rispingerla con armi migliori, e con un braccio più pronto; veniva sola, nasceva di dentro; era forse ancor lontana, ma faceva un passo ogni momento; e, intanto che la mente combatteva dolorosamente per allontanarne il pensiero, quella s'avvicinava. Ne' primi tempi, gli esempi così frequenti, lo spettacolo, per dir così, continuo della violenza, della vendetta, dell'omicidio, ispirandogli un'emulazione feroce, gli avevano anche servito come d'una specie d'autorità contro la coscienza: ora, gli rinasceva ogni tanto nell'animo l'idea confusa, ma terribile, d'un giudizio individuale, d'una ragione indipendente dall'esempio; ora, l'essere uscito dalla turba volgare de' malvagi, l'essere innanzi a tutti, gli dava talvolta il sentimento d'una solitudine tremenda. Quel Dio di cui aveva sentito parlare, ma che, da gran tempo, non si curava di negare né di riconoscere, occupato soltanto a vivere come se non ci fosse, ora, in certi momenti d'abbattimento senza motivo, di terrore senza pericolo, gli pareva sentirlo gridar dentro di sé: Io sono però. Nel primo bollor delle passioni, la legge che aveva, se non altro, sentita annunziare in nome di Lui, non gli era parsa che odiosa: ora, quando gli tornava d'improvviso alla mente, la mente, suo malgrado, la concepiva come una cosa che ha il suo adempimento. Ma, non che aprirsi con nessuno su questa sua nuova inquietudine, la copriva anzi profondamente, e la mascherava con l'apparenze d'una più cupa ferocia; e con questo mezzo, cercava anche di nasconderla a se stesso, o di soffogarla. Invidiando (giacché non poteva annientarli né dimenticarli) que' tempi in cui era solito commettere l'iniquità senza rimorso, senz'altro pensiero che della riuscita, faceva ogni sforzo per farli tornare, per ritenere o per riafferrare quell'antica volontà, pronta, superba, imperturbata, per convincer se stesso ch'era ancor quello.
Così in quest'occasione, aveva subito impegnata la sua parola a don Rodrigo, per chiudersi l'adito a ogni esitazione. Ma appena partito costui, sentendo scemare quella fermezza che s'era comandata per promettere, sentendo a poco a poco venirsi innanzi nella mente pensieri che lo tentavano di mancare a quella parola, e l'avrebbero condotto a scomparire in faccia a un amico, a un complice secondario; per troncare a un tratto quel contrasto penoso, chiamò il Nibbio, uno de' più destri e arditi ministri delle sue enormità, e quello di cui era solito servirsi per la corrispondenza con Egidio. E, con aria risoluta, gli comandò che montasse subito a cavallo, andasse diritto a Monza, informasse Egidio dell'impegno contratto, e richiedesse il suo aiuto per adempirlo.

Il messo ribaldo tornò più presto che il suo padrone non se l'aspettasse, con la risposta d'Egidio: che l'impresa era facile e sicura; gli si mandasse subito una carrozza, con due o tre bravi ben travisati; e lui prendeva la cura di tutto il resto, e guiderebbe la cosa. A quest'annunzio, l'innominato, comunque stesse di dentro, diede ordine in fretta al Nibbio stesso, che disponesse tutto secondo aveva detto Egidio, e andasse con due altri che gli nominò, alla spedizione.

Se per rendere l'orribile servizio che gli era stato chiesto, Egidio avesse dovuto far conto de' soli suoi mezzi ordinari, non avrebbe certamente data così subito una promessa così decisa. Ma, in quell'asilo stesso dove pareva che tutto dovesse essere ostacolo, l'atroce giovine aveva un mezzo noto a lui solo; e ciò che per gli altri sarebbe stata la maggior difficoltà, era strumento per lui. Noi abbiamo riferito come la sciagurata signora desse una volta retta alle sue parole; e il lettore può avere inteso che quella volta non fu l'ultima, non fu che un primo passo in una strada d'abbominazione e di sangue. Quella stessa voce, che aveva acquistato forza e, direi quasi, autorità dal delitto, le impose ora il sagrifizio dell'innocente che aveva in custodia.

La proposta riuscì spaventosa a Gertrude. Perder Lucia per un caso impreveduto, senza colpa, le sarebbe parsa una sventura, una punizione amara: e le veniva comandato di privarsene con una scellerata perfidia, di cambiare in un nuovo rimorso un mezzo di espiazione. La sventurata tentò tutte le strade per esimersi dall'orribile comando; tutte, fuorché la sola ch'era sicura, e che le stava pur sempre aperta davanti. Il delitto è un padrone rigido e inflessibile, contro cui non divien forte se non chi se ne ribella interamente. A questo Gertrude non voleva risolversi; e ubbidì.

Era il giorno stabilito; l'ora convenuta s'avvicinava; Gertrude, ritirata con Lucia nel suo parlatorio privato, le faceva più carezze dell'ordinario, e Lucia le riceveva e le contraccambiava con tenerezza crescente: come la pecora, tremolando senza timore sotto la mano del pastore che la palpa e la strascina mollemente, si volta a leccar quella mano; e non sa che, fuori della stalla, l'aspetta il macellaio, a cui il pastore l'ha venduta un momento prima.

- Ho bisogno d'un gran servizio; e voi sola potete farmelo. Ho tanta gente a' miei comandi;ma di cui mi fidi, nessuno. Per un affare di grand'importanza, che vi dirò poi, ho bisogno di parlar subito subito con quel padre guardiano de' cappuccini che v'ha condotta qui da me, la mia povera Lucia; ma è anche necessario che nessuno sappia che l'ho mandato a chiamare io. Non ho che voi per far segretamente quest'imbasciata.

Lucia fu atterrita d'una tale richiesta; e con quella sua suggezione, ma senza nascondere una gran maraviglia, addusse subito, per disimpegnarsene, le ragioni che la signora doveva intendere, che avrebbe dovute prevedere: senza la madre, senza nessuno, per una strada solitaria, in un paese sconosciuto... Ma Gertrude, ammaestrata a una scola infernale, mostrò tanta maraviglia anche lei, e tanto dispiacere di trovare una tal ritrosia nella persona di cui credeva poter far più conto, figurò di trovar così vane quelle scuse! di giorno chiaro, quattro passi, una strada che Lucia aveva fatta pochi giorni prima, e che, quand'anche non l'avesse mai veduta, a insegnargliela, non la poteva sbagliare!... Tanto disse, che la poverina, commossa e punta a un tempo, si lasciò sfuggir di bocca: - e bene; cosa devo fare?

- Andate al convento de' cappuccini: - e le descrisse la strada di nuovo: - fate chiamare ilpadre guardiano, ditegli, da solo a solo, che venga da me subito subito; ma che non dica a nessuno che son io che lo mando a chiamare.

- Ma cosa dirò alla fattoressa, che non m'ha mai vista uscire, e mi domanderà dove vo?- Cercate di passare senz'esser vista; e se non vi riesce, ditele che andate alla chiesa tale, dove avete promesso di fare orazione.

Nuova difficoltà per la povera giovine: dire una bugia; ma la signora si mostrò di nuovo così afflitta delle ripulse, le fece parer così brutta cosa l'anteporre un vano scrupolo alla riconoscenza, che Lucia, sbalordita più che convinta, e soprattutto commossa più che mai, rispose: - e bene; anderò. Dio m'aiuti! - E si mosse.

Quando Gertrude, che dalla grata la seguiva con l'occhio fisso e torbido, la vide metter piede sulla soglia, come sopraffatta da un sentimento irresistibile, aprì la bocca, e disse: sentite, Lucia! Questa si voltò, e tornò verso la grata. Ma già un altro pensiero, un pensiero avvezzo a predominare, aveva vinto di nuovo nella mente sciagurata di Gertrude. Facendo le viste di non esser contenta dell'istruzioni già date, spiegò di nuovo a Lucia la strada che doveva tenere, e la licenziò dicendo: - fate ogni cosa come v'ho detto, e tornate presto -. Lucia partì.

Passò inosservata la porta del chiostro, prese la strada, con gli occhi bassi, rasente al muro; trovò, con l'indicazioni avute e con le proprie rimembranze, la porta del borgo, n'uscì, andò tutta raccolta e un po' tremante, per la strada maestra, arrivò in pochi momenti a quella che conduceva al convento; e la riconobbe. Quella strada era, ed è tutt'ora, affondata, a guisa d'un letto di fiume, tra due alte rive orlate di macchie, che vi forman sopra una specie di volta. Lucia, entrandovi, e vedendola affatto solitaria, sentì crescere la paura, e allungava il passo; ma poco dopo si rincorò alquanto, nel vedere una carrozza da viaggio ferma, e accanto a quella, davanti allo sportello aperto, due viaggiatori che guardavano in qua e in là, come incerti della strada. Andando avanti, sentì uno di que' due, che diceva: - ecco una buona giovine che c'insegnerà la strada -. Infatti, quando fu arrivata alla carrozza, quel medesimo, con un fare più gentile che non fosse l'aspetto, si voltò, e disse: - quella giovine, ci sapreste insegnar la strada di Monza?

- Andando di lì, vanno a rovescio, - rispondeva la poverina:
- Monza è di qua... - e si voltava, per accennar col dito; quando l'altro compagno (era ilNibbio), afferrandola d'improvviso per la vita, l'alzò da terra. Lucia girò la testa indietro atterrita, e cacciò un urlo; il malandrino la mise per forza nella carrozza: uno che stava a sedere davanti, la prese e la cacciò, per quanto lei si divincolasse e stridesse, a sedere dirimpetto a sé: un altro, mettendole un fazzoletto alla bocca, le chiuse il grido in gola. In tanto il Nibbio entrò presto presto anche lui nella carrozza: lo sportello si chiuse, e la carrozza partì di carriera. L'altro che le aveva fatta quella domanda traditora, rimasto nella strada, diede un'occhiata in qua e in là, per veder se fosse accorso qualcheduno agli urli di Lucia: non c'era nessuno; saltò sur una riva, attaccandosi a un albero della macchia, e disparve. Era costui uno sgherro d'Egidio; era stato, facendo l'indiano, sulla porta del suo padrone, per veder quando Lucia usciva dal monastero; l'aveva osservata bene, per poterla riconoscere; ed era corso, per una scorciatoia, ad aspettarla al posto convenuto.

Chi potrà ora descrivere il terrore, l'angoscia di costei, esprimere ciò che passava nel suo animo? Spalancava gli occhi spaventati, per ansietà di conoscere la sua orribile situazione, e li richiudeva subito, per il ribrezzo e per il terrore di que' visacci: si storceva, ma era tenuta da tutte le parti: raccoglieva tutte le sue forze, e dava delle stratte, per buttarsi verso lo sportello; ma due braccia nerborute la tenevano come conficcata nel fondo della carrozza; quattro altre manacce ve l'appuntellavano. Ogni volta che aprisse la bocca per cacciare un urlo, il fazzoletto veniva a soffogarglielo in gola. Intanto tre bocche d'inferno, con la voce più umana che sapessero formare, andavan ripetendo: - zitta, zitta, non abbiate paura, non vogliamo farvi male -. Dopo qualche momento d'una lotta così angosciosa, parve che s'acquietasse; allentò le braccia, lasciò cader la testa all'indietro, alzò a stento le palpebre, tenendo l'occhio immobile; e quegli orridi visacci che le stavan davanti le parvero confondersi e ondeggiare insieme in un mescuglio mostruoso: le fuggì il colore dal viso; un sudor freddo glielo coprì; s'abbandonò, e svenne.

- Su, su, coraggio, - diceva il Nibbio. - Coraggio, coraggio, - ripetevan gli altri due birboni;ma lo smarrimento d'ogni senso preservava in quel momento Lucia dal sentire i conforti di quelle orribili voci.
- Diavolo! par morta, - disse uno di coloro: - se fosse morta davvero?
- Oh! morta! - disse l'altro: - è uno di quegli svenimenti che vengono alle donne. Io so che,quando ho voluto mandare all'altro mondo qualcheduno, uomo o donna che fosse, c'è voluto altro.
- Via! - disse il Nibbio: - attenti al vostro dovere, e non andate a cercar altro. Tirate fuoridalla cassetta i tromboni, e teneteli pronti; che in questo bosco dove s'entra ora, c'è sempre de' birboni annidati. Non così in mano, diavolo! riponeteli dietro le spalle, stesi: non vedete che costei è un pulcin bagnato che basisce per nulla? Se vede armi, è capace di morir davvero. E quando sarà rinvenuta, badate bene di non farle paura; non la toccate, se non vi fo segno; a tenerla basto io. E zitti: lasciate parlare a me.

Intanto la carrozza, andando sempre di corsa, s'era inoltrata nel bosco.

Dopo qualche tempo, la povera Lucia cominciò a risentirsi, come da un sonno profondo e affannoso, e aprì gli occhi. Penò alquanto a distinguere gli spaventosi oggetti che la circondavano, a raccogliere i suoi pensieri: alfine comprese di nuovo la sua terribile situazione. Il primo uso che fece delle poche forze ritornatele, fu di buttarsi ancora verso lo sportello, per slanciarsi fuori; ma fu ritenuta, e non poté che vedere un momento la solitudine selvaggia del luogo per cui passava. Cacciò di nuovo un urlo; ma il Nibbio, alzando la manaccia col fazzoletto, - via, - le disse, più dolcemente che poté; - state zitta, che sarà meglio per voi: non vogliamo farvi male; ma se non istate zitta, vi faremo star noi. - Lasciatemi andare! Chi siete voi? Dove mi conducete? Perché m'avete presa? Lasciatemi andare, lasciatemi andare!

- Vi dico che non abbiate paura: non siete una bambina, e dovete capire che noi nonvogliamo farvi male. Non vedete che avremmo potuto ammazzarvi cento volte, se avessimo cattive intenzioni? Dunque state quieta.
- No, no, lasciatemi andare per la mia strada: io non vi conosco.
- Vi conosciamo noi.
- Oh santissima Vergine! come mi conoscete? Lasciatemi andare, per carità. Chi siete voi?

Perché m'avete presa?

- Perché c'è stato comandato.
- Chi? chi? chi ve lo può aver comandato?
- Zitta! - disse con un visaccio severo il Nibbio: - a noi non si fa di codeste domande.Lucia tentò un'altra volta di buttarsi d'improvviso allo sportello; ma vedendo ch'era inutile, ricorse di nuovo alle preghiere; e con la testa bassa, con le gote irrigate di lacrime, con la voce interrotta dal pianto, con le mani giunte dinanzi alle labbra, - oh - diceva: - per l'amor di Dio, e della Vergine santissima, lasciatemi andare! Cosa v'ho fatto di male io? Sono una povera creatura che non v'ha fatto niente. Quello che m'avete fatto voi, ve lo perdono di cuore; e pregherò Dio per voi. Se avete anche voi una figlia, una moglie, una madre, pensate quello che patirebbero, se fossero in questo stato. Ricordatevi che dobbiamo morir tutti, e che un giorno desidererete che Dio vi usi misericordia. Lasciatemi andare, lasciatemi qui: il Signore mi farà trovar la mia strada.
- Non possiamo.
- Non potete? Oh Signore! perché non potete? Dove volete condurmi? Perché? ...
- Non possiamo: è inutile: non abbiate paura, che non vogliamo farvi male: state quieta, enessuno vi toccherà.

Accorata, affannata, atterrita sempre più nel vedere che le sue parole non facevano nessun colpo, Lucia si rivolse a Colui che tiene in mano il cuore degli uomini, e può, quando voglia, intenerire i più duri. Si strinse il più che poté, nel canto della carrozza, mise le braccia in croce sul petto, e pregò qualche tempo con la mente; poi, tirata fuori la corona, cominciò a dire il rosario, con più fede e con più affetto che non avesse ancor fatto in vita sua. Ogni tanto, sperando d'avere impetrata la misericordia che implorava, si voltava a ripregar coloro; ma sempre inutilmente. Poi ricadeva ancora senza sentimenti, poi si riaveva di nuovo, per rivivere a nuove angosce. Ma ormai non ci regge il cuore a descriverle più a lungo: una pietà troppo dolorosa ci affretta al termine di quel viaggio, che durò più di quattr'ore; e dopo il quale avremo altre ore angosciose da passare. Trasportiamoci al castello dove l'infelice era aspettata.

Era aspettata dall'innominato, con un'inquietudine, con una sospension d'animo insolita. Cosa strana! quell'uomo, che aveva disposto a sangue freddo di tante vite, che in tanti suoi fatti non aveva contato per nulla i dolori da lui cagionati, se non qualche volta per assaporare in essi una selvaggia voluttà di vendetta, ora, nel metter le mani addosso a questa sconosciuta, a questa povera contadina, sentiva come un ribrezzo, direi quasi un terrore. Da un'alta finestra del suo castellaccio, guardava da qualche tempo verso uno sbocco della valle; ed ecco spuntar la carrozza, e venire innanzi lentamente: perché quel primo andar di carriera aveva consumata la foga, e domate le forze de' cavalli. E benché, dal punto dove stava a guardare, la non paresse più che una di quelle carrozzine che si dànno per balocco ai fanciulli, la riconobbe subito, e si sentì il cuore batter più forte. " Ci sarà? - pensò subito; e continuava tra sé: - che noia mi dà costei! Liberiamocene ". E voleva chiamare uno de' suoi sgherri, e spedirlo subito incontro alla carrozza, a ordinare al Nibbio che voltasse, e conducesse colei al palazzo di don Rodrigo. Ma un no imperioso che risonò nella sua mente, fece svanire quel disegno. Tormentato però dal bisogno di dar qualche ordine, riuscendogli intollerabile lo stare aspettando oziosamente quella carrozza che veniva avanti passo passo, come un tradimento, che so io? come un gastigo, fece chiamare una sua vecchia donna.

Era costei nata in quello stesso castello, da un antico custode di esso, e aveva passata lì tutta la sua vita. Ciò che aveva veduto e sentito fin dalle fasce, le aveva impresso nella mente un concetto magnifico e terribile del potere de' suoi padroni; e la massima principale che aveva attinta dall'istruzioni e dagli esempi, era che bisognava ubbidirli in ogni cosa, perché potevano far del gran male e del gran bene. L'idea del dovere, deposta come un germe nel cuore di tutti gli uomini, svolgendosi nel suo, insieme co' sentimenti d'un rispetto, d'un terrore, d'una cupidigia servile, s'era associata e adattata a quelli. Quando l'innominato, divenuto padrone, cominciò a far quell'uso spaventevole della sua forza, costei ne provò da principio un certo ribrezzo insieme e un sentimento più profondo di sommissione. Col tempo, s'era avvezzata a ciò che aveva tutto il giorno davanti agli occhi e negli orecchi: la volontà potente e sfrenata d'un così gran signore, era per lei come una specie di giustizia fatale. Ragazza già fatta, aveva sposato un servitor di casa, il quale, poco dopo, essendo andato a una spedizione rischiosa, lasciò l'ossa sur una strada, e lei vedova nel castello. La vendetta che il signore ne fece subito, le diede una consolazione feroce, e le accrebbe l'orgoglio di trovarsi sotto una tal protezione. D'allora in poi, non mise piede fuor del castello, che molto di rado; e a poco a poco non le rimase del vivere umano quasi altre idee salvo quelle che ne riceveva in quel luogo. Non era addetta ad alcun servizio particolare, ma, in quella masnada di sgherri, ora l'uno ora l'altro, le davan da fare ogni poco; ch'era il suo rodimento. Ora aveva cenci da rattoppare, ora da preparare in fretta da mangiare a chi tornasse da una spedizione, ora feriti da medicare. I comandi poi di coloro, i rimproveri, i ringraziamenti, eran conditi di beffe e d'improperi: vecchia, era il suo appellativo usuale; gli aggiunti, che qualcheduno sempre ci se n'attaccava, variavano secondo le circostanze e l'umore dell'amico. E colei, disturbata nella pigrizia, e provocata nella stizza, ch'erano due delle sue passioni predominanti, contraccambiava alle volte que' complimenti con parole, in cui Satana avrebbe riconosciuto più del suo ingegno, che in quelle de' provocatori.

- Tu vedi laggiù quella carrozza! - le disse il signore.
- La vedo, - rispose la vecchia, cacciando avanti il mento appuntato, e aguzzando gli occhiinfossati, come se cercasse di spingerli su gli orli dell'occhiaie.
- Fa allestir subito una bussola, entraci, e fatti portare alla Malanotte. Subito subito; che tuci arrivi prima di quella carrozza: già la viene avanti col passo della morte. In quella carrozza c'è... ci dev'essere... una giovine. Se c'è, dì al Nibbio, in mio nome, che la metta nella bussola, e lui venga su subito da me. Tu starai nella bussola, con quella... giovine; e quando sarete quassù, la condurrai nella tua camera. Se ti domanda dove la meni, di chi è il castello, guarda di non...
- Oh! - disse la vecchia.
- Ma, - continuò l'innominato, - falle coraggio.
- Cosa le devo dire?
- Cosa le devi dire? Falle coraggio, ti dico. Tu sei venuta a codesta età, senza sapere come sifa coraggio a una creatura, quando sI vuole! Hai tu mai sentito affanno di cuore? Hai tu mai avuto paura? Non sai le parole che fanno piacere in que' momenti? Dille di quelle parole: trovale, alla malora. Va'.

E partita che fu, si fermò alquanto alla finestra, con gli occhi fissi a quella carrozza, che già appariva più grande di molto; poi gli alzo al sole, che in quel momento si nascondeva dietro la montagna; poi guardò le nuvole sparse al di sopra, che di brune si fecero, quasi a un tratto, di fuoco. Si ritirò, chiuse la finestra, e si mise a camminare innanzi e indietro per la stanza, con un passo di viaggiatore frettoloso.

Cap. XXI

La vecchia era corsa a ubbidire e a comandare, con l'autorità di quel nome che, da chiunque fosse pronunziato in quel luogo, li faceva spicciar tutti; perché a nessuno veniva in testa che ci fosse uno tanto ardito da servirsene falsamente. Si trovò infatti alla Malanotte un po' prima che la carrozza ci arrivasse; e vistala venire, uscì di bussola, fece segno al cocchiere che fermasse, s'avvicinò allo sportello; e al Nibbio, che mise il capo fuori, riferì sottovoce gli ordini del padrone.

Lucia, al fermarsi della carrozza, si scosse, e rinvenne da una specie di letargo. Si sentì da capo rimescolare il sangue, spalancò la bocca e gli occhi, e guardò. Il Nibbio s'era tirato indietro; e la vecchia, col mento sullo sportello, guardando Lucia, diceva: - venite, la mia giovine; venite, poverina; venite con me, che ho ordine di trattarvi bene e di farvi coraggio. Al suono d'una voce di donna, la poverina provò un conforto, un coraggio momentaneo; ma ricadde subito in uno spavento più cupo. - Chi siete? - disse con voce tremante, fissando lo sguardo attonito in viso alla vecchia.

- Venite, venite, poverina, - andava questa ripetendo. Il Nibbio e gli altri due,argomentando dalle parole e dalla voce così straordinariamente raddolcita di colei, quali fossero l'intenzioni del signore, cercavano di persuader con le buone l'oppressa a ubbidire. Ma lei seguitava a guardar fuori; e benché il luogo selvaggio e sconosciuto, e la sicurezza de' suoi guardiani non le lasciassero concepire speranza di soccorso, apriva non ostante la bocca per gridare; ma vedendo il Nibbio far gli occhiacci del fazzoletto, ritenne il grido, tremò, si storse, fu presa e messa nella bussola. Dopo, c'entrò la vecchia; il Nibbio disse ai due altri manigoldi che andassero dietro, e prese speditamente la salita, per accorrere ai comandi del padrone.
- Chi siete? - domandava con ansietà Lucia al ceffo sconosciuto e deforme: - perché son convoi? dove sono? dove mi conducete?
- Da chi vuol farvi del bene, - rispondeva la vecchia, - da un gran... Fortunati quelli a cuivuol far del bene! Buon per voi, buon per voi. Non abbiate paura, state allegra, ché m'ha comandato di farvi coraggio. Glielo direte, eh? che v'ho fatto coraggio?
- Chi è? perché? che vuol da me? Io non son sua. Ditemi dove sono; lasciatemi andare; ditea costoro che mi lascino andare, che mi portino in qualche chiesa. Oh! voi che siete una donna, in nome di Maria Vergine...!

Quel nome santo e soave, già ripetuto con venerazione ne' primi anni, e poi non più invocato per tanto tempo, né forse sentito proferire, faceva nella mente della sciagurata che lo sentiva in quel momento, un'impressione confusa, strana, lenta, come la rimembranza della luce, in un vecchione accecato da bambino.

Intanto l'innominato, ritto sulla porta del castello, guardava in giù; e vedeva la bussola venir passo passo, come prima la carrozza, e avanti, a una distanza che cresceva ogni momento, salir di corsa il Nibbio. Quando questo fu in cima, il signore gli accennò che lo seguisse; e andò con lui in una stanza del castello.

- Ebbene? - disse, fermandosi lì.
- Tutto a un puntino, - rispose, inchinandosi, il Nibbio: - l'avviso a tempo, la donna atempo, nessuno sul luogo, un urlo solo, nessuno comparso, il cocchiere pronto, i cavalli bravi, nessun incontro: ma...
- Ma che?
- Ma... dico il vero, che avrei avuto più piacere che l'ordine fosse stato di darle unaschioppettata nella schiena, senza sentirla parlare, senza vederla in viso.
- Cosa? cosa? che vuoi tu dire?
- Voglio dire che tutto quel tempo, tutto quel tempo... M'ha fatto troppa compassione.
- Compassione! Che sai tu di compassione? Cos'è la compassione?
- Non l'ho mai capito così bene come questa volta: è una storia la compassione un pococome la paura: se uno la lascia prender possesso, non è più uomo. - Sentiamo un poco come ha fatto costei per moverti a compassione.
- O signore illustrissimo! tanto tempo...! piangere, pregare, e far cert'occhi, e diventarbianca bianca come morta, e poi singhiozzare, e pregar di nuovo, e certe parole...

" Non la voglio in casa costei, - pensava intanto l'innominato.

- Sono stato una bestia a impegnarmi; ma ho promesso, ho promesso. Quando saràlontana... " E alzando la testa, in atto di comando, verso il Nibbio, - ora, - gli disse, - metti da parte la compassione: monta a cavallo, prendi un compagno, due se vuoi; e va' di corsa a casa di quel don Rodrigo che tu sai. Digli che mandi... ma subito subito, perché altrimenti...

Ma un altro *no* interno più imperioso del primo gli proibì di finire. - No, - disse con voce risoluta, quasi per esprimere a se stesso il comando di quella voce segreta, - no: va' a riposarti; e domattina... farai quello che ti dirò!

" Un qualche demonio ha costei dalla sua, - pensava poi, rimasto solo, ritto, con le braccia incrociate sul petto, e con lo sguardo immobile sur una parte del pavimento, dove il raggio della luna, entrando da una finestra alta, disegnava un quadrato di luce pallida, tagliata a scacchi dalle grosse inferriate, e intagliata più minutamente dai piccoli compartimenti delle vetriate. - Un qualche demonio, o... un qualche angelo che la protegge... Compassione al Nibbio!... Domattina, domattina di buon'ora, fuor di qui costei; al suo destino, e non se ne parli più, e, - proseguiva tra sé, con quell'animo con cui si comanda a un ragazzo indocile, sapendo che non ubbidirà, - e non ci si pensi più. Quell'animale di don Rodrigo non mi venga a romper la testa con ringraziamenti; che... non voglio più sentir parlar di costei. L'ho servito perché... perché ho promesso: e ho promesso perché... è il mio destino. Ma voglio che me lo paghi bene questo servizio, colui. Vediamo un poco... "

E voleva almanaccare cosa avrebbe potuto richiedergli di scabroso, per compenso, e quasi per pena; ma gli si attraversaron di nuovo alla mente quelle parole: compassione al Nibbio! "Come può aver fatto costei? - continuava, strascinato da quel pensiero. - Voglio vederla... Eh! no... Sì, voglio vederla ".

E d'una stanza in un'altra, trovò una scaletta, e su a tastone, andò alla camera della vecchia, e picchiò all'uscio con un calcio.

- Chi è?

- Apri.

A quella voce, la vecchia fece tre salti; e subito si sentì scorrere il paletto negli anelli, e l'uscio si spalancò. L'innominato, dalla soglia, diede un'occhiata in giro; e, al lume d'una lucerna che ardeva sur un tavolino, vide Lucia rannicchiata in terra, nel canto il più lontano dall'uscio.

- Chi t'ha detto che tu la buttassi là come un sacco di cenci, sciagurata? - disse alla vecchia,con un cipiglio iracondo.

- S'è messa dove le è piaciuto, - rispose umilmente colei: - io ho fatto di tutto per farlecoraggio: lo può dire anche lei; ma non c'è stato verso.

- Alzatevi, - disse l'innominato a Lucia, andandole vicino. Ma Lucia, a cui il picchiare,l'aprire, il comparir di quell'uomo, le sue parole, avevan messo un nuovo spavento nell'animo spaventato, stava più che mai raggomitolata nel cantuccio, col viso nascosto tra le mani, e non movendosi, se non che tremava tutta.

- Alzatevi, ché non voglio farvi del male... e posso farvi del bene, - ripeté il signore... Alzatevi! - tonò poi quella voce, sdegnata d'aver due volte comandato invano.

Come rinvigorita dallo spavento, l'infelicissima si rizzò subito inginocchioni; e giungendo le mani, come avrebbe fatto davanti a un'immagine, alzò gli occhi in viso all'innominato, e riabbassandoli subito, disse: - son qui: m'ammazzi.

- V'ho detto che non voglio farvi del male, - rispose, con voce mitigata, l'innominato,fissando quel viso turbato dall'accoramento e dal terrore.

- Coraggio, coraggio, - diceva la vecchia: - se ve lo dice lui, che non vuol farvi del male...- E perché, - riprese Lucia con una voce, in cui, col tremito della paura, si sentiva una certa sicurezza dell'indegnazione disperata, - perché mi fa patire le pene dell'inferno? Cosa le ho fatto io?...

- V'hanno forse maltrattata? Parlate.

- Oh maltrattata! M'hanno presa a tradimento, per forza! perché? perché m'hanno presa?perché son qui? dove sono? Sono una povera creatura: cosa le ho fatto? In nome di Dio... - Dio, Dio, - interruppe l'innominato: - sempre Dio: coloro che non possono difendersi da sé, che non hanno la forza, sempre han questo Dio da mettere in campo, come se gli avessero parlato. Cosa pretendete con codesta vostra parola? Di farmi...? - e lasciò la frase a mezzo.

- Oh Signore! pretendere! Cosa posso pretendere io meschina, se non che lei mi usimisericordia? Dio perdona tante cose, per un'opera di misericordia! Mi lasci andare; per carità mi lasci andare! Non torna conto a uno che un giorno deve morire di far patir tanto una povera creatura. Oh! lei che può comandare, dica che mi lascino andare! M'hanno portata qui per forza. Mi mandi con questa donna a *** dov'è mia madre. Oh Vergine santissima! mia madre! mia madre, per carità, mia madre! Forse non è lontana di qui... ho veduto i miei monti! Perché lei mi fa patire? Mi faccia condurre in una chiesa. Pregherò per lei, tutta la mia vita. Cosa le costa dire una parola? Oh ecco! vedo che si move a compassione: dica una parola, la dica. Dio perdona tante cose, per un'opera di misericordia!

" Oh perché non è figlia d'uno di que' cani che m'hanno bandito! - pensava l'innominato: d'uno di que' vili che mi vorrebbero morto! che ora godrei di questo suo strillare; e in vece... "

- Non iscacci una buona ispirazione! - proseguiva fervidamente Lucia, rianimata dal vedereuna cert'aria d'esitazione nel viso e nel contegno del suo tiranno. - Se lei non mi fa questa carità, me la farà il Signore: mi farà morire, e per me sarà finita; ma lei!... Forse un giorno anche lei... Ma no, no; pregherò sempre io il Signore che la preservi da ogni male. Cosa le costa dire una parola? Se provasse lei a patir queste pene...!

- Via, fatevi coraggio, - interruppe l'innominato, con una dolcezza che fece strasecolar lavecchia. - V'ho fatto nessun male? V'ho minacciata?
- Oh no! Vedo che lei ha buon cuore, e che sente pietà di questa povera creatura. Se leivolesse, potrebbe farmi paura più di tutti gli altri, potrebbe farmi morire; e in vece mi ha... un po' allargato il cuore. Dio gliene renderà merito. Compisca l'opera di misericordia: mi liberi, mi liberi.
- Domattina...
- Oh mi liberi ora, subito...
- Domattina ci rivedremo, vi dico. Via, intanto fatevi coraggio. Riposate. Dovete averbisogno di mangiare. Ora ve ne porteranno.
- No, no; io moio se alcuno entra qui: io moio. Mi conduca lei in chiesa... que' passi Dioglieli conterà.
- Verrà una donna a portarvi da mangiare, - disse l'innominato; e dettolo, rimase stupitoanche lui che gli fosse venuto in mente un tal ripiego, e che gli fosse nato il bisogno di cercarne uno, per rassicurare una donnicciola.
- E tu, - riprese poi subito, voltandosi alla vecchia, - falle coraggio che mangi; mettila adormire in questo letto: e se ti vuole in compagnia, bene; altrimenti, tu puoi ben dormire una notte in terra. Falle coraggio, ti dico; tienla allegra. E che non abbia a lamentarsi di te! Così detto, si mosse rapidamente verso l'uscio. Lucia s'alzò e corse per trattenerlo, e rinnovare la sua preghiera; ma era sparito.
- Oh povera me! Chiudete, chiudete subito -. E sentito ch'ebbe accostare i battenti escorrere il paletto, tornò a rannicchiarsi nel suo cantuccio. - Oh povera me! - esclamò di nuovo singhiozzando: - chi pregherò ora? Dove sono? Ditemi voi, ditemi per carità, chi è quel signore... quello che m'ha parlato?
- Chi è, eh? chi è? Volete ch'io ve lo dica. Aspetta ch'io te lo dica. Perché vi protegge, avetemesso su superbia; e volete esser soddisfatta voi, e farne andar di mezzo me. Domandatene a lui. S'io vi contentassi anche in questo, non mi toccherebbe di quelle buone parole che avete sentite voi. - Io son vecchia, son vecchia, - continuò, mormorando tra i denti. Maledette le giovani, che fanno bel vedere a piangere e a ridere, e hanno sempre ragione -. Ma sentendo Lucia singhiozzare, e tornandole minaccioso alla mente il comando del padrone, si chinò verso la povera rincantucciata, e, con voce raddolcita, riprese: - via, non v'ho detto niente di male: state allegra. Non mi domandate di quelle cose che non vi posso dire; e del resto, state di buon animo. Oh se sapeste quanta gente sarebbe contenta di sentirlo parlare come ha parlato a voi! State allegra, che or ora verrà da mangiare; e io che capisco... nella maniera che v'ha parlato, ci sarà della roba buona. E poi anderete a letto, e... mi lascerete un cantuccino anche a me, spero, - soggiunse, con una voce, suo malgrado, stizzosa.
- Non voglio mangiare, non voglio dormire. Lasciatemi stare; non v'accostate; non partitedi qui!
- No, no, via, - disse la vecchia, ritirandosi, e mettendosi a sedere sur una seggiolaccia,donde dava alla poverina certe occhiate di terrore e d'astio insieme; e poi guardava il suo covo, rodendosi d'esserne forse esclusa per tutta la notte, e brontolando contro il freddo. Ma si rallegrava col pensiero della cena, e con la speranza che ce ne sarebbe anche per lei.

Lucia non s'avvedeva del freddo, non sentiva la fame, e come sbalordita, non aveva de' suoi dolori, de' suoi terrori stessi, che un sentimento confuso, simile all'immagini sognate da un febbricitante.

Si riscosse quando sentì picchiare; e, alzando la faccia atterrita, gridò: - chi è? chi è? Non venga nessuno!

- Nulla, nulla; buone nuove, - disse la vecchia: - è Marta che porta da mangiare.
- Chiudete, chiudete! - gridava Lucia.
- Ih! subito, subito, - rispondeva la vecchia; e presa una paniera dalle mani di quella Marta,la mandò via, richiuse, e venne a posar la paniera sur una tavola nel mezzo della camera. Invitò poi più volte Lucia che venisse a goder di quella buona roba. Adoprava le parole più efficaci, secondo lei, a mettere appetito alla poverina, prorompeva in esclamazioni sulla squisitezza de' cibi: - di que' bocconi che, quando le persone come noi possono arrivare a assaggiarne, se ne ricordan per un pezzo! Del vino che beve il padrone co' suoi amici... quando capita qualcheduno di quelli...! e vogliono stare allegri! Ehm! - Ma vedendo che tutti gl'incanti riuscivano inutili, - siete voi che non volete, - disse. - Non istate poi a dirgli domani ch'io non v'ho fatto coraggio. Mangerò io; e ne resterà più che abbastanza per voi, per quando metterete giudizio, e vorrete ubbidire -. Così detto, si mise a mangiare

avidamente. Saziata che fu, s'alzò, andò verso il cantuccio, e, chinandosi sopra Lucia, l'invitò di nuovo a mangiare, per andar poi a letto.

- No, no, non voglio nulla, - rispose questa, con voce fiacca e come sonnolenta. Poi, con piùrisolutezza, riprese: - è serrato l'uscio? è serrato bene? - E dopo aver guardato in giro per la camera, s'alzò, e, con le mani avanti, con passo sospettoso, andava verso quella parte. La vecchia ci corse prima di lei, stese la mano al paletto, lo scosse, e disse: - sentite? vedete? è serrato bene? siete contenta ora?

- Oh contenta! contenta io qui! - disse Lucia, rimettendosi di nuovo nel suo cantuccio. - Mail Signore lo sa che ci sono!

- Venite a letto: cosa volete far lì, accucciata come un cane? S'è mai visto rifiutare i comodi,quando si possono avere? - No, no; lasciatemi stare.

- Siete voi che lo volete. Ecco, io vi lascio il posto buono: mi metto sulla sponda; staròincomoda per voi. Se volete venire a letto, sapete come avete a fare. Ricordatevi che v'ho pregata più volte -. Così dicendo, si cacciò sotto vestita; e tutto tacque.

Lucia stava immobile in quel cantuccio, tutta in un gomitolo, con le ginocchia alzate, con le mani appoggiate sulle ginocchia, e col viso nascosto nelle mani. Non era il suo né sonno né veglia, ma una rapida successione, una torbida vicenda di pensieri, d'immaginazioni, di spaventi. Ora, più presente a se stessa, e rammentandosi più distintamente gli orrori veduti e sofferti in quella giornata, s'applicava dolorosamente alle circostanze dell'oscura e formidabile realtà in cui si trovava avviluppata; ora la mente, trasportata in una regione ancor più oscura, si dibatteva contro i fantasmi nati dall'incertezza e dal terrore. Stette un pezzo in quest'angoscia; alfine, più che mai stanca e abbattuta, stese le membra intormentite, si sdraiò, o cadde sdraiata, e rimase alquanto in uno stato più somigliante a un sonno vero. Ma tutt'a un tratto si risentì, come a una chiamata interna, e provò il bisogno di risentirsi interamente, di riaver tutto il suo pensiero, di conoscere dove fosse, come, perché. Tese l'orecchio a un suono: era il russare lento, arrantolato della vecchia; spalancò gli occhi, e vide un chiarore fioco apparire e sparire a vicenda: era il lucignolo della lucerna, che, vicino a spegnersi, scoccava una luce tremola, e subito la ritirava, per dir così, indietro, come è il venire e l'andare dell'onda sulla riva: e quella luce, fuggendo dagli oggetti, prima che prendessero da essa rilievo e colore distinto, non rappresentava allo sguardo che una successione di guazzabugli. Ma ben presto le recenti impressioni, ricomparendo nella mente, l'aiutarono a distinguere ciò che appariva confuso al senso. L'infelice risvegliata riconobbe la sua prigione: tutte le memorie dell'orribil giornata trascorsa, tutti i terrori dell'avvenire, l'assalirono in una volta: quella nuova quiete stessa dopo tante agitazioni, quella specie di riposo, quell'abbandono in cui era lasciata, le facevano un nuovo spavento: e fu vinta da un tale affanno, che desiderò di morire. Ma in quel momento, si rammentò che poteva almen pregare, e insieme con quel pensiero, le spuntò in cuore come un'improvvisa speranza. Prese di nuovo la sua corona, e ricominciò a dire il rosario; e, di mano in mano che la preghiera usciva dal suo labbro tremante, il cuore sentiva crescere una fiducia indeterminata. Tutt'a un tratto, le passò per la mente un altro pensiero; che la sua orazione sarebbe stata più accetta e più certamente esaudita, quando, nella sua desolazione, facesse anche qualche offerta. Si ricordò di quello che aveva di più caro, o che di più caro aveva avuto; giacché, in quel momento, l'animo suo non poteva sentire altra affezione che di spavento, né concepire altro desiderio che della liberazione; se ne ricordò, e risolvette subito di farne un sacrifizio. S'alzò, e si mise in ginocchio, e tenendo giunte al petto le mani, dalle quali pendeva la corona, alzò il viso e le pupille al cielo, e disse: - o Vergine santissima! Voi, a cui mi sono raccomandata tante volte, e che tante volte m'avete consolata! Voi che avete patito tanti dolori, e siete ora tanto gloriosa, e avete fatti tanti miracoli per i poveri tribolati; aiutatemi! fatemi uscire da questo pericolo, fatemi tornar salva con mia madre, Madre del Signore; e fo voto a voi di rimaner vergine; rinunzio per sempre a quel mio poveretto, per non esser mai d'altri che vostra.

Proferite queste parole, abbassò la testa, e si mise la corona intorno al collo, quasi come un segno di consacrazione, e una salvaguardia a un tempo, come un'armatura della nuova milizia a cui s'era ascritta. Rimessasi a sedere in terra, sentì entrar nell'animo una certa tranquillità, una più larga fiducia. Le venne in mente quel *domattina* ripetuto dallo sconosciuto potente, e le parve di sentire in quella parola una promessa di salvazione. I sensi affaticati da tanta guerra s'assopirono a poco a poco in quell'acquietamento di pensieri: e finalmente, già vicino a giorno, col nome della sua protettrice tronco tra le labbra, Lucia s'addormentò d'un sonno perfetto e continuo.

Ma c'era qualchedun altro in quello stesso castello, che avrebbe voluto fare altrettanto, e non poté mai. Partito, o quasi scappato da Lucia, dato l'ordine per la cena di lei, fatta una consueta visita a certi posti del castello, sempre con quell'immagine viva nella mente, e con quelle parole risonanti all'orecchio, il signore s'era andato a cacciare in camera, s'era chiuso dentro in fretta e in furia, come se avesse avuto a trincerarsi contro una squadra di nemici; e spogliatosi, pure in furia, era andato a letto. Ma quell'immagine, più che mai presente, parve che in quel momento gli dicesse: tu non dormirai. " Che sciocca curiosità da donnicciola, - pensava, - m'è venuta di vederla? Ha ragione quel bestione del Nibbio; uno non è più uomo; è vero, non è più uomo!... Io?... io non son più uomo, io? Cos'è stato? che diavolo m'è venuto addosso? che c'è di nuovo? Non lo sapevo io prima d'ora, che le donne strillano? Strillano anche gli uomini alle volte, quando non si possono rivoltare. Che diavolo! non ho mai sentito belar donne? "

E qui, senza che s'affaticasse molto a rintracciare nella memoria, la memoria da sé gli rappresentò più d'un caso in cui né preghi né lamenti non l'avevano punto smosso dal compire le sue risoluzioni. Ma la rimembranza di tali imprese, non che gli ridonasse la fermezza, che già gli mancava, di compir questa; non che spegnesse nell'animo quella molesta pietà; vi destava in vece una specie di terrore, una non so qual rabbia di pentimento. Di maniera che gli parve un sollievo il tornare a quella prima immagine di Lucia, contro la quale aveva cercato di rinfrancare il suo coraggio. " È viva costei, pensava, - è qui; sono a tempo; le posso dire: andate, rallegratevi; posso veder quel viso cambiarsi, le posso anche dire: perdonatemi... Perdonatemi? io domandar perdono? a una donna? io...! Ah, eppure! se una parola, una parola tale mi potesse far bene, levarmi d'addosso un po' di questa diavoleria, la direi; eh! sento che la direi. A che cosa son ridotto! Non son più uomo, non son più uomo!... Via! - disse, poi, rivoltandosi arrabbiatamente nel letto divenuto duro duro, sotto le coperte divenute pesanti pesanti: - via! sono sciocchezze che mi son passate per la testa altre volte. Passerà anche questa ".

E per farla passare, andò cercando col pensiero qualche cosa importante, qualcheduna di quelle che solevano occuparlo fortemente, onde applicarvelo tutto; ma non ne trovò nessuna. Tutto gli appariva cambiato: ciò che altre volte stimolava più fortemente i suoi desidèri, ora non aveva più nulla di desiderabile: la passione, come un cavallo divenuto tutt'a un tratto restìo per un'ombra, non voleva più andare avanti. Pensando all'imprese avviate e non finite, in vece d'animarsi al compimento, in vece d'irritarsi degli ostacoli (ché l'ira in quel momento gli sarebbe parsa soave), sentiva una tristezza, quasi uno spavento de' passi già fatti. Il tempo gli s'affacciò davanti voto d'ogni intento, d'ogni occupazione, d'ogni volere, pieno soltanto di memorie intollerabili; tutte l'ore somiglianti a quella che gli passava così lenta, così pesante sul capo. Si schierava nella fantasia tutti i suoi malandrini, e non trovava da comandare a nessuno di loro una cosa che gl'importasse; anzi l'idea di rivederli, di trovarsi tra loro, era un nuovo peso, un'idea di schifo e d'impiccio. E se volle trovare un'occupazione per l'indomani, un'opera fattibile, dovette pensare che all'indomani poteva lasciare in libertà quella poverina.

" La libererò, sì; appena spunta il giorno, correrò da lei, e le dirò: andate, andate. La farò accompagnare... E la promessa? e l'impegno? e don Rodrigo?... Chi è don Rodrigo? " A guisa di chi è colto da una interrogazione inaspettata e imbarazzante d'un superiore, l'innominato pensò subito a rispondere a questa che s'era fatta lui stesso, o piuttosto quel nuovo lui, che cresciuto terribilmente a un tratto, sorgeva come a giudicare l'antico. Andava dunque cercando le ragioni per cui, prima quasi d'esser pregato, s'era potuto risolvere a prender l'impegno di far tanto patire, senz'odio, senza timore, un'infelice sconosciuta, per servire colui; ma, non che riuscisse a trovar ragioni che in quel momento gli paressero buone a scusare il fatto, non sapeva quasi spiegare a se stesso come ci si fosse indotto. Quel volere, piuttosto che una deliberazione, era stato un movimento istantaneo dell'animo ubbidiente a sentimenti antichi, abituali, una conseguenza di mille fatti antecedenti; e il tormentato esaminator di se stesso, per rendersi ragione d'un sol fatto, si trovò ingolfato nell'esame di tutta la sua vita. Indietro, indietro, d'anno in anno, d'impegno in impegno, di sangue in sangue, di scelleratezza in scelleratezza: ognuna ricompariva all'animo consapevole e nuovo, separata da' sentimenti che l'avevan fatta volere e commettere; ricompariva con una mostruosità che que' sentimenti non avevano allora lasciato scorgere in essa. Eran tutte sue, eran lui: l'orrore di questo pensiero, rinascente a ognuna di quell'immagini, attaccato a tutte, crebbe fino alla disperazione. S'alzò in furia a sedere, gettò in furia le mani alla parete accanto al letto, afferrò una pistola, la staccò, e... al momento di finire una vita divenuta insopportabile, il suo pensiero sorpreso da un terrore, da un'inquietudine, per dir così, superstite, si slanciò nel tempo che pure continuerebbe a scorrere dopo la sua fine. S'immaginava con raccapriccio il suo cadavere sformato, immobile, in balìa del più vile sopravvissuto; la sorpresa, la confusione nel castello, il giorno dopo: ogni cosa sottosopra; lui, senza forza, senza voce, buttato chi sa dove. Immaginava i discorsi che se ne sarebber fatti lì, d'intorno, lontano; la gioia de' suoi nemici. Anche le tenebre, anche il silenzio, gli facevan veder nella morte qualcosa di più tristo, di spaventevole; gli pareva che non avrebbe esitato, se fosse stato di giorno, all'aperto, in faccia alla gente: buttarsi in un fiume e sparire. E assorto in queste contemplazioni tormentose, andava alzando e riabbassando, con una forza convulsiva del pollice, il cane della pistola; quando gli balenò in mente un altro pensiero. " Se quell'altra vita di cui m'hanno parlato quand'ero ragazzo, di cui parlano sempre, come se fosse cosa sicura; se quella vita non c'è, se è un'invenzione de' preti; che fo io? perché morire? cos'importa quello che ho fatto? cos'importa? è una pazzia la mia... E se c'è quest'altra vita...! "

A un tal dubbio, a un tal rischio, gli venne addosso una disperazione più nera, più grave, dalla quale non si poteva fuggire, neppur con la morte. Lasciò cader l'arme, e stava con le mani ne' capelli, battendo i denti, tremando. Tutt'a un tratto, gli tornarono in mente parole che aveva sentite e risentite, poche ore prima: " Dio perdona tante cose, per un'opera di misericordia! " E non gli tornavan già con quell'accento d'umile preghiera, con cui erano state proferite; ma con un suono pieno d'autorità, e che insieme induceva una lontana speranza. Fu quello un momento di sollievo: levò le mani dalle tempie, e, in un'attitudine più composta, fissò gli occhi della mente in colei da cui aveva sentite quelle parole; e la vedeva, non come la sua prigioniera, non come una supplichevole, ma in atto di chi dispensa grazie e consolazioni. Aspettava ansiosamente il giorno, per correre a liberarla, a sentire dalla bocca di lei altre parole di refrigerio e di vita; s'immaginava di condurla lui stesso alla madre. " E poi? che farò domani, il resto della giornata? che farò doman l'altro? che farò dopo doman l'altro? E la notte? la notte, che tornerà tra dodici ore! Oh la notte! no, no, la notte! " E ricaduto nel vòto penoso dell'avvenire, cercava indarno un impiego del tempo, una maniera di passare i giorni, le notti. Ora si proponeva d'abbandonare il castello, e d'andarsene in paesi lontani, dove nessun lo conoscesse, neppur di nome; ma sentiva che lui, lui sarebbe sempre con sé: ora gli rinasceva una fosca speranza di ripigliar l'animo antico, le antiche voglie; e che quello fosse come un delirio passeggiero; ora temeva il giorno, che doveva farlo vedere a' suoi così miserabilmente mutato; ora lo sospirava, come se dovesse portar la luce anche ne' suoi pensieri. Ed ecco, appunto sull'albeggiare, pochi momenti dopo che Lucia s'era addormentata, ecco che, stando così immoto a sedere, sentì arrivarsi all'orecchio come un'onda di suono non bene espresso, ma che pure aveva non so che d'allegro. Stette attento, e riconobbe uno scampanare a festa lontano; e dopo qualche momento, sentì anche l'eco del monte, che ogni tanto ripeteva languidamente il concento, e si confondeva con esso. Di lì a poco, sente un altro scampanìo più vicino, anche quello a festa; poi un altro. "Che allegria c'è? cos'hanno di bello tutti costoro? " Saltò fuori da quel covile di pruni; e vestitosi a mezzo, corse a aprire una finestra, e guardò. Le montagne eran mezze velate di nebbia; il cielo, piuttosto che nuvoloso, era tutto una nuvola cenerognola; ma, al chiarore che pure andava a poco a poco crescendo, si distingueva, nella strada in fondo alla valle, gente che passava, altra che usciva dalle case, e s'avviava, tutti dalla stessa parte, verso lo sbocco, a destra del castello, tutti col vestito delle feste, e con un'alacrità straordinaria.

" Che diavolo hanno costoro? che c'è d'allegro in questo maledetto paese? dove va tutta quella canaglia? " E data una voce a un bravo fidato che dormiva in una stanza accanto, gli domandò qual fosse la cagione di quel movimento. Quello, che ne sapeva quanto lui, rispose che anderebbe subito a informarsene. Il signore rimase appoggiato alla finestra, tutto intento al mobile spettacolo. Erano uomini, donne, fanciulli, a brigate, a coppie, soli; uno, raggiungendo chi gli era avanti, s'accompagnava con lui; un altro, uscendo di casa, s'univa col primo che rintoppasse; e andavano insieme, come amici a un viaggio convenuto. Gli atti indicavano manifestamente una fretta e una gioia comune; e quel rimbombo non accordato ma consentaneo delle varie campane, quali più, quali meno vicine, pareva, per dir così, la voce di que' gesti, e il supplimento delle parole che non potevano arrivar lassù. Guardava, guardava; e gli cresceva in cuore una più che curiosità di saper cosa mai potesse comunicare un trasporto uguale a tanta gente diversa.

Poco dopo, il bravo venne a riferire che, il giorno avanti, il cardinal Federigo Borromeo, arcivescovo di Milano, era arrivato a ***, e ci starebbe tutto quel giorno; e che la nuova sparsa la sera di quest'arrivo ne' paesi d'intorno aveva invogliati tutti d'andare a veder quell'uomo; e si scampanava più per allegria, che per avvertir la gente. Il signore, rimasto solo, continuò a guardar nella valle, ancor più pensieroso. " Per un uomo! Tutti premurosi, tutti allegri, per vedere un uomo! E però ognuno di costoro avrà il suo diavolo che lo tormenti. Ma nessuno, nessuno n'avrà uno come il mio; nessuno avrà passata una notte come la mia! Cos'ha quell'uomo, per render tanta gente allegra? Qualche soldo che distribuirà così alla ventura... Ma costoro non vanno tutti per l'elemosina. Ebbene, qualche segno nell'aria, qualche parola... Oh se le avesse per me le parole che possono consolare! se...! Perché non vado anch'io? Perché no?... Anderò, anderò; e gli voglio parlare: a quattr'occhi gli voglio parlare. Cosa gli dirò? Ebbene, quello che, quello che... Sentirò cosa sa dir lui, quest'uomo! "

Fatta così in confuso questa risoluzione, finì in fretta di vestirsi, mettendosi una sua casacca d'un taglio che aveva qualche cosa del militare; prese la terzetta rimasta sul letto, e l'attaccò alla cintura da una parte; dall'altra, un'altra che staccò da un chiodo della parete; mise in quella stessa cintura il suo pugnale; e staccata pur dalla parete una carabina famosa quasi al par di lui, se la mise ad armacollo; prese il cappello, uscì di camera; e andò prima di tutto a quella dove aveva lasciata Lucia. Posò fuori la carabina in un cantuccio vicino all'uscio, e picchiò, facendo insieme sentir la sua voce. La vecchia scese il letto in un salto, e corse ad aprire. Il signore entrò, e data un'occhiata per la camera, vide Lucia rannicchiata nel suo cantuccio e quieta.

- Dorme? - domandò sotto voce alla vecchia: - là, dorme? eran questi i miei ordini,sciagurata?

- Io ho fatto di tutto, - rispose quella: - ma non ha mai voluto mangiare, non è mai volutavenire...

- Lasciala dormire in pace; guarda di non la disturbare; e quando si sveglierà... Marta verràqui nella stanza vicina; e tu manderai a prendere qualunque cosa che costei possa chiederti. Quando si sveglierà... dille che io... che il padrone è partito per poco tempo, che tornerà, e che... farà tutto quello che lei vorrà.

La vecchia rimase tutta stupefatta pensando tra sé: " che sia qualche principessa costei? " Il signore uscì, riprese la sua carabina, mandò Marta a far anticamera, mandò il primo bravo che incontrò a far la guardia, perché nessun altro che quella donna mettesse piede nella camera; e poi uscì dal castello, e prese la scesa, di corsa.

Il manoscritto non dice quanto ci fosse dal castello al paese dov'era il cardinale; ma dai fatti che siam per raccontare, risulta che non doveva esser più che una lunga passeggiata. Dal solo accorrere de' valligiani, e anche di gente più lontana, a quel paese, questo non si potrebbe argomentare; giacché nelle memorie di quel tempo troviamo che da venti e più miglia veniva gente in folla, per veder Federigo.

I bravi che s'abbattevano sulla salita, si fermavano rispettosamente al passar del signore, aspettando se mai avesse ordini da dar loro, o se volesse prenderli seco, per qualche spedizione; e non sapevan che si pensare della sua aria, e dell'occhiate che dava in risposta a' loro inchini.

Quando fu nella strada pubblica, quello che faceva maravigliare i passeggieri, era di vederlo senza seguito. Del resto, ognuno gli faceva luogo, prendendola larga, quanto sarebbe bastato anche per il seguito, e levandosi rispettosamente il cappello. Arrivato al paese, trovò una gran folla; ma il suo nome passò subito di bocca in bocca; e la folla s'apriva. S'accostò a uno, e gli domandò dove fosse il cardinale.

- In casa del curato, rispose quello, inchinandosi, e gl'indicò dov'era. Il signore andò là, entrò in un cortiletto dove c'eran molti preti, che tutti lo guardarono con un'attenzione maravigliata e sospettosa. Vide dirimpetto un uscio spalancato, che metteva in un salottino, dove molti altri preti eran congregati. Si levò la carabina, e l'appoggiò in un canto del cortile; poi entrò nel salottino: e anche lì, occhiate, bisbigli, un nome ripetuto, e silenzio. Lui, voltatosi a uno di quelli, gli domandò dove fosse il cardinale; e che voleva parlargli.

- Io son forestiero, - rispose l'interrogato, e data un'occhiata intorno, chiamò il cappellano crocifero, che in un canto del salottino, stava appunto dicendo sotto voce a un suo compagno: - colui? quel famoso? che ha a far qui colui? alla larga! - Però, a quella chiamata che risonò nel silenzio generale, dovette venire l'innominato, stette a sentir quel che voleva, e alzando con una curiosità inquieta gli occhi su quel viso, e riabbassandoli subito, rimase lì un poco, poi disse o balbettò: - non saprei se monsignore illustrissimo... in questo momento... si trovi... sia... possa... Basta, vado a vedere -. E andò a malincorpo a far l'imbasciata nella stanza vicina, dove si trovava il cardinale.

A questo punto della nostra storia, noi non possiam far a meno di non fermarci qualche poco, come il viandante, stracco e tristo da un lungo camminare per un terreno arido e salvatico, si trattiene e perde un po' di tempo all'ombra d'un bell'albero, sull'erba, vicino a una fonte d'acqua viva. Ci siamo abbattuti in un personaggio, il nome e la memoria del quale, affacciandosi, in qualunque tempo alla mente, la ricreano con una placida commozione di riverenza, e con un senso giocondo di simpatia: ora, quanto più dopo tante immagini di dolore, dopo la contemplazione d'una moltiplice e fastidiosa perversità! Intorno a questo personaggio bisogna assolutamente che noi spendiamo quattro parole: chi non si curasse di sentirle, e avesse però voglia d'andare avanti nella storia, salti addirittura al capitolo seguente.

Federigo Borromeo, nato nel 1564, fu degli uomini rari in qualunque tempo, che abbiano impiegato un ingegno egregio, tutti i mezzi d'una grand'opulenza, tutti i vantaggi d'una condizione privilegiata, un intento continuo, nella ricerca e nell'esercizio del meglio. La sua vita è come un ruscello che, scaturito limpido dalla roccia, senza ristagnare né intorbidarsi mai, in un lungo corso per diversi terreni, va limpido a gettarsi nel fiume. Tra gli agi e le pompe, badò fin dalla puerizia a quelle parole d'annegazione e d'umiltà, a quelle massime intorno alla vanità de' piaceri, all'ingiustizia dell'orgoglio, alla vera dignità e a' veri beni, che, sentite o non sentite ne' cuori, vengono trasmesse da una generazione all'altra, nel più elementare insegnamento della religione. Badò, dico, a quelle parole, a quelle massime, le prese sul serio, le gustò, le trovò vere; vide che non potevan dunque esser vere altre parole e altre massime opposte, che pure si trasmettono di generazione in generazione, con la stessa sicurezza, e talora dalle stesse labbra; e propose di prender per norma dell'azioni e de' pensieri quelle che erano il vero. Persuaso che la vita non è già destinata ad essere un peso per molti, e una festa per alcuni, ma per tutti un impiego, del quale ognuno renderà conto, cominciò da fanciullo a pensare come potesse render la sua utile e santa.

Nel 1580 manifestò la risoluzione di dedicarsi al ministero ecclesiastico, e ne prese l'abito dalle mani di quel suo cugino Carlo, che una fama, già fin d'allora antica e universale, predicava santo. Entrò poco dopo nel collegio fondato da questo in Pavia, e che porta ancora il nome del loro casato; e lì, applicandosi assiduamente alle occupazioni che trovò prescritte, due altre ne assunse di sua volontà; e furono d'insegnar la dottrina cristiana ai più rozzi e derelitti del popolo, e di visitare, servire, consolare e soccorrere gl'infermi. Si valse dell'autorità che tutto gli conciliava in quel luogo, per attirare i suoi compagni a secondarlo in tali opere; e in ogni cosa onesta e profittevole esercitò come un primato d'esempio, un primato che le sue doti personali sarebbero forse bastate a procacciargli, se fosse anche stato l'infimo per condizione. I vantaggi d'un altro genere, che la sua gli avrebbe potuto procurare, non solo non li ricercò, ma mise ogni studio a schivarli. Volle una tavola piuttosto povera che frugale, usò un vestiario piuttosto povero che semplice; a conformità di questo, tutto il tenore della vita e il contegno. Ne credette mai di doverlo mutare, per quanto alcuni congiunti gridassero e si lamentassero che avvilisse così la dignità della casa. Un'altra guerra ebbe a sostenere con gl'istitutori, i quali, furtivamente e come per sorpresa, cercavano di mettergli davanti, addosso, intorno, qualche suppellettile più signorile, qualcosa che lo facesse distinguer dagli altri, e figurare come il principe del luogo: o credessero di farsi alla lunga ben volere con ciò; o fossero mossi da quella svisceratezza servile che s'invanisce e si ricrea nello splendore altrui; o fossero di que' prudenti che s'adombrano delle virtù come de' vizi, predicano sempre che la perfezione sta nel mezzo; e il mezzo lo fissan giusto in quel punto dov'essi sono arrivati, e ci stanno comodi. Federigo, non che lasciarsi vincere da que' tentativi, riprese coloro che li facevano; e ciò tra la pubertà e la giovinezza.

Che, vivente il cardinal Carlo, maggior di lui di ventisei anni, davanti a quella presenza grave, solenne, ch'esprimeva così al vivo la santità, e ne rammentava le opere, e alla quale, se ce ne fosse stato bisogno, avrebbe aggiunto autorità ogni momento l'ossequio manifesto e spontaneo de' circostanti, quali e quanti si fossero, Federigo fanciullo e giovinetto cercasse di conformarsi al contegno e al pensare d'un tal superiore, non è certamente da farsene maraviglia; ma è bensì cosa molto notabile che, dopo la morte di lui, nessuno si sia potuto accorgere che a Federigo, allor di vent'anni, fosse mancata una guida e un censore. La fama crescente del suo ingegno, della sua dottrina e della sua pietà, la parentela e gl'impegni di più d'un cardinale potente, il credito della sua famiglia, il nome stesso, a cui Carlo aveva quasi annessa nelle menti un'idea di santità e di preminenza, tutto ciò che deve, e tutto ciò che può condurre gli uomini alle dignità ecclesiastiche, concorreva a pronosticargliele. Ma egli, persuaso in cuore di ciò che nessuno il quale professi cristianesimo può negar con la bocca, non ci esser giusta superiorità d'uomo

sopra gli uomini, se non in loro servizio, temeva le dignità, e cercava di scansarle; non certamente perché sfuggisse di servire altrui; che poche vite furono spese in questo come la sua; ma perché non si stimava abbastanza degno né capace di così alto e pericoloso servizio. Perciò, venendogli, nel 1595, proposto da Clemente VIII l'arcivescovado di Milano, apparve fortemente turbato, e ricusò senza esitare. Cedette poi al comando espresso del papa. Tali dimostrazioni, e chi non lo sa? non sono né difficili né rare; e l'ipocrisia non ha bisogno d'un più grande sforzo d'ingegno per farle, che la buffoneria per deriderle a buon conto, in ogni caso. Ma cessan forse per questo d'esser l'espressione naturale d'un sentimento virtuoso e sapiente? La vita è il paragone delle parole: e le parole ch'esprimono quel sentimento, fossero anche passate sulle labbra di tutti gl'impostori e di tutti i beffardi del mondo, saranno sempre belle, quando siano precedute e seguite da una vita di disinteresse e di sacrifizio.
In Federigo arcivescovo apparve uno studio singolare e continuo di non prender per sé, delle ricchezze, del tempo, delle cure, di tutto se stesso in somma, se non quanto fosse strettamente necessario. Diceva, come tutti dicono, che le rendite ecclesiastiche sono patrimonio de' poveri: come poi intendesse infatti una tal massima, si veda da questo. Volle che si stimasse a quanto poteva ascendere il suo mantenimento e quello della sua servitù; e dettogli che seicento scudi (scudo si chiamava allora quella moneta d'oro che, rimanendo sempre dello stesso peso e titolo, fu poi detta zecchino), diede ordine che tanti se ne contasse ogni anno dalla sua cassa particolare a quella della mensa; non credendo che a lui ricchissimo fosse lecito vivere di quel patrimonio. Del suo poi era così scarso e sottile misuratore a se stesso, che badava di non ismettere un vestito, prima che fosse logoro affatto: unendo però, come fu notato da scrittori contemporanei, al genio della semplicità quello d'una squisita pulizia: due abitudini notabili infatti, in quell'età sudicia e sfarzosa. Similmente, affinché nulla si disperdesse degli avanzi della sua mensa frugale, gli assegnò a un ospizio di poveri; e uno di questi, per suo ordine, entrava ogni giorno nella sala del pranzo a raccoglier ciò che fosse rimasto. Cure, che potrebbero forse indur concetto d'una virtù gretta, misera, angustiosa, d'una mente impaniata nelle minuzie, e incapace di disegni elevati; se non fosse in piedi questa biblioteca ambrosiana, che Federigo ideò con sì animosa lautezza, ed eresse, con tanto dispendio, da' fondamenti; per fornir la quale di libri e di manoscritti, oltre il dono de' già raccolti con grande studio e spesa da lui, spedì otto uomini, de' più colti ed esperti che poté avere, a farne incetta, per l'Italia, per la Francia, per la Spagna, per la Germania, per le Fiandre, nella Grecia, al Libano, a Gerusalemme. Così riuscì a radunarvi circa trentamila volumi stampati, e quattordicimila manoscritti. Alla biblioteca unì un collegio di dottori (furon nove, e pensionati da lui fin che visse; dopo, non bastando a quella spesa l'entrate ordinarie, furon ristretti a due); e il loro ufizio era di coltivare vari studi, teologia, storia, lettere, antichità ecclesiastiche, lingue orientali, con l'obbligo ad ognuno di pubblicar qualche lavoro sulla materia assegnatagli; v'unì un collegio da lui detto trilingue, per lo studio delle lingue greca, latina e italiana; un collegio d'alunni, che venissero istruiti in quelle facoltà e lingue, per insegnarle un giorno; v'unì una stamperia di lingue orientali, dell'ebraica cioè, della caldea, dell'arabica, della persiana, dell'armena; una galleria di quadri, una di statue, e, una scuola delle tre principali arti del disegno. Per queste, poté trovar professori già formati; per il rimanente, abbiam visto che da fare gli avesse dato la raccolta de' libri e de' manoscritti; certo più difficili a trovarsi dovevano essere i tipi di quelle lingue, allora molto men coltivate in Europa che al presente; più ancora de' tipi, gli uomini. Basterà il dire che, di nove dottori, otto ne prese tra i giovani alunni del seminario; e da questo si può argomentare che giudizio facesse degli studi consumati e delle riputazioni fatte di quel tempo: giudizio conforme a quello che par che n'abbia portato la posterità, col mettere gli uni e le altre in dimenticanza. Nelle regole che stabilì per l'uso e per il governo della biblioteca, si vede un intento d'utilità perpetua, non solamente bello in sé, ma in molte parti sapiente e gentile molto al di là dell'idee e dell'abitudini comuni di quel tempo. Prescrisse al bibliotecario che mantenesse commercio con gli uomini più dotti d'Europa, per aver da loro notizie dello stato delle scienze, e avviso de' libri migliori che venissero fuori in ogni genere, e farne acquisto; gli prescrisse d'indicare agli studiosi i libri che non conoscessero, e potesser loro esser utili; ordinò che a tutti, fossero cittadini o forestieri, si desse comodità e tempo di servirsene, secondo il bisogno. Una tale intenzione deve ora parere ad ognuno troppo naturale, e immedesimata con la fondazione d'una biblioteca: allora non era così. E in una storia dell'ambrosiana, scritta (col costrutto e con l'eleganze comuni del secolo) da un Pierpaolo Bosca, che vi fu bibliotecario dopo la morte di Federigo, vien notato espressamente, come cosa singolare, che in questa libreria, eretta da un privato, quasi tutta a sue spese, i libri fossero esposti alla vista del pubblico, dati a chiunque li chiedesse, e datogli anche da sedere, e carta, penne e calamaio, per prender gli appunti che gli potessero bisognare; mentre in qualche altra insigne biblioteca pubblica d'Italia, i libri non erano

nemmen visibili, ma chiusi in armadi, donde non si levavano se non per gentilezza de' bibliotecari, quando si sentivano di farli vedere un momento; di dare ai concorrenti il comodo di studiare, non se n'aveva neppur l'idea. Dimodoché arricchir tali biblioteche era un sottrar libri all'uso comune: una di quelle coltivazioni, come ce n'era e ce n'è tuttavia molte, che isteriliscono il campo.

Non domandate quali siano stati gli effetti di questa fondazione del Borromeo sulla coltura pubblica: sarebbe facile dimostrare in due frasi, al modo che si dimostra, che furon miracolosi, o che non furon niente; cercare e spiegare, fino a un certo segno, quali siano stati veramente, sarebbe cosa di molta fatica, di poco costrutto, e fuor di tempo. Ma pensate che generoso, che giudizioso, che benevolo, che perseverante amatore del miglioramento umano, dovesse essere colui che volle una tal cosa, la volle in quella maniera, e l'eseguì, in mezzo a quell'ignorantaggine, a quell'inerzia, a quell'antipatia generale per ogni applicazione studiosa, e per conseguenza in mezzo ai *cos'importa?* e *c'era altro da pensare?* e *che bell'invenzione!* e *mancava anche questa*, e simili; che saranno certissimamente stati più che gli scudi spesi da lui in quell'impresa; i quali furon centocinquemila, la più parte de' suoi.

Per chiamare un tal uomo sommamente benefico e liberale, può parer che non ci sia bisogno di sapere se n'abbia spesi molt'altri in soccorso immediato de' bisognosi; e ci son forse ancora di quelli che pensano che le spese di quel genere, e sto per dire tutte le spese, siano la migliore e la più utile elemosina. Ma Federigo teneva l'elemosina propriamente detta per un dovere principalissimo; e qui, come nel resto, i suoi fatti furon consentanei all'opinione. La sua vita fu un continuo profondere ai poveri; e a proposito di questa stessa carestia di cui ha già parlato la nostra storia, avremo tra poco occasione di riferire alcuni tratti, dai quali si vedrà che sapienza e che gentilezza abbia saputo mettere anche in questa liberalità. De' molti esempi singolari che d'una tale sua virtù hanno notati i suoi biografi, ne citeremo qui un solo. Avendo risaputo che un nobile usava artifizi e angherie per far monaca una sua figlia, la quale desiderava piuttosto di maritarsi, fece venire il padre; e cavatogli di bocca che il vero motivo di quella vessazione era il non avere quattromila scudi che, secondo lui, sarebbero stati necessari a maritar la figlia convenevolmente, Federigo la dotò di quattromila scudi. Forse a taluno parrà questa una larghezza eccessiva, non ben ponderata, troppo condiscendente agli stolti capricci d'un superbo; e che quattromila scudi potevano esser meglio impiegati in cent'altre maniere. A questo non abbiamo nulla da rispondere, se non che sarebbe da desiderarsi che si vedessero spesso eccessi d'una virtù così libera dall'opinioni dominanti (ogni tempo ha le sue), così indipendente dalla tendenza generale, come, in questo caso, fu quella che mosse un uomo a dar quattromila scudi, perché una giovine non fosse fatta monaca.

La carità inesausta di quest'uomo, non meno che nel dare, spiccava in tutto il suo contegno. Di facile abbordo con tutti, credeva di dovere specialmente a quelli che si chiamano di bassa condizione, un viso gioviale, una cortesia affettuosa; tanto più, quanto ne trovan meno nel mondo. E qui pure ebbe a combattere co' galantuomini del *ne quid nimis*, i quali, in ogni cosa, avrebbero voluto farlo star ne' limiti, cioè ne' loro limiti. Uno di costoro, una volta che, nella visita d'un paese alpestre e salvatico, Federigo istruiva certi poveri fanciulli, e, tra l'interrogare e l'insegnare, gli andava amorevolmente accarezzando, l'avvertì che usasse più riguardo nel far tante carezze a que' ragazzi, perche eran troppo sudici e stomacosi: come se supponesse, il buon uomo, che Federigo non avesse senso abbastanza per fare una tale scoperta, o non abbastanza perspicacia, per trovar da sé quel ripiego così fino. Tale è, in certe condizioni di tempi e di cose, la sventura degli uomini costituiti in certe dignità: che mentre così di rado si trova chi gli avvisi de' loro mancamenti, non manca poi gente coraggiosa a riprenderli del loro far bene. Ma il buon vescovo, non senza un certo risentimento, rispose: - sono mie anime, e forse non vedranno mai più la mia faccia; e non volete che gli abbracci?

Ben raro però era il risentimento in lui, ammirato per la soavità de' suoi modi, per una pacatezza imperturbabile, che si sarebbe attribuita a una felicità straordinaria di temperamento; ed era l'effetto d'una disciplina costante sopra un'indole viva e risentita. Se qualche volta si mostrò severo, anzi brusco, fu co' pastori suoi subordinati che scoprisse rei d'avarizia o di negligenza o d'altre tacce specialmente opposte allo spirito del loro nobile ministero. Per tutto ciò che potesse toccare o il suo interesse, o la sua gloria temporale, non dava mai segno di gioia, né di rammarico, né d'ardore, né d'agitazione: mirabile se questi moti non si destavano nell'animo suo, più mirabile se vi si destavano. Non solo da' molti conclavi ai quali assistette, riportò il concetto di non aver mai aspirato a quel posto così desiderabile all'ambizione, e così terribile alla pietà; ma una volta che un collega, il quale contava molto, venne a offrirgli il suo voto e quelli della sua fazione (brutta parola, ma era quella che usavano), Federigo rifiutò una tal proposta in modo, che quello depose il pensiero, e si rivolse altrove. Questa stessa modestia, quest'avversione al predominare apparivano ugualmente nell'occasioni più comuni della vita. Attento e infaticabile a disporre e a governare, dove riteneva che fosse suo dovere il farlo, sfuggì sempre d'impicciarsi negli affari altrui; anzi si scusava a tutto potere dall'ingerirvisi ricercato: discrezione e ritegno non comune, come ognuno sa, negli uomini zelatori del bene, qual era Federigo.

Se volessimo lasciarci andare al piacere di raccogliere i tratti notabili del suo carattere, ne risulterebbe certamente un complesso singolare di meriti in apparenza opposti, e certo difficili a trovarsi insieme. Però non ometteremo di notare un'altra singolarità di quella bella vita: che, piena come fu d'attività, di governo, di funzioni, d'insegnamento, d'udienze, di visite diocesane, di viaggi, di contrasti, non solo lo studio c'ebbe una parte, ma ce n'ebbe tanta, che per un letterato di professione sarebbe bastato. E infatti, con tant'altri e diversi titoli di lode, Federigo ebbe anche, presso i suoi contemporanei, quello d'uom dotto. Non dobbiamo però dissimulare che tenne con ferma persuasione, e sostenne in pratica, con lunga costanza, opinioni, che al giorno d'oggi parrebbero a ognuno piuttosto strane che mal fondate; dico anche a coloro che avrebbero una gran voglia di trovarle giuste. Chi lo volesse difendere in questo, ci sarebbe quella scusa così corrente e ricevuta, ch'erano errori del suo tempo, piuttosto che suoi: scusa che, per certe cose, e quando risulti dall'esame particolare de' fatti, può aver qualche valore, o anche molto; ma che applicata così nuda e alla cieca, come si fa d'ordinario, non significa proprio nulla. E perciò, non volendo risolvere con formole semplici questioni complicate, né allungar troppo un episodio, tralasceremo anche d'esporle; bastandoci d'avere accennato così alla sfuggita che, d'un uomo così ammirabile in complesso, noi non pretendiamo che ogni cosa lo fosse ugualmente; perché non paia che abbiam voluto scrivere un'orazion funebre.

Non è certamente fare ingiuria ai nostri lettori il supporre che qualcheduno di loro domandi se di tanto ingegno e di tanto studio quest'uomo abbia lasciato qualche monumento. Se n'ha lasciati! Circa cento son l'opere che rimangon di lui, tra grandi e piccole, tra latine e italiane, tra stampate e manoscritte, che si serbano nella biblioteca da lui fondata: trattati di morale, orazioni, dissertazioni di storia, d'antichità sacra e profana, di letteratura, d'arti e d'altro. " E come mai, dirà codesto lettore, tante opere sono dimenticate, o almeno così poco conosciute, così poco ricercate? Come mai, con tanto ingegno, con tanto studio, con tanta pratica degli uomini e delle cose, con tanto meditare, con tanta passione per il buono e per il bello, con tanto candor d'animo, con tant'altre di quelle qualità che fanno il grande scrittore, questo, in cento opere, non ne ha lasciata neppur una di quelle che son riputate insigni anche da chi non le approva in tutto, e conosciute di titolo anche da chi non le legge? Come mai, tutte insieme, non sono bastate a procurare, almeno col numero, al suo nome una fama letteraria presso noi posteri? " La domanda è ragionevole senza dubbio, e la questione, molto interessante; perché le ragioni di questo fenomeno si troverebbero con l'osservar molti fatti generali: e trovate, condurrebbero alla spiegazione di più altri fenomeni simili. Ma sarebbero molte e prolisse: e poi se non v'andassero a genio? se vi facessero arricciare il naso? Sicché sarà meglio che riprendiamo il filo della storia, e che, in vece di cicalar più a lungo intorno a quest'uomo, andiamo a vederlo in azione, con la guida del nostro autore.

Cap. XXIII

Il cardinal Federigo, intanto che aspettava l'ora d'andar in chiesa a celebrar gli ufizi divini, stava studiando, com'era solito di fare in tutti i ritagli di tempo; quando entrò il cappellano crocifero, con un viso alterato.

- Una strana visita, strana davvero, monsignore illustrissimo!
- Chi è? - domandò il cardinale.
- Niente meno che il signor... - riprese il cappellano- e spiccando le sillabe con una gransignificazione, proferì quel nome che noi non possiamo scrivere ai nostri lettori. Poi soggiunse: - è qui fuori in persona; e chiede nient'altro che d'esser introdotto da vossignoria illustrissima.
- Lui! - disse il cardinale, con un viso animato, chiudendo il libro, e alzandosi da sedere: venga! venga subito!

- Ma... - replicò il cappellano, senza moversi: - vossignoria illustrissima deve sapere chi ècostui: quel bandito, quel famoso...
- E non è una fortuna per un vescovo, che a un tal uomo sia nata la volontà di venirlo atrovare?
- Ma... - insistette il cappellano: - noi non possiamo mai parlare di certe cose, perchémonsignore dice che le son ciance: però quando viene il caso, mi pare che sia un dovere... Lo zelo fa de' nemici, monsignore; e noi sappiamo positivamente che più d'un ribaldo ha osato vantarsi che, un giorno o l'altro... - E che hanno fatto? - interruppe il cardinale.
- Dico che costui è un appaltatore di delitti, un disperato, che tiene corrispondenza co'disperati più furiosi, e che può esser mandato...
- Oh, che disciplina è codesta, - interruppe ancora sorridendo Federigo, - che i soldatiesortino il generale ad aver paura? - Poi, divenuto serio e pensieroso, riprese: - san Carlo non si sarebbe trovato nel caso di dibattere se dovesse ricevere un tal uomo: sarebbe andato a cercarlo. Fatelo entrar subito: ha già aspettato troppo.

Il cappellano si mosse, dicendo tra sé: " non c'è rimedio: tutti questi santi sono ostinati ". Aperto l'uscio, e affacciatosi alla stanza dov'era il signore e la brigata, vide questa ristretta in una parte, a bisbigliare e a guardar di sott'occhio quello, lasciato solo in un canto. S'avviò verso di lui; e intanto squadrandolo, come poteva, con la coda dell'occhio, andava pensando che diavolo d'armeria poteva esser nascosta sotto quella casacca; e che, veramente, prima d'introdurlo, avrebbe dovuto proporgli almeno... ma non si seppe risolvere. Gli s'accostò, e disse: - monsignore aspetta vossignoria. Si contenti di venir con me -. E precedendolo in quella piccola folla, che subito fece ala, dava a destra e a sinistra occhiate, le quali significavano: cosa volete? non lo sapete anche voi altri, che fa sempre a modo suo?

Appena introdotto l'innominato, Federigo gli andò incontro, con un volto premuroso e sereno, e con le braccia aperte, come a una persona desiderata, e fece subito cenno al cappellano che uscisse: il quale ubbidì.

I due rimasti stettero alquanto senza parlare, e diversamente sospesi. L'innominato, ch'era stato come portato lì per forza da una smania inesplicabile, piuttosto che condotto da un determinato disegno, ci stava anche come per forza, straziato da due passioni opposte, quel desiderio e quella speranza confusa di trovare un refrigerio al tormento interno, e dall'altra parte una stizza, una vergogna di venir lì come un pentito, come un sottomesso, come un miserabile, a confessarsi in colpa, a implorare un uomo: e non trovava parole, né quasi ne cercava. Però, alzando gli occhi in viso a quell'uomo, si sentiva sempre più penetrare da un sentimento di venerazione imperioso insieme e soave, che, aumentando la fiducia, mitigava il dispetto, e senza prender l'orgoglio di fronte, l'abbatteva, e, dirò così, gl'imponeva silenzio.

La presenza di Federigo era infatti di quelle che annunziano una superiorità, e la fanno amare. Il portamento era naturalmente composto, e quasi involontariamente maestoso, non incurvato né impigrito punto dagli anni; l'occhio grave e vivace, la fronte serena e pensierosa; con la canizie, nel pallore, tra i segni dell'astinenza, della meditazione, della fatica, una specie di floridezza verginale: tutte le forme del volto indicavano che, in altre età, c'era stata quella che più propriamente si chiama bellezza; l'abitudine de' pensieri solenni e benevoli, la pace interna d'una lunga vita, l'amore degli uomini, la gioia continua d'una speranza ineffabile, vi avevano sostituita una, direi quasi, bellezza senile, che spiccava ancor più in quella magnifica semplicità della porpora.

Tenne anche lui, qualche momento, fisso nell'aspetto dell'innominato il suo sguardo penetrante, ed esercitato da lungo tempo a ritrarre dai sembianti i pensieri; e, sotto a quel fosco e a quel turbato, parendogli di scoprire sempre più qualcosa di conforme alla speranza da lui concepita al primo annunzio d'una tal visita, tutt'animato, - oh! - disse: che preziosa visita è questa! e quanto vi devo esser grato d'una sì buona risoluzione; quantunque per me abbia un po' del rimprovero!

- Rimprovero! - esclamò il signore maravigliato, ma raddolcito da quelle parole e da quelfare, e contento che il cardinale avesse rotto il ghiaccio, e avviato un discorso qualunque. - Certo, m'è un rimprovero, - riprese questo, - ch'io mi sia lasciato prevenir da voi; quando, da tanto tempo, tante volte, avrei dovuto venir da voi io. - Da me, voi! Sapete chi sono? V'hanno detto bene il mio nome?
- E questa consolazione ch'io sento, e che, certo, vi si manifesta nel mio aspetto, vi par eglich'io dovessi provarla all'annunzio, alla vista d'uno sconosciuto? Siete voi che me la fate provare; voi, dico, che avrei dovuto cercare; voi che almeno ho tanto amato e pianto, per cui ho tanto pregato; voi, de' miei figli, che pure amo tutti e di cuore, quello che avrei più desiderato d'accogliere e d'abbracciare, se

avessi creduto di poterlo sperare. Ma Dio sa fare Egli solo le maraviglie, e supplisce alla debolezza, alla lentezza de' suoi poveri servi.

L'innominato stava attonito a quel dire così infiammato, a quelle parole, che rispondevano tanto risolutamente a ciò che non aveva ancor detto, né era ben determinato di dire; e commosso ma sbalordito, stava in silenzio. - E che? - riprese, ancor più affettuosamente, Federigo: - voi avete una buona nuova da darmi, e me la fate tanto sospirare?

- Una buona nuova, io? Ho l'inferno nel cuore; e vi darò una buona nuova? Ditemi voi, se losapete, qual è questa buona nuova che aspettate da un par mio.
- Che Dio v'ha toccato il cuore, e vuol farvi suo, - rispose pacatamente il cardinale.
- Dio! Dio! Dio! Se lo vedessi! Se lo sentissi! Dov'è questo Dio?
- Voi me lo domandate? voi? E chi più di voi l'ha vicino? Non ve lo sentite in cuore, chev'opprime, che v'agita, che non vi lascia stare, e nello stesso tempo v'attira, vi fa presentire una speranza di quiete, di consolazione, d'una consolazione che sarà piena, immensa, subito che voi lo riconosciate, lo confessiate, l'imploriate?
- Oh, certo! ho qui qualche cosa che m'opprime, che mi rode! Ma Dio! Se c'è questo Dio, seè quello che dicono, cosa volete che faccia di me?

Queste parole furon dette con un accento disperato; ma Federigo, con un tono solenne, come di placida ispirazione, rispose: - cosa può far Dio di voi? cosa vuol farne? Un segno della sua potenza e della sua bontà: vuol cavar da voi una gloria che nessun altro gli potrebbe dare. Che il mondo gridi da tanto tempo contro di voi, che mille e mille voci detestino le vostre opere... - (l'innominato si scosse, e rimase stupefatto un momento nel sentir quel linguaggio così insolito, più stupefatto ancora di non provarne sdegno, anzi quasi un sollievo); - che gloria, - proseguiva Federigo, - ne viene a Dio? Son voci di terrore, son voci d'interesse; voci forse anche di giustizia, ma d'una giustizia così facile, così naturale! alcune forse, pur troppo, d'invidia di codesta vostra sciagurata potenza, di codesta, fino ad oggi, deplorabile sicurezza d'animo. Ma quando voi stesso sorgerete a condannare la vostra vita, ad accusar voi stesso, allora! allora Dio sarà glorificato! E voi domandate cosa Dio possa far di voi? Chi son io pover'uomo, che sappia dirvi fin d'ora che profitto possa ricavar da voi un tal Signore? cosa possa fare di codesta volontà impetuosa, di codesta imperturbata costanza, quando l'abbia animata, infiammata d'amore, di speranza, di pentimento? Chi siete voi, pover'uomo, che vi pensiate d'aver saputo da voi immaginare e fare cose più grandi nel male, che Dio non possa farvene volere e operare nel bene? Cosa può Dio far di voi? E perdonarvi? e farvi salvo? e compire in voi l'opera della redenzione? Non son cose magnifiche e degne di Lui? Oh pensate! se io omiciattolo, io miserabile, e pur così pieno di me stesso, io qual mi sono, mi struggo ora tanto della vostra salute, che per essa darei con gaudio (Egli m'è testimonio) questi pochi giorni che mi rimangono; oh pensate! quanta, quale debba essere la carità di Colui che m'infonde questa così imperfetta, ma così viva; come vi ami, come vi voglia Quello che mi comanda e m'ispira un amore per voi che mi divora!

A misura che queste parole uscivan dal suo labbro, il volto, lo sguardo, ogni moto ne spirava il senso. La faccia del suo ascoltatore, di stravolta e convulsa, si fece da principio attonita e intenta; poi si compose a una commozione più profonda e meno angosciosa; i suoi occhi, che dall'infanzia più non conoscevan le lacrime, si gonfiarono; quando le parole furon cessate, si coprì il viso con le mani, e diede in un dirotto pianto, che fu come l'ultima e più chiara risposta.

- Dio grande e buono! - esclamò Federigo, alzando gli occhi e le mani al cielo: - che ho maifatto io, servo inutile, pastore sonnolento, perche Voi mi chiamaste a questo convito di grazia, perche mi faceste degno d'assistere a un sì giocondo prodigio! - Così dicendo, stese la mano a prender quella dell'innominato.
- No! - gridò questo, - no! lontano, lontano da me voi: non lordate quella mano innocente ebenefica. Non sapete tutto ciò che ha fatto questa che volete stringere.
- Lasciate, - disse Federigo, prendendola con amorevole violenza, - lasciate ch'io stringacodesta mano che riparerà tanti torti, che spargerà tante beneficenze, che solleverà tanti afflitti, che si stenderà disarmata, pacifica, umile a tanti nemici.
- È troppo! - disse, singhiozzando, l'innominato. - Lasciatemi, monsignore; buon Federigo,lasciatemi. Un popolo affollato v'aspetta; tant'anime buone, tant'innocenti, tanti venuti da lontano, per vedervi una volta, per sentirvi: e voi vi trattenete... con chi!

- Lasciamo le novantanove pecorelle, - rispose il cardinale: - sono in sicuro sul monte: iovoglio ora stare con quella ch'era smarrita. Quell'anime son forse ora ben più contente, che di vedere questo povero vescovo. Forse Dio, che ha operato in voi il prodigio della misericordia, diffonde in esse una gioia di cui non sentono ancora la cagione. Quel popolo è forse unito a noi senza saperlo: forse lo Spirito mette ne' loro cuori un ardore indistinto di carità, una preghiera ch'esaudisce per voi, un rendimento di grazie di cui voi siete l'oggetto non ancor conosciuto -. Così dicendo, stese le braccia al collo dell'innominato; il quale, dopo aver tentato di sottrarsi, e resistito un momento, cedette, come vinto da quell'impeto di carità, abbracciò anche lui il cardinale, e abbandonò sull'omero di lui il suo volto tremante e mutato. Le sue lacrime ardenti cadevano sulla porpora incontaminata di Federigo; e le mani incolpevoli di questo stringevano affettuosamente quelle membra, premevano quella casacca, avvezza a portar l'armi della violenza e del tradimento.

L'innominato, sciogliendosi da quell'abbraccio, si coprì di nuovo gli occhi con una mano, e, alzando insieme la faccia, esclamò: - Dio veramente grande! Dio veramente buono! io mi conosco ora, comprendo chi sono; le mie iniquità mi stanno davanti; ho ribrezzo di me stesso; eppure...! eppure provo un refrigerio, una gioia, sì una gioia, quale non ho provata mai in tutta questa mia orribile vita!

È un saggio, - disse Federigo, - che Dio vi dà per cattivarvi al suo servizio, per animarvi ad entrar risolutamente nella nuova vita in cui avrete tanto da disfare, tanto da riparare, tanto da piangere! - Me sventurato! - esclamò il signore, - quante, quante... cose, le quali non potrò se non piangere! Ma almeno ne ho d'intraprese, d'appena avviate, che posso, se non altro, rompere a mezzo: una ne ho, che posso romper subito, disfare, riparare.

Federigo si mise in attenzione; e l'innominato raccontò brevemente, ma con parole d'esecrazione anche più forti di quelle che abbiamo adoprato noi, la prepotenza fatta a Lucia, i terrori, i patimenti della poverina, e come aveva implorato, e la smania che quell'implorare aveva messa addosso a lui, e come essa era ancor nel castello...

- Ah, non perdiam tempo! - esclamò Federigo, ansante di pietà e di sollecitudine. - Beatovoi! Questo è pegno del perdono di Dio! far che possiate diventare strumento di salvezza a chi volevate esser di rovina. Dio vi benedica! Dio v'ha benedetto! Sapete di dove sia questa povera nostra travagliata?

Il signore nominò il paese di Lucia.

- Non è lontano di qui, - disse il cardinale: - lodato sia Dio; e probabilmente... - Cosìdicendo, corse a un tavolino, e scosse un campanello. E subito entrò con ansietà il cappellano crocifero, e per la prima cosa, guardò l'innominato; e vista quella faccia mutata, e quegli occhi rossi di pianto, guardò il cardinale; e sotto quell'inalterabile compostezza, scorgendogli in volto come un grave contento, e una premura quasi impaziente, era per rimanere estatico con la bocca aperta, se il cardinale non l'avesse subito svegliato da quella contemplazione, domandandogli se, tra i parrochi radunati lì, si trovasse quello di ***.

- C'è, monsignore illustrissimo, - rispose il cappellano.

- Fatelo venir subito, - disse Federigo, - e con lui il parroco qui della chiesa.

Il cappellano uscì, e andò nella stanza dov'eran que' preti riuniti: tutti gli occhi si rivolsero a lui. Lui, con la bocca tuttavia aperta, col viso ancor tutto dipinto di quell'estasi, alzando le mani, e movendole per aria, disse: - signori! signori! *haec mutatio dexterae Excelsi*-. E stette un momento senza dir altro. Poi, ripreso il tono e la voce della carica, soggiunse: sua signoria illustrissima e reverendissima vuole il signor curato della parrocchia, e il signor curato di ***.

Il primo chiamato venne subito avanti, e nello stesso tempo, uscì di mezzo alla folla un: io? - strascicato, con un'intonazione di maraviglia.

- Non è lei il signor curato di ***? - riprese il cappellano.

- Per l'appunto; ma...

- Sua signoria illustrissima e reverendissima vuol lei.

- Me? - disse ancora quella voce, significando chiaramente in quel monosillabo: come ciposso entrar io? Ma questa volta, insieme con la voce, venne fuori l'uomo, don Abbondio in persona, con un passo forzato, e con un viso tra l'attonito e il disgustato. Il cappellano gli fece un cenno con la mano, che voleva dire: a noi, andiamo; ci vuol tanto? E precedendo i due curati, andò all'uscio, l'aprì, e gl'introdusse.

Il cardinale lasciò andar la mano dell'innominato, col quale intanto aveva concertato quello che dovevan fare; si discostò un poco, e chiamò con un cenno il curato della chiesa. Gli disse in succinto di che si trattava; e se saprebbe trovar subito una buona donna che volesse andare in una lettiga al castello, a prender Lucia: una donna di cuore e di testa, da sapersi ben governare in una spedizione così nuova, e usar le maniere più a proposito, trovar le parole più adattate, a rincorare, a tranquillizzare quella poverina, a cui, dopo tante angosce, e in tanto turbamento, la liberazione stessa poteva metter nell'animo una nuova confusione. Pensato un momento, il curato disse che aveva la persona a proposito, e uscì. Il cardinale chiamò con un altro cenno il cappellano, al quale ordinò che facesse preparare subito la lettiga e i lettighieri, e sellare due mule. Uscito anche il cappellano, si voltò a don Abbondio.

Questo, che già gli era vicino, per tenersi lontano da quell'altro signore, e che intanto dava un'occhiatina di sotto in su ora all'uno ora all'altro, seguitando a almanaccar tra sé che cosa mai potesse essere tutto quel rigirìo, s'accostò di più, fece una riverenza, e disse: - m'hanno significato che vossignoria illustrissima mi voleva me; ma io credo che abbiano sbagliato. - Non hanno sbagliato, - rispose Federigo: - ho una buona nuova da darvi, e un consolante, un soavissimo incarico. Una vostra parrocchiana, che avrete pianta per ismarrita, Lucia Mondella, è ritrovata, è qui vicino, in casa di questo mio caro amico; e voi anderete ora con lui, e con una donna che il signor curato di qui è andato a cercare, anderete, dico, a prendere quella vostra creatura, e l'accompagnerete qui.

Don Abbondio fece di tutto per nascondere la noia, che dico? l'affanno e l'amaritudine che gli dava una tale proposta, o comando che fosse; e non essendo più a tempo a sciogliere e a scomporre un versaccio già formato sulla sua faccia, lo nascose, chinando profondamente la testa, in segno d'ubbidienza. E non l'alzò che per fare un altro profondo inchino all'innominato, con un'occhiata pietosa che diceva: sono nelle vostre mani: abbiate misericordia: *parcere subjectis*.

Gli domandò poi il cardinale, che parenti avesse Lucia.

- Di stretti, e con cui viva, o vivesse, non ha che la madre, - rispose don Abbondio.- E questa si trova al suo paese?
- Monsignor, sì.
- Giacché, - riprese Federigo, - quella povera giovine non potrà esser così presto restituita acasa sua, le sarà una gran consolazione di veder subito la madre: quindi, se il signor curato di qui non torna prima ch'io vada in chiesa, fatemi voi il piacere di dirgli che trovi un baroccio o una cavalcatura; e spedisca un uomo di giudizio a cercar quella donna, per condurla qui.
- E se andassi io? - disse don Abbondio.
- No, no, voi: v'ho già pregato d'altro, - rispose il cardinale.
- Dicevo, - replicò don Abbondio, - per disporre quella povera madre. È una donna moltosensitiva; e ci vuole uno che la conosca, e la sappia prendere per il suo verso, per non farle male in vece di bene.
- E per questo, vi prego d'avvertire il signor curato che scelga un uomo di proposito: voisiete molto più necessario altrove, - rispose il cardinale. E avrebbe voluto dire: quella povera giovine ha molto più bisogno di veder subito una faccia conosciuta, una persona sicura, in quel castello, dopo tant'ore di spasimo, e in una terribile oscurità dell'avvenire. Ma questa non era ragione da dirsi così chiaramente davanti a quel terzo. Parve però strano al cardinale che don Abbondio non l'avesse intesa per aria, anzi pensata da sé; e così fuor di luogo gli parve la proposta e l'insistenza, che pensò doverci esser sotto qualche cosa. Lo guardò in viso, e vi scoprì facilmente la paura di viaggiare con quell'uomo tremendo, d'andare in quella casa, anche per pochi momenti. Volendo quindi dissipare affatto quell'ombre codarde, e non piacendogli di tirare in disparte il curato e di bisbigliar con lui in segreto, mentre il suo nuovo amico era lì in terzo, pensò che il mezzo più opportuno era di far ciò che avrebbe fatto anche senza questo motivo, parlare all'innominato medesimo; e dalle sue risposte don Abbondio intenderebbe finalmente che quello non era più uomo da averne paura. S'avvicinò dunque all'innominato, e con quell'aria di spontanea confidenza, che si trova in una nuova e potente affezione, come in un'antica intrinsichezza, - non crediate, - gli disse, - ch'io mi contenti di questa visita per oggi. Voi tornerete, n'è vero? in compagnia di questo ecclesiastico dabbene?
- S'io tornerò? - rispose l'innominato: - quando voi mi rifiutaste, rimarrei ostinato allavostra porta, come il povero. Ho bisogno di parlarvi! ho bisogno di sentirvi, di vedervi! ho bisogno di voi!

Federigo gli prese la mano, gliela strinse, e disse: - favorirete dunque di restare a desinare con noi. V'aspetto. Intanto, io vo a pregare, e a render grazie col popolo; e voi a cogliere i primi frutti della misericordia.

Don Abbondio, a quelle dimostrazioni, stava come un ragazzo pauroso, che veda uno accarezzar con sicurezza un suo cagnaccio grosso, rabbuffato, con gli occhi rossi, con un nomaccio famoso per morsi e per ispaventi, e senta dire al padrone che il suo cane è un buon bestione, quieto, quieto: guarda il padrone, e non contraddice né approva; guarda il cane, e non ardisce accostarglisi, per timore che il buon bestione non gli mostri i denti, fosse anche per fargli le feste; non ardisce allontanarsi, per non farsi scorgere; e dice in cuor suo: oh se fossi a casa mia!

Al cardinale, che s'era mosso per uscire, tenendo sempre per la mano e conducendo seco l'innominato, diede di nuovo nell'occhio il pover'uomo, che rimaneva indietro, mortificato, malcontento, facendo il muso senza volerlo. E pensando che forse quel dispiacere gli potesse anche venire dal parergli d'esser trascurato, e come lasciato in un canto, tanto più in paragone d'un facinoroso così ben accolto, così accarezzato, se gli voltò nel passare, si fermò un momento, e con un sorriso amorevole, gli disse: - signor curato, voi siete sempre con me nella casa del nostro buon Padre; ma questo... questo *perierat, et inventus est*. - Oh quanto me ne rallegro! - disse don Abbondio, facendo una gran riverenza a tutt'e due in comune.

L'arcivescovo andò avanti, spinse l'uscio, che fu subito spalancato di fuori da due servitori, che stavano uno di qua e uno di là: e la mirabile coppia apparve agli sguardi bramosi del clero raccolto nella stanza. Si videro que' due volti sui quali era dipinta una commozione diversa, ma ugualmente profonda; una tenerezza riconoscente, un'umile gioia nell'aspetto venerabile di Federigo; in quello dell'innominato, una confusione temperata di conforto, un nuovo pudore, una compunzione, dalla quale però traspariva tuttavia il vigore di quella selvaggia e risentita natura. E si seppe poi, che a più d'uno de' riguardanti era allora venuto in mente quel detto d'Isaia: *il lupo e l'agnello andranno ad un pascolo; il leone e il bue mangeranno insieme lo strame*. Dietro veniva don Abbondio, a cui nessuno badò. Quando furono nel mezzo della stanza, entrò dall'altra parte l'aiutante di camera del cardinale, e gli s'accostò, per dirgli che aveva eseguiti gli ordini comunicatigli dal cappellano; che la lettiga e le due mule eran preparate, e s'aspettava soltanto la donna che il curato avrebbe condotta. Il cardinale gli disse che, appena arrivato questo, lo facesse parlar subito con don Abbondio: e tutto poi fosse agli ordini di questo e dell'innominato; al quale strinse di nuovo la mano, in atto di commiato, dicendo: - v'aspetto -. Si voltò a salutar don Abbondio, e s'avviò dalla parte che conduceva alla chiesa. Il clero gli andò dietro, tra in folla e in processione: i due compagni di viaggio rimasero soli nella stanza. Stava l'innominato tutto raccolto in sé, pensieroso, impaziente che venisse il momento d'andare a levar di pene e di carcere la sua Lucia: sua ora in un senso così diverso da quello che lo fosse il giorno avanti: e il suo viso esprimeva un'agitazione concentrata, che all'occhio ombroso di don Abbondio poteva facilmente parere qualcosa di peggio. Lo sogguardava, avrebbe voluto attaccare un discorso amichevole; ma, " cosa devo dirgli? pensava: - devo dirgli ancora: mi rallegro? Mi rallegro di che? che essendo stato finora un demonio, vi siate finalmente risoluto di diventare un galantuomo come gli altri? Bel complimento! Eh eh eh! in qualunque maniera io le rigiri, le congratulazioni non vorrebbero dir altro che questo. E se sarà poi vero che sia diventato galantuomo: così a un tratto! Delle dimostrazioni se ne fanno tante a questo mondo, e per tante cagioni! Che so io, alle volte? E intanto mi tocca a andar con lui! in quel castello! Oh che storia! che storia! che storia! Chi me l'avesse detto stamattina! Ah, se posso uscirne a salvamento, m'ha da sentire la signora Perpetua, d'avermi cacciato qui per forza, quando non c'era necessità, fuor della mia pieve: e che tutti i parrochi d'intorno accorrevano, anche più da lontano; e che non bisognava stare indietro; e che questo, e che quest'altro; e imbarcarmi in un affare di questa sorte! Oh povero me! Eppure qualcosa bisognerà dirgli a costui ". E pensa e ripensa, aveva trovato che gli avrebbe potuto dire: non mi sarei mai aspettato questa fortuna d'incontrarmi in una così rispettabile compagnia; e stava per aprir bocca, quando entrò l'aiutante di camera, col curato del paese, il quale annunziò che la donna era pronta nella lettiga; e poi si voltò a don Abbondio, per ricevere da lui l'altra commissione del cardinale. Don Abbondio se ne sbrigò come poté, in quella confusione di mente; e accostatosi poi all'aiutante, gli disse: - mi dia almeno una bestia quieta; perché, dico la verità, sono un povero cavalcatore.

- Si figuri, - rispose l'aiutante, con un mezzo sogghigno: - è la mula del segretario, che è unletterato.

- Basta... - replicò don Abbondio, e continuò pensando: " il cielo me la mandi buona ".

Il signore s'era incamminato di corsa, al primo avviso: arrivato all'uscio, s'accorse di don Abbondio, ch'era rimasto indietro. Si fermò ad aspettarlo; e quando questo arrivò frettoloso, in aria di chieder perdono, l'inchinò, e lo fece passare avanti, con un atto cortese e umile: cosa che raccomodò alquanto lo stomaco al povero tribolato. Ma appena messo piede nel cortiletto, vide un'altra novità che gli guastò quella poca consolazione; vide l'innominato andar verso un canto, prender per la canna, con una mano, la sua carabina, poi per la cigna con l'altra, e, con un movimento spedito, come se facesse l'esercizio, mettersela ad armacollo.

" Ohi! ohi! ohi! - pensò don Abbondio: - cosa vuol farne di quell'ordigno, costui? Bel cilizio, bella disciplina da convertito! E se gli salta qualche grillo? Oh che spedizione! oh che spedizione! "

Se quel signore avesse potuto appena sospettare che razza di pensieri passavano per la testa al suo compagno, non si può dire cosa avrebbe fatto per rassicurarlo; ma era lontano le mille miglia da un tal sospetto; e don Abbondio stava attento a non far nessun atto che significasse chiaramente: non mi fido di vossignoria. Arrivati all'uscio di strada, trovarono le due cavalcature in ordine: l'innominato saltò su quella che gli fu presentata da un palafreniere.

- Vizi non ne ha? - disse all'aiutante di camera don Abbondio, rimettendo in terra il piede,che aveva già alzato verso la staffa.
- Vada pur su di buon animo: è un agnello -. Don Abbondio, arrampicandosi alla sella,sorretto dall'aiutante, su, su, su, è a cavallo.

La lettiga, ch'era innanzi qualche passo, portata da due mule, si mosse, a una voce del lettighiero; e la comitiva partì.

Si doveva passar davanti alla chiesa piena zeppa di popolo, per una piazzetta piena anch'essa d'altro popolo del paese e forestieri, che non avevan potuto entrare in quella. Già la gran nuova era corsa; e all'apparir della comitiva, all'apparir di quell'uomo, oggetto ancor poche ore prima di terrore e d'esecrazione, ora di lieta maraviglia, s'alzò nella folla un mormorìo quasi d'applauso; e facendo largo, si faceva insieme alle spinte, per vederlo da vicino. La lettiga passò, l'innominato passò; e davanti alla porta spalancata della chiesa, si levò il cappello, e chinò quella fronte tanto temuta, fin sulla criniera della mula, tra il susurro di cento voci che dicevano: Dio la benedica! Don Abbondio si levò anche lui il cappello, si chinò, si raccomandò al cielo; ma sentendo il concerto solenne de' suoi confratelli che cantavano a distesa, provò un'invidia, una mesta tenerezza, un accoramento tale, che durò fatica a tener le lacrime.

Fuori poi dell'abitato, nell'aperta campagna, negli andirivieni talvolta affatto deserti della strada, un velo più nero si stese sui suoi pensieri. Altro oggetto non aveva su cui riposar con fiducia lo sguardo, che il lettighiero, il quale, essendo al servizio del cardinale, doveva essere certamente un uomo dabbene, e insieme non aveva aria d'imbelle. Ogni tanto, comparivano viandanti, anche a comitive, che accorrevano per vedere il cardinale; ed era un ristoro per don Abbondio; ma passeggiero, ma s'andava verso quella valle tremenda, dove non s'incontrerebbe che sudditi dell'amico: e che sudditi! Con l'amico avrebbe desiderato ora più che mai d'entrare in discorso, tanto per tastarlo sempre più, come per tenerlo in buona; ma vedendolo così soprappensiero, gliene passava la voglia. Dovette dunque parlar con se stesso; ed ecco una parte di ciò che il pover'uomo si disse in quel tragitto: ché, a scriver tutto, ci sarebbe da farne un libro.

" È un gran dire che tanto i santi come i birboni gli abbiano a aver l'argento vivo addosso, e non si contentino d'esser sempre in moto loro, ma voglian tirare in ballo, se potessero, tutto il genere umano; e che i più faccendoni mi devan proprio venire a cercar me, che non cerco nessuno, e tirarmi per i capelli ne' loro affari: io che non chiedo altro che d'esser lasciato vivere! Quel matto birbone di don Rodrigo! Cosa gli mancherebbe per esser l'uomo il più felice di questo mondo, se avesse appena un pochino di giudizio? Lui ricco, lui giovine, lui rispettato, lui corteggiato: gli dà noia il bene stare; e bisogna che vada accattando guai per sé e per gli altri. Potrebbe far l'arte di Michelaccio; no signore: vuol fare il mestiere di molestar le femmine: il più pazzo, il più ladro, il più arrabbiato mestiere di questo mondo; potrebbe andare in paradiso in carrozza, e vuol andare a casa del diavolo a piè zoppo. E costui...! " E qui lo guardava, come se avesse sospetto che quel costui sentisse i suoi pensieri, " costui, dopo aver messo sottosopra il mondo con le scelleratezze, ora lo mette sottosopra con la conversione... se sarà vero. Intanto tocca a me a farne l'esperienza!... È finita: quando son nati con quella smania in corpo, bisogna che faccian sempre fracasso. Ci vuol tanto a fare il galantuomo tutta la vita, com'ho fatt'io? No signore: si deve squartare, ammazzare, fare il diavolo... oh povero me!... e poi uno scompiglio, anche per far penitenza. La penitenza, quando s'ha buona volontà, si può farla a casa sua, quietamente, senza tant'apparato, senza dar tant'incomodo al prossimo. E sua signoria illustrissima, subito subito, a braccia aperte, caro amico, amico caro; stare a tutto quel che gli dice costui, come se l'avesse visto far miracoli; e prendere addirittura una risoluzione, mettercisi dentro con le mani e co' piedi, presto di qua, presto di là: a casa mia si chiama precipitazione. E senza avere una minima caparra, dargli in mano un povero curato! questo si chiama giocare un uomo a pari e caffo. Un vescovo santo, com'è lui, de' curati dovrebbe esserne geloso, come della pupilla degli occhi suoi. Un pochino di flemma, un pochino di prudenza, un pochino di carità, mi pare che possa stare anche con la santità... E se fosse tutto un'apparenza? Chi può conoscer tutti i fini degli uomini? e dico degli uomini come costui? A pensare che mi tocca a andar con lui, a casa sua! Ci può esser sotto qualche diavolo: oh povero me! è meglio non ci pensare. Che imbroglio è questo di Lucia? Che ci fosse un'intesa con don Rodrigo? che gente! ma almeno la cosa sarebbe chiara. Ma come l'ha avuta nell'unghie costui? Chi lo sa? È tutto un segreto con monsignore: e a me che mi fanno trottare in questa maniera, non si dice nulla. Io non mi curo di sapere i fatti degli altri; ma quando uno ci ha a metter la pelle, ha anche ragione di sapere. Se fosse proprio per andare a prendere quella povera creatura, pazienza! Benché, poteva ben condurla con sé addirittura. E poi, se è così convertito, se è diventato un santo padre, che bisogno c'era di me? Oh che caos! Basta; voglia il cielo che la sia così: sarà stato un incomodo grosso, ma pazienza! Sarò contento anche per quella povera Lucia: anche lei deve averla scampata grossa; sa il cielo cos'ha patito: la compatisco; ma è nata per la mia rovina... Almeno potessi vedergli proprio in cuore a costui, come la pensa. Chi lo può conoscere? Ecco lì, ora pare sant'Antonio nel deserto; ora pare Oloferne in persona. Oh povero me! povero me! Basta: il cielo è in obbligo d'aiutarmi, perché non mi ci son messo io di mio capriccio ".

Infatti, sul volto dell'innominato si vedevano, per dir così, passare i pensieri, come, in un'ora burrascosa, le nuvole trascorrono dinanzi alla faccia del sole, alternando ogni momento una luce arrabbiata e un freddo buio. L'animo, ancor tutto inebriato dalle soavi parole di Federigo, e come rifatto e ringiovanito nella nuova vita, s'elevava a quell'idee di misericordia, di perdono e d'amore; poi ricadeva sotto il peso del terribile passato. Correva con ansietà a cercare quali fossero le iniquità riparabili, cosa si potesse troncare a mezzo, quali i rimedi più espedienti e più sicuri, come sciogliere tanti nodi, che fare di tanti complici: era uno sbalordimento a pensarci. A quella stessa spedizione, ch'era la più facile e così vicina al termine, andava con un'impazienza mista d'angoscia, pensando che intanto quella creatura pativa, Dio sa quanto, e che lui, il quale pure si struggeva di liberarla, era lui che la teneva intanto a patire. Dove c'eran due strade, il lettighiero si voltava, per saper quale dovesse prendere: l'innominato gliel'indicava con la mano, e insieme accennava di far presto.

Entrano nella valle. Come stava allora il povero don Abbondio! Quella valle famosa, della quale aveva sentito raccontar tante storie orribili, esserci dentro: que' famosi uomini, il fiore della braveria d'Italia, quegli uomini senza paura e senza misericordia, vederli in carne e in ossa; incontrarne uno o due o tre a ogni voltata di strada. Si chinavano sommessamente al signore; ma certi visi abbronzati! certi baffi irti! certi occhiacci, che a don Abbondio pareva che volessero dire: fargli la festa a quel prete? A segno che, in un punto di somma costernazione, gli venne detto tra sé: " gli avessi maritati! non mi poteva accader di peggio ". Intanto s'andava avanti per un sentiero sassoso, lungo il torrente: al di là quel prospetto di balze aspre, scure, disabitate; al di qua quella popolazione da far parer desiderabile ogni deserto: Dante non istava peggio nel mezzo di Malebolge.

Passan davanti la Malanotte; bravacci sull'uscio, inchini al signore, occhiate al suo compagno e alla lettiga. Coloro non sapevan cosa si pensare: già la partenza dell'innominato solo, la mattina, aveva dello straordinario; il ritorno non lo era meno. Era una preda che conduceva? E come l'aveva fatta da sé? E come una lettiga forestiera? E di chi poteva esser quella livrea? Guardavano, guardavano, ma nessuno si moveva, perché questo era l'ordine che il padrone dava loro con dell'occhiate.

Fanno la salita, sono in cima. I bravi che si trovan sulla spianata e sulla porta, si ritirano di qua e di là, per lasciare il passo libero: l'innominato fa segno che non si movan di più; sprona, e passa davanti alla lettiga; accenna al lettighiero e a don Abbondio che lo seguano; entra in un primo cortile, da quello in un secondo; va verso un usciolino, fa stare indietro con un gesto un bravo che accorreva per tenergli la staffa, e gli dice: - tu sta' costì, e non venga nessuno -. Smonta, lega in fretta la mula a un'inferriata, va alla lettiga, s'accosta alla donna, che aveva tirata la tendina, e le dice sottovoce: - consolatela subito; fatele subito capire che è libera, in mano d'amici. Dio ve ne renderà merito -. Poi fa cenno al lettighiero, che apra; poi s'avvicina a don Abbondio, e, con un sembiante così sereno come questo non gliel aveva ancor visto, né credeva che lo potesse avere, con dipintavi la gioia dell'opera buona che finalmente stava per compire, gli dice, ancora sotto voce: - signor curato, non le chiedo scusa dell'incomodo che ha per cagion mia: lei lo fa per Uno che paga bene, e per questa sua poverina -. Ciò detto, prende con una mano il morso, con l'altra la staffa, per aiutar don Abbondio a scendere.

Quel volto, quelle parole, quell'atto, gli avevan dato la vita. Mise un sospiro, che da un'ora gli s'aggirava dentro, senza mai trovar l'uscita; si chinò verso l'innominato, rispose a voce bassa bassa: - le pare? Ma, ma, ma, ma,...! - e sdrucciolò alla meglio dalla sua cavalcatura. L'innominato legò anche quella, e detto al lettighiero che stesse lì a aspettare, si levò una chiave di tasca, aprì l'uscio, entrò, fece entrare il curato e la donna, s'avviò davanti a loro alla scaletta; e tutt'e tre salirono in silenzio.

Cap. XXIV

Lucia s'era risentita da poco tempo; e di quel tempo una parte aveva penato a svegliarsi affatto, a separar le torbide visioni del sonno dalle memorie e dall'immagini di quella realtà troppo somigliante a una funesta visione d'infermo. La vecchia le si era subito avvicinata, e, con quella voce forzatamente umile, le aveva detto: - ah! avete dormito? Avreste potuto dormire in letto: ve l'ho pur detto tante volte ier sera -. E non ricevendo risposta, aveva continuato, sempre con un tono di supplicazione stizzosa: - mangiate una volta: abbiate giudizio. Uh come siete brutta! Avete bisogno di mangiare. E poi se, quando torna, la piglia con me?

- No, no; voglio andar via, voglio andar da mia madre. Il padrone me l'ha promesso, hadetto: domattina. Dov'è il padrone?
- È uscito; m'ha detto che tornerà presto, e che farà tutto quel che volete.
- Ha detto così? ha detto così? Ebbene; io voglio andar da mia madre; subito, subito.Ed ecco si sente un calpestìo nella stanza vicina; poi un picchio all'uscio. La vecchia accorre, domanda: - chi è?
- Apri, - risponde sommessamente la nota voce. La vecchia tira il paletto; l'innominato,spingendo leggermente i battenti, fa un po' di spiraglio: ordina alla vecchia di venir fuori, fa entrar subito don Abbondio con la buona donna. Socchiude poi di nuovo l'uscio, si ferma dietro a quello, e manda la vecchia in una parte lontana del castellaccio; come aveva già mandata via anche l'altra donna che stava fuori, di guardia.

Tutto questo movimento, quel punto d'aspetto, il primo apparire di persone nuove, cagionarono un soprassalto d'agitazione a Lucia, alla quale, se lo stato presente era intollerabile, ogni cambiamento però era motivo di sospetto e di nuovo spavento. Guardò, vide un prete, una donna; si rincorò alquanto: guarda più attenta: è lui, o non è lui? Riconosce don Abbondio, e rimane con gli occhi fissi, come incantata. La donna, andatale vicino, si chinò sopra di lei, e, guardandola pietosamente, prendendole le mani, come per accarezzarla e alzarla a un tempo, le disse: - oh poverina! venite, venite con noi.

- Chi siete? - le domandò Lucia; ma, senza aspettar la risposta, si voltò ancora a donAbbondio, che s'era trattenuto discosto due passi, con un viso, anche lui, tutto compassionevole; lo fissò di nuovo, e esclamò: - lei! è lei? il signor curato? Dove siamo?... Oh povera me! son fuori di sentimento!
- No, no, - rispose don Abbondio: - son io davvero: fatevi coraggio. Vedete? siam qui percondurvi via. Son proprio il vostro curato, venuto qui apposta, a cavallo...

Lucia, come riacquistate in un tratto tutte le sue forze, si rizzò precipitosamente; poi fissò ancora lo sguardo su que' due visi, e disse: - è dunque la Madonna che vi ha mandati.

- Io credo di sì, - disse la buona donna.
- Ma possiamo andar via, possiamo andar via davvero? - riprese Lucia, abbassando la voce,e con uno sguardo timido e sospettoso. - E tutta quella gente...? - continuò, con le labbra contratte e tremanti di spavento e d'orrore: - e quel signore...! quell'uomo...! Già, me l'aveva promesso...
- È qui anche lui in persona, venuto apposta con noi, - disse don Abbondio: - è qui fuori cheaspetta. Andiamo presto; non lo facciamo aspettare, un par suo.

Allora, quello di cui si parlava, spinse l'uscio, e si fece vedere; Lucia, che poco prima lo desiderava, anzi, non avendo speranza in altra cosa del mondo, non desiderava che lui, ora, dopo aver veduti visi, e sentite voci amiche, non poté reprimere un subitaneo ribrezzo; si riscosse, ritenne il respiro, si strinse alla buona donna, e le nascose il viso in seno. L'innominato, alla vista di quell'aspetto sul quale già la sera avanti non aveva potuto tener fermo lo sguardo, di quell'aspetto reso ora più squallido, sbattuto, affannato dal patire prolungato e dal digiuno, era rimasto lì fermo, quasi sull'uscio; nel veder poi quell'atto di terrore, abbassò gli occhi, stette ancora un momento immobile e muto; indi rispondendo a ciò che la poverina non aveva detto, - è vero, - esclamò: - perdonatemi!

- Viene a liberarvi; non è più quello; è diventato buono: sentite che vi chiede perdono? diceva la buona donna all'orecchio di Lucia.
- Si può dir di più? Via, su quella testa; non fate la bambina; che possiamo andar presto, le diceva don Abbondio. Lucia alzò la testa, guardò l'innominato, e, vedendo bassa quella fronte, atterrato e confuso quello sguardo, presa da un misto sentimento di conforto, di riconoscenza e di pietà, disse: - oh, il mio signore! Dio le renda merito della sua misericordia!
- E a voi, cento volte, il bene che mi fanno codeste vostre parole.

Così detto, si voltò, andò verso l'uscio, e uscì il primo. Lucia, tutta rianimata, con la donna che le dava braccio, gli andò dietro; don Abbondio in coda. Scesero la scala, arrivarono all'uscio che metteva nel cortile. L'innominato lo spalancò, andò alla lettiga, aprì lo sportello, e, con una certa gentilezza quasi timida (due cose nuove in lui) sorreggendo il braccio di Lucia, l'aiutò ad entrarvi, poi la buona donna. Slegò quindi la mula di don Abbondio, e l'aiutò anche lui a montare.

- Oh che degnazione! - disse questo; e montò molto più lesto che non avesse fatto la primavolta. La comitiva si mosse quando l'innominato fu anche lui a cavallo. La sua fronte s'era rialzata; lo sguardo aveva ripreso la solita espressione d'impero. I bravi che incontrava, vedevan bene sul suo viso i segni d'un forte pensiero, d'una preoccupazione straordinaria; ma non capivano, né potevan capire più in là. Al castello, non si sapeva ancor nulla della gran mutazione di quell'uomo; e per congettura, certo, nessun di coloro vi sarebbe arrivato. La buona donna aveva subito tirate le tendine della lettiga: prese poi affettuosamente le mani di Lucia, s'era messa a confortarla, con parole di pietà, di congratulazione e di tenerezza. E vedendo come, oltre la fatica di tanto travaglio sofferto, la confusione e l'oscurità degli avvenimenti impedivano alla poverina di sentir pienamente la contentezza della sua liberazione, le disse quanto poteva trovar di più atto a distrigare, a ravviare, per dir così, i suoi poveri pensieri. Le nominò il paese dove andavano.
- Sì? - disse Lucia, la qual sapeva ch'era poco discosto dal suo. - Ah Madonna santissima, viringrazio! Mia madre! mia madre!
- La manderemo a cercar subito, - disse la buona donna, la quale non sapeva che la cosaera già fatta.
- Sì, sì; che Dio ve ne renda merito... E voi, chi siete? Come siete venuta...
- M'ha mandata il nostro curato, - disse la buona donna: - perché questo signore, Dio gli hatoccato il cuore (sia benedetto!), ed è venuto al nostro paese, per parlare al signor cardinale arcivescovo (che l'abbiamo là in visita, quel sant'uomo), e s'è pentito de' suoi peccatacci, e vuol mutar vita; e ha detto al cardinale che aveva fatta rubare una povera innocente, che siete voi, d'intesa con un altro senza timor di Dio, che il curato non m'ha detto chi possa essere.

Lucia alzò gli occhi al cielo.

- Lo saprete forse voi, - continuò la buona donna: - basta; dunque il signor cardinale hapensato che, trattandosi d'una giovine, ci voleva una donna per venire in compagnia, e ha detto al curato che ne cercasse una; e il curato, per sua bontà, è venuto da me...
- Oh! il Signore vi ricompensi della vostra carità!
- Che dite mai, la mia povera giovine? E m'ha detto il signor curato, che vi facessi coraggio,e cercassi di sollevarvi subito, e farvi intendere come il Signore v'ha salvata miracolosamente...
- Ah sì! proprio miracolosamente; per intercession della Madonna.
- Dunque, che stiate di buon animo, e perdonare a chi v'ha fatto del male, e esser contentache Dio gli abbia usata misericordia, anzi pregare per lui; ché, oltre all'acquistarne merito, vi sentirete anche allargare il cuore.

Lucia rispose con uno sguardo che diceva di sì, tanto chiaro come avrebbero potuto far le parole, e con una dolcezza che le parole non avrebbero saputa esprimere.

- Brava giovine! - riprese la donna: - e trovandosi al nostro paese anche il vostro curato(che ce n'è tanti tanti, di tutto il contorno, da mettere insieme quattro ufizi generali), ha pensato il signor cardinale di mandarlo anche lui in compagnia; ma è stato di poco aiuto. Già l'avevo sentito dire ch'era un uomo da poco; ma in quest'occasione, ho dovuto proprio vedere che è più impicciato che un pulcin nella stoppa.
- E questo... - domandò Lucia, - questo che è diventato buono... chi è?
- Come! non lo sapete? - disse la buona donna, e lo nominò.
- Oh misericordia! - esclamò Lucia. Quel nome, quante volte l'aveva sentito ripetere conorrore in più d'una storia, in cui figurava sempre come in altre storie quello dell'orco! E ora, al pensiero d'essere stata nel suo terribil potere, e d'essere sotto la sua guardia pietosa; al pensiero d'una così orrenda sciagura, e d'una così improvvisa redenzione; a considerare di chi era quel viso che aveva veduto burbero, poi commosso, poi umiliato, rimaneva come estatica, dicendo solo, ogni poco: - oh misericordia!
- È una gran misericordia davvero! - diceva la buona donna: - dev'essere un gran sollievoper mezzo mondo. A pensare quanta gente teneva sottosopra; e ora, come m'ha detto il nostro curato... e poi, solo a guardarlo in viso, è diventato un santo! E poi si vedon subito le opere.

Dire che questa buona donna non provasse molta curiosità di conoscere un po' più distintamente la grand'avventura nella quale si trovava a fare una parte, non sarebbe la verità. Ma bisogna dire a sua gloria che, compresa d'una pietà rispettosa per Lucia, sentendo in certo modo la gravità e la dignità dell'incarico che le era stato affidato, non pensò neppure a farle una domanda indiscreta, ne oziosa: tutte le sue parole, in quel tragitto, furono di conforto e di premura per la povera giovine.

- Dio sa quant'è che non avete mangiato!
- Non me ne ricordo più... Da un pezzo.
- Poverina! Avrete bisogno di ristorarvi.
- Sì, - rispose Lucia con voce fioca.
- A casa mia, grazie a Dio, troveremo subito qualcosa. Fatevi coraggio, che ormai c'è poco.Lucia si lasciava poi cader languida sul fondo della lettiga, come assopita; e allora la buona donna la lasciava in riposo.

Per don Abbondio questo ritorno non era certo così angoscioso come l'andata di poco prima; ma non fu neppur esso un viaggio di piacere. Al cessar di quella pauraccia, s'era da principio sentito tutto scarico, ma ben presto cominciarono a spuntargli in cuore cent'altri dispiaceri; come, quand'è stato sbarbato un grand'albero, il terreno rimane sgombro per qualche tempo, ma poi si copre tutto d'erbacce. Era diventato più sensibile a tutto il resto; e tanto nel presente, quanto ne' pensieri dell'avvenire, non gli mancava pur troppo materia di tormentarsi. Sentiva ora, molto più che nell'andare, l'incomodo di quel modo di viaggiare, al quale non era molto avvezzo; e specialmente sul principio, nella scesa dal castello al fondo della valle. Il lettighiero, stimolato da' cenni dell'innominato, faceva andar di buon passo le sue bestie; le due cavalcature andavan dietro dietro, con lo stesso passo; onde seguiva che, a certi luoghi più ripidi, il povero don Abbondio, come se fosse messo a leva per di dietro, tracollava sul davanti, e, per reggersi, doveva appuntellarsi con la mano all'arcione; e non osava però pregare che s'andasse più adagio, e dall'altra parte avrebbe voluto esser fuori di quel paese più presto che fosse possibile. Oltre di ciò, dove la strada era sur un rialto, sur un ciglione, la mula, secondo l'uso de' pari suoi, pareva che facesse per dispetto a tener sempre dalla parte di fuori, e a metter proprio le zampe sull'orlo; e don Abbondio vedeva sotto di sé, quasi a perpendicolo, un salto, o come pensava lui, un precipizio. " Anche tu, - diceva tra sé alla bestia, - hai quel maledetto gusto d'andare a cercare i pericoli, quando c'è tanto sentiero! " E tirava la briglia dall'altra parte; ma inutilmente. Sicché, al solito, rodendosi di stizza e di paura, si lasciava condurre a piacere altrui. I bravi non gli facevan più tanto spavento, ora che sapeva più di certo come la pensava il padrone. " Ma, - rifletteva però, - se la notizia di questa gran conversione si sparge qua dentro, intanto che ci siamo ancora, chi sa come l'intenderanno costoro! Chi sa cosa nasce! Che s'andassero a immaginare che sia venuto io a fare il missionario! Povero me! mi martirizzano! " Il cipiglio dell'innominato non gli dava fastidio. " Per tenere a segno quelle facce lì, - pensava, - non ci vuol meno di questa qui; lo capisco anch'io; ma perché deve toccare a me a trovarmi tra tutti costoro! "

Basta; s'arrivò in fondo alla scesa, e s'uscì finalmente anche dalla valle. La fronte dell'innominato s'andò spianando. Anche don Abbondio prese una faccia più naturale, sprigionò alquanto la testa di tra le spalle, sgranchì le braccia e le gambe, si mise a stare un po' più sulla vita, che faceva un tutt'altro vedere, mandò più larghi respiri, e, con animo più riposato, si mise a considerare altri lontani pericoli. "Cosa dirà quel bestione di don Rodrigo? Rimaner con tanto di naso a questo modo, col danno e con le beffe, figuriamoci se la gli deve parere amara. Ora è quando fa il diavolo davvero. Sta a vedere che se la piglia anche con me, perché mi son trovato dentro in questa cerimonia. Se ha avuto cuore fin d'allora di mandare que' due demòni a farmi una figura di quella sorte sulla strada, ora poi, chi sa cosa farà! Con sua signoria illustrissima non la può prendere, che è un pezzo molto più grosso di lui; lì bisognerà rodere il freno. Intanto il veleno l'avrà in corpo, e sopra qualcheduno lo vorrà sfogare. Come finiscono queste faccende? I colpi cascano sempre all'ingiù; i cenci vanno all'aria. Lucia, di ragione, sua signoria illustrissima penserà a metterla in salvo: quell'altro poveraccio mal capitato è fuor del tiro, e ha già avuto la sua: ecco che il cencio son diventato io. La sarebbe barbara, dopo tant'incomodi, dopo tante agitazioni, e senza acquistarne merito, che ne dovessi portar la pena io. Cosa farà ora sua signoria illustrissima per difendermi, dopo avermi messo in ballo? Mi può star mallevadore lui che quel dannato non mi faccia un'azione peggio della prima? E poi, ha tanti affari per la testa! mette mano a tante cose! Come si può badare a tutto? Lascian poi alle volte le cose più imbrogliate di prima. Quelli che fanno il bene, lo fanno all'ingrosso: quand'hanno provata quella soddisfazione, n'hanno abbastanza, e non si voglion seccare a star dietro a tutte le conseguenze; ma coloro che hanno quel gusto di fare il male, ci mettono più diligenza, ci stanno dietro fino alla fine, non prendon mai requie, perché hanno quel canchero che li rode. Devo andar io a dire che son venuto qui per comando espresso di sua signoria illustrissima, e non di mia volontà? Parrebbe che volessi tenere dalla parte dell'iniquità. Oh santo cielo! Dalla parte dell'iniquità io! Per gli spassi che la mi dà! Basta; il meglio sarà raccontare a Perpetua la cosa com'è; e lascia poi fare a Perpetua a mandarla in giro. Purché a monsignore non venga il grillo di far qualche pubblicità, qualche scena inutile, e mettermici dentro anche me. A buon conto, appena siamo arrivati, se è uscito di chiesa, vado a riverirlo in fretta in fretta; se no, lascio le mie scuse, e me ne vo diritto diritto a casa mia. Lucia è bene appoggiata; di me non ce n'è più bisogno; e dopo tant'incomodi, posso pretendere anch'io d'andarmi a riposare. E poi... che non venisse anche curiosità a monsignore di saper tutta la storia, e mi toccasse a render conto dell'affare del matrimonio! Non ci mancherebbe altro. E se viene in visita anche alla mia parrocchia!... Oh! sarà quel che sarà; non vo' confondermi prima del tempo: n'ho abbastanza de' guai. Per ora vo a chiudermi in casa. Fin che monsignore si trova da queste parti, don Rodrigo non avrà faccia di far pazzie. E poi... E poi? Ah! vedo che i miei ultimi anni ho da passarli male! "

La comitiva arrivò che le funzioni di chiesa non erano ancor terminate; passò per mezzo alla folla medesima non meno commossa della prima volta; e poi si divise. I due a cavallo voltarono sur una piazzetta di fianco, in fondo a cui era la casa del parroco; la lettiga andò avanti verso quella della buona donna.

Don Abbondio fece quello che aveva pensato: appena smontato, fece i più sviscerati complimenti all'innominato, e lo pregò di volerlo scusar con monsignore; ché lui doveva tornare alla parrocchia addirittura, per affari urgenti. Andò a cercare quel che chiamava il suo cavallo, cioè il bastone che aveva lasciato in un cantuccio del salotto, e s'incamminò. L'innominato stette a aspettare che il cardinale tornasse di chiesa.

La buona donna, fatta seder Lucia nel miglior luogo della sua cucina, s'affaccendava a preparar qualcosa da ristorarla, ricusando, con una certa rustichezza cordiale, i ringraziamenti e le scuse che questa rinnovava ogni tanto.

Presto presto, rimettendo stipa sotto un calderotto, dove notava un buon cappone, fece alzare il bollore al brodo, e riempitane una scodella già guarnita di fette di pane, poté finalmente presentarla a Lucia. E nel vedere la poverina a riaversi a ogni cucchiaiata, si congratulava ad alta voce con se stessa che la cosa fosse accaduta in un giorno in cui, com'essa diceva, non c'era il gatto nel fuoco. - Tutti s'ingegnano oggi a far qualcosina, aggiungeva: - meno que' poveri poveri che stentano a aver pane di vecce e polenta di saggina; però oggi da un signore così caritatevole sperano di buscar tutti qualcosa. Noi, grazie al cielo, non siamo in questo caso: tra il mestiere di mio marito, e qualcosa che abbiamo al sole, si campa. Sicché mangiate senza pensieri intanto; ché presto il cappone sarà a tiro, e potrete ristorarvi un po' meglio -. Così detto, ritornò ad accudire al desinare, e ad apparecchiare.

Lucia, tornatele alquanto le forze, e acquietandosele sempre più l'animo, andava intanto assettandosi, per un'abitudine, per un istinto di pulizia e di verecondia: rimetteva e fermava le trecce allentate e arruffate, raccomodava il fazzoletto sul seno, e intorno al collo. In far questo, le sue dita s'intralciarono nella corona che ci aveva messa, la notte avanti; lo sguardo vi corse; si fece nella mente un tumulto istantaneo; la memoria del voto, oppressa fino allora e soffogata da tante sensazioni presenti, vi si suscitò d'improvviso, e vi comparve chiara e distinta. Allora tutte le potenze del suo animo, appena riavute, furon sopraffatte di nuovo, a un tratto: e se quell'animo non fosse stato così preparato da una vita d'innocenza, di rassegnazione e di fiducia, la costernazione che provò in quel momento, sarebbe stata disperazione. Dopo un ribollimento di que' pensieri che non vengono con parole, le prime che si formarono nella sua mente furono: " oh povera me, cos'ho fatto! " Ma non appena l'ebbe pensate, ne risentì come uno spavento. Le tornarono in mente tutte le circostanze del voto, l'angoscia intollerabile, il non avere una speranza di soccorso, il fervore della preghiera, la pienezza del sentimento con cui la promessa era stata fatta. E dopo avere ottenuta la grazia, pentirsi della promessa, le parve un'ingratitudine sacrilega, una perfidia verso Dio e la Madonna; le parve che una tale infedeltà le attirerebbe nuove e più terribili sventure, in mezzo alle quali non potrebbe più sperare neppur nella preghiera; e s'affrettò di rinnegare quel pentimento momentaneo. Si levò con divozione la corona dal collo, e tenendola nella mano tremante, confermò, rinnovò il voto, chiedendo nello stesso tempo, con una supplicazione accorata, che le fosse concessa la forza d'adempirlo, che le fossero risparmiati i pensieri e l'occasioni le quali avrebbero potuto, se non ismovere il suo animo, agitarlo troppo. La lontananza di Renzo, senza nessuna probabilità di ritorno, quella lontananza che fin allora le era stata così amara, le parve ora una disposizione della Provvidenza, che avesse fatti andare insieme i due avvenimenti per un fine solo; e si studiava di trovar nell'uno la ragione d'esser contenta dell'altro. E dietro a quel pensiero, s'andava figurando ugualmente che quella Provvidenza medesima, per compir l'opera, saprebbe trovar la maniera di far che Renzo si rassegnasse anche lui, non pensasse più... Ma una tale idea, appena trovata, mise sottosopra la mente ch'era andata a cercarla. La povera Lucia, sentendo che il cuore era lì lì per pentirsi, ritornò alla preghiera, alle conferme, al combattimento, dal quale s'alzò, se ci si passa quest'espressione, come il vincitore stanco e ferito, di sopra il nemico abbattuto: non dico ucciso.

Tutt'a un tratto, si sente uno scalpiccìo, e un chiasso di voci allegre. Era la famigliola che tornava di chiesa. Due bambinette e un fanciullo entran saltando; si fermano un momento a dare un'occhiata curiosa a Lucia, poi corrono alla mamma, e le s'aggruppano intorno: chi domanda il nome dell'ospite sconosciuta, e il come e il perché; chi vuol raccontare le maraviglie vedute: la buona donna risponde a tutto e a tutti con un - zitti, zitti -. Entra poi, con un passo più quieto, ma con una premura cordiale dipinta in viso, il padrone di casa. Era, se non l'abbiamo ancor detto, il sarto del villaggio, e de' contorni; un uomo che sapeva leggere, che aveva letto in fatti più d'una volta il Leggendario de' Santi, il Guerrin meschino e i Reali di Francia, e passava, in quelle parti, per un uomo di talento e di scienza: lode però che rifiutava modestamente, dicendo soltanto che aveva sbagliato la vocazione; e che se fosse andato agli studi, in vece di tant'altri...! Con questo, la miglior pasta del mondo. Essendosi trovato presente quando sua moglie era stata pregata dal curato d'intraprendere quel viaggio caritatevole, non solo ci aveva data la sua approvazione, ma le avrebbe fatto coraggio, se ce ne fosse stato bisogno. E ora che la funzione, la pompa, il concorso, e soprattutto la predica del cardinale avevano, come si dice, esaltati tutti i suoi buoni sentimenti, tornava a casa con un'aspettativa, con un desiderio ansioso di sapere come la cosa fosse riuscita, e di trovare la povera innocente salvata.

- Guardate un poco, - gli disse, al suo entrare, la buona donna, accennando Lucia; la qualefece il viso rosso, s'alzò, e cominciava a balbettar qualche scusa. Ma lui, avvicinatosele, l'interruppe facendole una gran festa, e esclamando: - ben venuta, ben venuta! Siete la benedizione del cielo in questa casa. Come son contento di vedervi qui! Già ero sicuro che sareste arrivata a buon porto; perché non ho mai trovato che il Signore abbia cominciato un miracolo senza finirlo bene; ma son contento di vedervi qui. Povera giovine! Ma è però una gran cosa d'aver ricevuto un miracolo!

Né si creda che fosse lui il solo a qualificar così quell'avvenimento, perché aveva letto il Leggendario: per tutto il paese e per tutt'i contorni non se ne parlò con altri termini, fin che ce ne rimase la memoria. E, a dir la verità, con le frange che vi s'attaccarono, non gli poteva convenire altro nome.

Accostatosi Poi passo passo alla moglie, che staccava il calderotto dalla catena, le disse sottovoce: - è andato bene ogni cosa?

- Benone: ti racconterò poi tutto.
- Sì, sì; con comodo.

Messo poi subito in tavola, la padrona andò a prender Lucia, ve l'accompagnò, la fece sedere; e staccata un'ala di quel cappone, gliela mise davanti; si mise a sedere anche lei e il marito, facendo tutt'e due coraggio all'ospite abbattuta e vergognosa, perché mangiasse. Il sarto cominciò, ai primi bocconi, a discorrere con grand'enfasi, in mezzo all'interruzioni de' ragazzi, che mangiavano ritti intorno alla tavola, e che in verità avevano viste troppe cose straordinarie, per fare alla lunga la sola parte d'ascoltatori. Descriveva le cerimonie solenni, poi saltava a parlare della conversione miracolosa. Ma ciò che gli aveva fatto più impressione, e su cui tornava più spesso, era la predica del cardinale.

- A vederlo lì davanti all'altare, - diceva, - un signore di quella sorte, come un curato...
- E quella cosa d'oro che aveva in testa... - diceva una bambinetta.
- Sta' zitta. A pensare, dico, che un signore di quella sorte, e un uomo tanto sapiente, che, aquel che dicono, ha letto tutti i libri che ci sono, cosa a cui non è mai arrivato nessun altro, né anche in Milano; a pensare che sappia adattarsi a dir quelle cose in maniera che tutti intendano...
- Ho inteso anch'io, - disse l'altra chiacchierina.
- Sta' zitta! cosa vuoi avere inteso, tu?
- Ho inteso che spiegava il Vangelo in vece del signor curato.
- Sta' zitta. Non dico chi sa qualche cosa; ché allora uno è obbligato a intendere; ma anche ipiù duri di testa, i più ignoranti, andavan dietro al filo del discorso. Andate ora a domandar loro se saprebbero ripeter le parole che diceva: sì; non ne ripescherebbero una; ma il sentimento lo hanno qui. E senza mai nominare quel signore, come si capiva che voleva parlar di lui! E poi, per capire, sarebbe bastato osservare quando aveva le lacrime agli occhi. E allora tutta la gente a piangere...
- E proprio vero, - scappò fuori il fanciullo: - ma perché piangevan tutti a quel modo, comebambini?
- Sta' zitto. E sì che c'è de' cuori duri in questo paese. E ha fatto proprio vedere che, benchéci sia la carestia, bisogna ringraziare il Signore, ed esser contenti: far quel che si può, industriarsi, aiutarsi, e poi esser contenti. Perché la disgrazia non è il patire, e l'esser poveri; la disgrazia è il far del male. E non son belle parole; perché si sa che anche lui vive da pover'uomo, e si leva il pane di bocca per darlo agli affamati; quando potrebbe far vita scelta, meglio di chi si sia. Ah! allora un uomo dà soddisfazione a sentirlo discorrere; non come tant'altri, fate quello che dico, e non fate quel che fo. E poi ha fatto proprio vedere che anche coloro che non son signori, se hanno più del necessario, sono obbligati di farne parte a chi patisce.

Qui interruppe il discorso da sé, come sorpreso da un pensiero. Stette un momento; poi mise insieme un piatto delle vivande ch'eran sulla tavola, e aggiuntovi un pane, mise il piatto in un tovagliolo, e preso questo per le quattro cocche, disse alla sua bambinetta maggiore: - piglia qui -. Le diede nell'altra mano un fiaschetto di vino, e soggiunse: - va' qui da Maria vedova; lasciale questa roba, e dille che è per stare un po' allegra co' suoi bambini. Ma con buona maniera, ve'; che non paia che tu le faccia l'elemosina. E non dir niente, se incontri qualcheduno; e guarda di non rompere.

Lucia fece gli occhi rossi, e sentì in cuore una tenerezza ricreatrice; come già da' discorsi di prima aveva ricevuto un sollievo che un discorso fatto apposta non le avrebbe potuto dare.

L'animo attirato da quelle descrizioni, da quelle fantasie di pompa, da quelle commozioni di pietà e di maraviglia, preso dall'entusiasmo medesimo del narratore, si staccava da' pensieri dolorosi di sé; e anche ritornandoci sopra, si trovava più forte contro di essi. Il pensiero stesso del gran sacrifizio, non già che avesse perduto il suo amaro, ma insiem con esso aveva un non so che d'una gioia austera e solenne.

Poco dopo, entrò il curato del paese, e disse d'esser mandato dal cardinale a informarsi di Lucia, ad avvertirla che monsignore voleva vederla in quel giorno, e a ringraziare in suo nome il sarto e la moglie. E questi e quella, commossi e confusi, non trovavan parole per corrispondere a tali dimostrazioni d'un tal personaggio. - E vostra madre non è ancora arrivata? - disse il curato a Lucia.

- Mia madre! - esclamò questa. Dicendole poi il curato, che l'aveva mandata a prendere, d'ordine dell'arcivescovo, si mise il grembiule agli occhi, e diede in un dirotto pianto, che durò un pezzo dopo che fu andato via il curato. Quando poi gli affetti tumultuosi che le si erano suscitati a quell'annunzio, cominciarono a dar luogo a pensieri più posati, la poverina si ricordò che quella consolazione allora così vicina, di riveder la madre, una consolazione così inaspettata poche ore prima, era stata da lei espressamente implorata in quell'ore terribili, e messa quasi come una condizione al voto. *Fatemi tornar*

salva con mia madre, aveva detto; e queste parole le ricomparvero ora distinte nella memoria. Si confermò più che mai nel proposito di mantener la promessa, e si fece di nuovo, e più amaramente, scrupolo di quel *povera me!* che le era scappato detto tra sé, nel primo momento.
Agnese infatti, quando si parlava di lei, era già poco lontana. È facile pensare come la povera donna fosse rimasta, a quell'invito così inaspettato, e a quella notizia, necessariamente tronca e confusa, d'un pericolo, si poteva dir, cessato, ma spaventoso; d'un caso terribile, che il messo non sapeva né circostanziare né spiegare; e lei non aveva a che attaccarsi per ispiegarlo da sé. Dopo essersi cacciate le mani ne' capelli, dopo aver gridato più volte: - ah Signore! ah Madonna! -, dopo aver fatte al messo varie domande, alle quali questo non sapeva che rispondere, era entrata in fretta e in furia nel baroccio, continuando per la strada a esclamare e interrogare, senza profitto. Ma, a un certo punto, aveva incontrato don Abbondio che veniva adagio adagio, mettendo avanti, a ogni passo, il suo bastone. Dopo un - oh! - di tutt'e due le parti, lui s'era fermato, lei aveva fatto fermare, ed era smontata; e s'eran tirati in disparte in un castagneto che costeggiava la strada. Don Abbondio l'aveva ragguagliata di ciò che aveva potuto sapere e dovuto vedere. La cosa non era chiara; ma almeno Agnese fu assicurata che Lucia era affatto in salvo; e respirò. Dopo, don Abbondio era voluto entrare in un altro discorso, e darle una lunga istruzione sulla maniera di regolarsi con l'arcivescovo, se questo, com'era probabile, avesse desiderato di parlar con lei e con la figliuola; e soprattutto che non conveniva far parola del matrimonio... Ma Agnese, accorgendosi che il brav'uomo non parlava che per il suo proprio interesse, l'aveva piantato, senza promettergli, anzi senza risolver nulla; ché aveva tutt'altro da pensare. E s'era rimessa in istrada.
Finalmente il baroccio arriva, e si ferma alla casa del sarto. Lucia s'alza precipitosamente; Agnese scende, e dentro di corsa: sono nelle braccia l'una dell'altra. La moglie del sarto, ch'era la sola che si trovava lì presente, fa coraggio a tutt'e due, le acquieta, si rallegra con loro, e poi, sempre discreta, le lascia sole, dicendo che andava a preparare un letto per loro; che aveva il modo, senza incomodarsi; ma che, in ogni caso, tanto lei, come suo marito, avrebbero piuttosto voluto dormire in terra, che lasciarle andare a cercare un ricovero altrove.
Passato quel primo sfogo d'abbracciamenti e di singhiozzi, Agnese volle sapere i casi di Lucia, e questa si mise affannosamente a raccontarglieli. Ma, come il lettore sa, era una storia che nessuno la conosceva tutta; e per Lucia stessa c'eran delle parti oscure, inesplicabili affatto. E principalmente quella fatale combinazione d'essersi la terribile carrozza trovata lì sulla strada, per l'appunto quando Lucia vi passava per un caso straordinario: su di che la madre e la figlia facevan cento congetture, senza mai dar nel segno, anzi senza neppure andarci vicino.
In quanto all'autor principale della trama, tanto l'una che l'altra non potevano fare a meno di non pensare che fosse don Rodrigo.

- Ah anima nera! ah tizzone d'inferno! - esclamava Agnese: - ma verrà la sua ora anche perlui. Domeneddio lo pagherà secondo il merito; e allora proverà anche lui...
- No, no, mamma; no! - interruppe Lucia: - non gli augurate di patire, non l'augurate anessuno! Se sapeste cosa sia patire! Se aveste provato! No, no! preghiamo piuttosto Dio e la Madonna per lui: che Dio gli tocchi il cuore, come ha fatto a quest'altro povero signore, ch'era peggio di lui; e ora è un santo.

Il ribrezzo che Lucia provava nel tornare sopra memorie così recenti e così crudeli, la fece più d'una volta restare a mezzo; più d'una volta disse che non le bastava l'animo di continuare, e dopo molte lacrime, riprese la parola a stento. Ma un sentimento diverso la tenne sospesa, a un certo punto del racconto: quando fu al voto. Il timore che la madre le desse dell'imprudente e della precipitosa; e che, come aveva fatto nell'affare del matrimonio, mettesse in campo qualche sua regola larga di coscienza, e volesse fargliela trovar giusta per forza; o che, povera donna, dicesse la cosa a qualcheduno in confidenza, se non altro per aver lume e consiglio, e la facesse così divenir pubblica, cosa che Lucia, solamente a pensarci, si sentiva venire il viso rosso; anche una certa vergogna della madre stessa, una ripugnanza inesplicabile a entrare in quella materia; tutte queste cose insieme fecero che nascose quella circostanza importante, proponendosi di farne prima la confidenza al padre Cristoforo. Ma come rimase allorché, domandando di lui, si sentì rispondere che non c'era più, ch'era stato mandato in un paese lontano lontano, in un paese che aveva un certo nome!

- E Renzo? - disse Agnese.
- È in salvo, n'è vero? - disse ansiosamente Lucia.

- Questo è sicuro, perché tutti lo dicono; si tien per certo che si sia ricoverato sulbergamasco; ma il luogo proprio nessuno lo sa dire: e lui finora non ha mai fatto saper nulla. Che non abbia ancora trovata la maniera.

- Ah, se è in salvo, sia ringraziato il Signore! - disse Lucia; e cercava di cambiar discorso;quando il discorso fu interrotto da una novità inaspettata: la comparsa del cardinale arcivescovo.

Questo, tornato di chiesa, dove l'abbiam lasciato, sentito dall'innominato che Lucia era arrivata, sana e salva, era andato a tavola con lui, facendoselo sedere a destra, in mezzo a una corona di preti, che non potevano saziarsi di dare occhiate a quell'aspetto così ammansato senza debolezza, così umiliato senza abbassamento, e di paragonarlo con l'idea che da lungo tempo s'eran fatta del personaggio.

Finito di desinare, loro due s'eran ritirati di nuovo insieme. Dopo un colloquio che durò molto più del primo, l'innominato era partito per il suo castello, su quella stessa mula della mattina; e il cardinale, fatto chiamare il curato, gli aveva detto che desiderava d'esser condotto alla casa dov'era ricoverata Lucia.

- Oh! monsignore, - aveva risposto il curato, - non s'incomodi: manderò io subito adavvertire che venga qui la giovine, la madre, se è arrivata, anche gli ospiti, se monsignore li vuole, tutti quelli che desidera vossignoria illustrissima. - Desidero d'andar io a trovarli, - aveva replicato Federigo.

- Vossignoria illustrissima non deve incomodarsi: manderò io subito a chiamarli: è cosad'un momento, - aveva insistito il curato guastamestieri (buon uomo del resto), non intendendo che il cardinale voleva con quella visita rendere onore alla sventura, all'innocenza, all'ospitalità e al suo proprio ministero in un tempo. Ma, avendo il superiore espresso di nuovo il medesimo desiderio, l'inferiore s'inchinò e si mosse.

Quando i due personaggi furon veduti spuntar nella strada, tutta la gente che c'era andò verso di loro; e in pochi momenti n'accorse da ogni parte, camminando loro ai fianchi chi poteva, e gli altri dietro, alla rinfusa. Il curato badava a dire: - via, indietro, ritiratevi; ma! ma! - Federigo gli diceva: - lasciateli fare, - e andava avanti, ora alzando la mano a benedir la gente, ora abbassandola ad accarezzare i ragazzi che gli venivan tra' piedi. Così arrivarono alla casa, e c'entrarono: la folla rimase ammontata al di fuori. Ma nella folla si trovava anche il sarto, il quale era andato dietro come gli altri, con gli occhi fissi e con la bocca aperta, non sapendo dove si riuscirebbe. Quando vide quel dove inaspettato, si fece far largo, pensate con che strepito, gridando e rigridando: - lasciate passare chi ha da passare -; e entrò.

Agnese e Lucia sentirono un ronzìo crescente nella strada; mentre pensavano cosa potesse essere, videro l'uscio spalancarsi, e comparire il porporato col parroco.

- È quella? - domandò il primo al secondo; e, a un cenno affermativo, andò verso Lucia,ch'era rimasta lì con la madre, tutt'e due immobili e mute dalla sorpresa e dalla vergogna. Ma il tono di quella voce, l'aspetto, il contegno, e soprattutto le parole di Federigo l'ebbero subito rianimate. - Povera giovine, - cominciò: - Dio ha permesso che foste messa a una gran prova; ma v'ha anche fatto vedere che non aveva levato l'occhio da voi, che non v'aveva dimenticata. V'ha rimessa in salvo; e s'è servito di voi per una grand'opera, per fare una gran misericordia a uno, e per sollevar molti nello stesso tempo.

Qui comparve nella stanza la padrona, la quale, al rumore, s'era affacciata anch'essa alla finestra, e avendo veduto chi le entrava in casa, aveva sceso le scale, di corsa, dopo essersi raccomodata alla meglio; e quasi nello stesso tempo, entrò il sarto da un altr'uscio. Vedendo avviato il discorso, andarono a riunirsi in un canto, dove rimasero con gran rispetto. Il cardinale, salutatili cortesemente, continuò a parlar con le donne, mescolando ai conforti qualche domanda, per veder se nelle risposte potesse trovar qualche congiuntura di far del bene a chi aveva tanto patito.

- Bisognerebbe che tutti i preti fossero come vossignoria, che tenessero un po' dalla partede' poveri, e non aiutassero a metterli in imbroglio, per cavarsene loro, - disse Agnese, animata dal contegno così famigliare e amorevole di Federigo, e stizzita dal pensare che il signor don Abbondio, dopo aver sempre sacrificati gli altri, pretendesse poi anche d'impedir loro un piccolo sfogo, un lamento con chi era al di sopra di lui, quando, per un caso raro, n'era venuta l'occasione.

- Dite pure tutto quel che pensate, - disse il cardinale: - parlate liberamente.

- Voglio dire che, se il nostro signor curato avesse fatto il suo dovere, la cosa non sarebbeandata così.

Ma facendole il cardinale nuove istanze perché si spiegasse meglio, quella cominciò a trovarsi impicciata a dover raccontare una storia nella quale aveva anch'essa una parte che non si curava di far sapere, specialmente a un tal personaggio. Trovò però il verso d'accomodarla con un piccolo stralcio: raccontò del matrimonio concertato, del rifiuto di don Abbondio, non lasciò fuori il pretesto *de' superiori* che lui aveva messo in campo (ah, Agnese!); e saltò all'attentato di don Rodrigo, e come, essendo stati avvertiti, avevano potuto scappare. - Ma sì, - soggiunse e concluse: - scappare per inciamparci di nuovo. Se in vece il signor curato ci avesse detto sinceramente la cosa, e avesse subito maritati i miei poveri giovani, noi ce n'andavamo via subito, tutti insieme, di nascosto, lontano, in luogo che né anche l'aria non l'avrebbe saputo. Così s'è perduto tempo; ed è nato quel che è nato.

- Il signor curato mi renderà conto di questo fatto, - disse il cardinale.
- No, signore, no, signore, - disse subito Agnese: - non ho parlato per questo: non lo gridi,perché già quel che è stato è stato; e poi non serve a nulla: è un uomo fatto così: tornando il caso, farebbe lo stesso.

Ma Lucia, non contenta di quella maniera di raccontar la storia, soggiunse: - anche noi abbiamo fatto del male: si vede che non era la volontà del Signore che la cosa dovesse riuscire.

- Che male avete potuto far voi, povera giovine? - disse Federigo.

Lucia, malgrado gli occhiacci che la madre cercava di farle alla sfuggita, raccontò la storia del tentativo fatto in casa di don Abbondio; e concluse dicendo: - abbiam fatto male; e Dio ci ha gastigati.

- Prendete dalla sua mano i patimenti che avete sofferti, e state di buon animo, - disseFederigo: - perché, chi avrà ragione di rallegrarsi e di sperare, se non chi ha patito, e pensa ad accusar se medesimo?

Domandò allora dove fosse il promesso sposo, e sentendo da Agnese (Lucia stava zitta, con la testa e gli occhi bassi) ch'era scappato dal suo paese, ne provò e ne mostrò maraviglia e dispiacere; e volle sapere il perché.

Agnese raccontò alla meglio tutto quel poco che sapeva della storia di Renzo.

- Ho sentito parlare di questo giovine, - disse il cardinale: - ma come mai uno che si trovòinvolto in affari di quella sorte, poteva essere in trattato di matrimonio con una ragazza così?
- Era un giovine dabbene, - disse Lucia, facendo il viso rosso, ma con voce sicura.
- Era un giovine quieto, fin troppo, - soggiunse Agnese: - e questo lo può domandare a chisi sia, anche al signor curato. Chi sa che imbroglio avranno fatto laggiù, che cabale? I poveri, ci vuol poco a farli comparir birboni.

È vero pur troppo, - disse il cardinale: - m'informerò di lui senza dubbio -: e fattosi dire nome e cognome del giovine, ne prese l'appunto sur un libriccin di memorie. Aggiunse poi che contava di portarsi al loro paese tra pochi giorni, che allora Lucia potrebbe venir là senza timore, e che intanto penserebbe lui a provvederla d'un luogo dove potesse esser al sicuro, fin che ogni cosa fosse accomodata per il meglio.

Si voltò quindi ai padroni di casa, che vennero subito avanti. Rinnovò i ringraziamenti che aveva fatti fare dal curato, e domandò se sarebbero stati contenti di ricoverare, per que' pochi giorni, le ospiti che Dio aveva loro mandate.

- Oh! sì signore, - rispose la donna, con un tono di voce e con un viso ch'esprimeva moltopiù di quell'asciutta risposta, strozzata dalla vergogna. Ma il marito, messo in orgasmo dalla presenza d'un tale interrogatore, dal desiderio di farsi onore in un'occasione di tanta importanza, studiava ansiosamente qualche bella risposta. Raggrinzò la fronte, torse gli occhi in traverso, strinse le labbra, tese a tutta forza l'arco dell'intelletto, cercò, frugò, sentì di dentro un cozzo d'idee monche e di mezze parole: ma il momento stringeva; il cardinale accennava già d'avere interpretato il silenzio: il pover'uomo aprì la bocca, e disse: - si figuri! - Altro non gli volle venire. Cosa, di cui non solo rimase avvilito sul momento; ma sempre poi quella rimembranza importuna gli guastava la compiacenza del grand'onore ricevuto. E quante volte, tornandoci sopra, e rimettendosi col pensiero in quella circostanza, gli venivano in mente, quasi per dispetto, parole che tutte sarebbero state meglio di quell'insulso *si figuri!* Ma, come dice un antico proverbio, del senno di poi ne son piene le fosse.

Il cardinale partì, dicendo: - la benedizione del Signore sia sopra questa casa.

Domandò poi la sera al curato come si sarebbe potuto in modo convenevole ricompensare quell'uomo, che non doveva esser ricco, dell'ospitalità costosa, specialmente in que' tempi. Il curato rispose che, per verità, né i guadagni della professione, né le rendite di certi campicelli, che il buon sarto aveva del suo, non sarebbero bastate, in quell'annata, a metterlo in istato d'esser liberale con gli altri; ma che, avendo fatto degli avanzi negli anni addietro, si trovava de' più agiati del contorno, e poteva far qualche spesa di più, senza dissesto, come certo faceva questa volentieri; e che, del rimanente, non ci sarebbe stato verso di fargli accettare nessuna ricompensa.

- Avrà probabilmente, - disse il cardinale, - crediti con gente che non può pagare.
- Pensi, monsignore illustrissimo: questa povera gente paga con quel che le avanza dellaraccolta: l'anno scorso, non avanzò nulla; in questo, tutti rimangono indietro del necessario.
- Ebbene, - disse Federigo: - prendo io sopra di me tutti que' debiti; e voi mi farete ilpiacere d'aver da lui la nota delle partite, e di saldarle.
- Sarà una somma ragionevole.
- Tanto meglio: e avrete pur troppo di quelli ancor più bisognosi, che non hanno debitiperché non trovan credenza.
- Eh, pur troppo! Si fa quel che si può; ma come arrivare a tutto, in tempi di questa sorte?- Fate che lui li vesta a mio conto, e pagatelo bene. Veramente, in quest'anno, mi par rubato tutto ciò che non va in pane; ma questo è un caso particolare.

Non vogliam però chiudere la storia di quella giornata, senza raccontar brevemente come la terminasse l'innominato.

Questa volta, la nuova della sua conversione l'aveva preceduto nella valle; vi s'era subito sparsa, e aveva messo per tutto uno sbalordimento, un'ansietà, un cruccio, un susurro. Ai primi bravi, o servitori (era tutt'uno) che vide, accennò che lo seguissero: e così di mano in mano. Tutti venivan dietro, con una sospensione nuova, e con la suggezione solita; finché, con un seguito sempre crescente, arrivò al castello. Accennò a quelli che si trovavan sulla porta, che gli venissero dietro con gli altri; entrò nel primo cortile, andò verso il mezzo, e lì, essendo ancora a cavallo, mise un suo grido tonante: era il segno usato, al quale accorrevano tutti que' suoi che l'avessero sentito. In un momento, quelli ch'erano sparsi per il castello, vennero dietro alla voce, e s'univano ai già radunati, guardando tutti il padrone.

- Andate ad aspettarmi nella sala grande, - disse loro; e dall'alto della sua cavalcatura, glistava a veder partire. Ne scese poi, la menò lui stesso alla stalla, e andò dov'era aspettato. Al suo apparire, cessò subito un gran bisbiglìo che c'era; tutti si ristrinsero da una parte, lasciando voto per lui un grande spazio della sala: potevano essere una trentina.

L'innominato alzò la mano, come per mantener quel silenzio improvviso; alzò la testa, che passava tutte quelle della brigata, e disse: - ascoltate tutti, e nessuno parli, se non è interrogato. Figliuoli! la strada per la quale siamo andati finora, conduce nel fondo dell'inferno. Non è un rimprovero ch'io voglia farvi, io che sono avanti a tutti, il peggiore di tutti; ma sentite ciò che v'ho da dire. Dio misericordioso m'ha chiamato a mutar vita; e io la muterò, l'ho già mutata: così faccia con tutti voi. Sappiate dunque, e tenete per fermo che son risoluto di prima morire che far più nulla contro la sua santa legge. Levo a ognun di voi gli ordini scellerati che avete da me; voi m'intendete; anzi vi comando di non far nulla di ciò che v'era comandato. E tenete per fermo ugualmente, che nessuno, da qui avanti, potrà far del male con la mia protezione, al mio servizio. Chi vuol restare a questi patti, sarà per me come un figliuolo: e mi troverei contento alla fine di quel giorno, in cui non avessi mangiato per satollar l'ultimo di voi, con l'ultimo pane che mi rimanesse in casa. Chi non vuole, gli sarà dato quello che gli è dovuto di salario, e un regalo di più: potrà andarsene; ma non metta più piede qui: quando non fosse per mutar vita; che per questo sarà sempre ricevuto a braccia aperte. Pensateci questa notte: domattina vi chiamerò, a uno a uno, a darmi la risposta; e allora vi darò nuovi ordini. Per ora, ritiratevi, ognuno al suo posto. E Dio che ha usato con me tanta misericordia, vi mandi il buon pensiero.

Qui finì, e tutto rimase in silenzio. Per quanto vari e tumultuosi fossero i pensieri che ribollivano in que' cervellacci, non ne apparve di fuori nessun segno. Erano avvezzi a prender la voce del loro signore come la manifestazione d'una volontà con la quale non c'era da ripetere: e quella voce, annunziando che la volontà era mutata, non dava punto indizio che fosse indebolita. A nessuno di loro passò neppur per la mente che, per esser lui convertito, si potesse prendergli il sopravvento, rispondergli come a un altr'uomo. Vedevano in lui un santo, ma un di que' santi che si dipingono con la testa alta, e con la spada in pugno. Oltre il timore, avevano anche per lui (principalmente quelli ch'eran nati sul suo, ed erano una gran parte) un'affezione come d'uomini ligi; avevan poi tutti una benevolenza d'ammirazione; e alla sua presenza sentivano una specie di quella, dirò pur così, verecondia, che anche gli animi più zotici e più petulanti provano davanti a una superiorità che hanno già riconosciuta. Le cose poi che allora avevan sentite da quella bocca, erano bensì odiose a' loro orecchi, ma non false né affatto estranee ai loro intelletti: se mille volte se n'eran fatti beffe, non era già perché non le credessero, ma per prevenir con le beffe la paura che gliene sarebbe venuta, a pensarci sul serio. E ora, a veder l'effetto di quella paura in un animo come quello del loro padrone, chi più, chi meno, non ce ne fu uno che non gli se n'attaccasse, almeno per qualche tempo. S'aggiunga a tutto ciò, che quelli tra loro che, trovandosi la mattina fuor della valle, avevan risaputa per i primi la gran nuova, avevano insieme veduto, e avevano anche riferito la gioia, la baldanza della popolazione, l'amore e la venerazione per l'innominato, ch'erano entrati in luogo dell'antico odio e dell'antico terrore. Di maniera che, nell'uomo che avevan sempre riguardato, per dir così, di basso in alto, anche quando loro medesimi erano in gran parte la sua forza, vedevano ora la maraviglia, l'idolo d'una moltitudine; lo vedevano al di sopra degli altri, ben diversamente di prima, ma non meno; sempre fuori della schiera comune, sempre capo.

Stavano adunque sbalorditi, incerti l'uno dell'altro, e ognun di sé. Chi si rodeva, chi faceva disegni del dove sarebbe andato a cercar ricovero e impiego; chi s'esaminava se avrebbe potuto adattarsi a diventar galantuomo; chi anche, tocco da quelle parole, se ne sentiva una certa inclinazione; chi, senza risolver nulla, proponeva di prometter tutto a buon conto, di rimanere intanto a mangiare quel pane offerto così di buon cuore, e allora così scarso, e d'acquistar tempo: nessuno fiatò. E quando l'innominato, alla fine delle sue parole, alzò di nuovo quella mano imperiosa per accennar che se n'andassero, quatti quatti, come un branco di pecore, tutti insieme se la batterono. Uscì anche lui, dietro a loro, e, piantatosi prima nel mezzo del cortile, stette a vedere al barlume come si sbrancassero, e ognuno s'avviasse al suo posto. Salito poi a prendere una sua lanterna, girò di nuovo i cortili, i corridoi, le sale, visitò tutte l'entrature, e, quando vide ch'era tutto quieto, andò finalmente a dormire. Sì, a dormire; perché aveva sonno.

Affari intralciati, e insieme urgenti, per quanto ne fosse sempre andato in cerca, non se n'era mai trovati addosso tanti, in nessuna congiuntura, come allora; eppure aveva sonno. I rimorsi che gliel avevan levato la notte avanti, non che essere acquietati, mandavano anzi grida più alte, più severe, più assolute; eppure aveva sonno. L'ordine, la specie di governo stabilito là dentro da lui in tant'anni, con tante cure, con un tanto singolare accoppiamento d'audacia e di perseveranza, ora l'aveva lui medesimo messo in forse, con poche parole; la dipendenza illimitata di que' suoi, quel loro esser disposti a tutto, quella fedeltà da masnadieri, sulla quale era avvezzo da tanto tempo a riposare, l'aveva ora smossa lui medesimo; i suoi mezzi, gli aveva fatti diventare un monte d'imbrogli, s'era messa la confusione e l'incertezza in casa; eppure aveva sonno.

Andò dunque in camera, s'accostò a quel letto in cui la notte avanti aveva trovate tante spine; e vi s'inginocchiò accanto, con l'intenzione di pregare. Trovò in fatti in un cantuccio riposto e profondo della mente, le preghiere ch'era stato ammaestrato a recitar da bambino; cominciò a recitarle; e quelle parole, rimaste lì tanto tempo ravvolte insieme, venivano l'una dopo l'altra come sgomitolandosi. Provava in questo un misto di sentimenti indefinibile; una certa dolcezza in quel ritorno materiale all'abitudini dell'innocenza; un inasprimento di dolore al pensiero dell'abisso che aveva messo tra quel tempo e questo; un ardore d'arrivare, con opere di espiazione, a una coscienza nuova, a uno stato il più vicino all'innocenza, a cui non poteva tornare; una riconoscenza, una fiducia in quella misericordia che lo poteva condurre a quello stato, e che gli aveva già dati tanti segni di volerlo. Rizzatosi poi, andò a letto, e s'addormentò immediatamente.

Così terminò quella giornata, tanto celebre ancora quando scriveva il nostro anonimo; e ora, se non era lui, non se ne saprebbe nulla, almeno de' particolari; giacché il Ripamonti e il Rivola, citati di sopra, non dicono se non che quel sì segnalato tiranno, dopo un abboccamento con Federigo, mutò mirabilmente vita, e per sempre. E quanti son quelli che hanno letto i libri di que' due? Meno ancora di quelli che leggeranno il nostro. E chi sa se, nella valle stessa, chi avesse voglia di cercarla, e l'abilità di trovarla, sarà rimasta qualche stracca e confusa tradizione del fatto? Son nate tante cose da quel tempo in poi!

Cap. XXV

Il giorno seguente, nel paesetto di Lucia e in tutto il territorio di Lecco, non si parlava che di lei, dell'innominato, dell'arcivescovo e d'un altro tale, che, quantunque gli piacesse molto d'andar per le bocche degli uomini, n'avrebbe, in quella congiuntura, fatto volentieri di meno: vogliam dire il signor don Rodrigo.

Non già che prima d'allora non si parlasse de' fatti suoi; ma eran discorsi rotti, segreti: bisognava che due si conoscessero bene bene tra di loro, per aprirsi sur un tale argomento. E anche, non ci mettevano tutto il sentimento di che sarebbero stati capaci: perché gli uomini, generalmente parlando, quando l'indegnazione non si possa sfogare senza grave pericolo, non solo dimostran meno, o tengono affatto in sé quella che sentono, ma ne senton meno in effetto. Ma ora, chi si sarebbe tenuto d'informarsi, e di ragionare d'un fatto così strepitoso, in cui s'era vista la mano del cielo, e dove facevan buona figura due personaggi tali? uno, in cui un amore della giustizia tanto animoso andava unito a tanta autorità; l'altro, con cui pareva che la prepotenza in persona si fosse umiliata, che la braverìa fosse venuta, per dir così, a render l'armi, e a chiedere il riposo. A tali paragoni, il signor don Rodrigo diveniva un po' piccino. Allora si capiva da tutti cosa fosse tormentar l'innocenza per poterla disonorare, perseguitarla con un'insistenza così sfacciata, con sì atroce violenza, con sì abbominevoli insidie. Si faceva, in quell'occasione, una rivista di tant'altre prodezze di quel signore: e su tutto la dicevan come la sentivano, incoraggiti ognuno dal trovarsi d'accordo con tutti. Era un susurro, un fremito generale; alla larga però, per ragione di tutti que' bravi che colui aveva d'intorno.
Una buona parte di quest'odio pubblico cadeva ancora sui suoi amici e cortigiani. Si rosolava bene il signor podestà, sempre sordo e cieco e muto sui fatti di quel tiranno; ma alla lontana, anche lui, perché, se non aveva i bravi, aveva i birri. Col dottor Azzeccagarbugli, che non aveva se non chiacchiere e cabale, e con altri cortigianelli suoi pari, non s'usava tanti riguardi: eran mostrati a dito, e guardati con occhi torti; di maniera che, per qualche tempo, stimaron bene di non farsi veder per le strade.
Don Rodrigo, fulminato da quella notizia così impensata, così diversa dall'avviso che aspettava di giorno in giorno, di momento in momento, stette rintanato nel suo palazzotto, solo co' suoi bravi, a rodersi, per due giorni; il terzo, partì per Milano. Se non fosse stato altro che quel mormoracchiare della gente, forse, poiché le cose erano andate tant'avanti, sarebbe rimasto apposta per affrontarlo, anzi per cercar l'occasione di dare un esempio a tutti sopra qualcheduno de' più arditi; ma chi lo cacciò, fu l'essersi saputo per certo, che il cardinale veniva da quelle parti. Il conte zio, il quale di tutta quella storia non sapeva se non quel che gli aveva detto Attilio, avrebbe certamente preteso che, in una congiuntura simile, don Rodrigo facesse una gran figura, e avesse in pubblico dal cardinale le più distinte accoglienze: ora, ognun vede come ci fosse incamminato. L'avrebbe preteso, e se ne sarebbe fatto render conto minutamente; perché era un'occasione importante di far vedere in che stima fosse tenuta la famiglia da una primaria autorità. Per levarsi da un impiccio così noioso, don Rodrigo, alzatosi una mattina prima del sole, si mise in una carrozza, col Griso e con altri bravi, di fuori, davanti e di dietro; e, lasciato l'ordine che il resto della servitù venisse poi in seguito, partì come un fuggitivo, come (ci sia un po' lecito di sollevare i nostri personaggi con qualche illustre paragone), come Catilina da Roma, sbuffando, e giurando di tornar ben presto, in altra comparsa, a far le sue vendette. Intanto, il cardinale veniva visitando, a una per giorno, le parrocchie del territorio di Lecco. Il giorno in cui doveva arrivare a quella di Lucia, già una gran parte degli abitanti erano andati sulla strada a incontrarlo. All'entrata del paese, proprio accanto alla casetta delle nostre due donne, c'era un arco trionfale, costrutto di stili per il ritto, e di pali per il traverso, rivestito di paglia e di borraccina, e ornato di rami verdi di pugnitopo e d'agrifoglio, distinti di bacche scarlatte; la facciata della chiesa era parata di tappezzerie; al davanzale d'ogni finestra pendevano coperte e lenzoli distesi, fasce di bambini disposte a guisa di pendoni; tutto quel poco necessario che fosse atto a fare, o bene o male, figura di superfluo. Verso le ventidue, ch'era l'ora in cui s'aspettava il cardinale, quelli ch'eran rimasti in casa, vecchi, donne e fanciulli la più parte, s'avviarono anche loro a incontrarlo, parte in fila, parte in truppa, preceduti da don Abbondio, uggioso in mezzo a tanta festa, e per il fracasso che lo sbalordiva, e per il brulicar della gente innanzi e indietro, che, come andava ripetendo, gli faceva girar la testa, e per il rodìo segreto che le donne avesser potuto cicalare, e dovesse toccargli a render conto del matrimonio.
Quand'ecco si vede spuntare il cardinale, o per dir meglio, la turba in mezzo a cui si trovava nella sua lettiga, col suo seguito d'intorno; perché di tutto questo non si vedeva altro che un indizio in aria, al di sopra di tutte le teste, un pezzo della croce portata dal cappellano che cavalcava una mula. La gente che andava con don Abbondio, s'affrettò alla rinfusa, a raggiunger quell'altra: e lui, dopo aver detto, tre e quattro volte: - adagio; in fila; cosa fate? - si voltò indispettito; e seguitando a borbottare: - è una babilonia, è una babilonia, - entrò in chiesa, intanto ch'era vota; e stette lì ad aspettare.
Il cardinale veniva avanti, dando benedizioni con la mano, e ricevendone dalle bocche della gente, che quelli del seguito avevano un bel da fare a tenere un po' indietro. Per esser del paese di Lucia, avrebbe voluto quella gente fare all'arcivescovo dimostrazioni straordinarie; ma la cosa non era facile, perché era

uso che, per tutto dove arrivava, tutti facevano più che potevano. Già sul principio stesso del suo pontificato, nel primo solenne ingresso in duomo, la calca e l'impeto della gente addosso a lui era stato tale, da far temere della sua vita; e alcuni gentiluomini che gli eran più vicini, avevano sfoderate le spade, per atterrire e respinger la folla. Tanto c'era in que' costumi di scomposto e di violento, che, anche nel far dimostrazioni di benevolenza a un vescovo in chiesa, e nel moderarle, si dovesse andar vicino all'ammazzare. E quella difesa non sarebbe forse bastata, se il maestro e il sottomaestro delle cerimonie, un Clerici e un Picozzi, giovani preti che stavan bene di corpo e d'animo, non l'avessero alzato sulle braccia, e portato di peso, dalla porta fino all'altar maggiore. D'allora in poi, in tante visite episcopali ch'ebbe a fare, il primo entrar nella chiesa si può senza scherzo contarlo tra le sue pastorali fatiche, e qualche volta, tra i pericoli passati da lui.

Entrò anche in questa come poté; andò all'altare e, dopo essere stato alquanto in orazione, fece, secondo il suo solito, un piccol discorso al popolo, sul suo amore per loro, sul suo desiderio della loro salvezza, e come dovessero disporsi alle funzioni del giorno dopo. Ritiratosi poi nella casa del parroco, tra gli altri discorsi, gli domandò informazione di Renzo. Don Abbondio disse ch'era un giovine un po' vivo, un po' testardo, un po' collerico. Ma, a più particolari e precise domande, dovette rispondere ch'era un galantuomo, e che anche lui non sapeva capire come, in Milano, avesse potuto fare tutte quelle diavolerie che avevan detto.

- In quanto alla giovine, - riprese il cardinale, - pare anche a voi che possa ora venirsicuramente a dimorare in casa sua?

- Per ora, - rispose don Abbondio, - può venire e stare, come vuole: dico, per ora; ma, soggiunse poi con un sospiro, - bisognerebbe che vossignoria illustrissima fosse sempre qui, o almeno vicino.

- Il Signore è sempre vicino, - disse il cardinale: - del resto, penserò io a metterla al sicuro-. E diede subito ordine che, il giorno dopo, si spedisse di buon'ora la lettiga, con una scorta, a prender le due donne.

Don Abbondio uscì di lì tutto contento che il cardinale gli avesse parlato de' due giovani, senza chiedergli conto del suo rifiuto di maritarli. " Dunque non sa niente, - diceva tra sé: Agnese è stata zitta: miracolo! È vero che s'hanno a tornare a vedere; ma le daremo un'altra istruzione, le daremo ". E non sapeva, il pover'uomo, che Federigo non era entrato in quell'argomento, appunto perché intendeva di parlargliene a lungo, in tempo più libero; e, prima di dargli ciò che gli era dovuto, voleva sentire anche le sue ragioni.

Ma i pensieri del buon prelato per metter Lucia al sicuro eran divenuti inutili: dopo che l'aveva lasciata, eran nate delle cose, che dobbiamo raccontare.

Le due donne, in que' pochi giorni ch'ebbero a passare nella casuccia ospitale del sarto, avevan ripreso, per quanto avevan potuto, ognuna il suo antico tenor di vita. Lucia aveva subito chiesto da lavorare; e, come aveva fatto nel monastero, cuciva, cuciva, ritirata in una stanzina, lontano dagli occhi della gente. Agnese andava un po' fuori, un po' lavorava in compagnia della figlia. I loro discorsi eran tanto più tristi, quanto più affettuosi: tutt'e due eran preparate a una separazione; giacché la pecora non poteva tornare a star così vicino alla tana del lupo: e quando, quale, sarebbe il termine di questa separazione? L'avvenire era oscuro, imbrogliato: per una di loro principalmente. Agnese tanto ci andava facendo dentro le sue congetture allegre: che Renzo finalmente, se non gli era accaduto nulla di sinistro, dovrebbe presto dar le sue nuove; e se aveva trovato da lavorare e da stabilirsi, se (e come dubitarne?) stava fermo nelle sue promesse, perché non si potrebbe andare a star con lui? E di tali speranze, ne parlava e ne riparlava alla figlia, per la quale non saprei dire se fosse maggior dolore il sentire, o pena il rispondere. Il suo gran segreto l'aveva sempre tenuto in sé; e, inquietata bensì dal dispiacere di fare a una madre così buona un sotterfugio, che non era il primo; ma trattenuta, come invincibilmente, dalla vergogna e da' vari timori che abbiam detto di sopra, andava d'oggi in domani, senza dir nulla. I suoi disegni eran ben diversi da quelli della madre, o, per dir meglio, non n'aveva; s'era abbandonata alla Provvidenza. Cercava dunque di lasciar cadere, o di stornare quel discorso; o diceva, in termini generali, di non aver più speranza, né desiderio di cosa di questo mondo, fuorché di poter presto riunirsi con sua madre; le più volte, il pianto veniva opportunamente a troncar le parole.

- Sai perché ti par così? - diceva Agnese: - perché hai tanto patito, e non ti par vero che lapossa voltarsi in bene. Ma lascia fare al Signore; e se... Lascia che si veda un barlume, appena un barlume di speranza; e allora mi saprai dire se non pensi più a nulla -. Lucia baciava la madre, e piangeva.

Del resto, tra loro e i loro ospiti era nata subito una grand'amicizia: e dove nascerebbe, se non tra beneficati e benefattori, quando gli uni e gli altri son buona gente? Agnese specialmente faceva di gran chiacchiere con la padrona. Il sarto poi dava loro un po' di svago con delle storie, e con de' discorsi morali: e, a desinare soprattutto, aveva sempre qualche bella cosa da raccontare, di Bovo d'Antona o de' Padri del deserto.

Poco distante da quel paesetto, villeggiava una coppia d'alto affare; don Ferrante e donna Prassede: il casato, al solito, nella penna dell'anonimo. Era donna Prassede una vecchia gentildonna molto inclinata a far del bene: mestiere certamente il più degno che l'uomo possa esercitare; ma che pur troppo può anche guastare, come tutti gli altri. Per fare il bene, bisogna conoscerlo; e, al pari d'ogni altra cosa, non possiamo conoscerlo che in mezzo alle nostre passioni, per mezzo de' nostri giudizi, con le nostre idee; le quali bene spesso stanno come possono. Con l'idee donna Prassede si regolava come dicono che si deve far con gli amici: n'aveva poche; ma a quelle poche era molto affezionata. Tra le poche, ce n'era per disgrazia molte delle storte; e non eran quelle che le fossero men care. Le accadeva quindi, o di proporsi per bene ciò che non lo fosse, o di prender per mezzi, cose che potessero piuttosto far riuscire dalla parte opposta, o di crederne leciti di quelli che non lo fossero punto, per una certa supposizione in confuso, che chi fa più del suo dovere possa far più di quel che avrebbe diritto; le accadeva di non vedere nel fatto ciò che c'era di reale, o di vederci ciò che non c'era; e molte altre cose simili, che possono accadere, e che accadono a tutti, senza eccettuarne i migliori; ma a donna Prassede, troppo spesso e, non di rado, tutte in una volta.

Al sentire il gran caso di Lucia, e tutto ciò che, in quell'occasione, si diceva della giovine, le venne la curiosità di vederla; e mandò una carrozza, con un vecchio bracciere, a prender la madre e la figlia. Questa si ristringeva nelle spalle, e pregava il sarto, il quale aveva fatta loro l'imbasciata, che trovasse maniera di scusarla. Finché s'era trattato di gente alla buona che cercava di conoscer la giovine del miracolo, il sarto le aveva reso volentieri un tal servizio; ma in questo caso, il rifiuto gli pareva una specie di ribellione. Fece tanti versi, tant'esclamazioni, disse tante cose: e che non si faceva così, e ch'era una casa grande, e che ai signori non si dice di no, e che poteva esser la loro fortuna, e che la signora donna

Prassede, oltre il resto, era anche una santa; tante cose insomma, che Lucia si dovette arrendere: molto più che Agnese confermava tutte quelle ragioni con altrettanti - sicuro, sicuro.

Arrivate davanti alla signora, essa fece loro grand'accoglienza, e molte congratulazioni; interrogò, consigliò: il tutto con una certa superiorità quasi innata, ma corretta da tante espressioni umili, temperata da tanta premura, condita di tanta spiritualità, che, Agnese quasi subito, Lucia poco dopo, cominciarono a sentirsi sollevate dal rispetto opprimente che da principio aveva loro incusso quella signorile presenza; anzi ci trovarono una certa attrattiva. E per venire alle corte, donna Prassede, sentendo che il cardinale s'era incaricato di trovare a Lucia un ricovero, punta dal desiderio di secondare e di prevenire a un tratto quella buona intenzione, s'esibì di prender la giovine in casa, dove, senz'essere addetta ad alcun servizio particolare, potrebbe, a piacer suo, aiutar l'altre donne ne' loro lavori. E soggiunse che penserebbe lei a darne parte a monsignore.

Oltre il bene chiaro e immediato che c'era in un'opera tale, donna Prassede ce ne vedeva, e se ne proponeva un altro, forse più considerabile, secondo lei; di raddirizzare un cervello, di metter sulla buona strada chi n'aveva gran bisogno. Perché, fin da quando aveva sentito la prima volta parlar di Lucia, s'era subito persuasa che una giovine la quale aveva potuto promettersi a un poco di buono, a un sedizioso, a uno scampaforca in somma, qualche magagna, qualche pecca nascosta la doveva avere. Dimmi chi pratichi, e ti dirò chi sei. La vista di Lucia aveva confermata quella persuasione. Non che, in fondo, come si dice, non le paresse una buona giovine; ma c'era molto da ridire. Quella testina bassa, col mento inchiodato sulla fontanella della gola, quel non rispondere, o risponder secco secco, come per forza, potevano indicar verecondia; ma denotavano sicuramente molta caparbietà: non ci voleva molto a indovinare che quella testina aveva le sue idee. E quell'arrossire ogni momento, e quel rattenere i sospiri... Due occhioni poi, che a donna Prassede non piacevan punto. Teneva essa per certo, come se lo sapesse di buon luogo, che tutte le sciagure di Lucia erano una punizione del cielo per la sua amicizia con quel poco di buono, e un avviso per far che se ne staccasse affatto; e stante questo, si proponeva di cooperare a un così buon fine. Giacché, come diceva spesso agli altri e a se stessa, tutto il suo studio era di secondare i voleri del cielo: ma faceva spesso uno sbaglio grosso, ch'era di prender per cielo il suo cervello. Però, della seconda intenzione che abbiam detto, si guardò bene di darne il minimo indizio. Era una delle sue massime questa, che, per riuscire a far del bene alla gente, la prima cosa, nella maggior parte de' casi, è di non metterli a parte del disegno. La madre e la figlia si guardarono in viso. Nella dolorosa necessità di dividersi, l'esibizione parve a tutt'e due da accettarsi, se non altro per esser quella villa così vicina al loro paesetto: per cui, alla peggio de' peggi, si ravvicinerebbero e potrebbero trovarsi insieme, alla prossima villeggiatura. Visto, l'una negli occhi dell'altra, il consenso, si voltaron tutt'e due a donna Prassede con quel ringraziare che accetta. Essa rinnovò le gentilezze e le promesse, e disse che manderebbe subito una lettera da presentare a monsignore.

Partite le donne, la lettera se la fece distendere da don Ferrante, di cui, per esser letterato, come diremo più in particolare, si serviva per segretario, nell'occasioni d'importanza. Trattandosi d'una di questa sorte, don Ferrante ci mise tutto il suo sapere, e, consegnando la minuta da copiare alla consorte, le raccomandò caldamente l'ortografia; ch'era una delle molte cose che aveva studiate, e delle poche sulle quali avesse lui il comando in casa. Donna Prassede copiò diligentissimamente, e spedì la lettera alla casa del sarto. Questo fu due o tre giorni prima che il cardinale mandasse la lettiga per ricondur le donne al loro paese.

Arrivate, smontarono alla casa parrocchiale, dove si trovava il cardinale. C'era ordine d'introdurle subito: il cappellano, che fu il primo a vederle, l'eseguì, trattenendole solo quant'era necessario per dar loro, in fretta in fretta, un po' d'istruzione sul cerimoniale da usarsi con monsignore, e sui titoli da dargli; cosa che soleva fare, ogni volta che lo potesse di nascosto a lui. Era per il pover'uomo un tormento continuo il vedere il poco ordine che regnava intorno al cardinale, su quel particolare: - tutto, - diceva con gli altri della famiglia, - per la troppa bontà di quel benedett'uomo; per quella gran famigliarità -. E raccontava d'aver perfino sentito più d'una volta co' suoi orecchi, rispondergli: messer sì, e messer no.

Stava in quel momento il cardinale discorrendo con don Abbondio, sugli affari della parrocchia: dimodoché questo non ebbe campo di dare anche lui, come avrebbe desiderato, le sue istruzioni alle donne. Solo, nel passar loro accanto, mentre usciva, e quelle venivano avanti, poté dar loro d'occhio, per accennare ch'era contento di loro, e che continuassero, da brave, a non dir nulla.

Dopo le prime accoglienze da una parte, e i primi inchini dall'altra, Agnese si cavò di seno la lettera, e la presentò al cardinale, dicendo: - è della signora donna Prassede, la quale dice che conosce molto vossignoria illustrissima, monsignore; come naturalmente, tra loro signori grandi, si devon conoscer tutti. Quand'avrà letto, vedrà.

- Bene, - disse Federigo, letto che ebbe, e ricavato il sugo del senso da' fiori di don Ferrante.Conosceva quella casa quanto bastasse per esser certo che Lucia c'era invitata con buona intenzione, e che lì sarebbe sicura dall'insidie e dalla violenza del suo persecutore. Che concetto avesse della testa di donna Prassede, non n'abbiam notizia positiva. Probabilmente, non era quella la persona che avrebbe scelta a un tal intento; ma, come abbiam detto o fatto intendere altrove, non era suo costume di disfar le cose che non toccavano a lui, per rifarle meglio.

- Prendete in pace anche questa separazione, e l'incertezza in cui vi trovate, - soggiunsepoi: - confidate che sia per finir presto, e che il Signore voglia guidar le cose a quel termine a cui pare che le avesse indirizzate; ma tenete per certo che quello che vorrà Lui, sarà il meglio per voi -. Diede a Lucia in particolare qualche altro ricordo amorevole; qualche altro conforto a tutt'e due; le benedisse, e le lasciò andare. Appena fuori, si trovarono addosso uno sciame d'amici e d'amiche, tutto il comune, si può dire, che le aspettava, e le condusse a casa, come in trionfo. Era tra tutte quelle donne una gara di congratularsi, di compiangere, di domandare; e tutte esclamavano dal dispiacere, sentendo che Lucia se n'anderebbe il giorno dopo. Gli uomini gareggiavano nell'offrir servizi; ognuno voleva star quella notte a far la guardia alla casetta. Sul qual fatto, il nostro anonimo credé bene di formare un proverbio: volete aver molti in aiuto? cercate di non averne bisogno.

Tante accoglienze confondevano e sbalordivano Lucia: Agnese non s'imbrogliava così per poco. Ma in sostanza fecero bene anche a Lucia, distraendola alquanto da' pensieri e dalle rimembranze che, pur troppo, anche in mezzo al frastono, le si risvegliavano, su quell'uscio, in quelle stanzucce, alla vista d'ogni oggetto.

Al tocco della campana che annunziava vicino il cominciar delle funzioni, tutti si mossero verso la chiesa, e fu per le nostre donne un'altra passeggiata trionfale.

Terminate le funzioni, don Abbondio, ch'era corso a vedere se Perpetua aveva ben disposto ogni cosa per il desinare, fu chiamato dal cardinale. Andò subito dal grand'ospite, il quale, lasciatolo venir vicino, - signor curato, - cominciò; e quelle parole furon dette in maniera, da dover capire, ch'erano il principio

d'un discorso lungo e serio: - signor curato; perché non avete voi unita in matrimonio quella povera Lucia col suo promesso sposo?
" Hanno votato il sacco stamattina coloro ", pensò don Abbondio; e rispose borbottando: monsignore illustrissimo avrà ben sentito parlare degli scompigli che son nati in quell'affare: è stata una confusione tale, da non poter, neppure al giorno d'oggi, vederci chiaro: come anche vossignoria illustrissima può argomentare da questo, che la giovine è qui, dopo tanti accidenti, come per miracolo; e il giovine, dopo altri accidenti, non si sa dove sia.

- Domando, - riprese il cardinale, - se è vero che, prima di tutti codesti casi, abbiaterifiutato di celebrare il matrimonio, quando n'eravate richiesto, nel giorno fissato; e il perché.
- Veramente... se vossignoria illustrissima sapesse... che intimazioni... che comandi terribiliho avuti di non parlare... - E restò lì senza concludere, in un cert'atto, da far rispettosamente intendere che sarebbe indiscrezione il voler saperne di più.
- Ma! - disse il cardinale, con voce e con aria grave fuor del consueto: - è il vostro vescovoche, per suo dovere e per vostra giustificazione, vuol saper da voi il perché non abbiate fatto ciò che, nella via regolare, era obbligo vostro di fare.
- Monsignore, - disse don Abbondio, facendosi piccino piccino, - non ho già voluto dire...Ma m'è parso che, essendo cose intralciate, cose vecchie e senza rimedio, fosse inutile di rimestare... Però, però, dico... so che vossignoria illustrissima non vuol tradire un suo povero parroco. Perché vede bene, monsignore; vossignoria illustrissima non può esser per tutto; e io resto qui esposto... Però, quando Lei me lo comanda, dirò, dirò tutto.
- Dite: io non vorrei altro che trovarvi senza colpa.

Allora don Abbondio si mise a raccontare la dolorosa storia; ma tacque il nome principale, e vi sostituì: un gran signore; dando così alla prudenza tutto quel poco che si poteva, in una tale stretta.

- E non avete avuto altro motivo? - domandò il cardinale, quando don Abbondio ebbefinito.
- Ma forse non mi sono spiegato abbastanza, - rispose questo: - sotto pena della vita,m'hanno intimato di non far quel matrimonio.
- E vi par codesta una ragion bastante, per lasciar d'adempire un dovere preciso?
- Io ho sempre cercato di farlo, il mio dovere, anche con mio grave incomodo, ma quandosi tratta della vita...
- E quando vi siete presentato alla Chiesa, - disse, con accento ancor più grave, Federigo, per addossarvi codesto ministero, v'ha essa fatto sicurtà della vita? V'ha detto che i doveri annessi al ministero fossero liberi da ogni ostacolo, immuni da ogni pericolo? O v'ha detto forse che dove cominciasse il pericolo, ivi cesserebbe il dovere? O non v'ha espressamente detto il contrario? Non v'ha avvertito che vi mandava come un agnello tra i lupi? Non sapevate voi che c'eran de' violenti, a cui potrebbe dispiacere ciò che a voi sarebbe comandato? Quello da Cui abbiam la dottrina e l'esempio, ad imitazione di Cui ci lasciam nominare e ci nominiamo pastori, venendo in terra a esercitarne l'ufizio, mise forse per condizione d'aver salva la vita? E per salvarla, per conservarla, dico, qualche giorno di più sulla terra, a spese della carità e del dovere, c'era bisogno dell'unzione santa, dell'imposizion delle mani, della grazia del sacerdozio? Basta il mondo a dar questa virtù, a insegnar questa dottrina. Che dico? oh vergogna! il mondo stesso la rifiuta: il mondo fa anch'esso le sue leggi, che prescrivono il male come il bene; ha il suo vangelo anch'esso, un vangelo di superbia e d'odio; e non vuol che si dica che l'amore della vita sia una ragione per trasgredirne i comandamenti. Non lo vuole; ed è ubbidito. E noi! noi figli e annunziatori della promessa! Che sarebbe la Chiesa, se codesto vostro linguaggio fosse quello di tutti i vostri confratelli? Dove sarebbe, se fosse comparsa nel mondo con codeste dottrine?

Don Abbondio stava a capo basso: il suo spirito si trovava tra quegli argomenti, come un pulcino negli artigli del falco, che lo tengono sollevato in una regione sconosciuta, in un'aria che non ha mai respirata. Vedendo che qualcosa bisognava rispondere, disse, con una certa sommissione forzata: - monsignore illustrissimo, avrò torto. Quando la vita non si deve contare, non so cosa mi dire. Ma quando s'ha che fare con certa gente, con gente che ha la forza, e che non vuol sentir ragioni, anche a voler fare il bravo, non saprei cosa ci si potesse guadagnare. È un signore quello, con cui non si può né vincerla né impattarla. - E non sapete voi che il soffrire per la giustizia è il nostro vincere? E se non sapete questo, che cosa predicate? di che siete maestro? qual è la *buona nuova* che annunziate a' poveri? Chi pretende da voi che vinciate la forza con la forza? Certo non vi sarà domandato, un giorno, se abbiate saputo fare stare a dovere i potenti; che a questo non vi fu dato né missione, né modo. Ma vi sarà ben domandato se avrete adoprati i mezzi ch'erano in vostra mano per far ciò che v'era prescritto, anche quando avessero la temerità di proibirvelo. " Anche questi santi son curiosi, - pensava intanto don Abbondio: - in sostanza, a spremerne il sugo, gli stanno più a cuore gli amori di due giovani, che la vita d'un povero sacerdote ". E, in quant'a lui, si sarebbe volentieri contentato che il discorso finisse lì; ma vedeva il cardinale, a ogni pausa, restare in atto di chi aspetti una risposta: una confessione, o un'apologia, qualcosa in somma.

- Torno a dire, monsignore, - rispose dunque, - che avrò torto io... Il coraggio, uno non selo può dare.

- E perché dunque, potrei dirvi, vi siete voi impegnato in un ministero che v'impone distare in guerra con le passioni del secolo? Ma come, vi dirò piuttosto, come non pensate che, se in codesto ministero, comunque vi ci siate messo, v'è necessario il coraggio, per adempir le vostre obbligazioni, c'è Chi ve lo darà infallibilmente, quando glielo chiediate? Credete voi che tutti que' milioni di martiri avessero naturalmente coraggio? che non facessero naturalmente nessun conto della vita? tanti giovinetti che cominciavano a gustarla, tanti vecchi avvezzi a rammaricarsi che fosse già vicina a finire, tante donzelle, tante spose, tante madri? Tutti hanno avuto coraggio; perché il coraggio era necessario, ed essi confidavano. Conoscendo la vostra debolezza e i vostri doveri, avete voi pensato a prepararvi ai passi difficili a cui potevate trovarvi, a cui vi siete trovato in effetto? Ah! se per tant'anni d'ufizio pastorale, avete (e come non avreste?) amato il vostro gregge, se avete riposto in esso il vostro cuore, le vostre cure, le vostre delizie, il coraggio non doveva mancarvi al bisogno: l'amore è intrepido. Ebbene, se voi gli amavate, quelli che sono affidati alle vostre cure spirituali, quelli che voi chiamate figliuoli; quando vedeste due di loro minacciati insieme con voi, ah certo! come la debolezza della carne v'ha fatto tremar per voi, così la carità v'avrà fatto tremar per loro. Vi sarete umiliato di quel primo timore, perché era un effetto della vostra miseria; avrete implorato la forza per vincerlo, per discacciarlo, perché era una tentazione: ma il timor santo e nobile per gli altri, per i vostri figliuoli, quello l'avrete ascoltato, quello non v'avrà dato pace, quello v'avrà eccitato, costretto, a pensare, a fare ciò che si potesse, per riparare al pericolo che lor sovrastava...

Cosa v'ha ispirato il timore, l'amore? Cosa avete fatto per loro? Cosa avete pensato? E tacque in atto di chi aspetta.

Cap. XXVI

A una siffatta domanda, don Abbondio, che pur s'era ingegnato di risponder qualcosa a delle meno precise, restò lì senza articolar parola. E, per dir la verità, anche noi, con questo manoscritto davanti, con una penna in mano, non avendo da contrastare che con le frasi, né altro da temere che le critiche de' nostri lettori; anche noi, dico, sentiamo una certa ripugnanza a proseguire: troviamo un non so che di strano in questo mettere in campo, con così poca fatica, tanti bei precetti di fortezza e di carità, di premura operosa per gli altri, di sacrifizio illimitato di sé. Ma pensando che quelle cose erano dette da uno che poi le faceva, tiriamo avanti con coraggio.

- Voi non rispondete? - riprese il cardinale. - Ah, se aveste fatto, dalla parte vostra, ciò chela carità, ciò che il dovere richiedeva; in qualunque maniera poi le cose fossero andate, non vi mancherebbe ora una risposta. Vedete dunque voi stesso cosa avete fatto. Avete ubbidito all'iniquità, non curando ciò che il dovere vi prescriveva. L'avete ubbidita puntualmente: s'era fatta vedere a voi, per intimarvi il suo desiderio; ma voleva rimanere occulta a chi avrebbe potuto ripararsi da essa, e mettersi in guardia; non voleva che si facesse rumore, voleva il segreto, per maturare a suo bell'agio i suoi disegni d'insidie o di forza; vi comandò la trasgressione e il silenzio: voi avete trasgredito, e non parlavate. Domando ora a voi se non avete fatto di più; voi mi direte se è vero che abbiate mendicati de' pretesti al vostro rifiuto, per non rivelarne il motivo -. E stette lì alquanto, aspettando di nuovo una risposta. " Anche questa gli hanno rapportata le chiacchierone ", pensava don Abbondio; ma non dava segno d'aver nulla da dire; onde il cardinale riprese: - se è vero, che abbiate detto a que' poverini ciò che non era, per tenerli nell'ignoranza, nell'oscurità, in cui l'iniquità li voleva... Dunque lo devo credere;

dunque non mi resta che d'arrossirne con voi, e di sperare che voi ne piangerete con me. Vedete a che v'ha condotto (Dio buono! e pur ora voi la adducevate per iscusa) quella premura per la vita che deve finire. V'ha condotto... ribattete liberamente queste parole, se vi paiono ingiuste, prendetele in umiliazione salutare, se non lo sono... v'ha condotto a ingannare i deboli, a mentire ai vostri figliuoli. " Ecco come vanno le cose, - diceva ancora tra sé don Abbondio: - a quel satanasso, - e pensava all'innominato, - le braccia al collo; e con me, per una mezza bugia, detta a solo fine di salvar la pelle, tanto chiasso. Ma sono superiori; hanno sempre ragione. È il mio pianeta, che tutti m'abbiano a dare addosso; anche i santi ". E ad alta voce, disse: - ho mancato; capisco che ho mancato; ma cosa dovevo fare, in un frangente di quella sorte? - E ancor lo domandate? E non ve l'ho detto? E dovevo dirvelo? Amare, figliuolo; amare e pregare. Allora avreste sentito che l'iniquità può aver bensì delle minacce da fare, de' colpi da dare, ma non de' comandi; avreste unito, secondo la legge di Dio, ciò che l'uomo voleva separare; avreste prestato a quegl'innocenti infelici il ministero che avevan ragione di richieder da voi: delle conseguenze sarebbe restato mallevadore Iddio, perché si sarebbe andati per la sua strada: avendone presa un'altra, ne restate mallevadore voi; e di quali conseguenze! Ma forse che tutti i ripari umani vi mancavano? forse che non era aperta alcuna via di scampo, quand'aveste voluto guardarvi d'intorno, pensarci, cercare? Ora voi potete sapere che que' vostri poverini, quando fossero stati maritati, avrebbero pensato da sé al loro scampo, eran disposti a fuggire dalla faccia del potente, s'eran già disegnato il luogo di rifugio. Ma anche senza questo, non vi venne in mente che alla fine avevate un superiore? Il quale, come mai avrebbe quest'autorità di riprendervi d'aver mancato al vostro ufizio, se non avesse anche l'obbligo d'aiutarvi ad adempirlo? Perché non avete pensato a informare il vostro vescovo dell'impedimento che un'infame violenza metteva all'esercizio del vostro ministero?
" I pareri di Perpetua! " pensava stizzosamente don Abbondio, a cui, in mezzo a que' discorsi, ciò che stava più vivamente davanti, era l'immagine di que' bravi, e il pensiero che don Rodrigo era vivo e sano, e, un giorno o l'altro, tornerebbe glorioso e trionfante, e arrabbiato. E benché quella dignità presente, quell'aspetto e quel linguaggio, lo facessero star confuso, e gl'incutessero un certo timore, era però un timore che non lo soggiogava affatto, né impediva al pensiero di ricalcitrare: perché c'era in quel pensiero, che, alla fin delle fini, il cardinale non adoprava né schioppo, né spada, né bravi.

- Come non avete pensato, - proseguiva questo, - che, se a quegli innocenti insidiati nonfosse stato aperto altro rifugio, c'ero io, per accoglierli, per metterli in salvo, quando voi me gli aveste indirizzati, indirizzati dei derelitti a un vescovo, come cosa sua, come parte preziosa, non dico del suo carico, ma delle sue ricchezze? E in quanto a voi, io, sarei divenuto inquieto per voi; io, avrei dovuto non dormire, fin che non fossi sicuro che non vi sarebbe torto un capello. Ch'io non avessi come, dove, mettere in sicuro la vostra vita? Ma quell'uomo che fu tanto ardito, credete voi che non gli si sarebbe scemato punto l'ardire, quando avesse saputo che le sue trame eran note fuor di qui, note a me, ch'io vegliavo, ed ero risoluto d'usare in vostra difesa tutti i mezzi che fossero in mia mano? Non sapevate che, se l'uomo promette troppo spesso più che non sia per mantenere, minaccia anche non di rado, più che non s'attenti poi di commettere? Non sapevate che l'iniquità non si fonda soltanto sulle sue forze, ma anche sulla credulità e sullo spavento altrui?
" Proprio le ragioni di Perpetua ", pensò anche qui don Abbondio, senza riflettere che quel trovarsi d'accordo la sua serva e Federigo Borromeo su ciò che si sarebbe potuto e dovuto fare, voleva dir molto contro di lui.

- Ma voi, - proseguì e concluse il cardinale, - non avete visto, non avete voluto veder altroche il vostro pericolo temporale; qual maraviglia che vi sia parso tale, da trascurar per esso ogni altra cosa?

- Gli è perché le ho viste io quelle facce, - scappò detto a don Abbondio; - le ho sentite ioquelle parole. Vossignoria illustrissima parla bene; ma bisognerebbe esser ne' panni d'un povero prete, e essersi trovato al punto.
Appena ebbe proferite queste parole, si morse la lingua; s'accorse d'essersi lasciato troppo vincere dalla stizza, e disse tra sé: " ora vien la grandine ". Ma alzando dubbiosamente lo sguardo, fu tutto maravigliato, nel veder l'aspetto di quell'uomo, che non gli riusciva mai d'indovinare né di capire, nel vederlo, dico, passare, da quella gravità autorevole e correttrice, a una gravità compunta e pensierosa.

- Pur troppo! - disse Federigo, - tale è la misera e terribile nostra condizione. Dobbiamoesigere rigorosamente dagli altri quello che Dio sa se noi saremmo pronti a dare: dobbiamo giudicare, correggere, riprendere; e Dio sa quel che faremmo noi nel caso stesso, quel che abbiam fatto in casi somiglianti! Ma guai s'io dovessi prender la mia debolezza per misura del dovere altrui, per norma del

mio insegnamento! Eppure è certo che, insieme con le dottrine, io devo dare agli altri l'esempio, non rendermi simile al dottor della legge, che carica gli altri di pesi che non posson portare, e che lui non toccherebbe con un dito. Ebbene, figliuolo e fratello; poiché gli errori di quelli che presiedono, sono spesso più noti agli altri che a loro; se voi sapete ch'io abbia, per pusillanimità, per qualunque rispetto, trascurato qualche mio obbligo, ditemelo francamente, fatemi ravvedere; affinché, dov'è mancato l'esempio, supplisca almeno la confessione. Rimproveratemi liberamente le mie debolezze; e allora le parole acquisteranno più valore nella mia bocca, perché sentirete più vivamente, che non son mie, ma di Chi può dare a voi e a me la forza necessaria per far ciò che prescrivono.
" Oh che sant'uomo! ma che tormento! - pensava don Abbondio: - anche sopra di sé: purché frughi, rimesti, critichi, inquisisca; anche sopra di sé ". Disse poi ad alta voce: - oh, monsignore! che mi fa celia? Chi non conosce il petto forte, lo zelo imperterrito di vossignoria illustrissima? - E tra sé soggiunse: " anche troppo ".

- Io non vi chiedevo una lode, che mi fa tremare, - disse Federigo, - perché Dio conosce imiei mancamenti, e quello che ne conosco anch'io, basta a confondermi. Ma avrei voluto, vorrei che ci confondessimo insieme davanti a Lui, per confidare insieme. Vorrei, per amor vostro, che intendeste quanto la vostra condotta sia stata opposta, quanto sia opposto il vostro linguaggio alla legge che pur predicate, e secondo la quale sarete giudicato. - Tutto casca addosso a me, - disse don Abbondio: - ma queste persone che son venute a rapportare, non le hanno poi detto d'essersi introdotte in casa mia, a tradimento, per sorprendermi, e per fare un matrimonio contro le regole.

- Me l'hanno detto, figliuolo: ma questo m'accora, questo m'atterra, che voi desideriateancora di scusarvi; che pensiate di scusarvi, accusando; che prendiate materia d'accusa da ciò che dovrebb'esser parte della vostra confessione. Chi gli ha messi, non dico nella necessità, ma nella tentazione di far ciò che hanno fatto? Avrebbero essi cercata quella via irregolare, se la legittima non fosse loro stata chiusa? pensato a insidiare il pastore, se fossero stati accolti nelle sue braccia, aiutati, consigliati da lui? a sorprenderlo, se non si fosse nascosto? E a questi voi date carico? e vi sdegnate perché, dopo tante sventure, che dico? nel mezzo della sventura, abbian detto una parola di sfogo al loro, al vostro pastore? Che il ricorso dell'oppresso, la querela dell'afflitto siano odiosi al mondo, il mondo è tale; ma noi! E che pro sarebbe stato per voi, se avessero taciuto? Vi tornava conto che la loro causa andasse intera al giudizio di Dio? Non è per voi una nuova ragione d'amar queste persone (e già tante ragioni n'avete), che v'abbian dato occasione di sentir la voce sincera del vostro vescovo, che v'abbian dato un mezzo di conoscer meglio, e di scontare in parte il gran debito che avete con loro? Ah! se v'avessero provocato, offeso, tormentato, vi direi (e dovrei io dirvelo?) d'amarli, appunto per questo. Amateli perché hanno patito, perché patiscono, perché son vostri, perché son deboli, perché avete bisogno d'un perdono, a ottenervi il quale, pensate di qual forza possa essere la loro preghiera.
Don Abbondio stava zitto; ma non era più quel silenzio forzato e impaziente: stava zitto come chi ha più cose da pensare che da dire. Le parole che sentiva, eran conseguenze inaspettate, applicazioni nuove, ma d'una dottrina antica però nella sua mente, e non contrastata. Il male degli altri, dalla considerazion del quale l'aveva sempre distratto la paura del proprio, gli faceva ora un'impressione nuova. E se non sentiva tutto il rimorso che la predica voleva produrre (ché quella stessa paura era sempre lì a far l'ufizio di difensore), ne sentiva però; sentiva un certo dispiacere di sé, una compassione per gli altri, un misto di tenerezza e di confusione. Era, se ci si lascia passare questo paragone, come lo stoppino umido e ammaccato d'una candela, che presentato alla fiamma d'una gran torcia, da principio fuma, schizza, scoppietta, non ne vuol saper nulla; ma alla fine s'accende e, bene o male, brucia. Si sarebbe apertamente accusato, avrebbe pianto, se non fosse stato il pensiero di don Rodrigo; ma tuttavia si mostrava abbastanza commosso, perché il cardinale dovesse accorgersi che le sue parole non erano state senza effetto.

- Ora, - proseguì questo, - uno fuggitivo da casa sua, l'altra in procinto d'abbandonarla,tutt'e due con troppo forti motivi di starne lontani, senza probabilità di riunirsi mai qui, e contenti di sperare che Dio li riunisca altrove; ora, pur troppo, non hanno bisogno di voi; pur troppo, voi non avete occasione di far loro del bene; né il corto nostro prevedere può scoprirne alcuna nell'avvenire. Ma chi sa se Dio misericordioso non ve ne prepara? Ah non le lasciate sfuggire! cercatele, state alle velette, pregatelo che le faccia nascere.

- Non mancherò, monsignore, non mancherò, davvero, - rispose don Abbondio, con unavoce che, in quel momento, veniva proprio dal cuore.

- Ah sì, figliuolo, sì! - esclamò Federigo; e con una dignità piena d'affetto, concluse: - lo sa ilcielo se avrei desiderato di tener con voi tutt'altri discorsi. Tutt'e due abbiamo già vissuto molto: lo sa il cielo se m'è stato duro di dover contristar con rimproveri codesta vostra canizie, e quanto sarei stato più contento di consolarci insieme delle nostre cure comuni, de' nostri guai, parlando della beata speranza, alla quale siamo arrivati così vicino. Piaccia a Dio che le parole le quali ho pur dovuto usar con voi, servano a voi e a me. Non fate che m'abbia a chieder conto, in quel giorno, d'avervi mantenuto in un ufizio, al quale avete così infelicemente mancato. Ricompriamo il tempo: la mezzanotte è vicina; lo Sposo non può tardare; teniamo accese le nostre lampade. Presentiamo a Dio i nostri cuori miseri, vòti, perché Gli piaccia riempirli di quella carità, che ripara al passato, che assicura l'avvenire, che teme e confida, piange e si rallegra, con sapienza; che diventa in ogni caso la virtù di cui abbiamo bisogno.

Così detto, si mosse; e don Abbondio gli andò dietro.

Qui l'anonimo ci avvisa che non fu questo il solo abboccamento di que' due personaggi, né Lucia il solo argomento de' loro abboccamenti; ma che lui s'è ristretto a questo, per non andar lontano dal soggetto principale del racconto. E che, per lo stesso motivo, non farà menzione d'altre cose notabili, dette da Federigo in tutto il corso della visita, né delle sue liberalità, né delle discordie sedate, degli odi antichi tra persone, famiglie, terre intere, spenti o (cosa ch'era pur troppo più frequente) sopiti, né di qualche bravaccio o tirannello ammansato, o per tutta la vita, o per qualche tempo; cose tutte delle quali ce n'era sempre più o meno, in ogni luogo della diocesi dove quell'uomo eccellente facesse qualche soggiorno.

Dice poi, che, la mattina seguente, venne donna Prassede, secondo il fissato, a prender Lucia, e a complimentare il cardinale, il quale gliela lodò, e raccomandò caldamente. Lucia si staccò dalla madre, potete pensar con che pianti; e uscì dalla sua casetta; disse per la seconda volta addio al paese, con quel senso di doppia amarezza, che si prova lasciando un luogo che fu unicamente caro, e che non può esserlo più. Ma i congedi con la madre non eran gli ultimi; perché donna Prassede aveva detto che si starebbe ancor qualche giorno in quella sua villa, la quale non era molto lontana; e Agnese promise alla figlia d'andar là a trovarla, a dare e a ricevere un più doloroso addio.

Il cardinale era anche lui sulle mosse per continuar la sua visita, quando arrivò, e chiese di parlargli il curato della parrocchia, in cui era il castello dell'innominato. Introdotto, gli presentò un gruppo e una lettera di quel signore, la quale lo pregava di far accettare alla madre di Lucia cento scudi d'oro ch'eran nel gruppo, per servir di dote alla giovine, o per quell'uso che ad esse sarebbe parso migliore; lo pregava insieme di dir loro, che, se mai, in qualunque tempo, avessero creduto che potesse render loro qualche servizio, la povera giovine sapeva pur troppo dove stesse; e per lui, quella sarebbe una delle fortune più desiderate. Il cardinale fece subito chiamare Agnese, le riferì la commissione, che fu sentita con altrettanta soddisfazione che maraviglia; e le presentò il rotolo, ch'essa prese, senza far gran complimenti. - Dio gliene renda merito, a quel signore, - disse: - e vossignoria illustrissima lo ringrazi tanto tanto. E non dica nulla a nessuno, perché questo è un certo paese... Mi scusi, veda; so bene che un par suo non va a chiacchierare di queste cose; ma... lei m'intende.

Andò a casa, zitta, zitta; si chiuse in camera, svoltò il rotolo, e quantunque preparata, vide con ammirazione, tutti in un mucchietto e suoi, tanti di que' ruspi, de' quali non aveva forse mai visto più d'uno per volta, e anche di rado; li contò, penò alquanto a metterli di nuovo per taglio, e a tenerli lì tutti, ché ogni momento facevan pancia, e sgusciavano dalle sue dita inesperte; ricomposto finalmente un rotolo alla meglio, lo mise in un cencio, ne fece un involto, un batuffoletto, e legatolo bene in giro con della cordellina, l'andò a ficcare in un cantuccio del suo saccone. Il resto di quel giorno, non fece altro che mulinare, far disegni sull'avvenire, e sospirar l'indomani. Andata a letto, stette desta un pezzo, col pensiero in compagnia di que' cento che aveva sotto: addormentata, li vide in sogno. All'alba, s'alzò e s'incamminò subito verso la villa, dov'era Lucia.

Questa, dal canto suo, quantunque non le fosse diminuita quella gran ripugnanza a parlar del voto, pure era risoluta di farsi forza, e d'aprirsene con la madre in quell'abboccamento, che per lungo tempo doveva chiamarsi l'ultimo.

Appena poterono esser sole, Agnese, con una faccia tutta animata, e insieme a voce bassa, come se ci fosse stato presente qualcheduno a cui non volesse farsi sentire, cominciò: - ho da dirti una gran cosa; - e le raccontò l'inaspettata fortuna.

- Iddio lo benedica, quel signore, - disse Lucia: - così avrete da star bene voi, e potreteanche far del bene a qualchedun altro.

- Come? - rispose Agnese: - non vedi quante cose possiamo fare, con tanti danari? Senti; ionon ho altro che te, che voi due, posso dire; perché Renzo, da che cominciò a discorrerti, l'ho sempre riguardato come un mio figliuolo. Tutto sta che non gli sia accaduta qualche disgrazia, a vedere che non ha mai fatto saper nulla: ma eh! deve andar tutto male? Speriamo di no, speriamo. Per me, avrei avuto caro di lasciar l'ossa nel mio paese; ma ora che tu non ci puoi stare, in grazia di quel birbone, e anche solamente a pensare d'averlo vicino colui, m'è venuto in odio il mio paese: e con voi altri io sto per tutto. Ero disposta, fin d'allora, a venir con voi altri, anche in capo al mondo; e son sempre stata di quel parere; ma senza danari come si fa? Intendi ora? Que' quattro, che quel poverino aveva messi da parte, con tanto stento e con tanto risparmio, è venuta la giustizia, e ha spazzato ogni cosa; ma, per ricompensa, il Signore ha mandato la fortuna a noi. Dunque, quando avrà trovato il bandolo di far sapere se è vivo, e dov'è, e che intenzioni ha, ti vengo a prender io a Milano; io ti vengo a prendere. Altre volte mi sarebbe parso un gran che; ma le disgrazie fanno diventar disinvolti; fino a Monza ci sono andata, e so cos'è viaggiare. Prendo con me un uomo di proposito, un parente, come sarebbe a dire Alessio di Maggianico: ché, a voler dir proprio in paese, un uomo di proposito non c'è: vengo con lui: già la spesa la facciamo noi, e... intendi?

Ma vedendo che, in vece d'animarsi, Lucia s'andava accorando, e non dimostrava che una tenerezza senz'allegria, lasciò il discorso a mezzo, e disse: - ma cos'hai? non ti pare? - Povera mamma! - esclamò Lucia, gettandole un braccio al collo, e nascondendo il viso nel seno di lei.

- Cosa c'è? - domandò di nuovo ansiosamente la madre.
- Avrei dovuto dirvelo prima, - rispose Lucia, alzando il viso, e asciugandosi le lacrime; ma non ho mai avuto cuore: compatitemi.
- Ma dì su, dunque.
- Io non posso più esser moglie di quel poverino!
- Come? come?

Lucia, col capo basso, col petto ansante, lacrimando senza piangere, come chi racconta una cosa che, quand'anche dispiacesse, non si può cambiare, rivelò il voto; e insieme, giungendo le mani, chiese di nuovo perdono alla madre, di non aver parlato fin allora; la pregò di non ridir la cosa ad anima vivente, e d'aiutarla ad adempire ciò che aveva promesso.

Agnese era rimasta stupefatta e costernata. Voleva sdegnarsi del silenzio tenuto con lei; ma i gravi pensieri del caso soffogavano quel dispiacere suo proprio; voleva dirle: cos'hai fatto? ma le pareva che sarebbe un prendersela col cielo: tanto più che Lucia tornava a dipinger co' più vivi colori quella notte, la desolazione così nera, e la liberazione così impreveduta, tra le quali la promessa era stata fatta, così espressa, così solenne. E intanto, ad Agnese veniva anche in mente questo e quell'esempio, che aveva sentito raccontar più volte, che lei stessa aveva raccontato alla figlia, di gastighi strani e terribili, venuti per la violazione di qualche voto. Dopo esser rimasta un poco come incantata, disse: - e ora cosa farai?

- Ora, - rispose Lucia, - tocca al Signore a pensarci; al Signore e alla Madonna. Mi sonmessa nelle lor mani: non m'hanno abbandonata finora; non m'abbandoneranno ora che... La grazia che chiedo per me al Signore, la sola grazia, dopo la salvazion dell'anima, è che mi faccia tornar con voi: e me la concederà, sì, me la concederà. Quel giorno... in quella carrozza... ah Vergine santissima!... quegli uomini!... chi m'avrebbe detto che mi menavano da colui che mi doveva menare a trovarmi con voi, il giorno dopo?
- Ma non parlarne subito a tua madre! - disse Agnese con una certa stizzetta temperatad'amorevolezza e di pietà.
- Compatitemi; non avevo cuore... e che sarebbe giovato d'affliggervi qualche tempo prima?
- E Renzo? - disse Agnese, tentennando il capo. `
- Ah! - esclamò Lucia, riscotendosi, - io non ci devo pensar più a quel poverino. Già si vedeche non era destinato... Vedete come pare che il Signore ci abbia voluti proprio tener separati. E chi sa...? ma no, no: l'avrà preservato Lui da' pericoli, e lo farà esser fortunato anche di più, senza di me.
- Ma intanto, - riprese la madre, - se non fosse che tu ti sei legata per sempre, a tutto ilresto, quando a Renzo non gli sia accaduta qualche disgrazia, con que' danari io ci avevo trovato rimedio.
- Ma que' danari, - replicò Lucia, - ci sarebbero venuti, s'io non avessi passata quella notte?È il Signore che ha voluto che tutto andasse così: sia fatta la sua volontà -. E la parola morì nel pianto.

A quell'argomento inaspettato, Agnese rimase lì pensierosa. Dopo qualche momento, Lucia, rattenendo i singhiozzi, riprese: - ora che la cosa è fatta, bisogna adattarsi di buon animo; e voi, povera mamma, voi mi potete aiutare, prima, pregando il Signore per la vostra povera figlia, e poi... bisogna bene che quel poverino lo sappia. Pensateci voi, fatemi anche questa carità; ché voi ci potete pensare. Quando saprete dov'è, fategli scrivere, trovate un uomo... appunto vostro cugino Alessio, che è un uomo prudente e caritatevole, e ci ha sempre voluto bene, e non ciarlerà: fategli scriver da lui la cosa com'è andata, dove mi son trovata, come ho patito, e che Dio ha voluto così, e che metta il cuore in pace, e ch'io non posso mai mai esser di nessuno. E fargli capir la cosa con buona grazia, spiegargli che ho promesso, che ho proprio fatto voto. Quando saprà che ho promesso alla Madonna... ha sempre avuto il timor di Dio. E voi, la prima volta che avrete le sue nuove, fatemi scrivere, fatemi saper che è sano; e poi... non mi fate più saper nulla.

Agnese, tutta intenerita, assicurò la figlia che ogni cosa si farebbe come desiderava. - Vorrei dirvi un'altra cosa, - riprese questa: - quel poverino, se non avesse avuto la disgrazia di pensare a me, non gli sarebbe accaduto ciò che gli è accaduto. È per il mondo; gli hanno troncato il suo avviamento, gli hanno portato via la sua roba, que' risparmi che aveva fatti, poverino, sapete perché... E noi abbiamo tanti danari! Oh mamma! giacché il Signore ci ha mandato tanto bene, e quel poverino, è proprio vero che lo riguardavate come vostro... sì, come un figliuolo, oh! fate mezzo per uno; ché, sicuro, Iddio non ci mancherà. Cercate un'occasione fidata, e mandateglieli, ché sa il cielo come n'ha bisogno!

- Ebbene, cosa credi? - rispose Agnese: - glieli manderò davvero. Povero giovine! Perchépensi tu ch'io fossi così contenta di que' danari? Ma...! io era proprio venuta qui tutta contenta. Basta, io glieli manderò, povero Renzo! ma anche lui... so quel che dico; certo che i danari fanno piacere a chi n'ha bisogno; ma questi non saranno quelli che lo faranno ingrassare.

Lucia ringraziò la madre di quella pronta e liberale condiscendenza, con una gratitudine, con un affetto, da far capire a chi l'avesse osservata, che il suo cuore faceva ancora a mezzo con Renzo, forse più che lei medesima non lo credesse.

- E senza di te, che farò io povera donna? - disse Agnese, piangendo anch'essa.
- E io senza di voi, povera mamma? e in casa di forestieri? e laggiù in quel Milano...! Ma ilSignore sarà con tutt'e due; e poi ci farà tornare insieme. Tra otto o nove mesi ci rivedremo; e di qui allora, e anche prima, spero, avrà accomodate le cose Lui, per riunirci. Lasciamo fare a Lui. La chiederò sempre sempre alla Madonna questa grazia. Se avessi qualche altra cosa da offrirle, lo farei; ma è tanto misericordiosa, che me l'otterrà per niente.

Con queste ed altre simili, e più volte ripetute parole di lamento e di conforto, di rammarico e di rassegnazione, con molte raccomandazioni e promesse di non dir nulla, con molte lacrime, dopo lunghi e rinnovati abbracciamenti, le donne si separarono, promettendosi a vicenda di rivedersi il prossimo autunno, al più tardi; come se il mantenere dipendesse da loro, e come però si fa sempre in casi simili.

Intanto cominciò a passar molto tempo senza che Agnese potesse saper nulla di Renzo. Né lettere né imbasciate da parte di lui, non ne veniva: di tutti quelli del paese, o del contorno, a cui poté domandare, nessuno ne sapeva più di lei.

E non era la sola che facesse invano una tal ricerca: il cardinal Federigo, che non aveva detto per cerimonia alle povere donne, di voler prendere informazioni del povero giovine, aveva infatti scritto subito per averne. Tornato poi dalla visita a Milano, aveva ricevuto la risposta in cui gli si diceva che non s'era potuto trovar recapito dell'indicato soggetto; che veramente era stato qualche tempo in casa d'un suo parente, nel tal paese, dove non aveva fatto dir di sé; ma, una mattina, era scomparso all'improvviso, e quel suo parente stesso non sapeva cosa ne fosse stato, e non poteva che ripetere certe voci in aria e contraddittorie che correvano, essersi il giovine arrolato per il Levante, esser passato in Germania, perito nel guadare un fiume: che non si mancherebbe di stare alle velette, se mai si potesse saper qualcosa di più positivo, per farne subito parte a sua signoria illustrissima e reverendissima.

Più tardi, quelle ed altre voci si sparsero anche nel territorio di Lecco, e vennero per conseguenza agli orecchi d'Agnese. La povera donna faceva di tutto per venire in chiaro qual fosse la vera, per arrivare alla fonte di questa e di quella, ma non riusciva mai a trovar di più di quel *dicono*, che, anche al giorno d'oggi, basta da sé ad attestar tante cose. Talora, appena glien'era stata raccontata una, veniva uno e le diceva che non era vero nulla; ma per dargliene in cambio un'altra, ugualmente strana o sinistra. Tutte ciarle: ecco il fatto. Il governatore di Milano e capitano generale in Italia, don Gonzalo Fernandez di Cordova, aveva fatto un gran fracasso col signor residente di Venezia in Milano, perché un malandrino, un ladrone pubblico, un promotore di saccheggio e d'omicidio, il famoso Lorenzo Tramaglino, che, nelle mani stesse della giustizia, aveva eccitato sommossa per farsi liberare, fosse accolto e ricettato nel territorio bergamasco. Il residente avea risposto che la cosa gli riusciva nuova, e che scriverebbe a Venezia, per poter dare a sua eccellenza quella spiegazione che il caso avesse portato.

A Venezia avevan per massima di secondare e di coltivare l'inclinazione degli operai di seta milanesi a trasportarsi nel territorio bergamasco, e quindi di far che ci trovassero molti vantaggi e, soprattutto quello senza di cui ogni altro è nulla, la sicurezza. Siccome però, tra due grossi litiganti, qualche cosa, per poco che sia, bisogna sempre che il terzo goda; così Bortolo fu avvisato in confidenza, non si sa da chi, che Renzo non istava bene in quel paese, e che farebbe meglio a entrare in qualche altra fabbrica, cambiando anche nome per qualche tempo. Bortolo intese per aria, non domandò altro, corse a dir la cosa al cugino, lo prese con sé in un calessino, lo condusse a un altro filatoio, discosto da quello forse quindici miglia, e lo presentò, sotto il nome d'Antonio Rivolta, al padrone, ch'era nativo anche lui dello stato di Milano, e suo antico conoscente. Questo, quantunque l'annata fosse scarsa, non si fece pregare a ricevere un operaio che gli era raccomandato come onesto e abile, da un galantuomo che se n'intendeva. Alla prova poi, non ebbe che a lodarsi dell'acquisto; meno che, sul principio, gli era parso che il giovine dovesse essere un po' stordito, perché, quando si chiamava: Antonio! le più volte non rispondeva.

Poco dopo, venne un ordine da Venezia, in istile pacato, al capitano di Bergamo, che prendesse e desse informazione, se nella sua giurisdizione, e segnatamente nel tal paese, si trovasse il tal soggetto. Il capitano, fatte le sue diligenze, come aveva capito che si volevano, trasmise la risposta negativa, la quale fu trasmessa al residente in Milano, che la trasmettesse al gran cancelliere che potrebbe trasmetterla a don Gonzalo Fernandez di Cordova.

Non mancavan poi curiosi, che volessero saper da Bortolo il perché quel giovine non c'era più, e dove fosse andato. Alla prima domanda Bortolo rispondeva: - ma! è scomparso -. Per mandar poi in pace i più insistenti, senza dar loro sospetto di quel che n'era davvero, aveva creduto bene di regalar loro, a chi l'una, a chi l'altra delle notizie da noi riferite di sopra: però, come cose incerte, che aveva sentite dire anche lui, senza averne un riscontro positivo.

Ma quando la domanda gli venne fatta per commission del cardinale, senza nominarlo, e con un certo apparato d'importanza e di mistero, lasciando capire ch'era in nome d'un gran personaggio, tanto più Bortolo s'insospettì, e credé necessario di risponder secondo il solito; anzi, trattandosi d'un gran personaggio, diede in una volta tutte le notizie che aveva stampate a una a una, in quelle diverse occorrenze.

Non si creda però che don Gonzalo, un signore di quella sorte, l'avesse proprio davvero col povero filatore di montagna; che informato forse del poco rispetto usato, e delle cattive parole dette da colui al suo re moro incatenato per la gola, volesse fargliela pagare; o che lo credesse un soggetto tanto pericoloso, da perseguitarlo anche fuggitivo, da non lasciarlo vivere anche lontano, come il senato romano con Annibale. Don Gonzalo aveva troppe e troppo gran cose in testa, per darsi tanto pensiero de' fatti di Renzo; e se parve che se ne desse, nacque da un concorso singolare di circostanze, per cui il poveraccio, senza volerlo, e senza saperlo né allora né mai, si trovò, con un sottilissimo e invisibile filo, attaccato a quelle troppe e troppo gran cose.

Cap. XXVII

Già più d'una volta c'è occorso di far menzione della guerra che allora bolliva, per la successione agli stati del duca Vincenzo Gonzaga, secondo di quel nome; ma c'è occorso sempre in momenti di gran fretta: sicché non abbiam mai potuto darne più che un cenno alla sfuggita. Ora però, all'intelligenza del nostro racconto si richiede proprio d'averne qualche notizia più particolare. Son cose che chi conosce la storia le deve sapere; ma siccome, per un giusto sentimento di noi medesimi, dobbiam supporre che quest'opera non possa esser letta se non da ignoranti, così non sarà male che ne diciamo qui quanto basti per infarinarne chi n'avesse bisogno.

Abbiam detto che, alla morte di quel duca, il primo chiamato in linea di successione, Carlo Gonzaga, capo d'un ramo cadetto trapiantato in Francia, dove possedeva i ducati di Nevers e di Rhetel, era entrato al possesso di Mantova; e ora aggiungiamo, del Monferrato: che la fretta appunto ce l'aveva fatto lasciar nella penna. La corte di Madrid, che voleva a ogni patto (abbiam detto anche questo) escludere da que' due feudi il nuovo principe, e per escluderlo aveva bisogno d'una ragione (perché le guerre fatte senza una ragione sarebbero ingiuste), s'era dichiarata sostenitrice di quella che pretendevano avere, su Mantova un altro Gonzaga, Ferrante, principe di Guastalla; sul Monferrato Carlo Emanuele I, duca di Savoia, e Margherita Gonzaga, duchessa vedova di Lorena. Don Gonzalo, ch'era della casa del gran capitano, e ne portava il nome, e che aveva già fatto la guerra in Fiandra, voglioso oltremodo di condurne una in Italia, era forse quello che faceva più fuoco, perché questa si dichiarasse; e intanto, interpretando l'intenzioni e precorrendo gli ordini della corte suddetta, aveva concluso col duca di Savoia un trattato d'invasione e di divisione del Monferrato; e n'aveva poi ottenuta facilmente la ratificazione dal conte duca, facendogli creder molto agevole l'acquisto di Casale, ch'era il punto più difeso della parte pattuita al re di Spagna. Protestava però, in nome di questo, di non volere occupar paese, se non a titolo di deposito, fino alla sentenza dell'imperatore; il quale, in parte per gli ufizi altrui, in parte per suoi propri motivi, aveva intanto negata l'investitura al nuovo duca, e intimatogli che rilasciasse a lui in sequestro gli stati controversi: lui poi, sentite le parti, li rimetterebbe a chi fosse di dovere. Cosa alla quale il Nevers non s'era voluto piegare.

Aveva anche lui amici d'importanza: il cardinale di Richelieu, i signori veneziani, e il papa, ch'era, come abbiam detto, Urbano VIII. Ma il primo, impegnato allora nell'assedio della Roccella e in una guerra con l'Inghilterra, attraversato dal partito della regina madre, Maria de' Medici, contraria, per certi suoi motivi, alla casa di Nevers, non poteva dare che delle speranze. I veneziani non volevan moversi, e nemmeno dichiararsi, se prima un esercito francese non fosse calato in Italia; e, aiutando il duca sotto mano, come potevano, con la corte di Madrid e col governatore di Milano stavano sulle proteste, sulle proposte, sull'esortazioni, placide o minacciose, secondo i momenti. Il papa raccomandava il Nevers agli amici, intercedeva in suo favore presso gli avversari, faceva progetti d'accomodamento; di metter gente in campo non ne voleva saper nulla.

Così i due alleati alle offese poterono, tanto più sicuramente, cominciar l'impresa concertata. Il duca di Savoia era entrato, dalla sua parte, nel Monferrato; don Gonzalo aveva messo, con gran voglia, l'assedio a Casale; ma non ci trovava tutta quella soddisfazione che s'era immaginato: che non credeste che nella guerra sia tutto rose. La corte non l'aiutava a seconda de' suoi desidèri, anzi gli lasciava mancare i mezzi più necessari; l'alleato l'aiutava troppo: voglio dire che, dopo aver presa la sua porzione, andava spilluzzicando quella assegnata al re di Spagna. Don Gonzalo se ne rodeva quanto mai si possa dire; ma temendo, se faceva appena un po' di rumore, che quel Carlo Emanuele, così attivo ne' maneggi e mobile ne' trattati, come prode nell'armi, si voltasse alla Francia, doveva chiudere un occhio, mandarla giù, e stare zitto. L'assedio poi andava male, in lungo, ogni tanto all'indietro, e per il contegno saldo, vigilante, risoluto degli assediati, e per aver lui poca gente, e, al dire di qualche storico, per i molti spropositi che faceva. Su questo noi lasciamo la verità a suo luogo, disposti anche, quando la cosa fosse realmente così, a trovarla bellissima, se fu cagione che in quell'impresa sia restato morto, smozzicato, storpiato qualche uomo di meno, e, *ceteris paribus*, anche soltanto un po' meno danneggiati i tegoli di Casale. In questi frangenti ricevette la nuova della sedizione di Milano, e ci accorse in persona.

Qui, nel ragguaglio che gli si diede, fu fatta anche menzione della fuga ribelle e clamorosa di Renzo, de' fatti veri e supposti ch'erano stati cagione del suo arresto; e gli si seppe anche dire che questo tale s'era rifugiato sul territorio di Bergamo. Questa circostanza fermò l'attenzione di don Gonzalo. Era informato da tutt'altra parte, che a Venezia avevano alzata la cresta, per la sommossa di Milano; che da principio avevan creduto che sarebbe costretto a levar l'assedio da Casale, e pensavan tuttavia che ne fosse ancora sbalordito, e in gran pensiero: tanto più che, subito dopo quell'avvenimento, era arrivata la notizia, sospirata da que' signori e temuta da lui, della resa della Roccella. E scottandogli molto, e come uomo e come politico, che que' signori avessero un tal concetto de' fatti suoi, spiava ogni occasione di persuaderli, per via d'induzione, che non aveva perso nulla dell'antica sicurezza; giacché il dire espressamente: non ho paura, è come non dir nulla. Un buon mezzo è di fare il disgustato, di querelarsi, di reclamare: e perciò, essendo venuto il residente di Venezia a fargli un complimento, e ad esplorare insieme, nella sua faccia e nel suo contegno, come stesse dentro di sé (notate tutto; ché questa è politica di quella vecchia fine), don Gonzalo, dopo aver parlato del tumulto, leggermente e da uomo che ha già messo riparo a tutto; fece quel fracasso che sapete a proposito di Renzo; come sapete anche quel che ne venne in conseguenza. Dopo, non s'occupò più d'un affare così minuto e, in quanto a lui, terminato; e quando poi, che fu un pezzo dopo, gli arrivò la risposta, al campo sopra Casale, dov'era tornato, e dove

aveva tutt'altri pensieri, alzò e dimenò la testa, come un baco da seta che cerchi la foglia; stette lì un momento, per farsi tornar vivo nella memoria quel fatto, di cui non ci rimaneva più che un'ombra; si rammentò della cosa, ebbe un'idea fugace e confusa del personaggio; passò ad altro, e non ci pensò più.
Ma Renzo, il quale, da quel poco che gli s'era fatto veder per aria, doveva supporre tutt'altro che una così benigna noncuranza, stette un pezzo senz'altro pensiero o, per dir meglio, senz'altro studio, che di viver nascosto. Pensate se si struggeva di mandar le sue nuove alle donne, e d'aver le loro; ma c'eran due gran difficoltà. Una, che avrebbe dovuto anche lui confidarsi a un segretario, perché il poverino non sapeva scrivere, e neppur leggere, nel senso esteso della parola; e se, interrogato di ciò, come forse vi ricorderete, dal dottor Azzecca-garbugli, aveva risposto di sì, non fu un vanto, una sparata, come si dice; ma era la verità che lo stampato lo sapeva leggere, mettendoci il suo tempo: lo scritto è un altro par di maniche. Era dunque costretto a mettere un terzo a parte de' suoi interessi, d'un segreto così geloso: e un uomo che sapesse tener la penna in mano, e di cui uno si potesse fidare, a que' tempi non si trovava così facilmente; tanto più in un paese dove non s'avesse nessuna antica conoscenza. L'altra difficoltà era d'avere anche un corriere; un uomo che andasse appunto da quelle parti, che volesse incaricarsi della lettera, e darsi davvero il pensiero di recapitarla; tutte cose, anche queste, difficili a trovarsi in un uomo solo.
Finalmente, cerca e ricerca, trovò chi scrivesse per lui. Ma, non sapendo se le donne fossero ancora a Monza, o dove, credé bene di fare accluder la lettera per Agnese in un'altra diretta al padre Cristoforo. Lo scrivano prese anche l'incarico di far recapitare il plico; lo consegnò a uno che doveva passare non lontano da Pescarenico; costui lo lasciò, con molte raccomandazioni, in un'osteria sulla strada, al punto più vicino; trattandosi che il plico era indirizzato a un convento, ci arrivò; ma cosa n'avvenisse dopo, non s'è mai saputo. Renzo, non vedendo comparir risposta, fece stendere un'altra lettera, a un di presso come la prima, e accluderla in un'altra a un suo amico di Lecco, o parente che fosse. Si cercò un altro latore, si trovò; questa volta la lettera arrivò a chi era diretta. Agnese trottò a Maggianico, se la fece leggere e spiegare da quell'Alessio suo cugino: concertò con lui una risposta, che questo mise in carta; si trovò il mezzo di mandarla ad Antonio Rivolta nel luogo del suo domicilio: tutto questo però non così presto come noi lo raccontiamo. Renzo ebbe la risposta, e fece riscrivere. In somma, s'avviò tra le due parti un carteggio, né rapido né regolare, ma pure, a balzi e ad intervalli, continuato.
Ma per avere un'idea di quel carteggio, bisogna sapere un poco come andassero allora tali cose, anzi come vadano; perché, in questo particolare, credo che ci sia poco o nulla di cambiato.
Il contadino che non sa scrivere, e che avrebbe bisogno di scrivere, si rivolge a uno che conosca quell'arte, scegliendolo, per quanto può, tra quelli della sua condizione, perché degli altri si perita, o si fida poco; l'informa, con più o meno ordine e chiarezza, degli antecedenti: e gli espone, nella stessa maniera, la cosa da mettere in carta. Il letterato, parte intende, parte frantende, dà qualche consiglio, propone qualche cambiamento, dice: lasciate fare a me; piglia la penna, mette come può in forma letteraria i pensieri dell'altro, li corregge, li migliora, carica la mano, oppure smorza, lascia anche fuori, secondo gli pare che torni meglio alla cosa: perché, non c'è rimedio, chi ne sa più degli altri non vuol essere strumento materiale nelle loro mani; e quando entra negli affari altrui, vuol anche fargli andare un po' a modo suo. Con tutto ciò, al letterato suddetto non gli riesce sempre di dire tutto quel che vorrebbe; qualche volta gli accade di dire tutt'altro: accade anche a noi altri, che scriviamo per la stampa. Quando la lettera così composta arriva alle mani del corrispondente, che anche lui non abbia pratica dell'abbiccì, la porta a un altro dotto di quel calibro, il quale gliela legge e gliela spiega. Nascono delle questioni sul modo d'intendere; perché l'interessato, fondandosi sulla cognizione de' fatti antecedenti, pretende che certe parole voglian dire una cosa; il lettore, stando alla pratica che ha della composizione, pretende che ne vogliano dire un'altra. Finalmente bisogna che chi non sa si metta nelle mani di chi sa, e dia a lui l'incarico della risposta: la quale, fatta sul gusto della proposta, va poi soggetta a un'interpretazione simile. Che se, per di più, il soggetto della corrispondenza è un po' geloso; se c'entrano affari segreti, che non si vorrebbero lasciar capire a un terzo, caso mai che la lettera andasse persa; se, per questo riguardo, c'è stata anche l'intenzione positiva di non dir le cose affatto chiare; allora, per poco che la corrispondenza duri, le parti finiscono a intendersi tra di loro come altre volte due scolastici che da quattr'ore disputassero sull'entelechia: per non prendere una similitudine da cose vive; che ci avesse poi a toccare qualche scappellotto.
Ora, il caso de' nostri due corrispondenti era appunto quello che abbiam detto. La prima lettera scritta in nome di Renzo conteneva molte materie. Da principio, oltre un racconto della fuga, molto più conciso, ma anche più arruffato di quello che avete letto, un ragguaglio delle sue circostanze attuali; dal

quale, tanto Agnese quanto il suo turcimanno furono ben lontani di ricavare un costrutto chiaro e intero: avviso segreto, cambiamento di nome, esser sicuro, ma dovere star nascosto; cose per sé non troppo famigliari a' loro intelletti, e nella lettera dette anche un po' in cifra. C'era poi delle domande affannose, appassionate, su' casi di Lucia, con de' cenni oscuri e dolenti, intorno alle voci che n'erano arrivate fino a Renzo. C'erano finalmente speranze incerte, e lontane, disegni lanciati nell'avvenire, e intanto promesse e preghiere di mantener la fede data, di non perder la pazienza né il coraggio, d'aspettar migliori circostanze.

Dopo un po' di tempo, Agnese trovò un mezzo fidato di far pervenire nelle mani di Renzo una risposta, co' cinquanta scudi assegnatigli da Lucia. Al veder tant'oro, Renzo non sapeva cosa si pensare; e con l'animo agitato da una maraviglia e da una sospensione che non davan luogo a contentezza, corse in cerca del segretario, per farsi interpretar la lettera, e aver la chiave d'un così strano mistero.

Nella lettera, il segretario d'Agnese, dopo qualche lamento sulla poca chiarezza della proposta, passava a descrivere, con chiarezza a un di presso uguale, la tremenda storia di quella persona (così diceva); e qui rendeva ragione de' cinquanta scudi; poi veniva a parlar del voto, ma per via di perifrasi, aggiungendo, con parole più dirette e aperte, il consiglio di mettere il cuore in pace, e di non pensarci più.

Renzo, poco mancò che non se la prendesse col lettore interprete: tremava, inorridiva, s'infuriava, di quel che aveva capito, e di quel che non aveva potuto capire. Tre o quattro volte si fece rileggere il terribile scritto, ora parendogli d'intender meglio, ora divenendogli buio ciò che prima gli era parso chiaro. E in quella febbre di passioni, volle che il segretario mettesse subito mano alla penna, e rispondesse. Dopo l'espressioni più forti che si possano immaginare di pietà e di terrore per i casi di Lucia, - scrivete, - proseguiva dettando, - che io il cuore in pace non lo voglio mettere, e non lo metterò mai; e che non son pareri da darsi a un figliuolo par mio; e che i danari non li toccherò; che li ripongo, e li tengo in deposito, per la dote della giovine; che già la giovine dev'esser mia; che io non so di promessa; e che ho ben sempre sentito dire che la Madonna c'entra per aiutare i tribolati, e per ottener delle grazie, ma per far dispetto e per mancar di parola, non l'ho sentito mai; e che codesto non può stare; e che, con questi danari, abbiamo a metter su casa qui; e che, se ora sono un po' imbrogliato, l'è una burrasca che passerà presto -; e cose simili.

Agnese ricevé poi quella lettera, e fece riscrivere; e il carteggio continuò, nella maniera che abbiam detto.

Lucia, quando la madre ebbe potuto, non so per qual mezzo, farle sapere che quel tale era vivo e in salvo e avvertito, sentì un gran sollievo, e non desiderava più altro, se non che si dimenticasse di lei; o, per dir la cosa proprio a un puntino, che pensasse a dimenticarla. Dal canto suo, faceva cento volte al giorno una risoluzione simile riguardo a lui; e adoprava anche ogni mezzo, per mandarla ad effetto. Stava assidua al lavoro, cercava d'occuparsi tutta in quello: quando l'immagine di Renzo le si presentava, e lei a dire o a cantare orazioni a mente. Ma quell'immagine, proprio come se avesse avuto malizia, non veniva per lo più, così alla scoperta; s'introduceva di soppiatto dietro all'altre, in modo che la mente non s'accorgesse d'averla ricevuta, se non dopo qualche tempo che la c'era. Il pensiero di Lucia stava spesso con la madre: come non ci sarebbe stato? e il Renzo ideale veniva pian piano a mettersi in terzo, come il reale aveva fatto tante volte. Così con tutte le persone, in tutti i luoghi, in tutte le memorie del passato, colui si veniva a ficcare. E se la poverina si lasciava andar qualche volta a fantasticar sul suo avvenire, anche lì compariva colui, per dire, se non altro: io a buon conto non ci sarò. Però, se il non pensare a lui era impresa disperata, a pensarci meno, e meno intensamente che il cuore avrebbe voluto, Lucia ci riusciva fino a un certo segno: ci sarebbe anche riuscita meglio, se fosse stata sola a volerlo. Ma c'era donna Prassede, la quale, tutta impegnata dal canto suo a levarle dall'animo colui, non aveva trovato miglior espediente che di parlargliene spesso. Ebbene? - le diceva: - non ci pensiam più a colui?

- Io non penso a nessuno, - rispondeva Lucia.

Donna Prassede non s'appagava d'una risposta simile; replicava che ci volevan fatti e non parole; si diffondeva a parlare sul costume delle giovani, le quali, diceva, - quando hanno nel cuore uno scapestrato (ed è lì che inclinano sempre), non se lo staccan più. Un partito onesto, ragionevole, d'un galantuomo, d'un uomo assestato, che, per qualche accidente, vada a monte, son subito rassegnate; ma un rompicollo, è piaga incurabile -. E allora principiava il panegirico del povero assente, del birbante venuto a Milano, per rubare e scannare; e voleva far confessare a Lucia le bricconate che colui doveva aver fatte, sicuramente anche al suo paese.

Lucia, con la voce tremante di vergogna, di dolore, e di quello sdegno che poteva aver luogo nel suo animo dolce e nella sua umile fortuna, assicurava e attestava, che, al suo paese, quel poveretto non aveva mai fatto parlar di sé, altro che in bene; avrebbe voluto, diceva, che fosse presente qualcheduno di là, per fargli far testimonianza. Anche sull'avventure di Milano, delle quali non era ben informata, lo difendeva, appunto con la cognizione che aveva di lui e de' suoi portamenti fino dalla fanciullezza. Lo difendeva o si proponeva di difenderlo, per puro dovere di carità, per amore del vero, e, a dir proprio la parola con la quale spiegava a se stessa il suo sentimento, come prossimo. Ma da queste apologie donna Prassede ricavava nuovi argomenti per convincer Lucia, che il suo cuore era ancora perso dietro a colui. E per verità, in que' momenti, non saprei ben dire come la cosa stesse. L'indegno ritratto che la vecchia faceva del poverino, risvegliava, per opposizione, più viva e più distinta che mai, nella mente della giovine l'idea che vi s'era formata in una così lunga consuetudine; le rimembranze compresse a forza, si svolgevano in folla; l'avversione e il disprezzo richiamavano tanti antichi motivi di stima; l'odio cieco e violento faceva sorger più forte la pietà: e con questi affetti, chi sa quanto ci potesse essere o non essere di quell'altro che dietro ad essi s'introduce così facilmente negli animi; figuriamoci cosa farà in quelli, donde si tratti di scacciarlo per forza. Sia come si sia, il discorso, per la parte di Lucia, non sarebbe mai andato molto in lungo; ché le parole finivan presto in pianto. Se donna Prassede fosse stata spinta a trattarla in quella maniera da qualche odio inveterato contro di lei, forse quelle lacrime l'avrebbero, tocca e fatta smettere; ma parlando a fin di bene, tirava avanti, senza lasciarsi smovere: come i gemiti, i gridi supplichevoli, potranno ben trattenere l'arme d'un nemico, ma non il ferro d'un chirurgo. Fatto però bene il suo dovere per quella volta, dalle stoccate e da' rabbuffi veniva all'esortazioni, ai consigli, conditi anche di qualche lode, per temperar così l'agro col dolce, e ottener meglio l'effetto, operando sull'animo in tutti i versi. Certo, di quelle baruffe (che avevan sempre a un di presso lo stesso principio, mezzo e fine), non rimaneva alla buona Lucia propriamente astio contro l'acerba predicatrice, la quale poi nel resto la trattava con gran dolcezza; e anche in questo, si vedeva una buona intenzione. Le rimaneva bensì un ribollimento, una sollevazione di pensieri e d'affetti tale, che ci voleva molto tempo e molta fatica per tornare a quella qualunque calma di prima.

Buon per lei, che non era la sola a cui donna Prassede avesse a far del bene; sicché le baruffe non potevano esser così frequenti. Oltre il resto della servitù, tutti cervelli che avevan bisogno, più o meno, d'esser raddirizzati e guidati; oltre tutte l'altre occasioni di prestar lo stesso ufizio, per buon cuore, a molti con cui non era obbligata a niente: occasioni che cercava, se non s'offrivan da sé; aveva anche cinque figlie; nessuna in casa, ma che le davan più da pensare, che se ci fossero state. Tre eran monache, due maritate; e donna Prassede si trovava naturalmente aver tre monasteri e due case a cui soprintendere: impresa vasta e complicata, e tanto più faticosa, che due mariti, spalleggiati da padri, da madri, da fratelli, e tre badesse, fiancheggiate da altre dignità e da molte monache, non volevano accettare la sua soprintendenza. Era una guerra, anzi cinque guerre, coperte, gentili, fino a un certo segno, ma vive e senza tregua: era in tutti que' luoghi un'attenzione continua a scansare la sua premura, a chiuder l'adito a' suoi pareri, a eludere le sue richieste, a far che fosse al buio, più che si poteva, d'ogni affare. Non parlo de' contrasti, delle difficoltà che incontrava nel maneggio d'altri affari anche più estranei: si sa che agli uomini il bene bisogna, le più volte, farlo per forza. Dove il suo zelo poteva esercitarsi liberamente, era in casa: lì ogni persona era soggetta, in tutto e per tutto, alla sua autorità, fuorché don Ferrante, col quale le cose andavano in un modo affatto particolare.

Uomo di studio, non gli piaceva né di comandare né d'ubbidire. Che, in tutte le cose di casa, la signora moglie fosse la padrona, alla buon'ora; ma lui servo, no. E se, pregato, le prestava a un'occorrenza l'ufizio della penna, era perché ci aveva il suo genio; del rimanente, anche in questo sapeva dir di no, quando non fosse persuaso di ciò che lei voleva fargli scrivere. - La s'ingegni, - diceva in que' casi; - faccia da sé, giacché la cosa le par tanto chiara -. Donna Prassede, dopo aver tentato per qualche tempo, e inutilmente, di tirarlo dal lasciar fare al fare, s'era ristretta a brontolare spesso contro di lui, a nominarlo uno schivafatiche, un uomo fisso nelle sue idee, un letterato; titolo nel quale, insieme con la stizza, c'entrava anche un po' di compiacenza.

Don Ferrante passava di grand'ore nel suo studio, dove aveva una raccolta di libri considerabile, poco meno di trecento volumi: tutta roba scelta, tutte opere delle più riputate, in varie materie; in ognuna delle quali era più o meno versato. Nell'astrologia, era tenuto, e con ragione, per più che un dilettante; perché non ne possedeva soltanto quelle nozioni generiche, e quel vocabolario comune, d'influssi, d'aspetti, di congiunzioni; ma sapeva parlare a proposito, e come dalla cattedra, delle dodici case del cielo, de' circoli massimi, de' gradi lucidi e tenebrosi, d'esaltazione e di deiezione, di transiti e di rivoluzioni, de' princìpi in somma più certi e più reconditi della scienza. Ed eran forse vent'anni che, in dispute frequenti e lunghe, sosteneva la domificazione del Cardano contro un altro dotto attaccato ferocemente a quella dell'Alcabizio, per mera ostinazione, diceva don Ferrante; il quale, riconoscendo volentieri la superiorità degli antichi, non poteva però soffrire quel non voler dar ragione a' moderni, anche dove l'hanno chiara che la vedrebbe ognuno. Conosceva anche, più che mediocremente, la storia della scienza; sapeva a un bisogno citare le più celebri predizioni avverate, e ragionar sottilmente ed eruditamente sopra altre celebri predizioni andate a vòto, per dimostrar che la colpa non era della scienza, ma di chi non l'aveva saputa adoprar bene.

Della filosofia antica aveva imparato quanto poteva bastare, e n'andava di continuo imparando di più, dalla lettura di Diogene Laerzio. Siccome però que' sistemi, per quanto sian belli, non si può adottarli tutti; e, a voler esser filosofo, bisogna scegliere un autore, così don Ferrante aveva scelto Aristotile, il quale, come diceva lui, non è né antico né moderno; è il filosofo. Aveva anche varie opere de' più savi e sottili seguaci di lui, tra i moderni: quelle de' suoi impugnatori non aveva mai voluto leggerle, per non buttar via il tempo, diceva; né comprarle, per non buttar via i danari. Per eccezione però, dava luogo nella sua libreria a que' celebri ventidue libri *De subtilitate*, e a qualche altr'opera antiperipatetica del Cardano, in grazia del suo valore in astrologia; dicendo che chi aveva potuto scrivere il trattato *De restitutione temporum et motuum coelestium*, e il libro*Duodecim geniturarum*, meritava d'essere ascoltato, anche quando spropositava; e che il gran difetto di quell'uomo era stato d'aver troppo ingegno; e che nessuno si può immaginare dove sarebbe arrivato, anche in filosofia, se fosse stato sempre nella strada retta. Del rimanente, quantunque, nel giudizio de' dotti, don Ferrante passasse per un peripatetico consumato, non ostante a lui non pareva di saperne abbastanza; e più d'una volta disse, con gran modestia, che l'essenza, gli universali, l'anima del mondo, e la natura delle cose non eran cose tanto chiare, quanto si potrebbe credere.

Della filosofia naturale s'era fatto più un passatempo che uno studio; l'opere stesse d'Aristotile su questa materia, e quelle di Plinio le aveva piuttosto lette che studiate: non di meno, con questa lettura, con le notizie raccolte incidentemente da' trattati di filosofia generale, con qualche scorsa data alla Magia naturale del Porta, alle tre storie *lapidum, animalium, plantarum*, del Cardano, al Trattato dell'erbe, delle piante, degli animali, d'Alberto Magno, a qualche altr'opera di minor conto, sapeva a tempo trattenere una conversazione ragionando delle virtù più mirabili e delle curiosità più singolari di molti semplici; descrivendo esattamente le forme e l'abitudini delle sirene e dell'unica fenice; spiegando come la salamandra stia nel fuoco senza bruciare: come la remora, quel pesciolino, abbia la forza e l'abilità di fermare di punto in bianco, in alto mare, qualunque gran nave; come le gocciole della rugiada diventin perle in seno delle conchiglie; come il cameleonte si cibi d'aria; come dal ghiaccio lentamente indurato, con l'andar de' secoli, si formi il cristallo; e altri de' più maravigliosi segreti della natura.

In quelli della magia e della stregoneria s'era internato di più, trattandosi, dice il nostro anonimo, di scienza molto più in voga e più necessaria, e nella quale i fatti sono di molto maggiore importanza, e più a mano, da poterli verificare. Non c'è bisogno di dire che, in un tale studio, non aveva mai avuta altra mira che d'istruirsi e di conoscere a fondo le pessime arti de' maliardi, per potersene guardare, e difendere. E, con la scorta principalmente del gran Martino Delrio (l'uomo della scienza), era in grado di discorrere *ex professo* del maleficio amatorio, del maleficio sonnifero, del maleficio ostile, e dell'infinite specie che, pur troppo, dice ancora l'anonimo, si vedono in pratica alla giornata, di questi tre generi capitali di malìe, con effetti così dolorosi. Ugualmente vaste e fondate eran le cognizioni di don Ferrante in fatto di storia, specialmente universale: nella quale i suoi autori erano il Tarcagnota, il Dolce, il Bugatti, il Campana, il Guazzo, i più riputati in somma.

Ma cos'è mai la storia, diceva spesso don Ferrante, senza la politica? Una guida che cammina, cammina, con nessuno dietro che impari la strada, e per conseguenza butta via i suoi passi; come la politica senza la storia è uno che cammina senza guida. C'era dunque ne' suoi scaffali un palchetto assegnato agli statisti; dove, tra molti di piccola mole, e di fama secondaria, spiccavano il Bodino, il Cavalcanti, il Sansovino, il Paruta, il Boccalini. Due però erano i libri che don Ferrante anteponeva a tutti, e di gran lunga, in questa materia; due che, fino a un certo tempo, fu solito di chiamare i primi, senza mai potersi risolvere a qual de' due convenisse unicamente quel grado: l'uno, il *Principe* e i *Discorsi* del celebre segretario fiorentino; mariolo sì, diceva don Ferrante, ma profondo: l'altro, la *Ragion di Stato* del non men celebre Giovanni Botero; galantuomo sì, diceva pure, ma acuto. Ma, poco prima del tempo nel quale è circoscritta la nostra storia, era venuto fuori il libro che terminò la questione del primato, passando avanti anche all'opere di que' due*matadori*, diceva don Ferrante; il libro in cui si trovan racchiuse e come stillate tutte le malizie, per poterle conoscere, e tutte le virtù, per poterle praticare; quel libro piccino, ma tutto d'oro; in una parola, lo *Statista Regnante* di don Valeriano Castiglione, di quell'uomo celeberrimo, di cui si può dire, che i più gran letterati lo esaltavano a gara, e i più gran personaggi facevano a rubarselo; di quell'uomo, che il papa Urbano VIII onorò, come è noto, di magnifiche lodi; che il cardinal Borghese e il vicerè di Napoli, don Pietro di Toledo, sollecitarono a descrivere, il primo i fatti di papa Paolo V, l'altro le guerre del re cattolico in Italia, l'uno e l'altro invano; di quell'uomo, che Luigi XIII, re di Francia, per suggerimento del cardinal di Richelieu, nominò suo istoriografo; a cui il duca Carlo Emanuele di Savoia conferì la stessa carica; in lode di cui, per tralasciare altre gloriose testimonianze, la duchessa Cristina, figlia del cristianissimo re Enrico IV, poté in un diploma, con molti altri titoli, annoverare " la certezza della fama ch'egli ottiene in Italia, di primo scrittore de' nostri tempi ".

Ma se, in tutte le scienze suddette, don Ferrante poteva dirsi addottrinato, una ce n'era in cui meritava e godeva il titolo di professore: la scienza cavalleresca. Non solo ne ragionava con vero possesso, ma pregato frequentemente d'intervenire in affari d'onore, dava sempre qualche decisione. Aveva nella sua libreria, e si può dire in testa, le opere degli scrittori più riputati in tal materia: Paride dal Pozzo, Fausto da Longiano, l'Urrea, il Muzio, il Romei, l'Albergato, il Forno primo e il Forno secondo di Torquato Tasso, di cui aveva anche in pronto, e a un bisogno sapeva citare a memoria tutti i passi così della Gerusalemme Liberata, come della Conquistata, che possono far testo in materia di cavalleria. L'autore però degli autori, nel suo concetto, era il nostro celebre Francesco Birago, con cui si trovò anche, più d'una volta, a dar giudizio sopra casi d'onore; e il quale, dal canto suo, parlava di don Ferrante in termini di stima particolare. E fin da quando venner fuori i *Discorsi Cavallereschi* di quell'insigne scrittore, don Ferrante pronosticò, senza esitazione, che quest'opera avrebbe rovinata l'autorità dell'Olevano, e sarebbe rimasta, insieme con l'altre sue nobili sorelle, come codice di primaria autorità presso ai posteri: profezia, dice l'anonimo, che ognun può vedere come si sia avverata.

Da questo passa poi alle lettere amene; ma noi cominciamo a dubitare se veramente il lettore abbia una gran voglia d'andar avanti con lui in questa rassegna, anzi a temere di non aver già buscato il titolo di copiator servile per noi, e quello di seccatore da dividersi con l'anonimo sullodato, per averlo bonariamente seguito fin qui, in cosa estranea al racconto principale, e nella quale probabilmente non s'è tanto disteso, che per isfoggiar dottrina, e far vedere che non era indietro del suo secolo. Però, lasciando scritto quel che è scritto, per non perder la nostra fatica, ometteremo il rimanente, per rimetterci in istrada: tanto più che ne abbiamo un bel pezzo da percorrere, senza incontrare alcun de' nostri personaggi, e uno più lungo ancora, prima di trovar quelli ai fatti de' quali certamente il lettore s'interessa di più, se a qualche cosa s'interessa in tutto questo.

Fino all'autunno del seguente anno 1629, rimasero tutti, chi per volontà, chi per forza, nello stato a un di presso in cui gli abbiam lasciati, senza che ad alcuno accadesse, né che alcun altro potesse far cosa degna d'esser riferita. Venne l'autunno, in cui Agnese e Lucia avevan fatto conto di ritrovarsi insieme: ma un grande avvenimento pubblico mandò quel conto all'aria: e fu questo certamente uno de' suoi più piccoli effetti. Seguiron poi altri grandi avvenimenti, che pero non portarono nessun cambiamento notabile nella sorte de' nostri personaggi. Finalmente nuovi casi, più generali, più forti, più estremi, arrivarono anche fino a loro, fino agli infimi di loro, secondo la scala del mondo: come un turbine vasto, incalzante, vagabondo, scoscendendo e sbarbando alberi, arruffando tetti, scoprendo campanili, abbattendo muraglie, e sbattendone qua e là i rottami, solleva anche i fuscelli nascosti tra l'erba, va a cercare negli angoli le foglie passe e leggieri, che un minor vento vi aveva confinate, e le porta in giro involte nella sua rapina.

Ora, perché i fatti privati che ci rimangon da raccontare, riescan chiari, dobbiamo assolutamente premettere un racconto alla meglio di quei pubblici, prendendola anche un po' da lontano.

Cap. XXVIII

Dopo quella sedizione del giorno di san Martino e del seguente, parve che l'abbondanza fosse tornata in Milano, come per miracolo. Pane in quantità da tutti i fornai; il prezzo, come nell'annate migliori; le farine a proporzione. Coloro che, in que' due giorni, s'erano addati a urlare o a far anche qualcosa di più, avevano ora (meno alcuni pochi stati presi) di che lodarsi: e non crediate che se ne stessero, appena cessato quel primo spavento delle catture. Sulle piazze, sulle cantonate, nelle bettole, era un tripudio palese, un congratularsi e un vantarsi tra' denti d'aver trovata la maniera di far rinviliare il pane. In mezzo però alla festa e alla baldanza, c'era (e come non ci sarebbe stata?) un'inquietudine, un presentimento che la cosa non avesse a durare. Assediavano i fornai e i farinaioli, come già avevan fatto in quell'altra fattizia e passeggiera abbondanza prodotta dalla prima tariffa d'Antonio Ferrer; tutti consumavano senza risparmio; chi aveva qualche quattrino da parte, l'investiva in pane e in farine; facevan magazzino delle casse, delle botticine, delle caldaie. Così, facendo a gara a goder del buon mercato presente, ne rendevano, non dico impossibile la lunga durata, che già lo era per sé, ma sempre più difficile anche la continuazione momentanea. Ed ecco che, il 15 di novembre, Antonio Ferrer, *De orden de Su Excelencia*, pubblicò una grida, con la quale, a chiunque avesse granaglie o farine in casa, veniva proibito di comprarne né punto né poco, e ad ognuno di comprar pane, per più che il bisogno di due giorni, *sotto pene pecuniarie e corporali, all'arbitrio di Sua Eccellenza*; intimazione a chi toccava per ufizio, e a ogni persona, di denunziare i trasgressori; ordine a' giudici, di far ricerche nelle case che potessero venir loro indicate; insieme però, nuovo comando a' fornai di tener le botteghe ben fornite di pane, *sotto pena in caso di mancamento, di cinque anni di galera, et maggiore, all'arbitrio di S. E.* Chi sa immaginarsi una grida tale eseguita, deve avere una bella immaginazione; e certo, se tutte quelle che si pubblicavano in quel tempo erano eseguite, il ducato di Milano doveva avere almeno tanta gente in mare, quanta ne possa avere ora la gran Bretagna.

Sia com'esser si voglia, ordinando ai fornai di far tanto pane, bisognava anche fare in modo che la materia del pane non mancasse loro. S'era immaginato (come sempre in tempo di carestia rinasce uno studio di ridurre in pane de' prodotti che d'ordinario si consumano sott'altra forma), s'era, dico, immaginato di far entrare il riso nel composto del pane detto di *mistura*. Il 23 di novembre, grida che sequestra, agli ordini del vicario e de' dodici di provvisione, la metà del riso vestito (*risone* lo dicevano qui, e lo dicon tuttora) che ognuno possegga; pena a chiunque ne disponga senza il permesso di que' signori, la perdita della derrata, e una multa di tre scudi per moggio. È, come ognun vede, la più onesta.

Ma questo riso bisognava pagarlo, e un prezzo troppo sproporzionato da quello del pane. Il carico di supplire all'enorme differenza era stato imposto alla città; ma il Consiglio de' decurioni, che l'aveva assunto per essa, deliberò, lo stesso giorno 23 di novembre, di rappresentare al governatore l'impossibilità di sostenerlo più a lungo. E il governatore, con grida del 7 di dicembre, fissò il prezzo del riso suddetto a lire dodici il moggio: a chi ne chiedesse di più, come a chi ricusasse di vendere, intimò la perdita della derrata e una multa altrettanto valore, *et maggior pena pecuniaria et ancora corporale sino alla galera, all'arbitrio di S. E., secondo la qualità de' casi et delle persone.*

Al riso brillato era già stato fissato il prezzo prima della sommossa; come probabilmente la tariffa o, per usare quella denominazione celeberrima negli annali moderni, il *maximum* del grano e dell'altre granaglie più ordinarie sarà stato fissato con altre gride, che non c'è avvenuto di vedere.

Mantenuto così il pane e la farina a buon mercato in Milano, ne veniva di conseguenza che dalla campagna accorresse gente a processione a comprarne. Don Gonzalo, per riparare a questo, come dice lui, inconveniente, proibì, con un'altra grida del 15 di dicembre, di portar fuori della città pane, per più del valore di venti soldi; pena la perdita del pane medesimo, e venticinque scudi, *et in caso di inhabilità' di due tratti di corda in publico, et maggior pena ancora*, secondo il solito, *all'arbitrio di S. E.* Il 22 dello stesso mese (e non si vede perché così tardi), pubblicò un ordine somigliante per le farine e per i grani.

La moltitudine aveva voluto far nascere l'abbondanza col saccheggio e con l'incendio; il governo voleva mantenerla con la galera e con la corda. I mezzi erano convenienti tra loro; ma cosa avessero a fare col fine, il lettore lo vede: come valessero in fatto ad ottenerlo, lo vedrà a momenti. È poi facile anche vedere, e non inutile l'osservare come tra quegli strani provvedimenti ci sia però una connessione necessaria: ognuno era una conseguenza inevitabile dell'antecedente, e tutti del primo, che fissava al pane un prezzo così lontano dal prezzo reale, da quello cioè che sarebbe risultato naturalmente dalla proporzione tra il bisogno e la quantità. Alla moltitudine un tale espediente è sempre parso, e ha sempre dovuto parere, quanto conforme all'equità, altrettanto semplice e agevole a mettersi in esecuzione: è quindi cosa naturale che, nell'angustie e ne' patimenti della carestia, essa lo desideri, l'implori e, se può, l'imponga. Di mano in mano poi che le conseguenze si fanno sentire, conviene che coloro a cui tocca, vadano al riparo di ciascheduna, con una legge la quale proibisca agli uomini di far quello a che eran portati dall'antecedente. Ci si permetta d'osservar qui di passaggio una combinazione singolare. In un paese e in un'epoca vicina, nell'epoca la più clamorosa e la più notabile della storia moderna, si ricorse, in circostanze simili, a simili espedienti (i medesimi, si potrebbe quasi dire, nella sostanza, con la sola differenza di proporzione, e a un di presso nel medesimo ordine) ad onta de' tempi tanto cambiati, e

delle cognizioni cresciute in Europa, e in quel paese forse più che altrove; e ciò principalmente perché la gran massa popolare, alla quale quelle cognizioni non erano arrivate, poté far prevalere a lungo il suo giudizio, e forzare, come colà si dice, la mano a quelli che facevan la legge.
Così, tornando a noi, due erano stati, alla fin de' conti, i frutti principali della sommossa; guasto e perdita effettiva di viveri, nella sommossa medesima; consumo, fin che durò la tariffa, largo, spensierato, senza misura, a spese di quel poco grano, che pur doveva bastare fino alla nuova raccolta. A questi effetti generali s'aggiunga quattro disgraziati, impiccati come capi del tumulto: due davanti al forno delle grucce, due in cima della strada dov'era la casa del vicario di provvisione.
Del resto, le relazioni storiche di que' tempi son fatte così a caso, che non ci si trova neppur la notizia del come e del quando cessasse quella tariffa violenta. Se, in mancanza di notizie positive, è lecito propor congetture, noi incliniamo a credere che sia stata abolita poco prima o poco dopo il 24 di dicembre, che fu il giorno di quell'esecuzione. E in quanto alle gride, dopo l'ultima che abbiam citata del 22 dello stesso mese, non ne troviamo altre in materia di grasce; sian esse perite, o siano sfuggite alle nostre ricerche, o sia finalmente che il governo, disanimato, se non ammaestrato dall'inefficacia di que' suoi rimedi, e sopraffatto dalle cose, le abbia abbandonate al loro corso. Troviamo bensì nelle relazioni di più d'uno storico (inclinati, com'erano, più a descriver grand'avvenimenti, che a notarne le cagioni e il progresso) il ritratto del paese, e della città principalmente, nell'inverno avanzato e nella primavera, quando la cagion del male, la sproporzione cioè tra i viveri e il bisogno, non distrutta, anzi accresciuta da' rimedi che ne sospesero temporariamente gli effetti, e neppure da un'introduzione sufficiente di granaglie estere, alla quale ostavano l'insufficienza de' mezzi pubblici e privati, la penuria de' paesi circonvicini, la scarsezza, la lentezza e i vincoli del commercio, e le leggi stesse tendenti a produrre e mantenere il prezzo basso, quando, dico, la cagion vera della carestia, o per dir meglio, la carestia stessa operava senza ritegno, e con tutta la sua forza. Ed ecco la copia di quel ritratto doloroso.
A ogni passo, botteghe chiuse; le fabbriche in gran parte deserte; le strade, un indicibile spettacolo, un corso incessante di miserie, un soggiorno perpetuo di patimenti. Gli accattoni di mestiere, diventati ora il minor numero, confusi e perduti in una nuova moltitudine, ridotti a litigar l'elemosina con quelli talvolta da cui in altri giorni l'avevan ricevuta. Garzoni e giovani licenziati da padroni di bottega, che, scemato o mancato affatto il guadagno giornaliero, vivevano stentatamente degli avanzi e del capitale; de' padroni stessi, per cui il cessar delle faccende era stato fallimento e rovina; operai, e anche maestri d'ogni manifattura e d'ogn'arte, delle più comuni come delle più raffinate, delle più necessarie come di quelle di lusso, vaganti di porta in porta, di strada in istrada, appoggiati alle cantonate, accovacciati sulle lastre, lungo le case e le chiese, chiedendo pietosamente l'elemosina, o esitanti tra il bisogno e una vergogna non ancor domata, smunti, spossati, rabbrividiti dal freddo e dalla fame ne' panni logori e scarsi, ma che in molti serbavano ancora i segni d'un'antica agiatezza; come nell'inerzia e nell'avvilimento, compariva non so quale indizio d'abitudini operose e franche. Mescolati tra la deplorabile turba, e non piccola parte di essa, servitori licenziati da padroni caduti allora dalla mediocrità nella strettezza, o che quantunque facoltosissimi si trovavano inabili, in una tale annata, a mantenere quella solita pompa di seguito. E a tutti questi diversi indigenti s'aggiunga un numero d'altri, avvezzi in parte a vivere del guadagno di essi: bambini, donne, vecchi, aggruppati co' loro antichi sostenitori, o dispersi in altre parti all'accatto.
C'eran pure, e si distinguevano ai ciuffi arruffati, ai cenci sfarzosi, o anche a un certo non so che nel portamento e nel gesto, a quel marchio che le consuetudini stampano su' visi, tanto più rilevato e chiaro, quanto più sono strane, molti di quella genìa de' bravi che, perduto, per la condizion comune, quel loro pane scellerato, ne andavan chiedendo per carità. Domati dalla fame, non gareggiando con gli altri che di preghiere, spauriti, incantati, si strascicavan per le strade che avevano per tanto tempo passeggiate a testa alta, con isguardo sospettoso e feroce, vestiti di livree ricche e bizzarre, con gran penne, guarniti di ricche armi, attillati, profumati; e paravano umilmente la mano, che tante volte avevano alzata insolente a minacciare, o traditrice a ferire.
Ma forse il più brutto e insieme il più compassionevole spettacolo erano i contadini, scompagnati, a coppie, a famiglie intere; mariti, mogli, con bambini in collo, o attaccati dietro le spalle, con ragazzi per la mano, con vecchi dietro. Alcuni che, invase e spogliate le loro case dalla soldatesca, alloggiata lì o di passaggio, n'eran fuggiti disperatamente; e tra questi ce n'era di quelli che, per far più compassione, e come per distinzione di miseria, facevan vedere i lividi e le margini de' colpi ricevuti nel difendere quelle loro poche ultime provvisioni, o scappando da una sfrenatezza cieca e brutale. Altri, andati esenti da quel flagello particolare, ma spinti da que' due da cui nessun angolo era stato immune, la sterilità e le

gravezze, più esorbitanti che mai per soddisfare a ciò che si chiamava i bisogni della guerra, eran venuti, venivano alla città, come a sede antica e ad ultimo asilo di ricchezza e di pia munificenza. Si potevan distinguere gli arrivati di fresco, più ancora che all'andare incerto e all'aria nuova, a un fare maravigliato e indispettito di trovare una tal piena, una tale rivalità di miseria, al termine dove avevan creduto di comparire oggetti singolari di compassione, e d'attirare a sé gli sguardi e i soccorsi. Gli altri che da più o men tempo giravano e abitavano le strade della città, tenendosi ritti co' sussidi ottenuti o toccati come in sorte, in una tanta sproporzione tra i mezzi e il bisogno, avevan dipinta ne' volti e negli atti una più cupa e stanca costernazione. Vestiti diversamente, quelli che ancora si potevano dir vestiti; e diversi anche nell'aspetto: facce dilavate del basso paese, abbronzate del pian di mezzo e delle colline, sanguigne di montanari; ma tutte affilate e stravolte, tutte con occhi incavati, con isguardi fissi, tra il torvo e l'insensato; arruffati i capelli, lunghe e irsute le barbe: corpi cresciuti e indurati alla fatica, esausti ora dal disagio; raggrinzata la pelle sulle braccia aduste e sugli stinchi e sui petti scarniti, che si vedevan di mezzo ai cenci scomposti. E diversamente, ma non meno doloroso di questo aspetto di vigore abbattuto, l'aspetto d'una natura più presto vinta, d'un languore e d'uno sfinimento più abbandonato, nel sesso e nell'età più deboli.

Qua e là per le strade, rasente ai muri delle case, qualche po' di paglia pesta, trita e mista d'immondo ciarpume. E una tal porcheria era però un dono e uno studio della carità; eran covili apprestati a qualcheduno di que' meschini, per posarci il capo la notte. Ogni tanto, ci si vedeva, anche di giorno, giacere o sdraiarsi taluno a cui la stanchezza o il digiuno aveva levate le forze e tronche le gambe: qualche volta quel tristo letto portava un cadavere: qualche volta si vedeva uno cader come un cencio all'improvviso, e rimaner cadavere sul selciato.

Accanto a qualcheduno di que' covili, si vedeva pure chinato qualche passeggiero o vicino, attirato da una compassion subitanea. In qualche luogo appariva un soccorso ordinato con più lontana previdenza, mosso da una mano ricca di mezzi, e avvezza a beneficare in grande; ed era la mano del buon Federigo. Aveva scelto sei preti ne' quali una carità viva e perseverante fosse accompagnata e servita da una complessione robusta; gli aveva divisi in coppie, e ad ognuna assegnata una terza parte della città da percorrere, con dietro facchini carichi di vari cibi, d'altri più sottili e più pronti ristorativi, e di vesti. Ogni mattina, le tre coppie si mettevano in istrada da diverse parti, s'avvicinavano a quelli che vedevano abbandonati per terra, e davano a ciascheduno aiuto secondo il bisogno. Taluno già agonizzante e non più in caso di ricevere alimento, riceveva gli ultimi soccorsi e le consolazioni della religione. Agli affamati dispensavano minestra, ova, pane, vino; ad altri, estenuati da più antico digiuno, porgevano consumati, stillati, vino più generoso, riavendoli prima, se faceva di bisogno, con cose spiritose. Insieme, distribuivano vesti alle nudità più sconce e più dolorose.

Né qui finiva la loro assistenza: il buon pastore aveva voluto che, almeno dov'essa poteva arrivare, recasse un sollievo efficace e non momentaneo. Ai poverini a cui quel primo ristoro avesse rese forze bastanti per reggersi e per camminare, davano un po' di danaro, affinché il bisogno rinascente e la mancanza d'altro soccorso non li rimettesse ben presto nello stato di prima; agli altri cercavano ricovero e mantenimento, in qualche casa delle più vicine. In quelle de' benestanti, erano per lo più ricevuti per carità, e come raccomandati dal cardinale; in altre, dove alla buona volontà mancassero i mezzi, chiedevan que' preti che il poverino fosse ricevuto a dozzina, fissavano il prezzo, e ne sborsavan subito una parte a conto. Davano poi, di questi ricoverati, la nota ai parrochi, acciocché li visitassero; e tornavano essi medesimi a visitarli.

Non c'è bisogno di dire che Federigo non ristringeva le sue cure a questa estremità di patimenti, né l'aveva aspettata per commoversi. Quella carità ardente e versatile doveva tutto sentire, in tutto adoprarsi, accorrere dove non aveva potuto prevenire, prender, per dir così, tante forme, in quante variava il bisogno. Infatti, radunando tutti i suoi mezzi, rendendo più rigoroso il risparmio, mettendo mano a risparmi destinati ad altre liberalità, divenute ora d'un'importanza troppo secondaria, aveva cercato ogni maniera di far danari, per impiegarli tutti in soccorso degli affamati. Aveva fatte gran compre di granaglie, e speditane una buona parte ai luoghi della diocesi, che n'eran più scarsi; ed essendo il soccorso troppo inferiore al bisogno, mandò anche del sale, - con cui, - dice, raccontando la cosa, il Ripamonti (Historiae Patriae, Decadis V, Lib. VI, pag. 386.) - l'erbe del prato e le cortecce degli alberi si convertono in cibo -. Granaglie pure e danari aveva distribuiti ai parrochi della città; lui stesso la visitava, quartiere per quartiere, dispensando elemosine; soccorreva in segreto molte famiglie povere; nel palazzo arcivescovile, come attesta uno scrittore contemporaneo, il medico Alessandro Tadino, in un suo *Ragguaglio* che avremo spesso occasion di citare andando avanti, si distribuivano ogni mattina

due mila scodelle di minestra di riso (Ragguaglio dell'origine et giornali sucessi della gran peste contagiosa, venefica et malefica, seguita nella città di Milano etc. Milano, 1648, pag. 10.).
Ma questi effetti di carità, che possiamo certamente chiamar grandiosi, quando si consideri che venivano da un sol uomo e dai soli suoi mezzi (giacché Federigo ricusava, per sistema, di farsi dispensatore delle liberalità altrui); questi, insieme con le liberalità d'altre mani private, se non così feconde, pur numerose; insieme con le sovvenzioni che il Consiglio de' decurioni aveva decretate, dando al tribunal di provvisione l'incombenza di distribuirle; erano ancor poca cosa in paragone del bisogno. Mentre ad alcuni montanari vicini a morir di fame, veniva, per la carità del cardinale, prolungata la vita, altri arrivavano a quell'estremo; i primi, finito quel misurato soccorso, ci ricadevano; in altre parti, non dimenticate, ma posposte, come meno angustiate, da una carità costretta a scegliere, l'angustie divenivan mortali; per tutto si periva, da ogni parte s'accorreva alla città. Qui, due migliaia, mettiamo, d'affamati più robusti ed esperti a superar la concorrenza e a farsi largo, avevano acquistata una minestra, tanto da non morire in quel giorno; ma più altre migliaia rimanevano indietro, invidiando quei, diremo noi, più fortunati, quando, tra i rimasti indietro, c'erano spesso le mogli, i figli, i padri loro? E mentre in alcune parti della città, alcuni di quei più abbandonati e ridotti all'estremo venivan levati di terra, rianimati, ricoverati e provveduti per qualche tempo; in cent'altre parti, altri cadevano, languivano o anche spiravano, senza aiuto, senza refrigerio.
Tutto il giorno, si sentiva per le strade un ronzìo confuso di voci supplichevoli; la notte, un susurro di gemiti, rotto di quando in quando da alti lamenti scoppiati all'improvviso, da urli, da accenti profondi d'invocazione, che terminavano in istrida acute.
È cosa notabile che, in un tanto eccesso di stenti, in una tanta varietà di querele, non si vedesse mai un tentativo, non iscappasse mai un grido di sommossa: almeno non se ne trova il minimo cenno. Eppure, tra coloro che vivevano e morivano in quella maniera, c'era un buon numero d'uomini educati a tutt'altro che a tollerare; c'erano a centinaia, di que' medesimi che, il giorno di san Martino, s'erano tanto fatti sentire. Né si può pensare che l'esempio de' quattro disgraziati che n'avevan portata la pena per tutti, fosse quello che ora li tenesse tutti a freno: qual forza poteva avere, non la presenza, ma la memoria de' supplizi sugli animi d'una moltitudine vagabonda e riunita, che si vedeva come condannata a un lento supplizio, che già lo pativa? Ma noi uomini siam in generale fatti così: ci rivoltiamo sdegnati e furiosi contro i mali mezzani, e ci curviamo in silenzio sotto gli estremi; sopportiamo, non rassegnati ma stupidi, il colmo di ciò che da principio avevamo chiamato insopportabile.
Il vòto che la mortalità faceva ogni giorno in quella deplorabile moltitudine, veniva ogni giorno più che riempito: era un concorso continuo, prima da' paesi circonvicini, poi da tutto il contado, poi dalle città dello stato, alla fine anche da altre. E intanto, anche da questa partivano ogni giorno antichi abitatori; alcuni per sottrarsi alla vista di tante piaghe; altri, vedendosi, per dir così, preso il posto da' nuovi concorrenti d'accatto, uscivano a un'ultima disperata prova di chieder soccorso altrove, dove si fosse, dove almeno non fosse così fitta e così incalzante la folla e la rivalità del chiedere S'incontravano nell'opposto viaggio questi e que' pellegrini, spettacolo di ribrezzo gli uni agli altri, e saggio doloroso, augurio sinistro del termine a cui gli uni e gli altri erano incamminati. Ma seguitavano ognuno la sua strada, se non più per la speranza di mutar sorte, almeno per non tornare sotto un cielo divenuto odioso, per non rivedere i luoghi dove avevan disperato. Se non che taluno, mancandogli affatto le forze, cadeva per la strada, e rimaneva lì morto: spettacolo ancor più funesto ai suoi compagni di miseria, oggetto d'orrore, forse di rimprovero agli altri passeggieri. " Vidi io, - scrive il Ripamonti, - nella strada che gira le mura, il cadavere d'una donna... Le usciva di bocca dell'erba mezza rosicchiata, e le labbra facevano ancora quasi un atto di sforzo rabbioso... Aveva un fagottino in ispalla, e attaccato con le fasce al petto un bambino, che piangendo chiedeva la poppa... Ed erano sopraggiunte persone compassionevoli, le quali, raccolto il meschinello di terra, lo portavan via, adempiendo così intanto il primo ufizio materno ".
Quel contrapposto di gale e di cenci, di superfluità e di miseria, spettacolo ordinario de' tempi ordinari, era allora affatto cessato. I cenci e la miseria eran quasi per tutto; e ciò che se ne distingueva, era appena un apparenza di parca mediocrità. Si vedevano i nobili camminare in abito semplice e dimesso, o anche logoro e gretto; alcuni, perché le cagioni comuni della miseria avevan mutata a quel segno anche la loro fortuna, o dato il tracollo a patrimoni già sconcertati: gli altri, o che temessero di provocare col fasto la pubblica disperazione, o che si vergognassero d'insultare alla pubblica calamità. Que' prepotenti odiati e rispettati, soliti a andare in giro con uno strascico di bravi, andavano ora quasi soli, a capo basso, con visi che parevano offrire e chieder pace. Altri che, anche nella prosperità, erano stati di pensieri più

umani, e di portamenti più modesti, parevano anch'essi confusi, costernati, e come sopraffatti dalla vista continua d'una miseria che sorpassava, non solo la possibilità del soccorso, ma direi quasi, le forze della compassione. Chi aveva il modo di far qualche elemosina, doveva però fare una trista scelta tra fame e fame, tra urgenze e urgenze. E appena si vedeva una mano pietosa avvicinarsi alla mano d'un infelice, nasceva all'intorno una gara d'altri infelici; coloro a cui rimaneva più vigore, si facevano avanti a chieder con più istanza; gli estenuati, i vecchi, i fanciulli, alzavano le mani scarne; le madri alzavano e facevan veder da lontano i bambini piangenti, mal rinvoltati nelle fasce cenciose, e ripiegati per languore nelle loro mani.

Così passò l'inverno e la primavera: e già da qualche tempo il tribunale della sanità andava rappresentando a quello della provvisione il pericolo del contagio, che sovrastava alla città, per tanta miseria ammontata in ogni parte di essa; e proponeva che gli accattoni venissero raccolti in diversi ospizi. Mentre si discute questa proposta, mentre s'approva, mentre si pensa ai mezzi, ai modi, ai luoghi, per mandarla ad effetto, i cadaveri crescono nelle strade ogni giorno più; a proporzion di questo, cresce tutto l'altro ammasso di miserie. Nel tribunale di provvisione vien proposto, come più facile e più speditivo, un altro ripiego, di radunar tutti gli accattoni, sani e infermi, in un sol luogo, nel lazzeretto, dove fosser mantenuti e curati a spese del pubblico; e così vien risoluto, contro il parere della Sanità, la quale opponeva che, in una così gran riunione, sarebbe cresciuto il pericolo a cui si voleva metter riparo.

Il lazzeretto di Milano (se, per caso, questa storia capitasse nelle mani di qualcheduno che non lo conoscesse, né di vista né per descrizione) è un recinto quadrilatero e quasi quadrato, fuori della città, a sinistra della porta detta orientale, distante dalle mura lo spazio della fossa, d'una strada di circonvallazione, e d'una gora che gira il recinto medesimo. I due lati maggiori son lunghi a un di presso cinquecento passi; gli altri due, forse quindici meno; tutti, dalla parte esterna, son divisi in piccole stanze d'un piano solo; di dentro gira intorno a tre di essi un portico continuo a volta, sostenuto da piccole e magre colonne.

Le stanzine eran dugent'ottantotto, o giu di lì: a' nostri giorni, una grande apertura fatta nel mezzo, e una piccola, in un canto della facciata del lato che costeggia la strada maestra, ne hanno portate via non so quante. Al tempo della nostra storia, non c'eran che due entrature; una nel mezzo del lato che guarda le mura della città, l'altra di rimpetto, nell'opposto. Nel centro dello spazio interno, c'era, e c'è tutt'ora, una piccola chiesa ottangolare.

La prima destinazione di tutto l'edifizio, cominciato nell'anno 1489, co' danari d'un lascito privato, continuato poi con quelli del pubblico e d'altri testatori e donatori, fu, come l'accenna il nome stesso, di ricoverarvi, all'occorrenza, gli ammalati di peste; la quale, già molto prima di quell'epoca, era solita, e lo fu per molto tempo dopo, a comparire quelle due, quattro, sei, otto volte per secolo, ora in questo, ora in quel paese d'Europa, prendendone talvolta una gran parte, o anche scorrendola tutta, per il lungo e per il largo. Nel momento di cui parliamo, il lazzeretto non serviva che per deposito delle mercanzie soggette a contumacia.

Ora, per metterlo in libertà, non si stette al rigor delle leggi sanitarie, e fatte in fretta in fretta le purghe e gli esperimenti prescritti, si rilasciaron tutte le mercanzie a un tratto. Si fece stender della paglia in tutte le stanze, si fecero provvisioni di viveri, della qualità e nella quantità che si poté; e s'invitarono, con pubblico editto, tutti gli accattoni a ricoverarsi lì.

Molti vi concorsero volontariamente; tutti quelli che giacevano infermi per le strade e per le piazze, ci vennero trasportati; in pochi giorni, ce ne fu, tra gli uni e gli altri, più di tre mila. Ma molti più furon quelli che restaron fuori. O che ognun di loro aspettasse di veder gli altri andarsene, e di rimanere in pochi a goder l'elemosine della città, o fosse quella natural ripugnanza alla clausura, o quella diffidenza de' poveri per tutto ciò che vien loro proposto da chi possiede le ricchezze e il potere (diffidenza sempre proporzionata all'ignoranza comune di chi la sente e di chi l'ispira, al numero de' poveri, e al poco giudizio delle leggi), o il saper di fatto quale fosse in realtà il benefizio offerto, o fosse tutto questo insieme, o che altro, il fatto sta che la più parte, non facendo conto dell'invito, continuavano a strascicarsi stentando per le strade. Visto ciò, si credé bene di passar dall'invito alla forza. Si mandarono in ronda birri che cacciassero gli accattoni al lazzeretto, e vi menassero legati quelli che resistevano; per ognun de' quali fu assegnato a coloro il premio di dieci soldi: ecco se, anche nelle maggiori strettezze, i danari del pubblico si trovan sempre, per impiegarli a sproposito. E quantunque, com'era stata congettura, anzi intento espresso della Provvisione, un certo numero d'accattoni sfrattasse dalla città,

per andare a vivere o a morire altrove, in libertà almeno; pure la caccia fu tale che, in poco tempo, il numero de' ricoverati, tra ospiti e prigionieri, s'accostò a dieci mila.
Le donne e i bambini, si vuol supporre che saranno stati messi in quartieri separati, benché le memorie del tempo non ne dican nulla. Regole poi e provvedimenti per il buon ordine, non ne saranno certamente mancati; ma si figuri ognuno qual ordine potesse essere stabilito e mantenuto, in que' tempi specialmente e in quelle circostanze, in una così vasta e varia riunione, dove coi volontari si trovavano i forzati; con quelli per cui l'accatto era una necessità, un dolore, una vergogna, coloro di cui era il mestiere; con molti cresciuti nell'onesta attività de' campi e dell'officine, molti altri educati nelle piazze, nelle taverne, ne' palazzi de' prepotenti, all'ozio, alla truffa, allo scherno, alla violenza.
Come stessero poi tutti insieme d'alloggio e di vitto, si potrebbe tristamente congetturarlo, quando non n'avessimo notizie positive; ma le abbiamo. Dormivano ammontati a venti a trenta per ognuna di quelle cellette, o accovacciati sotto i portici, sur un po' di paglia putrida e fetente, o sulla nuda terra: perché, s'era bensì ordinato che la paglia fosse fresca e a sufficienza, e cambiata spesso; ma in effetto era stata cattiva, scarsa, e non si cambiava. S'era ugualmente ordinato che il pane fosse di buona qualità: giacché, quale amministratore ha mai detto che si faccia e si dispensi roba cattiva? ma ciò che non si sarebbe ottenuto nelle circostanze solite, anche per un più ristretto servizio, come ottenerlo in quel caso, e per quella moltitudine? Si disse allora, come troviamo nelle memorie, che il pane del lazzeretto fosse alterato con sostanze pesanti e non nutrienti: ed è pur troppo credibile che non fosse uno di que' lamenti in aria. D'acqua perfino c'era scarsità; d'acqua, voglio dire, viva e salubre: il pozzo comune, doveva esser la gora che gira le mura del recinto, bassa, lenta, dove anche motosa, e divenuta poi quale poteva renderla l'uso e la vicinanza d'una tanta e tal moltitudine.
A tutte queste cagioni di mortalità, tanto più attive, che operavano sopra corpi ammalati o ammalazzati, s'aggiunga una gran perversità della stagione: piogge ostinate, seguite da una siccità ancor più ostinata, e con essa un caldo anticipato e violento. Ai mali s'aggiunga il sentimento de' mali, la noia e la smania della prigionia, la rimembranza dell'antiche abitudini, il dolore di cari perduti, la memoria inquieta di cari assenti, il tormento e il ribrezzo vicendevole, tant'altre passioni d'abbattimento o di rabbia, portate o nate là dentro; l'apprensione poi e lo spettacolo continuo della morte resa frequente da tante cagioni, e divenuta essa medesima una nuova e potente cagione. E non farà stupore che la mortalità crescesse e regnasse in quel recinto a segno di prendere aspetto e, presso molti, nome di pestilenza: sia che la riunione e l'aumento di tutte quelle cause non facesse che aumentare l'attività d'un'influenza puramente epidemica; sia (come par che avvenga nelle carestie anche men gravi e men prolungate di quella) che vi avesse luogo un certo contagio, il quale ne' corpi affetti e preparati dal disagio e dalla cattiva qualità degli alimenti, dall'intemperie, dal sudiciume, dal travaglio e dall'avvilimento trovi la tempera, per dir così, e la stagione sua propria, le condizioni necessarie in somma per nascere, nutrirsi e moltiplicare (se a un ignorante è lecito buttar là queste parole, dietro l'ipotesi proposta da alcuni fisici e riproposta da ultimo, con molte ragioni e con molta riserva, da uno, diligente quanto ingegnoso) (Del morbo petecchiale... e degli altri contagi in generale, opera del dott. F. Enrico Acerbi, Cap. III, § 1 e 2.): sia poi che il contagio scoppiasse da principio nel lazzeretto medesimo, come, da un'oscura e inesatta relazione, par che pensassero i medici della Sanità; sia che vivesse e andasse covando prima d'allora (ciò che par forse più verisimile, chi pensi come il disagio era già antico e generale, e la mortalità già frequente), e che portato in quella folla permanente, vi si propagasse con nuova e terribile rapidità. Qualunque di queste congetture sia la vera, il numero giornaliero de' morti nel lazzeretto oltrepassò in poco tempo il centinaio.
Mentre in quel luogo tutto il resto era languore, angoscia, spavento, rammarichìo, fremito, nella Provvisione era vergogna, stordimento, incertezza. Si discusse, si sentì il parere della Sanità; non si trovò altro che di disfare ciò che s'era fatto con tanto apparato, con tanta spesa, con tante vessazioni. S'aprì il lazzeretto, si licenziaron tutti i poveri non ammalati che ci rimanevano, e che scapparon fuori con una gioia furibonda. La città tornò a risonare dell'antico lamento, ma più debole e interrotto; rivide quella turba più rada e più compassionevole, dice il Ripamonti, per il pensiero del come fosse di tanto scemata.
Gl'infermi furon trasportati a Santa Maria della Stella, allora ospizio di poveri; dove la più parte perirono.
Intanto però cominciavano que' benedetti campi a imbiondire. Gli accattoni venuti dal contado se n'andarono, ognuno dalla sua parte, a quella tanto sospirata segatura. Il buon Federigo gli accomiatò con un ultimo sforzo, e con un nuovo ritrovato di carità: a ogni contadino che si presentasse

all'arcivescovado, fece dare un giulio, e una falce da mietere. Con la messe finalmente cessò la carestia: la mortalità, epidemica o contagiosa, scemando di giorno in giorno, si prolungò però fin nell'autunno. Era sul finire, quand'ecco un nuovo flagello.

Molte cose importanti, di quelle a cui più specialmente si dà titolo di storiche, erano accadute in questo frattempo. Il cardinal di Richelieu, presa, come s'è detto, la Roccella, abborracciata alla meglio una pace col re d'Inghilterra, aveva proposto e persuaso con la sua potente parola, nel Consiglio di quello di Francia, che si soccorresse efficacemente il duca di Nevers; e aveva insieme determinato il re medesimo a condurre in persona la spedizione. Mentre si facevan gli apparecchi, il conte di Nassau, commissario imperiale, intimava in Mantova al nuovo duca, che desse gli stati in mano a Ferdinando, o questo manderebbe un esercito ad occuparli. Il duca che, in più disperate circostanze, s'era schermito d'accettare una condizione così dura e così sospetta, incoraggito ora dal vicino soccorso di Francia, tanto più se ne schermiva; però con termini in cui il no fosse rigirato e allungato, quanto si poteva, e con proposte di sommissione, anche più apparente, ma meno costosa. Il commissario se n'era andato, protestandogli che si verrebbe alla forza. In marzo, il cardinal di Richelieu era poi calato infatti col re, alla testa d'un esercito: aveva chiesto il passo al duca di Savoia; s'era trattato; non s'era concluso; dopo uno scontro, col vantaggio de' Francesi, s'era trattato di nuovo, e concluso un accordo, nel quale il duca, tra l'altre cose, aveva stipulato che il Cordova leverebbe l'assedio da Casale; obbligandosi, se questo ricusasse, a unirsi co' Francesi, per invadere il ducato di Milano. Don Gonzalo, parendogli anche d'uscirne con poco, aveva levato l'assedio da Casale, dov'era subito entrato un corpo di Francesi, a rinforzar la guarnigione.

Fu in questa occasione che l'Achillini scrisse al re Luigi quel suo famoso sonetto:

Sudate, o fochi, a preparar metalli:

e un altro, con cui l'esortava a portarsi subito alla liberazione di Terra santa. Ma è un destino che i pareri de' poeti non siano ascoltati: e se nella storia trovate de' fatti conformi a qualche loro suggerimento, dite pur francamente ch'eran cose risolute prima. Il cardinal di Richelieu aveva in vece stabilito di ritornare in Francia, per affari che a lui parevano più urgenti. Girolamo Soranzo, inviato de' Veneziani, poté bene addurre ragioni per combattere quella risoluzione; che il re e il cardinale, dando retta alla sua prosa come ai versi dell'Achillini, se ne ritornarono col grosso dell'esercito, lasciando soltanto sei mila uomini in Susa, per mantenere il passo, e per caparra del trattato.

Mentre quell'esercito se n'andava da una parte, quello di Ferdinando s'avvicinava dall'altra; aveva invaso il paese de' Grigioni e la Valtellina; si disponeva a calar nel milanese. Oltre tutti i danni che si potevan temere da un tal passaggio, eran venuti espressi avvisi al tribunale della sanità, che in quell'esercito covasse la peste, della quale allora nelle truppe alemanne c'era sempre qualche sprazzo, come dice il Varchi, parlando di quella che, un secolo avanti, avevan portata in Firenze. Alessandro Tadino, uno de' conservatori della sanità (eran sei, oltre il presidente: quattro magistrati e due medici), fu incaricato dal tribunale, come racconta lui stesso, in quel suo ragguaglio già citato (Pag. 16), di rappresentare al governatore lo spaventoso pericolo che sovrastava al paese, se quella gente ci passava, per andare all'assedio di Mantova, come s'era sparsa la voce. Da tutti i portamenti di don Gonzalo, pare che avesse una gran smania d'acquistarsi un posto nella storia, la quale infatti non poté non occuparsi di lui; ma (come spesso le accade) non conobbe, o non si curò di registrare l'atto di lui più degno di memoria, la risposta che diede al Tadino in quella circostanza. Rispose che non sapeva cosa farci; che i motivi d'interesse e di riputazione, per i quali s'era mosso quell'esercito, pesavan più che il pericolo rappresentato; che con tutto ciò si cercasse di riparare alla meglio, e si sperasse nella Provvidenza.

Per riparar dunque alla meglio, i due medici della Sanità (il Tadino suddetto e Senatore Settala, figlio del celebre Lodovico) proposero in quel tribunale che si proibisse sotto severissime pene di comprar roba di nessuna sorte da' soldati ch'eran per passare; ma non fu possibile far intendere la necessità d'un tal ordine al presidente, " uomo ", dice il Tadino, " di molta bontà, che non poteva credere dovesse succedere incontri di morte di tante migliaia di persone, per il comercio, di questa gente, et loro robbe ". Citiamo questo tratto per uno de' singolari di quel tempo: ché di certo, da che ci son tribunali di sanità, non accadde mai a un altro presidente d'un tal corpo, di fare un ragionamento simile; se ragionamento si può chiamare.

In quanto a don Gonzalo, poco dopo quella risposta, se n'andò da Milano; e la partenza fu trista per lui, come lo era la cagione. Veniva rimosso per i cattivi successi della guerra, della quale era stato il

promotore e il capitano; e il popolo lo incolpava della fame sofferta sotto il suo governo. (Quello che aveva fatto per la peste, o non si sapeva, o certo nessuno se n'inquietava, come vedremo più avanti, fuorché il tribunale della sanità, e i due medici specialmente). All'uscir dunque, in carrozza da viaggio, dal palazzo di corte, in mezzo a una guardia d'alabardieri, con due trombetti a cavallo davanti, e con altre carrozze di nobili che gli facevan seguito, fu accolto con gran fischiate da ragazzi ch'eran radunati sulla piazza del duomo, e che gli andaron dietro alla rinfusa. Entrata la comitiva nella strada che conduce a porta ticinese, di dove si doveva uscire, cominciò a trovarsi in mezzo a una folla di gente che, parte era lì ad aspettare, parte accorreva; tanto più che i trombetti, uomini di formalità, non cessaron di sonare, dal palazzo di corte, fino alla porta. E nel processo che si fece poi su quel tumulto, uno di costoro, ripreso che, con quel suo trombettare, fosse stato cagione di farlo crescere, risponde: - caro signore, questa è la nostra professione; et se S. E. non hauesse hauuto a caro che noi hauessimo sonato, doveva comandarne che tacessimo -. Ma don Gonzalo, o per ripugnanza a far cosa che mostrasse timore, o per timore di render con questo più ardita la moltitudine, o perché fosse in effetto un po' sbalordito, non dava nessun ordine. La moltitudine, che le guardie avevan tentato in vano di respingere, precedeva, circondava, seguiva le carrozze, gridando: - la va via la carestia, va via il sangue de' poveri, - e peggio. Quando furon vicini alla porta, cominciarono anche a tirar sassi, mattoni, torsoli, bucce d'ogni sorte, la munizione solita in somma di quelle spedizioni; una parte corse sulle mura, e di là fecero un'ultima scarica sulle carrozze che uscivano. Subito dopo si sbandarono.
In luogo di don Gonzalo, fu mandato il marchese Ambrogio Spinola, il cui nome aveva già acquistata, nelle guerre di Fiandra, quella celebrità militare che ancor gli rimane.
Intanto l'esercito alemanno, sotto il comando supremo del conte Rambaldo di Collalto, altro condottiere italiano, di minore, ma non d'ultima fama, aveva ricevuto l'ordine definitivo di portarsi all'impresa di Mantova; e nel mese di settembre, entrò nel ducato di Milano.
La milizia, a que' tempi, era ancor composta in gran parte di soldati di ventura arrolati da condottieri di mestiere, per commissione di questo o di quel principe, qualche volta anche per loro proprio conto, e per vendersi poi insieme con essi. Più che dalle paghe, erano gli uomini attirati a quel mestiere dalle speranze del saccheggio e da tutti gli allettamenti della licenza. Disciplina stabile e generale non ce n'era; né avrebbe potuto accordarsi così facilmente con l'autorità in parte indipendente de' vari condottieri. Questi poi in particolare, né erano molto raffinatori in fatto di disciplina, né, anche volendo, si vede come avrebbero potuto riuscire a stabilirla e a mantenerla; ché soldati di quella razza, o si sarebbero rivoltati contro un condottiere novatore che si fosse messo in testa d'abolire il saccheggio; o per lo meno, l'avrebbero lasciato solo a guardar le bandiere. Oltre di ciò, siccome i principi, nel prendere, per dir così, ad affitto quelle bande, guardavan più ad aver gente in quantità, per assicurar l'imprese, che a proporzionare il numero alla loro facoltà di pagare, per il solito molto scarsa; così le paghe venivano per lo più tarde, a conto, a spizzico; e le spoglie de' paesi a cui la toccava, ne divenivano come un supplimento tacitamente convenuto. È celebre, poco meno del nome di Wallenstein, quella sua sentenza: esser più facile mantenere un esercito di cento mila uomini, che uno di dodici mila. E questo di cui parliamo era in gran parte composto della gente che, sotto il suo comando, aveva desolata la Germania, in quella guerra celebre tra le guerre, e per sé e per i suoi effetti, che ricevette poi il nome da' trent'anni della sua durata: e allora ne correva l'undecimo. C'era anzi, condotto da un suo luogotenente, il suo proprio reggimento; degli altri condottieri, la più parte avevan comandato sotto di lui, e ci si trovava più d'uno di quelli che, quattr'anni dopo, dovevano aiutare a fargli far quella cattiva fine che ognun sa. Eran vent'otto mila fanti, e sette mila cavalli; e, scendendo dalla Valtellina per portarsi nel mantovano, dovevan seguire tutto il corso che fa l'Adda per due rami di lago, e poi di nuovo come fiume fino al suo sbocco in Po, e dopo avevano un buon tratto di questo da costeggiare: in tutto otto giornate nel ducato di Milano.
Una gran parte degli abitanti si rifugiavano su per i monti, portandovi quel che avevan di meglio, e cacciandosi innanzi le bestie; altri rimanevano, o per non abbandonar qualche ammalato, o per preservar la casa dall'incendio, o per tener d'occhio cose preziose nascoste, sotterrate; altri perché non avevan nulla da perdere, o anche facevan conto d'acquistare. Quando la prima squadra arrivava al paese della fermata, si spandeva subito per quello e per i circonvicini, e li metteva a sacco addirittura: ciò che c'era da godere o da portar via, spariva; il rimanente, lo distruggevano o lo rovinavano; i mobili diventavan legna, le case, stalle: senza parlar delle busse, delle ferite, degli stupri. Tutti i ritrovati, tutte l'astuzie per salvar la roba, riuscivano per lo più inutili, qualche volta portavano danni maggiori. I soldati, gente ben più pratica degli stratagemmi anche di questa guerra, frugavano per tutti i buchi delle

case, smuravano, diroccavano; conoscevan facilmente negli orti la terra smossa di fresco; andarono fino su per i monti a rubare il bestiame; andarono nelle grotte, guidati da qualche birbante del paese, in cerca di qualche ricco che vi si fosse rimpiattato; lo strascinavano alla sua casa, e con tortura di minacce e di percosse, lo costringevano a indicare il tesoro nascosto.
Finalmente se n'andavano; erano andati; si sentiva da lontano morire il suono de' tamburi o delle trombe; succedevano alcune ore d'una quiete spaventata; e poi un nuovo maledetto batter di cassa, un nuovo maledetto suon di trombe, annunziava un'altra squadra. Questi, non trovando più da far preda, con tanto più furore facevano sperpero del resto, bruciavan le botti votate da quelli, gli usci delle stanze dove non c'era più nulla, davan fuoco anche alle case; e con tanta più rabbia, s'intende, maltrattavan le persone; e così di peggio in peggio, per venti giorni: ché in tante squadre era diviso l'esercito.
Colico fu la prima terra del ducato, che invasero que' demòni; si gettarono poi sopra Bellano; di là entrarono e si sparsero nella Valsassina, da dove sboccarono nel territorio di Lecco.

Cap. XXIX

Qui, tra i poveri spaventati troviamo persone di nostra conoscenza.
Chi non ha visto don Abbondio, il giorno che si sparsero tutte in una volta le notizie della calata dell'esercito, del suo avvicinarsi, e de' suoi portamenti, non sa bene cosa sia impiccio e spavento. Vengono; son trenta, son quaranta, son cinquanta mila; son diavoli, sono ariani, sono anticristi; hanno saccheggiato Cortenuova; han dato fuoco a Primaluna: devastano Introbbio, Pasturo, Barsio; sono arrivati a Balabbio; domani son qui: tali eran le voci che passavan di bocca in bocca; e insieme un correre, un fermarsi a vicenda, un consultare tumultuoso, un'esitazione tra il fuggire e il restare, un radunarsi di donne, un metter le mani ne' capelli. Don Abbondio, risoluto di fuggire, risoluto prima di tutti e più di tutti, vedeva però, in ogni strada da prendere, in ogni luogo da ricoverarsi, ostacoli insuperabili, e pericoli spaventosi. - Come fare? - esclamava: - dove andare? - I monti, lasciando da parte la difficoltà del cammino, non eran sicuri: già s'era saputo che i lanzichenecchi vi s'arrampicavano come gatti, dove appena avessero indizio o speranza di far preda. Il lago era grosso; tirava un gran vento: oltre di questo, la più parte de' barcaioli, temendo d'esser forzati a tragittar soldati o bagagli, s'eran rifugiati, con le loro barche, all'altra riva: alcune poche rimaste, eran poi partite stracariche di gente; e, travagliate dal peso e dalla burrasca, si diceva che pericolassero ogni momento. Per portarsi lontano e fuori della strada che l'esercito aveva a percorrere, non era possibile trovar né un calesse, né un cavallo, né alcun altro mezzo: a piedi, don Abbondio non avrebbe potuto far troppo cammino, e temeva d'esser raggiunto per istrada. Il territorio bergamasco non era tanto distante, che le sue gambe non ce lo potessero portare in una tirata; ma si sapeva ch'era stato spedito in fretta da Bergamo uno squadrone di *cappelletti*, il qual doveva costeggiare il confine, per tenere in suggezione i lanzichenecchi; e quelli eran diavoli in carne, né più né meno di questi, e facevan dalla parte loro il peggio che potevano. Il pover'uomo correva, stralunato e mezzo fuor di sé, per la casa; andava dietro a Perpetua, per concertare una risoluzione con lei; ma Perpetua, affaccendata a raccogliere il meglio di casa, e a nasconderlo in soffitta, o per i bugigattoli, passava di corsa, affannata, preoccupata, con le mani e con le braccia piene, e rispondeva: - or ora finisco di metter questa roba al sicuro, e poi faremo anche noi come fanno gli altri -. Don Abbondio voleva trattenerla, e discuter con lei i vari partiti; ma lei, tra il da fare, e la fretta, e lo spavento che aveva anch'essa in corpo, e la rabbia che le faceva quello del padrone, era, in tal congiuntura, meno trattabile di quel che fosse stata mai. - S'ingegnano gli altri; c'ingegneremo anche noi. Mi scusi, ma non è capace che d'impedire. Crede lei che anche gli altri non abbiano una pelle da salvare? Che vengono per far la guerra a lei i soldati? Potrebbe anche dare una mano, in questi momenti, in vece di venir tra' piedi a piangere e a impicciare -. Con queste e simili risposte si sbrigava da lui, avendo già stabilito, finita che fosse alla meglio quella tumultuaria operazione, di prenderlo per un braccio, come un ragazzo, e di strascinarlo su per una montagna. Lasciato così solo, s'affacciava alla finestra, guardava, tendeva gli orecchi; e vedendo passar qualcheduno, gridava con una voce mezza di pianto e mezza di rimprovero: - fate questa carità al vostro povero curato di cercargli qualche cavallo, qualche mulo, qualche asino. Possibile che nessuno mi voglia aiutare! Oh che gente! Aspettatemi almeno, che possa venire anch'io con voi; aspettate d'esser quindici o venti, da condurmi via insieme, ch'io non sia

abbandonato. Volete lasciarmi in man de' cani? Non sapete che sono luterani la più parte, che ammazzare un sacerdote l'hanno per opera meritoria? Volete lasciarmi qui a ricevere il martirio? Oh che gente! Oh che gente!

Ma a chi diceva queste cose? Ad uomini che passavano curvi sotto il peso della loro povera roba, pensando a quella che lasciavano in casa, spingendo le loro vaccherelle, conducendosi dietro i figli, carichi anch'essi quanto potevano, e le donne con in collo quelli che non potevan camminare. Alcuni tiravan di lungo, senza rispondere né guardare in su; qualcheduno diceva: - eh messere! faccia anche lei come può; fortunato lei che non ha da pensare alla famiglia; s'aiuti, s'ingegni.

- Oh povero me! - esclamava don Abbondio: - oh che gente! che cuori! Non c'è carità: ognun pensa a sé; e a me nessuno vuol pensare -. E tornava in cerca di Perpetua. - Oh appunto! - gli disse questa: - e i danari?
- Come faremo?
- Li dia a me, che anderò a sotterrarli qui nell'orto di casa, insieme con le posate.
- Ma...
- Ma, ma; dia qui; tenga qualche soldo, per quel che può occorrere; e poi lasci fare a me.Don Abbondio ubbidì, andò allo scrigno, cavò il suo tesoretto, e lo consegnò a Perpetua; la quale disse: - vo a sotterrarli nell'orto, appiè del fico -; e andò. Ricomparve poco dopo, con un paniere dove c'era della munizione da bocca, e con una piccola gerla vota; e si mise in fretta a collocarvi nel fondo un po' di biancheria sua e del padrone, dicendo intanto: - il breviario almeno lo porterà lei.
- Ma dove andiamo?
- Dove vanno tutti gli altri? Prima di tutto, anderemo in istrada; e là sentiremo, e vedremocosa convenga di fare.

In quel momento entrò Agnese con una gerletta sulle spalle, e in aria di chi viene a fare una proposta importante.

Agnese, risoluta anche lei di non aspettare ospiti di quella sorte, sola in casa, com'era, e con ancora un po' di quell'oro dell'innominato, era stata qualche tempo in forse del luogo dove ritirarsi. Il residuo appunto di quegli scudi, che ne' mesi della fame le avevan fatto tanto pro, era la cagion principale della sua angustia e della irresoluzione, per aver essa sentito che, ne' paesi già invasi, quelli che avevan danari, s'eran trovati a più terribil condizione, esposti insieme alla violenza degli stranieri, e all'insidie de' paesani. Era vero che, del bene piovutole, come si dice, dal cielo, non aveva fatta la confidenza a nessuno, fuorché a don Abbondio; dal quale andava, volta per volta, a farsi spicciolare uno scudo, lasciandogli sempre qualcosa da dare a qualcheduno più povero di lei. Ma i danari nascosti, specialmente chi non è avvezzo a maneggiarne molti, tengono il possessore in un sospetto continuo del sospetto altrui. Ora, mentre andava anch'essa rimpiattando qua e là alla meglio ciò che non poteva portar con sé, e pensava agli scudi, che teneva cuciti nel busto, si rammentò che, insieme con essi, l'innominato, le aveva mandate le più larghe offerte di servizi; si rammentò le cose che aveva sentito raccontare di quel suo castello posto in luogo così sicuro, e dove, a dispetto del padrone, non potevano arrivar se non gli uccelli; e si risolvette d'andare a chiedere un asilo lassù. Pensò come potrebbe farsi conoscere da quel signore, e le venne subito in mente don Abbondio; il quale, dopo quel colloquio così fatto con l'arcivescovo, le aveva sempre fatto festa, e tanto più di cuore, che lo poteva senza compromettersi con nessuno, e che, essendo lontani i due giovani, era anche lontano il caso che a lui venisse fatta una richiesta, la quale avrebbe messa quella benevolenza a un gran cimento. Suppose che, in un tal parapiglia, il pover'uomo doveva esser ancor più impicciato e più sbigottito di lei, e che il partito potrebbe parer molto buono anche a lui; e glielo veniva a proporre. Trovatolo con Perpetua, fece la proposta a tutt'e due.

- Che ne dite, Perpetua? - domandò don Abbondio.
- Dico che è un'ispirazione del cielo, e che non bisogna perder tempo, e mettersi la stradatra le gambe.
- E poi...
- E poi, e poi, quando saremo là, ci troveremo ben contenti. Quel signore, ora si sa che nonvorrebbe altro che far servizi al prossimo; e sarà ben contento anche lui di ricoverarci. Là, sul confine, e così per aria, soldati non ne verrà certamente. E poi e poi, ci troveremo anche da mangiare; ché, su per i monti, finita questa poca grazia di Dio, - e così dicendo, l'accomodava nella gerla, sopra la biancheria, - ci saremmo trovati a mal partito.

- Convertito, è convertito davvero, eh?
- Che c'è da dubitarne ancora, dopo tutto quello che si sa, dopo quello che anche lei haveduto?
- E se andassimo a metterci in gabbia?
- Che gabbia? Con tutti codesti suoi casi, mi scusi, non si verrebbe mai a una conclusione.Brava Agnese! v'è proprio venuto un buon pensiero -. E messa la gerla sur un tavolino, passò le braccia nelle cigne, e la prese sulle spalle.
- Non si potrebbe, - disse don Abbondio, - trovar qualche uomo che venisse con noi, per farla scorta al suo curato? Se incontrassimo qualche birbone, che pur troppo ce n'è in giro parecchi, che aiuto m'avete a dar voi altre?
- Un'altra, per perder tempo! - esclamò Perpetua. - Andarlo a cercar ora l'uomo, cheognuno ha da pensare a' fatti suoi. Animo! vada a prendere il breviario e il cappello; e andiamo.

Don Abbondio andò, tornò, di lì a un momento, col breviario sotto il braccio, col cappello in capo, e col suo bordone in mano; e uscirono tutt'e tre per un usciolino che metteva sulla piazzetta. Perpetua richiuse, più per non trascurare una formalità, che per fede che avesse in quella toppa e in que' battenti, e mise la chiave in tasca. Don Abbondio diede, nel passare, un'occhiata alla chiesa, e disse tra i denti: - al popolo tocca a custodirla, che serve a lui. Se hanno un po' di cuore per la loro chiesa, ci penseranno; se poi non hanno cuore, tal sia di loro.

Presero per i campi, zitti zitti, pensando ognuno a' casi suoi, e guardandosi intorno, specialmente don Abbondio, se apparisse qualche figura sospetta, qualcosa di straordinario. Non s'incontrava nessuno: la gente era, o nelle case a guardarle, a far fagotto, a nascondere, o per le strade che conducevan direttamente all'alture.

Dopo aver sospirato e risospirato, e poi lasciato scappar qualche interiezione, don Abbondio cominciò a brontolare più di seguito. Se la prendeva col duca di Nevers, che avrebbe potuto stare in Francia a godersela, a fare il principe, e voleva esser duca di Mantova a dispetto del mondo; con l'imperatore, che avrebbe dovuto aver giudizio per gli altri, lasciar correr l'acqua all'ingiù, non istar su tutti i puntigli: ché finalmente, lui sarebbe sempre stato l'imperatore, fosse duca di Mantova Tizio o Sempronio. L'aveva principalmente col governatore, a cui sarebbe toccato a far di tutto, per tener lontani i flagelli dal paese, ed era lui che ce gli attirava: tutto per il gusto di far la guerra. Bisognerebbe, - diceva, - che fossero qui que' signori a vedere, a provare, che gusto è. Hanno da rendere un bel conto! Ma intanto, ne va di mezzo chi non ci ha colpa.

- Lasci un po' star codesta gente; che già non son quelli che ci verranno a aiutare, - dicevaPerpetua. - Codeste, mi scusi, sono di quelle sue solite chiacchiere che non concludon nulla. Piuttosto, quel che mi dà noia...
- Cosa c'è?

Perpetua, la quale, in quel pezzo di strada, aveva pensato con comodo al nascondimento fatto in furia, cominciò a lamentarsi d'aver dimenticata la tal cosa, d'aver mal riposta la tal altra; qui, d'aver lasciata una traccia che poteva guidare i ladroni, là...

- Brava! - disse don Abbondio, ormai sicuro della vita, quanto bastava per poter angustiarsidella roba: - brava! così avete fatto? Dove avevate la testa?
- Come! - esclamò Perpetua, fermandosi un momento su due piedi, e mettendo i pugni su'fianchi, in quella maniera che la gerla glielo permetteva: - come! verrà ora a farmi codesti rimproveri, quand'era lei che me la faceva andar via, la testa, in vece d'aiutarmi e farmi coraggio! Ho pensato forse più alla roba di casa che alla mia; non ho avuto chi mi desse una mano; ho dovuto far da Marta e Maddalena; se qualcosa anderà a male, non so cosa mi dire: ho fatto anche più del mio dovere.

Agnese interrompeva questi contrasti, entrando anche lei a parlare de' suoi guai: e non si rammaricava tanto dell'incomodo e del danno, quanto di vedere svanita la speranza di riabbracciar presto la sua Lucia; ché, se vi rammentate, era appunto quell'autunno sul quale avevan fatto assegnamento: né era da supporre che donna Prassede volesse venire a villeggiare da quelle parti, in tali circostanze: piuttosto ne sarebbe partita, se ci si fosse trovata, come facevan tutti gli altri villeggianti.

La vista de' luoghi rendeva ancor più vivi que' pensieri d'Agnese, e più pungente il suo dispiacere. Usciti da' sentieri, avevan presa la strada pubblica, quella medesima per cui la povera donna era venuta riconducendo, per così poco tempo, a casa la figlia, dopo aver soggiornato con lei, in casa del sarto. E già si vedeva il paese. - Anderemo bene a salutar quella brava gente, - disse Agnese.

- E anche a riposare un pochino: ché di questa gerla io comincio ad averne abbastanza; epoi per mangiare un boccone, - disse Perpetua.
- Con patto di non perder tempo; ché non siamo in viaggio per divertimento, - conclusedon Abbondio.

Furono ricevuti a braccia aperte, e veduti con gran piacere: rammentavano una buona azione. Fate del bene a quanti più potete, dice qui il nostro autore; e vi seguirà tanto più spesso d'incontrar de' visi che vi mettano allegria.

Agnese, nell'abbracciar la buona donna, diede in un dirotto pianto, che le fu d'un gran sollievo; e rispondeva con singhiozzi alle domande che quella e il marito le facevan di Lucia.

- Sta meglio di noi, - disse don Abbondio: - è a Milano, fuor de' pericoli, lontana da questediavolerie.
- Scappano, eh? il signor curato e la compagnia, - disse il sarto.
- Sicuro, - risposero a una voce il padrone e la serva.
- Li compatisco.
- Siamo incamminati, - disse don Abbondio; - al castello di ***.
- L'hanno pensata bene: sicuri come in chiesa.
- E qui, non hanno paura? - disse don Abbondio.
- Dirò, signor curato: propriamente in *ospitazione*, come lei sa che si dice, a parlar bene, qui non dovrebbero venire coloro: siam troppo fuori della loro strada, grazie al cielo. Al più al più, qualche scappata, che Dio non voglia: ma in ogni caso c'è tempo; s'hanno a sentir prima altre notizie da' poveri paesi dove anderanno a fermarsi.

Si concluse di star lì un poco a prender fiato; e, siccome era l'ora del desinare, - signori, disse il sarto: - devono onorare la mia povera tavola: alla buona: ci sarà un piatto di buon viso.

Perpetua disse d'aver con sé qualcosa da rompere il digiuno. Dopo un po' di cerimonie da una parte e dall'altra, si venne a patti d'accozzar, come si dice, il pentolino, e di desinare in compagnia.

I ragazzi s'eran messi con gran festa intorno ad Agnese loro amica vecchia. Presto, presto; il sarto ordinò a una bambina (quella che aveva portato quel boccone a Maria vedova: chi sa se ve ne rammentate più!), che andasse a diricciar quattro castagne primaticce, ch'eran riposte in un cantuccio: e le mettesse a arrostire.

- E tu, - disse a un ragazzo, - va' nell'orto, a dare una scossa al pesco, da farne caderquattro, e portale qui: tutte, ve'. E tu, - disse a un altro, - va' sul fico, a coglierne quattro de' più maturi. Già lo conoscete anche troppo quel mestiere -. Lui andò a spillare una sua botticina; la donna a prendere un po' di biancheria da tavola. Perpetua cavò fuori le provvisioni; s'apparecchiò: un tovagliolo e un piatto di maiolica al posto d'onore, per don Abbondio, con una posata che Perpetua aveva nella gerla. Si misero a tavola, e desinarono, se non con grand'allegria, almeno con molta più che nessuno de' commensali si fosse aspettato d'averne in quella giornata.
- Cosa ne dice, signor curato, d'uno scombussolamento di questa sorte? - disse il sarto: - mipar di leggere la storia de' mori in Francia.
- Cosa devo dire? Mi doveva cascare addosso anche questa!
- Però, hanno scelto un buon ricovero, - riprese quello: - chi diavolo ha a andar lassù perforza? E troveranno compagnia: ché già s'è sentito che ci sia rifugiata molta gente, e che ce n'arrivi tuttora.
- Voglio sperare, - disse don Abbondio, - che saremo ben accolti. Lo conosco quel bravosignore; e quando ho avuto un'altra volta l'onore di trovarmi con lui, fu così compito! - E a me, - disse Agnese, - m'ha fatto dire dal signor monsignor illustrissimo, che, quando avessi bisogno di qualcosa, bastava che andassi da lui.
- Gran bella conversione! - riprese don Abbondio: - e si mantiene, n'è vero? si mantiene.Il sarto si mise a parlare alla distesa della santa vita dell'innominato, e come, dall'essere il flagello de' contorni, n'era divenuto l'esempio e il benefattore.
- E quella gente che teneva con sé?... tutta quella servitù?... - riprese don Abbondio, il qualen'aveva più d'una volta sentito dir qualcosa, ma non era mai quieto abbastanza.
- Sfrattati la più parte, - rispose il sarto: - e quelli che son rimasti, han mutato sistema, macome! In somma è diventato quel castello una Tebaide: lei le sa queste cose.

Entrò poi a parlar con Agnese della visita del cardinale. - Grand'uomo! - diceva; grand'uomo! Peccato che sia passato di qui così in furia, che non ho né anche potuto fargli un po' d'onore. Quanto sarei contento di potergli parlare un'altra volta, un po' più con comodo.

Alzati poi da tavola, le fece osservare una stampa rappresentante il cardinale, che teneva attaccata a un battente d'uscio, in venerazione del personaggio, e anche per poter dire a chiunque capitasse, che non era somigliante; giacché lui aveva potuto esaminar da vicino e con comodo il cardinale in persona, in quella medesima stanza.

- L'hanno voluto far lui, con questa cosa qui? - disse Agnese. - Nel vestito gli somiglia; ma...- N'è vero che non somiglia? - disse il sarto: - lo dico sempre anch'io: noi, non c'ingannano, eh? ma, se non altro, c'è sotto il suo nome: è una memoria.

Don Abbondio faceva fretta; il sarto s'impegnò di trovare un baroccio che li conducesse appiè della salita; n'andò subito in cerca, e poco dopo, tornò a dire che arrivava. Si voltò poi a don Abbondio, e gli disse: - signor curato, se mai desiderasse di portar lassù qualche libro, per passare il tempo, da pover'uomo posso servirla: ché anch'io mi diverto un po' a leggere. Cose non da par suo, libri in volgare; ma però...

- Grazie, grazie, - rispose don Abbondio: - son circostanze, che si ha appena testad'occuparsi di quel che è di precetto.

Mentre si fanno e si ricusano ringraziamenti, e si barattano saluti e buoni augùri, inviti e promesse d'un'altra fermata al ritorno, il baroccio è arrivato davanti all'uscio di strada. Ci metton le gerle, salgon su, e principiano, con un po' più d'agio e di tranquillità d'animo, la seconda metà del viaggio.

Il sarto aveva detto la verità a don Abbondio, intorno all'innominato. Questo, dal giorno che l'abbiam lasciato, aveva sempre continuato a far ciò che allora s'era proposto, compensar danni, chieder pace, soccorrer poveri, sempre del bene in somma, secondo l'occasione. Quel coraggio che altre volte aveva mostrato nell'offendere e nel difendersi, ora lo mostrava nel non fare né l'una cosa né l'altra. Andava sempre solo e senz'armi, disposto a tutto quello che gli potesse accadere dopo tante violenze commesse, e persuaso che sarebbe commetterne una nuova l'usar la forza in difesa di chi era debitore di tanto e a tanti; persuaso che ogni male che gli venisse fatto, sarebbe un'ingiuria riguardo a Dio, ma riguardo a lui una giusta retribuzione; e che dell'ingiuria, lui meno d'ogni altro, aveva diritto di farsi punitore. Con tutto ciò, era rimasto non meno inviolato di quando teneva armate, per la sua sicurezza, tante braccia e il suo. La rimembranza dell'antica ferocia, e la vista della mansuetudine presente, una, che doveva aver lasciati tanti desidèri di vendetta, l'altra, che la rendeva tanto agevole, cospiravano in vece a procacciargli e a mantenergli un'ammirazione, che gli serviva principalmente di salvaguardia. Era quell'uomo che nessuno aveva potuto umiliare, e che s'era umiliato da sé. I rancori, irritati altre volte dal suo disprezzo e dalla paura degli altri, si dileguavano ora davanti a quella nuova umiltà: gli offesi avevano ottenuta, contro ogni aspettativa, e senza pericolo, una soddisfazione che non avrebbero potuta promettersi dalla più fortunata vendetta, la soddisfazione di vedere un tal uomo pentito de' suoi torti, e partecipe, per dir così, della loro indegnazione. Molti, il cui dispiacere più amaro e più intenso era stato per molt'anni, di non veder probabilità di trovarsi in nessun caso più forti di colui, per ricattarsi di qualche gran torto; incontrandolo poi solo, disarmato, e in atto di chi non farebbe resistenza, non s'eran sentiti altro impulso che di fargli dimostrazioni d'onore. In quell'abbassamento volontario, la sua presenza e il suo contegno avevano acquistato, senza che lui lo sapesse, un non so che di più alto e di più nobile; perché ci si vedeva, ancor meglio di prima, la noncuranza d'ogni pericolo. Gli odi, anche i più rozzi e rabbiosi, si sentivano come legati e tenuti in rispetto dalla venerazione pubblica per l'uomo penitente e benefico. Questa era tale, che spesso quell'uomo si trovava impicciato a schermirsi dalle dimostrazioni che gliene venivan fatte, e doveva star attento a non lasciar troppo trasparire nel volto e negli atti il sentimento interno di compunzione, a non abbassarsi troppo, per non esser troppo esaltato. S'era scelto nella chiesa l'ultimo luogo; e non c'era pericolo che nessuno glielo prendesse: sarebbe stato come usurpare un posto d'onore. Offender poi quell'uomo, o anche trattarlo con poco riguardo, poteva parere non tanto un'insolenza e una viltà, quanto un sacrilegio: e quelli stessi a cui questo sentimento degli altri poteva servir di ritegno, ne partecipavano anche loro, più o meno. Queste medesime ed altre cagioni, allontanavano pure da lui le vendette della forza pubblica, e gli procuravano, anche da questa parte, la sicurezza della quale non si dava pensiero. Il grado e le parentele, che in ogni tempo gli erano state di qualche difesa, tanto più valevano per lui, ora che a quel nome già illustre e infame, andava aggiunta la lode d'una condotta esemplare, la gloria della conversione. I magistrati e i grandi s'eran rallegrati di questa, pubblicamente come il popolo; e sarebbe parso strano l'infierire contro chi era stato soggetto di tante congratulazioni. Oltre di ciò, un potere occupato in una guerra perpetua, e spesso infelice, contro ribellioni vive e rinascenti, poteva trovarsi abbastanza contento d'esser liberato dalla più indomabile e molesta, per non andare a cercar altro: tanto più, che quella conversione produceva riparazioni che non era avvezzo ad ottenere, e nemmeno a richiedere. Tormentare un santo, non pareva un buon mezzo di cancellar la vergogna di non aver saputo fare stare a dovere un facinoroso: e l'esempio che si fosse dato col punirlo, non avrebbe potuto aver altro effetto, che di stornare i suoi simili dal divenire inoffensivi. Probabilmente anche la parte che il cardinal Federigo aveva avuta nella conversione, e il suo nome associato a quello del convertito, servivano a questo come d'uno scudo sacro. E in quello stato di cose e d'idee, in quelle singolari relazioni dell'autorità spirituale e del poter civile, ch'eran così spesso alle prese tra loro, senza mirar mai a distruggersi, anzi mischiando sempre alle ostilità atti di riconoscimento e proteste di deferenza, e che, spesso pure, andavan di conserva a un fine comune, senza far mai pace, poté parere, in certa maniera, che la riconciliazione della prima portasse con sé l'oblivione, se non l'assoluzione del secondo, quando quella s'era sola adoprata a produrre un effetto voluto da tutt'e due.

Così quell'uomo sul quale, se fosse caduto, sarebbero corsi a gara grandi e piccoli a calpestarlo; messosi volontariamente a terra, veniva risparmiato da tutti, e inchinato da molti.

È vero ch'eran anche molti a cui quella strepitosa mutazione dovette far tutt'altro che piacere: tanti esecutori stipendiati di delitti, tanti compagni nel delitto, che perdevano una così gran forza sulla quale erano avvezzi a fare assegnamento, che anche si trovavano a un tratto rotti i fili di trame ordite da un pezzo, nel momento forse che aspettavano la nuova dell'esecuzione. Ma già abbiam veduto quali diversi sentimenti quella conversione facesse nascere negli sgherri che si trovavano allora con lui, e che la sentirono annunziare dalla sua bocca: stupore, dolore, abbattimento, stizza; un po' di tutto, fuorché disprezzo né odio. Lo stesso accadde agli altri che teneva sparsi in diversi posti, lo stesso a' complici di più alto affare, quando riseppero la terribile nuova, e a tutti per le cagioni medesime. Molt'odio, come trovo nel luogo, altrove citato, del Ripamonti, ne venne piuttosto al cardinal Federigo. Riguardavan questo come uno che s'era mischiato ne' loro affari, per guastarli; l'innominato aveva voluto salvar l'anima sua: nessuno aveva ragion di lagnarsene. Di mano in mano poi, la più parte degli sgherri di casa, non potendo accomodarsi alla nuova disciplina, né vedendo probabilità che s'avesse a mutare, se n'erano andati. Chi avrà cercato altro padrone, e fors'anche tra gli antichi amici di quello che lasciava; chi si sarà arrolato in qualche terzo, come allora dicevano, di Spagna o di Mantova, o di qualche altra parte belligerante; chi si sarà messo alla strada, per far la guerra a minuto, e per conto suo; chi si sarà anche contentato d'andar birboneggiando in libertà. E il simile avranno fatto quegli altri che stavano prima a' suoi ordini, in diversi paesi. Di quelli poi che s'eran potuti avvezzare al nuovo tenor di vita, o che lo avevano abbracciato volentieri, i più, nativi della valle, eran tornati ai campi, o ai mestieri imparati nella prima età, e poi abbandonati; i forestieri eran rimasti nel castello, come servitori: gli uni e gli altri, quasi ribenedetti nello stesso tempo che il loro padrone, se la passavano, al par di lui, senza fare né ricever torti, inermi e rispettati.

Ma quando, al calar delle bande alemanne, alcuni fuggiaschi di paesi invasi o minacciati capitarono su al castello a chieder ricovero, l'innominato, tutto contento che quelle sue mura fossero cercate come asilo da' deboli, che per tanto tempo le avevan guardate da lontano come un enorme spauracchio, accolse quegli sbandati, con espressioni piuttosto di riconoscenza che di cortesia; fece sparger la voce, che la sua casa sarebbe aperta a chiunque ci si volesse rifugiare, e pensò subito a mettere, non solo questa, ma anche la valle, in istato di difesa, se mai lanzichenecchi o cappelletti volessero provarsi di venirci a far delle loro. Radunò i servitori che gli eran rimasti, pochi e valenti, come i versi di Torti; fece loro una parlata sulla buona occasione che Dio dava loro e a lui, d'impiegarsi una volta in aiuto del prossimo, che avevan tanto oppresso e spaventato; e, con quel tono naturale di comando, ch'esprimeva la certezza dell'ubbidienza, annunziò loro in generale ciò che intendeva che facessero, e soprattutto prescrisse come dovessero contenersi, perché la gente che veniva a ricoverarsi lassù, non vedesse in loro che amici e difensori. Fece poi portar giù da una stanza a tetto l'armi da fuoco, da taglio, in asta, che da un pezzo stavan lì ammucchiate, e gliele distribuì; fece dire a' suoi contadini e affittuari della valle, che chiunque si sentiva, venisse con armi al castello; a chi non n'aveva, ne diede; scelse alcuni, che fossero come ufiziali, e avessero altri sotto il loro comando; assegnò i posti all'entrature e in altri luoghi della valle, sulla salita, alle porte del castello; stabilì l'ore e i modi di dar la muta, come in un campo, o come già s'era costumato in quel castello medesimo, ne' tempi della sua vita disperata.

In un canto di quella stanza a tetto, c'erano in disparte l'armi che lui solo aveva portate; quella sua famosa carabina, moschetti, spade, spadoni, pistole, coltellacci, pugnali, per terra, o appoggiati al muro. Nessuno de' servitori le toccò; ma concertarono di domandare al padrone quali voleva che gli fossero portate. - Nessuna, - rispose; e, fosse voto, fosse proposito, restò sempre disarmato, alla testa di quella specie di guarnigione.

Nello stesso tempo, aveva messo in moto altr'uomini e donne di servizio, o suoi dipendenti, a preparar nel castello alloggio a quante più persone fosse possibile, a rizzar letti, a disporre sacconi e strapunti nelle stanze, nelle sale, che diventavan dormitòri. E aveva dato ordine di far venire provvisioni abbondanti, per ispesare gli ospiti che Dio gli manderebbe, e i quali infatti andavan crescendo di giorno in giorno. Lui intanto non istava mai fermo; dentro e fuori del castello, su e giù per la salita, in giro per la valle, a stabilire, a rinforzare, a visitar posti, a vedere, a farsi vedere, a mettere e a tenere in regola, con le parole, con gli occhi, con la presenza. In casa, per la strada, faceva accoglienza a quelli che arrivavano; e tutti, o lo avessero già visto, o lo vedessero per la prima volta, lo guardavano estatici, dimenticando un momento i guai e i timori che gli avevano spinti lassù; e si voltavano ancora a guardarlo, quando, staccatosi da loro, seguitava la sua strada.

Cap. XXX

Quantunque il concorso maggiore non fosse dalla parte per cui i nostri tre fuggitivi s'avvicinavano alla valle, ma all'imboccatura opposta, con tutto ciò, cominciarono a trovar compagni di viaggio e di sventura, che da traverse e viottole erano sboccati o sboccavano nella strada. In circostanze simili, tutti quelli che s'incontrano, è come se si conoscessero. Ogni volta che il baroccio aveva raggiunto qualche pedone, si barattavan domande e risposte. Chi era scappato, come i nostri, senza aspettar l'arrivo de' soldati; chi aveva sentiti i tamburi o le trombe; chi gli aveva visti coloro, e li dipingeva come gli spaventati soglion dipingere.

- Siamo ancora fortunati, - dicevan le due donne: - ringraziamo il cielo. Vada la roba; maalmeno siamo in salvo.

Ma don Abbondio non trovava che ci fosse tanto da rallegrarsi; anzi quel concorso, e più ancora il maggiore che sentiva esserci dall'altra parte, cominciava a dargli ombra. - Oh che storia! - borbottava alle donne, in un momento che non c'era nessuno d'intorno: - oh che storia! Non capite, che radunarsi tanta gente in un luogo è lo stesso che volerci tirare i soldati per forza? Tutti nascondono, tutti portan via; nelle case non resta nulla; crederanno che lassù ci siano tesori. Ci vengono sicuro: sicuro ci vengono. Oh povero me! dove mi sono imbarcato!

- Oh! voglion far altro che venir lassù, - diceva Perpetua: - anche loro devono andar per laloro strada. E poi, io ho sempre sentito dire che, ne' pericoli, è meglio essere in molti.

- In molti? in molti? - replicava don Abbondio: - povera donna! Non sapete che ognilanzichenecco ne mangia cento di costoro? E poi, se volessero far delle pazzie, sarebbe un bel gusto, eh? di trovarsi in una battaglia. Oh povero me! Era meno male andar su per i monti. Che abbian tutti a voler cacciarsi in un luogo!... Seccatori! - borbottava poi, a voce più bassa: - tutti qui: e via, e via, e via; l'uno dietro l'altro, come pecore senza ragione.

- A questo modo, - disse Agnese, - anche loro potrebbero dir lo stesso di noi.

- Chetatevi un po', - disse don Abbondio: - ché già le chiacchiere non servono a nulla. Quelch'è fatto è fatto: ci siamo, bisogna starci. Sarà quel che vorrà la Provvidenza: il cielo ce la mandi buona.

Ma fu ben peggio quando, all'entrata della valle, vide un buon posto d'armati, parte sull'uscio d'una casa, e parte nelle stanze terrene: pareva una caserma. Li guardò con la coda dell'occhio: non eran quelle facce che gli era toccato a vedere nell'altra dolorosa sua gita, o se ce n'era di quelle, erano ben cambiate; ma con tutto ciò, non si può dire che noia gli desse quella vista. " Oh povero me! - pensava: - ecco se le fanno le pazzie. Già non poteva essere altrimenti: me lo sarei dovuto aspettare da un uomo di quella qualità. Ma cosa vuol fare? vuol far la guerra? vuol fare il re, lui? Oh povero me! In circostanze che si vorrebbe potersi nasconder sotto terra, e costui cerca ogni maniera di farsi scorgere, di dar nell'occhio; par che li voglia invitare! "

- Vede ora, signor padrone, - gli disse Perpetua, - se c'è della brava gente qui, che ci sapràdifendere. Vengano ora i soldati: qui non sono come que' nostri spauriti, che non son buoni che a menar le gambe.
- Zitta! - rispose, con voce bassa ma iraconda, don Abbondio: - zitta! che non sapete quelche vi dite. Pregate il cielo che abbian fretta i soldati, o che non vengano a sapere le cose che si fanno qui, e che si mette all'ordine questo luogo come una fortezza. Non sapete che i soldati è il loro mestiere di prender le fortezze? Non cercan altro; per loro, dare un assalto è come andare a nozze; perché tutto quel che trovano è per loro, e passano la gente a fil di spada. Oh povero me! Basta, vedrò se ci sarà maniera di mettersi in salvo su per queste balze. In una battaglia non mi ci colgono oh! in una battaglia non mi ci colgono.
- Se ha poi paura anche d'esser difeso e aiutato... - ricominciava Perpetua; ma donAbbondio l'interruppe aspramente, sempre però a voce bassa: - zitta! E badate bene di non riportare questi discorsi. Ricordatevi che qui bisogna far sempre viso ridente, e approvare tutto quello che si vede.

Alla Malanotte, trovarono un altro picchetto d'armati, ai quali don Abbondio fece una scappellata, dicendo intanto tra sé: " ohimè, ohimè: son proprio venuto in un accampamento! " Qui il baroccio si fermò; ne scesero; don Abbondio pagò in fretta, e licenziò il condottiere; e s'incamminò con le due compagne per la salita, senza far parola. La vista di que' luoghi gli andava risvegliando nella fantasia, e mescolando all'angosce presenti, la rimembranza di quelle che vi aveva sofferte l'altra volta. E Agnese, la quale non gli aveva mai visti que' luoghi, e se n'era fatta in mente una pittura fantastica che le si rappresentava ogni volta che pensava al viaggio spaventoso di Lucia, vedendoli ora quali eran davvero, provava come un nuovo e più vivo sentimento di quelle crudeli memorie. Oh signor curato! - esclamò: - a pensare che la mia povera Lucia è passata per questa strada!

- Volete stare zitta? donna senza giudizio! - le gridò in un orecchio don Abbondio: - sondiscorsi codesti da farsi qui? Non sapete che siamo in casa sua? Fortuna che ora nessun vi sente; ma se parlate in questa maniera...
- Oh! - disse Agnese: - ora che è santo...!
- State zitta, - le replicò don Abbondio: - credete voi che ai santi si possa dire, senzariguardo, tutto ciò che passa per la mente? Pensate piuttosto a ringraziarlo del bene che v'ha fatto.
- Oh! per questo, ci avevo già pensato: che crede che non le sappia un pochino le creanze?- La creanza è di non dir le cose che posson dispiacere, specialmente a chi non è avvezzo a sentirne. E intendetela bene tutt'e due, che qui non è luogo da far pettegolezzi, e da dir tutto quello che vi può venire in testa. E casa d'un gran signore, già lo sapete: vedete che compagnia c'è d'intorno: ci vien gente di tutte le sorte; sicché, giudizio, se potete: pesar le parole, e soprattutto dirne poche, e solo quando c'è necessità: ché a stare zitti non si sbaglia mai.
- Fa peggio lei con tutte codeste sue... - riprendeva Perpetua.

Ma: - zitta! - gridò sottovoce don Abbondio, e insieme si levò il cappello in fretta, e fece un profondo inchino: ché, guardando in su, aveva visto l'innominato scender verso di loro. Anche questo aveva visto e riconosciuto don Abbondio; e affrettava il passo per andargli incontro.

- Signor curato, - disse, quando gli fu vicino, - avrei voluto offrirle la mia casa in miglioroccasione; ma, a ogni modo, son ben contento di poterle esser utile in qualche cosa. - Confidato nella gran bontà di vossignoria illustrissima, - rispose don Abbondio, - mi son preso l'ardire di venire, in queste triste circostanze, a incomodarla: e, come vede vossignoria illustrissima, mi son preso anche la libertà di menar compagnia. Questa è la mia governante...
- Benvenuta, - disse l'innominato.
- E questa, - continuò don Abbondio, - è una donna a cui vossignoria ha già fatto del bene: la madre di quella... di quella...
- Di Lucia, - disse Agnese.
- Di Lucia! - esclamò l'innominato, voltandosi, con la testa bassa, ad Agnese. - Del bene, io! Dio immortale! Voi, mi fate del bene, a venir qui... da me... in questa casa. Siate la benvenuta. Voi ci portate la benedizione.
- Oh giusto! - disse Agnese: - vengo a incomodarla. Anzi, - continuò, avvicinandosegliall'orecchio, - ho anche a ringraziarla...

L'innominato troncò quelle parole, domandando premurosamente le nuove di Lucia; e sapute che l'ebbe, si voltò per accompagnare al castello i nuovi ospiti, come fece, malgrado la loro resistenza cerimoniosa. Agnese diede al curato un'occhiata che voleva dire: veda un poco se c'è bisogno che lei entri di mezzo tra noi due a dar pareri.

- Sono arrivati alla sua parrocchia? - gli domandò l'innominato.
- No, signore, che non gli ho voluti aspettare que' diavoli, - rispose don Abbondio. - Sa ilcielo se avrei potuto uscir vivo dalle loro mani, e venire a incomodare vossignoria illustrissima.
- Bene, si faccia coraggio, - riprese l'innominato: - ché ora è in sicuro. Quassù nonverranno; e se si volessero provare, siam pronti a riceverli.
- Speriamo che non vengano, - disse don Abbondio. - E sento, - soggiunse, accennando coldito i monti che chiudevano la valle di rimpetto, - sento che, anche da quella parte, giri un'altra masnada di gente, ma... ma...
- E vero, - rispose l'innominato: - ma non dubiti, che siam pronti anche per loro.

" Tra due fuochi, - diceva tra sé don Abbondio: - proprio tra due fuochi. Dove mi son lasciato tirare! e da due pettegole! E costui par proprio che ci sguazzi dentro! Oh che gente c'è a questo mondo! "

Entrati nel castello, il signore fece condurre Agnese e Perpetua in una stanza del quartiere assegnato alle donne, che occupava tre lati del secondo cortile, nella parte posteriore dell'edifizio situata sur un masso sporgente e isolato, a cavaliere a un precipizio. Gli uomini alloggiavano ne' lati dell'altro cortile a destra e a sinistra, e in quello che rispondeva sulla spianata. Il corpo di mezzo, che separava i due cortili, e dava passaggio dall'uno all'altro, per un vasto andito di rimpetto alla porta principale, era in parte occupato dalle provvisioni, e in parte doveva servir di deposito per la roba che i rifugiati volessero mettere in salvo lassù. Nel quartiere degli uomini, c'erano alcune camere destinate agli ecclesiastici che potessero capitare. L'innominato v'accompagnò in persona don Abbondio, che fu il primo a prenderne il possesso.

Ventitre o ventiquattro giorni stettero i nostri fuggitivi nel castello, in mezzo a un movimento continuo, in una gran compagnia, e che ne' primi tempi, andò sempre crescendo; ma senza che accadesse nulla di straordinario. Non passò forse giorno, che non si desse all'armi. Vengon lanzichenecchi di qua; si son veduti cappelletti di là. A ogni avviso, l'innominato mandava uomini a esplorare; e, se faceva bisogno, prendeva con sé della gente che teneva sempre pronta a ciò, e andava con essa fuor della valle, dalla parte dov'era indicato il pericolo. Ed era cosa singolare, vedere una schiera d'uomini armati da capo a piedi, e schierati come una truppa, condotti da un uomo senz'armi. Le più volte non erano che foraggieri e saccheggiatori sbandati, che se n'andavano prima d'esser sorpresi. Ma una volta, cacciando alcuni di costoro, per insegnar loro a non venir più da quelle parti, l'innominato ricevette avviso che un paesetto vicino era invaso e messo a sacco. Erano lanzichenecchi di vari corpi che, rimasti indietro per rubare, s'eran riuniti, e andavano a gettarsi all'improvviso sulle terre vicine a quelle dove alloggiava l'esercito; spogliavano gli abitanti, e gliene facevan di tutte le sorte. L'innominato fece un breve discorso a' suoi uomini, e li condusse al paesetto.

Arrivarono inaspettati. I ribaldi che avevan creduto di non andar che alla preda, vedendosi venire addosso gente schierata e pronta a combattere, lasciarono il saccheggio a mezzo, e se n'andarono in fretta, senz'aspettarsi l'uno con l'altro, dalla parte dond'eran venuti. L'innominato gl'inseguì per un pezzo di strada; poi, fatto far alto, stette qualche tempo aspettando, se vedesse qualche novità; e finalmente se ne ritornò. E ripassando nel paesetto salvato, non si potrebbe dire con quali applausi e benedizioni fosse accompagnato il drappello liberatore e il condottiero.

Nel castello, tra quella moltitudine, formata a caso, di persone, varie di condizione, di costumi, di sesso e d'età, non nacque mai alcun disordine d'importanza. L'innominato aveva messe guardie in diversi luoghi, le quali tutte invigilavano che non seguisse nessun inconveniente, con quella premura che ognuno metteva nelle cose di cui s'avesse a rendergli conto.

Aveva poi pregati gli ecclesiastici, e gli uomini più autorevoli che si trovavan tra i ricoverati, d'andare in giro e d'invigilare anche loro. E più spesso che poteva, girava anche lui, e si faceva veder per tutto; ma, anche in sua assenza, il ricordarsi di chi s'era in casa, serviva di freno a chi ne potesse aver bisogno. E, del resto, era tutta gente scappata, e quindi inclinata in generale alla quiete: i pensieri della casa e della roba, per alcuni anche di congiunti o d'amici rimasti nel pericolo, le nuove che venivan di fuori, abbattendo gli animi, mantenevano e accrescevano sempre più quella disposizione.

C'era però anche de' capi scarichi, degli uomini d'una tempra più salda e d'un coraggio più verde, che cercavano di passar que' giorni in allegria. Avevano abbandonate le loro case, per non esser forti abbastanza da difenderle; ma non trovavan gusto a piangere e a sospirare sur una cosa che non c'era rimedio, né a figurarsi e a contemplar con la fantasia il guasto che vedrebbero pur troppo co' loro occhi. Famiglie amiche erano andate di conserva, o s'eran ritrovate lassù, s'eran fatte amicizie nuove; e la folla s'era divisa in crocchi, secondo gli umori e l'abitudini. Chi aveva danari e discrezione, andava a desinare giù nella valle, dove in quella circostanza, s'eran rizzate in fretta osterie: in alcune, i bocconi erano alternati co' sospiri, e non era lecito parlar d'altro che di sciagure: in altre, non si rammentavan le sciagure, se non per dire che non bisognava pensarci. A chi non poteva o non voleva farsi le spese, si distribuiva nel castello pane, minestra e vino: oltre alcune tavole ch'eran servite ogni giorno, per quelli che il padrone vi aveva espressamente invitati; e i nostri eran di questo numero.

Agnese e Perpetua, per non mangiare il pane a ufo, avevan voluto essere impiegate ne' servizi che richiedeva una così grande ospitalità; e in questo spendevano una buona parte della giornata; il resto nel chiacchierare con certe amiche che s'eran fatte, o col povero don Abbondio. Questo non aveva nulla da fare, ma non s'annoiava però; la paura gli teneva compagnia. La paura proprio d'un assalto, credo che la gli fosse passata, o se pur gliene rimaneva, era quella che gli dava meno fastidio; perché, pensandoci appena appena, doveva capire quanto poco fosse fondata. Ma l'immagine del paese circonvicino inondato, da una parte e dall'altra, da soldatacci, le armi e gli armati che vedeva sempre in giro, un castello, quel castello, il pensiero di tante cose che potevan nascere ogni momento in tali circostanze, tutto gli teneva addosso uno spavento indistinto, generale, continuo; lasciando stare il rodìo che gli dava il pensare alla sua povera casa. In tutto il tempo che stette in quell'asilo, non se ne discostò mai quanto un tiro di schioppo, né mai mise piede sulla discesa: l'unica sua passeggiata era d'uscire sulla spianata, e d'andare, quando da una parte e quando dall'altra del castello, a guardar giù per le balze e per i burroni, per istudiare se ci fosse qualche passo un po' praticabile, qualche po' di sentiero, per dove andar cercando un nascondiglio in caso d'un serra serra. A tutti i suoi compagni di rifugio faceva gran riverenze o gran saluti, ma bazzicava con pochissimi: la sua conversazione più frequente era con le due donne, come abbiam detto; con loro andava a fare i suoi sfoghi, a rischio che talvolta gli fosse dato sulla voce da Perpetua, e che lo svergognasse anche Agnese. A tavola poi, dove stava poco e parlava pochissimo, sentiva le nuove del terribile passaggio, le quali arrivavano ogni giorno, o di paese in paese e di bocca in bocca, o portate lassù da qualcheduno, che da principio aveva voluto restarsene a casa, e scappava in ultimo, senza aver potuto salvar nulla, e a un bisogno anche malconcio: e ogni giorno c'era qualche nuova storia di sciagura. Alcuni, novellisti di professione, raccoglievan diligentemente tutte le voci, abburattavan tutte le relazioni, e ne davan poi il fiore agli altri. Si disputava quali fossero i reggimenti più indiavolati, se fosse peggio la fanteria o la cavalleria; si ripetevano, il meglio che si poteva, certi nomi di condottieri; d'alcuni si raccontavan l'imprese passate, si specificavano le stazioni e le marce: quel giorno, il tale reggimento si spandeva ne' tali paesi, domani anderebbe addosso ai tali altri, dove intanto il tal altro faceva il diavolo e peggio. Sopra tutto si cercava d'aver informazione, e si teneva il conto de' reggimenti che passavan di mano in mano il ponte di Lecco, perché quelli si potevano considerar come andati, e fuori veramente del paese. Passano i cavalli di Wallenstein, passano i fanti di Merode, passano i cavalli di Anhalt, passano i fanti di Brandeburgo, e poi i cavalli di Montecuccoli, e poi quelli di Ferrari; passa Altringer, passa Furstenberg, passa Colloredo; passano i Croati, passa Torquato Conti, passano altri e altri; quando piacque al cielo, passò anche Galasso, che fu l'ultimo. Lo squadron volante de' veneziani finì d'allontanarsi anche lui; e tutto il paese, a destra e a sinistra, si trovò libero. Già quelli delle terre invase e sgombrate le prime, eran partiti dal castello; e ogni giorno ne partiva: come, dopo un temporale d'autunno, si vede dai palchi fronzuti d'un grand'albero uscire da ogni parte gli uccelli che ci s'erano riparati. Credo che i nostri tre fossero gli ultimi ad andarsene; e ciò per volere di don Abbondio, il quale temeva, se si tornasse subito a casa, di trovare ancora in giro lanzichenecchi rimasti indietro sbrancati, in coda all'esercito. Perpetua ebbe un bel dire che, quanto più s'indugiava, tanto più si dava agio ai birboni del paese d'entrare in casa a portar via il resto; quando si trattava d'assicurar la pelle, era sempre don Abbondio che la vinceva; meno che l'imminenza del pericolo non gli avesse fatto perdere affatto la testa.

Il giorno fissato per la partenza, l'innominato fece trovar pronta alla Malanotte una carrozza, nella quale aveva già fatto mettere un corredo di biancheria per Agnese. E tiratala in disparte, le fece anche accettare un gruppetto di scudi, per riparare al guasto che troverebbe in casa; quantunque, battendo la mano sul petto, essa andasse ripetendo che ne aveva lì ancora de' vecchi.

- Quando vedrete quella vostra buona, povera Lucia... - le disse in ultimo: - già son certo che prega per me, poiché le ho fatto tanto male: ditele adunque ch'io la ringrazio, e confido in Dio, che la sua preghiera tornerà anche in tanta benedizione per lei.

Volle poi accompagnar tutti e tre gli ospiti, fino alla carrozza. I ringraziamenti umili e sviscerati di don Abbondio e i complimenti di Perpetua, se gl'immagini il lettore. Partirono; fecero, secondo il fissato, una fermatina, ma senza neppur mettersi a sedere, nella casa del sarto, dove sentirono raccontar cento cose del passaggio: la solita storia di ruberie, di percosse, di sperpero, di sporchizie: ma lì, per buona sorte, non s'eran visti lanzichenecchi. - Ah signor curato! - disse il sarto, dandogli di braccio a rimontare in carrozza: - s'ha da far de' libri in istampa, sopra un fracasso di questa sorte.

Dopo un'altra po' di strada, cominciarono i nostri viaggiatori a veder co' loro occhi qualche cosa di quello che avevan tanto sentito descrivere: vigne spogliate, non come dalla vendemmia, ma come dalla grandine e dalla bufera che fossero venute in compagnia: tralci a terra, sfrondati e scompigliati; strappati i pali, calpestato il terreno, e sparso di schegge, di foglie, di sterpi; schiantati, scapezzati gli alberi; sforacchiate le siepi; i cancelli portati via. Ne' paesi poi, usci sfondati, impannate lacere, paglia, cenci, rottami d'ogni sorte, a mucchi o seminati per le strade; un'aria pesante, zaffate di puzzo più forte che uscivan dalle case; la gente, chi a buttar fuori porcherie, chi a raccomodar le imposte alla meglio, chi in crocchio a lamentarsi insieme; e, al passar della carrozza, mani di qua e di là tese agli sportelli, per chieder l'elemosina.

Con queste immagini, ora davanti agli occhi, ora nella mente, e con l'aspettativa di trovare altrettanto a casa loro, ci arrivarono; e trovarono infatti quello che s'aspettavano.

Agnese fece posare i fagotti in un canto del cortiletto, ch'era rimasto il luogo più pulito della casa; si mise poi a spazzarla, a raccogliere e a rigovernare quella poca roba che le avevan lasciata; fece venire un legnaiolo e un fabbro, per riparare i guasti più grossi, e guardando poi, capo per capo, la biancheria regalata, e contando que' nuovi ruspi, diceva tra sé: " son caduta in piedi; sia ringraziato Iddio e la Madonna e quel buon signore: posso proprio dire d'esser caduta in piedi ".

Don Abbondio e Perpetua entrano in casa, senza aiuto di chiavi; ogni passo che fanno nell'andito, senton crescere un tanfo, un veleno, una peste, che li respinge indietro; con la mano al naso, vanno all'uscio di cucina; entrano in punta di piedi, studiando dove metterli, per iscansar più che possono la porcheria che copre il pavimento; e dànno un'occhiata in giro. Non c'era nulla d'intero; ma avanzi e frammenti di quel che c'era stato, lì e altrove, se ne vedeva in ogni canto: piume e penne delle galline di Perpetua, pezzi di biancheria, fogli de' calendari di don Abbondio, cocci di pentole e di piatti; tutto insieme o sparpagliato. Solo nel focolare si potevan vedere i segni d'un vasto saccheggio accozzati insieme, come molte idee sottintese, in un periodo steso da un uomo di garbo. C'era, dico, un rimasuglio di tizzi e tizzoni spenti, i quali mostravano d'essere stati, un bracciolo di seggiola, un piede di tavola, uno sportello d'armadio, una panca di letto, una doga della botticina, dove ci stava il vino che rimetteva lo stomaco a don Abbondio. Il resto era cenere e carboni; e con que' carboni stessi, i guastatori, per ristoro, avevano scarabocchiati i muri di figuracce, ingegnandosi, con certe berrettine o con certe cheriche, e con certe larghe facciole, di farne de' preti, e mettendo studio a farli orribili e ridicoli: intento che, per verità, non poteva andar fallito a tali artisti.

- Ah porci! - esclamò Perpetua. - Ah baroni! - esclamò don Abbondio; e, come scappando,andaron fuori, per un altr'uscio che metteva nell'orto. Respirarono; andaron diviato al fico; ma già prima d'arrivarci, videro la terra smossa, e misero un grido tutt'e due insieme; arrivati, trovarono effettivamente, in vece del morto, la buca aperta. Qui nacquero de' guai: don Abbondio cominciò a prendersela con Perpetua, che non avesse nascosto bene: pensate se questa rimase zitta: dopo ch'ebbero ben gridato, tutt'e due col braccio teso, e con l'indice appuntato verso la buca, se ne tornarono insieme, brontolando. E fate conto che per tutto trovarono a un di presso la medesima cosa. Penarono non so quanto, a far ripulire e smorbare la casa, tanto più che, in que' giorni, era difficile trovar aiuto; e non so quanto dovettero stare come accampati, accomodandosi alla meglio, o alla peggio, e rifacendo a poco a poco usci, mobili, utensili, con danari prestati da Agnese.

Per giunta poi, quel disastro fu una semenza d'altre questioni molto noiose; perché Perpetua, a forza di chiedere e domandare, di spiare e fiutare, venne a saper di certo che alcune masserizie del suo padrone, credute preda o strazio de' soldati, erano in vece sane e salve in casa di gente del paese; e tempestava il padrone che si facesse sentire, e richiedesse il suo. Tasto più odioso non si poteva toccare per don Abbondio; giacché la sua roba era in mano di birboni, cioè di quella specie di persone con cui gli premeva più di stare in pace. - Ma se non ne voglio saper nulla di queste cose, - diceva. - Quante volte ve lo devo ripetere, che quel che è andato è andato? Ho da esser messo anche in croce, perché m'è stata spogliata la casa?

- Se lo dico, - rispondeva Perpetua, - che lei si lascerebbe cavar gli occhi di testa. Rubareagli altri è peccato, ma a lei, è peccato non rubare.

- Ma vedete se codesti sono spropositi da dirsi! - replicava don Abbondio: - ma volete starezitta? Perpetua si chetava, ma non subito subito; e prendeva pretesto da tutto per riprincipiare. Tanto che il pover'uomo s'era ridotto a non lamentarsi più, quando trovava mancante qualche cosa, nel momento che ne avrebbe avuto bisogno; perché, più d'una volta, gli era toccato a sentirsi dire: - vada a chiederlo al tale che l'ha, e non l'avrebbe tenuto fino a quest'ora, se non avesse che fare con un buon uomo.

Un'altra e più viva inquietudine gli dava il sentire che giornalmente continuavano a passar soldati alla spicciolata, come aveva troppo bene congetturato; onde stava sempre in sospetto di vedersene capitar qualcheduno o anche una compagnia sull'uscio, che aveva fatto raccomodare in fretta per la prima cosa, e che teneva chiuso con gran cura; ma, per grazia del cielo, ciò non avvenne mai. Né però questi terrori erano ancora cessati, che un nuovo ne sopraggiunse.

Ma qui lasceremo da parte il pover'uomo: si tratta ben d'altro che di sue apprensioni private, che de' guai d'alcuni paesi, che d'un disastro passeggiero.

Cap. XXXI

La peste che il tribunale della sanità aveva temuto che potesse entrar con le bande alemanne nel milanese, c'era entrata davvero, come è noto; ed è noto parimente che non si fermò qui, ma invase e spopolò una buona parte d'Italia. Condotti dal filo della nostra storia, noi passiamo a raccontar gli avvenimenti principali di quella calamità; nel milanese, s'intende, anzi in Milano quasi esclusivamente: ché della città quasi esclusivamente trattano le memorie del tempo, come a un di presso accade sempre e per tutto, per buone e per cattive ragioni. E in questo racconto, il nostro fine non è, per dir la verità, soltanto di rappresentar lo stato delle cose nel quale verranno a trovarsi i nostri personaggi; ma di far conoscere insieme, per quanto si può in ristretto, e per quanto si può da noi, un tratto di storia patria più famoso che conosciuto.

Delle molte relazioni contemporanee, non ce n'è alcuna che basti da sé a darne un'idea un po' distinta e ordinata; come non ce n'è alcuna che non possa aiutare a formarla. In ognuna di queste relazioni, senza eccettuarne quella del Ripamonti (Josephi Ripamontii, canonici scalensis, chronistae urbis Mediolani, *De peste quae fuit anno 1630*, Libri V. Mediolani, 1640, apud Malatestas.), la quale le supera tutte, per la quantità e per la scelta de' fatti, e ancor più per il modo d'osservarli, in ognuna sono omessi fatti essenziali, che son registrati in altre; in ognuna ci sono errori materiali, che si posson riconoscere e rettificare con l'aiuto di qualche altra, o di que' pochi atti della pubblica autorità, editi e inediti, che rimangono; spesso in una si vengono a trovar le cagioni di cui nell'altra s'eran visti, come in aria, gli effetti. In tutte poi regna una strana confusione di tempi e di cose; è un continuo andare e venire, come alla ventura, senza disegno generale, senza disegno ne' particolari: carattere, del resto, de' più comuni e de' più apparenti ne' libri di quel tempo, principalmente in quelli scritti in lingua volgare, almeno in Italia; se anche nel resto d'Europa, i dotti lo sapranno, noi lo sospettiamo. Nessuno scrittore d'epoca posteriore s'è proposto d'esaminare e di confrontare quelle memorie, per ritrarne una serie concatenata degli avvenimenti, una storia di quella peste; sicché l'idea che se ne ha generalmente, dev'essere, di necessità, molto incerta, e un po' confusa: un'idea indeterminata di gran mali e di grand'errori (e per verità ci fu dell'uno e dell'altro, al di là di quel che si possa immaginare), un'idea composta più di giudizi che di fatti, alcuni fatti dispersi, non di rado scompagnati dalle circostanze più caratteristiche, senza distinzion di tempo, cioè senza intelligenza di causa e d'effetto, di corso, di progressione. Noi, esaminando e confrontando, con molta diligenza se non altro, tutte le relazioni stampate, più d'una inedita, molti (in ragione del poco che ne rimane) documenti, come dicono, ufiziali, abbiam cercato di farne non già quel che si vorrebbe, ma qualche cosa che non è stato ancor fatto. Non intendiamo di riferire tutti gli atti pubblici, e nemmeno tutti gli avvenimenti degni, in qualche modo, di memoria. Molto meno pretendiamo di rendere inutile a chi voglia farsi un'idea più compita della cosa, la lettura delle relazioni originali: sentiamo troppo che forza viva, propria e, per dir così, incomunicabile, ci sia sempre nell'opere di quel genere, comunque concepite e condotte. Solamente abbiam tentato di distinguere e di verificare i fatti più generali e più importanti, di disporli nell'ordine reale della loro successione, per quanto lo comporti la ragione e la natura d'essi, d'osservare la loro efficienza reciproca, e di dar così, per ora e finché qualchedun altro non faccia meglio, una notizia succinta, ma sincera e continuata, di quel disastro.

Per tutta adunque la striscia di territorio percorsa dall'esercito, s'era trovato qualche cadavere nelle case, qualcheduno sulla strada. Poco dopo, in questo e in quel paese, cominciarono ad ammalarsi, a morire, persone, famiglie, di mali violenti, strani, con segni sconosciuti alla più parte de' viventi. C'era soltanto alcuni a cui non riuscissero nuovi: que' pochi che potessero ricordarsi della peste che, cinquantatre anni avanti, aveva desolata pure una buona parte d'Italia, e in ispecie il milanese, dove fu chiamata, ed è tuttora, la peste di san Carlo. Tanto è forte la carità! Tra le memorie così varie e così solenni d'un infortunio generale, può essa far primeggiare quella d'un uomo, perché a quest'uomo ha ispirato sentimenti e azioni più memorabili ancora de' mali; stamparlo nelle menti, come un sunto di tutti que' guai, perché in tutti l'ha spinto e intromesso, guida, soccorso, esempio, vittima volontaria; d'una calamità per tutti, far per quest'uomo come un'impresa; nominarla da lui, come una conquista, o una scoperta.

Il protofisico Lodovico Settala, ché, non solo aveva veduta quella peste, ma n'era stato uno de' più attivi e intrepidi, e, quantunque allor giovinissimo, de' più riputati curatori; e che ora, in gran sospetto di questa, stava all'erta e sull'informazioni, riferì, il 20 d'ottobre, nel tribunale della sanità, come, nella terra di Chiuso (l'ultima del territorio di Lecco, e confinante col bergamasco), era scoppiato indubitabilmente il contagio. Non fu per questo presa veruna risoluzione, come si ha dal Ragguaglio del Tadino (Pag. 24.).

Ed ecco sopraggiungere avvisi somiglianti da Lecco e da Bellano. Il tribunale allora si risolvette e si contentò di spedire un commissario che, strada facendo, prendesse un medico a Como, e si portasse con lui a visitare i luoghi indicati. Tutt'e due, " o per ignoranza o per altro, si lasciorno persuadere da un vecchio et ignorante barbiero di Bellano, che quella sorte de mali non era Peste " (Tadino, ivi.); ma, in alcuni luoghi, effetto consueto dell'emanazioni autunnali delle paludi, e negli altri, effetto de' disagi e degli strapazzi sofferti, nel passaggio degli alemanni. Una tale assicurazione fu riportata al tribunale, il quale pare che ne mettesse il cuore in pace.

Ma arrivando senza posa altre e altre notizie di morte da diverse parti, furono spediti due delegati a vedere e a provvedere: il Tadino suddetto, e un auditore del tribunale. Quando questi giunsero, il male s'era già tanto dilatato, che le prove si offrivano, senza che bisognasse andarne in cerca. Scorsero il territorio di Lecco, la Valsassina, le coste del lago di Como, i distretti denominati il Monte di Brianza, e la Gera d'Adda; e per tutto trovarono paesi chiusi da cancelli all'entrature, altri quasi deserti, e gli abitanti scappati e attendati alla campagna, o dispersi: " et ci parevano, - dice il Tadino, - tante creature seluatiche, portando in mano chi l'herba menta, chi la ruta, chi il rosmarino et chi una ampolla d'aceto ". S'informarono del numero de' morti: era spaventevole; visitarono infermi e cadaveri, e per tutto trovarono le brutte e terribili marche della pestilenza. Diedero subito, per lettere, quelle sinistre nuove al tribunale della sanità, il quale, al riceverle, che fu il 30 d'ottobre, " si dispose ", dice il medesimo Tadino, a prescriver le bullette, per chiuder fuori dalla Città le persone provenienti da' paesi dove il contagio s'era manifestato; " et mentre si compilaua la grida ", ne diede anticipatamente qualche ordine sommario a' gabellieri.

Intanto i delegati presero in fretta e in furia quelle misure che parver loro migliori; e se ne tornarono, con la trista persuasione che non sarebbero bastate a rimediare e a fermare un male già tanto avanzato e diffuso.

Arrivati il 14 di novembre, dato ragguaglio, a voce e di nuovo in iscritto, al tribunale, ebbero da questo commissione di presentarsi al governatore, e d'esporgli lo stato delle cose. V'andarono, e riportarono: aver lui di tali nuove provato molto dispiacere, mostratone un gran sentimento; ma i pensieri della guerra esser più pressanti: *sed belli graviores esse curas.* Così il Ripamonti, il quale aveva spogliati i registri della Sanità, e conferito col Tadino, incaricato specialmente della missione: era la seconda, se il lettore se ne ricorda, per quella causa, e con quell'esito. Due o tre giorni dopo, il 18 di novembre, emanò il governatore una grida, in cui ordinava pubbliche feste, per la nascita del principe Carlo, primogenito del re Filippo IV, senza sospettare o senza curare il pericolo d'un gran concorso, in tali circostanze: tutto come in tempi ordinari, come se non gli fosse stato parlato di nulla.

Era quest'uomo, come già s'è detto, il celebre Ambrogio Spinola, mandato per raddirizzar quella guerra e riparare agli errori di don Gonzalo, e incidentemente, a governare; e noi pure possiamo qui incidentemente rammentar che morì dopo pochi mesi, in quella stessa guerra che gli stava tanto a cuore; e morì, non già di ferite sul campo, ma in letto, d'affanno e di struggimento, per rimproveri, torti, disgusti d'ogni specie ricevuti da quelli a cui serviva. La storia ha deplorata la sua sorte, e biasimata l'altrui sconoscenza; ha descritte con molta diligenza le sue imprese militari e politiche, lodata la sua previdenza, l'attività, la costanza: poteva anche cercare cos'abbia fatto di tutte queste qualità, quando la peste minacciava, invadeva una popolazione datagli in cura, o piuttosto in balìa.
Ma ciò che, lasciando intero il biasimo, scema la maraviglia di quella sua condotta, ciò che fa nascere un'altra e più forte maraviglia, è la condotta della popolazione medesima, di quella, voglio dire, che, non tocca ancora dal contagio, aveva tanta ragion di temerlo. All'arrivo di quelle nuove de' paesi che n'erano così malamente imbrattati, di paesi che formano intorno alla città quasi un semicircolo, in alcuni punti distante da essa non più di diciotto o venti miglia; chi non crederebbe che vi si suscitasse un movimento generale, un desiderio di precauzioni bene o male intese, almeno una sterile inquietudine? Eppure, se in qualche cosa le memorie di quel tempo vanno d'accordo, è nell'attestare che non ne fu nulla. La penuria dell'anno antecedente, le angherie della soldatesca, le afflizioni d'animo, parvero più che bastanti a render ragione della mortalità: sulle piazze, nelle botteghe, nelle case, chi buttasse là una parola del pericolo, chi motivasse peste, veniva accolto con beffe incredule, con disprezzo iracondo. La medesima miscredenza, la medesima, per dir meglio, cecità e fissazione prevaleva nel senato, nel Consiglio de' decurioni, in ogni magistrato. Trovo che il cardinal Federigo, appena si riseppero i primi casi di mal contagioso, prescrisse, con lettera pastorale a' parrochi, tra le altre cose, che ammonissero più e più volte i popoli dell'importanza e dell'obbligo stretto di rivelare ogni simile accidente, e di consegnar le robe infette o sospette (Vita di Federigo Borromeo, compilata da Francesco Rivola. Milano, 1666, pag. 582.): e anche questa può essere contata tra le sue lodevoli singolarità.
Il tribunale della sanità chiedeva, implorava cooperazione, ma otteneva poco o niente. E nel tribunale stesso, la premura era ben lontana da uguagliare l'urgenza: erano, come afferma più volte il Tadino, e come appare ancor meglio da tutto il contesto della sua relazione, i due fisici che, persuasi della gravità e dell'imminenza del pericolo, stimolavan quel corpo, il quale aveva poi a stimolare gli altri.
Abbiam già veduto come, al primo annunzio della peste, andasse freddo nell'operare, anzi nell'informarsi: ecco ora un altro fatto di lentezza non men portentosa, se però non era forzata, per ostacoli frapposti da magistrati superiori. Quella grida per le bullette, risoluta il 30 d'ottobre, non fu stesa che il dì 23 del mese seguente, non fu pubblicata che il 29. La peste era già entrata in Milano.
Il Tadino e il Ripamonti vollero notare il nome di chi ce la portò il primo, e altre circostanze della persona e del caso: e infatti, nell'osservare i princìpi d'una vasta mortalità, in cui le vittime, non che esser distinte per nome, appena si potranno indicare all'incirca, per il numero delle migliaia, nasce una non so quale curiosità di conoscere que' primi e pochi nomi che poterono essere notati e conservati: questa specie di distinzione, la precedenza nell'esterminio, par che faccian trovare in essi, e nelle particolarità, per altro più indifferenti, qualche cosa di fatale e di memorabile.
L'uno e l'altro storico dicono che fu un soldato italiano al servizio di Spagna; nel resto non sono ben d'accordo, neppur sul nome. Fu, secondo il Tadino, un Pietro Antonio Lovato, di quartiere nel territorio di Lecco; secondo il Ripamonti, un Pier Paolo Locati, di quartiere a Chiavenna. Differiscono anche nel giorno della sua entrata in Milano: il primo la mette al 22 d'ottobre, il secondo ad altrettanti del mese seguente: e non si può stare né all'uno né all'altro. Tutt'e due l'epoche sono in contraddizione con altre ben più verificate. Eppure il Ripamonti, scrivendo per ordine del Consiglio generale de' decurioni, doveva avere al suo comando molti mezzi di prender l'informazioni necessarie; e il Tadino, per ragione del suo impiego, poteva, meglio d'ogn'altro, essere informato d'un fatto di questo genere. Del resto, dal riscontro d'altre date che ci paiono, come abbiam detto, più esatte, risulta che fu, prima della pubblicazione della grida sulle bullette; e, se ne mettesse conto, si potrebbe anche provare o quasi provare, che dovette essere ai primi di quel mese; ma certo, il lettore ce ne dispensa.
Sia come si sia, entrò questo fante sventurato e portator di sventura, con un gran fagotto di vesti comprate o rubate a soldati alemanni; andò a fermarsi in una casa di suoi parenti, nel borgo di porta orientale, vicino ai cappuccini; appena arrivato, s'ammalò; fu portato allo spedale; dove un bubbone che gli si scoprì sotto un'ascella, mise chi lo curava in sospetto di ciò ch'era infatti; il quarto giorno morì.
Il tribunale della sanità fece segregare e sequestrare in casa la di lui famiglia; i suoi vestiti e il letto in cui era stato allo spedale, furon bruciati. Due serventi che l'avevano avuto in cura, e un buon frate che

l'aveva assistito, caddero anch'essi ammalati in pochi giorni, tutt'e tre di peste. Il dubbio che in quel luogo s'era avuto, fin da principio, della natura del male, e le cautele usate in conseguenza, fecero sì che il contagio non vi si propagasse di più.
Ma il soldato ne aveva lasciato di fuori un seminìo che non tardò a germogliare. Il primo a cui s'attaccò, fu il padrone della casa dove quello aveva alloggiato, un Carlo Colonna sonator di liuto. Allora tutti i pigionali di quella casa furono, d'ordine della Sanità, condotti al lazzeretto, dove la più parte s'ammalarono; alcuni morirono, dopo poco tempo, di manifesto contagio.
Nella città, quello che già c'era stato disseminato da costoro, da' loro panni, da' loro mobili trafugati da parenti, da pigionali, da persone di servizio, alle ricerche e al fuoco prescritto dal tribunale, e di più quello che c'entrava di nuovo, per l'imperfezion degli editti, per la trascuranza nell'eseguirli, e per la destrezza nell'eluderli, andò covando e serpendo lentamente, tutto il restante dell'anno, e ne' primi mesi del susseguente 1630. Di quando in quando, ora in questo, ora in quel quartiere, a qualcheduno s'attaccava, qualcheduno ne moriva: e la radezza stessa de' casi allontanava il sospetto della verità, confermava sempre più il pubblico in quella stupida e micidiale fiducia che non ci fosse peste, né ci fosse stata neppure un momento. Molti medici ancora, facendo eco alla voce del popolo (era, anche in questo caso, voce di Dio?), deridevan gli augùri sinistri, gli avvertimenti minacciosi de' pochi; e avevan pronti nomi di malattie comuni, per qualificare ogni caso di peste che fossero chiamati a curare; con qualunque sintomo, con qualunque segno fosse comparso. Gli avvisi di questi accidenti, quando pur pervenivano alla Sanità, ci pervenivano tardi per lo più e incerti. Il terrore della contumacia e del lazzeretto aguzzava tutti gl'ingegni: non si denunziavan gli ammalati, si corrompevano i becchini e i loro soprintendenti; da subalterni del tribunale stesso, deputati da esso a visitare i cadaveri, s'ebbero, con danari, falsi attestati.
Siccome però, a ogni scoperta che gli riuscisse fare, il tribunale ordinava di bruciar robe, metteva in sequestro case, mandava famiglie al lazzeretto, così è facile argomentare quanta dovesse essere contro di esso l'ira e la mormorazione del pubblico, " della Nobiltà, delli Mercanti et della plebe ", dice il Tadino; persuasi, com'eran tutti, che fossero vessazioni senza motivo, e senza costrutto. L'odio principale cadeva sui due medici; il suddetto Tadino, e Senatore Settala, figlio del protofisico: a tal segno, che ormai non potevano attraversar le piazze senza essere assaliti da parolacce, quando non eran sassi. E certo fu singolare, e merita che ne sia fatta memoria, la condizione in cui, per qualche mese, si trovaron quegli uomini, di veder venire avanti un orribile flagello, d'affaticarsi in ogni maniera a stornarlo, d'incontrare ostacoli dove cercavano aiuti, e d'essere insieme bersaglio delle grida, avere il nome di nemici della patria: *pro patriae hostibus*, dice il Ripamonti.
Di quell'odio ne toccava una parte anche agli altri medici che, convinti come loro, della realtà del contagio, suggerivano precauzioni, cercavano di comunicare a tutti la loro dolorosa certezza. I più discreti li tacciavano di credulità e d'ostinazione: per tutti gli altri, era manifesta impostura, cabala ordita per far bottega sul pubblico spavento.
Il protofisico Lodovico Settala, allora poco men che ottuagenario, stato professore di medicina all'università di Pavia, poi di filosofia morale a Milano, autore di molte opere riputatissime allora, chiaro per inviti a cattedre d'altre università, Ingolstadt, Pisa, Bologna, Padova, e per il rifiuto di tutti questi inviti, era certamente uno degli uomini più autorevoli del suo tempo. Alla riputazione della scienza s'aggiungeva quella della vita, e all'ammirazione la benevolenza, per la sua gran carità nel curare e nel beneficare i poveri. E, una cosa che in noi turba e contrista il sentimento di stima ispirato da questi meriti, ma che allora doveva renderlo più generale e più forte, il pover'uomo partecipava de' pregiudizi più comuni e più funesti de' suoi contemporanei: era più avanti di loro, ma senza allontanarsi dalla schiera, che è quello che attira i guai, e fa molte volte perdere l'autorità acquistata in altre maniere. Eppure quella grandissima che godeva, non solo non bastò a vincere, in questo caso, l'opinion di quello che i poeti chiamavan volgo profano, e i capocomici, rispettabile pubblico; ma non poté salvarlo dall'animosità e dagl'insulti di quella parte di esso che corre più facilmente da' giudizi alle dimostrazioni e ai fatti. Un giorno che andava in bussola a visitare i suoi ammalati, principiò a radunarglisi intorno gente, gridando esser lui il capo di coloro che volevano per forza che ci fosse la peste; lui che metteva in ispavento la città, con quel suo cipiglio, con quella sua barbaccia: tutto per dar da fare ai medici. La folla e il furore andavan crescendo: i portantini, vedendo la mala parata, ricoverarono il padrone in una casa d'amici, che per sorte era vicina. Questo gli toccò per aver veduto chiaro, detto ciò che era, e voluto salvar dalla peste molte migliaia di persone: quando, con un suo deplorabile consulto, cooperò a far torturare, tanagliare e bruciare, come strega, una povera infelice sventurata, perché il suo padrone pativa

dolori strani di stomaco, e un altro padrone di prima era stato fortemente innamorato di lei (Storia di Milano del Conte Pietro Verri; Milano, 1825, Tom. 4, pag. 155.), allora ne avrà avuta presso il pubblico nuova lode di sapiente e, ciò che è intollerabile a pensare, nuovo titolo di benemerito.
Ma sul finire del mese di marzo, cominciarono, prima nel borgo di porta orientale, poi in ogni quartiere della città, a farsi frequenti le malattie, le morti, con accidenti strani di spasimi, di palpitazioni, di letargo, di delirio, con quelle insegne funeste di lividi e di bubboni; morti per lo più celeri, violente, non di rado repentine, senza alcun indizio antecedente di malattia. I medici opposti alla opinion del contagio, non volendo ora confessare ciò che avevan deriso, e dovendo pur dare un nome generico alla nuova malattia, divenuta troppo comune e troppo palese per andarne senza, trovarono quello di febbri maligne, di febbri pestilenti: miserabile transazione, anzi trufferia di parole, e che pur faceva gran danno; perché, figurando di riconoscere la verità, riusciva ancora a non lasciar credere ciò che più importava di credere, di vedere, che il male s'attaccava per mezzo del contatto. I magistrati, come chi si risente da un profondo sonno, principiarono a dare un po' più orecchio agli avvisi, alle proposte della Sanità, a far eseguire i suoi editti, i sequestri ordinati, le quarantene prescritte da quel tribunale. Chiedeva esso di continuo anche danari per supplire alle spese giornaliere, crescenti, del lazzeretto, di tanti altri servizi; e li chiedeva ai decurioni, intanto che fosse deciso (che non fu, credo, mai, se non col fatto) se tali spese toccassero alla città, o all'erario regio. Ai decurioni faceva pure istanza il gran cancelliere, per ordine anche del governatore, ch'era andato di nuovo a metter l'assedio a quel povero Casale; faceva istanza il senato, perché pensassero alla maniera di vettovagliar la città, prima che dilatandovisi per isventura il contagio, le venisse negato pratica dagli altri paesi; perché trovassero il mezzo di mantenere una gran parte della popolazione, a cui eran mancati i lavori. I decurioni cercavano di far danari per via d'imprestiti, d'imposte; e di quel che ne raccoglievano, ne davano un po' alla Sanità, un po' a' poveri; un po' di grano compravano: supplivano a una parte del bisogno. E le grandi angosce non erano ancor venute.
Nel lazzeretto, dove la popolazione, quantunque decimata ogni giorno, andava ogni giorno crescendo, era un'altra ardua impresa quella d'assicurare il servizio e la subordinazione, di conservar le separazioni prescritte, di mantenervi in somma o, per dir meglio, di stabilirvi il governo ordinato dal tribunale della sanità: ché, fin da' primi momenti, c'era stata ogni cosa in confusione, per la sfrenatezza di molti rinchiusi, per la trascuratezza e per la connivenza de' serventi. Il tribunale e i decurioni, non sapendo dove battere il capo, pensaron di rivolgersi ai cappuccini, e supplicarono il padre commissario della provincia, il quale faceva le veci del provinciale, morto poco prima, acciò volesse dar loro de' soggetti abili a governare quel regno desolato. Il commissario propose loro, per principale, un padre Felice Casati, uomo d'età matura, il quale godeva una gran fama di carità, d'attività, di mansuetudine insieme e di fortezza d'animo, a quel che il seguito fece vedere, ben meritata; e per compagno e come ministro di lui, un padre Michele Pozzobonelli, ancor giovine, ma grave e severo, di pensieri come d'aspetto. Furono accettati con gran piacere; e il 30 di marzo, entrarono nel lazzeretto. Il presidente della Sanità li condusse in giro, come per prenderne il possesso; e, convocati i serventi e gl'impiegati d'ogni grado, dichiarò, davanti a loro, presidente di quel luogo il padre Felice, con primaria e piena autorità. Di mano in mano poi che la miserabile radunanza andò crescendo, v'accorsero altri cappuccini; e furono in quel luogo soprintendenti, confessori, amministratori, infermieri, cucinieri, guardarobi, lavandai, tutto ciò che occorresse. Il padre Felice, sempre affaticato e sempre sollecito, girava di giorno, girava di notte, per i portici, per le stanze, per quel vasto spazio interno, talvolta portando un'asta, talvolta non armato che di cilizio; animava e regolava ogni cosa; sedava i tumulti, faceva ragione alle querele, minacciava, puniva, riprendeva, confortava, asciugava e spargeva lacrime. Prese, sul principio, la peste; ne guarì, e si rimise, con nuova lena, alle cure di prima. I suoi confratelli ci lasciarono la più parte la vita, e tutti con allegrezza.
Certo, una tale dittatura era uno strano ripiego; strano come la calamità, come i tempi; e quando non ne sapessimo altro, basterebbe per argomento, anzi per saggio d'una società molto rozza e mal regolata, il veder che quelli a cui toccava un così importante governo, non sapesser più farne altro che cederlo, né trovassero a chi cederlo, che uomini, per istituto, il più alieni da ciò. Ma è insieme un saggio non ignobile della forza e dell'abilità che la carità può dare in ogni tempo, e in qualunque ordin di cose, il veder quest'uomini sostenere un tal carico così bravamente. E fu bello lo stesso averlo accettato, senz'altra ragione che il non esserci chi lo volesse, senz'altro fine che di servire, senz'altra speranza in questo mondo, che d'una morte molto più invidiabile che invidiata; fu bello lo stesso esser loro offerto, solo perché era difficile e pericoloso, e si supponeva che il vigore e il sangue freddo, così necessario e

raro in que' momenti, essi lo dovevano avere. E perciò l'opera e il cuore di que' frati meritano che se ne faccia memoria, con ammirazione, con tenerezza, con quella specie di gratitudine che è dovuta, come in solido, per i gran servizi resi da uomini a uomini, e più dovuta a quelli che non se la propongono per ricompensa. " Che se questi Padri iui non si ritrouauano, - dice il Tadino, - al sicuro tutta la Città annichilata si trouaua; puoiché fu cosa miracolosa l'hauer questi Padri fatto in così puoco spatio di tempo tante cose per benefitio publico, che non hauendo hauuto agiutto, o almeno puoco dalla Città, con la sua industria et prudenza haueuano mantenuto nel Lazeretto tante migliaia de poueri ". Le persone ricoverate in quel luogo, durante i sette mesi che il padre Felice n'ebbe il governo, furono circa cinquantamila, secondo il Ripamonti; il quale dice con ragione, che d'un uomo tale avrebbe dovuto ugualmente parlare, se in vece di descriver le miserie d'una città, avesse dovuto raccontar le cose che posson farle onore.

Anche nel pubblico, quella caparbietà di negar la peste andava naturalmente cedendo e perdendosi, di mano in mano che il morbo si diffondeva, e si diffondeva per via del contatto e della pratica; e tanto più quando, dopo esser qualche tempo rimasto solamente tra' poveri, cominciò a toccar persone più conosciute. E tra queste, come allora fu il più notato, così merita anche adesso un'espressa menzione il protofisico Settala. Avranno almen confessato che il povero vecchio aveva ragione? Chi lo sa? Caddero infermi di peste, lui, la moglie, due figliuoli, sette persone di servizio. Lui e uno de' figliuoli n'usciron salvi; il resto morì. " Questi casi, - dice il Tadino, - occorsi nella Città in case Nobili, disposero la Nobiltà, et la plebe a pensare, et gli increduli Medici, et la plebe ignorante et temeraria cominciò stringere le labra, chiudere li denti, et inarcare le ciglia ".

Ma l'uscite, i ripieghi, le vendette, per dir così, della caparbietà convinta, sono alle volte tali da far desiderare che fosse rimasta ferma e invitta, fino all'ultimo, contro la ragione e l'evidenza: e questa fu bene una di quelle volte. Coloro i quali avevano impugnato così risolutamente, e così a lungo, che ci fosse vicino a loro, tra loro, un germe di male, che poteva, per mezzi naturali, propagarsi e fare una strage; non potendo ormai negare il propagamento di esso, e non volendo attribuirlo a que' mezzi (che sarebbe stato confessare a un tempo un grand'inganno e una gran colpa), erano tanto più disposti a trovarci qualche altra causa, a menar buona qualunque ne venisse messa in campo. Per disgrazia, ce n'era una in pronto nelle idee e nelle tradizioni comuni allora, non qui soltanto, ma in ogni parte d'Europa: arti venefiche, operazioni diaboliche, gente congiurata a sparger la peste, per mezzo di veleni contagiosi, di malìe. Già cose tali, o somiglianti, erano state supposte e credute in molte altre pestilenze, e qui segnatamente, in quella di mezzo secolo innanzi. S'aggiunga che, fin dall'anno antecedente, era venuto un dispaccio, sottoscritto dal re Filippo IV, al governatore, per avvertirlo ch'erano scappati da Madrid quattro francesi, ricercati come sospetti di spargere unguenti velenosi, pestiferi: stesse all'erta, se mai coloro fossero capitati a Milano. Il governatore aveva comunicato il dispaccio al senato e al tribunale della sanità; né, per allora, pare che ci si badasse più che tanto. Però, scoppiata e riconosciuta la peste, il tornar nelle menti quell'avviso poté servir di conferma al sospetto indeterminato d'una frode scellerata; poté anche essere la prima occasione di farlo nascere. Ma due fatti, l'uno di cieca e indisciplinata paura, l'altro di non so quale cattività, furon quelli che convertirono quel sospetto indeterminato d'un attentato possibile, in sospetto, e per molti in certezza, d'un attentato positivo, e d'una trama reale. Alcuni, ai quali era parso di vedere, la sera del 17 di maggio, persone in duomo andare ungendo un assito che serviva a dividere gli spazi assegnati a' due sessi, fecero, nella notte, portar fuori della chiesa l'assito e una quantità di panche rinchiuse in quello; quantunque il presidente della Sanità, accorso a far la visita, con quattro persone dell'ufizio, avendo visitato l'assito, le panche, le pile dell'acqua benedetta, senza trovar nulla che potesse confermare l'ignorante sospetto d'un attentato venefico, avesse, per compiacere all'immaginazioni altrui, e *più tosto per abbondare in cautela, che per bisogno*, avesse, dico, deciso che bastava dar una lavata all'assito. Quel volume di roba accatastata produsse una grand'impressione di spavento nella moltitudine, per cui un oggetto diventa così facilmente un argomento. Si disse e si credette generalmente che fossero state unte in duomo tutte le panche, le pareti, e fin le corde delle campane. Né si disse soltanto allora: tutte le memorie de' contemporanei che parlano di quel fatto (alcune scritte molt'anni dopo), ne parlano con ugual sicurezza: e la storia sincera di esso, bisognerebbe indovinarla, se non si trovasse in una lettera del tribunale della sanità al governatore, che si conserva nell'archivio detto di san Fedele; dalla quale l'abbiamo cavata, e della quale sono le parole che abbiam messe in corsivo.

La mattina seguente, un nuovo e più strano, più significante spettacolo colpì gli occhi e le menti de' cittadini. In ogni parte della città, si videro le porte delle case e le muraglie, per lunghissimi tratti, intrise

di non so che sudiceria, giallognola, biancastra, sparsavi come con delle spugne. O sia stato un gusto sciocco di far nascere uno spavento più rumoroso e più generale, o sia stato un più reo disegno d'accrescer la pubblica confusione, o non saprei che altro; la cosa è attestata di maniera, che ci parrebbe men ragionevole l'attribuirla a un sogno di molti, che al fatto d'alcuni: fatto, del resto, che non sarebbe stato, né il primo né l'ultimo di tal genere. Il Ripamonti, che spesso, su questo particolare dell'unzioni, deride, e più spesso deplora la credulità popolare, qui afferma d'aver veduto quell'impiastramento, e lo descrive (...et nos quoque ivimus visere. Maculae erant sparsim inaequaliterque manantes, veluti si quis haustam spongia saniem adspersisset, impressissetve parieti et ianuae passim ostiaque aedium eadem adspergine contaminata cernebantur. Pag. 75.). Nella lettera sopraccitata, i signori della Sanità raccontan la cosa ne' medesimi termini; parlan di visite, d'esperimenti fatti con quella materia sopra de' cani, e senza cattivo effetto; aggiungono, esser loro opinione, *che cotale temerità sia più tosto proceduta da insolenza, che da fine scelerato*: pensiero che indica in loro, fino a quel tempo, pacatezza d'animo bastante per non vedere ciò che non ci fosse stato. L'altre memorie contemporanee, raccontando la cosa, accennano anche, essere stata, sulle prime, opinion di molti, che fosse fatta per burla, per bizzarria; nessuna parla di nessuno che la negasse; e n'avrebbero parlato certamente, se ce ne fosse stati; se non altro, per chiamarli stravaganti. Ho creduto che non fosse fuor di proposito il riferire e il mettere insieme questi particolari, in parte poco noti, in parte affatto ignorati, d'un celebre delirio; perche, negli errori e massime negli errori di molti, ciò che è più interessante e più utile a osservarsi, mi pare che sia appunto la strada che hanno fatta, l'apparenze, i modi con cui hanno potuto entrar nelle menti, e dominarle.
La città già agitata ne fu sottosopra: i padroni delle case, con paglia accesa, abbruciacchiavano gli spazi unti; i passeggieri si fermavano, guardavano, inorridivano, fremevano. I forestieri, sospetti per questo solo, e che allora si conoscevan facilmente al vestiario, venivano arrestati nelle strade dal popolo, e condotti alla giustizia. Si fecero interrogatòri, esami d'arrestati, d'arrestatori, di testimoni; non si trovò reo nessuno: le menti erano ancor capaci di dubitare, d'esaminare, d'intendere. Il tribunale della sanità pubblicò una grida, con la quale prometteva premio e impunità a chi mettesse in chiaro l'autore o gli autori del fatto. *Ad ogni modo non parendoci conueniente*, dicono que' signori nella citata lettera, che porta la data del 21 di maggio, ma che fu evidentemente scritta il 19, giorno segnato nella grida stampata, *che questo delitto in qualsiuoglia modo resti impunito, massime in tempo tanto pericoloso e sospettoso, per consolatione e quiete di questo Popolo, e per cauare indicio del fatto, habbiamo oggi publicata grida, etc.* Nella grida stessa però, nessun cenno, almen chiaro, di quella ragionevole e acquietante congettura, che partecipavano al governatore: silenzio che accusa a un tempo una preoccupazione furiosa nel popolo, e in loro una condiscendenza, tanto più biasimevole, quanto più poteva esser perniciosa.
Mentre il tribunale cercava, molti nel pubblico, come accade, avevan già trovato. Coloro che credevano esser quella un'unzione velenosa, chi voleva che la fosse una vendetta di don Gonzalo Fernandez de Cordova, per gl'insulti ricevuti nella sua partenza, chi un ritrovato del cardinal di Richelieu, per spopolar Milano, e impadronirsene senza fatica; altri, e non si sa per quali ragioni, ne volevano autore il conte di Collalto, Wallenstein, questo, quell'altro gentiluomo milanese. Non mancavan, come abbiam detto, di quelli che non vedevano in quel fatto altro che uno sciocco scherzo, e l'attribuivano a scolari, a signori, a ufiziali che s'annoiassero all'assedio di Casale. Il non veder poi, come si sarà temuto, che ne seguisse addirittura un infettamento, un eccidio universale, fu probabilmente cagione che quel primo spavento s'andasse per allora acquietando, e la cosa fosse o paresse messa in oblìo. C'era, del resto, un certo numero di persone non ancora persuase che questa peste ci fosse. E perché, tanto nel lazzeretto, come per la città, alcuni pur ne guarivano, " si diceua " (gli ultimi argomenti d'una opinione battuta dall'evidenza son sempre curiosi a sapersi), " si diceua dalla plebe, et ancora da molti medici partiali, non essere vera peste, perché tutti sarebbero morti " (Tadino, pag. 93.). Per levare ogni dubbio, trovò il tribunale della sanità un espediente proporzionato al bisogno, un modo di parlare agli occhi, quale i tempi potevano richiederlo o suggerirlo. In una delle feste della Pentecoste, usavano i cittadini di concorrere al cimitero di San Gregorio, fuori di Porta Orientale, a pregar per i morti dell'altro contagio, ch'eran sepolti là; e, prendendo dalla divozione opportunità di divertimento e di spettacolo, ci andavano, ognuno più in gala che potesse. Era in quel giorno morta di peste, tra gli altri, un'intera famiglia. Nell'ora del maggior concorso, in mezzo alle carrozze, alla gente a cavallo, e a piedi, i cadaveri di quella famiglia furono, d'ordine della Sanità, condotti al cimitero suddetto, sur un carro, ignudi, affinché la folla potesse vedere in essi il marchio manifesto della pestilenza. Un grido di ribrezzo, di terrore, s'alzava per tutto dove passava il carro; un lungo mormorìo regnava dove era passato; un altro

mormorìo lo precorreva. La peste fu più creduta: ma del resto andava acquistandosi fede da sé, ogni giorno più; e quella riunione medesima non dové servir poco a propagarla.
In principio dunque, non peste, assolutamente no, per nessun conto: proibito anche di proferire il vocabolo. Poi, febbri pestilenziali: l'idea s'ammette per isbieco in un aggettivo. Poi, non vera peste, vale a dire peste sì, ma in un certo senso; non peste proprio, ma una cosa alla quale non si sa trovare un altro nome. Finalmente, peste senza dubbio, e senza contrasto: ma già ci s'è attaccata un'altra idea, l'idea del venefizio e del malefizio, la quale altera e confonde l'idea espressa dalla parola che non si può più mandare indietro.
Non è, credo, necessario d'esser molto versato nella storia dell'idee e delle parole, per vedere che molte hanno fatto un simil corso. Per grazia del cielo, che non sono molte quelle d'una tal sorte, e d'una tale importanza, e che conquistino la loro evidenza a un tal prezzo, e alle quali si possano attaccare accessòri d'un tal genere. Si potrebbe però, tanto nelle cose piccole, come nelle grandi, evitare, in gran parte, quel corso così lungo e così storto, prendendo il metodo proposto da tanto tempo, d'osservare, ascoltare, paragonare, pensare, prima di parlare.
Ma parlare, questa cosa così sola, è talmente più facile di tutte quell'altre insieme, che anche noi, dico noi uomini in generale, siamo un po' da compatire.

Cap. XXXII

Divenendo sempre più difficile il supplire all'esigenze dolorose della circostanza, era stato, il 4 di maggio, deciso nel consiglio de' decurioni, di ricorrer per aiuto al governatore. E, il 22, furono spediti al campo due di quel corpo, che gli rappresentassero i guai e le strettezze della città: le spese enormi, le casse vote, le rendite degli anni avvenire impegnate, le imposte correnti non pagate, per la miseria generale, prodotta da tante cause, e dal guasto militare in ispecie; gli mettessero in considerazione che, per leggi e consuetudini non interrotte, e per decreto speciale di Carlo V, le spese della peste dovevan essere a carico del fisco: in quella del 1576 avere il governatore, marchese d'Ayamonte, non solo sospese tutte le imposizioni camerali, ma data alla città una sovvenzione di quaranta mila scudi della stessa Camera; chiedessero finalmente quattro cose: che l'imposizioni fossero sospese, come s'era fatto allora; la Camera desse danari; il governatore informasse il re, delle miserie della città e della provincia; dispensasse da nuovi alloggiamenti militari il paese già rovinato dai passati. Il governatore scrisse in risposta condoglianze, e nuove esortazioni: dispiacergli di non poter trovarsi nella città, per impiegare ogni sua cura in sollievo di quella; ma sperare che a tutto avrebbe supplito lo zelo di que' signori: questo essere il tempo di spendere senza risparmio, d'ingegnarsi in ogni maniera. In quanto alle richieste espresse, *proueeré en el mejor modo que el tiempo y necesidades presentes permitieren.* E sotto, un girigogolo, che voleva dire Ambrogio Spinola, chiaro come le sue promesse. Il gran cancelliere Ferrer gli scrisse che quella risposta era stata letta dai decurioni, *con gran desconsuelo*; ci furono altre andate e venute, domande e risposte; ma non trovo che se ne venisse a più strette conclusioni. Qualche tempo dopo, nel colmo della peste, il governatore trasferì, con lettere patenti, la sua autorità a Ferrer medesimo, avendo lui, come scrisse, da pensare alla guerra. La quale, sia detto qui incidentemente, dopo aver portato via, senza parlar de' soldati, un milion di persone, a dir poco, per mezzo del contagio, tra la Lombardia, il Veneziano, il Piemonte, la Toscana, e una parte della Romagna; dopo aver desolati, come s'è visto di sopra, i luoghi per cui passò, e figuratevi quelli dove fu fatta; dopo la presa e il sacco atroce di Mantova; finì con riconoscerne tutti il nuovo duca, per escludere il quale la guerra era stata intrapresa. Bisogna però dire che fu obbligato a cedere al duca di Savoia un pezzo del Monferrato, della rendita di quindici mila scudi, e a Ferrante duca di Guastalla altre terre, della rendita di sei mila; e che ci fu un altro trattato a parte e segretissimo, col quale il duca di Savoia suddetto cedé Pinerolo alla Francia: trattato eseguito qualche tempo dopo, sott'altri pretesti, e a furia di furberie.
Insieme con quella risoluzione, i decurioni ne avevan presa un'altra: di chiedere al cardinale arcivescovo, che si facesse una processione solenne, portando per la città il corpo di san Carlo.
Il buon prelato rifiutò, per molte ragioni. Gli dispiaceva quella fiducia in un mezzo arbitrario, e temeva che, se l'effetto non avesse corrisposto, come pure temeva, la fiducia si cambiasse in iscandolo (Memoria delle cose notabili successe in Milano intorno al mal contaggioso l'anno 1630, ec. raccolte da

D. Pio la Croce, Milano, 1730. È tratta evidentemente da scritto inedito d'autore vissuto al tempo della pestilenza: se pure non è una semplice edizione, piuttosto che una nuova compilazione.). Temeva di più, che, *se pur c'era di questi untori*, la processione fosse un'occasion troppo comoda al delitto: *se non ce n'era*, il radunarsi tanta gente non poteva che spander sempre più il contagio: *pericolo ben più reale* (Si unguenta scelerata et unctores in urbe essent... Si non essent... Certiusque adeo malum. Ripamonti, pag 185.). Ché il sospetto sopito dell'unzioni s'era intanto ridestato, più generale e più furioso di prima.
S'era visto di nuovo, o questa volta era parso di vedere, unte muraglie, porte d'edifizi pubblici, usci di case, martelli. Le nuove di tali scoperte volavan di bocca in bocca; e, come accade più che mai, quando gli animi son preoccupati, il sentire faceva l'effetto del vedere. Gli animi, sempre più amareggiati dalla presenza de' mali, irritati dall'insistenza del pericolo, abbracciavano più volentieri quella credenza: ché la collera aspira a punire: e, come osservò acutamente, a questo stesso proposito, un uomo d'ingegno (P. Verri, Osservazioni sulla tortura: Scrittori italiani d'economia politica: parte moderna, tom. 17, pag. 203.), le piace più d'attribuire i mali a una perversità umana, contro cui possa far le sue vendette, che di riconoscerli da una causa, con la quale non ci sia altro da fare che rassegnarsi. Un veleno squisito, istantaneo, penetrantissimo, eran parole più che bastanti a spiegar la violenza, e tutti gli accidenti più oscuri e disordinati del morbo. Si diceva composto, quel veleno, di rospi, di serpenti, di bava e di materia d'appestati, di peggio, di tutto ciò che selvagge e stravolte fantasie sapessero trovar di sozzo e d'atroce. Vi s'aggiunsero poi le malìe, per le quali ogni effetto diveniva possibile, ogni obiezione perdeva la forza, si scioglieva ogni difficoltà. Se gli effetti non s'eran veduti subito dopo quella prima unzione, se ne capiva il perché; era stato un tentativo sbagliato di venefici ancor novizi: ora l'arte era perfezionata, e le volontà più accanite nell'infernale proposito. Ormai chi avesse sostenuto ancora ch'era stata una burla, chi avesse negata l'esistenza d'una trama, passava per cieco, per ostinato; se pur non cadeva in sospetto d'uomo interessato a stornar dal vero l'attenzion del pubblico, di complice, d'untore: il vocabolo fu ben presto comune, solenne, tremendo. Con una tal persuasione che ci fossero untori, se ne doveva scoprire, quasi infallibilmente: tutti gli occhi stavano all'erta; ogni atto poteva dar gelosia. E la gelosia diveniva facilmente certezza, la certezza furore.
Due fatti ne adduce in prova il Ripamonti, avvertendo d'averli scelti, non come i più atroci tra quelli che seguivano giornalmente, ma perché dell'uno e dell'altro era stato pur troppo testimonio.
Nella chiesa di sant'Antonio, un giorno di non so quale solennità, un vecchio più che ottuagenario, dopo aver pregato alquanto inginocchioni, volle mettersi a sedere; e prima, con la cappa, spolverò la panca. - Quel vecchio unge le panche! - gridarono a una voce alcune donne che vider l'atto. La gente che si trovava in chiesa (in chiesa!), fu addosso al vecchio; lo prendon per i capelli, bianchi com'erano; lo carican di pugni e di calci; parte lo tirano, parte lo spingon fuori; se non lo finirono, fu per istrascinarlo, così semivivo, alla prigione, ai giudici, alle torture. " Io lo vidi mentre lo strascinavan così, - dice il Ripamonti: - e non ne seppi più altro: credo bene che non abbia potuto sopravvivere più di qualche momento ".
L'altro caso (e seguì il giorno dopo) fu ugualmente strano, ma non ugualmente funesto. Tre giovani compagni francesi, un letterato, un pittore, un meccanico, venuti per veder l'Italia, per istudiarvi le antichità, e per cercarvi occasion di guadagno, s'erano accostati a non so qual parte esterna del duomo, e stavan lì guardando attentamente. Uno che passava, li vede e si ferma; gli accenna a un altro, ad altri che arrivano: si formò un crocchio, a guardare, a tener d'occhio coloro, che il vestiario, la capigliatura, le bisacce, accusavano di stranieri e, quel ch'era peggio, di francesi. Come per accertarsi ch'era marmo, stesero essi la mano a toccare. Bastò. Furono circondati, afferrati, malmenati, spinti, a furia di percosse, alle carceri. Per buona sorte, il palazzo di giustizia è poco lontano dal duomo; e, per una sorte ancor più felice, furon trovati innocenti, e rilasciati.
Né tali cose accadevan soltanto in città: la frenesia s'era propagata come il contagio. Il viandante che fosse incontrato da de' contadini, fuor della strada maestra, o che in quella si dondolasse a guardar in qua e in là, o si buttasse giù per riposarsi; lo sconosciuto a cui si trovasse qualcosa di strano, di sospetto nel volto, nel vestito, erano untori: al primo avviso di chi si fosse, al grido d'un ragazzo, si sonava a martello, s'accorreva; gl'infelici eran tempestati di pietre, o, presi, venivan menati, a furia di popolo, in prigione. Così il Ripamonti medesimo. E la prigione, fino a un certo tempo, era un porto di salvamento.
Ma i decurioni, non disanimati dal rifiuto del savio prelato, andavan replicando le loro istanze, che il voto pubblico secondava rumorosamente. Federigo resistette ancor qualche tempo, cercò di convincerli; questo è quello che poté il senno d'un uomo, contro la forza de' tempi, e l'insistenza di molti. In quello stato d'opinioni, con l'idea del pericolo, confusa com'era allora, contrastata, ben lontana

dall'evidenza che ci si trova ora, non è difficile a capire come le sue buone ragioni potessero, anche nella sua mente, esser soggiogate dalle cattive degli altri. Se poi, nel ceder che fece, avesse o non avesse parte un po' di debolezza della volontà, sono misteri del cuore umano. Certo, se in alcun caso par che si possa dare in tutto l'errore all'intelletto, e scusarne la coscienza, è quando si tratti di que' pochi (e questo fu ben del numero), nella vita intera de' quali apparisca un ubbidir risoluto alla coscienza, senza riguardo a interessi temporali di nessun genere. Al replicar dell'istanze, cedette egli dunque, acconsentì che si facesse la processione, acconsentì di più al desiderio, alla premura generale, che la cassa dov'eran rinchiuse le reliquie di san Carlo, rimanesse dopo esposta, per otto giorni, sull'altar maggiore del duomo.
Non trovo che il tribunale della sanità, né altri, facessero rimostranza né opposizione di sorte alcuna. Soltanto, il tribunale suddetto ordinò alcune precauzioni che, senza riparare al pericolo, ne indicavano il timore. Prescrisse più strette regole per l'entrata delle persone in città; e, per assicurarne l'esecuzione, fece star chiuse le porte: come pure, affine d'escludere, per quanto fosse possibile, dalla radunanza gli infetti e i sospetti, fece inchiodar gli usci delle case sequestrate: le quali, per quanto può valere, in un fatto di questa sorte, la semplice affermazione d'uno scrittore, e d'uno scrittore di quel tempo, eran circa cinquecento (Alleggiamento dello Stato di Milano etc. di C. G. Cavatio della Somaglia. Milano, 1653, pag. 482.).
Tre giorni furono spesi in preparativi: l'undici di giugno, ch'era il giorno stabilito, la processione uscì, sull'alba, dal duomo. Andava dinanzi una lunga schiera di popolo, donne la più parte, coperte il volto d'ampi zendali, molte scalze, e vestite di sacco. Venivan poi l'arti, precedute da' loro gonfaloni, le confraternite, in abiti vari di forme e di colori; poi le fraterie, poi il clero secolare, ognuno con l'insegne del grado, e con una candela o un torcetto in mano. Nel mezzo, tra il chiarore di più fitti lumi, tra un rumor più alto di canti, sotto un ricco baldacchino, s'avanzava la cassa, portata da quattro canonici, parati in gran pompa, che si cambiavano ogni tanto. Dai cristalli trapariva il venerato cadavere, vestito di splendidi abiti pontificali, e mitrato il teschio; e nelle forme mutilate e scomposte, si poteva ancora distinguere qualche vestigio dell'antico sembiante, quale lo rappresentano l'immagini, quale alcuni si ricordavan d'averlo visto e onorato in vita. Dietro la spoglia del morto pastore (dice il Ripamonti, da cui principalmente prendiamo questa descrizione), e vicino a lui, come di meriti e di sangue e di dignità, così ora anche di persona, veniva l'arcivescovo Federigo. Seguiva l'altra parte del clero; poi i magistrati, con gli abiti di maggior cerimonia; poi i nobili, quali vestiti sfarzosamente, come a dimostrazione solenne di culto, quali, in segno di penitenza, abbrunati, o scalzi e incappati, con la buffa sul viso; tutti con torcetti. Finalmente una coda d'altro popolo misto.
Tutta la strada era parata a festa; i ricchi avevan cavate fuori le suppellettili più preziose; le facciate delle case povere erano state ornate da de' vicini benestanti, o a pubbliche spese; dove in luogo di parati, dove sopra i parati, c'eran de' rami fronzuti; da ogni parte pendevano quadri, iscrizioni, imprese; su' davanzali delle finestre stavano in mostra vasi, anticaglie, rarità diverse; per tutto lumi. A molte di quelle finestre, infermi sequestrati guardavan la processione, e l'accompagnavano con le loro preci. L'altre strade, mute, deserte; se non che alcuni, pur dalle finestre, tendevan l'orecchio al ronzìo vagabondo; altri, e tra questi si videro fin delle monache, eran saliti sui tetti, se di lì potessero veder da lontano quella cassa, il corteggio, qualche cosa.
La processione passò per tutti i quartieri della città: a ognuno di que' crocicchi, o piazzette, dove le strade principali sboccan ne' borghi, e che allora serbavano l'antico nome di *carrobi*, ora rimasto a uno solo, si faceva una fermata, posando la cassa accanto alla croce che in ognuno era stata eretta da san Carlo, nella peste antecedente, e delle quali alcune sono tuttavia in piedi: di maniera che si tornò in duomo un pezzo dopo il mezzogiorno.
Ed ecco che, il giorno seguente, mentre appunto regnava quella presontuosa fiducia, anzi in molti una fanatica sicurezza che la processione dovesse aver troncata la peste, le morti crebbero, in ogni classe, in ogni parte della città, a un tal eccesso, con un salto così subitaneo, che non ci fu chi non ne vedesse la causa, o l'occasione, nella processione medesima. Ma, oh forze mirabili e dolorose d'un pregiudizio generale! non già al trovarsi insieme tante persone, e per tanto tempo, non all'infinita moltiplicazione de' contatti fortuiti, attribuivano i più quell'effetto; l'attribuivano alla facilità che gli untori ci avessero trovata d'eseguire in grande il loro empio disegno. Si disse che, mescolati nella folla, avessero infettati col loro unguento quanti più avevan potuto. Ma siccome questo non pareva un mezzo bastante, né appropriato a una mortalità così vasta, e così diffusa in ogni classe di persone; siccome, a quel che pare, non era stato possibile all'occhio così attento, e pur così travedente, del sospetto, di scorgere untumi,

macchie di nessuna sorte, su' muri, né altrove; così si ricorse, per la spiegazion del fatto, a quell'altro ritrovato, già vecchio, e ricevuto allora nella scienza comune d'Europa, delle polveri venefiche e malefiche; si disse che polveri tali, sparse lungo la strada, e specialmente ai luoghi delle fermate, si fossero attaccate agli strascichi de' vestiti, e tanto più ai piedi, che in gran numero erano quel giorno andati in giro scalzi. " Vide pertanto, - dice uno scrittore contemporaneo (Agostino Lampugnano; La pestilenza seguita in Milano, l'anno 1630. Milano 1634, pag. 44.), l'istesso giorno della processione, la pietà cozzar con l'empietà, la perfidia con la sincerità, la perdita con l'acquisto ". Ed era in vece il povero senno umano che cozzava co' fantasmi creati da sé.

Da quel giorno, la furia del contagio andò sempre crescendo: in poco tempo, non ci fu quasi più casa che non fosse toccata: in poco tempo la popolazione del lazzeretto, al dir del Somaglia citato di sopra, montò da duemila a dodici mila: più tardi, al dir di quasi tutti, arrivò fino a sedici mila. Il 4 di luglio, come trovo in un'altra lettera de' conservatori della sanità al governatore, la mortalità giornaliera oltrepassava i cinquecento. Più innanzi, e nel colmo, arrivò, secondo il calcolo più comune, a mille dugento, mille cinquecento; e a più di tremila cinquecento, se vogliam credere al Tadino. Il quale anche afferma che, " per le diligenze fatte o, dopo la peste, si trovò la popolazion di Milano ridotta a poco più di sessantaquattro mila anime, e che prima passava le dugento cinquanta mila. Secondo il Ripamonti, era di sole dugento mila: de' morti, dice che ne risultava cento quaranta mila da' registri civici, oltre quelli di cui non si poté tener conto. Altri dicon più o meno, ma ancor più a caso.

Si pensi ora in che angustie dovessero trovarsi i decurioni, addosso ai quali era rimasto il peso di provvedere alle pubbliche necessità, di riparare a ciò che c'era di riparabile in un tal disastro. Bisognava ogni giorno sostituire, ogni giorno aumentare serventi pubblici di varie specie: *monatti*, *apparitori*, commissari. I primi erano addetti ai servizi più penosi e pericolosi della pestilenza: levar dalle case, dalle strade, dal lazzeretto, i cadaveri; condurli sui carri alle fosse, e sotterrarli; portare o guidare al lazzeretto gl'infermi, e governarli; bruciare, purgare la roba infetta e sospetta. Il nome, vuole il Ripamonti che venga dal greco *monos*; Gaspare Bugatti (in una descrizion della peste antecedente), dal latino *monere*; ma insieme dubita, con più ragione, che sia parola tedesca, per esser quegli uomini arrolati la più parte nella Svizzera e ne' Grigioni. Né sarebbe infatti assurdo il crederlo una troncatura del vocabolo *monathlich* (mensuale); giacché, nell'incertezza di quanto potesse durare il bisogno, è probabile che gli accordi non fossero che di mese in mese. L'impiego speciale degli apparitori era di precedere i carri, avvertendo, col suono d'un campanello, i passeggieri, che si ritirassero. I commissari regolavano gli uni e gli altri, sotto gli ordini immediati del tribunale della sanità. Bisognava tener fornito il lazzeretto di medici, di chirurghi, di medicine, di vitto, di tutti gli attrezzi d'infermeria; bisognava trovare e preparar nuovo alloggio per gli ammalati che sopraggiungevano ogni giorno. Si fecero a quest'effetto costruire in fretta capanne di legno e di paglia nello spazio interno del lazzeretto; se ne piantò un nuovo, tutto di capanne, cinto da un semplice assito, e capace di contener quattromila persone. E non bastando, ne furon decretati due altri; ci si mise anche mano; ma, per mancanza di mezzi d'ogni genere, rimasero in tronco. I mezzi, le persone, il coraggio, diminuivano di mano in mano che il bisogno cresceva.

E non solo l'esecuzione rimaneva sempre addietro de' progetti e degli ordini; non solo, a molte necessità, pur troppo riconosciute, si provvedeva scarsamente, anche in parole; s'arrivò a quest'eccesso d'impotenza e di disperazione, che a molte, e delle più pietose, come delle più urgenti, non si provvedeva in nessuna maniera. Moriva, per esempio, d'abbandono una gran quantità di bambini, ai quali eran morte le madri di peste: la Sanità propose che s'istituisse un ricovero per questi e per le partorienti bisognose, che qualcosa si facesse per loro; e non poté ottener nulla. " Si doueua non di meno, - dice il Tadino, compatire ancora alli Decurioni della Città, li quali si trouauano afflitti, mesti et lacerati dalla Soldatesca senza regola, et rispetto alcuno; come molto meno nell'infelice Ducato, atteso che aggiutto alcuno, né prouisione si poteua hauere dal Gouernatore, se non che si trouaua tempo di guerra, et bisognaua trattar bene li Soldati " (Pag. 117.). Tanto importava il prender Casale! Tanto par bella la lode del vincere, indipendentemente dalla cagione, dallo scopo per cui si combatta!

Così pure, trovandosi colma di cadaveri un'ampia, ma unica fossa, ch'era stata scavata vicino al lazzeretto; e rimanendo, non solo in quello, ma in ogni parte della città, insepolti i nuovi cadaveri, che ogni giorno eran di più, i magistrati, dopo avere invano cercato braccia per il tristo lavoro, s'eran ridotti a dire di non saper più che partito prendere. Né si vede come sarebbe andata a finire, se non veniva un soccorso straordinario. Il presidente della Sanità ricorse, per disperato, con le lacrime agli occhi, a que' due bravi frati che soprintendevano al lazzeretto; e il padre Michele s'impegnò a dargli, in capo a quattro giorni, sgombra la città di cadaveri; in capo a otto, aperte fosse sufficienti, non solo al bisogno presente, ma a quello che si potesse preveder di peggio nell'avvenire. Con un frate compagno, e con persone del tribunale, dategli dal presidente, andò fuor della città, in cerca di contadini; e, parte con l'autorità del tribunale, parte con quella dell'abito e delle sue parole, ne raccolse circa dugento, ai quali fece scavar tre grandissime fosse; spedì poi dal lazzeretto monatti a raccogliere i morti; tanto che, il giorno prefisso, la sua promessa si trovò adempita.

Una volta, il lazzeretto rimase senza medici; e, con offerte di grosse paghe e d'onori, a fatica e non subito, se ne poté avere; ma molto men del bisogno. Fu spesso lì lì per mancare affatto di viveri, a segno di temere che ci s'avesse a morire anche di fame; e più d'una volta, mentre non si sapeva più dove batter la testa per trovare il bisognevole, vennero a tempo abbondanti sussidi, per inaspettato dono di misericordia privata: ché, in mezzo allo stordimento generale, all'indifferenza per gli altri, nata dal continuo temer per sé, ci furono degli animi sempre desti alla carità, ce ne furon degli altri in cui la carità nacque al cessare d'ogni allegrezza terrena; come, nella strage e nella fuga di molti a cui toccava di soprintendere e di provvedere, ce ne furono alcuni, sani sempre di corpo, e saldi di coraggio al loro posto: ci furon pure altri che, spinti dalla pietà, assunsero e sostennero virtuosamente le cure a cui non eran chiamati per impiego.

Dove spiccò una più generale e più pronta e costante fedeltà ai doveri difficili della circostanza, fu negli ecclesiastici. Ai lazzeretti, nella città, non mancò mai la loro assistenza: dove si pativa, ce n'era; sempre si videro mescolati, confusi co' languenti, co' moribondi, languenti e moribondi qualche volta loro medesimi; ai soccorsi spirituali aggiungevano, per quanto potessero, i temporali; prestavano ogni servizio che richiedessero le circostanze. Più di sessanta parrochi, della città solamente, moriron di contagio: gli otto noni, all'incirca.

Federigo dava a tutti, com'era da aspettarsi da lui, incitamento ed esempio. Mortagli intorno quasi tutta la famiglia arcivescovile, e facendogli istanza parenti, alti magistrati, principi circonvicini, che s'allontanasse dal pericolo, ritirandosi in qualche villa, rigettò un tal consiglio, e resistette all'istanze, con quell'animo, con cui scriveva ai parrochi: " siate disposti ad abbandonar questa vita mortale, piuttosto che questa famiglia, questa figliolanza nostra: andate con amore incontro alla peste, come a un premio, come a una vita, quando ci sia da guadagnare un'anima a Cristo " (Ripamonti, pag. 164.). Non trascurò quelle cautele che non gl'impedissero di fare il suo dovere (sulla qual cosa diede anche istruzioni e regole al clero); e insieme non curò il pericolo, né parve che se n'avvedesse, quando, per far del bene, bisognava passar per quello. Senza parlare degli ecclesiastici, coi quali era sempre per lodare e regolare il loro zelo, per eccitare chiunque di loro andasse freddo nel lavoro, per mandarli ai posti dove altri eran morti, volle che fosse aperto l'adito a chiunque avesse bisogno di lui. Visitava i lazzeretti, per dar consolazione agl'infermi, e per animare i serventi; scorreva la città, portando soccorsi ai poveri sequestrati nelle case, fermandosi agli usci, sotto le finestre, ad ascoltare i loro lamenti, a dare in cambio parole di consolazione e di coraggio. Si cacciò in somma e visse nel mezzo della pestilenza, maravigliato anche lui alla fine, d'esserne uscito illeso.

Così, ne' pubblici infortuni, e nelle lunghe perturbazioni di quel qual si sia ordine consueto, si vede sempre un aumento, una sublimazione di virtù; ma, pur troppo, non manca mai insieme un aumento, e d'ordinario ben più generale, di perversità. E questo pure fu segnalato. I birboni che la peste risparmiava e non atterriva, trovarono nella confusion comune, nel rilasciamento d'ogni forza pubblica, una nuova occasione d'attività, e una nuova sicurezza d'impunità a un tempo. Che anzi, l'uso della forza pubblica stessa venne a trovarsi in gran parte nelle mani de' peggiori tra loro. All'impiego di monatti e d'apparitori non s'adattavano generalmente che uomini sui quali l'attrattiva delle rapine e della licenza potesse più che il terror del contagio, che ogni naturale ribrezzo. Erano a costoro prescritte strettissime regole, intimate severissime pene, assegnati posti, dati per superiori de' commissari, come abbiam detto; sopra questi e quelli eran delegati in ogni quartiere, magistrati e nobili, con l'autorità di provveder sommariamente a ogni occorrenza di buon governo. Un tal ordin di cose camminò, e fece effetto, fino a un certo tempo; ma, crescendo, ogni giorno, il numero di quelli che morivano, di quelli che andavan via, di quelli che perdevan la testa, venner coloro a non aver quasi più nessuno che li tenesse a freno; si fecero, i monatti principalmente, arbitri d'ogni cosa. Entravano da padroni, da nemici nelle case, e, senza parlar de' rubamenti, e come trattavano gl'infelici ridotti dalla peste a passar per tali mani, le mettevano, quelle mani infette e scellerate, sui sani, figliuoli, parenti, mogli, mariti, minacciando di strascinarli al lazzeretto, se non si riscattavano, o non venivano riscattati con danari. Altre volte, mettevano a prezzo i loro servizi, ricusando di portar via i cadaveri già putrefatti, a meno di tanti scudi. Si disse (e tra la leggerezza degli uni e la malvagità degli altri, è ugualmente malsicuro il credere e il non credere), si disse, e l'afferma anche il Tadino (Pag. 102.), che monatti e apparitori lasciassero cadere apposta dai carri robe infette, per propagare e mantenere la pestilenza, divenuta per essi un'entrata, un regno, una festa. Altri sciagurati, fingendosi monatti, portando un campanello attaccato a un piede, com'era prescritto a quelli, per distintivo e per avviso del loro avvicinarsi, s'introducevano nelle case a farne di tutte le sorte. In alcune, aperte e vote d'abitanti, o abitate soltanto da qualche languente, da qualche moribondo, entravan ladri, a man salva, a saccheggiare: altre venivan sorprese, invase da birri che facevan lo stesso, e anche cose peggiori.

Del pari con la perversità, crebbe la pazzia: tutti gli errori già dominanti più o meno, presero dallo sbalordimento, e dall'agitazione delle menti, una forza straordinaria, produssero effetti più rapidi e più vasti. E tutti servirono a rinforzare e a ingrandire quella paura speciale dell'unzioni, la quale, ne' suoi effetti, ne' suoi sfoghi, era spesso, come abbiam veduto, un'altra perversità. L'immagine di quel supposto pericolo assediava e martirizzava gli animi, molto più che il pericolo reale e presente. " E mentre, - dice il Ripamonti, - i cadaveri sparsi, o i mucchi di cadaveri, sempre davanti agli occhi, sempre tra' piedi, facevano della città tutta come un solo mortorio, c'era qualcosa di più brutto, di più funesto, in quell'accanimento vicendevole, in quella sfrenatezza e mostruosità di sospetti... Non del vicino soltanto si prendeva ombra, dell'amico, dell'ospite; ma que' nomi, que' vincoli dell'umana carità, marito e moglie, padre e figlio, fratello e fratello, eran di terrore: e, cosa orribile e indegna a dirsi! la mensa domestica, il letto nuziale, si temevano, come agguati, come nascondigli di venefizio ".

La vastità immaginata, la stranezza della trama turbavan tutti i giudizi, alteravan tutte le ragioni della fiducia reciproca. Da principio, si credeva soltanto che quei supposti untori fosser mossi dall'ambizione e dalla cupidigia; andando avanti, si sognò, si credette che ci fosse una non so quale voluttà diabolica in quell'ungere, un'attrattiva che dominasse le volontà. I vaneggiamenti degl'infermi che accusavan se stessi di ciò che avevan temuto dagli altri, parevano rivelazioni, e rendevano ogni cosa, per dir così, credibile d'ognuno. E più delle parole, dovevan far colpo le dimostrazioni, se accadeva che appestati in delirio andasser facendo di quegli atti che s'erano figurati che dovessero fare gli untori: cosa insieme molto probabile, e atta a dar miglior ragione della persuasion generale e dell'affermazioni di molti scrittori. Così, nel lungo e tristo periodo de' processi per stregoneria, le confessioni, non sempre estorte, degl'imputati, non serviron poco a promovere e a mantener l'opinione che regnava intorno ad essa: ché, quando un'opinione regna per lungo tempo, e in una buona parte del mondo, finisce a esprimersi in tutte le maniere, a tentar tutte l'uscite, a scorrer per tutti i gradi della persuasione; ed è difficile che tutti o moltissimi credano a lungo che una cosa strana si faccia, senza che venga alcuno il quale creda di farla.

Tra le storie che quel delirio dell'unzioni fece immaginare, una merita che se ne faccia menzione, per il credito che acquistò, e per il giro che fece. Si raccontava, non da tutti nell'istessa maniera (che sarebbe un troppo singolar privilegio delle favole), ma a un di presso, che un tale, il tal giorno, aveva visto arrivar sulla piazza del duomo un tiro a sei, e dentro, con altri, un gran personaggio, con una faccia fosca e infocata, con gli occhi accesi, coi capelli ritti, e il labbro atteggiato di minaccia. Mentre quel tale stava intento a guardare, la carrozza s'era fermata; e il cocchiere l'aveva invitato a salirvi; e lui non aveva saputo dir di no. Dopo diversi rigiri, erano smontati alla porta d'un tal palazzo, dove entrato anche lui, con la compagnia, aveva trovato amenità e orrori, deserti e giardini, caverne e sale; e in esse, fantasime sedute a consiglio. Finalmente, gli erano state fatte vedere gran casse di danaro, e detto che ne prendesse quanto gli fosse piaciuto, con questo però, che accettasse un vasetto d'unguento, e andasse con esso ungendo per la città. Ma, non avendo voluto acconsentire, s'era trovato, in un batter d'occhio, nel medesimo luogo dove era stato preso. Questa storia, creduta qui generalmente dal popolo, e, al dir del Ripamonti, non abbastanza derisa da qualche uomo di peso (Apud prudentium plerosque, non sicuti debuerat irrisa. De Peste etc., pag. 77.), girò per tutta Italia e fuori. In Germania se ne fece una stampa: l'elettore arcivescovo di Magonza scrisse al cardinal Federigo, per domandargli cosa si dovesse credere de' fatti maravigliosi che si raccontavan di Milano; e n'ebbe in risposta ch'eran sogni.

D'ugual valore, se non in tutto d'ugual natura, erano i sogni de' dotti; come disastrosi del pari n'eran gli effetti. Vedevano, la più parte di loro, l'annunzio e la ragione insieme de' guai in una cometa apparsa l'anno 1628, e in una congiunzione di Saturno con Giove, " inclinando, - scrive il Tadino, - la congiontione sodetta sopra questo anno 1630, tanto chiara, che ciascun la poteua intendere. *Mortales parat morbos, miranda videntur* ". Questa predizione, cavata, dicevano, da un libro intitolato *Specchio degli almanacchi perfetti*, stampato in Torino, nel 1623, correva per le bocche di tutti. Un'altra cometa, apparsa nel giugno dell'anno stesso della peste, si prese per un nuovo avviso; anzi per una prova manifesta dell'unzioni. Pescavan ne' libri, e pur troppo ne trovavano in quantità, esempi di peste, come dicevano, manufatta: citavano Livio, Tacito, Dione, che dico? Omero e Ovidio, i molti altri antichi che hanno raccontati o accennati fatti somiglianti: di moderni ne avevano ancor più in abbondanza. Citavano cent'altri autori che hanno trattato dottrinalmente, o parlato incidentemente di veleni, di malìe, d'unti, di polveri: il Cesalpino, il Cardano, il Grevino, il Salio, il Pareo, lo Schenchio, lo Zachia e, per finirla, quel funesto Delrio, il quale, se la rinomanza degli autori fosse in ragione del bene e del male prodotto dalle loro opere, dovrebb'essere uno de' più famosi; quel Delrio, le cui veglie costaron la vita a più uomini che l'imprese di qualche conquistatore: quel Delrio, le cui *Disquisizioni Magiche* (il ristretto di tutto ciò che gli uomini avevano, fino a' suoi tempi, sognato in quella materia), divenute il testo più autorevole, più irrefragabile, furono, per più d'un secolo, norma e impulso potente di legali, orribili, non interrotte carnificine.

Da' trovati del volgo, la gente istruita prendeva ciò che si poteva accomodar con le sue idee; da' trovati della gente istruita, il volgo prendeva ciò che ne poteva intendere, e come lo poteva; e di tutto si formava una massa enorme e confusa di pubblica follia.

Ma ciò che reca maggior maraviglia, è il vedere i medici, dico i medici che fin da principio avevan creduta la peste, dico in ispecie il Tadino, il quale l'aveva pronosticata, vista entrare, tenuta d'occhio, per dir così, nel suo progresso, il quale aveva detto e predicato che l'era peste, e s'attaccava col contatto, che non mettendovi riparo, ne sarebbe infettato tutto il paese, vederlo poi, da questi effetti medesimi cavare argomento certo dell'unzioni venefiche e malefiche; lui che in quel Carlo Colonna, il secondo che morì di peste in Milano, aveva notato il delirio come un accidente della malattia, vederlo poi addurre in prova dell'unzioni e della congiura diabolica, un fatto di questa sorte: che due testimoni deponevano d'aver sentito raccontare da un loro amico infermo, come, una notte, gli eran venute persone in camera, a esibirgli la guarigione e danari, se avesse voluto unger le case del contorno; e come al suo rifiuto quelli se n'erano andati, e in loro vece, era rimasto un lupo sotto il letto, e tre gattoni sopra, " che sino al far del giorno vi dimororno " (Pag. 123, 124.). Se fosse stato uno solo che connettesse così, si dovrebbe dire che aveva una testa curiosa; o piuttosto non ci sarebbe ragion di parlarne; ma siccome eran molti, anzi quasi tutti, così è storia dello spirito umano, e dà occasion d'osservare quanto una serie ordinata e ragionevole d'idee possa essere scompigliata da un'altra serie d'idee, che ci si getti a traverso. Del resto, quel Tadino era qui uno degli uomini più riputati del suo tempo. Due illustri e benemeriti scrittori hanno affermato che il cardinal Federigo dubitasse del fatto dell'unzioni (Muratori; *Del governo della peste*, Modena, 1714, pag. 117. - P. Verri; opuscolo citato, pag. 261.). Noi vorremmo poter dare a quell'inclita e amabile memoria una lode ancor più intera, e rappresentare il buon prelato, in questo, come in tant'altre cose, superiore alla più parte de' suoi contemporanei, ma siamo in vece costretti di notar di nuovo in lui un esempio della forza d'un'opinione comune anche sulle menti più nobili. S'è visto, almeno da quel che ne dice il Ripamonti, come da principio, veramente stesse in dubbio: ritenne poi sempre che in quell'opinione avesse gran parte la credulità, l'ignoranza, la paura, il desiderio di scusarsi d'aver così tardi riconosciuto il contagio, e pensato a mettervi riparo; che molto ci fosse d'esagerato, ma insieme, che qualche cosa ci fosse di vero. Nella biblioteca ambrosiana si conserva un'operetta scritta di sua mano intorno a quella peste; e questo sentimento c'è accennato spesso, anzi una volta enunciato espressamente. " Era opinion comune, - dice a un di presso, - che di questi unguenti se ne componesse in vari luoghi, e che molte fossero l'arti di metterlo in opera: delle quali alcune ci paion vere, altre inventate " (Ecco le sue parole: Unguenta uero haec aiebant componi conficique multifariam, fraudisque uias fuisse complures; quarum sane fraudum, et artium aliis quidem assentimur, alias uero fictas fuisse comentitiasque arbitramur. *De pestilentia quae Mediolani anno 1630 magnam stragem edidit.* Cap. V.).

Ci furon però di quelli che pensarono fino alla fine, e fin che vissero, che tutto fosse immaginazione: e lo sappiamo, non da loro, ché nessuno fu abbastanza ardito per esporre al pubblico un sentimento così opposto a quello del pubblico; lo sappiamo dagli scrittori che lo deridono o lo riprendono o lo ribattono, come un pregiudizio d'alcuni, un errore che non s'attentava di venire a disputa palese, ma che pur viveva; lo sappiamo anche da chi ne aveva notizia per tradizione. " Ho trovato gente savia in Milano, - dice il buon Muratori, nel luogo sopraccitato, - che aveva buone relazioni dai loro maggiori, e non era molto persuasa che fosse vero il fatto di quegli unti velenosi ". Si vede ch'era uno sfogo segreto della verità, una confidenza domestica: il buon senso c'era; ma se ne stava nascosto, per paura del senso comune.

I magistrati, scemati ogni giorno, e sempre più smarriti e confusi, tutta, per dir così, quella poca risoluzione di cui eran capaci, l'impiegarono a cercar di questi untori. Tra le carte del tempo della peste,

che si conservano nell'archivio nominato di sopra, c'è una lettera (senza alcun altro documento relativo) in cui il gran cancelliere informa, sul serio e con gran premura, il governatore d'aver ricevuto un avviso che, in una casa di campagna de' fratelli Girolamo e Giulio Monti, gentiluomini milanesi, si componeva veleno in tanta quantità, che quaranta uomini erano occupati *en este exercicio*, con l'assistenza di quattro cavalieri bresciani, i quali facevano venir materiali dal veneziano, *para la fábrica del veneno*. Soggiunge che lui aveva preso, in gran segreto, i concerti necessari per mandar là il podestà di Milano e l'auditore della Sanità, con trenta soldati di cavalleria; che pur troppo uno de' fratelli era stato avvertito a tempo per poter trafugare gl'indizi del delitto, e probabilmente dall'auditor medesimo, suo amico; e che questo trovava delle scuse per non partire; ma che non ostante, il podestà co' soldati era andato *a reconocer la casa, y a ver si hallará algunos vestigios*, e prendere informazioni, e arrestar tutti quelli che fossero incolpati. La cosa dové finire in nulla, giacché gli scritti del tempo che parlano de' sospetti che c'eran su que' gentiluomini, non citano alcun fatto. Ma pur troppo, in un'altra occasione, si credé d'aver trovato.
I processi che ne vennero in conseguenza, non eran certamente i primi d'un tal genere: e non si può neppur considerarli come una rarità nella storia della giurisprudenza. Ché, per tacere dell'antichità, e accennar solo qualcosa de' tempi più vicini a quello di cui trattiamo, in Palermo, del 1526; in Ginevra, del 1530, poi del 1545, poi ancora del 1574; in Casal Monferrato, del 1536; in Padova, del 1555; in Torino, del 1599, e di nuovo, in quel medesim'anno 1630, furon processati e condannati a supplizi, per lo più atrocissimi, dove qualcheduno, dove molti infelici, come rei d'aver propagata la peste, con polveri, o con unguenti, o con malìe, o con tutto ciò insieme. Ma l'affare delle così dette unzioni di Milano, come fu il più celebre, così è fors'anche il più osservabile; o, almeno, c'è più campo di farci sopra osservazione, per esserne rimasti documenti più circostanziati e più autentici. E quantunque uno scrittore lodato poco sopra se ne sia occupato, pure, essendosi lui proposto, non tanto di farne propriamente la storia, quanto di cavarne sussidio di ragioni, per un assunto di maggiore, o certo di più immediata importanza, c'è parso che la storia potesse esser materia d'un nuovo lavoro. Ma non è cosa da uscirne con poche parole; e non è qui il luogo di trattarla con l'estensione che merita. E oltre di ciò, dopo essersi fermato su que' casi, il lettore non si curerebbe più certamente di conoscere ciò che rimane del nostro racconto. Serbando però a un altro scritto la storia e l'esame di quelli (V. l'opuscolo in fine del volume.), torneremo finalmente a' nostri personaggi, per non lasciarli più, fino alla fine.

Cap. XXXIII

Una notte, verso la fine d'agosto, proprio nel colmo della peste, tornava don Rodrigo a casa sua, in Milano, accompagnato dal fedel Griso, l'uno de' tre o quattro che, di tutta la famiglia, gli eran rimasti vivi. Tornava da un ridotto d'amici soliti a straviziare insieme, per passar la malinconia di quel tempo: e ogni volta ce n'eran de' nuovi, e ne mancava de' vecchi. Quel giorno, don Rodrigo era stato uno de' più allegri; e tra l'altre cose, aveva fatto rider tanto la compagnia, con una specie d'elogio funebre del conte Attilio, portato via dalla peste, due giorni prima.
Camminando però, sentiva un mal essere, un abbattimento, una fiacchezza di gambe, una gravezza di respiro, un'arsione interna, che avrebbe voluto attribuir solamente al vino, alla veglia, alla stagione. Non aprì bocca, per tutta la strada; e la prima parola, arrivati a casa, fu d'ordinare al Griso che gli facesse lume per andare in camera. Quando ci furono, il Griso osservò il viso del padrone, stravolto, acceso, con gli occhi in fuori, e lustri lustri; e gli stava alla lontana: perché, in quelle circostanze, ogni mascalzone aveva dovuto acquistar, come si dice, l'occhio medico.

- Sto bene, ve', - disse don Rodrigo, che lesse nel fare del Griso il pensiero che gli passavaper la mente. - Sto benone; ma ho bevuto, ho bevuto forse un po' troppo. C'era una vernaccia!... Ma, con una buona dormita, tutto se ne va. Ho un gran sonno... Levami un po' quel lume dinanzi, che m'accieca... mi dà una noia...!

- Scherzi della vernaccia, - disse il Griso, tenendosi sempre alla larga. - Ma vada a lettosubito, ché il dormire le farà bene.

- Hai ragione: se posso dormire... Del resto, sto bene. Metti qui vicino, a buon conto, quelcampanello, se per caso, stanotte avessi bisogno di qualche cosa: e sta' attento, ve', se mai senti sonare. Ma non avrò bisogno di nulla... Porta via presto quel maledetto lume, riprese poi, intanto che il Griso eseguiva l'ordine, avvicinandosi meno che poteva. Diavolo! che m'abbia a dar tanto fastidio!

Il Griso prese il lume, e, augurata la buona notte al padrone, se n'andò in fretta, mentre quello si cacciava sotto.

Ma le coperte gli parvero una montagna. Le buttò via, e si rannicchiò, per dormire; ché infatti moriva dal sonno. Ma, appena velato l'occhio, si svegliava con un riscossone, come se uno, per dispetto, fosse venuto a dargli una tentennata; e sentiva cresciuto il caldo, cresciuta la smania. Ricorreva col pensiero all'agosto, alla vernaccia, al disordine; avrebbe voluto poter dar loro tutta la colpa; ma a queste idee si sostituiva sempre da sé quella che allora era associata con tutte, ch'entrava, per dir così, da tutti i sensi, che s'era ficcata in tutti i discorsi dello stravizio, giacché era ancor più facile prenderla in ischerzo, che passarla sotto silenzio: la peste.

Dopo un lungo rivoltarsi, finalmente s'addormentò, e cominciò a fare i più brutti e arruffati sogni del mondo. E d'uno in un altro, gli parve di trovarsi in una gran chiesa, in su, in su, in mezzo a una folla; di trovarcisi, ché non sapeva come ci fosse andato, come gliene fosse venuto il pensiero, in quel tempo specialmente; e n'era arrabbiato. Guardava i circostanti; eran tutti visi gialli, distrutti, con cert'occhi incantati, abbacinati, con le labbra spenzolate; tutta gente con certi vestiti che cascavano a pezzi; e da' rotti si vedevano macchie e bubboni. - Largo canaglia! - gli pareva di gridare, guardando alla porta, ch'era lontana lontana, e accompagnando il grido con un viso minaccioso, senza però moversi, anzi ristringendosi, per non toccar que' sozzi corpi, che già lo toccavano anche troppo da ogni parte. Ma nessuno di quegl'insensati dava segno di volersi scostare, e nemmeno d'avere inteso; anzi gli stavan più addosso: e sopra tutto gli pareva che qualcheduno di loro, con le gomita o con altro, lo pigiasse a sinistra, tra il cuore e l'ascella, dove sentiva una puntura dolorosa, e come pesante. E se si storceva, per veder di liberarsene, subito un nuovo non so che veniva a puntarglisi al luogo medesimo. Infuriato, volle metter mano alla spada; e appunto gli parve che, per la calca, gli fosse andata in su, e fosse il pomo di quella che lo premesse in quel luogo; ma, mettendoci la mano, non ci trovò la spada, e sentì in vece una trafitta più forte. Strepitava, era tutt'affannato, e voleva gridar più forte; quando gli parve che tutti que' visi si rivolgessero a una parte. Guardò anche lui; vide un pulpito, e dal parapetto di quello spuntar su un non so che di convesso, liscio e luccicante; poi alzarsi e comparir distinta una testa pelata, poi due occhi, un viso, una barba lunga e bianca, un frate ritto, fuor del parapetto fino alla cintola, fra Cristoforo. Il quale, fulminato uno sguardo in giro su tutto l'uditorio, parve a don Rodrigo che lo fermasse in viso a lui, alzando insieme la mano, nell'attitudine appunto che aveva presa in quella sala a terreno del suo palazzotto. Allora alzò anche lui la mano in furia, fece uno sforzo, come per islanciarsi ad acchiappar quel braccio teso per aria; una voce che gli andava brontolando sordamente nella gola, scoppiò in un grand'urlo; e si destò. Lasciò cadere il braccio che aveva alzato davvero; stentò alquanto a ritrovarsi, ad aprir ben gli occhi; ché la luce del giorno già inoltrato gli dava noia, quanto quella della candela, la sera avanti; riconobbe il suo letto, la sua camera; si raccapezzò che tutto era stato un sogno: la chiesa, il popolo, il frate, tutto era sparito; tutto fuorché una cosa, quel dolore dalla parte sinistra. Insieme si sentiva al cuore una palpitazion violenta, affannosa, negli orecchi un ronzìo, un fischìo continuo, un fuoco di dentro, una gravezza in tutte le membra, peggio di quando era andato a letto. Esitò qualche momento, prima di guardar la parte dove aveva il dolore; finalmente la scoprì, ci diede un'occhiata paurosa; e vide un sozzo bubbone d'un livido paonazzo.

L'uomo si vide perduto: il terror della morte l'invase, e, con un senso per avventura più forte, il terrore di diventar preda de' monatti, d'esser portato, buttato al lazzeretto. E cercando la maniera d'evitare quest'orribile sorte, sentiva i suoi pensieri confondersi e oscurarsi, sentiva avvicinarsi il momento che non avrebbe più testa, se non quanto bastasse per darsi alla disperazione. Afferrò il campanello, e lo scosse con violenza.

Comparve subito il Griso, il quale stava all'erta. Si fermò a una certa distanza dal letto; guardò attentamente il padrone, e s'accertò di quello che, la sera, aveva congetturato. - Griso! - disse don Rodrigo, rizzandosi stentatamente a sedere: - tu sei sempre stato il mio fido.

- Sì, signore.

- T'ho sempre fatto del bene.

- Per sua bontà.

- Di te mi posso fidare...!

- Diavolo!

- Sto male, Griso.
- Me n'ero accorto.
- Se guarisco, ti farò del bene ancor più di quello che te n'ho fatto per il passato.

Il Griso non rispose nulla, e stette aspettando dove andassero a parare questi preamboli.
- Non voglio fidarmi d'altri che di te, - riprese don Rodrigo: - fammi un piacere, Griso.
- Comandi, - disse questo, rispondendo con la formola solita a quell'insolita.- Sai dove sta di casa il Chiodo chirurgo?
- Lo so benissimo.
- È un galantuomo, che, chi lo paga bene, tien segreti gli ammalati. Va' a chiamarlo: digliche gli darò quattro, sei scudi per visita, di più, se di più ne chiede; ma che venga qui subito; e fa' la cosa bene, che nessun se n'avveda.
- Ben pensato, - disse il Griso: - vo e torno subito.
- Senti, Griso: dammi prima un po' d'acqua. Mi sento un'arsione, che non ne posso più.- No, signore, - rispose il Griso: - niente senza il parere del medico. Son mali bisbetici: non c'è tempo da perdere. Stia quieto: in tre salti son qui col Chiodo.

Così detto, uscì, raccostando l'uscio.

Don Rodrigo, tornato sotto, l'accompagnava con l'immaginazione alla casa del Chiodo, contava i passi, calcolava il tempo. Ogni tanto ritornava a guardare il suo bubbone; ma voltava subito la testa dall'altra parte, con ribrezzo. Dopo qualche tempo, cominciò a stare in orecchi, per sentire se il chirurgo arrivava: e quello sforzo d'attenzione sospendeva il sentimento del male, e teneva in sesto i suoi pensieri. Tutt'a un tratto, sente uno squillo lontano, ma che gli par che venga dalle stanze, non dalla strada. Sta attento; lo sente più forte, più ripetuto, e insieme uno stropiccìo di piedi: un orrendo sospetto gli passa per la mente. Si rizza a sedere, e si mette ancor più attento; sente un rumor cupo nella stanza vicina, come d'un peso che venga messo giù con riguardo; butta le gambe fuor del letto, come per alzarsi, guarda all'uscio, lo vede aprirsi, vede presentarsi e venire avanti due logori e sudici vestiti rossi, due facce scomunicate, due monatti, in una parola; vede mezza la faccia del Griso che, nascosto dietro un battente socchiuso, riman lì a spiare.
- Ah traditore infame!... Via, canaglia! Biondino! Carlotto! aiuto! son assassinato! - gridadon Rodrigo; caccia una mano sotto il capezzale, per cercare una pistola; l'afferra, la tira fuori; ma al primo suo grido, i monatti avevan preso la rincorsa verso il letto; il più pronto gli è addosso, prima che lui possa far nulla; gli strappa la pistola di mano, la getta lontano, lo butta a giacere, e lo tien lì, gridando, con un versaccio di rabbia insieme e di scherno: ah birbone! contro i monatti! contro i ministri del tribunale! contro quelli che fanno l'opere di misericordia!
- Tienlo bene, fin che lo portiam via, - disse il compagno, andando verso uno scrigno. E inquella il Griso entrò, e si mise con colui a scassinar la serratura.
- Scellerato! - urlò don Rodrigo, guardandolo per di sotto all'altro che lo teneva, edivincolandosi tra quelle braccia forzute. - Lasciatemi ammazzar quell'infame, - diceva quindi ai monatti, - e poi fate di me quel che volete -. Poi ritornava a chiamar con quanta voce aveva, gli altri suoi servitori; ma era inutile, perché l'abbominevole Griso gli aveva mandati lontano, con finti ordini del padrone stesso, prima d'andare a fare ai monatti la proposta di venire a quella spedizione, e divider le spoglie.
- Sta' buono, sta' buono, - diceva allo sventurato Rodrigo l'aguzzino che lo tenevaappuntellato sul letto. E voltando poi il viso ai due che facevan bottino, gridava: - fate le cose da galantuomini!
- Tu! tu! - mugghiava don Rodrigo verso il Griso, che vedeva affaccendarsi a spezzare, acavar fuori danaro, roba, a far le parti, - Tu! dopo...! Ah diavolo dell'inferno! Posso ancora guarire! posso guarire! - Il Griso non fiatava, e neppure, per quanto poteva, si voltava dalla parte di dove venivan quelle parole.
- Tienlo forte, - diceva l'altro monatto: - è fuor di sé.

Ed era ormai vero. Dopo un grand'urlo, dopo un ultimo e più violento sforzo per mettersi in libertà, cadde tutt'a un tratto rifinito e stupido: guardava però ancora, come incantato, e ogni tanto si riscoteva, o si lamentava.

I monatti lo presero, uno per i piedi, e l'altro per le spalle, e andarono a posarlo sur una barella che avevan lasciata nella stanza accanto; poi uno tornò a prender la preda; quindi, alzato il miserabil peso, lo portaron via.
Il Griso rimase a scegliere in fretta quel di più che potesse far per lui; fece di tutto un fagotto, e se n'andò. Aveva bensì avuto cura di non toccar mai i monatti, di non lasciarsi toccar da loro; ma, in quell'ultima furia del frugare, aveva poi presi, vicino al letto, i panni del padrone, e gli aveva scossi, senza pensare ad altro, per veder se ci fosse danaro. C'ebbe però a pensare il giorno dopo, che, mentre stava gozzovigliando in una bettola, gli vennero a un tratto de' brividi, gli s'abbagliaron gli occhi, gli mancaron le forze, e cascò. Abbandonato da' compagni, andò in mano de' monatti, che, spogliatolo di quanto aveva indosso di buono, lo buttarono sur un carro; sul quale spirò, prima d'arrivare al lazzeretto, dov'era stato portato il suo padrone.
Lasciando ora questo nel soggiorno de' guai, dobbiamo andare in cerca d'un altro, la cui storia non sarebbe mai stata intralciata con la sua, se lui non l'avesse voluto per forza; anzi si può dir di certo che non avrebbero avuto storia né l'uno né l'altro: Renzo, voglio dire, che abbiam lasciato al nuovo filatoio, sotto il nome d'Antonio Rivolta.
C'era stato cinque o sei mesi, salvo il vero; dopo i quali, dichiarata l'inimicizia tra la repubblica e il re di Spagna, e cessato quindi ogni timore di ricerche e d'impegni dalla parte di qui, Bortolo s'era dato premura d'andarlo a prendere, e di tenerlo ancora con sé, e perché gli voleva bene, e perché Renzo, come giovine di talento, e abile nel mestiere, era, in una fabbrica, di grande aiuto al *factotum*, senza poter mai aspirare a divenirlo lui, per quella benedetta disgrazia di non saper tener la penna in mano. Siccome anche questa ragione c'era entrata per qualche cosa, così abbiam dovuto accennarla. Forse voi vorreste un Bortolo più ideale: non so che dire: fabbricatevelo. Quello era così.
Renzo era poi sempre rimasto a lavorare presso di lui. Più d'una volta, e specialmente dopo aver ricevuta qualcheduna di quelle benedette lettere da parte d'Agnese, gli era saltato il grillo di farsi soldato, e finirla: e l'occasioni non mancavano; ché, appunto in quell'intervallo di tempo, la repubblica aveva avuto bisogno di far gente. La tentazione era qualche volta stata per Renzo tanto più forte, che s'era anche parlato d'invadere il milanese; e naturalmente a lui pareva che sarebbe stata una bella cosa, tornare in figura di vincitore a casa sua, riveder Lucia, e spiegarsi una volta con lei. Ma Bortolo, con buona maniera, aveva sempre saputo smontarlo da quella risoluzione.

- Se ci hanno da andare, - gli diceva, - ci anderanno anche senza di te, e tu potrai andarcidopo, con tuo comodo; se tornano col capo rotto, non sarà meglio essere stato a casa tua? Disperati che vadano a far la strada, non ne mancherà. E, prima che ci possan mettere i piedi...! Per me, sono eretico: costoro abbaiano; ma sì; lo stato di Milano non è un boccone da ingoiarsi così facilmente. Si tratta della Spagna, figliuolo mio: sai che affare è la Spagna? San Marco è forte a casa sua; ma ci vuol altro. Abbi pazienza: non istai bene qui?... Vedo cosa vuoi dire; ma, se è destinato lassù che la cosa riesca, sta' sicuro che, a non far pazzie, riuscirà anche meglio. Qualche santo t'aiuterà. Credi pure che non è mestiere per te. Ti par che convenga lasciare d'incannar seta, per andare a ammazzare? Cosa vuoi fare con quella razza di gente? Ci vuol degli uomini fatti apposta.

Altre volte Renzo si risolveva d'andar di nascosto, travestito, e con un nome finto. Ma anche da questo, Bortolo seppe svolgerlo ogni volta, con ragioni troppo facili a indovinarsi. Scoppiata poi la peste nel milanese, e appunto, come abbiam detto, sul confine del bergamasco, non tardò molto a passarlo; e... non vi sgomentate, ch'io non vi voglio raccontar la storia anche di questa: chi la volesse, la c'è, scritta per ordine pubblico da un certo Lorenzo Ghirardelli: libro raro però e sconosciuto, quantunque contenga forse più roba che tutte insieme le descrizioni più celebri di pestilenze: da tante cose dipende la celebrità de' libri! Quel ch'io volevo dire è che Renzo prese anche lui la peste, si curò da sé, cioè non fece nulla; ne fu in fin di morte, ma la sua buona complessione vinse la forza del male: in pochi giorni, si trovò fuor di pericolo. Col tornar della vita, risorsero più che mai rigogliose nell'animo suo le memorie, i desidèri, le speranze, i disegni della vita; val a dire che pensò più che mai a Lucia. Cosa ne sarebbe di lei, in quel tempo, che il vivere era come un'eccezione? E, a così poca distanza, non poterne saper nulla? E rimaner, Dio sa quanto, in una tale incertezza! E quand'anche questa si fosse poi dissipata, quando, cessato ogni pericolo, venisse a risaper che Lucia fosse in vita; c'era sempre quell'altro mistero, quell'imbroglio del voto. " Anderò io, anderò a sincerarmi di tutto in una volta, - disse tra sé, e lo disse prima d'essere ancora in caso di reggersi. - Purché sia viva! Trovarla, la troverò io; sentirò una volta da lei proprio, cosa sia questa promessa, le farò conoscere che non può stare, e la conduco via con me, lei e quella povera Agnese, se è viva! che m'ha sempre voluto bene, e son sicuro che me ne vuole ancora. La cattura? eh! adesso hanno altro da pensare, quelli che son vivi. Giran sicuri, anche qui, certa gente, che n'hann'addosso... Ci ha a esser salvocondotto solamente per i birboni? E a Milano, dicono tutti che l'è una confusione peggio. Se lascio scappare una occasion così bella, - (La peste! Vedete un poco come ci fa qualche volta adoprar le parole quel benedetto istinto di riferire e di subordinar tutto a noi medesimi!) - non ne ritorna più una simile! " Giova sperare, caro il mio Renzo.

Appena poté strascicarsi, andò in cerca di Bortolo, il quale, fino allora, aveva potuto scansar la peste, e stava riguardato. Non gli entrò in casa, ma, datogli una voce dalla strada, lo fece affacciare alla finestra.

- Ah ah! - disse Bortolo: - l'hai scampata, tu. Buon per te!
- Sto ancora un po' male in gambe, come vedi, ma, in quanto al pericolo, ne son fuori.- Eh! vorrei esser io ne' tuoi piedi. A dire: sto bene, le altre volte, pareva di dir tutto; ma ora conta poco. Chi può arrivare a dire: sto meglio; quella sì è una bella parola! Renzo, fatto al cugino qualche buon augurio, gli comunicò la sua risoluzione.
- Va', questa volta, che il cielo ti benedica, - rispose quello: - cerca di schivar la giustizia,com'io cercherò di schivare il contagio; e, se Dio vuole che la ci vada bene a tutt'e due, ci rivedremo.
- Oh! torno sicuro: e se potessi non tornar solo! Basta; spero.
- Torna pure accompagnato; chè, se Dio vuole, ci sarà da lavorar per tutti, e ci faremobuona compagnia. Purché tu mi ritrovi, e che sia finito questo diavolo d'influsso!
- Ci rivedremo, ci rivedremo; ci dobbiam rivedere!
- Torno a dire: Dio voglia!

Per alquanti giorni, Renzo si tenne in esercizio, per esperimentar le sue forze, e accrescerle; e appena gli parve di poter far la strada, si dispose a partire. Si mise sotto panni una cintura, con dentro que' cinquanta scudi, che non aveva mai intaccati, e de' quali non aveva mai fatto parola, neppur con Bortolo; prese alcuni altri pochi quattrini, che aveva messi da parte giorno per giorno, risparmiando su tutto; prese sotto il braccio un fagottino di panni; si mise in tasca un benservito, che s'era fatto fare a buon conto, dal secondo padrone, sotto il nome d'Antonio Rivolta; in un taschino de' calzoni si mise un coltellaccio, ch'era il meno che un galantuomo potesse portare a que' tempi; e s'avviò, agli ultimi d'agosto, tre giorni dopo che don Rodrigo era stato portato al lazzeretto. Prese verso Lecco, volendo, per non andar così alla cieca a Milano, passar dal suo paese, dove sperava di trovare Agnese viva, e di cominciare a saper da lei qualcheduna delle tante cose che si struggeva di sapere.

I pochi guariti dalla peste erano, in mezzo al resto della popolazione, veramente come una classe privilegiata. Una gran parte dell'altra gente languiva o moriva; e quelli ch'erano stati fin allora illesi dal morbo, ne vivevano in continuo timore; andavan riservati, guardinghi, con passi misurati, con visi sospettosi, con fretta ed esitazione insieme: ché tutto poteva esser contro di loro arme di ferita mortale. Quegli altri all'opposto, sicuri a un di presso del fatto loro (giacché aver due volte la peste era caso piuttosto prodigioso che raro), giravano per mezzo al contagio franchi e risoluti; come i cavalieri d'un'epoca del medio evo, ferrati fin dove ferro ci poteva stare, e sopra palafreni accomodati anch'essi, per quanto era fattibile, in quella maniera, andavano a zonzo (donde quella loro gloriosa denominazione d'erranti), a zonzo e alla ventura, in mezzo a una povera marmaglia pedestre di cittadini e di villani, che, per ribattere e ammortire i colpi, non avevano indosso altro che cenci. Bello, savio ed utile mestiere! mestiere, proprio, da far la prima figura in un trattato d'economia politica.

Con una tale sicurezza, temperata però dall'inquietudini che il lettore sa, e contristata dallo spettacolo frequente, dal pensiero incessante della calamità comune, andava Renzo verso casa sua, sotto un bel cielo e per un bel paese, ma non incontrando, dopo lunghi tratti di tristissima solitudine, se non qualche ombra vagante piuttosto che persona viva, o cadaveri portati alla fossa, senza onor d'esequie, senza canto, senza accompagnamento. A mezzo circa della giornata, si fermò in un boschetto, a mangiare un po' di pane e di companatico che aveva portato con sé. Frutte, n'aveva a sua disposizione, lungo la strada, anche più del bisogno: fichi, pesche, susine, mele, quante n'avesse volute; bastava ch'entrasse ne' campi a coglierne, o a raccattarle sotto gli alberi, dove ce n'era come se fosse grandinato; giacché l'anno era straordinariamente abbondante, di frutte specialmente; e non c'era quasi chi se ne prendesse pensiero: anche l'uve nascondevano, per dir così, i pampani, ed eran lasciate in balìa del primo occupante.

Verso sera, scoprì il suo paese. A quella vista, quantunque ci dovesse esser preparato, si sentì dare come una stretta al cuore: fu assalito in un punto da una folla di rimembranze dolorose, e di dolorosi presentimenti: gli pareva d'aver negli orecchi que' sinistri tocchi a martello che l'avevan come accompagnato, inseguito, quand'era fuggito da que' luoghi; e insieme sentiva, per dir così, un silenzio di morte che ci regnava attualmente. Un turbamento ancor più forte provò allo sboccare sulla piazzetta davanti alla chiesa; e ancora peggio s'aspettava al termine del cammino: ché dove aveva disegnato d'andare a fermarsi, era a quella casa ch'era stato solito altre volte di chiamar la casa di Lucia. Ora non poteva essere, tutt'al più, che quella d'Agnese; e la sola grazia, che sperava dal cielo era di trovarcela in vita e in salute. E in quella casa si proponeva di chiedere alloggio, congetturando bene che la sua non dovesse esser più abitazione che da topi e da faine. Non volendo farsi vedere, prese per una viottola di fuori, quella stessa per cui era venuto in buona compagnia, quella notte così fatta, per sorprendere il curato. A mezzo circa, c'era da una parte la vigna, e dall'altra la casetta di Renzo; sicché, passando, potrebbe entrare un momento nell'una e nell'altra, a vedere un poco come stesse il fatto suo.

Andando, guardava innanzi, ansioso insieme e timoroso di veder qualcheduno; e, dopo pochi passi, vide infatti un uomo in camicia, seduto in terra, con le spalle appoggiate a una siepe di gelsomini, in un'attitudine d'insensato: e, a questa, e poi anche alla fisonomia, gli parve di raffigurar quel povero mezzo scemo di Gervaso ch'era venuto per secondo testimonio alla sciagurata spedizione. Ma essendosegli avvicinato, dovette accertarsi ch'era in vece quel Tonio così sveglio che ce l'aveva condotto. La peste, togliendogli il vigore del corpo insieme e della mente, gli aveva svolto in faccia e in ogni suo atto un piccolo e velato germe di somiglianza che aveva con l'incantato fratello.

- Oh Tonio! - gli disse Renzo, fermandosegli davanti: - sei tu?

Tonio alzò gli occhi, senza mover la testa.

- Tonio! non mi riconosci?
- A chi la tocca, la tocca, - rispose Tonio, rimanendo poi con la bocca aperta.
- L'hai addosso eh? povero Tonio; ma non mi riconosci più?
- A chi la tocca, la tocca, - replicò quello, con un certo sorriso sciocco. Renzo, vedendo chenon ne caverebbe altro, seguitò la sua strada, più contristato. Ed ecco spuntar da una cantonata, e venire avanti una cosa nera, che riconobbe subito per don Abbondio. Camminava adagio adagio, portando il bastone come chi n'è portato a vicenda; e di mano in mano che s'avvicinava, sempre più si poteva conoscere nel suo volto pallido e smunto, e in ogni atto, che anche lui doveva aver passata la sua burrasca. Guardava anche lui; gli pareva e non gli pareva: vedeva qualcosa di forestiero nel vestiario; ma era appunto forestiero di quel di Bergamo.

" È lui senz'altro! " disse tra sé, e alzò le mani al cielo, con un movimento di maraviglia scontenta, restandogli sospeso in aria il bastone che teneva nella destra; e si vedevano quelle povere braccia ballar nelle maniche, dove altre volte stavano appena per l'appunto. Renzo gli andò incontro, allungando il passo, e gli fece una riverenza; ché, sebbene si fossero lasciati come sapete, era però sempre il suo curato.

- Siete qui, voi? - esclamò don Abbondio.
- Son qui, come lei vede. Si sa niente di Lucia?
- Che volete che se ne sappia? Non se ne sa niente. È a Milano, se pure è ancora in questomondo. Ma voi...
- E Agnese, è viva?
- Può essere; ma chi volete che lo sappia? non è qui. Ma...
- Dov'è?
- È andata a starsene nella Valsassina, da que' suoi parenti, a Pasturo, sapete bene; ché làdicono che la peste non faccia il diavolo come qui. Ma voi, dico...
- Questa la mi dispiace. E il padre Cristoforo...?
- È andato via che è un pezzo. Ma...
- Lo sapevo; me l'hanno fatto scrivere: domandavo se per caso fosse tornato da questeparti.
- Oh giusto! non se n'è più sentito parlare. Ma voi...
- La mi dispiace anche questa.
- Ma voi, dico, cosa venite a far da queste parti, per l'amor del cielo? Non sapete chebagattella di cattura...?

- Cosa m'importa? Hanno altro da pensare. Ho voluto venire anch'io una volta a vedere ifatti miei. E non si sa proprio...?
- Cosa volete vedere? che or ora non c'è più nessuno, non c'è più niente. E dico, con quellabagattella di cattura, venir qui, proprio in paese, in bocca al lupo, c'è giudizio? Fate a modo d'un vecchio che è obbligato ad averne più di voi, e che vi parla per l'amore che vi porta; legatevi le scarpe bene, e, prima che nessuno vi veda, tornate di dove siete venuto; e se siete stato visto, tanto più tornatevene di corsa. Vi pare che sia aria per voi, questa? Non sapete che sono venuti a cercarvi, che hanno frugato, frugato, buttato sottosopra... - Lo so pur troppo, birboni!
- Ma dunque...!
- Ma se le dico che non ci penso. E colui, è vivo ancora? è qui?
- Vi dico che non c'è nessuno; vi dico che non pensiate alle cose di qui; vi dico che...
- Domando se è qui, colui.
- Oh santo cielo! Parlate meglio. Possibile che abbiate ancora addosso tutto quel fuoco,dopo tante cose!
- C'è, o non c'è?
- Non c'è, via. Ma, e la peste, figliuolo, la peste! Chi è che vada in giro, in questi tempi?
- Se non ci fosse altro che la peste in questo mondo... dico per me: l'ho avuta, e son franco.- Ma dunque! ma dunque! non sono avvisi questi? Quando se n'è scampata una di questa sorte, mi pare che si dovrebbe ringraziare il cielo, e...
- Lo ringrazio bene.
- E non andarne a cercar dell'altre, dico. Fate a modo mio...
- L'ha avuta anche lei, signor curato, se non m'inganno.
- Se l'ho avuta! Perfida e infame è stata: son qui per miracolo: basta dire che m'ha conciatoin questa maniera che vedete. Ora avevo proprio bisogno d'un po' di quiete, per rimettermi in tono: via, cominciavo a stare un po' meglio... In nome del cielo, cosa venite a far qui? Tornate...
- Sempre l'ha con questo tornare, lei. Per tornare, tanto n'avevo a non movermi. Dice: cosavenite? cosa venite? Oh bella! vengo, anch'io, a casa mia.
- Casa vostra...
- Mi dica; ne son morti molti qui?...
- Eh eh! - esclamò don Abbondio; e, cominciando da Perpetua, nominò una filastrocca dipersone e di famiglie intere. Renzo s'aspettava pur troppo qualcosa di simile; ma al sentir tanti nomi di persone che conosceva, d'amici, di parenti, stava addolorato, col capo basso, esclamando ogni momento: - poverino! poverina! poverini!
- Vedete! - continuò don Abbondio: - e non è finita. Se quelli che restano non mettongiudizio questa volta, e scacciar tutti i grilli dalla testa, non c'è più altro che la fine del mondo.
- Non dubiti; che già non fo conto di fermarmi qui.
- Ah! sia ringraziato il cielo, che la v'è entrata! E, già s'intende, fate ben conto di ritornarsul bergamasco.
- Di questo non si prenda pensiero.
- Che! non vorreste già farmi qualche sproposito peggio di questo?
- Lei non ci pensi, dico; tocca a me: non son più bambino: ho l'uso della ragione. Spero che,a buon conto, non dirà a nessuno d'avermi visto. È sacerdote; sono una sua pecora: non mi vorrà tradire.
- Ho inteso, - disse don Abbondio, sospirando stizzosamente: - ho inteso. Volete rovinarvivoi, e rovinarmi me. Non vi basta di quelle che avete passate voi; non vi basta di quelle che ho passate io. Ho inteso, ho inteso -. E, continuando a borbottar tra i denti quest'ultime parole, riprese per la sua strada.

Renzo rimase lì tristo e scontento, a pensar dove anderebbe a fermarsi. In quella enumerazion di morti fattagli da don Abbondio, c'era una famiglia di contadini portata via tutta dal contagio, salvo un giovinotto, dell'età di Renzo a un di presso, e suo compagno fin da piccino; la casa era pochi passi fuori del paese. Pensò d'andar lì.

E andando, passò davanti alla sua vigna; e già dal di fuori poté subito argomentare in che stato la fosse. Una vetticciola, una fronda d'albero di quelli che ci aveva lasciati, non si vedeva passare il muro; se qualcosa si vedeva, era tutta roba venuta in sua assenza. S'affacciò all'apertura (del cancello non c'eran più neppure i gangheri); diede un'occhiata in giro: povera vigna! Per due inverni di seguito, la gente del paese era andata a far legna nel luogo di quel poverino -, come dicevano. Viti, gelsi, frutti d'ogni sorte, tutto era stato strappato alla peggio, o tagliato al piede. Si vedevano però ancora i vestigi dell'antica coltura: giovani tralci, in righe spezzate, ma che pure segnavano la traccia de' filari desolati; qua e là, rimessiticci o getti di gelsi, di fichi, di peschi, di ciliegi, di susini; ma anche questo si vedeva sparso, soffogato, in mezzo a una nuova, varia e fitta generazione, nata e cresciuta senza l'aiuto della man dell'uomo. Era una marmaglia d'ortiche, di felci, di logli, di gramigne, di farinelli, d'avene salvatiche, d'amaranti verdi, di radicchielle, d'acetoselle, di panicastrelle e d'altrettali piante; di quelle, voglio dire, di cui il contadino d'ogni paese ha fatto una gran classe a modo suo, denominandole erbacce, o qualcosa di simile. Era un guazzabuglio di steli, che facevano a soverchiarsi l'uno con l'altro nell'aria, o a passarsi avanti, strisciando sul terreno, a rubarsi in somma il posto per ogni verso; una confusione di foglie, di fiori, di frutti, di cento colori, di cento forme, di cento grandezze: spighette, pannocchiette, ciocche, mazzetti, capolini bianchi, rossi, gialli, azzurri. Tra questa marmaglia di piante ce n'era alcune di più rilevate e vistose, non però migliori, almeno la più parte: l'uva turca, più alta di tutte, co' suoi rami allargati, rosseggianti, co' suoi pomposi foglioni verdecupi, alcuni già orlati di porpora, co' suoi grappoli ripiegati, guarniti di bacche paonazze al basso, più su di porporine, poi di verdi, e in cima di fiorellini biancastri; il tasso barbasso, con le sue gran foglie lanose a terra, e lo stelo diritto all'aria, e le lunghe spighe sparse e come stellate di vivi fiori gialli: cardi, ispidi ne' rami, nelle foglie, ne' calici, donde uscivano ciuffetti di fiori bianchi o porporini, ovvero si staccavano, portati via dal vento, pennacchioli argentei e leggieri. Qui una quantità di vilucchioni arrampicati e avvoltati a' nuovi rampolli d'un gelso, gli avevan tutti ricoperti delle lor foglie ciondoloni, e spenzolavano dalla cima di quelli le lor campanelle candide e molli: là una zucca salvatica, co' suoi chicchi vermigli, s'era avviticchiata ai nuovi tralci d'una vite; la quale, cercato invano un più saldo sostegno, aveva attaccati a vicenda i suoi viticci a quella; e, mescolando i loro deboli steli e le loro foglie poco diverse, si tiravan giù, pure a vicenda, come accade spesso ai deboli che si prendon l'uno con l'altro per appoggio. Il rovo era per tutto; andava da una pianta all'altra, saliva, scendeva, ripiegava i rami o gli stendeva, secondo gli riuscisse; e, attraversato davanti al limitare stesso, pareva che fosse lì per contrastare il passo, anche al padrone.
Ma questo non si curava d'entrare in una tal vigna; e forse non istette tanto a guardarla, quanto noi a farne questo po' di schizzo. Tirò di lungo: poco lontano c'era la sua casa; attraversò l'orto, camminando fino a mezza gamba tra l'erbacce di cui era popolato, coperto, come la vigna. Mise piede sulla soglia d'una delle due stanze che c'era a terreno: al rumore de' suoi passi, al suo affacciarsi, uno scompiglìo, uno scappare incrocicchiato di topacci, un cacciarsi dentro il sudiciume che copriva tutto il pavimento: era ancora il letto de' lanzichenecchi. Diede un'occhiata alle pareti: scrostate, imbrattate, affumicate. Alzò gli occhi al palco: un parato di ragnateli. Non c'era altro. Se n'andò anche di là, mettendosi le mani ne' capelli; tornò indietro, rifacendo il sentiero che aveva aperto lui, un momento prima; dopo pochi passi, prese un'altra straducola a mancina, che metteva ne' campi; e senza veder né sentire anima vivente, arrivò vicino alla casetta dove aveva pensato di fermarsi. Già principiava a farsi buio. L'amico era sull'uscio, a sedere sur un panchetto di legno, con le braccia incrociate, con gli occhi fissi al cielo, come un uomo sbalordito dalle disgrazie, e insalvatichito dalla solitudine. Sentendo un calpestìo, si voltò a guardar chi fosse, e, a quel che gli parve di vedere così al barlume, tra i rami e le fronde, disse, ad alta voce, rizzandosi e alzando le mani: - non ci son che io? non ne ho fatto abbastanza ieri?
Lasciatemi un po' stare, che sarà anche questa un'opera di misericordia.
Renzo, non sapendo cosa volesse dir questo, gli rispose chiamandolo per nome.

- Renzo...! - disse quello, esclamando insieme e interrogando.
- Proprio, - disse Renzo; e si corsero incontro.
- Sei proprio tu! - disse l'amico, quando furon vicini: - oh che gusto ho di vederti! Chil'avrebbe pensato? T'avevo preso per Paolin de' morti, che vien sempre a tormentarmi, perché vada a sotterrare. Sai che son rimasto solo? solo! solo, come un romito!
- Lo so pur troppo, - disse Renzo. E così, barattando e mescolando in fretta saluti,domande e risposte, entrarono insieme nella casuccia. E lì, senza sospendere i discorsi, l'amico si mise in faccende per fare un po' d'onore a Renzo, come si poteva così all'improvviso e in quel tempo. Mise l'acqua al fuoco, e

cominciò a far la polenta; ma cedé poi il matterello a Renzo, perché la dimenasse; e se n'andò dicendo: - son rimasto solo; ma! son rimasto solo!

Tornò con un piccol secchio di latte, con un po' di carne secca, con un paio di raveggioli, con fichi e pesche; e posato il tutto, scodellata la polenta sulla tafferìa, si misero insieme a tavola, ringraziandosi scambievolmente, l'uno della visita, l'altro del ricevimento. E, dopo un'assenza di forse due anni, si trovarono a un tratto molto più amici di quello che avesser mai saputo d'essere nel tempo che si vedevano quasi ogni giorno; perché all'uno e all'altro, dice qui il manoscritto, eran toccate di quelle cose che fanno conoscere che balsamo sia all'animo la benevolenza; tanto quella che si sente, quanto quella che si trova negli altri. Certo, nessuno poteva tenere presso di Renzo il luogo d'Agnese, né consolarlo della di lei assenza, non solo per quell'antica e speciale affezione, ma anche perché, tra le cose che a lui premeva di decifrare, ce n'era una di cui essa sola aveva la chiave. Stette un momento tra due, se dovesse continuare il suo viaggio, o andar prima in cerca d'Agnese, giacché n'era così poco lontano; ma, considerato che della salute di Lucia, Agnese non ne saprebbe nulla, restò nel primo proposito d'andare addirittura a levarsi questo dubbio, a aver la sua sentenza, e di portar poi lui le nuove alla madre. Però, anche dall'amico seppe molte cose che ignorava, e di molte venne in chiaro che non sapeva bene, sui casi di Lucia, e sulle persecuzioni che gli avevan fatte a lui, e come don Rodrigo se n'era andato con la coda tra le gambe, e non s'era più veduto da quelle parti; insomma su tutto quell'intreccio di cose. Seppe anche (e non era per Renzo cognizione di poca importanza) come fosse proprio il casato di don Ferrante: ché Agnese gliel aveva bensì fatto scrivere dal suo segretario; ma sa il cielo com'era stato scritto; e l'interprete bergamasco, nel leggergli la lettera, n'aveva fatta una parola tale, che, se Renzo fosse andato con essa a cercar ricapito di quella casa in Milano, probabilmente non avrebbe trovato persona che indovinasse di chi voleva parlare. Eppure quello era l'unico filo che avesse, per andar in cerca di Lucia. In quanto alla giustizia, poté confermarsi sempre più ch'era un pericolo abbastanza lontano, per non darsene gran pensiero: il signor podestà era morto di peste: chi sa quando se ne manderebbe un altro; anche la sbirraglia se n'era andata la più parte; quelli che rimanevano, avevan tutt'altro da pensare che alle cose vecchie.

Raccontò anche lui all'amico le sue vicende, e n'ebbe in contraccambio cento storie, del passaggio dell'esercito, della peste, d'untori, di prodigi. - Son cose brutte, - disse l'amico, accompagnando Renzo in una camera che il contagio aveva resa disabitata; - cose che non si sarebbe mai creduto di vedere; cose da levarvi l'allegria per tutta la vita; ma però, a parlarne tra amici, è un sollievo.

Allo spuntar del giorno, eran tutt'e due in cucina; Renzo in arnese da viaggio, con la sua cintura nascosta sotto il farsetto, e il coltellaccio nel taschino de' calzoni: il fagottino, per andar più lesto, lo lasciò in deposito presso all'ospite. - Se la mi va bene, - gli disse, - se la trovo in vita, se... basta... ripasso di qui; corro a Pasturo, a dar la buona nuova a quella povera Agnese, e poi, e poi... Ma se, per disgrazia, per disgrazia che Dio non voglia... allora, non so quel che farò, non so dov'anderò: certo, da queste parti non mi vedete più -. E così parlando, ritto sulla soglia dell'uscio, con la testa per aria, guardava con un misto di tenerezza e d'accoramento, l'aurora del suo paese che non aveva più veduta da tanto tempo. L'amico gli disse, come s'usa, di sperar bene; volle che prendesse con sé qualcosa da mangiare; l'accompagnò per un pezzetto di strada, e lo lasciò con nuovi augùri.

Renzo, s'incamminò con la sua pace, bastandogli d'arrivar vicino a Milano in quel giorno, per entrarci il seguente, di buon'ora, e cominciar subito la sua ricerca. Il viaggio fu senza accidenti e senza nulla che potesse distrar Renzo da' suoi pensieri, fuorché le solite miserie e malinconie. Come aveva fatto il giorno avanti, si fermò a suo tempo, in un boschetto a mangiare un boccone, e a riposarsi. Passando per Monza, davanti a una bottega aperta, dove c'era de' pani in mostra, ne chiese due, per non rimanere sprovvisto, in ogni caso. Il fornaio, gl'intimò di non entrare, e gli porse sur una piccola pala una scodelletta, con dentro acqua e aceto, dicendogli che buttasse lì i danari; e fatto questo, con certe molle, gli porse, l'uno dopo l'altro, i due pani, che Renzo si mise uno per tasca.

Verso sera, arriva a Greco, senza però saperne il nome; ma, tra un po' di memoria de' luoghi, che gli era rimasta dell'altro viaggio, e il calcolo del cammino fatto da Monza in poi, congetturando che doveva esser poco lontano dalla città, uscì dalla strada maestra, per andar ne' campi in cerca di qualche cascinotto, e lì passar la notte; ché con osterie non si voleva impicciare. Trovò meglio di quel che cercava: vide un'apertura in una siepe che cingeva il cortile d'una cascina; entrò a buon conto. Non c'era nessuno: vide da un canto un gran portico, con sotto del fieno ammontato, e a quello appoggiata una scala a mano; diede un'occhiata in giro, e poi salì alla ventura; s'accomodò per dormire, e infatti s'addormentò subito, per non destarsi che all'alba. Allora, andò carpon carponi verso l'orlo di quel gran letto; mise la testa fuori, e non vedendo nessuno, scese di dov'era salito, uscì di dov'era entrato, s'incamminò per viottole, prendendo per sua stella polare il duomo; e dopo un brevissimo cammino, venne a sbucar sotto le mura di Milano, tra porta Orientale e porta Nuova, e molto vicino a questa.

Cap. XXXIV

In quanto alla maniera di penetrare in città, Renzo aveva sentito, così all'ingrosso, che c'eran ordini severissimi di non lasciar entrar nessuno, senza bulletta di sanità; ma che in vece ci s'entrava benissimo, chi appena sapesse un po' aiutarsi e cogliere il momento. Era infatti così; e lasciando anche da parte le cause generali, per cui in que' tempi ogni ordine era poco eseguito; lasciando da parte le speciali, che rendevano così malagevole la rigorosa esecuzione di questo; Milano si trovava ormai in tale stato, da non veder cosa giovasse guardarlo, e da cosa; e chiunque ci venisse, poteva parer piuttosto noncurante della propria salute, che pericoloso a quella de' cittadini.

Su queste notizie, il disegno di Renzo era di tentare d'entrar dalla prima porta a cui si fosse abbattuto; se ci fosse qualche intoppo, riprender le mura di fuori, finché ne trovasse un'altra di più facile accesso. E sa il cielo quante porte s'immaginava che Milano dovesse avere. Arrivato dunque sotto le mura, si fermò a guardar d'intorno, come fa chi, non sapendo da che parte gli convenga di prendere, par che n'aspetti, e ne chieda qualche indizio da ogni cosa. Ma, a destra e a sinistra, non vedeva che due pezzi d'una strada storta; dirimpetto, un tratto di mura; da nessuna parte, nessun segno d'uomini viventi: se non che, da un certo punto del terrapieno, s'alzava una colonna d'un fumo oscuro e denso, che salendo s'allargava e s'avvolgeva in ampi globi, perdendosi poi nell'aria immobile e bigia. Eran vestiti, letti e altre masserizie infette che si bruciavano: e di tali triste fiammate se ne faceva di continuo, non lì soltanto, ma in varie parti delle mura.

Il tempo era chiuso, l'aria pesante, il cielo velato per tutto da una nuvola o da un nebbione uguale, inerte, che pareva negare il sole, senza prometter la pioggia; la campagna d'intorno, parte incolta, e tutta arida; ogni verzura scolorita, e neppure una gocciola di rugiada sulle foglie passe e cascanti. Per di più, quella solitudine, quel silenzio, così vicino a una gran città, aggiungevano una nuova costernazione all'inquietudine di Renzo, e rendevan più tetri tutti i suoi pensieri.

Stato lì alquanto, prese la diritta, alla ventura, andando, senza saperlo, verso porta Nuova, della quale, quantunque vicina, non poteva accorgersi, a cagione d'un baluardo, dietro cui era allora nascosta. Dopo pochi passi, principiò a sentire un tintinnìo di campanelli, che cessava e ricominciava ogni tanto, e poi qualche voce d'uomo. Andò avanti e, passato il canto del baluardo, vide per la prima cosa, un casotto di legno, e sull'uscio, una guardia appoggiata al moschetto, con una cert'aria stracca e trascurata: dietro c'era uno stecconato, e dietro quello, la porta, cioè due alacce di muro, con una tettoia sopra, per riparare i battenti; i quali erano spalancati, come pure il cancello dello stecconato. Però, davanti appunto all'apertura, c'era in terra un tristo impedimento: una barella, sulla quale due monatti accomodavano un poverino, per portarlo via. Era il capo de' gabellieri, a cui, poco prima, s'era scoperta la peste. Renzo si fermò, aspettando la fine: partito il convoglio, e non venendo nessuno a richiudere il cancello, gli parve tempo, e ci s'avviò in fretta; ma la guardia, con una manieraccia, gli gridò: - olà! - Renzo si fermò di nuovo su due piedi, e, datogli d'occhio, tirò fuori un mezzo ducatone, e glielo fece vedere. Colui, o che avesse già avuta la peste, o che la temesse meno di quel che amava i mezzi ducatoni, accennò a Renzo che glielo buttasse; e vistoselo volar subito a' piedi, susurrò: - va' innanzi presto -. Renzo non se lo fece dir due volte; passò lo stecconato, passò la porta, andò avanti, senza che nessuno s'accorgesse di lui, o gli badasse; se non che, quando ebbe fatti forse quaranta passi, sentì un altro - olà - che un gabelliere gli gridava dietro. Questa volta, fece le viste di non sentire, e, senza voltarsi nemmeno, allungò il passo. - Olà! - gridò di nuovo il gabelliere, con una voce però che indicava più impazienza che risoluzione di farsi ubbidire; e non essendo ubbidito, alzò le spalle, e tornò nella sua casaccia, come persona a cui premesse più di non accostarsi troppo ai passeggieri, che d'informarsi de' fatti loro.

La strada che Renzo aveva presa, andava allora, come adesso, diritta fino al canale detto il *Naviglio*: i lati erano siepi o muri d'orti, chiese e conventi, e poche case. In cima a questa strada, e nel mezzo di quella che costeggia il canale, c'era una colonna, con una croce detta la croce di sant'Eusebio. E per quanto Renzo guardasse innanzi, non vedeva altro che quella croce. Arrivato al crocicchio che divide la strada circa alla metà, e guardando dalle due parti, vide a dritta, in quella strada che si chiama lo stradone di santa Teresa, un cittadino che veniva appunto verso di lui. " Un cristiano, finalmente! " disse tra sé; e si voltò subito da quella parte, pensando di farsi insegnar la strada da lui. Questo pure aveva visto il forestiero che s'avanzava; e andava squadrandolo da lontano, con uno sguardo sospettoso; e tanto più, quando s'accorse che, in vece d'andarsene per i fatti suoi, gli veniva incontro. Renzo, quando fu poco distante, si levò il cappello, da quel montanaro rispettoso che era; e tenendolo con la sinistra, mise l'altra mano nel cocuzzolo, e andò più direttamente verso lo sconosciuto. Ma questo, stralunando gli occhi affatto, fece un passo addietro, alzò un noderoso bastone, e voltata la punta, ch'era di ferro, alla vita di Renzo, gridò: - via! via! via!

- Oh oh! - gridò il giovine anche lui; rimise il cappello in testa, e, avendo tutt'altra voglia,come diceva poi, quando raccontava la cosa, che di metter su lite in quel momento, voltò le spalle a quello stravagante, e continuò la sua strada, o, per meglio dire, quella in cui si trovava avviato.

L'altro tirò avanti anche lui per la sua, tutto fremente, e voltandosi, ogni momento, indietro. E arrivato a casa, raccontò che gli s'era accostato un untore, con un'aria umile, mansueta, con un viso d'infame impostore, con lo scatolino dell'unto, o l'involtino della polvere (non era ben certo qual de' due) in mano, nel cocuzzolo del cappello, per fargli il tiro, se lui non l'avesse saputo tener lontano. - Se mi s'accostava un passo di più, soggiunse, - l'infilavo addirittura, prima che avesse tempo d'accomodarmi me, il birbone. La disgrazia fu ch'eravamo in un luogo così solitario, ché se era in mezzo Milano, chiamavo gente, e mi facevo aiutare a acchiapparlo. Sicuro che gli si trovava quella scellerata porcheria nel cappello. Ma lì da solo a solo, mi son dovuto contentare di fargli paura, senza risicare di cercarmi un malanno; perché un po' di polvere è subito buttata; e coloro hanno una destrezza particolare; e poi hanno il diavolo dalla loro. Ora sarà in giro per Milano: chi sa che strage fa! - E fin che visse, che fu per molt'anni, ogni volta che si parlasse d'untori, ripeteva la sua storia, e soggiungeva: - quelli che sostengono ancora che non era vero, non lo vengano a dire a me; perché le cose bisogna averle viste.

Renzo, lontano dall'immaginarsi come l'avesse scampata bella, e agitato più dalla rabbia che dalla paura, pensava, camminando, a quell'accoglienza, e indovinava bene a un di presso ciò che lo sconosciuto aveva pensato di lui; ma la cosa gli pareva così irragionevole, che concluse tra sé che colui doveva essere un qualche mezzo matto. " La principia male, pensava però: - par che ci sia un pianeta per me, in questo Milano. Per entrare, tutto mi va a seconda; e poi, quando ci son dentro, trovo i dispiaceri lì apparecchiati. Basta... coll'aiuto di Dio... se trovo... se ci riesco a trovare... eh! tutto sarà stato niente ".

Arrivato al ponte, voltò, senza esitare, a sinistra, nella strada di san Marco, parendogli, a ragione, che dovesse condurre verso l'interno della città. E andando avanti, guardava in qua e in là, per veder se poteva scoprire qualche creatura umana; ma non ne vide altra che uno sformato cadavere nel piccol fosso che corre tra quelle poche case (che allora erano anche meno), e un pezzo della strada. Passato quel pezzo, sentì gridare: - o quell'uomo! - e guardando da quella parte, vide poco lontano, a un terrazzino d'una casuccia isolata, una povera donna, con una nidiata di bambini intorno; la quale, seguitandolo a chiamare, gli fece cenno anche con la mano. Ci andò di corsa; e quando fu vicino, - o quel giovine, - disse quella donna: - per i vostri poveri morti, fate la carità d'andare a avvertire il commissario che siamo qui dimenticati. Ci hanno chiusi in casa come sospetti, perché il mio povero marito è morto; ci hanno inchiodato l'uscio, come vedete; e da ier mattina, nessuno è venuto a portarci da mangiare. In tante ore che siam qui, non m'è mai capitato un cristiano che me la facesse questa carità: e questi poveri innocenti moion di fame.

- Di fame! - esclamò Renzo; e, cacciate le mani nelle tasche, - ecco, ecco, - disse, tirandofuori i due pani: - calatemi giù qualcosa da metterli dentro.

- Dio ve ne renda merito; aspettate un momento, - disse quella donna; e andò a cercare unpaniere, e una fune da calarlo, come fece. A Renzo intanto gli vennero in mente que' pani che aveva trovati vicino alla croce, nell'altra sua entrata in Milano, e pensava: " ecco: è una restituzione, e forse meglio che se gli avessi restituiti al proprio padrone: perché qui è veramente un'opera di misericordia ".

In quanto al commissario che dite, la mia donna, - disse poi, mettendo i pani nel paniere, io non vi posso servire in nulla; perché, per dirvi la verità, son forestiero, e non son niente pratico di questo paese. Però, se incontro qualche uomo un po' domestico e umano, da potergli parlare, lo dirò a lui.

La donna lo pregò che facesse così, e gli disse il nome della strada, onde lui sapesse indicarla.

- Anche voi, - riprese Renzo, - credo che potrete farmi un piacere, una vera carità, senzavostro incomodo. Una casa di cavalieri, di gran signoroni, qui di Milano, casa *** sapreste insegnarmi dove sia?

- So che la c'è questa casa, - rispose la donna: - ma dove sia, non lo so davvero. Andandoavanti di qua, qualcheduno che ve la insegni, lo troverete. E ricordatevi di dirgli anche di noi.

- Non dubitate, - disse Renzo, e andò avanti.

A ogni passo, sentiva crescere e avvicinarsi un rumore che già aveva cominciato a sentire mentre era lì fermo a discorrere: un rumor di ruote e di cavalli, con un tintinnìo di carnpanelli, e ogni tanto un chioccar di fruste, con un accompagnamento d'urli. Guardava innanzi, ma non vedeva nulla. Arrivato allo sbocco di quella strada, scoprendosegli davanti la piazza di san Marco, la prima cosa che gli diede nell'occhio, furon due travi ritte, con una corda, e con certe carrucole; e non tardò a riconoscere (ch'era cosa famigliare in quel tempo) l'abbominevole macchina della tortura. Era rizzata in quel luogo, e non in quello soltanto, ma in tutte le piazze e nelle strade più spaziose, affinché i deputati d'ogni quartiere, muniti a questo d'ogni facoltà più arbitraria, potessero farci applicare immediatamente chiunque paresse loro meritevole di pena: o sequestrati che uscissero di casa, o subalterni che non facessero il loro dovere, o chiunque altro. Era uno di que' rimedi eccessivi e inefficaci de' quali, a quel tempo, e in que' momenti specialmente, si faceva tanto scialacquìo.
Ora, mentre Renzo guarda quello strumento, pensando perché possa essere alzato in quel luogo, sente avvicinarsi sempre più il rumore, e vede spuntar dalla cantonata della chiesa un uomo che scoteva un campanello: era un apparitore; e dietro a lui due cavalli che, allungando il collo, e puntando le zampe, venivano avanti a fatica; e strascinato da quelli, un carro di morti, e dopo quello un altro, e poi un altro e un altro; e di qua e di là, monatti alle costole de' cavalli, spingendoli, a frustate, a punzoni, a bestemmie. Eran que' cadaveri, la più parte ignudi, alcuni mal involtati in qualche cencio, ammonticchiati, intrecciati insieme, come un gruppo di serpi che lentamente si svolgano al tepore della primavera; ché, a ogni intoppo, a ogni scossa, si vedevan que' mucchi funesti tremolare e scompaginarsi bruttamente, e ciondolar teste, e chiome verginali arrovesciarsi, e braccia svincolarsi, e batter sulle rote, mostrando all'occhio già inorridito come un tale spettacolo poteva divenire più doloroso e più sconcio.
Il giovine s'era fermato sulla cantonata della piazza, vicino alla sbarra del canale, e pregava intanto per que' morti sconosciuti. Un atroce pensiero gli balenò in mente: " forse là, là insieme, là sotto... Oh, Signore! fate che non sia vero! fate ch'io non ci pensi! "
Passato il convoglio funebre, Renzo si mosse, attraversò la piazza, prendendo lungo il canale a mancina, senz'altra ragione della scelta, se non che il convoglio era andato dall'altra parte. Fatti que' quattro passi tra il fianco della chiesa e il canale, vide a destra il ponte Marcellino; prese di lì, e riuscì in Borgo Nuovo. E guardando innanzi, sempre con quella mira di trovar qualcheduno da farsi insegnar la strada, vide in fondo a quella un.prete in farsetto, con un bastoncino in mano, ritto vicino a un uscio socchiuso, col capo chinato, e l'orecchio allo spiraglio; e poco dopo lo vide alzar la mano e benedire. Congetturò quello ch'era di fatto, cioè che finisse di confessar qualcheduno; e disse tra sé: " questo è l'uomo che fa per me. Se un prete, in funzion di prete, non ha un po' di carità, un po' d'amore e di buona grazia, bisogna dire che non ce ne sia più in questo mondo ".
Intanto il prete, staccatosi dall'uscio, veniva dalla parte di Renzo, tenendosi, con gran riguardo, nel mezzo della strada. Renzo, quando gli fu vicino, si levò il cappello, e gli accennò che desiderava parlargli, fermandosi nello stesso tempo, in maniera da fargli intendere che non si sarebbe accostato di più. Quello pure si fermò, in atto di stare a sentire, puntando però in terra il suo bastoncino davanti a sé, come per farsene un baluardo. Renzo espose la sua domanda, alla quale il prete soddisfece, non solo con dirgli il nome della strada dove la casa era situata, ma dandogli anche, come vide che il poverino n'aveva bisogno, un po' d'itinerario; indicandogli, cioè, a forza di diritte e di mancine, di chiese e di croci, quell'altre sei o otto strade che aveva da passare per arrivarci.
- Dio la mantenga sano, in questi tempi, e sempre, - disse Renzo: e mentre quello si moveva per andarsene, - un'altra carità, - soggiunse; e gli disse della povera donna dimenticata. Il buon prete ringraziò lui d'avergli dato occasione di fare una carità così necessaria; e, dicendo che andava ad avvertire chi bisognava, tirò avanti. Renzo si mosse anche lui, e, camminando, cercava di fare a se stesso una ripetizione dell'itinerario, per non esser da capo a dover domandare a ogni cantonata. Ma non potreste immaginarvi come quell'operazione gli riuscisse penosa, e non tanto per la difficoltà della cosa in sé, quanto per un nuovo turbamento che gli era nato nell'animo. Quel nome della strada, quella traccia del cammino l'avevan messo così sottosopra. Era l'indizio che aveva desiderato e domandato, e del quale non poteva far di meno; né gli era stato detto nient'altro, da che potesse ricavare nessun augurio sinistro; ma che volete? quell'idea un po' più distinta d'un termine vicino, dove uscirebbe d'una grand'incertezza, dove potrebbe sentirsi dire: è viva, o sentirsi dire: è morta; quell'idea l'aveva così colpito che, in quel momento, gli sarebbe piaciuto più di trovarsi ancora ai buio di tutto, d'essere al principio del viaggio, di cui ormai toccava la fine. Raccolse però le sue forze, e disse a se stesso: " ehi! se

principiamo ora a fare il ragazzo, com'anderà? " Così rinfrancato alla meglio, seguitò la sua strada, inoltrandosi nella città.

Quale città! e cos'era mai, al paragone, quello ch'era stata l'anno avanti, per cagion della fame!

Renzo s'abbatteva appunto a passare per una delle parti più squallide e più desolate: quella crociata di strade che si chiamava il *carrobio* di porta Nuova. (C'era allora una croce nel mezzo, e, dirimpetto ad essa, accanto a dove ora è san Francesco di Paola, una vecchia chiesa col titolo di sant'Anastasia). Tanta era stata in quel vicinato la furia del contagio, e il fetor de' cadaveri lasciati lì che i pochi rimasti vivi erano stati costretti a sgomberare: sicché, alla mestizia che dava al passeggiero quell'aspetto di solitudine e d'abbandono, s'aggiungeva l'orrore e lo schifo delle tracce e degli avanzi della recente abitazione. Renzo affrettò il passo, facendosi coraggio col pensare che la meta non doveva essere così vicina, e sperando che, prima d'arrivarci, troverebbe mutata, almeno in parte, la scena; e infatti, di lì a non molto, riuscì in un luogo che poteva pur dirsi città di viventi; ma quale città ancora, e quali viventi! Serrati, per sospetto e per terrore, tutti gli usci di strada, salvo quelli che fossero spalancati per esser le case disabitate, o invase; altri inchiodati e sigillati, per esser nelle case morta o ammalata gente di peste; altri segnati d'una croce fatta col carbone, per indizio ai monatti, che c'eran de' morti da portar via: il tutto più alla ventura che altro, secondo che si fosse trovato piuttosto qua che là un qualche commissario della Sanità o altro impiegato, che avesse voluto eseguir gli ordini, o fare un'angheria. Per tutto cenci e, più ributtanti de' cenci, fasce marciose, strame ammorbato, o lenzoli buttati dalle finestre; talvolta corpi, o di persone morte all'improvviso, nella strada, e lasciati lì fin che passasse un carro da portarli via, o cascati da' carri medesimi, o buttati anch'essi dalle finestre: tanto l'insistere e l'imperversar del disastro aveva insalvatichiti gli animi, e fatto dimenticare ogni cura di pietà, ogni, riguardo sociale! Cessato per tutto ogni rumor di botteghe, ogni strepito di carrozze, ogni grido di venditori, ogni chiacchierìo di passeggieri, era ben raro che quel silenzio di morte fosse rotto da altro che da rumor di carri funebri, da lamenti di poveri, da rammarichìo d'infermi, da urli di frenetici, da grida di monatti. All'alba, a mezzogiorno, a sera, una campana del duomo dava il segno di recitar certe preci assegnate dall'arcivescovo: a quel tocco rispondevan le campane dell'altre chiese; e allora avreste veduto persone affacciarsi alle finestre, a pregare in comune; avreste sentito un bisbiglio di voci e di gemiti, che spirava una tristezza mista pure di qualche conforto.

Morti a quell'ora forse i due terzi de' cittadini, andati via o ammalati una buona parte del resto, ridotto quasi a nulla il concorso della gente di fuori, de' pochi che andavan per le strade, non se ne sarebbe per avventura, in un lungo giro, incontrato uno solo in cui non si vedesse qualcosa di strano, e che dava indizio d'una funesta mutazione di cose. Si vedevano gli uomini più qualificati, senza cappa né mantello, parte allora essenzialissima del vestiario civile; senza sottana i preti, e anche de' religiosi in farsetto; dismessa in somma ogni sorte di vestito che potesse con gli svolazzi toccar qualche cosa, o dare (ciò che si temeva più di tutto il resto) agio agli untori. E fuor di questa cura d'andar succinti e ristretti il più che fosse possibile, negletta e trasandata ogni persona; lunghe le barbe di quelli che usavan portarle, cresciute a quelli che prima costumavan di raderle; lunghe pure e arruffate le capigliature, non solo per quella trascuranza che nasce da un invecchiato abbattimento, ma per esser divenuti sospetti i barbieri, da che era stato preso e condannato, come untor famoso, uno di loro, Giangiacomo Mora: nome che, per un pezzo, conservò una celebrità municipale d'infamia, e ne meriterebbe una ben più diffusa e perenne di pietà. I più tenevano da una mano un bastone, alcuni anche una pistola, per avvertimento minaccioso a chi avesse voluto avvicinarsi troppo; dall'altra pasticche odorose, o palle di metallo o di legno traforate, con dentro spugne inzuppate d'aceti medicati; e se le andavano ogni tanto mettendo al naso, o ce le tenevano di continuo. Portavano alcuni attaccata al collo una boccetta con dentro un po' d'argento vivo, persuasi che avesse la virtù d'assorbire e di ritenere ogni esalazione pestilenziale; e avevan poi cura di rinnovarlo ogni tanti giorni. I gentiluomini, non solo uscivano senza il solito seguito, ma si vedevano, con una sporta in braccio, andare a comprar le cose necessarie al vitto. Gli amici, quando pur due s'incontrassero per la strada, si salutavan da lontano, con cenni taciti e frettolosi. Ognuno, camminando, aveva molto da fare, per iscansare gli schifosi e mortiferi inciampi di cui il terreno era sparso e, in qualche luogo, anche affatto ingombro: ognuno cercava di stare in mezzo alla strada, per timore d'altro sudiciume, o d'altro più funesto peso che potesse venir giù dalle finestre; per timore delle polveri venefiche che si diceva esser spesso buttate da quelle su' passeggieri; per timore delle muraglie, che potevan esser unte. Così l'ignoranza, coraggiosa e guardinga alla rovescia, aggiungeva ora angustie all'angustie, e dava falsi terrori, in compenso de' ragionevoli e salutari che aveva levati da principio.

Tal era ciò che di meno deforme e di men compassionevole si faceva vedere intorno, i sani, gli agiati: ché, dopo tante immagini di miseria, e pensando a quella ancor più grave, per mezzo alla quale dovrem condurre il lettore, non ci fermeremo ora a dir qual fosse lo spettacolo degli appestati che si strascicavano o giacevano per le strade, de' poveri, de' fanciulli, delle donne. Era tale, che il riguardante poteva trovar quasi un disperato conforto in ciò che ai lontani e ai posteri fa la più forte e dolorosa impressione; nel pensare, dico, nel vedere quanto que' viventi fossero ridotti a pochi.
In mezzo a questa desolazione aveva Renzo fatto già una buona parte del suo cammino, quando, distante ancor molti passi da una strada in cui doveva voltare, sentì venir da quella un vario frastono, nel quale si faceva distinguere quel solito orribile tintinnìo. Arrivato alla cantonata della strada, ch'era una delle più larghe, vide quattro carri fermi nel mezzo; e come, in un mercato di granaglie, si vede un andare e venire di gente, un caricare e un rovesciar di sacchi, tale era il movimento in quel luogo: monatti ch'entravan nelle case, monatti che n'uscivan con un peso su le spalle, e lo mettevano su l'uno o l'altro carro: alcuni con la divisa rossa, altri senza quel distintivo, molti con uno ancor più odioso, pennacchi e fiocchi di vari colori, che quegli sciagurati portavano come per segno d'allegria, in tanto pubblico lutto. Ora da una, ora da un'altra finestra, veniva una voce lugubre: - qua, monatti! - E con suono ancor più sinistro, da quel tristo brulichìo usciva qualche vociaccia che rispondeva: - ora, ora -. Ovvero eran pigionali che brontolavano, e dicevano di far presto: ai quali i monatti rispondevano con bestemmie.
Entrato nella strada, Renzo allungò il passo, cercando di non guardar quegl'ingombri, se non quanto era necessario per iscansarli; quando il suo sguardo s'incontrò in un oggetto singolare di pietà, d'una pietà che invogliava l'animo a contemplarlo; di maniera che si fermò, quasi senza volerlo.
Scendeva dalla soglia d'uno di quegli usci, e veniva verso il convoglio, una donna, il cui aspetto annunziava una giovinezza avanzata, ma non trascorsa; e vi traspariva una bellezza velata e offuscata, ma non guasta, da una gran passione, e da un languor mortale: quella bellezza molle a un tempo e maestosa, che brilla nel sangue lombardo. La sua andatura era affaticata, ma non cascante; gli occhi non davan lacrime, ma portavan segno d'averne sparse tante; c'era in quel dolore un non so che di pacato e di profondo, che attestava un'anima tutta consapevole e presente a sentirlo. Ma non era il solo suo aspetto che, tra tante miserie, la indicasse così particolarmente alla pietà, e ravvivasse per lei quel sentimento ormai stracco e ammortito ne' cuori. Portava essa in collo una bambina di forse nov'anni, morta; ma tutta ben accomodata, co' capelli divisi sulla fronte, con un vestito bianchissimo, come se quelle mani l'avessero adornata per una festa promessa da tanto tempo, e data per premio. Né la teneva a giacere, ma sorretta, a sedere sur un braccio, col petto appoggiato al petto, come se fosse stata viva; se non che una manina bianca a guisa di cera spenzolava da una parte, con una certa inanimata gravezza, e il capo posava sull'omero della madre, con un abbandono più forte del sonno: della madre, ché, se anche la somiglianza de' volti non n'avesse fatto fede, l'avrebbe detto chiaramente quello de' due ch'esprimeva ancora un sentimento.
Un turpe monatto andò per levarle la bambina dalle braccia, con una specie però d'insolito rispetto, con un'esitazione involontaria. Ma quella, tirandosi indietro, senza però mostrare sdegno né disprezzo, - no! - disse: - non me la toccate per ora; devo metterla io su quel carro: prendete -. Così dicendo, aprì una mano, fece vedere una borsa, e la lasciò cadere in quella che il monatto le tese. Poi continuò: - promettetemi di non levarle un filo d'intorno, né di lasciar che altri ardisca di farlo, e di metterla sotto terra così.
Il monatto si mise una mano al petto; e poi, tutto premuroso, e quasi ossequioso, più per il nuovo sentimento da cui era come soggiogato, che per l'inaspettata ricompensa, s'affaccendò a far un po' di posto sul carro per la morticina. La madre, dato a questa un bacio in fronte, la mise lì come sur un letto, ce l'accomodò, le stese sopra un panno bianco, e disse l'ultime parole: - addio, Cecilia! riposa in pace! Stasera verremo anche noi, per restar sempre insieme. Prega intanto per noi; ch'io pregherò per te e per gli altri -. Poi voltatasi di nuovo al monatto, - voi, - disse, - passando di qui verso sera, salirete a prendere anche me, e non me sola.
Così detto, rientrò in casa, e, un momento dopo, s'affacciò alla finestra, tenendo in collo un'altra bambina più piccola, viva, ma coi segni della morte in volto. Stette a contemplare quelle così indegne esequie della prima, finché il carro non si mosse, finché lo poté vedere; poi disparve. E che altro poté fare, se non posar sul letto l'unica che le rimaneva, e mettersele accanto per morire insieme? come il fiore già rigoglioso sullo stelo cade insieme col fiorellino ancora in boccia, al passar della falce che

pareggia tutte l'erbe del prato. - O Signore! - esclamò Renzo: - esauditela! tiratela a voi, lei e la sua creaturina: hanno patito abbastanza! hanno patito abbastanza!
Riavuto da quella commozione straordinaria, e mentre cerca di tirarsi in mente l'itinerario per trovare se alla prima strada deve voltare, e se a diritta o a mancina, sente anche da questa venire un altro e diverso strepito, un suono confuso di grida imperiose, di fiochi lamenti, un pianger di donne, un mugolìo di fanciulli.
Andò avanti, con in cuore quella solita trista e oscura aspettativa. Arrivato al crocicchio, vide da una parte una moltitudine confusa che s'avanzava, e si fermò lì, per lasciarla passare. Erano ammalati che venivan condotti al lazzeretto; alcuni, spinti a forza, resistevano in vano, in vano gridavano che volevan morire sul loro letto, e rispondevano con inutili imprecazioni alle bestemmie e ai comandi de' monatti che li guidavano; altri camminavano in silenzio, senza mostrar dolore, né alcun altro sentimento, come insensati; donne co' bambini in collo; fanciulli spaventati dalle grida, da quegli ordini, da quella compagnia, più che dal pensiero confuso della morte, i quali ad alte strida imploravano la madre e le sue braccia fidate, e la casa loro. Ahi! e forse la madre, che credevano d'aver lasciata addormentata sul suo letto, ci s'era buttata, sorpresa tutt'a un tratto dalla peste; e stava lì senza sentimento, per esser portata sur un carro al lazzeretto, o alla fossa, se il carro veniva più tardi. Forse, o sciagura degna di lacrime ancor più amare! la madre, tutta occupata de' suoi patimenti, aveva dimenticato ogni cosa, anche i figli, e non aveva più che un pensiero: di morire in pace. Pure, in tanta confusione, si vedeva ancora qualche esempio di fermezza e di pietà: padri, madri, fratelli, figli, consorti, che sostenevano i cari loro, e gli accompagnavano con parole di conforto: né adulti soltanto, ma ragazzetti, ma fanciulline che guidavano i fratellini più teneri, e, con giudizio e con compassione da grandi, raccomandavano loro d'essere ubbidienti, gli assicuravano che s'andava in un luogo dove c'era chi avrebbe cura di loro per farli guarire.
In mezzo alla malinconia e alla tenerezza di tali viste, una cosa toccava più sul vivo, e teneva in agitazione il nostro viaggiatore. La casa doveva esser lì vicina, e chi sa se tra quella gente... Ma passata tutta la comitiva, e cessato quel dubbio, si voltò a un monatto che veniva dietro, e gli domandò della strada e della casa di don Ferrante. - In malora, tanghero, - fu la risposta che n'ebbe. Né si curò di dare a colui quella che si meritava; ma, visto, a due passi, un commissario che veniva in coda al convoglio, e aveva un viso un po' più di cristiano, fece a lui la stessa domanda. Questo, accennando con un bastone la parte donde veniva, disse: - la prima strada a diritta, l'ultima casa grande a sinistra.
Con una nuova e più forte ansietà in cuore, il giovine prende da quella parte. È nella strada; distingue subito la casa tra l'altre, più basse e meschine; s'accosta al portone che è chiuso, mette la mano sul martello, e ce la tien sospesa, come in un'urna, prima di tirar su la polizza dove fosse scritta la sua vita, o la sua morte. Finalmente alza il martello, e dà un picchio risoluto.
Dopo qualche momento, s'apre un poco una finestra; una donna fa capolino, guardando chi era, con un viso ombroso che par che dica: monatti? vagabondi? commissari? untori? diavoli?

- Quella signora, - disse Renzo guardando in su, e con voce non troppo sicura: - ci sta qui aservire una giovine di campagna, che ha nome Lucia?
- La non c'è più; andate, - rispose quella donna, facendo atto di chiudere.
- Un momento, per carità! La non c'è più? Dov'è?
- Al lazzeretto -; e di nuovo voleva chiudere.
- Ma un momento, per l'amor del cielo! Con la peste?
- Già. Cosa nuova, eh? Andate.
- Oh povero me! Aspetti: era ammalata molto? Quanto tempo è...?

Ma intanto la finestra fu chiusa davvero.

- Quella signora! quella signora! una parola, per carità! per i suoi poveri morti! Non lechiedo niente del suo: ohe! - Ma era come dire al muro.

Afflitto della nuova, e arrabbiato della maniera, Renzo afferrò ancora il martello, e, così appoggiato alla porta, andava stringendolo e storcendolo, l'alzava per picchiar di nuovo alla disperata, poi lo teneva sospeso. In quest'agitazione, si voltò per vedere se mai ci fosse d'intorno qualche vicino, da cui potesse forse aver qualche informazione più precisa, qualche indizio, qualche lume. Ma la prima, l'unica persona che vide, fu un'altra donna, distante forse un venti passi; la quale, con un viso ch'esprimeva terrore, odio, impazienza e malizia, con cert'occhi stravolti che volevano insieme guardar lui, e guardar lontano, spalancando la bocca come in atto di gridare a più non posso, ma rattenendo anche il respiro, alzando due braccia scarne, allungando e ritirando due mani grinzose e piegate a guisa d'artigli, come se cercasse d'acchiappar qualcosa, si vedeva che voleva chiamar gente, in modo che qualcheduno non se n'accorgesse. Quando s'incontrarono a guardarsi, colei, fattasi ancor più brutta, si riscosse come persona sorpresa.

- Che diamine...? - cominciava Renzo, alzando anche lui le mani verso la donna; ma questa,perduta la speranza di poterlo far cogliere all'improvviso, lasciò scappare il grido che aveva rattenuto fin allora: - l'untore! dàgli! dàgli! dàgli all'untore!
- Chi? io! ah strega bugiarda! sta' zitta, - gridò Renzo; e fece un salto verso di lei, perimpaurirla e farla chetare. Ma s'avvide subito, che aveva bisogno piuttosto di pensare ai casi suoi. Allo strillar della vecchia, accorreva gente di qua e di là; non la folla che, in un caso simile, sarebbe stata, tre mesi prima; ma più che abbastanza per poter fare d'un uomo solo quel che volessero. Nello stesso tempo, s'aprì di nuovo la finestra, e quella medesima sgarbata di prima ci s'affacciò questa volta, e gridava anche lei: - pigliatelo, pigliatelo; che dev'essere uno di que' birboni che vanno in giro a unger le porte de' galantuomini.

Renzo non istette lì a pensare: gli parve subito miglior partito sbrigarsi da coloro, che rimanere a dir le sue ragioni: diede un'occhiata a destra e a sinistra, da che parte ci fosse men gente, e svignò di là. Rispinse con un urtone uno che gli parava la strada; con un gran punzone nel petto, fece dare indietro otto o dieci passi un altro che gli correva incontro; e via di galoppo, col pugno in aria, stretto, nocchiuto, pronto per qualunque altro gli fosse venuto tra' piedi. La strada davanti era sempre libera; ma dietro le spalle sentiva il calpestìo e, più forti del calpestìo, quelle grida amare: - dàgli! dàgli! all'untore! - Non sapeva quando fossero per fermarsi; non vedeva dove si potrebbe mettere in salvo. L'ira divenne rabbia, l'angoscia si cangiò in disperazione; e, perso il lume degli occhi, mise mano al suo coltellaccio, lo sfoderò, si fermò su due piedi, voltò indietro il viso più torvo e più cagnesco che avesse fatto a' suoi giorni; e, col braccio teso, brandendo in aria la lama luccicante, gridò: - chi ha cuore, venga avanti, canaglia! che l'ungerò io davvero con questo. Ma, con maraviglia, e con un sentimento confuso di consolazione, vide che i suoi persecutori s'eran già fermati, e stavan lì come titubanti, e che, seguitando a urlare, facevan, con le mani per aria, certi cenni da spiritati, come a gente che venisse di lontano dietro a lui. Si voltò di nuovo, e vide (ché il gran turbamento non gliel aveva lasciato vedere un momento prima) un carro che s'avanzava, anzi una fila di que' soliti carri funebri, col solito accompagnamento; e dietro, a qualche distanza, un altro mucchietto di gente che avrebbero voluto anche loro dare addosso all'untore, e prenderlo in mezzo; ma eran trattenuti dall'impedimento medesimo. Vistosi così tra due fuochi, gli venne in mente che ciò che era di terrore a coloro, poteva essere a lui di salvezza; pensò che non era tempo di far lo schizzinoso; rimise il coltellaccio nel fodero, si tirò da una parte, prese la rincorsa verso i carri, passò il primo, e adocchiò nel secondo un buono spazio voto. Prende la mira, spicca un salto; è su, piantato sul piede destro, col sinistro in aria, e con le braccia alzate. - Bravo! bravo! - esclamarono, a una voce, i monatti, alcuni de' quali seguivano il convoglio a piedi, altri eran seduti sui carri, altri, per dire l'orribil cosa com'era, sui cadaveri, trincando da un gran fiasco che andava in giro. - Bravo! bel colpo!

- Sei venuto a metterti sotto la protezione de' monatti; fa' conto d'essere in chiesa, - glidisse uno de' due che stavano sul carro dov'era montato.

I nemici, all'avvicinarsi del treno, avevano, i più, voltate le spalle, e se n'andavano, non lasciando di gridare: - dàgli! dàgli! all'untore! - Qualcheduno si ritirava più adagio, fermandosi ogni tanto, e voltandosi, con versacci e con gesti di minaccia, a Renzo; il quale, dal carro, rispondeva loro dibattendo i pugni in aria.

- Lascia fare a me, - gli disse un monatto; e strappato d'addosso a un cadavere un laidocencio, l'annodò in fretta, e, presolo per una delle cocche, l'alzò come una fionda verso quegli ostinati, e fece le viste di buttarglielo, gridando: - aspetta, canaglia! - A quell'atto, fuggiron tutti, inorriditi; e Renzo non vide più che schiene di nemici, e calcagni che ballavano rapidamente per aria, a guisa di gualchiere.

Tra i monatti s'alzò un urlo di trionfo, uno scroscio procelloso di risa, un - uh! - prolungato, come per accompagnar quella fuga.

- Ah ah! vedi se noi sappiamo proteggere i galantuomini? disse a Renzo quel monatto: - valpiù uno di noi che cento di que' poltroni.
- Certo, posso dire che vi devo la vita, - rispose Renzo: - e vi ringrazio con tutto il cuore.- Di che cosa? - disse il monatto: - tu lo meriti: si vede che sei un bravo giovine. Fai bene a ungere questa

canaglia: ungili, estirpali costoro, che non vaglion qualcosa, se non quando son morti; che, per ricompensa della vita che facciamo, ci maledicono, e vanno dicendo che, finita la morìa, ci voglion fare impiccar tutti. Hanno a finir prima loro che la morìa, e i monatti hanno a restar soli, a cantar vittoria, e a sguazzar per Milano.

- Viva la morìa, e moia la marmaglia! - esclamò l'altro; e, con questo bel brindisi, si mise ilfiasco alla bocca, e, tenendolo con tutt'e due le mani, tra le scosse del carro, diede una buona bevuta, poi lo porse a Renzo, dicendo: - bevi alla nostra salute.

- Ve l'auguro a tutti, con tutto il cuore, - disse Renzo: - ma non ho sete; non ho propriovoglia di bere in questo momento.

- Tu hai avuto una bella paura, a quel che mi pare, - disse il monatto: - m'hai l'aria d'unpover'uomo; ci vuol altri visi a far l'untore. - Ognuno s'ingegna come può, - disse l'altro.

- Dammelo qui a me, - disse uno di quelli che venivano a piedi accanto al carro, - ché nevoglio bere anch'io un altro sorso, alla salute del suo padrone, che si trova qui in questa bella compagnia... lì, lì, appunto, mi pare, in quella bella carrozzata.

E, con un suo atroce e maledetto ghigno, accennava il carro davanti a quello su cui stava il povero Renzo. Poi, composto il viso a un atto di serietà ancor più bieco e fellonesco, fece una riverenza da quella parte, e riprese: - si contenta, padron mio, che un povero monattuccio assaggi di quello della sua cantina? Vede bene: si fa certe vite: siam quelli che l'abbiam messo in carrozza, per condurlo in villeggiatura. E poi, già a loro signori il vino fa subito male: i poveri monatti han lo stomaco buono.

E tra le risate de' compagni, prese il fiasco, e l'alzò; ma, prima di bere, si voltò a Renzo, gli fissò gli occhi in viso, e gli disse, con una cert'aria di compassione sprezzante: - bisogna che il diavolo col quale hai fatto il patto, sia ben giovine; ché, se non eravamo lì noi a salvarti, lui ti dava un bell'aiuto -. E tra un nuovo scroscio di risa, s'attaccò il fiasco alle labbra. - E noi? eh! e noi? - gridaron più voci dal carro ch'era avanti. Il birbone, tracannato quanto ne volle, porse, con tutt'e due le mani, il gran fiasco a quegli altri suoi simili, i quali se lo passaron dall'uno all'altro, fino a uno che, votatolo, lo prese per il collo, gli fece fare il mulinello, e lo scagliò a fracassarsi sulle lastre, gridando: - viva la morìa! - Dietro a queste parole, intonò una loro canzonaccia; e subito alla sua voce s'accompagnaron tutte l'altre di quel turpe coro. La cantilena infernale, mista al tintinnìo de' campanelli, al cigolìo de' carri, al calpestìo de' cavalli, risonava nel voto silenzioso delle strade, e, rimbombando nelle case, stringeva amaramente il cuore de' pochi che ancor le abitavano.

Ma cosa non può alle volte venire in acconcio? cosa non può far piacere in qualche caso? Il pericolo d'un momento prima aveva resa più che tollerabile a Renzo la compagnia di que' morti e di que' vivi; e ora fu a' suoi orecchi una musica, sto per dire, gradita, quella che lo levava dall'impiccio d'una tale conversazione. Ancor mezzo affannato, e tutto sottosopra, ringraziava intanto alla meglio in cuor suo la Provvidenza, d'essere uscito d'un tal frangente, senza ricever male né farne; la pregava che l'aiutasse ora a liberarsi anche da' suoi liberatori; e dal canto suo, stava all'erta, guardava quelli, guardava la strada, per cogliere il tempo di sdrucciolar giù quatto quatto, senza dar loro occasione di far qualche rumore, qualche scenata, che mettesse in malizia i passeggieri.

Tutt'a un tratto, a una cantonata, gli parve di riconoscere il luogo: guardò più attentamente, e ne fu sicuro. Sapete dov'era? Sul corso di porta orientale, in quella strada per cui era venuto adagio, e tornato via in fretta, circa venti mesi prima. Gli venne subito in mente che di lì s'andava diritto al lazzeretto; e questo trovarsi sulla strada giusta, senza studiare, senza domandare, l'ebbe per un tratto speciale della Provvidenza, e per buon augurio del rimanente. In quel punto, veniva incontro ai carri un commissario, gridando a' monatti di fermare, e non so che altro: il fatto è che il convoglio si fermò, e la musica si cambiò in un diverbio rumoroso, Uno de' monatti ch'eran sul carro di Renzo, saltò giù: Renzo disse all'altro: - vi ringrazio della vostra carità: Dio ve ne renda merito -; e giù anche lui, dall'altra parte.

- Va', va', povero untorello, - rispose colui: - non sarai tu quello che spianti Milano.

Per fortuna, non c'era chi potesse sentire. Il convoglio era fermato sulla sinistra del corso: Renzo prende in fretta dall'altra parte, e, rasentando il muro, trotta innanzi verso il ponte; lo passa, continua per la strada del borgo, riconosce il convento de' cappuccini, è vicino alla porta, vede spuntar l'angolo del lazzeretto, passa il cancello, e gli si spiega davanti la scena esteriore di quel recinto: un indizio appena e un saggio, e già una vasta, diversa, indescrivibile scena.

Lungo i due lati che si presentano a chi guardi da quel punto, era tutto un brulichìo; erano ammalati che andavano, in compagnie, al lazzeretto; altri che sedevano o giacevano sulle sponde del fossato che lo

costeggia; sia che le forze non fosser loro bastate per condursi fin dentro al ricovero, sia che, usciti di là per disperazione, le forze fosser loro ugualmente mancate per andar più avanti. Altri meschini erravano sbandati, come stupidi, e non pochi fuor di sé affatto; uno stava tutto infervorato a raccontar le sue immaginazioni a un disgraziato che giaceva oppresso dal male; un altro dava nelle smanie; un altro guardava in qua e in là con un visino ridente, come se assistesse a un lieto spettacolo. Ma la specie più strana e più rumorosa d'una tal trista allegrezza, era un cantare alto e continuo, il quale pareva che non venisse fuori da quella miserabile folla, e pure si faceva sentire più che tutte l'altre voci: una canzone contadinesca d'amore gaio e scherzevole, di quelle che chiamavan villanelle; e andando con lo sguardo dietro al suono, per iscoprire chi mai potesse esser contento, in quel tempo, in quel luogo, si vedeva un meschino che, seduto tranquillamente in fondo al fossato, cantava a più non posso, con la testa per aria.
Renzo aveva appena fatti alcuni passi lungo il lato meridionale dell'edifizio, che si sentì in quella moltitudine un rumore straordinario, e di lontano voci che gridavano: guarda! piglia! S'alza in punta di piedi, e vede un cavallaccio che andava di carriera, spinto da un più strano cavaliere: era un frenetico che, vista quella bestia sciolta e non guardata, accanto a un carro, c'era montato in fretta a bisdosso, e, martellandole il collo co' pugni, e facendo sproni de' calcagni, la cacciava in furia; e monatti dietro, urlando; e tutto si ravvolse in un nuvolo di polvere, che volava lontano.
Così, già sbalordito e stanco di veder miserie, il giovine arrivò alla porta di quel luogo dove ce n'erano adunate forse più che non ce ne fosse di sparse in tutto lo spazio che gli era già toccato di percorrere. S'affaccia a quella porta, entra sotto la volta, e rimane un momento immobile a mezzo del portico.

Cap. XXXV

S'immagini il lettore il recinto del lazzeretto, popolato di sedici mila appestati; quello spazio tutt'ingombro, dove di capanne e di baracche, dove di carri, dove di gente; quelle due interminate fughe di portici, a destra e a sinistra, piene, gremite di languenti o di cadaveri confusi, sopra sacconi, o sulla paglia; e su tutto quel quasi immenso covile, un brulichìo, come un ondeggiamento; e qua e là, un andare e venire, un fermarsi, un correre, un chinarsi, un alzarsi, di convalescenti, di frenetici, di serventi. Tale fu lo spettacolo che riempì a un tratto la vista di Renzo, e lo tenne lì, sopraffatto e compreso. Questo spettacolo, noi non ci proponiam certo di descriverlo a parte a parte, né il lettore lo desidera; solo, seguendo il nostro giovine nel suo penoso giro, ci fermeremo alle sue fermate, e di ciò che gli toccò di vedere diremo quanto sia necessario a raccontar ciò che fece, e ciò che gli seguì.
Dalla porta dove s'era fermato, fino alla cappella del mezzo, e di là all'altra porta in faccia, c'era come un viale sgombro di capanne e d'ogni altro impedimento stabile; e alla seconda occhiata, Renzo vide in quello un tramenìo di carri, un portar via roba, per far luogo; vide cappuccini e secolari che dirigevano quell'operazione, e insieme mandavan via chi non ci avesse che fare. E temendo d'essere anche lui messo fuori in quella maniera, si cacciò addirittura tra le capanne, dalla parte a cui si trovava casualmente voltato, alla diritta. Andava avanti, secondo che vedeva posto da poter mettere il piede, da capanna a capanna, facendo capolino in ognuna, e osservando i letti ch'eran fuori allo scoperto, esaminando volti abbattuti dal patimento, o contratti dallo spasimo, o immobili nella morte, se mai gli venisse fatto di trovar quello che pur temeva di trovare. Ma aveva già fatto un bel pezzetto di cammino, e ripetuto più e più volte quel doloroso esame, senza veder mai nessuna donna: onde s'immaginò che dovessero essere in un luogo separato. E indovinava; ma dove fosse, non n'aveva indizio, né poteva argomentarlo. Incontrava ogni tanto ministri, tanto diversi d'aspetto e di maniere e d'abito, quanto diverso e opposto era il principio che dava agli uni e agli altri una forza uguale di vivere in tali servizi: negli uni l'estinzione d'ogni senso di pietà, negli altri una pietà sovrumana. Ma né agli uni né agli altri si sentiva di far domande, per non procacciarsi alle volte un inciampo; e deliberò d'andare, andare, fin che arrivasse a trovar donne. E andando non lasciava di spiare intorno; ma di tempo in tempo era costretto a ritirare lo sguardo contristato, e come abbagliato da tante piaghe. Ma dove rivolgerlo, dove riposarlo, che sopra altre piaghe?
L'aria stessa e il cielo accrescevano, se qualche cosa poteva accrescerlo, l'orrore di quelle viste. La nebbia s'era a poco a poco addensata e accavallata in nuvoloni che, rabbuiandosi sempre più, davano idea d'un annottar tempestoso; se non che, verso il mezzo di quel cielo cupo e abbassato, traspariva, come da un

fitto velo, la spera del sole, pallida, che spargeva intorno a sé un barlume fioco e sfumato, e pioveva un calore morto e pesante. Ogni tanto, tra mezzo al ronzìo continuo di quella confusa moltitudine, si sentiva un borbottar di tuoni, profondo, come tronco, irresoluto; né, tendendo l'orecchio, avreste saputo distinguere da che parte venisse; o avreste potuto crederlo un correr lontano di carri, che si fermassero improvvisamente. Non si vedeva, nelle campagne d'intorno, moversi un ramo d'albero, né un uccello andarvisi a posare, o staccarsene: solo la rondine, comparendo subitamente di sopra il tetto del recinto, sdrucciolava in giù con l'ali tese, come per rasentare il terreno del campo; ma sbigottita da quel brulichìo, risaliva rapidamente, e fuggiva. Era uno di que' tempi, in cui, tra una compagnia di viandanti non c'è nessuno che rompa il silenzio; e il cacciatore cammina pensieroso, con lo sguardo a terra; e la villana, zappando nel campo, smette di cantare, senza avvedersene; di que' tempi forieri della burrasca, in cui la natura, come immota al di fuori, e agitata da un travaglio interno, par che opprima ogni vivente, e aggiunga non so quale gravezza a ogni operazione, all'ozio, all'esistenza stessa. Ma in quel luogo destinato per sé al patire e al morire, si vedeva l'uomo già alle prese col male soccombere alla nuova oppressione; si vedevan centinaia e centinaia peggiorar precipitosamente; e insieme, l'ultima lotta era più affannosa, e nell'aumento de' dolori, i gemiti più soffogati: né forse su quel luogo di miserie era ancor passata un'ora crudele al par di questa.

Già aveva il giovine girato un bel pezzo, e senza frutto, per quell'andirivieni di capanne, quando, nella varietà de' lamenti e nella confusione del mormorìo, cominciò a distinguere un misto singolare di vagiti e di belati; fin che arrivò a un assito scheggiato e sconnesso, di dentro il quale veniva quel suono straordinario. Mise un occhio a un largo spiraglio, tra due asse, e vide un recinto con dentro capanne sparse, e, così in quelle, come nel piccol campo, non la solita infermeria, ma bambinelli a giacere sopra materassine, o guanciali, o lenzoli distesi, o topponi; e balie e altre donne in faccende; e, ciò che più di tutto attraeva e fermava lo sguardo, capre mescolate con quelle, e fatte loro aiutanti: uno spedale d'innocenti, quale il luogo e il tempo potevan darlo. Era, dico, una cosa singolare a vedere alcune di quelle bestie, ritte e quiete sopra questo e quel bambino, dargli la poppa; e qualche altra accorrere a un vagito, come con senso materno, e fermarsi presso il piccolo allievo, e procurar d'accomodarcisi sopra, e belare, e dimenarsi, quasi chiamando chi venisse in aiuto a tutt'e due.

Qua e là eran sedute balie con bambini al petto; alcune in tal atto d'amore, da far nascer dubbio nel riguardante, se fossero state attirate in quel luogo dalla paga, o da quella carità spontanea che va in cerca de' bisogni e de' dolori. Una di esse, tutta accorata, staccava dal suo petto esausto un meschinello piangente, e andava tristamente cercando la bestia, che potesse far le sue veci. Un'altra guardava con occhio di compiacenza quello che le si era addormentato alla poppa, e baciatolo mollemente, andava in una capanna a posarlo sur una materassina. Ma una terza, abbandonando il suo petto al lattante straniero, con una cert'aria però non di trascuranza, ma di preoccupazione, guardava fisso il cielo: a che pensava essa, in quell'atto, con quello sguardo, se non a un nato dalle sue viscere, che, forse poco prima, aveva succhiato quel petto, che forse c'era spirato sopra? Altre donne più attempate attendevano ad altri servizi. Una accorreva alle grida d'un bambino affamato, lo prendeva, e lo portava vicino a una capra che pascolava a un mucchio d'erba fresca, e glielo presentava alle poppe, gridando l'inesperto animale e accarezzandolo insieme, affinché si prestasse dolcemente all'ufizio. Questa correva a prendere un poverino, che una capra tutt'intenta a allattarne un altro, pestava con una zampa: quella portava in qua e in la il suo, ninnandolo, cercando, ora d'addormentarlo col canto, ora d'acquietarlo con dolci parole, chiamandolo con un nome ch'essa medesima gli aveva messo. Arrivò in quel punto un cappuccino con la barba bianchissima, portando due bambini strillanti, uno per braccio, raccolti allora vicino alle madri spirate; e una donna corse a riceverli, e andava guardando tra la brigata e nel gregge, per trovar subito chi tenesse lor luogo di madre.

Più d'una volta il giovine, spinto da quello ch'era il primo, e il più forte de' suoi pensieri, s'era staccato dallo spiraglio per andarsene; e poi ci aveva rimesso l'occhio, per guardare ancora un momento.

Levatosi di lì finalmente, andò costeggiando l'assito, fin che un mucchietto di capanne appoggiate a quello, lo costrinse a voltare. Andò allora lungo le capanne, con la mira di riguadagnar l'assito, d'andar fino alla fine di quello, e scoprir paese nuovo. Ora, mentre guardava innanzi, per studiar la strada, un'apparizione repentina, passeggiera, istantanea, gli ferì lo sguardo, e gli mise l'animo sottosopra. Vide, a un cento passi di distanza, passare e perdersi subito tra le baracche un cappuccino, un cappuccino che, anche così da lontano e così di fuga, aveva tutto l'andare, tutto il fare, tutta la forma del padre Cristoforo. Con la smania che potete pensare, corse verso quella parte; e lì, a girare, a cercare, innanzi, indietro, dentro e fuori, per quegli andirivieni, tanto che rivide, con altrettanta gioia, quella forma, quel frate medesimo; lo vide poco lontano, che, scostandosi da una caldaia, andava, con una scodella in mano, verso una capanna; poi lo vide sedersi sull'uscio di quella, fare un segno di croce sulla scodella che teneva dinanzi; e, guardando intorno, come uno che stia sempre all'erta, mettersi a mangiare. Era proprio il padre Cristoforo.

La storia del quale, dal punto che l'abbiam perduto di vista, fino a quest'incontro, sarà raccontata in due parole. Non s'era mai mosso da Rimini, né aveva pensato a moversene, se non quando la peste scoppiata in Milano gli offrì occasione di ciò che aveva sempre tanto desiderato, di dar la sua vita per il prossimo. Pregò, con grand'istanza, d'esserci richiamato, per assistere e servire gli appestati. Il conte zio era morto; e del resto c'era più bisogno d'infermieri che di politici: sicché fu esaudito senza difficoltà. Venne subito a Milano; entrò nel lazzeretto; e c'era da circa tre mesi.

Ma la consolazione di Renzo nel ritrovare il suo buon frate, non fu intera neppure un momento: nell'atto stesso d'accertarsi ch'era lui, dovette vedere quant'era mutato. Il portamento curvo e stentato; il viso scarno e smorto; e in tutto si vedeva una natura esausta, una carne rotta e cadente, che s'aiutava e si sorreggeva, ogni momento, con uno sforzo dell'animo.

Andava anche lui fissando lo sguardo nel giovine che veniva verso di lui, e che, col gesto, non osando con la voce, cercava di farsi distinguere e riconoscere. - Oh padre Cristoforo! disse poi, quando gli fu vicino da poter esser sentito senza alzar la voce.

- Tu qui! - disse il frate, posando in terra la scodella, e alzandosi da sedere.
- Come sta, padre? come sta?
- Meglio di tanti poverini che tu vedi qui, - rispose il frate: e la sua voce era fioca, cupa,mutata come tutto il resto. L'occhio soltanto era quello di prima, e un non so che più vivo e più splendido; quasi la carità, sublimata nell'estremo dell'opera, ed esultante di sentirsi vicina al suo principio, ci rimettesse un fuoco più ardente e più puro di quello che l'infermità ci andava a poco a poco spegnendo.
- Ma tu, - proseguiva, - come sei qui? perché vieni così ad affrontar la peste?- L'ho avuta, grazie al cielo. Vengo... a cercar di... Lucia.
- Lucia! è qui Lucia?
- È qui: almeno spero in Dio che ci sia ancora.
- È tua moglie?
- Oh caro padre! no che non è mia moglie. Non sa nulla di tutto quello che è accaduto?- No, figliuolo: da che Dio m'ha allontanato da voi altri, io non n'ho saputo più nulla; ma ora ch'Egli mi ti manda, dico la verità che desidero molto di saperne. Ma... e il bando? - Le sa dunque, le cose che m'hanno fatto?
- Ma tu, che avevi fatto?
- Senta, se volessi dire d'aver avuto giudizio, quel giorno in Milano, direi una bugia; macattive azioni non n'ho fatte punto.
- Te lo credo, e lo credevo anche prima.
- Ora dunque le potrò dir tutto.
- Aspetta, - disse il frate; e andato alcuni passi fuor della capanna, chiamò: - padre Vittore! - Dopo qualche momento, comparve un giovine cappuccino, al quale disse: - fatemi la carità, padre Vittore, di guardare anche per me, a questi nostri poverini, intanto ch'io me ne sto ritirato; e se alcuno però mi volesse, chiamatemi. Quel tale principalmente! se mai desse il più piccolo segno di tornare in sé, avvisatemi subito, per carità.
- Non dubitate, - rispose il giovine; e il vecchio, tornato verso Renzo, - entriamo qui, - glidisse. - Ma... - soggiunse subito, fermandosi, - tu mi pari ben rifinito: devi aver bisogno di mangiare.
- È vero, - disse Renzo: - ora che lei mi ci fa pensare, mi ricordo che sono ancora digiuno.
- Aspetta, - disse il frate; e, presa un'altra scodella, l'andò a empire alla caldaia: tornato, ladiede, con un cucchiaio, a Renzo; lo fece sedere sur un saccone che gli serviva di letto; poi andò a una botte ch'era in un canto, e ne spillò un bicchier di vino, che mise sur un tavolino, davanti al suo convitato; riprese quindi la sua scodella, e si mise a sedere accanto a lui.
- Oh padre Cristoforo! - disse Renzo: - tocca a lei a far codeste cose? Ma già lei è semprequel medesimo. La ringrazio proprio di cuore.

- Non ringraziar me, - disse il frate: - è roba de' poveri; ma anche tu sei un povero, inquesto momento. Ora dimmi quello che non so, dimmi di quella nostra poverina; e cerca di spicciarti; ché c'è poco tempo, e molto da fare, come tu vedi.

Renzo principiò, tra una cucchiaiata e l'altra, la storia di Lucia: com'era stata ricoverata nel monastero di Monza, come rapita... All'immagine di tali patimenti e di tali pericoli, al pensiero d'essere stato lui quello che aveva indirizzata in quel luogo la povera innocente, il buon frate rimase senza fiato; ma lo riprese subito, sentendo com'era stata mirabilmente liberata, resa alla madre, e allogata da questa presso a donna Prassede.

- Ora le racconterò di me, - proseguì Renzo; e raccontò in succinto la giornata di Milano, lafuga; e come era sempre stato lontano da casa, e ora, essendo ogni cosa sottosopra, s'era arrischiato d'andarci; come non ci aveva trovato Agnese; come in Milano aveva saputo che Lucia era al lazzeretto. - E son qui, - concluse, - son qui a cercarla, a veder se è viva, e se...

mi vuole ancora... perché... alle volte...

- Ma, - domandò il frate, - hai qualche indizio dove sia stata messa, quando ci sia venuta?
- Niente, caro padre; niente se non che è qui, se pur la c'è, che Dio voglia!
- Oh poverino! ma che ricerche hai tu finora fatte qui?
- Ho girato e rigirato; ma, tra l'altre cose, non ho mai visto quasi altro che uomini. Ho benpensato che le donne devono essere in un luogo a parte, ma non ci sono mai potuto arrivare: se è così, ora lei me l'insegnerà.
- Non sai, figliuolo, che è proibito d'entrarci agli uomini che non abbiano qualcheincombenza?
- Ebbene, cosa mi può accadere?
- La regola è giusta e santa, figliuolo caro; e se la quantità e la gravezza de' guai non lasciache si possa farla osservar con tutto il rigore, è una ragione questa perché un galantuomo la trasgredisca?
- Ma, padre Cristoforo! - disse Renzo: - Lucia doveva esser mia moglie; lei sa come siamostati separati; son venti mesi che patisco, e ho pazienza; son venuto fin qui, a rischio di tante cose, l'una peggio dell'altra, e ora...
- Non so cosa dire, - riprese il frate, rispondendo piuttosto a' suoi pensieri che alle paroledel giovine: - tu vai con buona intenzione; e piacesse a Dio che tutti quelli che hanno libero l'accesso in quel luogo, ci si comportassero come posso fidarmi che farai tu. Dio, il quale certamente benedice questa tua perseveranza d'affetto, questa tua fedeltà in volere e in cercare colei ch'Egli t'aveva data; Dio, che è più rigoroso degli uomini, ma più indulgente, non vorrà guardare a quel che ci possa essere d'irregolare in codesto tuo modo di cercarla. Ricordati solo, che, della tua condotta in quel luogo, avremo a render conto tutt'e due; agli uomini facilmente no, ma a Dio senza dubbio. Vien qui -. In così dire, s'alzò, e nel medesimo tempo anche Renzo; il quale, non lasciando di dar retta alle sue parole, s'era intanto consigliato tra sé di non parlare, come s'era proposto prima, di quella tal promessa di Lucia. " Se sente anche questo, - aveva pensato, - mi fa dell'altre difficoltà sicuro. O la trovo; e saremo sempre a tempo a discorrerne; o... e allora! che serve? "

Tiratolo sull'uscio della capanna, ch'era a settentrione, il frate riprese: - Senti; il nostro padre Felice, che è il presidente qui del lazzeretto, conduce oggi a far la quarantina altrove i pochi guariti che ci sono. Tu vedi quella chiesa lì nel mezzo... - e, alzando la mano scarna e tremolante, indicava a sinistra nell'aria torbida la cupola della cappella, che torreggiava sopra le miserabili tende; e proseguì: - là intorno si vanno ora radunando, per uscire in processione dalla porta per la quale tu devi essere entrato.

- Ah! era per questo dunque, che lavoravano a sbrattare la strada.
- Per l'appunto: e tu devi anche aver sentito qualche tocco di quella campana.
- N'ho sentito uno.
- Era il secondo: al terzo saran tutti radunati: il padre Felice farà loro un piccolo discorso; epoi s'avvierà con loro. Tu, a quel tocco, portati là; cerca di metterti dietro quella gente, da una parte della strada, dove, senza disturbare, né dar nell'occhio, tu possa vederli passare; e vedi... vedi... se la ci fosse. Se Dio non ha voluto che la ci sia; quella parte, - e alzò di nuovo la mano, accennando il lato dell'edifizio che avevan dirimpetto: - quella parte della fabbrica, e una parte del terreno che è lì davanti, è assegnata alle donne. Vedrai uno stecconato che divide questo da quel quartiere, ma in certi luoghi interrotto, in altri aperto, sicché non troverai difficoltà per entrare. Dentro poi, non facendo tu nulla

che dia ombra a nessuno, nessuno probabilmente non dirà nulla a te. Se però ti si facesse qualche ostacolo, dì che il padre Cristoforo da *** ti conosce, e renderà conto di te. Cercala lì; cercala con fiducia e... con rassegnazione. Perché, ricordati che non è poco ciò che tu sei venuto a cercar qui: tu chiedi una persona viva al lazzeretto! Sai tu quante volte io ho veduto rinnovarsi questo mio povero popolo! quanti ne ho veduti portar via! quanti pochi uscire!... Va' preparato a fare un sacrifizio...

- Già; intendo anch'io, - interruppe Renzo stravolgendo gli occhi, e cambiandosi tutto inviso; - intendo! Vo: guarderò, cercherò, in un luogo, nell'altro, e poi ancora, per tutto il lazzeretto, in lungo e in largo... e se non la trovo!...

- Se non la trovi? - disse il frate, con un'aria di serietà e d'aspettativa, e con uno sguardoche ammoniva.

Ma Renzo, a cui la rabbia riaccesa dall'idea di quel dubbio aveva fatto perdere il lume degli occhi, ripeté e seguitò: - se non la trovo, vedrò di trovare qualchedun altro. O in Milano, o nel suo scellerato palazzo, o in capo al mondo, o a casa del diavolo, lo troverò quel furfante che ci ha separati; quel birbone che, se non fosse stato lui, Lucia sarebbe mia, da venti mesi; e se eravamo destinati a morire, almeno saremmo morti insieme. Se c'è ancora colui, lo troverò...

- Renzo! - disse il frate, afferrandolo per un braccio, e guardandolo ancor più severamente.- E se lo trovo, - continuò Renzo, cieco affatto dalla collera, - se la peste non ha già fatto giustizia... Non è più il tempo che un poltrone, co' suoi bravi d'intorno, possa metter la gente alla disperazione, e ridersene: è venuto un tempo che gli uomini s'incontrino a viso a viso: e... la farò io la giustizia!

- Sciagurato! - gridò il padre Cristoforo, con una voce che aveva ripresa tutta l'anticapienezza e sonorità: - sciagurato! - e la sua testa cadente sul petto s'era sollevata; le gote si colorivano dell'antica vita; e il fuoco degli occhi aveva un non so che di terribile.

- Guarda, sciagurato! - E mentre con una mano stringeva e scoteva forte il braccio diRenzo, girava l'altra davanti a sé, accennando quanto più poteva della dolorosa scena all'intorno. - Guarda chi è Colui che gastiga! Colui che giudica, e non è giudicato! Colui che flagella e che perdona! Ma tu, verme della terra, tu vuoi far giustizia! Tu lo sai, tu, quale sia la giustizia! Va', sciagurato, vattene! Io, speravo... sì, ho sperato che, prima della mia morte, Dio m'avrebbe data questa consolazione di sentir che la mia povera Lucia fosse viva; forse di vederla, e di sentirmi prometter da lei che rivolgerebbe una preghiera là verso quella fossa dov'io sarò. Va', tu m'hai levata la mia speranza. Dio non l'ha lasciata in terra per te; e tu, certo, non hai l'ardire di crederti degno che Dio pensi a consolarti. Avrà pensato a lei, perché lei è una di quell'anime a cui son riservate le consolazioni eterne. Va'!

non ho più tempo di darti retta.

E così dicendo, rigettò da sé il braccio di Renzo, e si mosse verso una capanna d'infermi. - Ah padre! - disse Renzo, andandogli dietro in atto supplichevole: - mi vuol mandar via in questa maniera?

- Come! - riprese, con voce non meno severa, il cappuccino. - Ardiresti tu di pretenderech'io rubassi il tempo a questi afflitti, i quali aspettano ch'io parli loro del perdono di Dio, per ascoltar le tue voci di rabbia, i tuoi proponimenti di vendetta? T'ho ascoltato quando chiedevi consolazione e aiuto; ho lasciata la carità per la carità; ma ora tu hai la tua vendetta in cuore: che vuoi da me? vattene. Ne ho visti morire qui degli offesi che perdonavano; degli offensori che gemevano di non potersi umiliare davanti all'offeso: ho pianto con gli uni e con gli altri; ma con te che ho da fare?

- Ah gli perdono! gli perdono davvero, gli perdono per sempre! - esclamò il giovine.- Renzo! - disse, con una serietà più tranquilla, il frate: pensaci; e dimmi un poco quante volte gli hai perdonato.

E, stato alquanto senza ricever risposta, tutt'a un tratto abbassò il capo, e, con voce cupa e lenta, riprese: - tu sai perché io porto quest'abito.

Renzo esitava.

- Tu lo sai! - riprese il vecchio.

- Lo so, - rispose Renzo.

- Ho odiato anch'io: io, che t'ho ripreso per un pensiero, per una parola, l'uomo ch'ioodiavo cordialmente, che odiavo da gran tempo, io l'ho ucciso.

- Sì, ma un prepotente, uno di quelli...

- Zitto! - interruppe il frate: - credi tu che, se ci fosse una buona ragione, io non l'avreitrovata in trent'anni? Ah! s'io potessi ora metterti in cuore il sentimento che dopo ho avuto sempre, e che ho ancora, per l'uomo ch'io odiavo! S'io potessi! io? ma Dio lo può: Egli lo faccia!... Senti, Renzo: Egli ti vuol più bene di quel che te ne vuoi tu: tu hai potuto macchinar la vendetta; ma Egli ha abbastanza forza e abbastanza misericordia per impedirtela; ti fa una grazia di cui qualchedun altro era troppo indegno. Tu sai, tu l'hai detto tante volte, ch'Egli può fermar la mano d'un prepotente; ma sappi che può anche fermar quella d'un vendicativo. E perché sei povero, perché sei offeso, credi tu ch'Egli non possa difendere contro di te un uomo che ha creato a sua immagine? Credi tu ch'Egli ti lascerebbe fare tutto quello che vuoi? No! ma sai tu cosa puoi fare? Puoi odiare, e perderti; puoi, con un tuo sentimento, allontanar da te ogni benedizione. Perché, in qualunque maniera t'andassero le cose, qualunque fortuna tu avessi, tien per certo che tutto sarà gastigo, finché tu non abbia perdonato in maniera da non poter mai più dire: io gli perdono.

- Sì, sì, - disse Renzo, tutto commosso, e tutto confuso: capisco che non gli avevo maiperdonato davvero; capisco che ho parlato da bestia, e non da cristiano: e ora, con la grazia del Signore, sì, gli perdono proprio di cuore.
- E se tu lo vedessi?
- Pregherei il Signore di dar pazienza a me, e di toccare il cuore a lui.
- Ti ricorderesti che il Signore non ci ha detto di perdonare a' nostri nemici, ci ha dettod'amarli? Ti ricorderesti ch'Egli lo ha amato a segno di morir per lui?
- Sì, col suo aiuto.
- Ebbene, vieni con me. Hai detto: lo troverò; lo troverai. Vieni, e vedrai con chi tu potevitener odio, a chi potevi desiderar del male, volergliene fare, sopra che vita tu volevi far da padrone.

E, presa la mano di Renzo, e strettala come avrebbe potuto fare un giovine sano, si mosse. Quello, senza osar di domandar altro, gli andò dietro.

Dopo pochi passi, il frate si fermò vicino all'apertura d'una capanna, fissò gli occhi in viso a Renzo, con un misto di gravità e di tenerezza; e lo condusse dentro.

La prima cosa che si vedeva, nell'entrare, era un infermo seduto sulla paglia nel fondo; un infermo però non aggravato, e che anzi poteva parer vicino alla convalescenza; il quale, visto il padre, tentennò la testa, come accennando di no: il padre abbassò la sua, con un atto di tristezza e di rassegnazione. Renzo intanto, girando, con una curiosità inquieta, lo sguardo sugli altri oggetti, vide tre o quattro infermi, ne distinse uno da una parte sur una materassa, involtato in un lenzolo, con una cappa signorile indosso, a guisa di coperta: lo fissò, riconobbe don Rodrigo, e fece un passo indietro; ma il frate, facendogli di nuovo sentir fortemente la mano con cui lo teneva, lo tirò appiè del covile, e, stesavi sopra l'altra mano, accennava col dito l'uomo che vi giaceva.

Stava l'infelice, immoto; spalancati gli occhi, ma senza sguardo; pallido il viso e sparso di macchie nere; nere ed enfiate le labbra: l'avreste detto il viso d'un cadavere, se una contrazione violenta non avesse reso testimonio d'una vita tenace. Il petto si sollevava di quando in quando, con un respiro affannoso; la destra, fuor della cappa, lo premeva vicino al cuore, con uno stringere adunco delle dita, livide tutte, e sulla punta nere.

- Tu vedi! - disse il frate, con voce bassa e grave. - Può esser gastigo, può essermisericordia. Il sentimento che tu proverai ora per quest'uomo che t'ha offeso, sì; lo stesso sentimento, il Dio, che tu pure hai offeso, avrà per te in quel giorno. Benedicilo, e sei benedetto. Da quattro giorni è qui come tu lo vedi, senza dar segno di sentimento. Forse il Signore è pronto a concedergli un'ora di ravvedimento; ma voleva esserne pregato da te: forse vuole che tu ne lo preghi con quella innocente; forse serba la grazia alla tua sola preghiera, alla preghiera d'un cuore afflitto e rassegnato. Forse la salvezza di quest'uomo e la tua dipende ora da te, da un tuo sentimento di perdono, di compassione... d'amore!

Tacque; e, giunte le mani, chinò il viso sopra di esse, e pregò: Renzo fece lo stesso. Erano da pochi momenti in quella positura, quando scoccò la campana. Si mossero tutt'e due, come di concerto; e uscirono. Né l'uno fece domande, né l'altro proteste: i loro visi parlavano.

- Va' ora, - riprese il frate, - va' preparato, sia a ricevere una grazia, sia a fare un sacrifizio; alodar Dio, qualunque sia l'esito delle tue ricerche. E qualunque sia, vieni a darmene notizia; noi lo loderemo insieme.

Qui, senza dir altro, si separarono; uno tornò dond'era venuto; l'altro s'avviò alla cappella, che non era lontana più d'un cento passi.

Cap. XXXVI

Chi avrebbe mai detto a Renzo, qualche ora prima, che, nel forte d'una tal ricerca, al cominciar de' momenti più dubbiosi e più decisivi, il suo cuore sarebbe stato diviso tra Lucia e don Rodrigo? Eppure era così: quella figura veniva a mischiarsi con tutte l'immagini care o terribili che la speranza o il timore gli mettevan davanti a vicenda, in quel tragitto; le parole sentite appiè di quel covile, si cacciavano tra i sì e i no, ond'era combattuta la sua mente; e non poteva terminare una preghiera per l'esito felice del gran cimento, senza attaccarci quella che aveva principiata là, e che lo scocco della campana aveva troncata.
La cappella ottangolare che sorge, elevata d'alcuni scalini, nel mezzo del lazzeretto, era, nella sua costruzione primitiva, aperta da tutti i lati, senz'altro sostegno che di pilastri e di colonne, una fabbrica, per dir così, traforata: in ogni facciata un arco tra due intercolunni; dentro girava un portico intorno a quella che si direbbe più propriamente chiesa, non composta che d'otto archi, rispondenti a quelli delle facciate, con sopra una cupola; di maniera che l'altare eretto nel centro, poteva esser veduto da ogni finestra delle stanze del recinto, e quasi da ogni punto del campo. Ora, convertito l'edifizio a tutt'altr'uso, i vani delle facciate son murati; ma l'antica ossatura, rimasta intatta, indica chiaramente l'antico stato, e l'antica destinazione di quello.
Renzo s'era appena avviato, che vide il padre Felice comparire nel portico della cappella, e affacciarsi sull'arco di mezzo del lato che guarda verso la città; davanti al quale era radunata la comitiva, al piano, nella strada di mezzo; e subito dal suo contegno s'accorse che aveva cominciata la predica.
Girò per quelle viottole, per arrivare alla coda dell'uditorio, come gli era stato suggerito. Arrivatoci, si fermò cheto cheto, lo scorse tutto con lo sguardo; ma non vedeva di là altro che un folto, direi quasi un selciato di teste. Nel mezzo, ce n'era un certo numero coperte di fazzoletti, o di veli: in quella parte ficcò più attentamente gli occhi; ma, non arrivando a scoprirci dentro nulla di più, gli alzò anche lui dove tutti tenevan fissi i loro. Rimase tocco e compunto dalla venerabil figura del predicatore; e, con quel che gli poteva restar d'attenzione in un tal momento d'aspettativa, sentì questa parte del solenne ragionamento. - Diamo un pensiero ai mille e mille che sono usciti di là -; e, col dito alzato sopra la spalla, accennava dietro sé la porta che mette al cimitero detto di san Gregorio, il quale allora era tutto, si può dire, una gran fossa: - diamo intorno un'occhiata ai mille e mille che rimangon qui, troppo incerti di dove sian per uscire; diamo un'occhiata a noi, così pochi, che n'usciamo a salvamento. Benedetto il Signore! Benedetto nella giustizia, benedetto nella misericordia! benedetto nella morte, benedetto nella salute! benedetto in questa scelta che ha voluto far di noi! Oh! perché l'ha voluto, figliuoli, se non per serbarsi un piccol popolo corretto dall'afflizione, e infervorato dalla gratitudine? se non a fine che, sentendo ora più vivamente, che la vita è un suo dono, ne facciamo quella stima che merita una cosa data da Lui, l'impieghiamo nell'opere che si possono offrire a Lui? se non a fine che la memoria de' nostri patimenti ci renda compassionevoli e soccorrevoli ai nostri prossimi? Questi intanto, in compagnia de' quali abbiamo penato, sperato, temuto; tra i quali lasciamo degli amici, de' congiunti; e che tutti son poi finalmente nostri fratelli; quelli tra questi, che ci vedranno passare in mezzo a loro, mentre forse riceveranno qualche sollievo nel pensare che qualcheduno esce pur salvo di qui, ricevano edificazione dal nostro contegno. Dio non voglia che possano vedere in noi una gioia rumorosa, una gioia mondana d'avere scansata quella morte, con la quale essi stanno ancor dibattendosi. Vedano che partiamo ringraziando per noi, e pregando per loro; e possan dire: anche fuor di qui, questi si ricorderanno di noi, continueranno a pregare per noi meschini. Cominciamo da questo viaggio, da' primi passi che siam per fare, una vita tutta di carità. Quelli che sono tornati nell'antico vigore, diano un braccio fraterno ai fiacchi; giovani, sostenete i vecchi; voi che siete rimasti senza figliuoli, vedete, intorno a voi, quanti figliuoli rimasti senza padre! siatelo per loro! E questa carità, ricoprendo i vostri peccati, raddolcirà anche i vostri dolori. Qui un sordo mormorìo di gemiti, un singhiozzìo che andava crescendo nell'adunanza, fu sospeso a un tratto, nel vedere il predicatore mettersi una corda al collo, e buttarsi in ginocchio: e si stava in gran silenzio, aspettando quel che fosse per dire.
- Per me, - disse, - e per tutti i miei compagni, che, senza alcun nostro merito, siamo stati scelti all'alto privilegio di servir Cristo in voi; io vi chiedo umilmente perdono se non abbiamo degnamente adempito un sì gran ministero. Se la pigrizia, se l'indocilità della carne ci ha resi meno attenti alle vostre necessità, men pronti alle vostre chiamate; se un'ingiusta impazienza, se un colpevol tedio ci ha fatti qualche volta comparirvi davanti con un volto annoiato e severo; se qualche volta il miserabile pensiero che voi aveste bisogno di noi, ci ha portati a non trattarvi con tutta quell'umiltà che si conveniva, se la nostra

fragilità ci ha fatti trascorrere a qualche azione che vi sia stata di scandolo; perdonateci! Così Dio rimetta a voi ogni vostro debito, e vi benedica -. E, fatto sull'udienza un gran segno di croce, s'alzò.
Noi abbiam potuto riferire, se non le precise parole, il senso almeno, il tema di quelle che proferì davvero; ma la maniera con cui furon dette non è cosa da potersi descrivere. Era la maniera d'un uomo che chiamava privilegio quello di servir gli appestati, perché lo teneva per tale; che confessava di non averci degnamente corrisposto, perché sentiva di non averci corrisposto degnamente; che chiedeva perdono, perché era persuaso d'averne bisogno. Ma la gente che s'era veduti d'intorno que' cappuccini non occupati d'altro che di servirla, e tanti n'aveva veduti morire, e quello che parlava per tutti, sempre il primo alla fatica, come nell'autorità, se non quando s'era trovato anche lui in fin di morte; pensate con che singhiozzi, con che lacrime rispose a tali parole. Il mirabil frate prese poi una gran croce ch'era appoggiata a un pilastro, se la inalberò davanti, lasciò sull'orlo del portico esteriore i sandali, scese gli scalini, e, tra la folla che gli fece rispettosamente largo, s'avviò per mettersi alla testa di essa.
Renzo, tutto lacrimoso, né più né meno che se fosse stato uno di quelli a cui era chiesto quel singolare perdono, si ritirò anche lui, e andò a mettersi di fianco a una capanna; e stette lì aspettando, mezzo nascosto, con la persona indietro e la testa avanti, con gli occhi spalancati, con una gran palpitazion di cuore, ma insieme con una certa nuova e particolare fiducia, nata, cred'io, dalla tenerezza che gli aveva ispirata la predica, e lo spettacolo della tenerezza generale.
Ed ecco arrivare il padre Felice, scalzo, con quella corda al collo, con quella lunga e pesante croce alzata; pallido e scarno il viso, un viso che spirava compunzione insieme e coraggio; a passo lento, ma risoluto, come di chi pensa soltanto a risparmiare l'altrui debolezza; e in tutto come un uomo a cui un di più di fatiche e di disagi desse la forza di sostenere i tanti necessari e inseparabili da quel suo incarico. Subito dopo lui, venivano i fanciulli più grandini, scalzi una gran parte, ben pochi interamente vestiti, chi affatto in camicia. Venivan poi le donne, tenendo quasi tutte per la mano una bambina, e cantando alternativamente il *Miserere*; e il suono fiacco di quelle voci, il pallore e la languidezza di que' visi eran cose da occupar tutto di compassione l'animo di chiunque si fosse trovato lì come semplice spettatore. Ma Renzo guardava, esaminava, di fila in fila, di viso in viso, senza passarne uno; ché la processione andava tanto adagio, da dargliene tutto il comodo. Passa e passa; guarda e guarda; sempre inutilmente: dava qualche occhiata di corsa alle file che rimanevano ancora indietro: sono ormai poche; siamo all'ultima; son passate tutte; furon tutti visi sconosciuti. Con le braccia ciondoloni, e con la testa piegata sur una spalla, accompagnò con l'occhio quella schiera, mentre gli passava davanti quella degli uomini. Una nuova attenzione, una nuova speranza gli nacque nel veder, dopo questi, comparire alcuni carri, su cui erano i convalescenti che non erano ancora in istato di camminare. Lì le donne venivan l'ultime; e il treno andava così adagio che Renzo poté ugualmente esaminarle tutte, senza che gliene sfuggisse una. Ma che? esamina il primo carro, il secondo, il terzo, e via discorrendo, sempre con la stessa riuscita, fino a uno, dietro al quale non veniva più che un altro cappuccino, con un aspetto serio, e con un bastone in mano, come regolatore della comitiva. Era quel padre Michele che abbiam detto essere stato dato per compagno nel governo al padre Felice.
Così svanì affatto quella cara speranza; e, andandosene, non solo portò via il conforto che aveva recato, ma, come accade le più volte, lasciò l'uomo in peggiore stato di prima. Ormai quel che ci poteva esser di meglio, era di trovar Lucia ammalata. Pure, all'ardore d'una speranza presente sottentrando quello del timore cresciuto, il poverino s'attaccò con tutte le forze dell'animo a quel tristo e debole filo; entrò nella corsia, e s'incamminò da quella parte di dove era venuta la processione. Quando fu appiè della cappella, andò a inginocchiarsi sull'ultimo scalino; e lì fece a Dio una preghiera, o, per dir meglio, una confusione di parole arruffate, di frasi interrotte, d'esclamazioni, d'istanze, di lamenti, di promesse: uno di que' discorsi che non si fanno agli uomini, perche non hanno abbastanza penetrazione per intenderli, né pazienza per ascoltarli; non son grandi abbastanza per sentirne compassione senza disprezzo.
S'alzò alquanto più rincorato; girò intorno alla cappella; si trovò nell'altra corsia che non aveva ancora veduta, e che riusciva all'altra porta; dopo pochi passi, vide lo stecconato di cui gli aveva parlato il frate, ma interrotto qua e là, appunto come questo aveva detto; entrò per una di quelle aperture, e si trovò nel quartiere delle donne. Quasi al primo passo che fece, vide in terra un campanello, di quelli che i monatti portavano a un piede; gli venne in mente che un tale strumento avrebbe potuto servirgli come di passaporto là dentro; lo prese, guardò se nessuno lo guardava, e se lo legò come usavan quelli. E si mise subito alla ricerca, a quella ricerca, che, per la quantità sola degli oggetti sarebbe stata fieramente gravosa, quand'anche gli oggetti fossero stati tutt'altri; cominciò a scorrer con l'occhio, anzi a contemplar nuove miserie, così simili in parte alle già vedute, in parte così diverse: ché, sotto la stessa

calamità, era qui un altro patire, per dir così, un altro languire, un altro lamentarsi, un altro sopportare, un altro compatirsi e soccorrersi a vicenda; era, in chi guardasse, un'altra pietà e un altro ribrezzo.
Aveva già fatto non so quanta strada, senza frutto e senza accidenti; quando si sentì dietro le spalle un - oh! - una chiamata, che pareva diretta a lui. Si voltò e vide, a una certa distanza, un commissario, che alzò una mano, accennando proprio a lui, e gridando: - là nelle stanze, ché c'è bisogno d'aiuto: qui s'è finito ora di sbrattare.
Renzo s'avvide subito per chi veniva preso, e che il campanello era la cagione dell'equivoco; si diede della bestia d'aver pensato solamente agl'impicci che quell'insegna gli poteva scansare, e non a quelli che gli poteva tirare addosso; ma pensò nello stesso tempo alla maniera di sbrigarsi subito da colui. Gli fece replicatamente e in fretta un cenno col capo, come per dire che aveva inteso, e che ubbidiva; e si levò dalla sua vista, cacciandosi da una parte tra le capanne.
Quando gli parve d'essere abbastanza lontano, pensò anche a liberarsi dalla causa dello scandolo; e, per far quell'operazione senz'essere osservato, andò a mettersi in un piccolo spazio tra due capanne che si voltavan, per dir così, la schiena. Si china per levarsi il campanello, e stando così col capo appoggiato alla parete di paglia d'una delle capanne, gli vien da quella all'orecchio una voce... Oh cielo! è possibile? Tutta la sua anima è in quell'orecchio: la respirazione è sospesa... Sì! sì! è quella voce!... - Paura di che? - diceva quella voce soave: - abbiam passato ben altro che un temporale. Chi ci ha custodite finora, ci custodirà anche adesso.
Se Renzo non cacciò un urlo, non fu per timore di farsi scorgere, fu perché non n'ebbe il fiato. Gli mancaron le ginocchia, gli s'appannò la vista; ma fu un primo momento; al secondo, era ritto, più desto, più vigoroso di prima; in tre salti girò la capanna, fu sull'uscio, vide colei che aveva parlato, la vide levata, chinata sopra un lettuccio. Si volta essa al rumore; guarda, crede di travedere, di sognare; guarda più attenta, e grida: - oh Signor benedetto!

- Lucia! v'ho trovata! vi trovo! siete proprio voi! siete viva! esclamò Renzo, avanzandosi,tutto tremante.
- Oh Signor benedetto! - replicò, ancor più tremante, Lucia: - voi? che cosa è questa! in chemaniera? perché? La peste!
- L'ho avuta. E voi...?
- Ah!... anch'io. E di mia madre...?
- Non l'ho vista, perché è a Pasturo; credo però che stia bene. Ma voi... come siete ancorapallida! come parete debole! Guarita però, siete guarita?
- Il Signore m'ha voluto lasciare ancora quaggiù. Ah Renzo! perché siete voi qui?
- Perché? - disse Renzo avvicinandosele sempre più: - mi domandate perché? Perché cidovevo venire? Avete bisogno che ve lo dica? Chi ho io a cui pensi? Non mi chiamo più Renzo, io? Non siete più Lucia, voi?
- Ah cosa dite! cosa dite! Ma non v'ha fatto scrivere mia madre...?
- Sì: pur troppo m'ha fatto scrivere. Belle cose da fare scrivere a un povero disgraziato,tribolato, ramingo, a un giovine che, dispetti almeno, non ve n'aveva mai fatti!
- Ma Renzo! Renzo! giacché sapevate... perché venire? perché?
- Perché venire! Oh Lucia! perché venire, mi dite? Dopo tante promesse! Non siam più noi?Non vi ricordate più? Che cosa ci mancava?
- Oh Signore! - esclamò dolorosamente Lucia, giungendo le mani, e alzando gli occhi alcielo: - perché non m'avete fatta la grazia di tirarmi a Voi...! Oh Renzo! cos'avete mai fatto?

Ecco; cominciavo a sperare che... col tempo... mi sarei dimenticata...

- Bella speranza! belle cose da dirmele proprio sul viso!
- Ah, cos'avete fatto! E in questo luogo! tra queste miserie! tra questi spettacoli! qui dovenon si fa altro che morire, avete potuto...!
- Quelli che moiono, bisogna pregare Iddio per loro, e sperare che anderanno in un buonluogo; ma non è giusto, né anche per questo, che quelli che vivono abbiano a viver disperati...
- Ma, Renzo! Renzo! voi non pensate a quel che dite. Una promessa alla Madonna!... Unvoto!
- E io vi dico che son promesse che non contan nulla.
- Oh Signore! Cosa dite? Dove siete stato in questo tempo? Con chi avete trattato? Comeparlate?

- Parlo da buon cristiano; e della Madonna penso meglio io che voi; perché credo che nonvuol promesse in danno del prossimo. Se la Madonna avesse parlato, oh, allora! Ma cos'è stato? una vostra idea. Sapete cosa dovete promettere alla Madonna? Promettetele che la prima figlia che avremo, le metteremo nome Maria: ché questo son qui anch'io a prometterlo: queste son cose che fanno ben più onore alla Madonna: queste son divozioni che hanno più costrutto, e non portan danno a nessuno.
- No no; non dite così: non sapete quello che vi dite: non lo sapete voi cosa sia fare un voto: non ci siete stato voi in quel caso: non avete provato. Andate, andate, per amor del cielo!

E si scostò impetuosamente da lui, tornando verso il lettuccio.

- Lucia! - disse Renzo, senza moversi: - ditemi almeno, ditemi: se non fosse questaragione... sareste la stessa per me?
- Uomo senza cuore! - rispose Lucia, voltandosi, e rattenendo a stento le lacrime: - quandom'aveste fatte dir delle parole inutili, delle parole che mi farebbero male, delle parole che sarebbero forse peccati, sareste contento? Andate, oh andate! dimenticatevi di me: si vede che non eravamo destinati! Ci rivedremo lassù: già non ci si deve star molto in questo mondo. Andate; cercate di far sapere a mia madre che son guarita, che anche qui Dio m'ha sempre assistita, che ho trovato un'anima buona, questa brava donna, che mi fa da madre; ditele che spero che lei sarà preservata da questo male, e che ci rivedremo quando Dio vorrà, e come vorrà... Andate, per amor del cielo, e non pensate a me... se non quando pregherete il Signore.

E, come chi non ha più altro da dire, né vuol sentir altro, come chi vuol sottrarsi a un pericolo, si ritirò ancor più vicino al lettuccio, dov'era la donna di cui aveva parlato. - Sentite, Lucia, sentite! - disse Renzo, senza però accostarsele di più.

- No, no; andate per carità!
- Sentite: il padre Cristoforo...
- Che?
- È qui.
- Qui? dove? Come lo sapete?
- Gli ho parlato poco fa; sono stato un pezzo con lui: e un religioso della sua qualità, mipare...
- È qui! per assistere i poveri appestati, sicuro. Ma lui? l'ha avuta la peste?
- Ah Lucia! ho paura, ho paura pur troppo... - e mentre Renzo esitava così a proferir laparola dolorosa per lui, e che doveva esserlo tanto a Lucia, questa s'era staccata di nuovo dal lettuccio, e si ravvicinava a lui: - ho paura che l'abbia adesso!
- Oh povero sant'uomo! Ma cosa dico, pover'uomo? Poveri noi! Com'è? è a letto? èassistito?
- È levato, gira, assiste gli altri; ma se lo vedeste, che colore che ha, come si regge! Se n'èvisti tanti e tanti, che pur troppo... non si sbaglia!
- Oh poveri noi! E è proprio qui!
- Qui, e poco lontano: poco più che da casa vostra a casa mia... se vi ricordate...!
- Oh Vergine Santissima!
- Bene, poco più. E pensate se abbiam parlato di voi! M'ha detto delle cose... E se sapestecosa m'ha fatto vedere! Sentirete; ma ora voglio cominciare a dirvi quel che m'ha detto prima, lui, con la sua propria bocca. M'ha detto che facevo bene a venirvi a cercare, e che al Signore gli piace che un giovine tratti così, e m'avrebbe aiutato a far che vi trovassi; come è proprio stato la verità: ma già è un santo. Sicché, vedete!
- Ma, se ha parlato così, è perché lui non sa...
- Che volete che sappia lui delle cose che avete fatte voi di vostra testa, senza regola e senzail parere di nessuno? Un brav'uomo, un uomo di giudizio, come è lui, non va a pensar cose di questa sorte. Ma quel che m'ha fatto vedere! - E qui raccontò la visita fatta a quella capanna: Lucia, quantunque i suoi sensi e il suo animo, avessero, in quel soggiorno, dovuto avvezzarsi alle più forti impressioni, stava tutta compresa d'orrore e di compassione. - E anche lì, - proseguì Renzo, - ha parlato da santo: ha detto che il Signore forse ha destinato di far la grazia a quel meschino... (ora non potrei proprio dargli un altro nome)... che aspetta di prenderlo in un buon punto; ma vuole che noi preghiamo insieme per lui... Insieme! avete inteso?

- Sì, sì; lo pregheremo, ognuno dove il Signore ci terrà: le orazioni le sa mettere insiemeLui.
- Ma se vi dico le sue parole...!
- Ma Renzo, lui non sa...
- Ma non capite che, quando è un santo che parla, è il Signore che lo fa parlare? e che nonavrebbe parlato così, se non dovesse esser proprio così?... E l'anima di quel poverino? Io ho bensì pregato, e pregherò per lui: di cuore ho pregato, proprio come se fosse stato per un mio fratello. Ma come volete che stia nel mondo di là, il poverino, se di qua non s'accomoda questa cosa, se non è disfatto il male che ha fatto lui? Che se voi intendete la ragione, allora tutto è come prima: quel che è stato è stato: lui ha fatto la sua penitenza di qua...
- No, Renzo, no: il Signore non vuole che facciamo del male, per far Lui misericordia.Lasciate fare a Lui, per questo: noi, il nostro dovere è di pregarlo. S'io fossi morta quella notte, non gli avrebbe dunque potuto perdonare? E se non son morta, se sono stata liberata...
- E vostra madre, quella povera Agnese, che m'ha sempre voluto tanto bene, e che sistruggeva tanto di vederci marito e moglie, non ve l'ha detto anche lei che l'è un'idea storta? Lei, che v'ha fatto intender la ragione anche dell'altre volte, perché, in certe cose, pensa più giusto di voi...
- Mia madre! volete che mia madre mi desse il parere di mancare a un voto! Ma, Renzo! non siete in voi.
- Oh! volete che ve la dica? Voi altre donne, queste cose non le potete sapere. Il padreCristoforo m'ha detto che tornassi da lui a raccontargli se v'avevo trovata. Vo: lo sentiremo: quel che dirà lui...
- Sì, sì; andate da quel sant'uomo; ditegli che prego per lui, e che preghi per me, che n'hobisogno tanto tanto! Ma, per amor del cielo, per l'anima vostra, per l'anima mia, non venite più qui, a farmi del male, a... tentarmi. Il padre Cristoforo, lui saprà spiegarvi le cose, e farvi tornare in voi; lui vi farà mettere il cuore in pace.
- Il cuore in pace! Oh! questo, levatevelo dalla testa. Già me l'avete fatta scrivere questaparolaccia; e so io quel che m'ha fatto patire; e ora avete anche il cuore di dirmela. E io in vece vi dico chiaro e tondo che il cuore in pace non lo metterò mai. Voi volete dimenticarvi di me; e io non voglio dimenticarmi di voi. E vi prometto, vedete, che, se mi fate perdere il giudizio, non lo racquisto più. Al diavolo il mestiere, al diavolo la buona condotta! Volete condannarmi a essere arrabbiato per tutta la vita; e da arrabbiato viverò... E quel disgraziato! Lo sa il Signore se gli ho perdonato di cuore; ma voi... Volete dunque farmi pensare per tutta la vita che se non era lui...? Lucia! avete detto ch'io vi dimentichi: ch'io vi dimentichi! Come devo fare? A chi credete ch'io pensassi in tutto questo tempo?... E dopo tante cose! dopo tante promesse! Cosa v'ho fatto io, dopo che ci siamo lasciati? Perché ho patito, mi trattate così? perché ho avuto delle disgrazie? perché la gente del mondo m'ha perseguitato? perché ho passato tanto tempo fuori di casa, tristo, lontano da voi? perché, al primo momento che ho potuto, son venuto a cercarvi?

Lucia, quando il pianto le permise di formar parole, esclamò, giungendo di nuovo le mani, e alzando al cielo gli occhi pregni di lacrime: - o Vergine santissima, aiutatemi voi! Voi sapete che, dopo quella notte, un momento come questo non l'ho mai passato. M'avete soccorsa allora; soccorretemi anche adesso!

- Sì, Lucia; fate bene d'invocar la Madonna; ma perché volete credere che Lei che è tantobuona, la madre delle misericordie, possa aver piacere di farci patire... me almeno... per una parola scappata in un momento che non sapevate quello che vi dicevate? Volete credere che v'abbia aiutata allora, per lasciarci imbrogliati dopo?... Se poi questa fosse una scusa; se è ch'io vi sia venuto in odio... ditemelo... parlate chiaro.
- Per carità, Renzo, per carità, per i vostri poveri morti, finitela, finitela; non mi fatemorire... Non sarebbe un buon momento. Andate dal padre Cristoforo; raccomandatemi a lui, non tornate più qui, non tornate più qui.
- Vo; ma pensate se non voglio tornare! Tornerei se fosse in capo al mondo, tornerei -. Edisparve.

Lucia andò a sedere, o piuttosto si lasciò cadere in terra, accanto al lettuccio; e, appoggiata a quello la testa, continuò a piangere dirottamente. La donna, che fin allora era stata a occhi e orecchi aperti, senza fiatare, domandò cosa fosse quell'apparizione, quella contesa, questo pianto. Ma forse il lettore domanda dal canto suo chi fosse costei; e, per soddisfarlo, non ci vorranno, né anche qui, troppe parole.

Era un'agiata mercantessa, di forse trent'anni. Nello spazio di pochi giorni, s'era visto morire in casa il marito e tutti i figliuoli: di lì a poco, venutale la peste anche a lei, era stata trasportata al lazzeretto, e messa in quella capannuccia, nel tempo che Lucia, dopo aver superata, senza avvedersene, la furia del male, e cambiate, ugualmente senza avvedersene, più compagne, cominciava a riaversi, e a tornare in sé; ché, fin dal principio della malattia, trovandosi ancora in casa di don Ferrante, era rimasta come insensata. La capanna non poteva contenere che due persone: e tra queste due, afflitte, derelitte, sbigottite, sole in tanta moltitudine, era presto nata un'intrinsichezza, un'affezione, che appena sarebbe potuta venire da un lungo vivere insieme. In poco tempo, Lucia era stata in grado di poter aiutar l'altra, che s'era trovata aggravatissima. Ora che questa pure era fuori di pericolo, si facevano compagnia e coraggio e guardia a vicenda; s'eran promesse di non uscir dal lazzeretto, se non insieme; e avevan presi altri concerti per non separarsi neppur dopo. La mercantessa che, avendo lasciata in custodia d'un suo fratello commissario della Sanità, la casa e il fondaco e la cassa, tutto ben fornito, era per trovarsi sola e trista padrona di molto più di quel che le bisognasse per viver comodamente, voleva tener Lucia con sé, come una figliuola o una sorella. Lucia aveva aderito, pensate con che gratitudine per lei, e per la Provvidenza; ma soltanto fin che potesse aver nuove di sua madre, e sapere, come sperava, la volontà di essa. Del resto, riservata com'era, né della promessa dello sposalizio, né dell'altre sue avventure straordinarie, non aveva mai detta una parola. Ma ora, in un così gran ribollimento d'affetti, aveva almen tanto bisogno di sfogarsi, quanto l'altra desiderio di sentire. E, stretta con tutt'e due le mani la destra di lei, si mise subito a soddisfare alla domanda, senz'altro ritegno, che quello che le facevano i singhiozzi.

Renzo intanto trottava verso il quartiere del buon frate. Con un po' di studio, e non senza dover rifare qualche pezzetto di strada, gli riuscì finalmente d'arrivarci. Trovò la capanna; lui non ce lo trovò; ma, ronzando e cercando nel contorno, lo vide in una baracca, che, piegato a terra, e quasi bocconi, stava confortando un moribondo. Si fermò lì, aspettando in silenzio. Poco dopo, lo vide chiuder gli occhi a quel poverino, poi mettersi in ginocchio, far orazione un momento, e alzarsi. Allora si mosse, e gli andò incontro - Oh! - disse il frate, vistolo venire; - ebbene?

- La c'è: l'ho trovata!
- In che stato?
- Guarita, o almeno levata.
- Sia ringraziato il Signore!
- Ma... - disse Renzo, quando gli fu vicino da poter parlar sottovoce: - c'è un altroimbroglio. - Cosa c'è?
- Voglio dire che... Già lei lo sa come è buona quella povera giovine; ma alle volte è un po'fissa nelle sue idee. Dopo tante promesse, dopo tutto quello che sa anche lei, ora dice che non mi può sposare, perché dice, che so io? che, quella notte della paura, s'è scaldata la testa, e s'è, come a dire, votata alla Madonna. Cose senza costrutto, n'è vero? Cose buone, chi ha la scienza e il fondamento da farle, ma per noi gente ordinaria, che non sappiamo bene come si devon fare... n'è vero che son cose che non valgono?
- Dimmi: è molto lontana di qui?
- Oh no: pochi passi di là dalla chiesa.
- Aspettami qui un momento, - disse il frate: - e poi ci anderemo insieme.
- Vuol dire che lei le farà intendere...
- Non so nulla, figliuolo; bisogna ch'io senta lei.
- Capisco, - disse Renzo, e stette con gli occhi fissi a terra, e con le braccia incrociate sulpetto, a masticarsi la sua incertezza, rimasta intera. Il frate andò di nuovo in cerca di quel padre Vittore, lo pregò di supplire ancora per lui, entrò nella sua capanna, n'uscì con la sporta in braccio, tornò da Renzo, gli disse: - andiamo -; e andò innanzi, avviandosi a quella tal capanna, dove, qualche tempo prima, erano entrati insieme. Questa volta, entrò solo, e dopo un momento ricomparve, e disse: - niente! Preghiamo; preghiamo -. Poi riprese: - ora, conducimi tu. E senza dir altro, s'avviarono.

Il tempo s'era andato sempre più rabbuiando, e annunziava ormai certa e poco lontana la burrasca. De' lampi fitti rompevano l'oscurità cresciuta, e lumeggiavano d'un chiarore istantaneo i lunghissimi tetti e gli archi de' portici, la cupola della cappella, i bassi comignoli delle capanne; e i tuoni scoppiati con istrepito repentino, scorrevano rumoreggiando dall'una all'altra regione del cielo. Andava innanzi il giovine, attento alla strada, con una grand'impazienza d'arrivare, e rallentando però il passo, per misurarlo alle forze del compagno; il quale, stanco dalle fatiche, aggravato dal male, oppresso dall'afa, camminava stentatamente, alzando ogni tanto al cielo la faccia smunta, come per cercare un respiro più libero.

Renzo, quando vide la capanna, si fermò, si voltò indietro, disse con voce tremante: - è qui. Entrano... - Eccoli! - grida la donna del lettuccio. Lucia si volta, s'alza precipitosamente, va incontro al vecchio, gridando: - oh chi vedo! O padre Cristoforo!

- Ebbene, Lucia! da quante angustie v'ha liberata il Signore! Dovete esser ben contentad'aver sempre sperato in Lui.
- Oh sì! Ma lei, padre? Povera me, come è cambiato! Come sta? dica: come sta?
- Come Dio vuole, e come, per sua grazia, voglio anch'io, rispose, con volto sereno, il frate.E, tiratala in un canto, soggiunse: - sentite: io non posso rimaner qui che pochi momenti. Siete voi disposta a confidarvi in me, come altre volte?
- Oh! non è lei sempre il mio padre?
- Figliuola, dunque; cos'è codesto voto che m'ha detto Renzo?
- È un voto che ho fatto alla Madonna... oh! in una gran tribolazione!... di non maritarmi.
- Poverina! Ma avete pensato allora, ch'eravate legata da una promessa?
- Trattandosi del Signore e della Madonna!... non ci ho pensato.
- Il Signore, figliuola, gradisce i sagrifizi, l'offerte, quando le facciamo del nostro. È il cuoreche vuole, è la volontà: ma voi non potevate offrirgli la volontà d'un altro, al quale v'eravate già obbligata. - Ho fatto male?
- No, poverina, non pensate a questo: io credo anzi che la Vergine santa avrà gradital'intenzione del vostro cuore afflitto, e l'avrà offerta a Dio per voi. Ma ditemi; non vi siete mai consigliata con nessuno su questa cosa?
- Io non pensavo che fosse male, da dovermene confessare: e quel poco bene che si puòfare, si sa che non bisogna raccontarlo.
- Non avete nessun altro motivo che vi trattenga dal mantener la promessa che avete fatta aRenzo?
- In quanto a questo... per me... che motivo...? Non potrei proprio dire... - rispose Lucia,con un'esitazione che indicava tutt'altro che un'incertezza del pensiero; e il suo viso ancora scolorito dalla malattia, fiorì tutt'a un tratto del più vivo rossore.
- Credete voi, - riprese il vecchio, abbassando gli occhi, - che Dio ha data alla sua Chiesal'autorità di rimettere e di ritenere, secondo che torni in maggior bene, i debiti e gli obblighi che gli uomini possono aver contratti con Lui?
- Sì, che lo credo.
- Ora sappiate che noi, deputati alla cura dell'anime in questo luogo, abbiamo, per tuttiquelli che ricorrono a noi, le più ampie facoltà della Chiesa; e che per conseguenza, io posso, quando voi lo chiediate, sciogliervi dall'obbligo, qualunque sia, che possiate aver contratto a cagion di codesto voto.
- Ma non è peccato tornare indietro, pentirsi d'una promessa fatta alla Madonna? Io alloral'ho fatta proprio di cuore... - disse Lucia, violentemente agitata dall'assalto d'una tale inaspettata, bisogna pur dire speranza, e dall'insorgere opposto d'un terrore fortificato da tutti i pensieri che, da tanto tempo, eran la principale occupazione dell'animo suo.
- Peccato, figliuola? - disse il padre: - peccato il ricorrere alla Chiesa, e chiedere al suoministro che faccia uso dell'autorità che ha ricevuto da essa, e che essa ha ricevuta da Dio? Io ho veduto in che maniera voi due siete stati condotti ad unirvi; e, certo, se mai m'è parso che due fossero uniti da Dio, voi altri eravate quelli: ora non vedo perché Dio v'abbia a voler separati. E lo benedico che m'abbia dato, indegno come sono, il potere di parlare in suo nome, e di rendervi la vostra parola. E se voi mi chiedete ch'io vi dichiari sciolta da codesto voto, io non esiterò a farlo; e desidero anzi che me lo chiediate.
- Allora...! allora...! lo chiedo; - disse Lucia, con un volto non turbato più che di pudore.Il frate chiamò con un cenno il giovine, il quale se ne stava nel cantuccio il più lontano, guardando (giacché non poteva far altro) fisso fisso al dialogo in cui era tanto interessato; e, quando quello fu lì, disse, a voce

più alta, a Lucia: - con l'autorità che ho dalla Chiesa, vi dichiaro sciolta dal voto di verginità, annullando ciò che ci poté essere d'inconsiderato, e liberandovi da ogni obbligazione che poteste averne contratta.

Pensi il lettore che suono facessero all'orecchio di Renzo tali parole. Ringraziò vivamente con gli occhi colui che le aveva proferite; e cercò subito, ma invano, quelli di Lucia.

- Tornate, con sicurezza e con pace, ai pensieri d'una volta, seguì a dirle il cappuccino: chiedete di nuovo al Signore le grazie che Gli chiedevate, per essere una moglie santa; e confidate che ve le concederà più abbondanti, dopo tanti guai. E tu, - disse, voltandosi a Renzo, - ricordati, figliuolo, che se la Chiesa ti rende questa compagna, non lo fa per procurarti una consolazione temporale e mondana, la quale, se anche potesse essere intera, e senza mistura d'alcun dispiacere, dovrebbe finire in un gran dolore, al momento di lasciarvi; ma lo fa per avviarvi tutt'e due sulla strada della consolazione che non avrà fine. Amatevi come compagni di viaggio, con questo pensiero d'avere a lasciarvi, e con la speranza di ritrovarvi per sempre. Ringraziate il cielo che v'ha condotti a questo stato, non per mezzo dell'allegrezze turbolente e passeggiere, ma co' travagli e tra le miserie, per disporvi a una allegrezza raccolta e tranquilla. Se Dio vi concede figliuoli, abbiate in mira d'allevarli per Lui, d'istillar loro l'amore di Lui e di tutti gli uomini; e allora li guiderete bene in tutto il resto. Lucia! v'ha detto, - e accennava Renzo, - chi ha visto qui?
- Oh padre, me l'ha detto!
- Voi pregherete per lui! Non ve ne stancate. E anche per me pregherete!... Figliuoli! voglioche abbiate un ricordo del povero frate -. E qui levò dalla sporta una scatola d'un legno ordinario, ma tornita e lustrata con una certa finitezza cappuccinesca; e proseguì: - qui dentro c'è il resto di quel pane... il primo che ho chiesto per carità; quel pane, di cui avete sentito parlare! Lo lascio a voi altri: serbatelo; fatelo vedere ai vostri figliuoli. Verranno in un tristo mondo, e in tristi tempi, in mezzo a' superbi e a' provocatori: dite loro che perdonino sempre, sempre! tutto, tutto! e che preghino, anche loro, per il povero frate! E porse la scatola a Lucia, che la prese con rispetto, come si farebbe d'una reliquia. Poi, con voce più tranquilla, riprese: - ora ditemi; che appoggi avete qui in Milano? Dove pensate d'andare a alloggiare, appena uscita di qui? E chi vi condurrà da vostra madre, che Dio voglia aver conservata in salute?
- Questa buona signora mi fa lei intanto da madre: noi due usciremo di qui insieme, e poiessa penserà a tutto.
- Dio la benedica, - disse il frate, accostandosi al lettuccio.
- La ringrazio anch'io, - disse la vedova, - della consolazione che ha data a queste poverecreature; sebbene io avessi fatto conto di tenerla sempre con me, questa cara Lucia. Ma la terrò intanto; l'accompagnerò io al suo paese, la consegnerò a sua madre; e, soggiunse poi sottovoce, - voglio farle io il corredo. N'ho troppa della roba; e di quelli che dovevan goderla con me, non ho più nessuno!
- Così, - rispose il frate, - lei può fare un gran sacrifizio al Signore, e del bene al prossimo.

Non le raccomando questa giovine: già vedo che è come sua: non c'è che da lodare il Signore, il quale sa mostrarsi padre anche ne' flagelli, e che, col farle trovare insieme, ha dato un così chiaro segno d'amore all'una e all'altra. Orsù, riprese poi, voltandosi a Renzo, e prendendolo per una mano: noi due non abbiam più nulla da far qui: e ci siamo stati anche troppo. Andiamo.

- Oh padre! - disse Lucia: - la vedrò ancora? Io sono guarita, io che non fo nulla di bene aquesto mondo; e lei...!
- È già molto tempo, - rispose con tono serio e dolce il vecchio, - che chiedo al Signore unagrazia, e ben grande: di finire i miei giorni in servizio del prossimo. Se me la volesse ora concedere, ho bisogno che tutti quelli che hanno carità per me, m'aiutino a ringraziarlo. Via; date a Renzo le vostre commissioni per vostra madre.
- Raccontatele quel che avete veduto, - disse Lucia al promesso sposo: - che ho trovata quiun'altra madre, che verrò con questa più presto che potrò, e che spero, spero di trovarla sana.
- Se avete bisogno di danari, - disse Renzo, - ho qui tutti quelli che m'avete mandati, e...
- No, no, - interruppe la vedova: - ne ho io anche troppi.
- Andiamo, - replicò il frate.

- A rivederci, Lucia...! e anche lei, dunque, quella buona signora, - disse Renzo, nontrovando parole che significassero quello che sentiva.
- Chi sa che il Signore ci faccia la grazia di rivederci ancora tutti! - esclamò Lucia.
- Sia Egli sempre con voi, e vi benedica, - disse alle due compagne fra Cristoforo; e uscì conRenzo dalla capanna.

Mancava poco alla sera, e il tempo pareva sempre più vicino a risolversi. Il cappuccino esibì di nuovo al giovine di ricoverarlo per quella notte nella sua baracca. - Compagnia, non te ne potrò fare, - soggiunse: - ma avrai da stare al coperto.

Renzo però si sentiva una smania d'andare; e non si curava di rimaner più a lungo in un luogo simile, quando non poteva profittarne per veder Lucia, e non avrebbe neppur potuto starsene un po' col buon frate. In quanto all'ora e al tempo, si può dire che notte e giorno, sole e pioggia, zeffiro e tramontano, eran tutt'uno per lui in quel momento. Ringraziò dunque il frate, dicendo che voleva andar più presto che fosse possibile in cerca d'Agnese. Quando furono nella strada di mezzo, il frate gli strinse la mano, e disse: - se la trovi, che Dio voglia! quella buona Agnese, salutala anche in mio nome; e a lei, e a tutti quelli che rimangono, e si ricordano di fra Cristoforo, dì che preghin per lui. Dio t'accompagni, e ti benedica per sempre.

- Oh caro padre...! ci rivedremo? ci rivedremo?
- Lassù, spero -. E con queste parole, si staccò da Renzo; il quale, stato lì a guardarlo finche non l'ebbe perso di vista, prese in fretta verso la porta, dando a destra e a sinistra l'ultime occhiate di compassione a quel luogo di dolori. C'era un movimento straordinario, un correr di monatti, un trasportar di roba, un accomodar le tende delle baracche, uno strascicarsi di convalescenti a queste e ai portici, per ripararsi dalla burrasca imminente.

Cap. XXXVII

Appena infatti ebbe Renzo passata la soglia del lazzeretto e preso a diritta, per ritrovar la viottola di dov'era sboccato la mattina sotto le mura, principiò come una grandine di goccioloni radi e impetuosi, che, battendo e risaltando sulla strada bianca e arida, sollevavano un minuto polverìo; in un momento, diventaron fitti; e prima che arrivasse alla viottola, la veniva giù a secchie. Renzo, in vece d'inquietarsene, ci sguazzava dentro, se la godeva in quella rinfrescata, in quel susurrìo, in quel brulichìo dell'erbe e delle foglie, tremolanti, gocciolanti, rinverdite, lustre; metteva certi respironi larghi e pieni; e in quel risolvimento della natura sentiva come più liberamente e più vivamente quello che s'era fatto nel suo destino.

Ma quanto più schietto e intero sarebbe stato questo sentimento, se Renzo avesse potuto indovinare quel che si vide pochi giorni dopo: che quell'acqua portava via il contagio; che, dopo quella, il lazzeretto, se non era per restituire ai viventi tutti i viventi che conteneva, almeno non n'avrebbe più ingoiati altri; che, tra una settimana, si vedrebbero riaperti usci e botteghe, non si parlerebbe quasi più che di quarantina; e della peste non rimarrebbe se non qualche resticciolo qua e là; quello strascico che un tal flagello lasciava sempre dietro a sé per qualche tempo.

Andava dunque il nostro viaggiatore allegramente, senza aver disegnato né dove, né come, né quando, né se avesse da fermarsi la notte, premuroso soltanto di portarsi avanti, d'arrivar presto al suo paese, di trovar con chi parlare, a chi raccontare, soprattutto di poter presto rimettersi in cammino per Pasturo, in cerca d'Agnese. Andava, con la mente tutta sottosopra dalle cose di quel giorno; ma di sotto le miserie, gli orrori, i pericoli, veniva sempre a galla un pensierino: l'ho trovata; è guarita; è mia! E allora faceva uno sgambetto, e con ciò dava un'annaffiata all'intorno, come un can barbone uscito dall'acqua; qualche volta si contentava d'una fregatina di mani; e avanti, con più ardore di prima. Guardando per la strada, raccattava, per dir così, i pensieri, che ci aveva lasciati la mattina e il giorno avanti, nel venire; e con più piacere quelli appunto che allora aveva più cercato di scacciare, i dubbi, le difficoltà, trovarla, trovarla viva, tra tanti morti e moribondi! " E l'ho trovata viva! " concludeva. Si rimetteva col pensiero nelle circostanze più terribili di quella giornata; si figurava con quel martello in mano: ci sarà o non ci sarà? e una risposta così poco allegra; e non aver nemmeno il tempo di masticarla, che addosso quella furia di matti birboni; e quel lazzeretto, quel mare! lì ti volevo a trovarla! E averla trovata! Ritornava su quel momento quando fu finita di passare la processione de' convalescenti: che momento! che crepacore non trovarcela! e ora non gliene importava più nulla. E quel quartiere delle donne! E là dietro a quella capanna, quando meno se l'aspettava, quella voce, quella voce proprio! E vederla, vederla levata! Ma che? c'era ancora quel nodo del voto, e più stretto che mai. Sciolto anche questo. E quell'odio contro don Rodrigo, quel rodìo continuo che esacerbava tutti i guai, e avvelenava tutte le consolazioni, scomparso anche quello. Talmenteché non saprei immaginare una contentezza più viva, se non fosse stata l'incertezza intorno ad Agnese, il tristo presentimento intorno al padre Cristoforo, e quel trovarsi ancora in mezzo a una peste.

Arrivò a Sesto, sulla sera; né pareva che l'acqua volesse cessare. Ma, sentendosi più in gambe che mai, e con tante difficoltà di trovar dove alloggiare, e così inzuppato, non ci pensò neppure. La sola cosa che l'incomodasse, era un grand'appetito: ché una consolazione come quella gli avrebbe fatto smaltire altro che la poca minestra del cappuccino. Guardò se trovasse anche qui una bottega di fornaio; ne vide una; ebbe due pani con le molle, e con quell'altre cerimonie. Uno in tasca e l'altro alla bocca, e avanti. Quando passò per Monza, era notte fatta: nonostante, gli riuscì di trovar la porta che metteva sulla strada giusta. Ma meno questo, che, per dir la verità, era un gran merito, potete immaginarvi come fosse quella strada, e come andasse facendosi di momento in momento. Affondata (com'eran tutte; e dobbiamo averlo detto altrove) tra due rive, quasi un letto di fiume, si sarebbe a quell'ora potuta dire, se non un fiume, una gora davvero; e ogni tanto pozze, da volerci del buono e del bello a levarne i piedi, non che le scarpe. Ma Renzo n'usciva come poteva, senz'atti d'impazienza, senza parolacce, senza pentimenti; pensando che ogni passo, per quanto costasse, lo conduceva avanti, e che l'acqua cesserebbe quando a Dio piacesse, e che, a suo tempo, spunterebbe il giorno, e che la strada che faceva intanto, allora sarebbe fatta.

E dirò anche che non ci pensava se non proprio quando non poteva far di meno. Eran distrazioni queste; il gran lavoro della sua mente era di riandare la storia di que' tristi anni passati: tant'imbrogli, tante traversìe, tanti momenti in cui era stato per perdere anche la speranza, e fare andata ogni cosa; e di contrapporci l'immaginazioni d'un avvenire così diverso: e l'arrivar di Lucia, e le nozze, e il metter su casa, e il raccontarsi le vicende passate, e tutta la vita.

Come la facesse quando trovava due strade; se quella poca pratica, con quel poco barlume, fossero quelli che l'aiutassero a trovar sempre la buona, o se l'indovinasse sempre alla ventura, non ve lo saprei dire; ché lui medesimo, il quale soleva raccontar la sua storia molto per minuto, lunghettamente anzi che no (e tutto conduce a credere che il nostro anonimo l'avesse sentita da lui più d'una volta), lui medesimo, a questo punto, diceva che, di quella notte, non se ne rammentava che come se l'avesse passata in letto a sognare. Il fatto sta che, sul finir di essa, si trovò alla riva dell'Adda.

Non era mai spiovuto; ma, a un certo tempo, da diluvio era diventata pioggia, e poi un'acquerugiola fine fine, cheta cheta, ugual uguale: i nuvoli alti e radi stendevano un velo non interrotto, ma leggiero e diafano; e il lume del crepuscolo fece vedere a Renzo il paese d'intorno. C'era dentro il suo; e quel che sentì, a quella vista, non si saprebbe spiegare. Altro non vi so dire, se non che que' monti, quel *Resegone* vicino, il territorio di Lecco, era diventato tutto come roba sua. Diede un'occhiata anche a sé, e si trovò un po' strano, quale, per dir la verità, da quel che si sentiva, s'immaginava già di dover parere: sciupata e attaccata addosso ogni cosa: dalla testa alla vita, tutto un fradiciume, una grondaia; dalla vita alla punta de' piedi, melletta e mota: le parti dove non ce ne fosse si sarebbero potute chiamare esse zacchere e schizzi. E se si fosse visto tutt'intero in uno specchio, con la tesa del cappello floscia e cascante, e i capelli stesi e incollati sul viso, si sarebbe fatto ancor più specie. In quanto a stanco, lo poteva essere, ma non ne sapeva nulla: e il frescolino dell'alba aggiunto a quello della notte e di quel poco bagno, non gli dava altro che una fierezza, una voglia di camminar più presto.

È a Pescate; costeggia quell'ultimo tratto dell'Adda, dando però un'occhiata malinconica a Pescarenico; passa il ponte; per istrade e campi, arriva in un momento alla casa dell'ospite amico. Questo, che s'era levato allora, e stava sull'uscio, a guardare il tempo, alzò gli occhi a quella figura così inzuppata, così infangata, diciam pure così lercia, e insieme così viva e disinvolta: a' suoi giorni non aveva visto un uomo peggio conciato e più contento.

- Ohe! - disse: - già qui? e con questo tempo? Com'è andata?- La c'è, - disse Renzo: - la c'è: la c'è.

- Sana?

- Guarita, che è meglio. Devo ringraziare il Signore e la Madonna fin che campo. Ma cosegrandi, cose di fuoco: ti racconterò poi tutto.
- Ma come sei conciato!
- Son bello eh?
- A dir la verità, potresti adoprare il da tanto in su, per lavare il da tanto in giù. Ma, aspetta,aspetta; che ti faccia un buon fuoco.
- Non dico di no. Sai dove la m'ha preso? proprio alla porta del lazzeretto. Ma niente! iltempo il suo mestiere, e io il mio.

L'amico andò e tornò con due bracciate di stipa: ne mise una in terra, l'altra sul focolare, e, con un po' di brace rimasta della sera avanti, fece presto una bella fiammata. Renzo intanto s'era levato il cappello, e, dopo averlo scosso due o tre volte, l'aveva buttato in terra: e, non così facilmente, s'era tirato via anche il farsetto. Levò poi dal taschino de' calzoni il coltello, col fodero tutto fradicio, che pareva stato in molle; lo mise su un panchetto, e disse: - anche costui è accomodato a dovere; ma l'è acqua! l'è acqua! sia ringraziato il Signore... Sono stato lì lì...! Ti dirò poi -. E si fregava le mani. - Ora fammi un altro piacere, - soggiunse: quel fagottino che ho lasciato su in camera, va' a prendermelo, ché prima che s'asciughi questa roba che ho addosso...!

Tornato col fagotto, l'amico disse: - penso che avrai anche appetito: capisco che da bere, per la strada, non te ne sarà mancato; ma da mangiare...

- Ho trovato da comprar due pani, ieri sul tardi; ma, per dir la verità, non m'hanno toccatoun dente.
- Lascia fare, - disse l'amico; mise l'acqua in un paiolo, che attaccò poi alla catena; esoggiunse: - vado a mungere: quando tornerò col latte, l'acqua sarà all'ordine; e si fa una buona polenta. Tu intanto fa' il tuo comodo.

Renzo, rimasto solo, si levò, non senza fatica, il resto de' panni, che gli s'eran come appiccicati addosso; s'asciugò, si rivestì da capo a piedi. L'amico tornò, e andò al suo paiolo: Renzo intanto si mise a sedere, aspettando.

- Ora sento che sono stanco, - disse: - ma è una bella tirata! Però questo è nulla! Ne ho daraccontartene per tutta la giornata. Com'è conciato Milano! Le cose che bisogna vedere! Le cose che bisogna toccare! Cose da farsi poi schifo a se medesimo. Sto per dire che non ci voleva meno di quel bucatino che ho avuto. E quel che m'hanno voluto fare que' signori di laggiù! Sentirai. Ma se tu vedessi il lazzeretto! C'è da perdersi nelle miserie. Basta; ti racconterò tutto... E la c'è, e la verrà qui, e sarà mia moglie; e tu devi far da testimonio, e, peste o non peste, almeno qualche ora, voglio che stiamo allegri.

Del resto mantenne ciò, che aveva detto all'amico, di voler raccontargliene per tutta la giornata; tanto più, che, avendo sempre continuato a piovigginare, questo la passò tutta in casa, parte seduto accanto all'amico, parte in faccende intorno a un suo piccolo tino, e a una botticina, e ad altri lavori, in preparazione della vendemmia; ne' quali Renzo non lasciò di dargli una mano; ché, come soleva dire, era di quelli che si stancano più a star senza far nulla, che a lavorare. Non poté però tenersi di non fare una scappatina alla casa d'Agnese, per rivedere una certa finestra, e per dare anche lì una fregatina di mani. Tornò senza essere stato visto da nessuno; e andò subito a letto. S'alzò prima che facesse giorno; e, vedendo cessata l'acqua, se non ritornato il sereno, si mise in cammino per Pasturo. Era ancor presto quando ci arrivò: ché non aveva meno fretta e voglia di finire, di quel che possa averne il lettore. Cercò d'Agnese; sentì che stava bene, e gli fu insegnata una casuccia isolata dove abitava. Ci andò; la chiamò dalla strada: a una tal voce, essa s'affacciò di corsa alla finestra; e, mentre stava a bocca aperta per mandar fuori non so che parola, non so che suono, Renzo la prevenne dicendo: - Lucia è guarita: l'ho veduta ierlaltro; vi saluta; verrà presto. E poi ne ho, ne ho delle cose da dirvi.

Tra la sorpresa dell'apparizione, e la contentezza della notizia, e la smania di saperne di più, Agnese cominciava ora un'esclamazione, ora una domanda, senza finir nulla: poi, dimenticando le precauzioni ch'era solita a prendere da molto tempo, disse: - vengo ad aprirvi.

- Aspettate: e la peste? - disse Renzo: - voi non l'avete avuta, credo.
- Io no: e voi?
- Io sì; ma voi dunque dovete aver giudizio. Vengo da Milano; e, sentirete, sono propriostato nel contagio fino agli occhi. È vero che mi son mutato tutto da capo a piedi; ma l'è una porcheria che s'attacca alle volte come un malefizio. E giacché il Signore v'ha preservata finora, voglio che stiate

riguardata fin che non è finito quest'influsso; perché siete la nostra mamma: e voglio che campiamo insieme un bel pezzo allegramente, a conto del gran patire che abbiam fatto, almeno io.

- Ma... - cominciava Agnese.

- Eh! - interruppe Renzo: - non c'è ma che tenga. So quel che volete dire; ma sentirete,sentirete, che de' ma non ce n'è più. Andiamo in qualche luogo all'aperto, dove si possa parlar con comodo, senza pericolo; e sentirete.

Agnese gl'indicò un orto ch'era dietro alla casa; e soggiunse: - entrate lì, e vedrete che c'è due panche, l'una in faccia all'altra, che paion messe apposta. Io vengo subito.

Renzo andò a mettersi a sedere sur una: un momento dopo, Agnese si trovò lì sull'altra: e son certo che, se il lettore, informato come è delle cose antecedenti, avesse potuto trovarsi lì in terzo, a veder con gli occhi quella conversazione così animata, a sentir con gli orecchi que' racconti, quelle domande, quelle spiegazioni, quell'esclamare, quel condolersi, quel rallegrarsi, e don Rodrigo, e il padre Cristoforo, e tutto il resto, e quelle descrizioni dell'avvenire, chiare e positive come quelle del passato, son certo, dico, che ci avrebbe preso gusto, e sarebbe stato l'ultimo a venir via. Ma d'averla sulla carta tutta quella conversazione, con parole mute, fatte d'inchiostro, e senza trovarci un solo fatto nuovo, son di parere che non se ne curi molto, e che gli piaccia più d'indovinarla da sé. La conclusione fu che s'anderebbe a metter su casa tutti insieme in quel paese del bergamasco dove Renzo aveva già un buon avviamento: in quanto al tempo, non si poteva decider nulla, perché dipendeva dalla peste, e da altre circostanze: appena cessato il pericolo, Agnese tornerebbe a casa, ad aspettarvi Lucia, o Lucia ve l'aspetterebbe: intanto Renzo farebbe spesso qualche altra corsa a Pasturo, a veder la sua mamma, e a tenerla informata di quel che potesse accadere.

Prima di partire, offrì anche a lei danari, dicendo: - gli ho qui tutti, vedete, que' tali: avevo fatto voto anch'io di non toccarli, fin che la cosa non fosse venuta in chiaro. Ora, se n'avete bisogno, portate qui una scodella d'acqua e aceto; vi butto dentro i cinquanta scudi belli e lampanti.

- No, no, - disse Agnese: - ne ho ancora più del bisogno per me: i vostri, serbateli, che saranbuoni per metter su casa.

Renzo tornò al paese con questa consolazione di più d'aver trovata sana e salva una persona tanto cara. Stette il rimanente di quella giornata, e la notte, in casa dell'amico; il giorno dopo, in viaggio di nuovo, ma da un'altra parte, cioè verso il paese adottivo.

Trovò Bortolo, in buona salute anche lui, e in minor timore di perderla; ché, in que' pochi giorni, le cose, anche là, avevan preso rapidamente una bonissima piega. Pochi eran quelli che s'ammalavano; e il male non era più quello; non più que' lividi mortali, né quella violenza di sintomi; ma febbriciattole, intermittenti la maggior parte, con al più qualche piccol bubbone scolorito, che si curava come un fignolo ordinario. Già l'aspetto del paese compariva mutato; i rimasti vivi cominciavano a uscir fuori, a contarsi tra loro, a farsi a vicenda condoglianze e congratulazioni. Si parlava già di ravviare i lavori: i padroni pensavano già a cercare e a caparrare operai, e in quell'arti principalmente dove il numero n'era stato scarso anche prima del contagio, com'era quella della seta. Renzo, senza fare il lezioso, promise (salve però le debite approvazioni) al cugino di rimettersi al lavoro, quando verrebbe accompagnato, a stabilirsi in paese. S'occupò intanto de' preparativi più necessari: trovò una casa più grande; cosa divenuta pur troppo facile e poco costosa; e la fornì di mobili e d'attrezzi, intaccando questa volta il tesoro, ma senza farci un gran buco, ché tutto era a buon mercato, essendoci molta più roba che gente che la comprassero.

Dopo non so quanti giorni, ritornò al paese nativo, che trovò ancor più notabilmente cambiato in bene. Trottò subito a Pasturo; trovò Agnese rincoraggita affatto, e disposta a ritornare a casa quando si fosse; di maniera che ce la condusse lui: né diremo quali fossero i loro sentimenti, quali le parole, al rivedere insieme que' luoghi.

Agnese trovò ogni cosa come l'aveva lasciata. Sicché non poté far a meno di non dire che, questa volta, trattandosi d'una povera vedova e d'una povera fanciulla, avevan fatto la guardia gli angioli.

- E l'altra volta, - soggiungeva, - che si sarebbe creduto che il Signore guardasse altrove, e non pensasse a noi, giacché lasciava portar via il povero fatto nostro; ecco che ha fatto vedere il contrario, perché m'ha mandato da un'altra parte di bei danari, con cui ho potuto rimettere ogni cosa. Dico ogni cosa, e non dico bene; perché il corredo di Lucia che coloro avevan portato via bell'e nuovo, insieme col resto, quello mancava ancora; ma ecco che ora ci viene da un'altra parte. Chi m'avesse detto, quando io m'arrapinavo tanto a allestir quell'altro: tu credi di lavorar per Lucia: eh povera donna! lavori per chi

non sai: sa il cielo, questa tela, questi panni, a che sorte di creature anderanno indosso: quelli per Lucia, il corredo davvero che ha da servire per lei, ci penserà un'anima buona, la quale tu non sai né anche che la sia in questo mondo.
Il primo pensiero d'Agnese fu quello di preparare nella sua povera casuccia l'alloggio il più decente che potesse, a quell'anima buona: poi andò in cerca di seta da annaspare; e lavorando ingannava il tempo.
Renzo, dal canto suo, non passò in ozio que' giorni già tanto lunghi per sé: sapeva far due mestieri per buona sorte; si rimise a quello del contadino. Parte aiutava il suo ospite, per il quale era una gran fortuna l'avere in tal tempo spesso al suo comando un'opera, e un'opera di quell'abilità; parte coltivava, anzi dissodava l'orticello d'Agnese, trasandato affatto nell'assenza di lei. In quanto al suo proprio podere, non se n'occupava punto, dicendo ch'era una parrucca troppo arruffata, e che ci voleva altro che due braccia a ravviarla. E non ci metteva neppure i piedi; come né anche in casa: ché gli avrebbe fatto male a vedere quella desolazione; e aveva già preso il partito di disfarsi d'ogni cosa, a qualunque prezzo, e d'impiegar nella nuova patria quel tanto che ne potrebbe ricavare.
Se i rimasti vivi erano, l'uno per l'altro, come morti resuscitati, Renzo, per quelli del suo paese, lo era, come a dire, due volte: ognuno gli faceva accoglienze e congratulazioni, ognuno voleva sentir da lui la sua storia. Direte forse: come andava col bando? L'andava benone: lui non ci pensava quasi più, supponendo che quelli i quali avrebbero potuto eseguirlo, non ci pensassero più né anche loro: e non s'ingannava. E questo non nasceva solo dalla peste che aveva fatto monte di tante cose; ma era, come s'è potuto vedere anche in vari luoghi di questa storia, cosa comune a que' tempi, che i decreti, tanto generali quanto speciali, contro le persone, se non c'era qualche animosità privata e potente che li tenesse vivi, e li facesse valere, rimanevano spesso senza effetto, quando non l'avessero avuto sul primo momento; come palle di schioppo, che, se non fanno colpo, restano in terra, dove non dànno fastidio a nessuno. Conseguenza necessaria della gran facilità con cui li seminavano que' decreti. L'attività dell'uomo è limitata; e tutto il di più che c'era nel comandare, doveva tornare in tanto meno nell'eseguire. Quel che va nelle maniche, non può andar ne' gheroni.
Chi volesse anche sapere come Renzo se la passasse con don Abbondio, in quel tempo d'aspetto, dirò che stavano alla larga l'uno dall'altro: don Abbondio, per timore di sentire intonar qualcosa di matrimonio: e, al solo pensarci, si vedeva davanti agli occhi don Rodrigo da una parte, co' suoi bravi, il cardinale dall'altra, co' suoi argomenti: Renzo, perché aveva fissato di non parlargliene che al momento di concludere, non volendo risicare di farlo inalberar prima del tempo, di suscitar, chi sa mai? qualche difficoltà, e d'imbrogliar le cose con chiacchiere inutili. Le sue chiacchiere, le faceva con Agnese. Credete voi che verrà presto? - domandava l'uno. - Io spero di sì, - rispondeva l'altro: e spesso quello che aveva data la risposta, faceva poco dopo la domanda medesima. E con queste e con simili furberie, s'ingegnavano a far passare il tempo, che pareva loro più lungo, di mano in mano che n'era più passato.
Al lettore noi lo faremo passare in un momento tutto quel tempo, dicendo in compendio che, qualche giorno dopo la visita di Renzo al lazzeretto, Lucia n'uscì con la buona vedova; che, essendo stata ordinata una quarantina generale, la fecero insieme, rinchiuse nella casa di quest'ultima; che una parte del tempo fu spesa in allestire il corredo di Lucia, al quale, dopo aver fatto un po' di cerimonie, dovette lavorare anche lei; e che, terminata che fu la quarantina, la vedova lasciò in consegna il fondaco e la casa a quel suo fratello commissario; e si fecero i preparativi per il viaggio. Potremmo anche soggiunger subito: partirono, arrivarono, e quel che segue; ma, con tutta la volontà che abbiamo di secondar la fretta del lettore, ci son tre cose appartenenti a quell'intervallo di tempo, che non vorremmo passar sotto silenzio; e, per due almeno, crediamo che il lettore stesso dirà che avremmo fatto male.
La prima, che, quando Lucia tornò a parlare alla vedova delle sue avventure, più in particolare, e più ordinatamente di quel che avesse potuto in quell'agitazione della prima confidenza, e fece menzione più espressa della signora che l'aveva ricoverata nel monastero di Monza, venne a sapere di costei cose che, dandole la chiave di molti misteri, le riempiron l'animo d'una dolorosa e paurosa maraviglia. Seppe dalla vedova che la sciagurata, caduta in sospetto d'atrocissimi fatti, era stata, per ordine del cardinale, trasportata in un monastero di Milano; che lì, dopo molto infuriare e dibattersi, s'era ravveduta, s'era accusata; e che la sua vita attuale era supplizio volontario tale, che nessuno, a meno di non togliergliela, ne avrebbe potuto trovare un più severo. Chi volesse conoscere un po' più in particolare questa trista storia, la troverà nel libro e al luogo che abbiam citato altrove, a proposito della stessa persona (Ripam. *Hist. Pat.*, Dec. V, Lib. VI, Cap. III.).
L'altra cosa è che Lucia, domandando del padre Cristoforo a tutti i cappuccini che poté vedere nel lazzeretto, sentì, con più dolore che maraviglia, ch'era morto di peste.

Finalmente, prima di partire, avrebbe anche desiderato di saper qualcosa de' suoi antichi padroni, e di fare, come diceva, un atto del suo dovere, se alcuno ne rimaneva. La vedova l'accompagnò alla casa, dove seppero che l'uno e l'altra erano andati tra que' più. Di donna Prassede, quando si dice ch'era morta, è detto tutto; ma intorno a don Ferrante, trattandosi ch'era stato dotto, l'anonimo ha creduto d'estendersi un po' più; e noi, a nostro rischio, trascriveremo a un di presso quello che ne lasciò scritto.
Dice adunque che, al primo parlar che si fece di peste, don Ferrante fu uno de' più risoluti a negarla, e che sostenne costantemente fino all'ultimo, quell'opinione; non già con ischiamazzi, come il popolo; ma con ragionamenti, ai quali nessuno potrà dire almeno che mancasse la concatenazione.

- *In rerum natura*, - diceva, - non ci son che due generi di cose: sostanze e accidenti; e se io provo che il contagio non può esser né l'uno né l'altro, avrò provato che non esiste, che è una chimera. E son qui. Le sostanze sono, o spirituali, o materiali. Che il contagio sia sostanza spirituale, è uno sproposito che nessuno vorrebbe sostenere; sicché è inutile parlarne. Le sostanze materiali sono, o semplici, o composte. Ora, sostanza semplice il contagio non è; e si dimostra in quattro parole. Non è sostanza aerea; perché, se fosse tale, in vece di passar da un corpo all'altro, volerebbe subito alla sua sfera. Non è acquea; perché bagnerebbe, e verrebbe asciugata da' venti. Non è ignea; perché brucerebbe. Non è terrea; perché sarebbe visibile. Sostanza composta, neppure; perché a ogni modo dovrebbe esser sensibile all'occhio o al tatto; e questo contagio, chi l'ha veduto? chi l'ha toccato? Riman da vedere se possa essere accidente. Peggio che peggio. Ci dicono questi signori dottori che si comunica da un corpo all'altro; ché questo è il loro achille, questo il pretesto per far tante prescrizioni senza costrutto. Ora, supponendolo accidente, verrebbe a essere un accidente trasportato: due parole che fanno ai calci, non essendoci, in tutta la filosofia, cosa più chiara, più liquida di questa: che un accidente non può passar da un soggetto all'altro. Che se, per evitar questa Scilla, si riducono a dire che sia accidente prodotto, dànno in Cariddi: perché, se è prodotto, dunque non si comunica, non si propaga, come vanno blaterando.

Posti questi princìpi, cosa serve venirci tanto a parlare di vibici, d'esantemi, d'antraci...?

- Tutte corbellerie, - scappò fuori una volta un tale.
- No, no, - riprese don Ferrante: - non dico questo: la scienza è scienza; solo bisognasaperla adoprare. Vibici, esantemi, antraci, parotidi, bubboni violacei, furoncoli nigricanti, son tutte parole rispettabili, che hanno il loro significato bell'e buono; ma dico che non han che fare con la questione. Chi nega che ci possa essere di queste cose, anzi che ce ne sia? Tutto sta a veder di dove vengano.

Qui cominciavano i guai anche per don Ferrante. Fin che non faceva che dare addosso all'opinion del contagio, trovava per tutto orecchi attenti e ben disposti: perché non si può spiegare quanto sia grande l'autorità d'un dotto di professione, allorché vuol dimostrare agli altri le cose di cui sono già persuasi. Ma quando veniva a distinguere, e a voler dimostrare che l'errore di que' medici non consisteva già nell'affermare che ci fosse un male terribile e generale; ma nell'assegnarne la cagione; allora (parlo de' primi tempi, in cui non si voleva sentir discorrere di peste), allora, in vece d'orecchi, trovava lingue ribelli, intrattabili; allora, di predicare a distesa era finita; e la sua dottrina non poteva più metterla fuori, che a pezzi e bocconi.

- La c'è pur troppo la vera cagione, - diceva; - e son costretti a riconoscerla anche quelli chesostengono poi quell'altra così in aria... La neghino un poco, se possono, quella fatale congiunzione di Saturno con Giove. E quando mai s'è sentito dire che l'influenze si propaghino...? E lor signori mi vorranno negar l'influenze? Mi negheranno che ci sian degli astri? O mi vorranno dire che stian lassù a far nulla, come tante capocchie di spilli ficcati in un guancialino?... Ma quel che non mi può entrare, è di questi signori medici; confessare che ci troviamo sotto una congiunzione così maligna, e poi venirci a dire, con faccia tosta: non toccate qui, non toccate là, e sarete sicuri! Come se questo schivare il contatto materiale de' corpi terreni, potesse impedir l'effetto virtuale de' corpi celesti! E tanto affannarsi a bruciar de' cenci! Povera gente! brucerete Giove? brucerete Saturno?

His fretus, vale a dire su questi bei fondamenti, non prese nessuna precauzione contro la peste; gli s'attaccò; andò a letto, a morire, come un eroe di Metastasio, prendendosela con le stelle.
E quella sua famosa libreria? È forse ancora dispersa su per i muricciuoli.

Cap. XXXVIII

Una sera, Agnese sente fermarsi un legno all'uscio. - È lei, di certo! - Era proprio lei, con la buona vedova. L'accoglienze vicendevoli se le immagini il lettore.
La mattina seguente, di buon'ora, capita Renzo che non sa nulla, e vien solamente per isfogarsi un po' con Agnese su quel gran tardare di Lucia. Gli atti che fece, e le cose che disse, al trovarsela davanti, si rimettono anche quelli all'immaginazion del lettore. Le dimostrazioni di Lucia in vece furon tali, che non ci vuol molto a descriverle. - Vi saluto: come state? - disse, a occhi bassi, e senza scomporsi. E non crediate che Renzo trovasse quel fare troppo asciutto, e se l'avesse per male. Prese benissimo la cosa per il suo verso; e, come, tra gente educata, si sa far la tara ai complimenti, così lui intendeva bene che quelle parole non esprimevan tutto ciò che passava nel cuore di Lucia. Del resto, era facile accorgersi che aveva due maniere di pronunziarle: una per Renzo, e un'altra per tutta la gente che potesse conoscere.

- Sto bene quando vi vedo, - rispose il giovine, con una frase vecchia, ma che avrebbeinventata lui, in quel momento.

- Il nostro povero padre Cristoforo...! - disse Lucia: - pregate per l'anima sua: benché si puòesser quasi sicuri che a quest'ora prega lui per noi lassù.

- Me l'aspettavo, pur troppo, - disse Renzo. E non fu questa la sola trista corda che sitoccasse in quel colloquio. Ma che? di qualunque cosa si parlasse, il colloquio gli riusciva sempre delizioso. Come que' cavalli bisbetici che s'impuntano, e si piantan lì, e alzano una zampa e poi un'altra, e le ripiantano al medesimo posto, e fanno mille cerimonie prima di fare un passo, e poi tutto a un tratto prendon l'andare, e via, come se il vento li portasse, così era divenuto il tempo per lui: prima i minuti gli parevan ore; poi l'ore gli parevan minuti.
La vedova, non solo non guastava la compagnia, ma ci faceva dentro molto bene; e certamente, Renzo, quando la vide in quel lettuccio, non se la sarebbe potuta immaginare d'un umore così socievole e gioviale. Ma il lazzeretto e la campagna, la morte e le nozze, non son tutt'uno. Con Agnese essa aveva già fatto amicizia; con Lucia poi era un piacere a vederla, tenera insieme e scherzevole, e come la stuzzicava garbatamente, e senza spinger troppo, appena quanto ci voleva per obbligarla a dimostrar tutta l'allegria che aveva in cuore.
Renzo disse finalmente che andava da don Abbondio, a prendere i concerti per lo sposalizio. Ci andò, e, con un certo fare tra burlesco e rispettoso, - signor curato, - gli disse: - le è poi passato quel dolor di capo, per cui mi diceva di non poterci maritare? Ora siamo a tempo; la sposa c'è: e son qui per sentire quando le sia di comodo: ma questa volta, sarei a pregarla di far presto -. Don Abbondio non disse di no; ma cominciò a tentennare, a trovar cert'altre scuse, a far cert'altre insinuazioni: e perché mettersi in piazza, e far gridare il suo nome, con quella cattura addosso? e che la cosa potrebbe farsi ugualmente altrove; e questo e quest'altro.

- Ho inteso, - disse Renzo: - lei ha ancora un po' di quel mal di capo. Ma senta, senta -. Ecominciò a descrivere in che stato aveva visto quel povero don Rodrigo; e che già a quell'ora doveva sicuramente essere andato. - Speriamo, - concluse, - che il Signore gli avrà usato misericordia.

- Questo non ci ha che fare, - disse don Abbondio: - v'ho forse detto di no? Io non dico dino; parlo... parlo per delle buone ragioni. Del resto, vedete, fin che c'è fiato... Guardatemi me: sono una conca fessa; sono stato anch'io, più di là che di qua: e son qui; e... se non mi vengono addosso de' guai... basta... posso sperare di starci ancora un pochino. Figuratevi poi certi temperamenti. Ma, come dico, questo non ci ha che far nulla.
Dopo qualche altra botta e risposta, né più né meno concludenti, Renzo strisciò una bella riverenza, se ne tornò alla sua compagnia, fece la sua relazione, e finì con dire: - son venuto via, che n'ero pieno, e per non risicar di perdere la pazienza, e di levargli il rispetto. In certi momenti, pareva proprio quello dell'altra volta; proprio quella mutria, quelle ragioni: son sicuro che, se la durava ancora un poco, mi tornava in campo con qualche parola in latino. Vedo che vuol essere un'altra lungagnata: è meglio fare addirittura come dice lui, andare a maritarsi dove andiamo a stare.

- Sapete cosa faremo? - disse la vedova: - voglio che andiamo noi altre donne a fare un'altraprova, e vedere se ci riesce meglio. Così avrò anch'io il gusto di conoscerlo quest'uomo, se è proprio come dite. Dopo desinare voglio che andiamo; per non tornare a dargli addosso subito. Ora, signore sposo, menateci un po' a spasso noi altre due, intanto che Agnese è in faccende: ché a Lucia farò io da mamma: e ho proprio voglia di vedere un po' meglio queste montagne, questo lago, di cui ho sentito tanto parlare; e il poco che n'ho già visto, mi pare una gran bella cosa.

Renzo le condusse prima di tutto alla casa del suo ospite, dove fu un'altra festa: e gli fecero promettere che, non solo quel giorno, ma tutti i giorni, se potesse, verrebbe a desinare con loro.

Passeggiato, desinato, Renzo se n'andò, senza dir dove. Le donne rimasero un pezzetto a discorrere, a concertarsi sulla maniera di prender don Abbondio; e finalmente andarono all'assalto.

" Son qui loro ", disse questo tra sé; ma fece faccia tosta: gran congratulazioni a Lucia, saluti ad Agnese, complimenti alla forestiera. Le fece mettere a sedere, e poi entrò subito a parlar della peste: volle sentir da Lucia come l'aveva passata in que' guai: il lazzeretto diede opportunità di far parlare anche quella che l'era stata compagna; poi, com'era giusto, don Abbondio parlò anche della sua burrasca; poi de' gran mirallegri anche a Agnese, che l'aveva passata liscia. La cosa andava in lungo: già fin dal primo momento, le due anziane stavano alle velette, se mai venisse l'occasione d'entrar nel discorso essenziale: finalmente non so quale delle due ruppe il ghiaccio. Ma cosa volete? Don Abbondio era sordo da quell'orecchio. Non che dicesse di no; ma eccolo di nuovo a quel suo serpeggiare, volteggiare e saltar di palo in frasca. - Bisognerebbe, - diceva, - poter far levare quella catturaccia. Lei, signora, che è di Milano, conoscerà più o meno il filo delle cose, avrà delle buone protezioni, qualche cavaliere di peso: ché con questi mezzi si sana ogni piaga. Se poi si volesse andar per la più corta, senza imbarcarsi in tante storie; giacché codesti giovani, e qui la nostra Agnese, hanno già intenzione di spatriarsi (e io non saprei cosa dire: la patria è dove si sta bene), mi pare che si potrebbe far tutto là, dove non c'è cattura che tenga. Non vedo proprio l'ora di saperlo concluso questo parentado, ma lo vorrei concluso bene, tranquillamente. Dico la verità: qui, con quella cattura viva, spiattellar dall'altare quel nome di Lorenzo Tramaglino, non lo farei col cuor quieto: gli voglio troppo bene; avrei paura di fargli un cattivo servizio. Veda lei; vedete voi altre.

Qui, parte Agnese, parte la vedova, a ribatter quelle ragioni; don Abbondio a rimetterle in campo, sott'altra forma: s'era sempre da capo; quando entra Renzo, con un passo risoluto, e con una notizia in viso; e dice: - è arrivato il signor marchese ***. - Cosa vuol dir questo? arrivato dove? - domanda don Abbondio, alzandosi.

- E arrivato nel suo palazzo, ch'era quello di don Rodrigo; perché questo signor marchese èl'erede per fidecommisso, come dicono; sicché non c'è più dubbio. Per me, ne sarei contento, se potessi sapere che quel pover'uomo fosse morto bene. A buon conto, finora ho detto per lui de' paternostri, adesso gli dirò de' *De profundis*. E questo signor marchese è un bravissim'uomo.
- Sicuro, - disse don Abbondio: - l'ho sentito nominar più d'una volta per un bravo signoredavvero, per un uomo della stampa antica. Ma che sia proprio vero...? - Al sagrestano gli crede?
- Perché?
- Perché lui l'ha veduto co' suoi occhi. Io sono stato solamente lì ne' contorni, e, per dir laverità, ci sono andato appunto perché ho pensato: qualcosa là si dovrebbe sapere. E più d'uno m'ha detto lo stesso. Ho poi incontrato Ambrogio che veniva proprio di lassu, e che l'ha veduto, come dico, far da padrone. Lo vuol sentire, Ambrogio? L'ho fatto aspettar qui fuori apposta.
- Sentiamo, - disse don Abbondio. Renzo andò a chiamare il sagrestano. Questo confermòla cosa in tutto e per tutto, ci aggiunse altre circostanze, sciolse tutti i dubbi; e poi se n'andò.
- Ah! è morto dunque! è proprio andato! - esclamò don Abbondio. - Vedete, figliuoli, se laProvvidenza arriva alla fine certa gente. Sapete che l'è una gran cosa! un gran respiro per questo povero paese! che non ci si poteva vivere con colui. E stata un gran flagello questa peste; ma è anche stata una *scopa*; ha spazzato via certi soggetti, che, figliuoli miei, non ce ne liberavamo più: verdi, freschi, prosperosi: bisognava dire che chi era destinato a far loro l'esequie, era ancora in seminario, a fare i latinucci. E in un batter d'occhio, sono spariti, a cento per volta. Non lo vedremo più andare in giro con quegli sgherri dietro, con quell'albagìa, con quell'aria, con quel palo in corpo, con quel guardar la gente, che pareva che si stesse tutti al mondo per sua degnazione. Intanto, lui non c'è più, e noi ci siamo. Non manderà più di quell'imbasciate ai galantuomini. Ci ha dato un gran fastidio a tutti, vedete: ché adesso lo possiamo dire.
- Io gli ho perdonato di cuore, - disse Renzo.

- E fai il tuo dovere, - rispose don Abbondio: - ma si può anche ringraziare il cielo, che cen'abbia liberati. Ora, tornando a noi, vi ripeto: fate voi altri quel che credete. Se volete che vi mariti io, son qui; se vi torna più comodo in altra maniera, fate voi altri. In quanto alla cattura, vedo anch'io che, non essendoci ora più nessuno che vi tenga di mira, e voglia farvi del male, non è cosa da prendersene gran pensiero: tanto più, che c'è stato di mezzo quel decreto grazioso, per la nascita del serenissimo infante. E poi la peste! la peste! ha dato di bianco a di gran cose la peste! Sicché, se volete... oggi è giovedì... domenica vi dico in chiesa; perché quel che s'è fatto l'altra volta, non conta più niente, dopo tanto tempo; e poi ho la consolazione di maritarvi io.
- Lei sa bene ch'eravamo venuti appunto per questo, - disse Renzo.
- Benissimo; e io vi servirò: e voglio darne parte subito a sua eminenza.
- Chi è sua eminenza? - domandò Agnese.
- Sua eminenza, - rispose don Abbondio, - è il nostro cardinale arcivescovo, che Dioconservi.
- Oh! in quanto a questo mi scusi, - replicò Agnese: - ché, sebbene io sia una poveraignorante, le posso accertare che non gli si dice così; perché, quando siamo state la seconda volta per parlargli, come parlo a lei, uno di que' signori preti mi tirò da parte, e m'insegnò come si doveva trattare con quel signore, e che gli si doveva dire vossignoria illustrissima, e monsignore.
- E ora, se vi dovesse tornare a insegnare, vi direbbe che gli va dato dell'eminenza: aveteinteso? Perché il papa, che Dio lo conservi anche lui, ha prescritto, fin dal mese di giugno, che ai cardinali si dia questo titolo. E sapete perché sarà venuto a questa risoluzione? Perché l'illustrissimo, ch'era riservato a loro e a certi principi, ora, vedete anche voi altri, cos'è diventato, a quanti si dà: e come se lo succiano volentieri! E cosa doveva fare, il papa? Levarlo a tutti? Lamenti, ricorsi, dispiaceri, guai; e per di più, continuar come prima. Dunque ha trovato un bonissimo ripiego. A poco a poco poi, si comincerà a dar dell'eminenza ai vescovi; poi lo vorranno gli abati, poi i proposti: perché gli uomini son fatti così; sempre voglion salire, sempre salire; poi i canonici...
- Poi i curati, - disse la vedova.
- No no, - riprese don Abbondio: - i curati a tirar la carretta: non abbiate paura che gliavvezzin male, i curati: del reverendo, fino alla fin del mondo. Piuttosto, non mi maraviglierei punto che i cavalieri, i quali sono avvezzi a sentirsi dar dell'illustrissimo, a esser trattati come i cardinali, un giorno volessero dell'eminenza anche loro. E se la vogliono, vedete, troveranno chi gliene darà. E allora, il papa che ci sarà allora, troverà qualche altra cosa per i cardinali. Orsù, ritorniamo alle nostre cose: domenica vi dirò in chiesa; e intanto, sapete cos'ho pensato per servirvi meglio? Intanto chiederemo la dispensa per l'altre due denunzie. Hanno a avere un bel da fare laggiù in curia, a dar dispense, se la va per tutto come qui. Per domenica ne ho già... uno... due... tre; senza contarvi voi altri: e ne può capitare ancora. E poi vedrete, andando avanti, che affare vuol essere: non ne deve rimanere uno scompagnato. Ha proprio fatto uno sproposito Perpetua a morire ora; ché questo era il momento che trovava l'avventore anche lei. E a Milano, signora, mi figuro che sarà lo stesso.
- Eccome! si figuri che, solamente nella mia cura, domenica passata, cinquanta denunzie.
- Se lo dico; il mondo non vuol finire. E lei, signora, non hanno principiato a ronzarleintorno de' mosconi?
- No, no; io non ci penso, né ci voglio pensare.
- Sì, sì, che vorrà esser lei sola. Anche Agnese, veda; anche Agnese...
- Uh! ha voglia di scherzare, lei, - disse questa.
- Sicuro che ho voglia di scherzare: e mi pare che sia ora finalmente. Ne abbiam passatedelle brutte, n'è vero, i miei giovani? delle brutte n'abbiam passate: questi quattro giorni che dobbiamo stare in questo mondo, si può sperare che vogliano essere un po' meglio. Ma! fortunati voi altri, che, non succedendo disgrazie, avete ancora un pezzo da parlare de' guai passati: io in vece, sono alle ventitre e tre quarti, e... i birboni posson morire; della peste si può guarire; ma agli anni non c'è rimedio: e, come dice, *senectus ipsa est morbus*.
- Ora, - disse Renzo, - parli pur latino quanto vuole; che non me n'importa nulla.

- Tu l'hai ancora col latino, tu: bene bene, t'accomoderò io: quando mi verrai davanti, conquesta creatura, per sentirvi dire appunto certe paroline in latino, ti dirò: latino tu non ne vuoi: vattene in pace. Ti piacerà?
- Eh! so io quel che dico, - riprese Renzo: - non è quel latino lì che mi fa paura: quello è unlatino sincero, sacrosanto, come quel della messa: anche loro, lì, bisogna che leggano quel che c'è sul libro. Parlo di quel latino birbone, fuor di chiesa, che viene addosso a tradimento, nel buono d'un discorso. Per esempio, ora che siam qui, che tutto è finito; quel latino che andava cavando fuori, lì proprio, in quel canto, per darmi ad intendere che non poteva, e che ci voleva dell'altre cose, e che so io? me lo volti un po' in volgare ora.
- Sta' zitto, buffone, sta' zitto: non rimestar queste cose; ché, se dovessimo ora fare i conti,non so chi avanzerebbe. Io ho perdonato tutto: non ne parliam più: ma me n'avete fatti de' tiri. Di te non mi fa specie, che sei un malandrinaccio; ma dico quest'acqua cheta, questa santerella, questa madonnina infilzata, che si sarebbe creduto far peccato a guardarsene. Ma già, lo so io chi l'aveva ammaestrata, lo so io, lo so io -. Così dicendo, accennava Agnese col dito, che prima aveva tenuto rivolto a Lucia: e non si potrebbe spiegare con che bonarietà, con che piacevolezza facesse que' rimproveri. Quella notizia gli aveva dato una disinvoltura, una parlantina, insolita da gran tempo; e saremmo ancor ben lontani dalla fine, se volessimo riferir tutto il rimanente di que' discorsi, che lui tirò in lungo, ritenendo più d'una volta la compagnia che voleva andarsene, e fermandola poi ancora un pochino sull'uscio di strada, sempre a parlar di bubbole.

Il giorno seguente, gli capitò una visita, quanto meno aspettata tanto più gradita: il signor marchese del quale s'era parlato: un uomo tra la virilità e la vecchiezza, il cui aspetto era come un attestato di ciò che la fama diceva di lui: aperto, cortese, placido, umile, dignitoso, e qualcosa che indicava una mestizia rassegnata.

- Vengo, - disse, - a portarle i saluti del cardinale arcivescovo.
- Oh che degnazione di tutt'e due!
- Quando fui a prender congedo da quest'uomo incomparabile, che m'onora della suaamicizia, mi parlò di due giovani di codesta cura, ch'eran promessi sposi, e che hanno avuto de' guai, per causa di quel povero don Rodrigo. Monsignore desidera d'averne notizia. Son vivi? E le loro cose sono accomodate?
- Accomodato ogni cosa. Anzi, io m'era proposto di scriverne a sua eminenza; ma ora cheho l'onore...
- Si trovan qui?
- Qui; e, più presto che si potrà, saranno marito e moglie.
- E io la prego di volermi dire se si possa far loro del bene, e anche d'insegnarmi la manierapiù conveniente. In questa calamità, ho perduto i due soli figli che avevo, e la madre loro, e ho avute tre eredità considerabili. Del superfluo, n'avevo anche prima: sicché lei vede che il darmi una occasione d'impiegarne, e tanto più una come questa, è farmi veramente un servizio.
- Il cielo la benedica! Perché non sono tutti come lei i...? Basta; la ringrazio anch'io di cuoreper questi miei figliuoli. E giacché vossignoria illustrissima mi dà tanto coraggio, sì signore, che ho un espediente da suggerirle, il quale forse non le dispiacerà. Sappia dunque che questa buona gente son risoluti d'andare a metter su casa altrove, e di vender quel poco che hanno al sole qui: una vignetta il giovine, di nove o dieci pertiche, salvo il vero, ma trasandata affatto: bisogna far conto del terreno, nient'altro; di più una casuccia lui, e un'altra la sposa: due topaie, veda. Un signore come vossignoria non può sapere come la vada per i poveri, quando voglion disfarsi del loro. Finisce sempre a andare in bocca di qualche furbo, che forse sarà già un pezzo che fa all'amore a quelle quattro braccia di terra, e quando sa che l'altro ha bisogno di vendere, si ritira, fa lo svogliato; bisogna corrergli dietro, e dargliele per un pezzo di pane: specialmente poi in circostanze come queste. Il signor marchese ha già veduto dove vada a parare il mio discorso. La carità più fiorita che vossignoria illustrissima possa fare a questa gente, è di cavarli da quest'impiccio, comprando quel poco fatto loro. Io, ner dir la verità, do un parere interessato, perché verrei ad acquistare nella mia cura un compadrone come il signor marchese; ma vossignoria deciderà secondo che le parrà meglio: io ho parlato per ubbidienza.

Il marchese lodò molto il suggerimento; ringraziò don Abbondio, e lo pregò di voler esser arbitro del prezzo, e di fissarlo alto bene; e lo fece poi restar di sasso, col proporgli che s'andasse subito insieme a casa della sposa, dove sarebbe probabilmente anche lo sposo. Per la strada, don Abbondio, tutto gongolante, come vi potete immaginare, ne pensò e ne disse un'altra. - Giacché vossignoria illustrissima è tanto inclinato a far del bene a questa gente, ci sarebbe un altro servizio da render loro. Il giovine ha addosso una cattura, una specie di bando, per qualche scappatuccia che ha fatta in Milano, due anni sono, quel giorno del gran fracasso, dove s'è trovato impicciato, senza malizia, da ignorante, come un topo nella trappola: nulla di serio, veda: ragazzate, scapataggini: di far del male veramente, non è capace: e io posso dirlo, che l'ho battezzato, e l'ho veduto venir su: e poi, se vossignoria vuol prendersi il divertimento di sentir questa povera gente ragionar su alla carlona, potrà fargli raccontar la storia a lui, e sentirà. Ora, trattandosi di cose vecchie, nessuno gli dà fastidio; e, come le ho detto, lui pensa d'andarsene fuor di stato; ma, col tempo, o tornando qui, o altro, non si sa mai, lei m'insegna che è sempre meglio non esser su que' libri. Il signor marchese, in Milano, conta, come è giusto, e per quel gran cavaliere, e per quel grand'uomo che è... No, no, mi lasci dire; ché la verità vuole avere il suo luogo. Una raccomandazione, una parolina d'un par suo, è più del bisogno per ottenere una buona assolutoria.

- Non c'è impegni forti contro codesto giovine?

- No, no; non crederei. Gli hanno fatto fuoco addosso nel primo momento; ma ora credoche non ci sia più altro che la semplice formalità.

- Essendo così, la cosa sarà facile; e la prendo volentieri sopra di me

- E poi non vorrà che si dica che è un grand'uomo. Lo dico, e lo voglio dire; a suo dispetto,lo voglio dire. E anche se io stessi zitto, già non servirebbe a nulla, perché parlan tutti; e *vox populi, vox Dei.*

Trovarono appunto le tre donne e Renzo. Come questi rimanessero, lo lascio considerare a voi: io credo che anche quelle nude e ruvide pareti, e l'impannate, e i panchetti, e le stoviglie si maravigliassero di ricever tra loro una visita così straordinaria. Avviò lui la conversazione, parlando del cardinale e dell'altre cose, con aperta cordialità, e insieme con delicati riguardi. Passò poi a far la proposta per cui era venuto. Don Abbondio, pregato da lui di fissare il prezzo, si fece avanti; e, dopo un po' di cerimonie e di scuse, e che non era sua farina, e che non potrebbe altro che andare a tastoni, e che parlava per ubbidienza, e che si rimetteva, proferì, a parer suo, uno sproposito. Il compratore disse che, per la parte sua, era contentissimo, e, come se avesse franteso, ripeté il doppio; non volle sentir rettificazioni, e troncò e concluse ogni discorso invitando la compagnia a desinare per il giorno dopo le nozze, al suo palazzo, dove si farebbe l'istrumento in regola.

" Ah! - diceva poi tra sé don Abbondio, tornato a casa: - se la peste facesse sempre e per tutto le cose in questa maniera, sarebbe proprio peccato il dirne male: quasi quasi ce ne vorrebbe una, ogni generazione; e si potrebbe stare a patti d'averla; ma guarire, ve' ".

Venne la dispensa, venne l'assolutoria, venne quel benedetto giorno: i due promessi andarono, con sicurezza trionfale, proprio a quella chiesa, dove, proprio per bocca di don Abbondio, furono sposi. Un altro trionfo, e ben più singolare, fu l'andare a quel palazzotto; e vi lascio pensare che cose dovessero passar loro per la mente, in far quella salita, all'entrare in quella porta; e che discorsi dovessero fare, ognuno secondo il suo naturale. Accennerò soltanto che, in mezzo all'allegria, ora l'uno, ora l'altro motivò più d'una volta, che, per compir la festa, ci mancava il povero padre Cristoforo. - Ma per lui, - dicevan poi, sta meglio di noi sicuramente.

Il marchese fece loro una gran festa, li condusse in un bel tinello, mise a tavola gli sposi, con Agnese e con la mercantessa; e prima di ritirarsi a pranzare altrove con don Abbondio, volle star lì un poco a far compagnia agl'invitati, e aiutò anzi a servirli. A nessuno verrà, spero, in testa di dire che sarebbe stata cosa più semplice fare addirittura una tavola sola. Ve l'ho dato per un brav'uomo, ma non per un originale, come si direbbe ora; v'ho detto ch'era umile, non già che fosse un portento d'umiltà. N'aveva quanta ne bisognava per mettersi al di sotto di quella buona gente, ma non per istar loro in pari.

Dopo i due pranzi, fu steso il contratto per mano d'un dottore, il quale non fu l'Azzeccagarbugli. Questo, voglio dire la sua spoglia, era ed è tuttavia a Canterelli. E per chi non è di quelle parti, capisco anch'io che qui ci vuole una spiegazione.

Sopra Lecco forse un mezzo miglio, e quasi sul fianco dell'altro paese chiamato Castello, c'è un luogo detto Canterelli, dove s'incrocian due strade; e da una parte del crocicchio, si vede un rialto, come un poggetto artificiale, con una croce in cima; il quale non è altro che un gran mucchio di morti in quel contagio. La tradizione, per dir la verità, dice semplicemente i morti del contagio; ma dev'esser quello senz'altro, che fu l'ultimo, e il più micidiale di cui rimanga memoria. E sapete che le tradizioni, chi non le aiuta, da sé dicon sempre troppo poco.

Nel ritorno non ci fu altro inconveniente, se non che Renzo era un po' incomodato dal peso de' quattrini che portava via. Ma l'uomo, come sapete, aveva fatto ben altre vite. Non parlo del lavoro della mente, che non era piccolo, a pensare alla miglior maniera di farli fruttare. A vedere i progetti che passavan per quella mente, le riflessioni, l'immaginazioni; a sentire i pro e i contro, per l'agricoltura e per l'industria, era come se ci si fossero incontrate due accademie del secolo passato. E per lui l'impiccio era ben più reale; perché, essendo un uomo solo, non gli si poteva dire: che bisogno c'è di scegliere? l'uno e l'altro, alla buon'ora; ché i mezzi, in sostanza, sono i medesimi; e son due cose come le gambe, che due vanno meglio d'una sola.

Non si pensò più che a fare i fagotti, e a mettersi in viaggio: casa Tramaglino per la nuova patria, e la vedova per Milano. Le lacrime, i ringraziamenti, le promesse d'andarsi a trovare furon molte. Non meno tenera, eccettuate le lacrime, fu la separazione di Renzo e della famiglia dall'ospite amico: e non crediate che con don Abbondio le cose passassero freddamente. Quelle buone creature avevan sempre conservato un certo attaccamento rispettoso per il loro curato; e questo, in fondo, aveva sempre voluto bene a loro. Son que' benedetti affari, che imbroglian gli affetti.

Chi domandasse se non ci fu anche del dolore in distaccarsi dal paese nativo, da quelle montagne; ce ne fu sicuro: ché del dolore, ce n'è, sto per dire, un po' per tutto. Bisogna però che non fosse molto forte, giacché avrebbero potuto risparmiarselo, standо a casa loro, ora che i due grand'inciampi, don Rodrigo e il bando, eran levati. Ma, già da qualche tempo, erano avvezzi tutt'e tre a riguardar come loro il paese dove andavano. Renzo l'aveva fatto entrare in grazia alle donne, raccontando l'agevolezze che ci trovavano gli operai, e cento cose della bella vita che si faceva là. Del resto, avevan tutti passato de' momenti ben amari in quello a cui voltavan le spalle; e le memorie triste, alla lunga guastan sempre nella mente i luoghi che le richiamano. E se que' luoghi son quelli dove siam nati, c'è forse in tali memorie qualcosa di più aspro e pungente. Anche il bambino, dice il manoscritto, riposa volentieri sul seno della balia, cerca con avidità e con fiducia la poppa che l'ha dolcemente alimentato fino allora; ma se la balia, per divezzarlo, la bagna d'assenzio, il bambino ritira la bocca, poi torna a provare, ma finalmente se ne stacca; piangendo sì, ma se ne stacca. Cosa direte ora, sentendo che, appena arrivati e accomodati nel nuovo paese, Renzo ci trovò de' disgusti bell'e preparati? Miserie; ma ci vuol così poco a disturbare uno stato felice! Ecco, in poche parole, la cosa.

Il parlare che, in quel paese, s'era fatto di Lucia, molto tempo prima che la ci arrivasse; il saper che Renzo aveva avuto a patir tanto per lei, e sempre fermo, sempre fedele; forse qualche parola di qualche amico parziale per lui e per tutte le cose sue, avevan fatto nascere una certa curiosità di veder la giovine, e una certa aspettativa della sua bellezza. Ora sapete come è l'aspettativa: immaginosa, credula, sicura; alla prova poi, difficile, schizzinosa: non trova mai tanto che le basti, perché, in sostanza, non sapeva quello che si volesse; e fa scontare senza pietà il dolce che aveva dato senza ragione. Quando comparve questa Lucia, molti i quali credevan forse che dovesse avere i capelli proprio d'oro, e le gote proprio di rosa, e due occhi l'uno più bello dell'altro, e che so io? cominciarono a alzar le spalle, ad arricciar il naso, e a dire: - eh! l'è questa? Dopo tanto tempo, dopo tanti discorsi, s'aspettava qualcosa di meglio. Cos'è poi? Una contadina come tant'altre. Eh! di queste e delle meglio, ce n'è per tutto -. Venendo poi a esaminarla in particolare, notavan chi un difetto, chi un altro: e ci furon fin di quelli che la trovavan brutta affatto.

Siccome però nessuno le andava a dir sul viso a Renzo, queste cose; così non c'era gran male fin lì. Chi lo fece il male, furon certi tali che gliele rapportarono: e Renzo, che volete? ne fu tocco sul vivo. Cominciò a ruminarci sopra, a farne di gran lamenti, e con chi gliene parlava, e più a lungo tra sé. " E cosa v'importa a voi altri? E chi v'ha detto d'aspettare? Son mai venuto io a parlarvene? a dirvi che la fosse bella? E quando me lo dicevate voi altri, v'ho mai risposto altro, se non che era una buona giovine? È una contadina! V'ho detto mai che v'avrei menato qui una principessa? Non vi piace? Non la guardate. N'avete delle belle donne: guardate quelle ".

E vedete un poco come alle volte una corbelleria basta a decidere dello stato d'un uomo per tutta la vita. Se Renzo avesse dovuto passar la sua in quel paese, secondo il suo primo disegno, sarebbe stata una vita poco allegra. A forza d'esser disgustato, era ormai diventato disgustoso. Era sgarbato con tutti, perché ognuno poteva essere uno de' critici di Lucia. Non già che trattasse proprio contro il galateo; ma sapete quante belle cose si posson fare senza offender le regole della buona creanza: fino sbudellarsi. Aveva un non so che di sardonico in ogni sua parola; in tutto trovava anche lui da criticare, a segno che, se faceva cattivo tempo due giorni di seguito, subito diceva: - eh già, in questo paese! - Vi dico che non eran pochi quelli che l'avevan già preso a noia, e anche persone che prima gli volevan bene; e col tempo, d'una cosa nell'altra, si sarebbe trovato, per dir così, in guerra con quasi tutta la popolazione, senza poter forse né anche lui conoscer la prima cagione d'un così gran male.

Ma si direbbe che la peste avesse preso l'impegno di raccomodar tutte le malefatte di costui. Aveva essa portato via il padrone d'un altro filatoio, situato quasi sulle porte di Bergamo; e l'erede, giovine scapestrato, che in tutto quell'edifizio non trovava che ci fosse nulla di divertente, era deliberato, anzi smanioso di vendere, anche a mezzo prezzo; ma voleva i danari l'uno sopra l'altro, per poterli impiegar subito in consumazioni improduttive. Venuta la cosa agli orecchi di Bortolo, corse a vedere; trattò: patti più grassi non si sarebbero potuti sperare; ma quella condizione de' pronti contanti guastava tutto, perché quelli che aveva messi da parte, a poco a poco, a forza di risparmi, erano ancor lontani da arrivare alla somma. Tenne l'amico in mezza parola, tornò indietro in fretta, comunicò l'affare al cugino, e gli propose di farlo a mezzo. Una così bella proposta troncò i dubbi economici di Renzo, che si risolvette subito per l'industria, e disse di sì. Andarono insieme, e si strinse il contratto. Quando poi i nuovi padroni vennero a stare sul loro, Lucia, che lì non era aspettata per nulla, non solo non andò soggetta a critiche, ma si può dire che non dispiacque; e Renzo venne a risapere che s'era detto da più d'uno: - avete veduto quella bella baggiana che c'è venuta? - L'epiteto faceva passare il sostantivo.

E anche del dispiacere che aveva provato nell'altro paese, gli restò un utile ammaestramento. Prima d'allora era stato un po' lesto nel sentenziare, e si lasciava andar volentieri a criticar la donna d'altri, e ogni cosa. Allora s'accorse che le parole fanno un effetto in bocca, e un altro negli orecchi; e prese un po' più d'abitudine d'ascoltar di dentro le sue, prima di proferirle.

Non crediate però che non ci fosse qualche fastidiuccio anche lì. L'uomo (dice il nostro anonimo: e già sapete per prova che aveva un gusto un po' strano in fatto di similitudini; ma passategli anche questa, che avrebbe a esser l'ultima), l'uomo, fin che sta in questo mondo, è un infermo che si trova sur un letto scomodo più o meno, e vede intorno a sé altri letti, ben rifatti al di fuori, piani, a livello: e si figura che ci si deve star benone. Ma se gli riesce di cambiare, appena s'è accomodato nel nuovo, comincia, pigiando, a sentire qui una lisca che lo punge, lì un bernoccolo che lo preme: siamo in somma, a un di presso, alla storia di prima. E per questo, soggiunge l'anonimo, si dovrebbe pensare più a far bene, che a star bene: e così si finirebbe anche a star meglio. È tirata un po' con gli argani, e proprio da secentista; ma in fondo ha ragione. Per altro, prosegue, dolori e imbrogli della qualità e della forza di quelli che abbiam raccontati, non ce ne furon più per la nostra buona gente: fu, da quel punto in poi, una vita delle più tranquille, delle più felici, delle più invidiabili; di maniera che, se ve l'avessi a raccontare, vi seccherebbe a morte.

Gli affari andavan d'incanto: sul principio ci fu un po' d'incaglio per la scarsezza de' lavoranti e per lo sviamento e le pretensioni de' pochi ch'eran rimasti. Furon pubblicati editti che limitavano le paghe degli operai; malgrado quest'aiuto, le cose si rincamminarono, perché alla fine bisogna che si rincamminino. Arrivò da Venezia un altro editto, un po' più ragionevole: esenzione, per dieci anni, da ogni carico reale e personale ai forestieri che venissero a abitare in quello stato. Per i nostri fu una nuova cuccagna. Prima che finisse l'anno del matrimonio, venne alla luce una bella creatura; e, come se fosse fatto apposta per dar subito opportunità a Renzo d'adempire quella sua magnanima promessa, fu una bambina; e potete credere che le fu messo nome Maria. Ne vennero poi col tempo non so quant'altri, dell'uno e dell'altro sesso: e Agnese affaccendata a portarli in qua e in là, l'uno dopo l'altro, chiamandoli cattivacci, e stampando loro in viso de' bacioni, che ci lasciavano il bianco per qualche tempo. E furon tutti ben inclinati; e Renzo volle che imparassero tutti a leggere e scrivere, dicendo che, giacché la c'era questa birberia, dovevano almeno profittarne anche loro.

Il bello era a sentirlo raccontare le sue avventure: e finiva sempre col dire le gran cose che ci aveva imparate, per governarsi meglio in avvenire. - Ho imparato, - diceva, - a non mettermi ne' tumulti: ho imparato a non predicare in piazza: ho imparato a guardare con chi parlo: ho imparato a non alzar troppo il gomito: ho imparato a non tenere in mano il martello delle porte, quando c'è lì d'intorno gente che ha la testa calda: ho imparato a non attaccarmi un campanello al piede, prima d'aver pensato quel che possa nascere -. E cent'altre cose.

Lucia però, non che trovasse la dottrina falsa in sé, ma non n'era soddisfatta; le pareva, così in confuso, che ci mancasse qualcosa. A forza di sentir ripetere la stessa canzone, e di pensarci sopra ogni volta, - e io, - disse un giorno al suo moralista, - cosa volete che abbia imparato? Io non sono andata a cercare i guai: son loro che sono venuti a cercar me. Quando non voleste dire, - aggiunse, soavemente sorridendo, - che il mio sproposito sia stato quello di volervi bene, e di promettermi a voi.

Renzo, alla prima, rimase impicciato. Dopo un lungo dibattere e cercare insieme, conclusero che i guai vengono bensì spesso, perché ci si è dato cagione; ma che la condotta più cauta e più innocente non basta a tenerli lontani; e che quando vengono, o per colpa o senza colpa, la fiducia in Dio li raddolcisce, e li rende utili per una vita migliore. Questa conclusione, benché trovata da povera gente, c'è parsa così giusta, che abbiam pensato di metterla qui, come il sugo di tutta la storia.
La quale, se non v'è dispiaciuta affatto, vogliatene bene a chi l'ha scritta, e anche un pochino a chi l'ha raccomodata. Ma se in vece fossimo riusciti ad annoiarvi, credete che non s'è fatto apposta.

Riassunto per capitolo

Introduzione
In principio fu un manoscritto del Seicento. Questo è quanto Manzoni vuole farci credere nell'introduzione de I promessi sposi facendo leva su di un espediente letterario, che, fra l'altro, è lo stesso del Don Chisciotte di Cervantes, utile a conferire maggior realismo al suo romanzo. L'autore nell'incipit finge infatti di aver ritrovato un antico scritto anonimo in cui "si vedrà in angusto Teatro luttuose Traggedie d'horrori, e Scene di malvaggità grandiosa, con intermezi d'Imprese virtuose e buontà angeliche, opposte alle operationi diaboliche". Fin dalle prime righe la vicenda che sta per essere narrata prende forma sotto i nostri occhi come un racconto che darà spazio ad alcuni eventi realmente accaduti sotto il dominio spagnolo e che, proprio per via della veridicità del racconto, si è scelto di tener segrete le reali identità dei protagonisti, alcuni dei quali di umili origini. Così facendo Manzoni qualifica immediatamente I Promessi Sposi come un romanzo storico, un genere non diffuso in Italia dove i romanzi erano ancora scarsi e, soprattutto, considerati espressioni letterarie poco nobili. Dopo aver trascritto alcuni passi, però, l'autore avverte la necessità di intervenire in prima persona e si domanda: "Ma, quando io avrò durata l'eroica fatica di trascriver questa storia da questo dilavato e graffiato autografo, e l'avrò data, come si suol dire, alla luce, si troverà poi chi duri la fatica di leggerla?". Il quesito introduce quella che è poi stata definita dai critici come la questione della lingua. Il motivo di tale incertezza, è infatti legato allo stile in cui la storia è narrata definito "dozzinale" e addirittura "rozzo insieme e affettato". È proprio per via di questa lingua ostica, scrive Manzoni , che non ci si è limitati ad una mera trascrizione ma si è scelto di riscrivere la storia modificandone essenzialmente la lingua. Questa considerazione, che ad un primo sguardo può sembrare poco importante, è invece fondamentale dato che è strettamente collegata all'intenzione manzoniana di scrivere un romanzo in grado di essere letto e compreso da un pubblico vasto. Sarà proprio questa esigenza che spingerà Manzoni a riscrivere più volte i suoi Promessi Sposi con l'intento di conferire una dignità letteraria alla lingua d'uso (alias il fiorentino parlato dalla borghesia).

Capitolo uno
"Quel ramo del lago di Como che volge a mezzogiorno" così inizia il primo capitolo de I Promessi Sposi. Con questa celebre frase Manzoni introduce la descrizione del paesaggio sulla riva orientale del lago, nei pressi di Lecco, lasciando che la vista del lettore si perda tra monti, valli e stradine. Proprio su una di queste, martedì 7 novembre 1628, incontriamo per la prima volta Don Abbondio, curato di uno dei paesi della zona, la cui passeggiata quotidiana viene interrotta dai Bravi (uomini dal passato burrascoso che, per salvarsi, si ponevano al servizio dei signorotti). I due figuri sono lì per intimargli di non celebrare il matrimonio tra Renzo Tramaglino e Lucia Mondella: "Questo matrimonio non s'ha da fare", ordinano al curato, specificando che la missiva viene direttamente dal signore della zona, Don Rodrigo. Don Abbondio, che Manzoni ci dice non essere affatto un cuor di leone, ovviamente acconsente. Il curato, infatti, accortosi in fretta di essere un vaso di terracotta in mezzo a tanti di ferro, aveva preso i voti per accontentare la propria famiglia e si era sempre tenuto lontano da ogni conflitto. Una volta rientrato in casa, però, un secondo incontro mina ulteriormente la sua serenità: Perpetua, la sua affezionata serva fedele, si accorge immediatamente del suo turbamento e insiste per conoscere i fatti. La donna, incarnazione perfetta del popolo minuto e in grado di sapere quando ubbidire e quando, invece, comandare, riesce quindi a farsi raccontare l'accaduto proprio prima che il suo padrone decida, ancora spaventato, di andare a letto.

Capitolo due
Manzoni apre la narrazione prendendosi gioco di Don Abbondio e paragonandolo al Principe di Condé che prima di affrontare la battaglia di Rocroi riuscì a dormire profondamente poiché era certo che i suoi piani avrebbero funzionato. Il nostro curato, invece, trascorre la notte insonne e, quando Renzo appare alla sua porta non può far altro che cercare di prendere tempo. Ed ecco che l'autore ci introduce il protagonista maschile del romanzo: Renzo Tramaglino, un ragazzone orfano e dall'animo buono che si guadagnava da vivere filando la

seta. Le scuse addotte dal curato, che sostiene di sentirsi poco bene, però non convincono il giovane che prima di andare via riesce a far confessare a Perpetua una parte della verità. Il secondo confronto con Don Abbondio vede quindi il ragazzo trasformato al punto da riuscire a convincere il suo interlocutore a fare il nome di Don Rodrigo. Mentre il curato opta quindi per chiudersi in casa fingendo di essere malato, Renzo, furioso, si avvia verso casa di Lucia meditando vendetta. Fortunatamente il solo pensiero dell'amata riesce a redimerlo calmando il suo animo. Il giovane, con l'aiuto di Bettina, riesce ad avere un confronto in privato con la sua promessa sposa, descritta dal Manzoni in tutta la sua grazia con la veste delle nozze e subito connotata da una forte purezza. Alle donne che già si erano radunate in casa viene così annunciato che il matrimonio è stato rimandato perché il curato è a letto con la febbre. Nessuna di loro, però, crederà a questa motivazione fino a che non verrà confermata loro da Perpetua in persona.

Capitolo tre

Interrogata da Renzo e in presenza di sua madre Agnese, Lucia in lacrime racconta che Don Rodrigo si era avvicinato a lei mentre era di ritorno dalla filanda. La questione la aveva preoccupata al punto da spingerla a raccontare tutto al suo confessore, Fra Cristoforo, che, però, le aveva consigliato di tenere la cosa per sé. Manzoni dipinge la ragazza in lacrime e sconfortata, del tutto diversa dal suo promesso che, invece, è in preda all'ira. È infatti Agnese a decidere quello che deve essere fatto. La donna, consegnati a Renzo quattro capponi da utilizzare come pagamento, spedisce quindi il giovane a Lecco per farlo parlare con il dottor Azzeccagarbugli. Dopo un breve viaggio il ragazzo arriva a casa dell'avvocato dove prende vita uno degli episodi più famosi del romanzo, nonché uno dei passaggi in cui Manzoni dà ampio spazio al suo sguardo ironico. Il confronto tra i due si basa infatti su un equivoco iniziale: Azzeccagarbugli è convinto che sia Renzo a voler compiere un sopruso e si mostra quindi disposto ad aiutarlo fino a che la situazione non si chiarisce e viene fatto il nome di Don Rodrigo. Il protagonista a questo punto viene messo alla porta in tutta fretta. Intanto Fra Faldino, il cappuccino dedito alla raccolta delle noci, bussa alla porta di Lucia e Agnese. Il frate racconta alle donne il miracolo di Padre Macario e poi, anche grazie alla generosità dimostrata dalla fanciulla, promette di mandare a chiamare Fra Cristoforo. Il capitolo si conclude con il rientro di Renzo.

Capitolo quattro

È l'alba del 9 novembre 1628 quando Fra Cristoforo esce dal convento di Pescarenico per recarsi da Lucia attraversando un paesaggio che Manzoni descrive con lo stile realista che lo caratterizza. Il frate è un uomo vicino ai sessant'anni il cui aspetto molto racconta della sua personalità e della sua storia. Nel suo sguardo e nel suo portamento, infatti, i tratti della povertà e della saggezza si trovano uniti ad altri che ne denotano sia le origini nobili che un animo poco incline alla sottomissione. L'autore apre così un lungo flashback, che attraverserà l'intero capitolo, per raccontare ai lettori la prima conversione de I Promessi Sposi: quella di Lodovico in Fra Cristoforo. Lodovico era il figlio di un ricco mercante che aveva sempre vissuto con una certa vergogna la sua professione. Rimasto orfano ancora giovane il ragazzo aveva iniziato a frequentare gli ambienti cittadini dove il suo carattere, onesto ma allo stesso tempo violento, lo aveva spesso portato a mettersi nei guai pur di vendicare gli oppressi. Proprio per questo aveva pensato più volte di farsi frate. La sua conversione definitiva era poi accaduta in seguito ad un duello, iniziato per una questione d'onore, durante il quale aveva ucciso, quasi senza rendersene conto, il suo avversario, a sua volta colpevole di aver tolto la vita al maestro di casa di Ludovico, il fedele Cristoforo. Ferito e curato in un convento, il giovane aveva allora deciso di prendere i voti e, dopo aver umilmente chiesto perdono alla famiglia della vittima ed aver lasciato tutti i suoi beni a quella di Cristoforo, aveva consacrato la sua vita alla predicazione e agli oppressi. Conclusa questa parentesi il capitolo si chiude con l'arrivo di Fra Cristoforo a casa di Lucia. Da notare la descrizione precisa che Manzoni fa delle classi sociali dell'epoca: la borghesia ancora succube della nobiltà nonostante le proprie ricchezze, e il clero troppo invischiato con il potere temporale per potersi occupare, come dovrebbe, del potere spirituale.

Capitolo cinque

Agnese racconta l'accaduto a Fra Cristoforo che decide di affrontare a viso aperto Don Rodrigo. Lo spostamento del frate offre a Manzoni l'occasione per inserire una nuova descrizione del paesaggio che poi si conclude con quella del palazzotto, meta ultima del frate. Alcuni dettagli, come per esempio i finti avvoltoi, caratterizzano da subito Don Rodrigo come personaggio completamente malvagio per via della sua attitudine a praticare il male senza curarsi delle conseguenze. Attitudine propria anche dei suoi commensali con cui all'arrivo di Cristoforo sta banchettando. A tavola con lui siedono infatti Azzeccagarbugli, suo cugino il Conte Attilio e il podestà. I quattro sono intenti a discutere di politica, di cavalleria e di giustizia dimostrando di essere degli uomini di legge dediti essenzialmente al tradimento della legge stessa in modo da poter soddisfare i propri interessi. C'è qui una sfumatura politica perché l'autore lascia intendere che questa è la classe che dovrebbe proteggere gli oppressi (Renzo e Lucia diventano allora i rappresentanti del popolo italiano tutto) ma che invece è troppo presa da sé stessa per fermare l'avanza dell'invasore straniero. Fra Cristoforo, invitato più volte a partecipare alla discussione, comunica al padrone di casa di volergli parlare in privato e, alla fine del capitolo, ottiene finalmente udienza.

Capitolo sei

Il confronto tra Fra Cristoforo e Don Rodrigo mette a nudo le personalità dei due personaggi. Il primo cerca di mantenere la calma e di esporre le sue ragioni ma poi, di fronte alla boria e alla testardaggine dell'altro, che è invece convinto di avere pieno diritto di esercitare il proprio potere sul prossimo, finisce con l'indignarsi. Don Rodrigo, infatti, si dice disposto a prendere Lucia sotto la sua protezione spingendo Fra Cristoforo a minacciarlo promettendogli che Dio lo punirà per questo, e mostrando ancora un lato appartenente a Ludovico. Proprio per questo, una volta uscito di scena il frate, il signorotto si ritroverà a misurare la stanza camminando per scacciare la paura. Uscito dalla stanza il Padre, invece, viene fermato da un servo che gli promette di recarsi da lui a Pescarenico il giorno dopo per rivelargli i piani del suo padrone. Intanto a casa di Lucia Agnese, in pieno accordo con il machiavelliano concetto secondo cui "il fine giustifica i mezzi", propone ai promessi sposi lo stratagemma del matrimonio a sorpresa: per rendere valido un matrimonio, infatti, basta che il curato oda un uomo e una donna dichiararsi marito e moglie in presenza di due testimoni. In questo passaggio occorre notare che Manzoni esprime chiaramente che questo piano è contrario al suo senso della morale. Renzo è invece d'accordo e si reca dal suo amico Tonio per proporgli di essere suo testimone, in cambio lui estinguerà un debito che ha con Don Abondio. Tonio accetta e propone come altro testimone suo fratello Gervaso. Il racconto si chiude con Renzo che torna da Lucia e Agnese seguito, dopo poco, da Fra Cristoforo.

Capitolo sette

Padre Cristoforo racconta di aver fallito con Don Rodrigo, ma di avere comunque in mano un filo che potrebbe salvare la situazione e, perciò, dà appuntamento ai due giovani presso il convento il giorno dopo. L'insuccesso fa andare Renzo su tutte le furie e Lucia, per calmarlo, decide di accettare il matrimonio a sorpresa. Il giorno dopo, quindi, Renzo pianifica il tutto con la ragazza e con Agnese che decide di mandare Menico, suo nipote di dodici anni, presso il convento di Pescarenico da Padre Cristoforo. Durante la giornata, poi, una serie di strani figuri, tra cui un mendicante e un viandante, cercano di entrare nella casa delle due donne con fare sospetto. Manzoni per spiegare l'accaduto fa allora un passo indietro e racconta che, una volta rimasto solo, Don Rodrigo è stato a lungo inquieto e ha ordinato al Griso, capo dei Bravi, di rapire Lucia. Quando cala la sera, dunque, i Bravi sono pronti a colpire proprio mentre Renzo, Tonio e Gervaso si recano alla locanda per mangiare prima di passare a prendere Lucia e recarsi da Don Abbondio. Fa qui la sua entrata in scena il primo oste del romanzo, un uomo per cui l'utile conta più della morale. Egli infatti rivela ai bravi travestiti la presenza di Renzo e dei suoi amici rendendo i tre molto tesi e rovinando la cena. Il capitolo si conclude con Tonio e Gervaso che bussano alla porta del curato e, con la scusa di dover saldare un debito, riescono a convincere Perpetua ad aprirgli.

Capitolo otto

Questo è il capitolo dedicato alla notte degli imbrogli. Mentre Don Abbondio , come ogni sera, sta leggendo Perpetua gli annuncia la visita di Tonio interrompendolo. La domestica viene poi attirata lontano da casa da Agnese che si finge desiderosa di raccontarle un pettegolezzo che la riguarda. Intanto Tonio e Gervaso salgono in camera e con loro entrano di nascosto anche Renzo e Lucia pronti a dichiarare le loro formule al momento opportuno. Quando Don Abbondio si volta per firmare le ricevute Renzo dichiara Lucia sua moglie, ma la ragazza non riesce a finire di parlare perché il curato si ribella e inizia a chiedere aiuto svegliando Ambrogio, il sagrestano, che dà l'allarme suonando le campane. Intanto i bravi, introdottisi in casa di Lucia, vi trovano soltanto Menico e sono poi costretti a scappare per via dell'allarme dato dalle campane stesse. Il ragazzino riesce così a fuggire e, incontrati sulla via Renzo, Lucia e Agnese li avverte del pericolo. Il gruppo si dirige allora a Pescarenico dove padre Cristoforo gli comunica di aver trovato un rifugio per Renzo a Milano e per le due donne a Monza. Dopo aver pregato arriva il momento della partenza. Lucia, salita sulla barca che la porterà a destinazione, guarda il paesaggio natio e riflette sulle sue speranze vane dando vita al monologo interiore noto come addio ai monti.

Capitolo nove

È l'alba di sabato 11 novembre 1628 quando i tre viaggiatori giungono sull'altra sponda del lago dove li attende un barroccio che li conduce a Monza. Dopo aver mangiato Renzo a malincuore parte per Milano mentre le due donne si recano dal padre guardiano a cui fanno leggere la missiva di Fra Cristoforo. Il cappuccino decide quindi di accompagnarle dalla Signora. La Monaca di Monza, una donna di circa venticinque anni il cui padre è il più importante signore della città, appare alle due donne bella ma sfiorita e, dopo aver accettato di ospitarle, chiede di essere lasciata da sola con Lucia. A questo punto Manzoni si interrompe sostenendo che piuttosto che narrare il confronto tra le due, preferisce raccontare ai lettori la storia della Signora. Gertrude, questo il suo nome di battesimo, è stata cresciuta da sempre con la convinzione che prendere i voti fosse il suo destino, per questo i suoi giochi avevano lo scopo di ricordarle la vita nel chiostro e a sei anni era stata rinchiusa nel monastero. Scoperto ben presto di non essere adatta a quella vita, la ragazza scrive al padre senza però ricevere alcuna risposta e, tornata a casa per un breve periodo, viene stata trattata come un'indegna. Durante questo tempo soltanto un paggio le mostra gentilezza. Proprio a lui Gertrude si decide a scrivere un biglietto che, però, viene scoperto e ha il solo effetto di causare il licenziamento del servo e la sua reclusione in una delle stanze del palazzo. Sola e minacciata di venir ulteriormente punita in seguito, la ragazza scrive di nuovo al padre implorando il suo perdono.

Capitolo dieci
Il principe padre manda a chiamare Gertrude convincendola così a sottomettersi al proprio volere. La fanciulla prende così i voti dichiarando al vicario e alla madre badessa, solo per paura, che la sua è una libera scelta. Le tappe che la conducono a diventare monaca per sempre sono intrise del senso d'angoscia provato da questo personaggio che non vuole rassegnarsi al proprio destino. Confinata in alcune stanze più isolate la giovane inizia una relazione segreta con il depravato Egidio le cui proprietà confinano con i suoi appartamenti. La tresca viene però scoperta da una conversa, immediatamente fatta sparire. Tormentata dal sospetto di quella strana scomparsa la Monaca di Monza ha così vissuto per circa un anno quando decide di ospitare Lucia a cui rivolge domande riguardanti la sua storia e i suoi sentimenti dirette al punto da farla arrossire. Rimasta sola con la madre la ragazza racconterà poi l'accaduto alla madre ottenendo come risposta che "I signori, chi più, chi meno, chi per un verso, chi per un altro, han tutti un po' del matto".

Capitolo undici
In questo capitolo Manzoni compie un passo indietro e ci riporta a venerdì 10 novembre 1628 per mostrarci cosa è accaduto in paese dopo la notte degli inganni. La scena si apre con Don Rodrigo che, impaziente e inquieto, attende l'arrivo dei bravi e, non appena li vede comparire all'orizzonte, scopre che il piano è fallito. Il signorotto interroga dunque Griso sull'accaduto e, quindi, gli ordina di spedire due uomini ad intimare silenzio al console del paese, due nel casolare a riprendere la portantina e, infine, di mescolarsi tra le gente per carpire le chiacchiere e cercare di riscostruire come si sono svolti i fatti. Il mattino seguente Don Rodrigo racconta la vicenda al conte Attilio che, certo che la colpa del mancato rapimento sia da attribuirsi a Fra Cristoforo, promette di rivolgersi al conte zio affinché esso venga punito. All'ora del desinare, finalmente la nebbia si dirada grazie al racconto del Griso che è riuscito a parlare con diversi testimoni: Perpetua, Gervaso, la moglie di Tonio e i genitori di Menico. Grazie alle loro testimonianze è a conoscenza del fatto che i due promessi sposi si sono rifugiati a Pescarenico. Inviato subito sul posto scoprirà la loro destinazione finale e, il mattino successivo, partirà con due bravi alla volta di Monza lasciando Don Rodrigo a meditare su un modo per allontanare i due innamorati. Intanto Renzo è giunto in una Milano piuttosto insolita in cui le strade sono ricoperte di farina e le persone girano cariche di farina e di pane. Il giovane capisce allora di trovarsi in una città in cui da poco vi è stata una sommossa. Il capitolo si chiude con il ragazzo che, giunto in convento, non trova padre Bonaventura e, quindi, decide di fare un giro in città.

Capitolo dodici
Manzoni apre il capitolo con una spiegazione storica della situazione in cui versava la Milano dell'epoca dove, dopo due anni di raccolto scarso e carestia, il prezzo del pane era aumentato così come il malcontento tra il popolo che chiedeva l'intervento del governo. Per questo motivo il gran cancelliere Antonio Ferrer, che nel 1628 faceva le veci del governatore, aveva stabilito un prezzo tale da sfavorire i fornai, i quali subito erano insorti. La loro protesta aveva spinto il governatore a nominare una giunta che aveva aumentato nuovamente il prezzo del pane innescando una vera e propria rivolta cominciata, appunto, proprio il giorno dell'arrivo di Renzo. Il giovane è dunque appena giunto a Milano quando si rende conto che le persone stanno rapinando i garzoni dei fornai. La folla si reca poi al forno delle grucce e, nonostante l'intervento del capitano di giustizia, riesce a svaligiarlo rendendo evidente che tutti i forni della città rischiano di subire lo stesso trattamento. La folla inferocita si sposta allora in piazza Duomo dove gli utensili appena rubati vengono dati alle fiamme. Tra loro vi è il giovane promesso sposo che, per curiosità, continua a seguire le proteste ritrovandosi in piazza Cordusio dove si sta decidendo di recarsi direttamente a casa del vicario.

Capitolo tredici
La narrazione si apre con il vicario che, a tavola, constata la mancanza di pane fresco e si augura che i tumulti si plachino al più presto. Proprio in quel momento la folla si avvicina alla sua casa e l'uomo, avvisato del fatto di essere uno degli obiettivi della rivolta, decide di rifugiarsi in soffitta mentre i suoi servi sprangano porte e finestre. Tra la folla urlante c'è anche Renzo che, seppur preso dalla protesta, quando capisce che si vuole attentare alla vita del vicario si schiera con coloro che lo vogliono salvo. Nel frattempo sul luogo giungono dei soldati guidati da un ufficiale piuttosto indeciso sul da farsi. Tramaglino esprime allora il suo dissenso ad alta voce dando vita a più di un equivoco dato che alcuni si convincono che sia un servitore del vicario, mentre altri

credono che sia il vicario stesso in persona. L'annuncio dell'arrivo del cancelliere Ferrer, fortunatamente, distrae la folla. L'uomo sta cercando di calmare gli animi e, per placare il proprio senso di colpa, distribuisce saluti e sorrisi, rimanendo però sempre all'interno della carrozza e affermando di essere venuto a prelevare il vicario al fine di portarlo in prigione. In realtà le cose stanno diversamente dato che Ferrer stesso, in spagnolo, dice al conducente della carrozza di procedere con prudenza. Renzo, ricordatosi che il nome del gran cancelliere era sulla bolla mostratagli da Azzeccagarbugli, si dà intanto da fare per favorire il passaggio. Il vicario viene così prelevato e fatto salire sulla vettura anche grazie al consenso dei manifestanti, ormai convinti con l'inganno che le cose stiano volgendo al meglio. Salito in carrozza il vicario confessa si aver deciso di dedicarsi all'eremitaggio.

Capitolo quattordici

Mentre la sera inizia a calare anche la folla si dirada e solo piccoli crocchi qua e là rimangono in strada. Renzo inizia allora a cercare una locanda in cui sfamarsi ma viene distratto dai discorsi di un gruppo di persone che lo spingono a tenere un piccolo comizio in cui, fomentato dall'eccitazione degli avvenimenti e dalla sua storia personale, inizia a parlare di prepotenze e ingiustizie proponendosi come ambasciatore per andare a parlare con Ferrer il giorno dopo. I presenti applaudono e gli danno appuntamento per l'indomani in piazza del Duomo. A questo punto uno sbirro travestito si offre a lui come guida e, tra una domanda e un'altra, lo accompagna fino ad un'osteria la cui insegna ha l'immagine di una luna piena. Una volta giunto il giovane si rifiuta di dare le proprie generalità all'oste ma poi, spinto dal vino che lo rende sempre più loquace, finisce col cadere nel tranello del poliziotto rivelandogli il proprio nome. Rimasto quindi solo ed essendo sempre più ubriaco, Renzo, via via stuzzicato dagli altri clienti, inizia a straparlare facendo a voce alta i nomi di Don Rodrigo e di Don Abbondio mentre nella sua mente e nel suo cuore si fa di nuovo strada il pensiero di Lucia.

Capitolo quindici

Dopo essersi reso conto della situazione, l'oste decide di trascinare Renzo nella sua stanza e, pur non riuscendo a farsi dire il suo nome, lo mette a letto prendendo da sé il pagamento per i suoi servigi. L'uomo chiude quindi la stanza a chiave e si reca al palazzo di giustizia imprecando e chiamando il suo ospite montanaro e testardo. Giunto a destinazione però rimane piuttosto stupito nell'apprendere che la polizia è ben più informata di lui e non solo non viene ringraziato, ma riceve sia qualche rimprovero per quanto è accaduto nel suo locale che la raccomandazione di non lasciarsi sfuggire il forestiero. Si arriva così alla mattina di domenica 12 novembre 1628, quando Renzo, dopo aver dormito profondamente a causa del vino, viene svegliato da un notaio criminale (alias il corrispettivo di un commissario di polizia) e da due poliziotti che hanno il compito di accompagnarlo in carcere. Una volta giunto in strada però il giovane tenta di farsi notare dalla folla che si sta man mano radunando prima solo con cenni e colpi di tosse e, alla fine gridando "pane e giustizia!" e aggiungendo che lo vogliono arrestare. La folla allora inizia a stringersi intorno al quartetto mettendo in fuga sbirri e notaio.

Capitolo sedici

La folla è tutta dalla parte di Renzo che riesce a scappare e decide di raggiungere suo cugino Bortolo, che vive nel bergamasco. Non conoscendo la strada, il giovane chiede informazioni a uno sconosciuto la cui apparenza gli ispira fiducia e riesce così ad arrivare fino a Porta Orientale dalla quale imbocca senza alcuna difficoltà la strada verso Bergamo. Il pensiero dei fatti appena accaduti lo spinge a decidere di muoversi a zig zag in modo da essere più difficilmente rintracciabile. Così facendo Renzo allunga molto il suo percorso al punto che quando giunge a sei miglia da Milano ne ha già percorse dodici e, quindi, decide di fermarsi in un'osteria dove una vecchina lo riempie di domande riguardanti proprio la rivolta a cui egli risponde in maniera evasiva chiedendo, a sua volta, il nome del grosso paese al confine con lo Stato di Milano e sulla strada per Bergamo: Gorgonzola. Il ragazzo vi giunge all'ora di cena e si rifugia in un'osteria dove alcuni sfaccendati stanno passando il tempo. Uno di loro gli si avvicina per domandargli se viene da Milano ma lui, pronto, risponde che proviene da Liscate. Renzo infatti non è più un completo sprovveduto e quando si accorge che l'oste, al quale tenta di chiedere indicazioni, sta sviluppando una curiosità maliziosa nei suoi confronti, assume un atteggiamento defilato. In quel momento però, proprio da Milano, giunge un mercante che racconta delle rivolte degli ultimi giorni affermando che il capo dei ribelli è riuscito a scappare. Le vicende insospettiscono l'oste che si volta verso Renzo per cui il cibo sembra essersi tramutato in veleno e che, quindi, decide di saldare il suo conto per poter ripartite in tutta fretta dirigendosi nella direzione opposta rispetta a quella da cui era venuto.

Capitolo diciassette

Quando Renzo esce dalla città di Gorgonzola è ormai mezzanotte. Spaventato dalle parole del mercante il ragazzo decide di percorrere una via secondaria per evitare di incontrare la polizia e, durante il cammino, si sente pervadere da un senso di ansia e di solitudine mentre, nell'oscurità, con l'orecchio cerca di cogliere la voce del fiume Adda. La sua paura e le sue insicurezze crescono man mano che la vegetazione incolta si infittisce al punto che il nostro è in procinto di tornare sui suoi passi quando, finalmente, ode il fiume, la voce amica. Dato che mancano ancora sei ore all'aurora, Renzo decide di riposare in una capanna e, dopo aver pregato, si addormenta. In sogno gli appaiono i protagonisti degli ultimi giorni della sua vita, ma solo la visione di Padre Cristoforo e di Lucia è per lui priva di amarezza. Alle cinque del mattino di lunedì 13 novembre, dunque, il promesso sposo riprende il suo viaggio e, dopo essersi fatto traghettare sull'altra sponda da un pescatore, scopre grazie a un viandante Bergamo dista solo nove miglia. Durante questo cammino finisce con lo spendere tutti i suoi soldi per il pranzo e per fare la carità ai numerosi bisognosi incontrati. Il capitolo si chiude con l'incontro con Bortolo Castagneri che, venuto a conoscenza dell'intera storia, decide di aiutare Renzo a trovare un impiego nella filanda presso cui è il primo lavorante.

Capitolo diciotto

Manzoni fa di nuovo un piccolo passo indietro per mostrarci che lo stesso giorno dell'arrivo di Renzo a Bergamo, la polizia modenese fa irruzione nella sua casa natale per cercarlo. L'evento mette in moto diverse chiacchiere che giungono all'orecchio di Fra Cristoforo, il quale scrive subito a padre Bonaventura per avere spiegazioni, e di Don Rodrigo, che ne risulta compiaciuto quasi come se avesse deciso lui stesso l'evolversi della situazione. La gioia del signorotto però è destinata a svanire poco dopo quando Griso lo raggiunge per informarlo che Lucia non esce mai dal convento presso cui si è rifugiata. Don Rodrigo decide allora di chiedere aiuto ad un potente feudatario le cui mani sono in grado di arrivare ovunque o quasi. Alcuni giorni dopo egli viene informato del fatto che Fra Cristoforo è stato trasferito e che Lucia è rimasta sola al convento. Della prima partenza è direttamente responsabile il Conte Attilio, che ha personalmente suggerito al conte zio il modo per eliminare il frate dalla scena. Anche lo spostamento di Agnese è a sua volta legato a questa mossa dato che la donna è partita alla volta di Pescarenico in seguito all'improvvisa interruzione della comunicazione col frate che, fino a quel momento, aveva inviato notizie rassicuranti a lei e a Lucia dopo che a Monza era giunta notizia dell'arresto di Renzo.

Capitolo diciannove

Il capitolo si apre con il conte zio che, per accontentare il Conte Attilio, invita a pranzo dal padre Provinciale per convincerlo ad allontanare Fra Cristoforo da Pescarenico. Dopo aver mangiato i due si ritirano in una stanza privata dove il conte svela le sue vere intenzioni che, inizialmente, non trovano il fate d'accordo. Egli è però costretto a cedere e, in cambio di una futura dimostrazione d'amicizia non meglio precisata, decide di trasferire Cristoforo a Rimini come visto nel capitolo precedente. Il padre, seppure a malincuore, è costretto a partire. Manzoni torna allora a concentrarsi sui piani di Don Rodrigo che ha deciso di chiedere aiuto ad un uomo molto potente che da ora in avanti verrà chiamato con l'appellativo di Innominato. Di questo personaggio si sa che era stato costretto, per via dei crimini commessi, ad abbandonare lo Stato ma che, nonostante tutto, era comunque riuscito sia a mantenere molte amicizie nelle sfere più influenti, che a rientrare stabilendosi in un castello distante solo sette miglia dal palazzotto. Questo feudatario si era già più volte rivolto a Don Rodrigo promettendogli in cambio favori futuri. Il capitolo si conclude col signorotto che, deciso a riscuotere il suo compenso, si dirige a piedi al castello seguito dai bravi e dal Griso.

Capitolo venti

Il capitolo si apre con una descrizione del castello dell'Innominato, una vera e propria fortezza dall'aria tetra e austera situata in cima ad un monte e da cui è possibile sorvegliare ogni via d'accesso. Proprio alle pendici del monte vie è la locanda della Malanotte da cui Don Rodrigo, dopo aver lasciato le armi e abbandonato la sua scorta, parte alla volta del castello portando con sé solo il Griso. Manzoni passa quindi a descrivere l'Innominato: un uomo bruno con pochi capelli bianchi e con un volto che, nonostante le rughe, sprigiona una forza persino superiore a quella di un ragazzo. Dopo aver ascoltato la richiesta di Don Rodrigo egli accetta e decide di coinvolgere nei suoi piani un suo amico, Egidio, che abita nei pressi del convento di Monza e che il lettore ha già incontrato nel capitolo dieci. La determinazione dell'Innominato, però, viene meno poco dopo quando, rimasto solo, l'uomo scopre dentro di sé non un vero e proprio pentimento, ma una certa uggia legata al senso di inquietudine che da un po' di tempo a quella parte lo aveva colto. Il pensiero della morte, infatti, in quei giorni si era spesso accompagnato a quello delle sue malefatte di cui temeva di dover rendere conto a un Dio che, se da una parte non riconosceva, dall'altra non si sentiva di negare. Ciononostante manda a chiamare il Nibbio, il più fidato dei suoi bravi, allo scopo di inviarlo presso Egidio che, grazie al potere conferitogli dall'uccisione della novizia che aveva scoperto la sua relazione con Gertrude, riesce a convincere la Monaca di Monza a collaborare. Così il piano prende vita e Lucia, come stabilito, viene mandata dalla sua soccorritrice a chiamare il padre guardiano. La giovane, impaurita dalla strada deserta, ubbidisce e lungo il tragitto viene avvicinata da due uomini che, fingendo di domandarle la strada per Monza, riescono a rapirla. L'angoscia e il terrore sono tali da far perdere i sensi alla ragazza che, una volta rinvenuta, trova un po' di conforto nella preghiera. Nel frattempo l'Innominato, ancora inquieto, è in attesa della carrozza e, appena la vede arrivare, manda una vecchia portantina a prendere Lucia affinché la consoli e la conduca al castello

Capitolo ventuno

La vecchia arriva alla Malanotte e, eseguendo gli ordini, prende in consegna Lucia per portarla al castello dove si reca anche il Nibbio per far rapporto all'Innominato. Durante il colloquio il bravo ammette di aver provato compassione per la ragazza e riceve due ordini contrastanti: il suo padrone prima gli intima di recarsi immediatamente da Don Rodrigo per chiedergli di venire a prendere al più presto la giovane, poi, a causa di un "no" che l'Innominato sente crescere dentro di sé e che gli impedisce di proseguire, viene spedito a dormire. Le parole del Nibbio hanno infatti instaurato nell'Innominato un forte desiderio di conoscere Lucia. Il primo incontro con la giovane avviene nella stanza della vecchia, dove ella si è rannicchiata sul pavimento. Appena lo vede lo supplica di ricondurla dalla madre e, nel suo discorso, gli parla del perdono divino, una grazia che, in seguito ad un pentimento e ad un'opera di misericordia, lui è ancora in tempo per ottenere. L'uomo cerca allora di consolarla e di infonderle coraggio, poi, prima di andarsene, le promette che tornerà il giorno dopo. Rimasta sola Lucia riceve la visita di una donna che le porta il paniere del cibo ma si rifiuta sia di mangiare che di sdraiarsi rimanendo rannicchiata a terra tra il sonno e la veglia. Il suo animo è così prostrato dalle preoccupazioni e dalle paure che riesce a trovare pace e ad addormentarsi solo dopo aver fatto voto alla Madonna di rinunciare a Renzo in cambio della salvezza. Anche la notte dell'Innominato è tormentata dai dubbi e dai pensieri perché il ricordo dei propri peccati riempie il signore di rabbia e di disperazione. La sua frustrazione è tale da spingerlo ad accarezzare il pensiero del suicidio, atto estremo che decide di non compiere pensando a Dio e ad una vita futura. Solo le parole di Lucia gli danno conforto e speranza. La narrazione si conclude con un cambio di registro: è l'alba e le campane suonano a festa. Uno dei bravi viene mandato a informarsi sul motivo di tanto giubilo inaspettato

Capitolo ventidue

Il bravo torna al castello annunciando che il paese è in festa perché la sera prima è giunto in visita il cardinale Federigo Borromeo, arcivescovo di Milano. L'Innominato decide allora di fargli visita nella speranza di trovare anche lui un po' di conforto. Prima di uscire vorrebbe parlare con Lucia ma, trovandola addormentata, si limita a rimproverare la vecchia per le condizione della fanciulla e a lasciarle detto che al suo ritorno farà tutto ciò che desidera lei. Solo e senza alcuna scorta si reca allora a casa del curato dove è ospite il cardinale di cui Manzoni riassume la biografia in un flashback. Federigo Borromeo era nato nel 1564 ed era una di quelle persone che per tutta la vita tendono sempre verso il meglio. Proprio per questo si era dedicato all'insegnamento della religione e aveva cercato di fare sì che la sua esistenza fosse utile e santa prendendo i voti e accudendo, con umiltà, gli infermi e i derelitti. Non 1959 era poi stato nominato arcivescovo di Milano da Papa Clemente VII, incarico dapprima rifiutato e poi accettato per mera obbedienza, senza mai cedere alle lusinghe dell'ambizione. Infatti egli aveva addirittura disposto che il proprio mantenimento e quello della servitù fossero a carico suo, in modo che le rendite ecclesiastiche potessero essere destinate ai poveri. Non a caso riteneva l'elemosina un dovere e andava d'accordo con tutti, anche grazie ai suoi modi soavi e pacati, in particolar modo con gli umili. Non solo: egli aveva anche fondato al biblioteca Ambrosiana e altre fondazioni culturali. Egli era infatti anche molto dotto, al punto che aveva scritto circa seicento opere di vario argomento purtroppo andate perdute per ragioni sconosciute ai più circa le quali Manzoni si interroga nella conclusione del capitolo.

Capitolo ventitré

Il bravo torna al castello annunciando che il paese è in festa perché la sera prima è giunto in visita il cardinale Federigo Borromeo, arcivescovo di Milano. L'Innominato decide allora di fargli visita nella speranza di trovare anche lui un po' di conforto. Prima di uscire vorrebbe parlare con Lucia ma, trovandola addormentata, si limita a rimproverare la vecchia per le condizione della fanciulla e a lasciarle detto che al suo ritorno farà tutto ciò che desidera lei. Solo e senza alcuna scorta si reca allora a casa del curato dove è ospite il cardinale di cui Manzoni riassume la biografia in un flashback. Federigo Borromeo era nato nel 1564 ed era una di quelle persone che per tutta la vita tendono sempre verso il meglio. Proprio per questo si era dedicato all'insegnamento della religione e aveva cercato di fare sì che la sua esistenza fosse utile e santa prendendo i voti e accudendo, con umiltà, gli infermi e i derelitti. Non 1959 era poi stato nominato arcivescovo di Milano da Papa Clemente VII, incarico dapprima rifiutato e poi accettato per mera obbedienza, senza mai cedere alle lusinghe dell'ambizione. Infatti egli aveva addirittura disposto che il proprio mantenimento e quello della servitù fossero a carico suo, in modo che le rendite ecclesiastiche potessero essere destinate ai poveri. Non a caso riteneva l'elemosina un dovere e andava d'accordo con tutti, anche grazie ai suoi modi soavi e pacati, in particolar modo con gli umili. Non solo: egli aveva anche fondato al biblioteca Ambrosiana e altre fondazioni culturali. Egli era infatti anche molto dotto, al punto che aveva scritto circa seicento opere di vario argomento purtroppo andate perdute per ragioni sconosciute ai più circa le quali Manzoni si interroga nella conclusione del capitoloLa scena si apre con il cardinale Federigo che, intento nello studio come al suo solito durante il tempo libero, interrompe la sua attività per accogliere con gioia l'Innominato. Quest'ultimo ha l'animo diviso a metà: da una parte il desiderio di trovare conforto, dall'altra la vergogna per i propri peccati. Poi, i modi del cardinale riescono toccarlo al punto da spingerlo non solo a scoppiare in lacrime, ma anche a confessare il torto fatto alla povera Lucia in seguito ad un abbraccio ricevuto. Borromeo ordina allora che vengano mandati una donna e Don Abbondio, giunto in paese con altri parroci con lo scopo di omaggiarlo, a prendere la fanciulla e, infine, decide di mandare a chiamare anche Agnese. Don Abbondio vorrebbe assumersi personalmente l'incarico onde evitare di viaggiare accanto all'Innominato, personaggio da lui molto temuto, ma viene costretto ad andare da Lucia e ha modo di constatare con i suoi occhi la spontanea confidenza che c'è tra i due uomini di cui sta eseguendo gli ordini. Così Don Abbondio, la donna da lui chiamata e l'innominato si mettono in viaggio dando vita ad un silenzioso corteo che in paese, dove la voce della conversione si è già sparsa, viene salutato con gioia. Questo però non calma affatto il curato che, tra sé e sé, se la prende con i birboni (Don Rodrigo e l'Innominato stesso) ma anche con i santi (il cardinale). Giunti a destinazione i tre vengono salutati dai bravi che si inchinano al loro passaggio.

Capitolo ventiquattro

Al suo risveglio Lucia trova nella sua stanza Don Abbondio e la donna pronti a rassicurarla. Infine anche l'Innominato fa la sua comparsa e le chiede perdono risvegliando in lei un sentimento di pietà misto a riconoscenza e speranza. I quattro ripartono quindi alla volta del paese. Don Abbondio è costretto a viaggiare sulla mula e i suoi pensieri durante il tragitto confermano l'indole che Manzoni ha più volte mostrato: egli teme una rivalsa dei bravi e di Don Rodrigo, si lamenta della scomodità del viaggio e pensa a quale spiegazione potrà dare al cardinale per tutto l'accaduto. Fortunatamente per lui, però, all'arrivo del gruppetto le funzioni sono ancora in corso e questo gli dà la possibilità di tornare alla sua parrocchia sottraendosi al confronto. Lucia viene invece ospitata dalla donna, che è la moglie del sarto, e pranza con la sua famiglia. Intanto Agnese lungo la strada incontra il prelato fuggiasco che le raccomanda di non far parola del matrimonio da lui non celebrato. Finalmente madre e figlia riescono poi a riabbracciarsi ma quest'ultima tace il voto fatto alla Vergine Maria. Dopo aver pranzato con l'Innominato il cardinale raggiunge le due donne e apprende da Agnese tutta la vicenda, rifiuto di Don Abbondio compreso. Nel frattempo l'Innominato, giunto a palazzo, comunica ai bravi la sua conversione invitando chi vuole a restare comunque al suo fianco. Rimasto solo prega, come non faceva da quando era solo un bambino, e poi si abbandona serenamente tra le braccia di Morfeo.

Capitolo venticinque

Il giorno dopo nel paese di Lucia i pettegolezzi circa gli ultimi avvenimenti sono tali da spingere Don Rodrigo a partire per Milano con nel cuore un forte desiderio di vendetta. Alcuni giorni dopo il Cardinale Borromeo si reca al villaggio. Il clamore con cui viene accolto infastidisce Don Abbondio che preferisce rifugiarsi in chiesa dove, però, viene comunque raggiunto dall'uomo desideroso di avere informazioni su Renzo. Il curato, non potendo fare diversamente, spende per il giovane parole di elogio. Mentre Borromeo dispone che Lucia torni a casa, riceve una lettera di Donna Prassede, gentildonna attempata che si trova in vacanza poco lontano dalla casa del sarto con suo marito Don Ferrante. La donna, incline al bene ma con idee non sempre giuste, gli annuncia la sua intenzione di prendere con sé Lucia sia per darle un rifugio che per salvarla da un matrimonio con un poco di buono. La narrazione si conclude con il confronto tra Don Abbondio e il cardinale che, dopo averlo rimproverato, gli domanda che cosa abbia effettivamente fatto per proteggere i promessi sposi

Capitolo ventisei

Don Abbondio non riesce a giustificare il suo comportamento e Borromeo gli fa notare che avrebbe dovuto rivolgersi al suo vescovo, proponendo così la stessa soluzione che aveva pensato Perpetua. Il parroco si giustifica allora raccontando il tentativo del matrimonio a sorpresa ma, così facendo, va incontro ad un altro rimprovero perché non ci si può scusare accusando gli altri. Il cardinale, infine, gli raccomanda di non lasciarsi sfuggire la prossima occasione di fare del bene ai due giovani. La mattina seguente Lucia, in lacrime, si separa dalla madre per andare con Donna Prassede. Intanto l'Innominato decide di provvedere alla sua dote e invia al cardinale cento scudi d'oro insieme ad una lettera in cui promette di essere sempre disposto ad aiutarla. La somma viene così consegnata ad Agnese che il giorno seguente si reca dalla figlia per darle la lieta notizia. La ragazza confessa allora il voto fatto alla vergine e, anche se il suo cuore trabocca ancora di amore, prega la madre di consegnare a Renzo la metà della somma dopo avergli raccontato della sua promessa solenne. Di Renzo, però, si son perse le tracce. Il ragazzo, infatti, si trova ancora presso suo cugino Bortolo che, una volta saputo dei guai avuti con la polizia, lo ha fatto assumere alla filanda con il nome di Antonio Rivolta.

Capitolo ventisette

Don Gonzalo Fernandez di Cordoba, governatore di Milano, era stato colto dalla rivolta della sua città mentre era già impegnato nella guerra di successione del Ducato di Mantova e del Monferrato. Tornato a Milano e venuto a conoscenza della vicenda di Renzo, temendo che Venezia volesse schierarsi contro la Spagna, aveva ricordato al governo della Repubblica la propria autorità affidandogli il compito di cercare il fuggiasco. Così facendo aveva trasformato la vicenda di Renzo in poco più di un pretesto e si era dimenticato ben presto della vicenda del giovane che, ignaro di tutto, era invece rimasto ben nascosto preoccupandosi solo di trovare un modo per comunicare con Lucia e sua madre. Dopo aver raccontato questo antefatto Manzoni rientra in medias res e riprende il racconto dal giorno in cui il ragazzo riceve da Agnese una lettera con cinquanta scudi d'oro contenente la notizia del voto fatto da Lucia ma decide comunque di non arrendersi. La ragazza, ospite di donna Prassede, sta intanto cercando di dimenticarlo con scarso successo dato che la signora non smette di nominarlo. A tenere impegnata la gentildonna, però, fortunatamente c'è anche la sua famiglia: cinque figlie alle quali vuole dettar legge e un marito, don Ferrante, a cui non piace né comandare né ubbidire preferendo trascorrere il tempo nel suo studio. La vita dei due promessi scorre così per diversi mesi fino a che, nell'autunno del 1629, Agnese e Lucia decidono di fissare un incontro. Il loro piano, però, è destinato a fallire per colpa di un "avvenimento pubblico" che l'autore si accinge a raccontare nel capitolo successivo perché per far comprendere al meglio i "fatti privati" in questo caso occorre prima spiegare quelli pubblici.

Capitolo ventotto
Milano in quel periodo sta infatti attraversando un momento burrascoso: messa in ginocchio prima dalla rivolta di San Martino e poi dalla carestia. Nella primavera del 1929 il panorama è devastante: poveri che vagano per le vie deserte alla ricerca dell'elemosina, negozi e fabbriche chiusi, campi abbandonati. I morti aumentano di giorno in giorno. L'unico a cercare di porre rimedio è il Cardinale Federigo che con mezzi propri tenta di provvedere ai soccorsi dato che gli interventi dello Stato sono pochi e inadeguati. Nonostante il parere contrario del Tribunale della Sanità viene così aperto un lazzaretto che, però, viene immediatamente chiuso per via dell'elevato numero di contagi. La situazione migliora poi con l'arrivo dell'estate durante cui la carestia diminuisce. Intanto gli spagnoli non riescono ad avere la meglio sui Gonzaga di Mantova spingendo l'Imperatore germanico, loro alleato, a inviarle loro i lanzichenecchi come rinforzo. Questo esercito di mercenari porterà in città il tremendo flagello della peste. Il capitolo si conclude con don Gonzalo che, tra sassate e fischi, abbandona Milano lasciando il suo posto ad Ambrogio Spinola.

Capitolo ventinove
Don Abbondio cerca un rifugio perché teme l'arrivo dei lanzichenecchi ma, colto dal panico, non riesce a decidere dove fuggire perché vede in ogni angolo una minaccia. A nulla valgono i tentativi di Perpetua che, intenta a nascondere i beni della casa nella speranza di salvarli, tenta di rassicurarlo a parole. Il curato però è implacabile e, dalla finestra, inizia a chiedere aiuto agli altri abitanti del villaggio, che, con i loro averi in spalla, stanno abbandonando il borgo e non lo degnano della loro attenzione. Fortunatamente sopraggiunge Agnese, anche lei pronta a partire, che propone di mettersi in cammino per cercare protezione presso l'Innominato. Durante il viaggio solo la domestica ha un approccio entusiasta, mente Don Abbondio e Agnese non riescono a tranquillizzarsi: il primo è impaurito dall'idea di cercare rifugio presso un ex criminale, la seconda è in pena per il destino della figlia che non sa quando e se riuscirà a rivedere. Giunto a casa del sarto il terzetto viene da lui invitato a rimanere a pranzo. A tavola la conversazione ha per protagonista l'Innominato e le numerose opere di bene da lui compiute dopo la sua conversione. L'uomo ha infatti reso il suo castello un rifugio per i bisognosi anche grazie all'aiuto dei servi che hanno deciso di rimanere a lui fedeli.

Capitolo trenta
Agnese, Don Abbondio e Perpetua si rimettono in cammino alla volta del castello dell'Innominato unendosi ad altri viaggiatori bisognosi di protezione. Giunti nei pressi della destinazione incontrano un posto d'armi sia all'entrata della valle sia all'osteria della Malanotte. Qui l'Innominato, riconosciuto il curato, li accoglie festosamente e chiede loro notizie di Lucia. Nei successivi ventitré o ventiquattro giorno l'uomo provvede, anche personalmente, a difendere la vallata. Nel frattempo Agnese e Perpetua aiutano nelle faccende. L'unico a rimanere immobile, bloccato dalla paura, è Don Abbondio che non lascia mai il castello. Arriva infine la notizia che i reggimenti si stanno dirigendo verso Mantova. L'ultimo a passare è quello di Galasso. Rassicurate le persone iniziano a tornare verso le proprie abitazioni. Per volere del parroco, ancora terrorizzato, i tre sono gli ultimi a lasciare i castello. L'Innominato cede loro una carrozza e fa trovare ad Agnese un corredo di biancheria e qualche scudo. Dopo una tappa dal sarto, il gruppetto giunge a destinazione dove una brutta sorpresa attende Perpetua e Don Abbondio: la casa è stata imbrattata e tutti i loro beni sono stati portati via. Persino il gruzzolo nascosto nell'orto non c'è più. Il capitolo si conclude con l'ennesima discussione tra i due.

Capitolo trentuno

Siamo nell'ottobre del 1929 e l'esercito dei lanzichenecchi si è appena ritirato lasciando dietro di sé il flagello della peste che miete le sue prime vittime a Lecco e a Bellano. A Milano, però, in molti sono convinti che le morti siano ancora dovute alla carestia e non al contagio. La smentita arriva in fretta. Il primo a portare la malattia in città è un soldato italiano dell'esercito spagnolo fermatosi per fare visita ai parenti. Dopo la sua morte tutti gli abitanti della casa, per ordine del Tribunale della Sanità, vengono condotti al lazzaretto dove le persone iniziano ad ammalarsi e a morire. La peste inizia così a propagarsi lentamente ma, ciò nonostante, in molti durante i primi mesi del 1930 non credono che la malattia abbia iniziato a diffondersi. Gli ammalati vengono portati al lazzaretto dove i frati di cappuccini si occupano di loro e finiscono con l'essere contagiati. Tra questi vi è anche padre Felice Casati. Nessuno vuole arrendersi all'evidenza e, così, strane voci iniziano a circolare sulla cause della malattia. Alcuni arrivano persino a credere che gli untori imbrattino le case e i luoghi pubblici spinti da motivazioni criminali o da fini politici. Per fare sì che il popolo si renda conto della situazione, allora, il Tribunale della Sanità decide di far portare in giro, durante una delle feste della Pentecoste, un carro con sopra i corpi nudi di un'intera famiglia sterminata.

Capitolo trentadue

Mercoledì 22 maggio 1630 le autorità chiedono aiuto al governatore che, però, dicendosi già impegnato con la guerra, delega ogni responsabilità a Ferrer. Anche quest'ultimo non interviene e si limita a interpellare il Cardinale affinché organizzi una processione per vie della città portando tra la gente il corpo di San Carlo. L'uomo dapprima ha paura del contagio ma poi accetta. La processione favorisce il diffondersi della malattia che raggiunge il picco durante il mese di luglio. Tutti coloro che riescono a guarire, e che quindi sono immuni, vengono impiegati nella raccolta dei cadaveri e dei malati: sono gli apparitori e i monatti, uomini che ben presto inizieranno a rubare e comportarsi in modo violento. Molti ecclesiastici che si dedicano all'assistenza dei malati muoiono. Il Cardinale Federigo, nonostante si rechi periodicamente in visita al lazzaretto, non viene contagiato. Intanto untori, monatti e apparitori seminano il panico in città al punto che anche il medico Tadino, tra i primi a diagnosticare la malattia, e il Cardinale Federigo stesso finiscono col dare credito alle credenze popolari secondo cui gli untori agiscono di proposito. È questo infatti il periodo in cui si giunge addirittura ad intentare processi contro questi ultimi.

Capitolo treantatré

Siamo alla fine dell'agosto del 1630 e Don Rodrigo, che non è più tornato da Milano, inizia ad avvertire una strana sensazione di caldo e di fiacchezza. Dopo aver passato la notte tormentato dagli incubi scopre, al mattino, di aver contratto la peste e manda a chiamare il dottore. Il Griso, invece, avverte i monatti e, dopo aver svuotato la casa di tutto quello che poteva portare con sé, lo abbandona portandosi via il suo bottino. Il morbo però non risparmia nessuno e il bravo muore il giorno dopo sul carro che lo sta trasportando al lazzaretto. La peste contagia anche Renzo che sopravvive grazie alla sua tempra e, ormai non più ricercato, torna a lavorare insieme a suo cugino Bortolo. La malattia fa sorgere in lui una forte nostalgia di Lucia e, così, decide di partire per Milano. Lungo la via, si ferma al suo paese dove incontra Tonio, reso idiota dalla peste, e Don Abbondio, anche lui provato dalla malattia. Proprio dal curato ottiene le informazioni che desidera: Lucia è a Milano, Agnese dai suoi parenti a Pasturo, Fra Cristoforo, invece, dopo essere stato allontanato non è più tornato. Il parroco, preoccupato dalla presenza del giovane, cerca poi di convincerlo a ripartire elencandogli i nomi delle vittime della peste tra cui c'è anche Perpetua. Il ragazzo decide comunque di trattenersi. Trovata la sua casa invasa dai topi e la sua vigna coperta da erbacce, si fa ospitare per la notte da un suo amico che gli rivela sia della fuga di Don Rodrigo a Milano, che il casato di Don Ferrante. Il mattino seguente Renzo si mette in cammino e dopo un solo giorno arriva a Milano, tra Porta Orientale e Porta Nuova.

Capitolo trentaquattro

Nonostante non abbia il permesso necessario, Renzo riesce ad entrare a Milano e si dirige verso il Naviglio dove cerca di ottenere informazioni da un passante che, credendolo un untore, preferisce ignorarlo. Lungo il cammino il giovane si imbatte in diverse scene dense di pathos. In una casa vi è una donna con i suoi bambini che è stata chiusa dentro da coloro che la credevano un'untrice. Renzo le regala due pani acquistati lungo il cammino e la segnala ad un prete da cui riesce anche ad ottenere le indicazioni per recarsi da Don Ferrante. Dolore, morte e abbandono sono ovunque. In piazza Duomo un convoglio di carri trasporta cadaveri e dappertutto trionfa l'abbandono. Il cuore del ragazzo rimane particolarmente colpito da una scena: una madre consegna davanti ai suoi occhi la figlia ai monatti, una bimba di nove anni vestita con l'abito della festa. La donna, una volta rientrata in casa, prende in braccio la figlia minore, anch'essa malata. Giunto finalmente a destinazione Renzo apprende da Don Ferrante che Lucia si è ammalata ed è stata portata al lazzaretto. Nel frattempo, però, una vecchia lo scambia per un untore e lo costringe a fuggire su un carro di monatti diretto proprio al lazzaretto la cui entrata è letteralmente invasa dagli ammalati.

Capitolo trentacinque

Il lazzaretto ospita ben sedicimila appestati. In mezzo a questa folla Renzo inizia a cercare Lucia ma si accorge di essere nel reparto degli uomini. Intanto cala la nebbia e, in lontananza, si ode il rumore di alcuni tuoni che preannunciano un temporale. Giunto ad un assito scheggiato, dove sono ricoverati piccoli allattati da balie o da capre, il giovane scorge Fra Cristoforo con in mano una scodella che si avvia verso la capanna. Qui Manzoni con un flash back ci racconta cosa gli è accaduto durante tutti quei mesi. Il frate dopo l'arrivo della peste ha infatti chiesto di essere trasferito a Milano per poter assistere gli ammalati e la sua domanda è stata accolta sia per via della morte del conte zio, sia perché, data la situazione, c'era più bisogno di infermieri che di politici. Il portamento del frate è stentato e i suo volto appare provato, eppure nei suoi occhi la scintilla di un tempo non si è spenta: la carità vi accende un fuoco più potente di quello che l'infermità sta tentando di spegnere. Cristoforo accoglie Renzo con gioia, lo nutre e, dopo aver ascoltato la sua storia, gli indica il reparto delle donne consigliandogli di recarsi prima alla cappella al centro dell'edificio, dove Padre Felice sta per radunare tutti coloro che sono guariti per farli uscire in processione. Il giovane viene allora colto da un attacco d'ira al pensiero che Lucia non sia tra i sopravvissuti e promette che, in caso, si vendicherà su Don Rodrigo. Lo scatto gli frutta un rimprovero da parte del frate che lo invita a riflettere sul dolore che li circonda e, poi, lo conduce in una capanna dove giace Don Rodrigo, reso irriconoscibile dalla peste. Dopo aver pregato per lui i due si separano.

Capitolo trentasei

Nella cappella, dove Padre Felice sta esortando i sopravvissuti a ringraziare il Signore e a fare buon uso della vita avuta salva, Renzo non trova Lucia e, quindi, si incammina verso il reparto delle donne. Qui sente la voce dell'amata provenire da una capanna e, una volta entrato, vede la giovane china su una vedova divenuta sua amica. Dopo il tanto sospirato incontro, il ragazzo vorrebbe che le cose tornassero come erano in precedenza ma Lucia vuole rimanere fedele al voto fatto. Renzo torna allora da Padre Cristoforo e, dopo avergli raccontato tutto, lo conduce da Lucia. Sarà lui a spiegarle che non si può offrire in voto la volontà di un altro e a scioglierla dalla promessa fatta. Il frate allora, dopo aver consegnato il pane del perdono come pegno a Lucia, si congeda da lei e, accompagnato da Renzo, si allontana. I due uomini dopo poco prendono direzioni diverse.

Capitolo trentasette

Appena Renzo si lascia alle spalle il lazzaretto una pioggia molto forte inizia a cadere. Il giovane, ignaro del fatto che quell'acqua laverà via la peste, si mette in cammino con il cuore pieno di gioia per il futuro che lo aspetta. Il suo unico pensiero è infatti tornare al proprio paese e poi raggiungere Agnese a Pasturo. Trascorre così la notte camminando e, il mattino dopo, giunge a casa del suo amico d'infanzia che gioisce con lui per il ritrovamento di Lucia. Il giorno dopo si reca quindi da Agnese per comunicarle la buona notizia e con ledi decide che la cosa migliore è trasferirsi dove egli aveva già trovato lavoro. Proprio per questo il mattino successivo Renzo parte per il bergamasco dove prende in affitto una casa. Siamo nel settembre del 1630. Renzo torna al suo paese mentre Agnese prepara la casa per ospitare sua figlia e la vedova del lazzaretto che la ha accolta presso di lei fino a quel momento. Durante questo periodo Lucia è venuta a sapere che la Monaca di Monza, sospettata di terribili crimini, sta ora conducendo una vita di espiazione presso il convento di Milano dove è stata traferita. La giovane viene anche a conoscenza della morte di Fra Cristoforo, Donna Prassede e Don Ferrante. Quest'ultimo, convinto che la peste fosse solo una conseguenza della congiunzione tra Saturno e Giove e non una vera e propria malattia, non aveva preso alcuna precauzione e per questo si era ammalato.

Capitolo trentotto

Nell'ottobre del 1630 Lucia e la buona vedova rientrano finalmente in paese. Solo la morte di Cristoforo offusca questo momento di gioia coronato dal fatto che Don Abbondio, dopo un iniziale rifiuto, accetta di celebrare le tanto sospirate nozze solo dopo aver saputo che in paese è giunto il marchese erede di Don Rodrigo. Libero dalla paura di eventuali ripercussioni, il curato stabilisce la data delle nozze. Il giorno prima del lieto evento il marchese si reca da lui dopo aver appreso la vicenda dal Cardinale Federigo: vuole sapere come fare del bene ai due giovani. Il parroco gli suggerisce di acquistare ad un prezzo molto più alto del loro valore effettivo le case dei due giovani. I primi di novembre del 1630 Renzo e Lucia si sposano nel palazzotto di Don Rodrigo dove il marchese ha allestito un banchetto per loro. Il paese dove vanno a vivere, però, non li accoglie in maniera benevola al punto che i pettegolezzi spingono Renzo a diventare socio di Bortolo e a trasferirsi alle porte di Bergamo. Dopo un anno vede la luce la piccola Maria, una vera gioia per i suoi genitori e per Agnese. Nei passaggi conclusivi del romanzo i due sposi suggeriscono la morale dell'intera vicenda: i guai arrivano anche quando non li si cerca, ma la fiducia in Dio fa sì che siano meno amari e che pongano le basi per una vita migliore.

Printed by Amazon Italia Logistica S.r.l.
Torrazza Piemonte (TO), Italy

52405619R00159